BASTEI
LÜBBE

MARIA GREENE

Im Zwiespalt der Gefühle

Roman

Ins Deutsche übertragen
von Katharina Braun

BASTEI
LÜBBE

BASTEI LÜBBE TASCHENBUCH
Band 18 266

1. Auflage: Januar 2001

Vollständige Taschenbuchausgabe

Bastei Lübbe Taschenbücher
ist ein Imprint der
Verlagsgruppe Lübbe

Titel der amerikanischen Originalausgabe: Desperate Deception

Lektorat: Joachim Honnef / Katharina Geppert
Dieses Werk wurde vermittelt durch die
Literarische Agentur Thomas Schlück GmbH, 30827 Garbsen
Titelillustration: Pino Daeni / Agentur Schlück
Umschlaggestaltung: QuadroGrafik, Bensberg
Satz: KCS GmbH, Buchholz/Hamburg
Druck und Verarbeitung: 53379
Société Nouvelle Firmin-Didot
Mesnil-sur-l'Estrée, Frankreich
Printed in France

ISBN 3-404-18266-9

Für meine Eltern,
Runar und Helmy Staffans,
und für Ingvar, Karin und Erik

1

West Sussex, August 1746

Bryony Shaw schloß seufzend die Rechnungsbücher. »Es ist nichts mehr da. Rein gar nichts mehr. Mein Bruder ist tot und Willow Hills verloren – das Land, das Haus und alles andere.«

»Es ist eine Schande, daß der gesamte Besitz verbrannt ist«, sagte Mr. Holland, der Familienanwalt der Shaws. Als er sah, daß Bryony den Tränen nahe war, sprach er hastig weiter, um ihren Schmerz zu lindern. »Allem Anschein nach war es ein Unfall. Als der Butler einen heftigen Streit im Arbeitszimmer hörte, lief er hin, so schnell er konnte, aber es war bereits zu spät. Jemand hatte einen Kerzenleuchter umgestoßen, und Vorhänge und Papiere standen schon in Flammen. Der ganze Raum war ein Inferno, und wer immer sich dort auch gestritten hatte, war längst fort.«

Er seufzte schwer. »Durch den starken Wind in jener Nacht verbreitete sich das Feuer schnell. Irgendwann blieb der Dienerschaft nichts anderes mehr übrig, als zu fliehen. Reggies Leiche wurde nie gefunden – nur ein bißchen Asche, von der man annahm, daß es seine war.«

Bryony nickte und bemühte sich zu lächeln, was ihr jedoch jämmerlich mißlang. »Sie waren immer sehr gut zu uns, Mr. Holland. Ich weiß nicht, was ich ohne Sie getan hätte.«

Der alte Mann legte seine Hand auf das glatte schwarze Haar der jungen Frau und tröstete sie, wie er es früher schon so oft getan hatte. Der Anblick des blassen Gesichts vor ihm, mit den etwas schrägen blauen Augen, die blinzelten, um die Tränen zu verdrängen, erfüllte ihn mit Trauer. Bryonys Lippen zitterten, und sie senkte den Blick auf die geschlossenen Rechnungsbücher, um ihren Kummer zu verbergen.

Mr. Holland fluchte im stillen und rief dann aus: »Ich wünschte, ich wäre dagewesen! Ich hätte ihn davon abgehalten. Ihr Bruder war schon immer ein Hitzkopf und beständig in irgendwelche unbesonnenen Pläne verwickelt. Dieses Mal ist er jedoch zu weit gegangen.« Mr. Holland wischte sich mit einem buntgemusterten indianischen Taschentuch über Wangen und Augen und tat, als wäre es die Hitze und nicht der Kummer, was ihm die Tränen in die Augen trieb. »Es wäre für Sie das beste, wenn Sie nach Frankreich zurückkehren würden, meine Liebe.«

Bryony hörte gar nicht zu. »Reggie hatte ein gutes Herz. Er war der beste Bruder, den man sich nur wünschen konnte.« Sie drückte ein Batisttuch an die Augen und tupfte die Tränen ab, die schließlich doch geflossen waren. »Ich kann immer noch nicht glauben, daß er tot ist.«

Mr. Holland wünschte, er könne ihr sagen, so sei es nicht. Aber Reginald Shaw, der letzte männliche Nachkomme der Familie Shaw von Willow Hills, war nicht mehr – und mit ihm auch nicht mehr sein Erbe. »Was werden Sie jetzt tun, Bryony?«

Sie hob den Blick. Die Tränen ließen ihre Augen beinahe grünlich schimmern, und Mr. Holland dachte, daß sie zu einer bezaubernd schönen Frau herangewachsen war. Sie war schon fast erwachsen gewesen, als ihr Vater, Donald Shaw, sie zu einer Tante nach Frankreich geschickt hatte, um ihre Bildung zu erweitern. Mr.

Holland erinnerte sich noch gut, wie Bryony sich darüber lustig gemacht hatte.

Sie hat es dort bestimmt nicht leicht gehabt, dachte er. Die Tante war eine alte Jungfer und zudem noch schwerbehindert. Heute verriet Bryonys Haltung Ernst und Selbstvertrauen, ihr Hals war schlank und sehr gerade, ihr Kinn straff und energisch – es erinnerte ihn an das ihres Vaters und auch Reggies. Es war viel von Mr. Hollands altem Freund Donald Shaw in ihr. Die gleiche Reserviertheit, aber auch die sich darunter verbergende Wärme und unleugbare Kraft. Und dann die Augenbrauen – schön geformte schwarze Bögen, die ihrem Gesicht einen energischen Ausdruck verliehen. Aber ihre Manieren waren vorbildlich und makellos. Donald wäre stolz gewesen auf seine Tochter, dachte Mr. Holland und tippte sich mit einem seiner kurzen dicken Finger unruhig an den Nasenrücken. Wie konnte er ihr helfen, wie konnte er sie vor noch mehr Leid bewahren?

»Ich weiß nicht, wie ich Reggies Schulden bezahlen soll, jetzt, wo der Besitz verloren ist«, sagte Bryony. »Was ich von Mama geerbt habe, wäre nicht einmal annähernd ausreichend.« Sie runzelte die glatten Brauen. »Ich werde mir etwas überlegen müssen. Ich möchte nicht, daß Reggies Name in ein schlechtes Licht gerät.«

»Reginalds Schulden sind nicht Ihre Sache«, sagte Mr. Holland. »Kehren Sie nach Frankreich zurück und suchen Sie sich einen Ehemann. Es wird höchste Zeit, daß Sie eine Familie gründen.«

Bryony schüttelte den Kopf. »Ich kann nicht mit der Schande leben. Zuerst muß ich Reggies guten Namen wiederherstellen.« Ihre Lippen zitterten, während sie um Haltung kämpfte. »Ich kann mich nicht damit abfinden, daß er tot ist. Erst letzte Woche habe ich noch einen Brief von ihm erhalten, in dem er schrieb, er habe vor, für einen längeren Besuch zu mir nach Paris zu kommen.«

»Sie wissen doch, wie impulsiv er war. Er änderte seine Pläne oft von einem Augenblick zum anderen.«

Bryonys Blick glitt zu dem Feuer im Kamin. Flammen hatten den Körper ihres Bruders verschlungen, gierig und ohne die geringste Rücksicht auf die Qualen, die er in den letzten Minuten seines Lebens ausgestanden haben mußte. Mr. Holland hatte gesagt, Reggie sei auf der Stelle tot gewesen, aber sie hatte seinen Schmerz *gespürt*, und in ihrem Herzen war eine verheerende Einsamkeit zurückgeblieben, als er gestorben war.

Und dennoch paßte irgend etwas nicht. Sie hatte das merkwürdige Gefühl, in einem Zustand spannungsgeladenen Nichts zu schweben. Wenn sie je wieder zur Ruhe kommen und die letzte, unsichtbare Verbindung zu ihrem Zwillingsbruder brechen wollte, brauchte sie Antworten auf ihre Fragen.

Aber das änderte nichts an der Tatsache, daß sie das unbekümmerte Gesicht und unbeschwerte Lachen ihres Bruders nie wieder sehen würde. Ihn nie wieder reiten sehen würde – oder in einer Umgebung wie dieser hier, in einem Arbeitszimmer voller Bücher und ausgelegt mit weichen Teppichen. Erschauernd preßte sie das Taschentuch an ihre Lippen.

Mr. Holland brummte irgend etwas, was Bryonys Aufmerksamkeit wieder auf sein massiges Gesicht zurücklenkte. »Butterkloß« hatten sie und Reggie ihn immer genannt, seiner gelblichen Gesichtsfarbe und seines umfangreichen Bauches wegen. Onkel Butterkloß. Reggie hatte diesen Spitznamen erfunden. Er hatte sie mit seinen Scherzen immer zum Lachen gebracht, oft so sehr, daß ihr die Seiten geschmerzt hatten.

»Herauszufinden, warum Reginald gestorben ist, könnte sich als äußerst schwieriges und destruktives Vorhaben für Sie erweisen«, sagte der Anwalt und blinzelte sie über das goldene Gestell seiner Brille hinweg an wie eine Eule. »Ich halte es für ziemlich aussichtslos, meine Liebe.«

»Vielleicht weiß Nigel Farnham, Lord Lippett, was in jener Nacht wirklich geschehen ist.«

»Lord Lippett war dabei, als Reginald den Rest seines Erbes in jener Nacht verspielte«, wandte Mr. Holland ein.

»Ja, aber Nigel würde niemals etwas tun, was Reggie schaden könnte«, widersprach sie. »Sie waren schon auf der Schule gute Freunde – zuerst in Eton und später dann in Oxford. Wir kennen Nigel schon seit vielen Jahren.« Sie hielt inne und fügte dann, nach kurzer Überlegung, nachdenklich hinzu: »Was mich wundert, ist, daß Nigel Reggie nicht daran gehindert hat, sein gesamtes Erbe zu verspielen.«

Holland zuckte mit den Schultern. »Den Gerüchten nach soll ein anderer Spieler, Lord Bentworth von Alfriston, Ihren Bruder dazu angestachelt haben; es heißt, sie hätten eine Wette abgeschlossen. Aber solche Geschichten werden oft maßlos übertrieben, wenn man einen Sündenbock sucht. Niemand will für Reginalds Tod verantwortlich gemacht werden.«

Bryony erhob sich mühsam und hielt sich dabei am Rand des Mahagonischreibtischs fest, als sei die Last ihres Kummers zu schwer, um sie allein zu tragen. »Dann werde ich wohl Lord Lippett einen Besuch abstatten müssen, um die Wahrheit zu erfahren«, sagte sie mit schmalen Lippen.

Mr. Holland erhob sich schwerfällig und verschränkte die Hände vor seinem umfangreichen Bauch unter der glänzenden Satinweste. »Bryony, es schmerzt mich, Sie so bekümmert zu sehen. Sie sollten nichts überstürzen, meine Liebe. Ich möchte nicht, daß Sie sich mit Spielern und Wüstlingen einlassen. Eine junge Dame, die ihre Nase in Angelegenheiten steckt, aus denen man sich besser heraushält, könnte Ärger auslösen.«

Bryony lächelte zum ersten Mal an diesem Nachmittag, obwohl es nur ein Schatten ihres gewohnten sonnigen Lächelns war. »Ist das ein Befehl, Onkel Bu ... Holland?«

Er schürzte die Lippen und sah sehr unbehaglich aus. »Nun ja – ich denke schon. Abgesehen vom Schutz Ihrer Tante sind Sie ja ganz auf sich allein gestellt, meine Liebe. Was könnten eine Frau und eine Schwerbehinderte erreichen? Das beste wäre, wenn Sie nach Frankreich zurückkehren würden.«

Sie ließ die Schultern hängen. »Ja, da haben Sie wahrscheinlich recht. Aber ich werde auf jeden Fall Lord Lippett aufsuchen, bevor ich abreise.« Sie hob die Hände, als er erneut Einwände erheben wollte. »Ich verspreche, daß das alles ist, was ich unternehmen werde. Verstehen Sie doch bitte, daß ich mit Nigel reden muß. Er war der letzte, der Reggie lebend gesehen hat.«

Holland strich sich mit dem Taschentuch über die Glatze und tupfte seine Nase ab. »Nun gut, wenn Sie wirklich fest dazu entschlossen sind, bin ich bereit, Sie zu begleiten.«

Bryony streifte ihre Handschuhe aus feinem Rehleder über und blieb ruhig stehen, als er ihr ihren burgunderfarbenen Wollumhang umlegte. »Das wird nicht nötig sein. Tante Hortense begleitet mich als Anstandsdame, und Jules LeBijou, der Kutscher, wird mich beschützen.« Vorsichtig setzte sie den breitrandigen Strohhut auf die schwarzen Locken und band das pinkfarbene Taftband unter ihrem Kinn zu einer Schleife.

»Sie tragen also keine weißen Hutbänder«, bemerkte Mr. Holland lächelnd.

»Weiße Bänder?«

»Für Charles Edward Stuart. Die Sympathisanten der Jakobiten tragen weiße Bänder an den Hüten, um ihre Loyalität den Stuarts gegenüber zu beweisen.«

Bryony schüttelte den Kopf. »Das wußte ich nicht. Ich

hörte, Charles Stuart sei erst letztes Jahr bei Hofe in Paris gewesen und danach verschwunden.«

»Er landete im vergangenen Juli in Schottland und ist noch immer da, ein gejagter Mann. Einige nennen ihn den rechtmäßigen König von England und von Schottland. Andere nennen ihn den ‚Jungen Prätendenten'.«

Bryony betrachtete den alten Herren mißtrauisch. »Und Sie, Mr. Holland? Wie nennen Sie ihn?«

Mr. Holland zuckte mit den Schultern. »Den Prätendenten. Ich will nicht, daß die Katholiken je wieder dieses Land regieren. Die Hannoveraner mögen zwar extrem langweilig und George recht töricht sein, aber sie sind zumindest Protestanten, meine Liebe.«

Bryony knöpfte ihre Handschuhe zu. »Die Religion bestimmt also die Politik? Warum sollte man das vermischen?«

Mr. Holland warf den Kopf zurück und lachte. »Das war eine sehr leichtfertige französische Bemerkung, Bryony. Lassen Sie diese Fanatiker wieder an die Macht zurück, und dann haben wir auch die Inquisition wieder am Hals. Den Katholizismus zurückzubringen, wäre wie eine Rückkehr in das Mittelalter. Es würde wieder unzählige politische Intrigen und heimtückische Morde geben.« Er schüttelte den Kopf so heftig, daß seine dicken Wangen wackelten. »Das Blut würde nie mehr aufhören zu fließen. Der alte Stuart, der sich James der Dritte nannte, konnte froh sein, während des Aufstands siebzehnhundertfünfzehn mit dem Leben davonzukommen. Charles würde vielleicht nicht das gleiche Glück haben. Seit seiner Niederlage kuscht James in Rom und tritt für eine Religion ein, die an Fanatismus grenzt. Wenn ein Stuart auf den Thron kommt, folgt Gewalt und Finsternis. Sie sind ein verfluchter Haufen.«

»Charles der Zweite war sehr populär, und sein Vater wurde als Märtyrer betrachtet«, widersprach sie.

Mr. Holland tätschelte ihren Kopf und zerdrückte die Seidenblumen auf dem Strohhut. »Sie sind zu jung, um die Feinheiten der Politik zu verstehen, mein liebes Kind, und ...«

»Und ich bin bloß eine Frau.« Bryony lächelte und rückte ihren Hut zurecht.

Ihrem scharfen Blick ausweichend, räusperte er sich und ging rasch zur Tür hinüber. »Grüßen Sie Ihre Tante von mir. Ich werde Ihnen nach Frankreich schreiben. Und falls Sie je etwas brauchen sollten, zögern Sie bitte nicht, mich zu benachrichtigen.«

»Danke, Onkel B«, sagte Bryony und richtete sich zu einer liebevollen Umarmung auf die Zehenspitzen auf, bevor sie, blinzelnd, um ihre Tränen zu verdrängen, auf die Straße hinauseilte zu ihrer Kutsche, die sie dort erwartete.

»Onkel B?« hörte sie ihn hinter sich fragend wiederholen. Ihr war nach Lachen und zugleich nach Weinen zumute. Reggie hätte jetzt gelacht und gesagt: »Laß den alten Butterkloß das Rätsel selber lösen, Schwesterchen.« Wie grausam, daß die Welt nie wieder Reggies mutwilliges Lächeln sehen würde.

Bryony kauerte sich in eine Ecke der Kutsche und weinte, wie sie noch nie zuvor geweint hatte, froh, daß die zunehmende Abenddämmerung ihre geröteten Augen und ihre geschwollene Nase vor der Welt verbarg.

Es war einer jener unfreundlichen Tage, die den Herbst ankündigen. Der Himmel lag bedrückend tief, strafte die Erde mit einem unablässigen Nieselregen und hüllte die Bäume in einen feuchten grauen Nebel ein, als wollte er die Welt für immer zur Trostlosigkeit verdammen.

Bryony befahl Jules, sie zum »Pig and Deer« zu fahren, einem gemütlichen Gasthaus am Stadtrand von Crawley, in dem sie bereits ein Zimmer reserviert hatte.

Morgen würde sie zu Nigels Landgut, Greymeadows, in Cuckfield weiterfahren.

Bryony hatte Onkel Butterkloß belogen. Zu sagen, sie befände sich in Begleitung ihrer Tante Hortense, war ebenso gelogen wie die Behauptung, sie halte sich bei Freunden in East Grinstead auf. Wenn sie ihm die Wahrheit gesagt hätte – daß sie Paris und Tante Hortense verlassen hatte, um Reggies Tod zu untersuchen – hätte er einen Schlaganfall bekommen.

Trotzig schob sie das Kinn vor. Egal, wie viele Beschönigungen der Wahrheit es erfordern mochte, sie würde nicht eher nach Frankreich zurückkehren, bis Reggies geheimnisvoller Tod aufgeklärt war. Sie würde nicht eher Frieden finden, bis sie alles über jenes verhängnisvolle Kartenspiel und das Feuer herausgefunden hatte, das sie auf solch grausame Weise ihres Zwillingsbruders beraubt hatte.

Nach ihrer Ankunft in England war sie sofort nach Willow Hills, ihrem geliebten Elternhaus, gefahren. Nie würde sie das düstere Skelett des einst so prachtvollen Anwesens vergessen, das fast bis auf die Grundmauern abgebrannt war, die Schornsteine, die sich wie schwarze Arme in den Himmel reckten, und das Durcheinander aus verkohlten Balken um das Fundament. Nur ein kleiner Teil des Erdgeschosses war intakt geblieben. Willow Hills war ein Ort, wo keine Weiden mehr zu sehen waren und die einst so gepflegten grünen Rasenflächen schwarz verkohlt aussahen.

Der düstere Anblick wurde ein wenig gemildert von glücklicheren Erinnerungen – an Pferde, sonnige Gartenpartys mit ihren Puppen, das lächelnde Gesicht ihrer Mutter, das sich über sie beugte. Wie gern hatte Bryony das lockige Haar ihrer Mutter berührt, das weich und seidig wie das Fell ihres Kätzchens gewesen war. An ihr Gesicht erinnerte sie sich nur verschwommen, aber die sanften blauen Augen ihrer Mutter waren unvergeßlich.

Bryony wußte, daß sie diese liebevollen Augen immer in zärtlicher Erinnerung bewahren würde.

Das Jahr nach dem Tod ihrer Mutter, die an einem unheilbaren Leiden gestorben war, war sehr schwer für Bryony gewesen. Ihr Vater, der sich vom Verlust seiner geliebten Frau nie ganz erholte, war hart und abweisend geworden. Es war Reggie, immer nur Reggie, gewesen, der Bryonys Leben erträglicher gemacht hatte. Sie war sein Schatten, seine glühende Bewundererin gewesen, bis ihr Vater sie fortgeschickt hatte mit den Worten: »Wenn ich dich wiedersehe, wirst du dich hoffentlich wie eine Frau benehmen und nicht wie Reginalds jüngerer Bruder.« Ihr stolzer Vater hatte so verbittert geklungen, daß sie sich vor ihm gefürchtet und nicht zu protestieren gewagt hatte. In ihrem Zimmer hatte sie mit ihrem Schicksal gehadert und geweint, bis Reggie die Linde vor ihrem Fenster hinaufgeklettert war und sich fast den Hals gebrochen hatte, um sie mit einer seiner albernen Vorstellungen aufzuheitern.

Zwei Jahre waren seitdem vergangen, und alles hatte sich geändert. Vor sechs Monaten war Donald Shaw bei einem Sturz vom Pferd gestorben. Und nun war auch noch Reggie tot. Aus irgendeinem unerklärlichen Grund hatte Reggie Bryony nicht erlaubt, nach dem Tod ihres Vaters nach Willow Hills zurückzukehren. Und wenn er es getan hätte – würde er sie wiedererkannt haben? Und würde er dann heute vielleicht noch leben?

Frankreich – und vor allem ihre Tante – hatte sie verändert. Die tyrannische Schwester ihres Vaters hatte absoluten Gehorsam und bedingungslose Hingabe von Bryony verlangt.

Sie erschauerte. Zwei Jahre hatte sie gelebt wie eine Sklavin, wie eine gemeine Dienstmagd, die von ihrer Tante wie von einem General herumkommandiert worden war. *Laß die Schultern nicht so hängen! Nimm die Knie zusammen, wenn du sitzt, und halte dich gerade! Deine*

Hände! Du hast Schmutz unter den Fingernägeln! Es wird mir nie gelingen, eine Dame aus dir zu machen.

Bryony wollte nie wieder zurück nach Frankreich. Das war ein unumstößlicher Entschluß, den sie gefaßt hatte, und dennoch wagte sie es kaum, über ihre Zukunft nachzudenken. Was sollte sie tun? Was *konnte* sie tun? Als sie das Thema Bälle und Gesellschaften bei ihrer Tante angeschnitten hatte, hatte die alte Dame nur verächtlich das Gesicht verzogen und gesagt, kein wahrer Gentleman werde Bryony mit ihrem viel zu dunklen Haar, den blassen Zügen und den dichten Augenbrauen je einen zweiten Blick gönnen.

Bryony berührte zaghaft ihr Gesicht. War sie wirklich derart unscheinbar? Reggies Gesicht war voller Leben und Lachen gewesen, und sie sah ihm doch bestimmt ein bißchen ähnlich, oder? Tante Hortense hatte sie als unscheinbare graue Maus bezeichnet, die nicht die geringste Aussicht hatte, je das Interesse eines Gentlemans zu wecken. Bryony errötete in der Dunkelheit. Sie war nicht sicher, ob sie das Interesse eines Gentlemans erwecken wollte, obwohl sie sich in ihrem Herzen doch nach Kameradschaft und nach Zärtlichkeit sehnte und wissen wollte, wie es war, die Bewunderung eines Mannes zu genießen. Das war doch ganz natürlich, oder?

Die Augen schließend, preßte sie die Finger an die Lippen und versuchte sich vorzustellen, wie es sein würde, von den Lippen eines Mannes berührt zu werden.

Nigels gutaussehendes Gesicht erschien vor ihr. Sie bewunderte ihn seit Jahren, aber er hatte sie immer wie Reggies kleine Schwester behandelt, die keine eigene Persönlichkeit besaß. Jetzt, wo Reggie nicht mehr lebte, war es, als ob sie überhaupt nicht existierte; der Gedanke schreckte sie. Aber ihr Herz lebte, und in ihm brodelten ein Durst und eine Neugierde, die ihr bisher noch unerklärbar waren. Rastlosigkeit erfaßte sie, und sie seufzte.

Sie würde Nigel morgen aufsuchen. Vielleicht konnte er ihr einen Rat geben, wie sie sich verhalten sollte. Vielleicht würde ihm ja auffallen, daß sie jetzt erwachsen war …

Regen schlug gegen das Kutschenfenster, und die Türen klapperten im Wind. Es herrschte draußen absolute Finsternis, die durch das schwache Licht der Kerzen in den Fenstern einiger kleiner Bauernhäuser an der Straße höchstens noch verstärkt wirkte. Bryony wußte, daß sie in der Nähe des Gasthofs waren, aber die Lichter vermochten den dichten Nebel fast nicht zu durchdringen.

Jules schrie den Pferden etwas zu. Die Kutsche machte eine scharfe Wendung und schlitterte über nasses Kopfsteinpflaster. Bryony hielt sich am Fenster fest, als der Wagen sich zur Seite neigte. »O nein!«

Ein Stoß, der sie auf den gegenüberliegenden Sitz warf, ein Knirschen und dann Stille. »Was …?« schrie sie, als sie auf dem weichen Polster aufprallte. Ihr Blick trübte sich für einen Moment, bevor ihr der seltsame Winkel, in dem die Kutsche stand, auffiel. Von draußen drangen die Geräusche eiliger Schritte, gemurmelter Flüche und das Wiehern ängstlicher Pferde zu ihr herein. Sie versuchte, aufzustehen, um zur Tür zu gelangen, doch der Aufprall hatte sie zu sehr geschwächt. Hilflos ließ sie sich wieder in die Polster sinken. Ihre Schulter schmerzte.

Die Tür öffnete sich langsam und quietschte in den Angeln. Bryony sah die dunklen Umrisse eines Männerkopfes und die breite Schleife, die sein Haar in einem Zopf am Hinterkopf zusammenhielt. Er hatte eine ausgeprägte Adlernase.

»Ist jemand verletzt?« fragte er mit tiefer, rauher Stimme.

»Nein … ich bin nur etwas benommen«, erwiderte Bryony, als sie seine ausgestreckte Hand ergriff. Ihre

Wärme vermittelte ihr ein Gefühl der Sicherheit, und sie überließ sich willig seinen starken Armen, als er sie aus der Kutsche hob. Er umspannte beinahe ihre Taille, und sie spürte die Wärme seiner Hände bis durch ihre Kleidung dringen. Draußen setzte er sie ab und hielt sie dann ein wenig länger, als nötig gewesen wäre.

»Können Sie jetzt allein stehen?« erkundigte er sich freundlich und schaute ihr ins Gesicht.

Sie nickte und rieb die Schulter, die bei dem Aufprall das meiste abbekommen hatte.

Der Mann schaute noch einmal in das Innere der Kutsche.

»Ich war allein«, erklärte sie.

»Verstehe.« Sich zu seiner vollen Größe aufrichtend, berührte er sanft ihren Arm. »Tut es weh?«

»Ein bißchen, aber es ist nicht schlimm.« Sie bewegte die Schulter, und der Schmerz begann ein wenig nachzulassen.

»Sie haben Glück gehabt.« Mit behutsamen Bewegungen massierte er die wunde Stelle. Aus irgendeinem Grund konnte sie sich nicht dazu durchringen, ihm den Arm zu entziehen.

Zwei Pferdeknechte kamen herbeigelaufen, hängten Fackeln an der Außenwand des Gasthofs auf und schirrten dann die Pferde an dem umgestürzten Wagen aus. Die Tiere wieherten und verdrehten furchtsam ihre Augen.

Jules hinkte zu Bryony hinüber. Er war ein Bauernsohn aus der Provence, ein Riese von Mann mit einem dunkelhäutigen, unschönen Gesicht, das von einer krummen, blaugeäderten Nase beherrscht wurde. Er war ihr treu ergeben und folgte ihr überallhin. Durch seine bloße Größe fühlte Bryony sich schon beschützt. Er hatte geschworen, sie mit seinem Leben zu beschützen, seit jenem Tag, als sie verhindert hatte, daß Tante Hortense ihn auspeitschen ließ, weil er im Treibhaus

Rosen gepflückt hatte. Rosen waren Jules' große Schwäche, eine Leidenschaft, die er mit seiner jungen Herrin teilte.

»Verzeihen Sie mir, Mademoiselle«, sagte er auf französisch, da er kein Wort Englisch sprach. »Ich hatte die Kurve nicht rechtzeitig genug gesehen.«

Der große Fremde bückte sich, um sich die Räder anzusehen. »Ich fürchte, die Kutsche ist nicht zu gebrauchen, bis die Achse repariert ist. Sie ist direkt am Rad gebrochen.«

»O nein«, sagte Bryony und stöhnte. Das verzögerte ihre Pläne.

»Wenigstens ist es direkt vor dem Gasthaus geschehen, falls Ihnen das ein Trost ist«, fügte der Fremde hinzu.

Neben ihr ließ Jules bedrückt den Kopf hängen. Sie berührte seinen Arm. »Es war nicht deine Schuld, Jules. Bist du verletzt?«

Er schüttelte den Kopf. »Nein, Mademoiselle, ich habe mir nur das Bein gestoßen. Ich werde mich sofort um die Reparaturen kümmern.«

»Nein, warte bis morgen. Du verdienst ein bißchen Ruhe nach den vielen Stunden in dem kalten Regen.« Sie griff in die Tasche ihres Umhangs und zog ihren Geldbeutel heraus. Als sie das Durchziehband geöffnet hatte, gab sie Jules einige Münzen. »Beschaff dir etwas Anständiges zu essen und ein warmes Bett. Wir werden uns morgen erkundigen, wie lange die Verzögerung sein wird.«

Er tippte an die weiche Krempe seines feuchten Huts. »Danke, Mademoiselle, Sie sind ein Engel«, sagte er ehrerbietig und hinkte auf den schwach erhellten Gasthof zu.

Der Fremde blieb und lehnte sich an eins der Wagenräder. Bryony wandte sich ihm zu. »Danke, daß Sie uns geholfen haben. Wir können jetzt nichts anderes mehr tun, als im Gasthaus Schutz zu suchen.«

»Eine vornehme Dame sollte nicht ohne Begleitung reisen. Die Straßen sind gefährlich, und das sind auch viele Reisende.«

Sie warf ihm einen scharfen Blick zu. Sie konnte seinen Gesichtsausdruck im Dunkeln nicht erkennen, aber seine Stimme klang ruhig und aufrichtig. Sie konnte ihm den Grund ihres Alleinseins nicht gut nennen – daß die Zofe ihrer Tante, Javotte, sie in Dover im Stich gelassen hatte und nach Paris zurückgekehrt war. »Ich … ich wohne ganz in der Nähe«, log sie.

»Dann werde ich eine Kutsche besorgen und Sie sofort nach Hause fahren. Dies ist kein Ort für eine Dame.« Er stand so nahe, daß sein warmer Atem ihr Gesicht berührte, als er sprach. Es lag nichts Bedrohliches in seinem Verhalten, und dennoch strahlte er eine überwältigende Überzeugungskraft aus.

»Nein, Sie haben schon genug getan. Ich habe nicht die Absicht, jetzt schon heimzufahren.« Sie hastete auf den Gasthof zu, weil sie es eilig hatte, den Fremden loszuwerden. Aber er war noch vor ihr da, hielt ihr die Tür auf und verbeugte sich vor ihr.

»Sie sind sehr unvorsichtig.«

Einen flüchtigen Moment lang sah sie glänzendes, pechschwarzes Haar, das glatt aus einer hohen Stirn zurückgekämmt war. Im schwachen Licht des Vestibüls hatte sie den Eindruck, daß seinem Lächeln etwas Spöttisches anhaftete. Seine Gesichtszüge waren kantig, wie geschnitzt aus hellem Marmor, und die Schatten seiner hohen Wangenknochen ließen seine schmalen Wangen hohl erscheinen und betonten sein markantes Kinn. Aber es waren vor allem seine Augen, die ihr auffielen.

Sie waren dunkel, tiefliegend und umrahmt von überraschend schwarzen Wimpern. Er betrachtete sie mit unverhohlenem Interesse, als wolle er bis auf den Grund ihrer Seele schauen. Ihr Herz schlug schneller.

Sein Lächeln wurde noch ein bißchen breiter, und er

verbeugte sich galant vor ihr. »Jack Newcomer zu Ihren Diensten«, sagte er gedehnt.

Bryony, die nicht die Absicht hatte, sich ihm vorzustellen, nickte ihm nur zu. Sie mußte sich ermahnen, vorzutreten, weg von ihm, aber das war leichter gesagt als getan. Er kreuzte ihren Weg, als er die Tür zum Schankraum öffnete.

Er schien noch etwas sagen zu wollen, als sie weiterging, um mit dem Wirt zu reden, aber sie hielt nicht inne. Schnell bestellte sie ein Tablett mit einem Abendessen und warf, als sie die Treppe zu ihrem Zimmer hinaufeilte, einen verstohlenen Blick über die Schulter. Jack Newcomer saß, einen Bierkrug in der Hand, allein vor dem Kamin. Ein mutwilliges Lächeln glitzerte in seinen Augen, und er besaß die Dreistigkeit, ihr zuzuzwinkern.

Errötend vor Verlegenheit, senkte Bryony den Blick und floh den Rest der Treppe hinauf. Zuerst besaß er die Frechheit, ihr zu sagen, was sie tun sollte, und dann gaffte er sie auch noch auf diese unverschämte Weise an! Sein tiefes Lachen folgte ihr, als sie ihre Tür schloß und verriegelte. Er hatte sie vor Gefahren gewarnt, aber wohl vergessen, sie vor ihm zu warnen!

Am nächsten Morgen war der Himmel noch genauso grau wie schon am Tag zuvor, und der Regen prasselte gegen die Fensterscheiben. Bryony bürstete ihr Haar, bis es in weichen Wellen über ihren Rücken fiel, und schlang es dann zu einem weichen Chignon zusammen, den sie auf dem Oberkopf feststeckte. Zwei lange Korkenzieherlocken ringelten sich auf ihren Schultern. Am Abend zuvor hatte sie das Haar an den Schläfen auf Papier gewickelt, um am nächsten Morgen gut für Nigel auszusehen. Sie vermißte Javotte, die Zofe ihrer Tante, obwohl sie es gewöhnt war, für sich selbst zu sorgen, da Tante Hortense es für Geldverschwendung gehalten hatte, eine eigene Kammerzofe für sie einzustellen.

Bryony atmete tief durch, froh, sich wieder auf englischem Boden zu befinden. So weit sie durch den Nebel vor dem Fenster sehen konnte, bildeten sanft ansteigende Hügel und grüne Wiesen einen Flickenteppich aus grünen, braunen und rötlichen Farbtönen, und die Felder waren gesäumt von Bäumen, von deren Blättern der Regen tropfte. Gott wußte, wie lange sie noch warten mußte, um goldene Sonnenstrahlen zwischen den Buchenblättern tanzen zu sehen.

Sie packte zwei Kleider in ihren Portemanteau; der große Schrankkoffer mit dem Rest ihrer Garderobe stand ungeöffnet bei der Tür. Ihre Kindheitsandenken waren mit Willow Hills verbrannt, alle bis auf das Miniaturporträt aus Porzellan von Reggie, das sie an einem langen Samtband um den Hals trug. Es war alles, was ihr von ihm geblieben war, ein für die Ewigkeit gemaltes Lächeln.

Sie zog das blaue Samtkleid über den steifen Reifrock und den gesteppten, mit kleinen Blumensträußen bestickten Unterrock. Froh, daß das Mieder vorn geschlossen wurde und nicht hinten, zog sie die Kordeln an und zupfte die breite weiße Spitze am Dekolleté zurecht.

Kritisch betrachtete sie sich in dem halbblinden Spiegel. Ob Nigel den französischen Stil des Kleids bemerken würde? Würde er *sie* bemerken? Ihr Herz begann unruhig zu klopfen. Sie puderte leicht ihr Gesicht, schminkte ihre Lippen und klebte ein schwarzes Schönheitspflästerchen an ihren Augenwinkel.

Da sie plötzlich keinen Appetit mehr hatte, rührte sie die noch warmen, mit Honig bestrichenen Brötchen fast nicht an. Der heiße Tee verbrannte ihr die Zunge, als sie zu schnell davon trank. Das Gesicht verziehend, stellte sie die Tasse rasch wieder zurück und trank einen Schluck Wasser. Sie mußte sich beruhigen! Es wäre unklug, sich Nigel in diesem Zustand zu präsentieren. Sie mußte ruhig und beherrscht erscheinen.

Der große Schankraum war dicht besetzt mit Reisenden, die auf die Postkutsche nach Norden warteten. Fette Matronen und schüchterne junge Mädchen nahmen zwischen kräftigen Handwerkern und Bauern ihr Frühstück an den groben Tischen des Wirtshauses ein. Die niedrige Decke war rußgeschwärzt, und aus dem Kamin kam soviel Rauch, daß er Bryonys Augen tränen ließ. Sie wollte all diesen Leuten und dem aufdringlichen Geruch nach abgestandenem Bier so schnell wie möglich entgehen.

Der große Fremde vom Abend zuvor war nirgendwo zu sehen. Die Enttäuschung, die Bryony erfaßte, ärgerte sie. Widerstrebend gestand sie sich ein, daß sie ihn gesucht hatte, als sie hinuntergegangen war, und dachte an den durchdringenden Blick, mit dem er sie am Vorabend betrachtet hatte. Die Erinnerung daran verschlug ihr für einen Moment den Atem.

Jules wartete unten schon auf sie und zerdrückte seinen Hut in seinen großen Händen. »Guten Morgen, Mademoiselle. Wegen der Kutsche konnte ich leider noch nichts unternehmen.« Verzweifelt breitete er die Arme aus. »Ich verstehe kein Wort von dieser merkwürdigen Sprache.«

Bryony lächelte. »Nun, dann wollen wir uns doch gleich mal darum kümmern.«

Sie gingen an der umgekippten Kutsche vorbei, die von neugierigen Kindern umringt war, und über die mit Kopfstein gepflasterte Straße zur Schmiede weiter, die sich gleich neben den leeren Mietställen befand. Der Schmied ging mit ihnen zurück, an Steinhäusern mit schilfgedeckten Dächern und gepflegten Gemüsegärten vorbei. Er begutachtete den Schaden an der Kutsche, schüttelte den Kopf und sagte, daß er sie erst am nächsten Tag in Ordnung bringen könne.

Bryony versuchte erfolglos, ihn mit einer Goldguinee zu bestechen. Sie wollte nicht noch eine weitere Nacht im Gasthof bleiben, doch was hätte sie sonst tun können? Sie wandte sich mit ihrer Frage an den Schmied.

»Mylady könnte die Postkutsche nehmen«, schlug er vor. »Die Brightoner nach Cuckfield und dann dort einen Wagen mieten, der Sie zum Landgut Seiner Lordschaft bringt. Ich fange morgen früh als erstes mit der Kutsche an«, versprach er freundlich. Bryony nickte und bedankte sich bei ihm, während sie sich fragte, welch schlechter Stern ihr all die Hindernisse in den Weg legte.

Sie kehrte ins Gasthaus zurück, begleitet von dem großen Franzosen, der seinen Umhang über ihren Kopf hielt, um sie vor dem Nieselregen zu schützen. Während sie im ›Pig and Deer‹ wartete, um ihre Fahrscheine zu kaufen, verschwand Jules hinter den Pferdeställen.

Der Wirt versprach, Bryonys Schrankkoffer bis zum nächsten Tag dazubehalten. Die Postkutsche würde in einer halben Stunde kommen.

Bryony schaute sich in dem Schankraum um, aber von dem großen Fremden war noch immer nichts zu sehen. Unruhig ging sie hinaus. Es hatte aufgehört zu regnen, aber der Nebel war geblieben, und die Luft war feucht vom Regen. Sie lächelte, als Jules ihr ein Sträußchen halbverwelkte Astern reichte, die sie an ihr Mieder steckte.

»Danke«, sagte sie, und der hünenhafte Mann errötete. Sie wußte, daß Jules sie auf seine Weise liebte. Er war ein Mann, der sich die unschuldigen Gefühle eines Kinds bewahrt hatte.

Die meisten der Reisenden aus London brachen bald auf, und eine trügerische Stille herrschte jetzt im Hof. Bryony ging unruhig auf und ab und wünschte, die Zeit verginge schneller. Ein ungutes Gefühl beschlich sie, als ob ungesehene Augen jede einzelne ihrer Bewegungen verfolgten. Als ihr Blick zu den Fenstern im ersten Stock glitt, glaubte sie zu sehen, wie eine Gardine sich bewegte. Oder bildete sie sich das nur ein? Durch die dunklen Scheiben war nichts zu erkennen.

Ein Hornstoß kündigte die Ankunft der Brightoner Kutsche an, und Bryony starrte die nebelverhangene Straße hinunter. Die Wolken hatten sich verdichtet und die Dunkelheit des frühen Abends mitgebracht, obwohl die Uhr über dem Schild des Gasthofs erst den späten Vormittag anzeigte. Als Bryony das feuchte, schlecht riechende Vehikel betrat, fielen die ersten dicken Regentropfen.

Da die wenigen Fahrgäste alle vor dem Gasthof ausgestiegen waren, hatte Bryony die Kutsche ganz für sich allein. Jules stieg neben dem Kutscher auf den Bock, obwohl sie ihm gewinkt hatte, zu ihr hereinzukommen. Als der Kutscher »Los!« schrie und mit den Zügeln klatschte, machte sie sich auf eine ruckartige Bewegung des Gefährts gefaßt.

Doch plötzlich flog die Tür auf, und ein weiterer Fahrgast sprang in die Kutsche, als sie bereits anfuhr.

Bryonys Augen weiteten sich vor Überraschung. Es war Jack Newcomer.

2

Als die Pferde eine schnellere Gangart anschlugen, ließ Jack Newcomer sich auf den gegenüberliegenden Sitz fallen, spreizte die langen Beine und tat überrascht.

»Oh, guten Morgen«, sagte er fröhlich und nahm seinen Dreispitz ab. »Was für eine angenehme Überraschung. Ich wußte nicht, daß ich Sie hier antreffen würde. Bitte verzeihen Sie mir meinen etwas überstürzten Zustieg.« Er schob seinen Portemanteau unter den Sitz.

Schockiert über sein unerwartetes Erscheinen, mußte Bryony erst ihre chaotischen Gedanken sammeln, bevor ihr eine Erwiderung einfiel. »Guten Morgen«, hauchte sie.

Seine lebhafte Energie durchströmte die Kutsche, und aus irgendeinem Grund bedrohte sie sie. Er trug etwas schäbige, aber saubere bürgerliche Kleidung, einen grauen Samtrock mit bescheidenen Verzierungen, dunkle Kniebundhosen und schlammbespritzte weiße Strümpfe. An seiner Hüfte hing ein Schwert. Sein Kinn war dunkel vom Schatten eines eintägigen Bartes. Eine widerspenstige Locke hatte sich aus der Schleife gelöst, die sein Haar zusammenhielt, und milderte die Härte seiner Züge. Bei seiner stattlichen Figur kam auch die bescheidene Kleidung gut zur Geltung, und Bryony unterdrückte einen Seufzer, als sie seine breiten Schultern und muskulösen Oberschenkel sah. Der Atem stockte ihr, als seine lächelnden Augen ihre Neugierde zur Kenntnis nahmen.

Er verzog spöttisch die Lippen. »Madam, unter Ihren prüfenden Blicken komme ich mir wie ein Pferd am Markttag vor.« Er öffnete die Lippen noch ein wenig weiter und entblößte starke weiße Zähne. »Möchten Sie auch meine Zähne sehen?« fragte er herausfordernd.

Bryony errötete und senkte den Blick. Sein Spott erinnerte sie an alte Zeiten, an ihren Bruder Reggie. »Nein, das ist nicht nötig.« Von plötzlichem Übermut erfaßt, setzte sie eine überlegene Miene auf und sagte: »Wenn Sie ein Pferd wären, Sir, würde ich Sie nie kaufen.«

Seine Augen funkelten. »Ach wirklich? Dann sagen Sie mir, warum nicht.«

»Ihre Augen sind nicht vertraueneinflößend, Ihre Beine zu unruhig, Ihre Bewegungen unberechenbar, und Sie haben X-Beine.«

»X-Beine?« rief er fassungslos und betrachtete diesen unvollkommenen Teil seiner Anatomie. »Das ist ja wohl maßlos übertrieben.«

Sie zuckte mit den Schultern. »Es ist die reine Wahrheit. Erwarten Sie nicht, daß ich Sie belüge und Ihnen adonisgleiche Attribute zuschreibe. *Das* können Sie auch selber.«

Während sie ihn unter gesenkten Lidern verstohlen ansah, merkte sie, daß er vor lauter Verblüffung vergessen hatte, den Mund zu schließen. Triumph erfaßte sie. Das hatte offenbar gesessen!

Aber dann war sie diejenige, die verdutzt den Mund aufklappte, als er den Kopf zurückwarf und zu lachen begann. Die ganze Kutsche echote von seinem tiefen, ansteckenden Gelächter. Bryonys Lippen zuckten, aber sie hatte nicht die Absicht, mitzulachen – noch nicht jedenfalls.

Sein Heiterkeitsanfall verging; er wischte sich über die Augen und atmete tief ein. »Sie sind eine unterhaltsame Begleiterin. Darf ich mir die Frage erlauben, wie Ihr Name ist?«

Was konnte es schon schaden, sich ihm vorzustellen? »Miss Bryony Shaw.«

Sie sah seine starke Hand, als er nach ihrer griff. Helle Haut und lange, schmale Finger. Ein kleiner Rubin glitzerte an seinem kleinen Finger. Sie überließ ihm ihre Hand, und ein Erschauern durchzuckte sie, als seine Lippen ihre Haut nur flüchtig streiften und seine Fingerspitzen die empfindsame Haut an ihrem Handgelenk berührten. Sie wußte nicht, wie sie auf diese geübte Geste reagieren sollte. Die lose Strähne seines schwarzen Haars fiel wieder vor und streifte ihre Hand. Sie war sich seiner Berührung mit jedem Nerv bewußt.

Das Gesicht noch immer über ihre Hand gebeugt, schaute er auf und sah ihr in die Augen. Wieder schien ihr Herz einen Schlag auszusetzen, und sie vermochte den Blick nicht von ihm abzuwenden. Es war, als ob er ihre Vergangenheit und ihre Zukunft sehen könnte und all ihre Geheimnisse kennen würde. Und in der Tat erschien er ihr derart vertraut, als wäre er seit Jahren schon ein Freund von ihr – und der Verehrer, den sie sich heimlich immer schon erträumt hatte.

Eins wußte sie, als er den Blick dann endlich abwandte: daß seine Augen Geheimnisse enthielten, die sie erst entdecken mußte.

Gedanken an Flucht durchzuckten sie ganz plötzlich. So hatte sie sich den Beginn des Tags nicht vorgestellt. Nicht mit diesem fremden Mann, der derart starke Emotionen in ihr weckte. Nachdem sie ihm in die Augen gesehen hatte, erschien es ihr unmöglich, allein die Route zu beschreiten, die sie sich nach ihrer Ankunft in England vorgenommen hatte.

Verwirrt und fröstelnd, rieb sie sich die Arme und starrte aus dem Fenster. Er lachte nicht mehr; still und versonnen schaute auch er nun aus dem regennassen Fenster.

Das Schweigen dehnte sich unerträglich lange zwischen ihnen aus, bis es vom abrupten Klang seiner Stimme unterbrochen wurde. »Bryony ist ein ungewöhnlicher Name. Sind Sie schwarz oder weiß?«

Bryony schaute ihn an. Schwarz oder weiß? Ob er die Jakobiterfrage damit meinte? »Ich fürchte, ich verstehe Ihre Frage nicht«, erwiderte sie leise und ärgerte sich über das Zittern ihrer Stimme.

»Schwarze Bryony-Zaunrübe oder die weiße? Die schwarze Sorte hat giftige rote Beeren.«

»Und die weiße?« fragte sie.

»Sagen wir nur, sie ist ein wenig zahmer.«

Sie begann zu lächeln. »Obwohl die Mauern meines elterlichen Hauses mit Zaunrübenranken überwuchert waren, kann ich dazu eigentlich nur sagen, daß ich die menschliche Bryony bin.«

»Und nicht so zahm?«

»Beurteilen Sie das selbst. Aber ich fürchte, Sie werden nicht die Zeit haben, viel über mich herauszufinden. Ich fahre nämlich nur bis Cuckfield.«

Er pfiff überrascht. »Sie enttäuschen mich.«

»Und wo fahren *Sie* hin, Mr. Newcomer?«

»Ach, nun ja ... hierhin und dorthin, Norden, Süden, Osten, Westen, bis ans Ende dieser Welt.«

»Wie aufschlußreich«, bemerkte sie ironisch. »Diese Kutsche wird Sie nur nach Brighton bringen.«

Er zog die Schultern hoch. »Dann fahre ich von dort aus weiter.«

»Oh.« Da sie zu gern gewußt hätte, wo er herkam, öffnete sie schon den Mund, um ihn zu fragen, als sie plötzlich ein Warnsignal zu hören glaubte. Tante Hortenses scharfe Stimme, die ihr immer eingebleut hatte: *Man stellt Fremden keine neugierigen Fragen! Das ist ungezogen und vulgär.*

Bryony betrachtete ihn abschätzend. Vielleicht war er Anwalt, Bankier oder Beamter, weil er eine kultivierte Ausdrucksweise und gepflegte Hände hatte. Aber dazu war er eigentlich zu unkonventionell in seiner Kleidung. Die Angehörigen der bürgerlichen Stände waren unterschiedlich, was ihr äußeres Erscheinungsbild betraf, besonders in den Städten. Vielleicht war er ein verrückter Künstler oder Dichter. Ein Hauch von Gefahr ging von ihm aus.

Als habe er erraten, was sie dachte, sagte er: »Ich bin Schiffskapitän.«

»Oh«, sagte sie und kam sich ziemlich töricht vor.

»Ja, Nord und Süd, Sie wissen schon. Mein Schiff liegt zur Überholung in den Docks von Portsmouth. Danach werde ich zu den Westindischen Inseln segeln, mit einer Fracht Eisen aus Sussex, die ich dort gegen Zucker und Rum eintauschen werde.«

Bryonys Interesse war geweckt. Sie beugte sich ein wenig vor. »Wie aufregend! Ich bin nie weiter südlich als Paris gekommen und im Norden nur bis Oxford. Sie finden England sicher ziemlich provinziell.«

»England ist der schönste Ort der Welt«, erwiderte er schlicht.

»Und Gott schütze König George«, scherzte sie.

Sein Blick glitt zu ihrem Gesicht. »Warum sagen Sie das?«

Sie zog die Schultern hoch. »Weil es der übliche Kommentar ist, denke ich. König und Vaterland.«

Er starrte sie lange an und sah, wie sie errötete und versuchte, seinen Blicken auszuweichen. Schließlich seufzte er. »Sie sind bezaubernd. Ihr Lächeln ist wie Sonnenschein auf Quellwasser. Wußten Sie das?«

Sie schüttelte den Kopf und sah auf den Boden.

»Gestern abend sahen Sie sehr traurig aus.«

Er lud sie ein, darüber zu sprechen, aber das konnte sie nicht. Sie wollte nicht vor einem Fremden weinen, obwohl er ihr eigentlich gar nicht mehr so fremd vorkam.

»Es war sehr flegelhaft von Ihnen, mich gestern abend so anzustarren«, versetzte sie.

»Ich konnte den Blick nicht von Ihnen abwenden.« Seine Stimme war wie ein Streicheln; ein Prickeln ging über ihre Wirbelsäule. »Sie waren wie eine Erscheinung.«

Sie spürte, daß er es ernst meinte, sagte aber: »Sie wollen mir nur schmeicheln. Ich kann kaum glauben, daß Sie die ganze Welt gesehen haben. Denn dort müßten Sie doch unzähligen Frauen begegnet sein, die sehr viel schöner waren als ich.«

»Das kommt darauf an, wonach man sucht«, erwiderte er geheimnisvoll.

»Sie wollen mir nur den Kopf verdrehen, das ist alles.« Um ihre Verwirrung zu verbergen, faltete und entfaltete Bryony den Saum ihres Umhangs.

Er seufzte schwer. »Ich suche schon seit Jahren etwas … oder jemanden.« Er beugte sich ein wenig vor und wirkte plötzlich angespannt, erwartungsvoll. »Wenn ich in Ihre funkelnden, seegrünen Augen schaue, kann ich so tun, als ob ich es gefunden hätte. Was meinen Sie? Vertrauen Sie sich selbst und Ihren Gefühlen?«

Sein Blick hypnotisierte sie, weckte den Wunsch in ihr, ihn zu berühren und zu flüstern: *Ja, heute tue ich es, heute ist alles wie verzaubert. Und der Zauberer sind Sie. Heute ist ein ganz besonderer Tag, aber morgen wird der Bann gebrochen sein.* Statt dessen sagte sie: »Gefühle sind vergänglich; sie verändern sich von einem Augenblick zum anderen.«

Er nahm ihre Hand und drückte sie. Sie entzog sie ihm nicht. Leise flüsternd sagte er: »Sie haben recht. Aber was ist mit der Liebe? Glauben Sie an die Liebe?«

Ihr Herz schrie: *Ja,* aber sie brachte das Wort nicht über die Lippen. Sie sagte: »Ich weiß es nicht. Ich glaube, Liebe ist etwas sehr Ernstes. Ein Zustand, der für immer währen sollte – oder zumindest ein Leben lang.«

Er gab ihre Hand frei und seufzte. »Ich wünschte, das könnte ich glauben, aber ich halte es bloß für romantisches Geschwätz. Liebe ist nichts als eine vorübergehende Schwäche. Genauso flüchtig und veränderlich wie die Gefühle.«

Der Zauber brach, und Bryony fuhr zusammen, als hätte er sie ins Gesicht geschlagen. »Dann haben Sie noch nie geliebt.«

Er bedachte sie mit einem scharfen, aggressiven Blick. »Und Sie sind wohl eine Expertin, schätze ich. Frauen haben so unglaublich romantische Vorstellungen.«

Ihre Lippen zitterten, aber es gelang ihr, ihre Stimme ruhig zu halten. »Ich liebte meinen Bruder, aber er ist tot. Ich muß auch meine Mutter geliebt haben, aber sie ist schon vor langer Zeit gestorben. Ich bin die einzige von meiner Familie, die noch am Leben ist.«

»Aber Sie wissen nicht, wie es ist, einen Mann zu lieben?«

Ärger erwachte in ihr. »Sie haben kein Recht, mich so etwas zu fragen, Captain Newcomer. Ich will nicht mehr darüber sprechen.«

Er lachte, und es war kein wohlwollender Ton. Etwas Kaltes hatte sich in seinen Blick geschlichen. Sein plötzlicher Stimmungswechsel erschreckte sie. Sie zog sich noch weiter in ihre Ecke der Kutsche zurück.

Die Wolken draußen hatten sich verdichtet und das letzte bißchen Tageslicht erdrückt. Schweigen breitete sich zwischen ihnen aus, und Bryony versuchte, sich auf andere Dinge zu konzentrieren, unter ihnen auch Nigels Gesicht. Es war blaß, verschwommen und weit entfernt in diesem Augenblick. Sie mußte ihn sehen, um sich zu überzeugen, daß noch immer eine starke Bindung zwischen ihr und ihrer Vergangenheit bestand. Sie mußte fort von Jack Newcomer, dem Fremden, der die Macht besaß, ihre Welt mit einem einzigen Blick zu erschüttern. Er verwirrte sie, und sie konnte nicht noch mehr Verwirrung brauchen.

Das Licht wurde sogar noch düsterer, als sich die Straße durch ein dichtes Wäldchen zog. Wir müssen bald in Cuckfield sein, hoffte Bryony verzweifelt. Sie hatte das Gefühl, an der Spannung in der Kutsche langsam zu ersticken.

Die Kutsche ratterte durch tiefe Schlaglöcher aus Schlamm und Steinen; die Pferde legten sich ins Zeug und schnaubten. Unbeirrbar quälten sie sich durch die Pfützen. Regentropfen rannen ziellos über die beschlagenen Fenster.

Endlich hielten die Pferde. Eine bedrückende Stille breitete sich aus. Captain Newcomer öffnete das Fenster auf seiner Seite, um hinauszuschauen. Der Regen legte sich wie Diamanten auf sein Haar. Bryony beugte sich vor.

»Stecken wir im Schlamm fest?« fragte sie.

Er gab ihr mit einer ungeduldigen Handbewegung zu verstehen, daß sie schweigen solle.

Ein Musketenschuß zerriß die Stille. Ein Aufprall und ein Stöhnen, als jemand vom Kutschbock herunterfiel.

»Jules!« wisperte Bryony und legte bang eine Hand vor ihren Mund.

Dann bewegte sich die Kutsche, als jemand vom Bock herunterstieg und hinter dem Gefährt in Deckung ging. Bryony erkannte Jules' schwarzen Umhang durch das Fenster und seufzte vor Erleichterung. Captain Newcomer bewegte sich bereits und riß seine Reisetasche auf. »Straßenräuber.«

Während sie vor Schreck nach Atem rang, zog er zwei silberbeschlagene Pistolen aus der Tasche und gab ihr eine. »Laden und entsichern Sie sie«, befahl er und warf ihr ein Horn mit einem Silberdeckel und einen Lederbeutel zu. Schießpulver. Ihre Finger zitterten unkontrollierbar, als sie den Stöpsel aus dem Horn zog und in die Öffnung im Lauf der Waffe schob. Sie hatte Reggie bei seinen Schießübungen hundertmal seine Pistolen laden sehen. Die Geräusche von nervösen Pferden, die ungeduldig mit den Hufen auf dem Boden scharrten, machte sie noch nervöser, und sie schaffte es kaum, die Kugel einzulegen.

»Halten Sie an und leisten Sie keinen Widerstand, sonst schießen wir!« schrie ein Mann. Er hörte sich sehr nahe an, zu nahe.

Captain Newcomer hatte seine eigene Waffe bereits geladen und entsichert. Weit beugte er sich aus dem Fenster und feuerte sie ab. Ein Schrei zerriß die Luft, und das Feuer wurde prompt erwidert. Eine Kugel zischte in die Kutsche und bohrte sich in das Lederpolster. Bryony roch den durchdringenden Geruch von Schwefel, als der Captain sie auf den Boden drückte und ihr die Waffe aus den Händen nahm, um ihr gleich darauf die leere, die er gerade abgefeuert hatte, in den Schoß zu werfen.

Ein weiterer Schuß erklang hinter der Kutsche, und Bryony verbrannte sich die Finger, als sie Pulver in den Lauf gab und eine Kugel in die schwarze Öffnung drückte. Kalter Schweiß rann über ihren Rücken. Sie wagte kaum zu atmen. Ihre Hände zitterten, und sie verschüttete das Pulver.

»Schießen Sie!« hörte sie den Captain durch den Nebel ihrer Angst befehlen. »Dort durch das Fenster auf Ihrer Seite.«

Ohne Zögern entsicherte sie die Pistole, rappelte sich auf die Knie auf und schob den Lauf durchs Fenster. Einer der Räuber grinste sie an und richtete den Lauf seiner Muskete direkt auf ihr Gesicht.

Ohne lange zu überlegen, betätigte sie den Abzug.

Ein Ruck ging durch die Waffe. Der Knall zerriß ihr fast das Trommelfell. Wie in einem Alptraum sah sie, wie der Angreifer angstvoll das Gesicht verzog. Er ließ die Waffe fallen und griff nach seiner Schulter. »Weg hier!« schrie er über das Knallen eines weiteren Schusses, der vom hinteren Teil der Kutsche kam.

Drei Männer galoppierten über den aufgeweichten Boden und verschwanden zwischen den Bäumen.

Bryony sank auf den Boden. »Ich habe auf einen Mann geschossen«, flüsterte sie schockiert.

Jack Newcomer kroch zu ihr, keuchend von der Anstrengung und das Gesicht geschwärzt vom Ruß. »Es war entweder Sie oder er«, entgegnete er grimmig. »Er wird es überleben. Aber sie haben unseren Kutscher erschossen.« Wütend schlug er auf das Lederpolster. »Bei Gott, sie verdienen es, gehängt zu werden!« Er schaute Bryony eindringlich und beschwörend an, drehte sie dann auf die Seite und lockerte vorsichtig ihre steifen, rußgeschwärzten Finger, die noch immer die Pistole umklammerten. Unfähig, sich zu bewegen, starrte sie nur ihre Glieder an, als gehörten sie gar nicht zu ihrem Körper. Als er ihr die Waffe abgenommen hatte, konnte sie endlich wieder atmen. Kraftlos sanken ihre Arme an die Seiten.

Seine Hand verweilte einen Moment bei ihrem Kopf, dann strich er ihr sanft übers Haar. »Sie waren tapfer.«

Nachdem er die Waffen in seinen Portemanteau zurückgelegt hatte, verschwand er draußen. Jules' besorgtes Gesicht erschien im Kutschenfenster.

»Mademoiselle?«

»Mir ist nichts passiert. Wirklich.« Sie versuchte aufzustehen, merkte aber, daß sie keine Macht über ihre Beine hatte. Jules half ihr, auszusteigen, was sie sofort bereute, als sie die blutüberströmte Leiche des Kutschers und die beiden verwundeten Banditen sah, die Captain Newcomer gerade fesselte. Jules half ihm, sie und den Toten auf das Dach der Kutsche zu heben und sie am Gepäckständer festzubinden.

»Zumindest haben wir zwei von ihnen. Sie werden am Samstag in Cuckfield am Galgen hängen«, sagte Captain Newcomer.

Bryony schluckte und strich sich das Haar aus dem Gesicht. »Was für ein schrecklicher Tag. Ich hatte Todesangst.«

»Straßenräuber gibt es viele hier. Wir sollten machen, daß wir fortkommen, bevor sie mit Verstärkung zurückkommen.«

Sie protestierte schwach, als er sie in die Kutsche hob. Jules war bereits auf den Bock gestiegen. Die Pferde waren während des Überfalls erstaunlich ruhig geblieben und zogen den Wagen jetzt langsam aus dem Schutz der Bäume.

»Sie haben keinen Augenblick daran gedacht, sich zu ergeben«, bemerkte Bryony, während sie in ihrer Reisetasche nach Kamm und Spiegel suchte.

»Damit sie uns kaltblütig ermordeten? Wohl kaum. Sie waren keine Engel.« Er wischte sich mit einem großen Tuch über das Gesicht und musterte sie dann kritisch. »Ich fürchte, die Mühe, die Sie sich heute morgen mit Ihrem Aussehen gegeben haben, war umsonst.« Er mußte ihr Erschrecken gesehen haben, denn er fügte kalt hinzu: »Ihr Galan wird jetzt Ihr *wahres* Ich sehen und nicht die Schabracke einer modebewußten Dame.« Als sie ihm einen düsteren Blick zuwarf, lachte er. »Vielleicht ist er ja der Typ, der sich nur für Puder, Schönheitspflästerchen und schöne Kleider interessiert.«

»Er besitzt wenigstens Manieren. Er würde nie etwas zum Aussehen einer Dame äußern, was sie nicht als Kompliment auffassen könnte.«

»Ah, das ist es, was Sie hören wollen? Schmeicheleien und Komplimente? Dann sind Sie genau wie alle anderen.«

»Und Sie sind ein ungehobelter, flegelhafter alter Rüpel!« versetzte sie. Sie zupfte an ihrem Haar und ärgerte sich, als es ihr nicht gehorchen wollte. Sie gestand es sich nur ungern ein, aber er hatte recht. Nigel würde sie mit Abscheu ansehen. O Gott, warum hatte das passieren müssen? Je mehr Mühe sie sich gab, desto mehr Durcheinander verursachte sie, und ihr Gesicht war rußgeschwärzt und schmutzig. Tränen der Wut funkelten in ihren Augen. Sie sah, wie Captain Newcomer ein zusammengefaltetes Taschentuch aus einer kleinen Glasflasche befeuchtete und dann die Hand nach ihr ausstreckte.

»Lassen Sie mich Ihnen helfen, Ihr Gesicht zu säubern«, bat er.

Sie stieß seine Hand fort. »Nein.«

»Es ist nur Wasser«, schalt er. »Haben Sie Angst, ich würde Ihren Teint ruinieren?«

»Seien Sie nicht albern.«

Langsam näherte er sich ihr und hob das Taschentuch.

»Ich sagte doch bereits, ich will und brauche Ihre Hilfe nicht!«

»O doch, die brauchen Sie!« schrie er ihr fast ins Ohr. »Sie können sich unmöglich so in Cuckfield sehen lassen, weil man sonst umgehend die Wachen rufen würde.«

»Wohl kaum.« Sie stieß seinen Arm fort, aber er packte sie am Nacken und hielt sie eisern fest. Ihren lautstarken Protesten zum Trotz, begann er ihr das Gesicht abzuwischen, und das nicht allzu sanft.

»Da, das ist schon besser. Ich mochte Puder nie bei Frauen. Puder ist etwas für Paradiesvögel ... oder Huren, falls diese Bezeichnung Ihnen lieber ist.«

Vor lauter Empörung versagte ihr die Stimme. In einem Anfall purer Wut versenkte sie die Finger in seinem Haar und zog daran, bis es sich aus seiner Schleife löste. Pechschwarze Locken umrahmten sein Gesicht, und er sah auf einmal angsteinflößend wie ein ungezähmtes Raubtier aus.

»Wie können Sie es wagen, mich mit einer ... einer ...«

Der Schock seiner Lippen auf ihren ließ ihren Atem stocken. Die Welt drehte sich, als seine Zunge durch die Barriere ihrer Zähne drang, und eine köstliche Süße durchzuckte sie bei dieser sinnlichen Eroberung. Rauh und sanft zugleich, brachte sein Kuß sie an den Rand der Fassungslosigkeit. Sie hatte das Gefühl, dahinzuschmelzen, und gab jeden Widerstand auf, als er sie an seine Brust zog und die Finger in ihr langes Haar schob. Seine Leidenschaft, die derart unerwartet für sie kam, verzehrte und erfüllte sie, ließ dann aber doch nur Leere und den Wunsch nach mehr in ihr zurück.

Er ließ sie so abrupt los, wie er sie an sich gezogen hatte.

Ihr Kopf sank an seine Schulter, als ihr Nacken der Stütze seiner Hände beraubt wurde.

»Ich mußte Ihnen einfach einen Kuß stehlen. Ihr Galan muß ein Idiot sein, Sie so allein durchs Land reisen zu lassen.«

Seine vorwurfsvolle Stimme riß sie aus ihrer Euphorie. Gekränkt und enttäuscht stieß sie ihn von sich. »Was wissen Sie schon über mich und ihn, meinen angeblichen Galan? Sie sind eine herzlose Bestie«, rief sie mit erstickter Stimme. »Lassen Sie mich sofort los!« Sie hob die geballte Faust, um ihm ins Gesicht zu schlagen, aber seine Finger schlossen sich um ihr Handgelenk und hinderten sie daran. Sie war gefangen in seiner Umarmung; seine dunklen Augen sprühten Feuer, als er ihren aufgebrachten Blick erwiderte.

»Ich fragte mich, wieso eine guterzogene junge Dame ohne entsprechenden Begleitschutz reiste, bis ich begriff, daß Sie auf dem Weg zu Ihrem Geliebten sind.

Wenn ich an seiner Stelle wäre, würde ich Sie nicht allein und schutzlos durch die Gegend reisen lassen. Wissen Sie denn nicht, was einer schönen, schutzlosen Dame alles passieren kann?« Seine Empörung zerrte an ihren ohnehin schon blanken Nerven.

»Ich habe Jules.«

Er ließ die Arme sinken und lehnte sich zurück. »Dummes, unschuldiges Kind«, murmelte er resigniert.

Sie war so wütend, daß sie keuchte: »Ich bin froh, wenn ich Sie wieder los bin.«

Ein schwaches Lächeln erschien um seine Lippen. »Sie wissen so gut wie ich, daß unsere Begegnung Ihr Leben verändert hat – und das meine auch. Obwohl ich wirklich wünschte, es wäre nicht so.«

3

Konfuser noch als je zuvor, traf Bryony in Cuckfield, sieben Meilen südlich von Crawley, ein. Captain Newcomer hatte recht. Diese Fahrt hatte ihr Leben verändert. *Er* hatte es verändert. Warum war das Schicksal nur so unberechenbar?

Er sprang aus der Kutsche, bevor sie aussteigen und seiner verwirrenden Präsenz entgehen konnte. Sie wollte ihn nie wiedersehen, obwohl ein Teil von ihr sich wünschte, daß er für immer bei ihr bleiben möge.

Er streckte die Arme aus, um ihr beim Aussteigen zu helfen, aber da sie ihren eigenen Gefühlen mißtraute, handelte sie aus einem Impuls heraus. Anstatt ihm zu erlauben, ihre Taille zu umfassen, drehte sie sich um, öffnete die gegenüberliegende Tür und stieg aus, bevor er Zeit hatte zu reagieren. Das würde ihn lehren, daß er sie nicht berühren konnte, wann immer es ihm beliebte. So ein unberechenbarer, gefährlicher und absolut unwiderstehlicher Mann! Sie mußte so schnell wie möglich weg von ihm.

Ihre Röcke raffend, hastete sie über den schlammigen Hof des Gasthauses. ›The Boar‹, stand über einer alten Eichentür.

Die Mauern waren aus zerschlagenem Granit und Mörtel, gedeckt mit einem Schilfdach, das nach oben hin spitz zulief. Ein Wetterhahn drehte sich auf dem Dach. Die Stabwerkfenster hatten grüne Fensterläden, die einen neuen Anstrich hätten brauchen können.

»Warten Sie!« rief Jack Newcomer, aber Bryony ging nur noch schneller, rannte fast die letzten Schritte und schlug die Tür hinter sich zu. Keuchend klappte sie ihren seidenen Fächer auf und hielt ihn vors Gesicht, als sie sich in dem verrauchten Schankraum umsah. Die Gäste an den vollbesetzten Tischen schauten auf, als die Tür krachend zufiel. Der Wirt stand hinter dem Tresen und schenkte Gin in kleine Gläschen ein. Fünf betrunkene Männer waren für den ohrenbetäubenden Lärm im Raum verantwortlich. Schrille Pfiffe begrüßten sie, als sie weiterging, aber niemand versuchte, sie daran zu hindern. Sie war die einzige Frau im ganzen Raum. Ihr Herz klopfte bang, als der grinsende Wirt auf sie zuschlenderte.

»Ich möchte gern einen Wagen mieten, der mich zu Lord Lippett nach Greymeadows bringt«, sagte sie. »Und ich brauche auch ein Zimmer für die Nacht.«

Der Wirt kratzte sich an seiner altmodischen Stutzperücke. Bryony fuhr zurück, als ein großer Floh auf die Theke hüpfte. »Ein Zimmer ist kein Problem, Miss, und Oggie, mein Sohn, kann Sie fahren. Lord Lippett veranstaltet eine große Gesellschaft in Meadows heute abend«, bemerkte er augenzwinkernd. »Mylord hat hübsche Gäste, wie ich sehe.«

»Ich bin keiner seiner Gäste«, entgegnete Bryony kalt. »Aber trotzdem vielen Dank. Sagen Sie Ihrem Sohn bitte, daß ich sofort fahren möchte.« Als ihr die gefangenen Banditen einfielen, sagte sie: »Wir wurden unterwegs von Straßenräubern überfallen. Wären Sie so gut, die Behörden zu informieren und den Arzt zu holen? Zwei der Männer sind verletzt.«

Der Gastwirt machte große Augen. »Ach du meine Güte! Und Sie haben überlebt? Selbstverständlich, Mylady. Ich schicke jemanden nach dem Richter, und der Doktor ist schon da.« Lachend deutete er auf einen Gast, der schwankend das Lokal durchquerte.

Bryony erschauerte und drückte dem Wirt eine Münze in die Hand. »Danke.« Sie wollte so schnell wie möglich fort, da sie Jack Newcomer hereinkommen gesehen hatte. Sie huschte an ihm vorbei und floh hinaus.

Draußen atmete sie erleichtert auf. Da sie wußte, daß der Arzt in seinem Zustand nutzlos sein würde, untersuchte sie einen der Banditen, die Jules auf den Boden gelegt hatte. Die Wunde in seiner Brust sah so schrecklich aus, daß sie sich fast erbrochen hätte. Aber sie schluckte die Galle, die in ihrer Kehle aufstieg, und tastete nach dem Puls an seiner kalten Hand. Nichts. Er war tot. Der andere, der gegen das Wagenrad gelehnt saß, bedachte sie mit bösen Blicken. Der Richter würde sich um ihn kümmern. Erschüttert wandte sie sich ab. Es gab hier nichts mehr, was sie tun konnte.

Ein Junge in einem Arbeitskittel, weiten Hosen und schweren Holzschuhen kam über den Hof. »Hier, Miss. Ich werd' den Wagen sofort fertig haben.«

Jules folgte Hoggie, dem Jungen, und Bryony wartete im Hof. Nebel schwebte über einem nahen Feld und vermischte sich mit den dichten grauen Wolken, die am Himmel aufzogen. Wie trostlos, dachte sie und schloß für einen Moment die Augen.

Die Tür zum Gasthaus knarrte hinter ihr, und sie wußte, daß Jack Newcomer ihr hinausgefolgt war. Wie eine sanfte Berührung ihrer Haut empfand sie seine Nähe, versuchte aber, das Gefühl zu unterdrücken. Er war zu plötzlich in ihr Leben getreten, zu erdrückend.

Ohne sich umzusehen, wußte sie, daß er so dicht hinter ihr stand, daß er sie berühren könnte, wenn er wollte. Sie bemühte sich, an etwas anderes zu denken.

»Sie haben das vergessen«, sagte er schlicht.

Sein leiser, sanfter Ton brach ihre Abwehr. Langsam drehte sie sich um. Er hielt einen ihrer Handschuhe.

»Als nächstes werden Sie noch sagen, ich hätte ihn absichtlich zurückgelassen«, erwiderte sie unsicher.

Er zog die Schultern hoch. »Wozu? Ich habe keine Zeit für Spielchen. Ich habe Wichtigeres im Kopf als Ihre Handschuhe – zwei Leichen und einen Straßenräuber beispielsweise.«

Gedemütigt senkte sie den Kopf. »Natürlich.« Sie warf ihm einen raschen Blick zu. Er lächelte mit einer Güte, die ihr zu Herzen ging. Mit dem ausgestreckten Zeigefinger berührte er ihre Nasenspitze.

»Dummes Mädchen. Du hast von mir nichts zu befürchten. Lauf nicht vor dir selber weg.«

»Sie verwirren mich«, erwiderte sie atemlos.

Er beugte sich so weit zu ihr vor, daß sie das Verlangen in seinen Augen sehen konnte. »Nicht *ich* verwirre Sie, sondern Ihre Gefühle – die Gefühle, die meine Anwesenheit in Ihnen auslöst.«

Sie atmete unwillkürlich schneller. »Sie scheinen sich sehr viel auf Ihre Verführungskünste einzubilden«, sagte sie mit einem ärgerlichen Blick.

»Ich brauche kein Zauberer zu sein, um in Ihren Augen zu lesen. Sie verraten alles. Ihr bezauberndes Gesicht ist wie ein offenes Buch, wenn auch ein noch ungeschriebenes.« Er strich mit einem langen Finger über ihre Wange. »Ich würde gern etwas Schönes hineinschreiben.«

Sie stieß seine Hand fort und trat einen Schritt zurück. »Was fällt Ihnen ein! Haben Sie denn gar keine Manieren?«

»Stimmt meine Gegenwart Sie so unbehaglich?«

Ärger brodelte in ihr. »Wie laut muß ich eigentlich noch schreien, daß ich mir nichts aus Ihrer Gesellschaft mache? Sie sind anmaßend, unerträglich arrogant …«

»… und ganz und gar unmöglich.« Er lachte. »Ich weiß, ich weiß. Sie sind nicht die erste Frau, die mir das sagt.«

Bryony verzog das Gesicht. »Hören Sie auf mit dieser Farce. Wie kann man bloß so arrogant sein! Ich bin nicht interessiert an Ihren amourösen Abenteuern. Ich kenne Sie nicht und will Sie auch nicht kennen. Sie wollen sich doch nur mit Ihren Eroberungen brüsten.« Von Zorn geblendet, streckte sie den Arm aus und deutete auf die Tür. »Gehen Sie! Gehen Sie weg und prahlen Sie dort bei den Männern im Schankraum.« Sie kehrte ihm den Rücken zu. »Sie langweilen mich. Ich fand Wüstlinge schon immer langweilig. Alles, was Sie wollen, ist, sich in Ihrer eigenen Pracht zu sonnen.«

Sie spürte, daß ihre Worte ihn verletzt hatten.

»Na schön. Es war nicht meine Absicht …« Seine Stimme klang brüsk, hart. Seine Schritte echoten in einem abgehackten Rhythmus über das Kopfsteinpflaster vor dem Gasthaus. Er ging.

Sie vermißte ihn schon jetzt. Warum hatte sie ihrem Zorn die Zügel schießen lassen? Es war *seine* Schuld. In seiner Gegenwart konnte sie sich einfach nicht beherrschen.

Bryony schritt ungeduldig auf und ab im Hof, ohne auf den Schlamm zu achten, der den Saum ihres Kleids beschmutzte. Was war geschehen? Wie hatte dieser unberechenbare Fremde es geschafft, in ihr Leben einzudringen und ihr vor Augen zu führen, wie schrecklich unerfahren sie noch war? Sie wußte nicht, wie sie auf seine glattzüngigen Flirtversuche reagieren sollte. Ihr Aufenthalt in Frankreich, der Heimat berühmter Kurtisanen, hatte sie über Liebe nichts gelehrt. Es schmerzte, feststellen zu müssen, daß sie noch so unerfahren wie ein Schulkind war. Die Intensität der Emotionen, die Jack Newcomer in ihr geweckt hatte, erschreckte sie.

»Verzeihen Sie, Mademoiselle, dies ist der einzige Wagen, der hier zu bekommen ist«, sagte Jules entschuldigend und spreizte seine großen Hände.

»Lassen Sie uns gleich losfahren.« Bryony ließ sich von Jules in den Wagen helfen und warf einen unbehaglichen Blick auf das Gesicht des Fahrers, der grinsend seine faulen Zähne zeigte. Jules stieg auf und setzte sich mit untergeschlagenen Beinen auf den Wagenboden.

»Nach Greymeadows, Miss?« fragte Hoggie.

Bryony nickte und strich ihr Haar glatt. In ihrer Aufregung hatte sie vergessen, sich zurechtzumachen. Verdammt! Jetzt würde Nigel sie in diesem ungepflegten Zustand sehen, genau wie früher, als sie noch ein Kind gewesen war. Er würde gar nicht merken, daß eine Frau aus ihr geworden war.

Wie ein Fluß aus Schlamm wand sich die Straße zwischen den regennassen Hecken durch. Hoggie bog zweimal links ab und lenkte das dürre Pferd dann schließlich über eine Allee aus hohen Pappeln. Am fernen Ende stand ein zweiflügeliges breites Eisentor, das weit geöffnet war. Die Einfahrt führte an einem Pavillon und einem leeren Blumenbeet vorbei, wo, wie Bryony sich erinnerte, im Sommer rosa Nelken und Lavendel wuchsen. Nostalgie erfaßte sie, Erinnerungen an die glücklichen, sorglosen Tage ihrer Kindheit.

Das Haus war aus rotem Backstein erbaut, mit zwei Flügeln, die sich zu dem E der Elisabethanischen Epoche formten. In allen Fenstern brannten Lichter. Ein Labyrinth aus gestutzten Eiben und Buchsbaumhecken erstreckte sich hinter dem Herrenhaus. Bryony erinnerte sich, wie im Sommer das Wasser in den Springbrunnen gefunkelt hatte, und wie der alte weiße Pavillon früher von Kletterpflanzen überwuchert gewesen war. Ob er das noch immer war? Jetzt war alles hinter einem dichten grauen Regenschleier verborgen.

Kutschen standen vor der flachen breiten Freitreppe. Der Wirt im Gasthof hatte recht gehabt; Nigel gab eine Gesellschaft. Sie hoffte, daß er trotzdem etwas Zeit für sie erübrigen konnte.

Bryony stieg aus und bat Hoggie, etwas weiter vorn

in der Einfahrt zu warten. Sie blieb am Fuß der Treppe stehen und schrieb hastig eine Nachricht, die sie dem Butler, der in der offenen Tür stand, überreichte.

Es goß in Strömen, und bis der Butler mit der Antwort wiederkam, war Bryonys Umhang feucht und das Wasser tropfte aus ihren langen Locken.

»Liebe Bryony«, stand auf der Karte, »komm in die Bibliothek. Du erinnerst dich doch sicher, wo sie ist. Wenn nicht, bitte den Butler, dir den Weg zu zeigen. Lippett.«

Hocherhobenen Kopfes und die neugierigen Blicke der Gäste ignorierend, hastete Bryony über den hell erleuchteten Korridor. Es roch nach Rosen in den Räumen, und aus dem großen Ballsaal im ersten Stock kamen die weichen Töne eines Streichorchesters.

Stimmen und Gelächter drangen zu ihr vor, als sie an der Bibliothek anklopfte und nervös auf eine Antwort wartete. Wie würde Nigel auf ihr unerwartetes Erscheinen reagieren?

»Herein«, rief eine Männerstimme.

Bryony drehte mit zitternden Fingern den Türknauf und betrat den schwach erleuchteten Raum. Nigel erhob sich von seinem Platz hinter dem Schreibtisch, eine Vision in lachsfarbener Seide, breiten Spitzenmanschetten und goldbestickten Jackentaschen. Die goldene Spitze seiner Halsbinde schimmerte im Kerzenlicht.

»Bryony!« Er kam mit ausgestreckten Händen auf sie zu. »Ich glaube es nicht! Die kleine Bryony Shaw.« Er nahm ihre Hände und bedeckte sie mit Küssen. »Laß dich ansehen.«

Verlegen wartete Bryony darauf, daß das Lächeln in seinem Gesicht verblaßte, als er sie betrachtete. Eine gewisse Steifheit kroch in seine Lippen, und seine Stimme klang ein bißchen flacher, als er sagte: »Du siehst entzückend aus.«

»Du solltest wissen, daß ich im Regen war und von Straßenräubern überfallen wurde; sonst wäre ich nie in einem solch unordentlichen Zustand vor deiner Tür erschienen.« Sie ärgerte sich über sich selbst, weil sie sich für ihr Aussehen entschuldigte.

»Gott sei Dank, daß dir nichts zugestoßen ist«, sagte er und führte sie tiefer in den großen Raum.

Nigel hatte sich kaum verändert. Um die Taille herum war er etwas fülliger geworden, aber er wirkte dadurch nur mächtiger. Sein Kinn war etwas molliger geworden, aber seine Augen waren noch so blau wie immer. Sein Blick glitt mit unverhohlenem Interesse über ihren Körper und verweilte einen Augenblick zu lang auf ihrem großzügigen Dekolleté. Nigels Haltung war noch genauso gebieterisch, wie Bryony sie in Erinnerung hatte. Er hatte immer bekommen, was er wollte. Sie war überzeugt, daß sich daran nichts geändert hatte. Diamanten glitzerten in seiner Halsbinde, und seine sandfarbenen Locken waren glatt zurückgekämmt und bedeckt von einer dicken Schicht Haarpuder.

»Unsere kleine Bryony ist ja eine richtige Schönheit geworden! Reggie wäre stolz auf dich gewesen.«

Bryony lächelte. »Meinst du wirklich? Er hat mich nicht mehr gesehen, nachdem ... nach ...« Ihre Stimme brach, und sie konnte die Tränen nicht mehr zurückhalten. In die zunehmende Abenddämmerung draußen starrend, bemühte sie sich, ihre Haltung wiederzugewinnen.

»Reggie war ein Narr«, sagte Nigel ärgerlich. »Du bist vernünftiger, als er es je gewesen ist. Ich hätte nie gedacht, daß er soweit gehen würde, Hand an sich zu legen, und das werde ich ihm nie verzeihen.« Entschuldigend berührte er ihre Schulter. »Ich weiß, daß ich nicht so über deinen Bruder sprechen sollte, aber es ist mir immer noch unfaßbar, daß er nicht mehr ist.«

Bryony richtete einen entsetzten Blick auf Nigel.

»Willst du damit etwa sagen, daß Reggie, d-daß m-mein Bruder – *Selbstmord* begangen hat?«

Nigel schlug mit der geballten Faust auf den Schreibtisch, und Bryony erschrak. »Bei Gott, ja! Reggie hätte nicht tun dürfen, was er getan hat.«

Erschüttert packte Bryony Nigels Rockaufschläge und schüttelte ihn. »Sag, daß es eine Lüge ist!« rief sie. »*Bitte* sag, daß es nicht stimmt.«

Sanft löste er ihre Hände von dem empfindlichen Satin. »Beruhige dich.« Als er ihre aufgelöste Miene sah, pfiff er leise durch die Zähne. »O mein Gott, du hast es nicht gewußt, nicht wahr?«

Sie schüttelte unglücklich den Kopf und suchte nach einem Taschentuch in ihrem Retikül. Er gab ihr seins, und sie betupfte ihre Augen. »Mr. Holland hat mir nur erzählt, daß Reggie in dem Feuer umgekommen ist.«

»Das stimmt auch, leider hat er aber das Feuer selbst gelegt, im Arbeitszimmer.« Nigel wirkte plötzlich unbehaglich. »Mr. Holland hat es dir vermutlich nicht gesagt, um dir die Wahrheit zu ersparen.«

Bryony stürzte sich auf ihn und schlug mit den Fäusten gegen seine Brust. »Aber warum hast du nicht versucht, Reggie davon abzuhalten?« In ihrem Zorn und ihrer Trauer konnte sie gar nicht anders, als Nigel die Schuld zu geben. »Du warst schließlich bei ihm!«

Nigel ergriff ihre Handgelenke und hielt sie fest. Als sie wieder zur Besinnung kam, ließ er sie los und tätschelte ihr den Arm. Es war eine Geste der Ungeduld, die sie nicht beruhigte. »Bitte nimm dich zusammen, Bryony.«

Sie fuhr herum und griff blindlings nach etwas, um sich festzuhalten. Am liebsten hätte sie die kostbare Vase auf dem Schreibtisch an die Wand geschleudert. »Es tut mir leid. Es ist unentschuldbar, wie ich mich benommen habe.« Nach Atem ringend, versuchte sie, sich zu beruhigen. Der Schmerz über den Verlust und unbändiger Zorn brodelten in ihr. Reggie hatte sich umgebracht, ohne an sie oder irgend jemand anderen zu denken. Für einen Augenblick lang haßte sie ihn.

Ihr war nach Weinen, nach Zetern und nach Keifen, doch statt dessen wischte sie sich nur still die Augen ab. Als sie Nigel einen Blick zuwarf, kam ihr die bedrückte Atmosphäre zwischen ihnen zu Bewußtsein. Nigel zupfte mit gekränkter Miene die Manschetten seines Rocks zurecht. Sein Blick war verschleiert, als er sie ansah.

»Ich weiß, daß das ein schrecklicher Schock für dich sein muß, meine Liebe. Aber es ist die Wahrheit. Ich wünschte nur ...« Er hüstelte und schaute weg.

Ängstlich richtete Bryony erneut den Blick auf ihn. »Was weißt du sonst noch?«

Nigel räusperte sich und befingerte das Tintenfaß auf seinem Schreibtisch. »Nun – es beunruhigt mich, daß Reggie sich wegen einer Spielschuld umgebracht hat.«

»Er hat alles auf eine Karte gesetzt und verloren«, sagte Bryony. »Ich bezweifle nicht, daß er so etwas Leichtsinniges tun würde, aber ... daß er sich deswegen das Leben nehmen würde?« Bryony atmete tief ein, um ihren Tränen Einhalt zu gebieten. »Das kann ich mir nicht vorstellen.«

Nigel betrachtete sie unter halbgesenkten Lidern. Ohne etwas zu sagen, hob er ein Glas an seine Lippen.

Bryony starrte ihn an und versuchte, seine Gedanken zu erraten. »Du bist nicht meiner Meinung?« Es war mehr eine Feststellung als eine Frage, und sie fürchtete die Antwort.

»Ich vernachlässige meine Pflichten.« Er führte sie zu einem Sessel, füllte ein Glas aus einer Kristallkaraffe und brachte es ihr auf einem silbernen Tablett. »Bitte trink das – es ist Wein von der Insel Madeira. Süß und fruchtig, wie ihr Damen es so gerne mögt.«

Bryony nahm das Glas und nippte an der roten Flüssigkeit. »Ja, köstlich«, sagte sie. »Aber Reggie ...«

»Reggie war noch leichtsinniger als sonst, Bryony. Du wußtest es nicht, aber er hatte nach dem Tod eures Vaters schwer zu spielen angefangen.«

»Hat er mich deshalb nicht heimkommen lassen?« wisperte sie und hoffte, sich zu irren.

»Reggie sprach sehr oft von dir, aber er sagte, wenn du von seinen Schwierigkeiten erführst, würdest du dich gegen ihn wenden.«

Bryony stand auf und ballte aufgeregt die Fäuste. »Unsinn! Ich wäre eher gestorben, als mich gegen meinen eigenen Bruder zu wenden. Das solltest du doch wissen, Nigel.«

Er zuckte mit den Schultern. »Ja, natürlich, aber Reggie hatte seine Urteilsfähigkeit verloren, siehst du das denn nicht? Deshalb hat er dich daran gehindert, heimzukommen.«

»Ja, er schrieb mir, ich solle noch ein Jahr in Frankreich bleiben.« Bryony atmete tief durch. Nigel erinnerte sie an ihren Bruder und an ihre glückliche Vergangenheit, aber irgendwie war das Bild jetzt durch die Tatsache beschmutzt, daß es Nigel nicht gelungen war, Reggies Exzesse zu verhindern. Sie erkannte ihre abgöttische Verehrung für Nigel jetzt als das, was sie gewesen war. Die Wahrheit schmerzte. Der Zauber, den er immer auf sie ausgeübt hatte, war nur ein Bestandteil ihrer mädchenhaften Phantasien gewesen.

Sie hatte jetzt nichts mehr. Niemanden.

Ihre Unsicherheit und Furcht kehrten zurück. Sie hatte nichts, wohin sie gehen konnte, weil Reggie nicht mehr lebte.

Nachdem er sein Glas noch einmal aufgefüllt hatte, fuhr Nigel so abrupt herum, daß seine Rockschöße flatterten. »Fandest du es nicht seltsam, daß Reggie dich nicht aufgefordert hat, zurückzukommen?«

Bryony nickte.

»Kannst du dir irgendeinen anderen Grund vorstellen, warum er dich nicht bei sich haben wollte?« Als sie den Kopf schüttelte, fuhr er fort: »Wußtest du, daß Reggie die Stuarts unterstützte?«

Bryonys Augen wurden groß. Sie schluckte und ließ sich wieder in den Sessel sinken. »Du meinst, er war ein Jakobiter?« flüsterte sie.

»Ja.«

»Und was bist du, Nigel?«

Er lachte und nahm wieder hinter seinem Schreibtisch Platz. »Ich teilte Reggies politische Ansichten, aber jetzt, wo Charles Edward verloren hat …«

»Aber wenn ihr Freunde wart, warum hast du dann nicht versucht, meinen Bruder davon abzubringen, diese … Sache zu unterstützen, und ihn vor der zu erwartenden Niederlage gewarnt?«

Nigel seufzte. »Reggie ist immer seinen eigenen Weg gegangen, das müßtest du doch wissen. Wenn er sich etwas vorgenommen hatte, war er nicht mehr davon abzubringen. Er glaubte nicht, daß eine Niederlage möglich war.«

»Ja, das stimmt«, sagte Bryony, betrübt, daß Reggie sich ihr in dieser Angelegenheit nicht anvertraut hatte. »Aber Reggie hat nie etwas Ungesetzliches getan«, wandte sie ein.

»Nein, er hat nur getan, was er für richtig hielt.« Nigel zuckte mit den Schultern. »In diesem Fall entschied er sich bloß für die falsche Seite.«

»Wenn er wirklich an die Sache der Stuarts glaubte, hat er sich nicht falsch entschieden; er wählte nur die Seite des Verlierers.«

Nigel betrachtete sie lange. »Deine Loyalität zu Reggie hat Frankreich offenbar nicht ruiniert.«

Bryony zog spöttisch die Augenbrauen hoch. »Aber du meinst wohl, es hat alles andere ruiniert.« Nun würde sie nie wieder Gelegenheit bekommen, ihm die Welterfahrenheit zu zeigen, die sie gewonnen hatte, aber das kümmerte sie jetzt auch nicht mehr.

»Nein, nein! Das meinte ich überhaupt nicht.« Er starrte sie weiter unter gesenkten Augenlidern an.

Ihr Blick glitt über die kostbaren Gemälde alter flämischer Künstler an den Wänden. Zwei Bilder von Rubens, die Nymphen in üppig grünen Gärten darstellten, hingen neben einem Druck von William Hogarth und einer Landschaft von Thornhill.

Marmorstatuen und Büsten schmückten Pedestale. Der Teppich war dick und wies ein Muster aus kunstvoll verschlungenen Rosen und Weinreben auf. Braune Samtvorhänge rahmten hohe französische Fenster. Eine solche Eleganz schien wie die passende Umgebung für Nigel, einen exotischen Vogel in einem luxuriösen Käfig. Und dennoch haftete eine fast unmerkliche Atmosphäre von Verfall der ganzen Pracht an.

»Ah! Ich sehe, du hast meine Leidenschaft entdeckt, Bryony.« Er seufzte und schaute verträumt die Meisterwerke an. »Kunst ist mein Leben. Kein Gefühl kommt der Freude gleich, ein kostbares Kunstwerk zu erwerben.« Er lächelte glücklich. »Ich bin weit gereist, um diese Schätze zu finden. Jeder Raum enthält mindestens ein schönes Stück, aber diese hier sind meine Lieblingswerke.«

»Sie sind beeindruckend und offenbar auch teuer.«

Er warf ihr einen amüsierten Blick zu. »Sehr teuer. Aber Geld ist nichts, verglichen mit der Freude, die meine Bildersammlung mir beschert. Ich bin lieber umgeben von schönen Dingen, als von einem Haufen Goldmünzen.«

Schweigend betrachteten sie die Gemälde, aber Bryonys Gedanken schweiften wieder zu Reggies letzten Augenblicken ab.

Lachen und das Klirren von Gläsern drangen von der

Terrasse draußen in das Zimmer. Die Gäste vergnügten sich.

»Wegen Reggies Tod«, sagte Bryony, unhörbar fast, weil sie die bloßen Worte fürchtete. »Hat er sich wirklich das Leben genommen, oder war das bloß ein schlechter Scherz? Bitte sag mir, daß es nur ein Scherz war.«

Nigel stand abrupt auf und trat hinter sie. »Nein, es war kein Scherz. Er hat sich wirklich umgebracht.«

Langsam ließ sie die Worte auf sich einwirken und spürte, wie der Schmerz sie innerlich zerriß. Als sie die Vorstellung dann allmählich akzeptierte, sagte sie: »Erzähl mir davon.« Sie wandte sich zu ihm um, aber er zog sich noch tiefer in die Schatten zurück.

»Es tut mir weh, davon zu reden.« Er seufzte schwer. »Reggie hatte ein Kartenspiel organisiert, als Tarnung für ein Treffen einflußreicher Jakobiter aus der Gegend. Wir trafen alle fünf um etwa die gleiche Zeit in Willow Hills ein, gegen sieben Uhr abends. Reggie hatte stark getrunken.«

»Er wurde leichtsinnig, wenn er betrunken war«, bemerkte Bryony.

Nigel nickte. »Ja, und er hatte mehr als genug gehabt an diesem Abend. Er redete andauernd von einer Karte, die er von einem Kontakt in Frankreich erhalten hatte. Die Franzosen hätten irgendwo in Schottland zwei Truhen Gold versteckt, behauptete er. Dann schickten sie den Plan an Reggie, der ihn an den nächsten Mann in der Jakobiter-Verbindung weitergeben sollte.«

»Hat er es getan?«

Nigel schüttelte den Kopf. »Nein, die Karte verbrannte mit Willow Hills – *falls* es überhaupt je eine gab.«

Bryony machte große Augen. »Wie meinst du das? Warum sollte Reggie lügen?«

Nigel zuckte mit den Schultern. »Ich sage es nur

ungern, aber Reggie war immer herrischer geworden und glaubte, unbegrenzte Macht zu haben. Vielleicht wollte er uns damit nur imponieren.« Er hielt einen Moment inne. »Dann bekam er Streit mit Lord Bentworth, einem Jakobiter aus Alfriston, der die Karte sehen wollte. Tatsächlich war Bentworth sogar der Letzte, der Reggie lebend sah. Er war es, der die Diener auf den Brand aufmerksam machte und eine Löschkette zusammenstellte. Aber es war bereits zu spät. Der größte Teil von Willow Hills verbrannte innerhalb sehr kurzer Zeit.«

»Du hast Reggie neben der Kapelle begraben.«

»Was noch von ihm übrig war.«

Bryony zog das Taschentuch wieder an die Augen; ihre Arme waren schwer wie Blei. »Ich hätte dasein sollen, um ihn davon abzuhalten.« Ihr Blick folgte Nigel, als er sich wieder hinter seinem Schreibtisch niederließ. »Und was ist mit diesem Lord Bentworth? Wäre es möglich, daß er eine Meinungsverschiedenheit mit meinem Bruder hatte?«

Nigel schürzte die Lippen. »Möglich wäre es schon. Ich kann es aber nicht mit Sicherheit sagen. Vielleicht solltest du mit ihm reden und ihn fragen, was Reggie ihm in jener Nacht erzählt hat, als wir anderen alle schon gegangen waren.«

Bryony nickte und strich ihr Kleid glatt, als sie sich erhob. Dies war der einzige Hinweis, den sie hatte. Sie mußte alles über die letzten Minuten vor Reggies Tod wissen, um herauszufinden, warum er sich das Leben genommen hatte. »Hältst du … Mord für ausgeschlossen?«

Nigel lachte. »Deine Phantasie geht mit dir durch, meine Liebe. Nein, Reggie war ein Opfer seiner eigenen Torheit. Er hat sich das Leben genommen, weil er seine Spielschulden nicht bezahlen konnte.«

»Das muß es dann gewesen sein«, sagte Bryony. »Mr.

Holland sagte, Reggie habe Willow Hills mit einer Hypothek belastet und alle Wertsachen verkauft. Das Land gehört jetzt der Bank.«

»Ja, ich fürchte, es ist nichts mehr von Wert da. Er hat alles den Stuarts gegeben. Gott sei Dank, daß du noch das Erbe deiner Mutter hast, um davon zu leben, bis du einen Ehemann gefunden hast, der für dich sorgt.«

Sie errötete und war sich ihrer ungepflegten Erscheinung mehr denn je bewußt. »Ich sollte dich nicht von deinen Gästen fernhalten. Es war schön, dich wiederzusehen, Nigel. Ich wünschte nur, es wäre unter anderen Umständen geschehen.«

Nigel stand auf und verbeugte sich, ein schwaches Lächeln um die Lippen. »Das Vergnügen war ganz meinerseits. Wenn ich dir in irgendeiner Weise helfen kann, brauchst du es nur zu sagen. Du weißt, daß ich dir jeden Wunsch erfüllen würde, Bryony.«

Sie errötete und ging zur Tür. »Danke für deine Güte, Nigel.« Sie zögerte. »Könntest du mir vielleicht die Namen der anderen Kartenspieler nennen? Ich versichere dir, daß ich keinen von ihnen denunzieren würde. Ich möchte nur hören, was sie mir über Reggie sagen können.«

»Du solltest versuchen, einen kühlen Kopf zu bewahren, Bryony.«

Sie faltete die Arme schützend über ihrem Magen, als quälte sie dort ein verborgener Schmerz. »Ich kann mich nicht mit dem Gedanken abfinden, daß Reggie Selbstmord begangen haben soll.«

Er zuckte mit den Schultern und erhob sich. »Tu, was du nicht lassen kannst, aber ich kann dir keine Namen nennen.«

Ihr Zorn erwachte wieder. »Es muß doch eine Möglichkeit gegeben haben, Reggie von diesem Wahnsinn abzuhalten. Du hättest einen Weg gefunden! Ich wünschte, du hättest mich benachrichtigt.«

Nigel schien ihre Worte lange abzuwägen. »Du sagst das so, als schuldete ich dir etwas.« Seufzend setzte er sich wieder und tauchte eine Feder in das Tintenfaß aus Silber. Die Feder kratzte, als er rasch etwas notierte. Nachdem er Sand über das Papier gestreut hatte, faltete er es, gab es Bryony aber nicht.

»Wo wohnst du?« fragte er und trommelte mit den Fingern auf die Schreibtischplatte.

»Ich reise mit Tante Hortense und bleibe heute nacht im Gasthaus ›Boar‹. Morgen fahren wir zu Freunden weiter.«

Er erhob sich und schob das zusammengefaltete Papier von einer Hand in die andere. »Mein Rat an dich ist, mit deiner Tante nach Frankreich zurückzukehren. Dies ist jetzt kein Ort für dich.« Er schien sich seine nächsten Worte zu überlegen, schaute dann noch einmal auf das Blatt in seiner Hand und sagte: »Je länger ich darüber nachdenke, desto mehr widerstrebt es mir, dich in Gefahr zu bringen. Wenn ich dir die Liste gebe und du dich mit den Jakobitern einläßt, könntest du als Verräterin Englands bezeichnet werden und, falls es zum Schlimmsten kommen sollte, vielleicht sogar enthauptet werden.« Er runzelte die Stirn. »Ich könnte es nicht ertragen, mich dafür verantwortlich zu fühlen, verstehst du das denn nicht? Dein Wunsch, mehr über Reggies Tod herauszufinden, ist nichts als eine ungesunde Besessenheit. Warum quälst du dich? Kehr zurück nach Frankreich und fang ein neues Leben an.«

»Nein.« Enttäuscht sah Bryony zu, wie er die Namensliste zerriß und die Stückchen in einen Papierkorb fallen ließ. Aber dann kam ihr prompt eine Idee. »Na gut, dann werde ich deinen Rat beherzigen.« Sie zwang sich zu lächeln. »Bitte verzeih mir meine Unbeherrschtheit.«

Er lächelte und küßte ihre Hand. »Das ist verständlich unter diesen Umständen. Ich hoffe, daß unsere nächste Begegnung glücklicher verlaufen wird.«

Sie nickte und ging zur Tür, als er sich verbeugte. »Auf Wiedersehen.«

Im hellerleuchteten Vestibül hielten sich noch Gäste auf, lachten, redeten und tranken. Bryony wollte sich nicht zur Zielscheibe ihrer neugierigen Blicke machen und ging auf die Terrassentüren im hinteren Teil des Hauses zu. Einen Moment lang glaubte sie, ein blasses Gesicht an eine der Fensterscheiben gepreßt zu sehen. Es erschreckte sie, obwohl sie wußte, daß es sich nur um einen der Gäste handeln konnte. Sie floh durch die halbgeöffnete Tür auf die Terrasse.

Dort blieb sie in den Schatten stehen, bis Nigel die Bibliothek verließ. Er gesellte sich zu seinen Gästen und führte eine der Damen die Treppe hinauf. Bryony wartete noch weitere zwanzig Minuten, bis auch der Rest der Gäste sich in den Ballsaal begab. Als die große Halle endlich leer war, schlich sie auf Zehenspitzen hinein und zur Tür der Bibliothek hinüber. Zu ihrer Erleichterung war sie nicht abgeschlossen.

Leise zog sie die Tür hinter sich zu und huschte durch den Raum. Er war nur schwach erhellt vom Feuer im Kamin, und sie wagte es nicht, eine Kerze anzuzünden.

Den Korb zum Licht hinübertragend, spähte sie hinein. Da waren sie, die Papierfetzen der Liste, die Nigel zerrissen hatte. Sie leerte den Inhalt des Korbs auf den Schreibtisch aus und suchte die Papierstückchen zusammen. Sie legte sie auf ein leeres Blatt, das sie auf dem Schreibtisch fand, und packte sie sorgfältig ein. Dann steckte sie sie in ihre Tasche und öffnete vorsichtig die Tür. Das Glück war auf ihrer Seite; die Halle war leer, sie konnte mühelos hinausschlüpfen.

Da sie die Wege, die durch den Garten führten, kannte, beschloß sie, von hinten um das Haus herum zur Einfahrt zurückzukehren, um zu vermeiden, noch mehr Gästen zu begegnen. Es hatte aufgehört zu regnen, aber die Luft war naß und kalt. Sie fröstelte in ihrem feuchten Umhang. Als sie um die Ecke des Ostflügels bog, schaute sie sich nach Jules um, aber er war nirgendwo zu sehen.

Sie überquerte die Einfahrt. Aus dem Schatten der ersten Hecke des Labyrinths suchte sie die lange Reihe der Gefährte nach Hoggie und seinem Wagen ab. Als sie ihn am entgegengesetzten Ende der Einfahrt erblickte, ging sie in diese Richtung.

Am Eingang zu dem Labyrinth aus Hecken tauchte sekundenlang ein dunkler Schatten vor ihr auf, die Konturen eines Dreispitzes und die flatternden Schöße eines langen Rocks. Starke Hände packten ihre Schultern und schüttelten sie. Als sie schreien wollte, verschlossen große Hände ihr den Mund und hinderten sie daran. Ein Mann flüsterte ihr heiser zu: »Es ist möglich, daß Ihr Bruder ermordet wurde. Finden Sie es heraus.« Abrupt ließ er sie los und war verschwunden. Das einzige Geräusch war jetzt der Wind, der durch die Bäume pfiff.

Bryony stöhnte vor Entsetzen. Ihre Röcke raffend, rannte sie, so schnell sie konnte, den Weg hinunter, bis sie Jules' beruhigende Gestalt bei Hoggies Wagen sah.

»Fahren wir«, befahl sie atemlos und warf sich in den Wagen. Mit großen, furchtsamen Augen schaute sie sich rasch noch einmal um, als der Wagen die Einfahrt hinunterratterte. Sie konnte gerade noch die Umrisse eines Mannes erkennen, der mit weitgespreizten Beinen mitten in der Einfahrt stand und ihr nachsah.

4

Bryony erschauerte vor Angst und Kälte. Der Regen war jetzt starken Windböen gewichen, die durch ihre feuchten Kleider drangen. Noch immer sehr bestürzt über diese neueste Entwicklung, konnte sie keine Ordnung in ihre aufgewühlten Gedanken bringen. Reggie ermordet? *Nein, nein!* schrie es in ihrem Kopf. Es konnte nur ein böser Streich sein. Und wer war der Mann, der sie gewarnt hatte?

Der Wagen brauchte endlos lange für den Rückweg zu »The Boar«. Kalte Furcht machte sich in ihr breit. Vielleicht war einer von Nigels Gästen so betrunken gewesen, daß er beschlossen hatte, der ersten Frau, die ihm begegnete, einen Streich zu spielen. Aber nein, egal, wie sehr sie auch versuchte, die Wahrheit zu verleugnen, wußte sie, daß er auf *sie* gewartet hatte.

Ihr Bruder ist ermordet worden. Die Worte wiederholten sich in ihrem Kopf, bis sie glaubte, daß er explodieren müsse. Die Finger an die Schläfen pressend, wiegte sie sich auf ihrem Sitz vor und zurück.

Der Wagen blieb im Schlamm stecken, und Bryony befürchtete schon, daß sie die Nacht unter einem Baum am Straßenrand verbringen müßten. Aber mit Jules und Hoggie, die von hinten schoben, und dem Pferd, das sich vorn ins Geschirr legte, gelang es ihnen schließlich, das Rad aus dem Schlammloch zu befreien, und der Wagen rollte weiter.

Müde und hungrig trafen sie im Gasthaus ein.

Bryony dachte mit Schaudern an die neugierigen Blicke der Schankraumgäste, doch zu ihrer Überraschung war der rauchgeschwärzte Raum fast leer. Ein zwangloses Gespräch zwischen dem Wirt und zwei Gästen an der Theke war das einzige Geräusch im Raum. Ein durchdringender Geruch nach Bier und gebratenem Fleisch lag in der Luft.

In ihrem erschöpften, ausgelaugten Zustand wollte Bryony sich nur noch ausruhen und über die letzte Stunde vor dem Tod ihres Bruders nachdenken. Sie konnte es kaum erwarten, die Liste mit den Namen der Jakobiter wieder zusammenzusetzen.

An einem kleinen Tisch in der Nähe des Kamins saß Jack Newcomer. Ein Teller mit dampfend heißem Hackbraten mit Sauce stand vor ihm. Sein Haar war zerzaust und naß, und die Schultern seines grauen Rocks waren dunkel vor Nässe. Er schaute auf, und ihre Blicke trafen sich. Bryony trat unwillkürlich einen Schritt zurück, und ihr Herz begann wie wild zu klopfen. Sein Gesichtsausdruck war düster, und zwischen seinen Augenbrauen stand eine steile Falte.

Als sie ihm grüßend zunickte, lächelte er kühl, ein Lächeln, das seine Augen nicht erreichte. Er nimmt mir noch immer meine Bemerkungen übel, dachte sie, als sie zögernd weiterging, um mit dem Wirt zu sprechen. Aber ihr Gewissen ließ sie innehalten, bevor sie den Raum durchquert hatte.

Sie wußte, daß sie keine Ruhe finden würde, bis sie sich bei Captain Newcomer für ihre unbedachten Worte entschuldigt hatte. Hocherhobenen Kopfes ging sie zurück. Ihr Herz raste, als sie neben seinem Tisch stehenblieb, und am liebsten wäre sie jetzt fluchtartig hinausgestürzt.

Aber anstatt sich höflich zu entschuldigen, erwachte Mißtrauen in ihr, als sie Jack Newcomers feuchtes Haar betrachtete. »Wo waren Sie?« fuhr sie ihn an.

Er zog überrascht die Augenbrauen hoch. »Ich? Na, hier natürlich. Was soll die Frage?«

Sie schaute ihn aus schmalen Augen an und hielt seinen unschuldigen, wenn nicht gar unverschämten Blicken stand. »Sie lügen! Sie waren vor einer Stunde in Greymeadows. Sie haben vor dem Labyrinth mit mir gesprochen«, beschuldigte sie ihn. »Und mich fast zu Tode erschreckt.«

Er lachte und strich ihr nachsichtig über den Arm. »Sie haben den Verstand verloren, meine Schöne. Ich war kurz draußen, um die morgige Verlegung des Banditen in das Crawleyer Gefängnis zu veranlassen. Der hiesige Richter wollte mit der ganzen Sache nichts zu tun haben und meinte, das Verbrechen sei auf Crawleyer Territorium geschehen.« Sein Blick glitt anerkennend über ihren schlanken Körper. »Obwohl ich natürlich wünschte, es wäre so gewesen.« Er warf ihr eine Kußhand zu. »Ein nächtliches Rendezvous in einem Labyrinth mit Ihnen wäre ganz ohne Zweifel eine ausgesprochen sinnliche Erfahrung. Beim bloßen Gedanken daran wird mir schon ganz heiß.«

»Sie!« rief sie mit steifen Lippen. »Können Sie denn niemals ernst sein? Sie sind …«

»… unausstehlich, und so weiter und so weiter«, versetzte er und erhob sich von dem Stuhl. »Warum leisten Sie mir beim Essen nicht Gesellschaft?« schlug er vor. »Dann könnten wir uns weiter darüber unterhalten, wie sehr ein abendliches Stelldichein in einem Labyrinth unsere Sinne durcheinanderbringen würde.« Mit einer großartigen Geste zog er einen Stuhl für sie heran. »Mein Appetit wächst von Minute zu Minute«, flüsterte er. »Bitte lassen Sie mich nicht länger auf mein Festgelage warten – ich bin kurz vor dem Verhungern.«

Sprachlos vor Wut, wäre Bryony am liebsten aus dem Raum gelaufen, aber sie wollte ihn nicht das letzte Wort haben lassen. Trotzig straffte sie die Schultern und schob das Kinn vor, raffte mit beiden Händen ihre Röcke, setzte sich auf den Stuhl, den er ihr anbot, und strich anmutig den feuchten, schlammbespritzten Samtrock glatt.

»Nun gut«, sagte sie. »Es ist Ihnen gelungen, meiner Frage auszuweichen. Und da ich Sie nicht zwingen kann, mir eine aufrichtige Antwort zu geben, werde ich einfach abwarten, bis Sie über Ihre eigenen Lügen stolpern.« Sie bedachte ihn mit einem düsteren, aufgebrachten Blick. Die Entschuldigung, die sie sich ursprünglich zurechtgelegt hatte, war längst vergessen.

Er setzte sich und befingerte sein Weinglas. »Daß Sie schlecht von mir denken, überrascht mich nicht. Aber nachts herumzuschleichen und Damen zu erschrecken, ist ein Zeitvertreib, dem ich nicht fröne.«

»Sie hätten mühelos vor mir zurück sein können. Mein Wagen war nicht nur sehr langsam, sondern steckte auch noch mindestens zehn Minuten lang im Schlamm fest«, beschuldigte sie ihn.

Er lächelte. »Falls Sie sich mal abends in irgendeinem Labyrinth mit mir treffen möchten, werde ich Ihnen diesen Wunsch sehr gern erfüllen.« Da er offenbar bemerkte, daß ihr Zorn kurz vor dem Ausbruch war, tätschelte er beruhigend ihre Hand. Dann winkte er dem Wirt, und fünf Minuten später hatte Bryony einen Teller dampfend heißen Hackbraten auf dem Tisch vor sich und ein Glas Rotwein in der Hand.

Captain Newcomer hob sein Glas. »Einen Toast auf uns – auf unser aufregendes zukünftiges Rendezvous. Wer weiß, wohin es führen mag«, fügte er rätselhaft hinzu. Er schaute ihr tief in die Augen, und sie konnte gar nicht anders, als sich ihm anzuschließen. Sie hob ihr Glas, und ihr Herz klopfte wie verrückt, während ihr die widersprüchlichsten Gedanken durch den Kopf schossen. Sie aßen schweigend. Bryonys Zorn ließ nach, als sie ihren Hunger stillte. Jack Newcomers Gesellschaft war seltsam tröstlich. Sie hätte ewig hier sitzen und Trost aus seiner Kraft beziehen können. Er war wie ein Fels in einer unbekannten See voll trügerischer Riffe.

»Es bekümmert mich, zu hören, daß Ihr Galan Sie an einem Abend wie diesem fortgeschickt hat, damit Sie im Dunkeln angegriffen wurden«, bemerkte er, während er den Wein in seinem Glas betrachtete. »Er hätte doch bestimmt in seinem Haus ein Zimmer für Sie finden können – und eine Anstandsdame.«

Bryony richtete sich gerader auf. »Im Haus eines unverheirateten Mannes würde ich niemals übernachten. Ich will nicht Nigels oder meinen guten Ruf gefährden. Außerdem hatte ich ihm gesagt, ich sei in Begleitung meiner Tante.« Sie warf ihm einen bösen Blick zu. »Und ganz abgesehen davon ist Nigel auch gar nicht mein Galan. Ich weiß nicht, warum Sie immer wieder damit anfangen.«

Seine Augen verrieten nichts. »Vielleicht bin ich ja eifersüchtig.«

»Pah!« Um ihm zu zeigen, wie erbost sie wirklich war, hätte sie am liebsten den Teller mit ihrem Essen nach ihm geworfen. Sie war entsetzt über die Erkenntnis, daß er sie mit einigen wenigen Worten derart aus der Ruhe und in einen solch unbändigen Zorn versetzen konnte. Sie packte ihn an der breiten Manschette seines Ärmels und schüttelte seinen Arm. »Wie können Sie es wagen, mich derart zu verspotten! Was habe ich getan …«

Er ergriff ihre Hand und drückte sie. »Wie können Sie es wagen, mich als Lügner zu bezeichnen, Miss Shaw?« versetzte er scharf. Als sie nichts erwiderte, mäßigte er seinen Ton. »Ich muß einen wunden Punkt getroffen haben, da Sie so schnell explodiert sind.«

Sie entzog ihm ihre Hand und beschäftigte sich wieder mit ihrem Essen. »Reden Sie nicht mehr über Nigel. Mein Leben ist nicht Ihre Sache.«

Er zuckte mit den Schultern, und ein harter Zug erschien für einen Moment um seinen Mund. »Das mag schon sein, aber wir sitzen in diesem Augenblick zusammen – und teilen unser Leben, könnte man sagen. Da sollte ich doch sagen können, was ich denke.«

Bryony seufzte ärgerlich. »Warum sollte ich Ihren glatten Worten glauben? Wir sind uns doch gerade erst begegnet. Sie sind ungalant und ungebührlich. Und Sie weichen mir beständig aus. Sie scheinen ein Mann zu sein, der sich nimmt, was immer er auch will, egal, mit welchen Konsequenzen.« Sie runzelte die Stirn. »Und ich bin kein kleines Mädchen, das Sie mit ein paar gutgewählten Worten beeindrucken können!«

Um seine Lippen zuckte es, und dann lachte er, dieses tiefe, fröhliche Lachen, das ein Prickeln in ihr auslöste. »Sie mögen zwar aussehen wie eine zerbrechliche Rose, die beim ersten Windstoß umknickt, Miss Shaw, doch ich sehe jetzt, daß ich mich geirrt habe. Es ist Eisen unter diesen zarten Blüten.« Er flüsterte ihr ins Ohr: »Und ich liebe Sie dafür.«

»Oh, hören Sie denn nie auf?« Aber sie konnte die Belustigung in ihren Augen nicht verbergen. »Wüstling.«

Er lachte, leise und intim. »Danke für das Kompliment. Meine Bekannten nennen mich einen kalten, herzlosen Exzentriker.«

Bryony schürzte die Lippen. »Kalt? Nein, ganz entschieden nicht. Herzlos? Vielleicht. Exzentrisch? Zweifellos. Und ich könnte dieser Liste auch noch ein paar andere Attribute hinzufügen.«

»Wer ist jetzt grausam?« schalt er und trank den Rest des Weins in seinem Glas.

»Sie sind ein Schwindler wie mein Bruder. Er konnte Stunden reden, ohne irgendwas zu sagen. Aber er scherzte, um sein verwundbares Herz zu verbergen.«

Jack Newcomers Augen glühten wie ein langsam

schwelendes Feuer und zogen sie wie magisch an. »Wenn ich mich recht entsinne, nannten Sie mich einen unerträglichen …«

»Wüstling? Vielleicht wäre ›Narr‹ das geeignetere Wort. Das war es, was mein Bruder war. Wenn er nicht so gewesen wäre, wäre er heute noch am Leben.«

Sie sah, daß sie Captain Newcomers volle Aufmerksamkeit besaß.

»Es ist immer leicht, über andere zu urteilen und zu glauben, man wüßte es selbst besser«, sagte er. »Sie sollten sich keine Vorwürfe machen; Sie hätten den Lauf des Schicksals ganz bestimmt nicht ändern können.«

Seine Worte milderten den Schmerz, der seit Reggies Tod ihr ständiger Begleiter war. Sie hatte sich nach Trost gesehnt, nach Worten, die wie Balsam waren für ihre Wunden. Und er kam von diesem Fremden. Sie wagte nicht zu sprechen; ihre Lippen zitterten.

»Ihr Bruder … wollen Sie mir von ihm erzählen?« fragte Jack Newcomer leise.

Bryony schüttelte den Kopf und biß sich auf die Lippen.

»Sie müssen ihn sehr geliebt haben.«

Sie nickte und strich mit dem Finger über den Stiel des Weinglases. »Er … er hat das Leben so geliebt. Es ist grausam, daß er so sterben mußte. Ich wünschte, ich wäre dagewesen, um ihm beistehen zu können.«

Schweigen breitete sich zwischen ihnen aus, und Bryony begann schon zu bereuen, ihm ihren Kummer anvertraut zu haben.

Jack Newcomers Seufzer brach die Stille. »Ich hatte einen schottischen Onkel, den ich sehr geliebt habe. Er war mehr ein Vater für mich als mein richtiger Vater. Jetzt sind beide tot, und nichts Schlechtes, was mein Vater je getan hat, scheint heute noch bedeutsam.« Er räusperte sich. »Aber früher war es das.«

Bryony musterte das verschlossene Gesicht vor ihr. Das einzige, was darin lebte, waren seine Augen, die Trauer und Bedauern widerspiegelten.

»Hat Ihr Vater Sie mißhandelt?« fragte Bryony und hielt den Atem an. Irgendwie war seine Antwort ihr sehr wichtig.

Er gab einen merkwürdigen Ton von sich, eine Mischung aus Belustigung und Haß. »Er starb, als ich drei Jahre alt war. Der einzige Mann, an den ich mich außer meinem Onkel noch erinnere, ist mein Stiefvater, der keine Kinder mochte.« Er zuckte mit den Schultern. »Aber wie ich bereits sagte, das ist längst vergessen und vorbei.«

Seine Worte klangen nicht ganz aufrichtig. Sie spürte einen Schmerz in ihm, der ihrem ähnlich war. Einen sehr alten Schmerz und großen Zorn.

Er beugte sich mit einem rätselhaften Lächeln auf den Lippen vor. »Sie sind wunderschön, wenn Sie solch große Augen machen, süße Unschuld«, flüsterte er und streichelte mit den Blicken ihr Gesicht. »Bitte spannen Sie mich nicht länger auf die Folter und sagen Sie mir, wann unser Stelldichein im Labyrinth stattfinden soll.«

Bryony, für die es nichts anderes mehr gab als seine verführerische Stimme, errötete, als eine eigenartige Sehnsucht in ihr erwachte, die wie ein warmes Kribbeln tief in ihrem Magen war.

Alles, was sie wollte, war, seine starken Hände auf ihrer Haut zu fühlen. Sie spürte, daß er sehr gründlich in seiner Erforschung sein würde und überaus ... befriedigend. Aus Angst, daß er ihr flaches Atmen hören und das Verlangen in ihren Augen sehen könne, richtete sie den Blick auf ihren Teller, wo die Überreste des Hackbratens allmählich kalt wurden. »Ende August kann es sehr kalt sein draußen«, zwang sie sich schließlich zu sagen. Gehörte diese atemlose Stimme wirklich ihr?

»Unsere Leidenschaft würde die Temperatur verändern und uns an einen schwülen Sommertag erinnern.«

Seine Stimme löste eine Gänsehaut auf ihren Armen aus. Sie schaute auf und war verblüfft, sein Gesicht so nahe an ihrem eigenen zu finden.

»Ich meine es ernst«, sagte er, und seine Augen verdunkelten sich vor Leidenschaft.

Mit einem Mal kehrte ihr Selbsterhaltungstrieb zurück, und sie entzog sich ihm. »Sie sind zu vermessen, Captain Newcomer. Wir sind uns erst gestern abend zum ersten Mal begegnet.«

»Leidenschaft kennt keine Uhr. Sie hat ihre eigenen geheimnisvollen Wege und ihre eigene Zeit.«

»Nun, ich will nicht zum Opfer einer vorübergehenden Torheit werden«, sagte Bryony entschieden und erhob sich. Ihre Beine waren seltsam schwach, und wenn sie dieses Tête-à-tête nicht unterbrach, was würde dann geschehen? Sie würde seinem Charme erliegen und glauben, was sie schon befürchtet hatte, seit sie ihm in die Augen gesehen hatte – daß er die Macht besaß, ihr Herz zu regieren.

Er erhob sich, ergriff ihre Hand und streichelte sie sanft. »Sie sind allein und schutzlos und auf mich oder jemand anderen angewiesen.«

»Ja, Sie würden sicherlich nicht zögern, meine Lage auszunutzen«, erwiderte sie mit sanftem Vorwurf und entzog ihm ihre Hand. »Gute Nacht, Captain Newcomer. Falls Sie bereits abgereist sein sollten, wenn ich morgen herunterkomme, wünsche ich Ihnen eine angenehme Reise.« Sie lächelte ihn noch einmal an. »Es war nett, Sie kennenzulernen, aber ich bezweifle, daß wir uns je wiedersehen werden.«

Er verbeugte sich höflich vor ihr, aber das Lächeln wollte nicht aus seinen Augen weichen. »Sie haben wenig Vertrauen in die Macht Amors.«

»Dann schießt Amor seinen Pfeil diesmal umsonst

ab«, sagte sie und hoffte, daß ihre Augen dem, was sie sagte, nicht widersprachen.

Seine weißen Zähne blitzten, als er grinste. »Ein dummer kleiner Narr, nicht wahr? Aber trotzdem ...«

»Gute Nacht, Captain Newcomer.« Als Bryony zum anderen Ende des Raumes ging, um mit dem Wirt zu sprechen, spürte sie Jacks Blick in ihrem Rücken. Sie war froh, daß er nicht ihr Erröten sehen konnte.

Bryonys Zimmer lag im ersten Stock. Das Dienstmädchen hatte ihre Sachen ausgepackt, aber es herrschte eine gewisse Unordnung, als hätte jemand sie durchsucht. Sie ging durchs Zimmer, berührte dies und jenes und glaubte eine bedrohliche Präsenz zu spüren, die weder Namen noch Gesicht besaß. Eine Taftblume lag vergessen auf dem Boden; ihre Seidenstrümpfe waren schlampig aufgerollt.

Bryony versuchte, die böse Vorahnung, die sie erfaßte, abzuschütteln. Vielleicht war das Dienstmädchen nur neugierig gewesen. Soweit sie sehen konnte, fehlte nichts.

Sie zog den staubigen Vorhang etwas beiseite, um hinauszuspähen. Aber alles, was sie sehen konnte, war ihr eigenes Spiegelbild im Glas. Der Wind heulte in den Bäumen und schlug klappernd einen offenen Fensterladen an die Wand. Abgesehen davon herrschte absolute Stille in dem Gasthaus. Es gab nicht viele Reisende um diese späte Jahreszeit.

Nachdem Bryony sich widerstrebend ausgezogen hatte, zögerte sie, sich hinzulegen. Es waren aber nicht die durchgelegene Matratze oder die groben Decken, was sie davon abhielten, sondern das Gefühl, sie müßte wachsam bleiben. Obwohl sie sich wegen ihrer grundlosen Ängste streng zur Ordnung rief, schob sie trotzdem einen Stuhl unter die Türklinke. Wenn jemand den Raum betrat, dann würde sie es hören.

Sie lächelte spöttisch. Der Stuhl würde auf jeden Fall

Jack Newcomer fernhalten. Sie fürchtete ihn nicht mehr; tatsächlich hätte sie sogar sehr gern erfahren, wie es war, in seinen starken Armen zu liegen und seine Hände überall auf ihrer Haut zu spüren. Er ist sicher sehr geschickt darin, all diese winzigen Knöpfe und Seidenbänder zu öffnen, dachte sie, während sie mit der gleichen Aufgabe beschäftigt war.

Als ihr Mieder offen war, seufzte sie vor Erleichterung; nun konnte sie endlich wieder atmen. Ihre Haut unter dem Unterkleid fühlte sich heiß und lebendig an und prickelte, als sie langsam über ihre festen kleinen Brüste strich und sich vorstellte, es wären Jack Newcomers Hände, die sie streichelten. Dann begann sie sich zu schämen; sie kannte diesen Mann doch kaum! Es war etwas an ihm, was sie dazu verlockte, all die vornehme Zurückhaltung, die Tante Hortense ihr eingeimpft hatte, aufzugeben.

Nervös zog sie den Rest ihrer Sachen bis auf das Hemd aus und kroch zwischen die Laken. Als sie die Augen schloß, erschien wieder sein Gesicht vor ihr. Sie erinnerte sich an jede Einzelheit seines Lächelns, jede Nuance seines Ausdrucks. Und an seine Augen. Zum ersten Mal seit Wochen war Reggie nicht das letzte, woran sie dachte, bevor sie einschlief.

Der Morgen kam mit blassem Sonnenschein. Ein einsamer Vogel zirpte auf einem Zweig vor Bryonys Fenster. Sie streckte sich und gähnte, als Erinnerungen an den Vorabend sie überschwemmten. An Jack Newcomer. Und an Nigel, der höflich, aber distanziert gewesen war. Doch was hätte sie auch mehr erwarten können? Die Leute, die man aus der Zeit seiner Kindheit kannte, veränderten sich und wurden Fremde. Wenn Nigel der attraktivste Mann war, den sie je gesehen hatte, war Captain Newcomer bei weitem der gefährlichste.

Ob er noch im Gasthaus war? Ihr Herz begann bedrohlich schnell zu klopfen bei der Vorstellung.

Bryony stand auf und zog sich an. Als sie ihre Wangen pudern wollte, erinnerte sie sich, wie Captain Newcomer ihr recht unsanft das Gesicht abgewischt hatte. Hatte er recht? Würde sie ohne Schminke und Puder hübscher sein? Aber es war die neueste Mode in Paris, die Lippen rot zu schminken und die Wimpern zu schwärzen, und es gab alle Arten von Schönheitspflästerchen, die wie samtene Einladungen an strategischen Punkten im Gesicht befestigt wurden.

Der »Kuß« am Mundwinkel zum Beispiel, oder *la coquette*, wie er in Paris genannt wurde. Bryony kicherte und klebte ein sternförmiges Pflaster *à l'effrontée* auf ihre Nase. Das würde dem Captain ganz gewiß ein Stirnrunzeln entlocken!

Falls er überhaupt noch da war.

Sie begriff, daß er ihr fehlen würde, wenn er fort war. Er hatte sie aus der Starre ihres Leids gerissen und ihr die Kraft gegeben, ihre Nachforschungen über den Tod ihres Bruders fortzusetzen. Ein Seufzer entrang sich ihr bei dem Gedanken an ihren Verlust. In ihrem Retikül suchte sie nach dem zusammengefalteten Papier mit der zerrissenen Namensliste. Nachdem sie es auf dem Tisch am Fenster vorsichtig auseinandergefaltet hatte, begann sie die einzelnen Stückchen zusammenzusetzen. Es war schwieriger und zeitraubender, als sie gedacht hatte, aber es gelang ihr schließlich. Sie prägte sich die Namen im Gedächtnis ein, als sie sie las:

Mr. Silas Forrester, Haywards Heath
Mr. Dudley Bench, Seaford
Earl of Bentworth, Bentworth Court, Alfriston
Reverend Augustus Cleaves, Battle

Der einzige, den sie kannte, war Reverend Cleaves, ein alter Freund ihres Vaters. Aber Battle war am weitesten entfernt von Cuckfield. Sie würde zuerst Mr. Forrester besuchen. Hayward Heath war nur ein Sprung von Cuckfield.

Sie fürchtete die Begegnung, weil sie gar nicht hören wollte, was der Mann über ihren Bruder zu sagen hatte. Aber so sehr sie auch schmerzen mochte, sie mußte die Wahrheit wissen, bevor sie ihr Leben fortsetzen konnte.

Getrieben von dem Bedürfnis, ihre Mission fortzusetzen, band sie ihr Haar nur mit einer Schleife im Nacken zusammen, setzte eine feine Spitzenhaube auf und legte ihren Umhang um, der noch immer feucht vom Regen des vergangenen Abends war. Ohne die Hilfe einer Zofe würde ihre Garderobe bald in einem bedauernswerten Zustand sein. Die Erkenntnis ließ sie sich einsam und hilflos fühlen. Sie war es nicht gewöhnt, ihre Sachen selbst zu waschen und zu plätten; wie brachte man wieder Form in einen feuchten Umhang? Sie hätte ihren Reisekoffer mitbringen sollen. Mit einem einzigen Portemanteau hatte sie nur zwei Kleider zum Wechseln.

Und sie würde eine Kutsche mieten müssen, da sie keine Zeit damit verschwenden wollte, ihrer eigenen Kutsche wegen nach Crawley zurückzukehren.

Der Schankraum unten war gefüllt mit Reisenden. Bryonys Blick glitt von Gesicht zu Gesicht – alte Männer, Matronen in weißen Leinenhauben, schreiende Kinder in Kitteln und Häubchen. Es roch nach brutzelndem Speck und selbstgebackenem Brot. Aber Bryony konnte vor Aufregung kaum atmen, und sie stieß einen Seufzer der Erleichterung aus, als sie Captain Newcomer an einem der Tische erblickte. Seine Augen leuchteten auf, er erhob sich rasch und winkte ihr. Sie konnte gar nicht anders, als ihm ein Lächeln zu schenken, das aus ihrem tiefsten Herzen kam.

Er ergriff ihre Hände. »Sie sehen entzückend aus heute morgen, meine Liebe«, murmelte er und hielt seinen Stuhl für sie. »Bitte verschönern Sie meinen Tisch mit Ihrer anmutigen Präsenz. Ich würde mich geehrt fühlen, wenn Sie das Frühstück mit mir einnähmen, bevor Sie aufbrechen. Um der alten Zeiten willen«, fügte er lächelnd hinzu.

Bryony zögerte nicht lange. »Ich bin Ihnen sehr dankbar für das Angebot, Captain Newcomer.« Ein Gefühl der Freude erfaßte sie, als sie in seine dunklen Augen blickte, und genau wie schon beim ersten Mal war ihr, als ob sie ihn schon ewig kennen würde.

Einen Moment lang glaubte sie Ehrfurcht und Erstaunen in seinen Augen zu sehen, aber das verging, als der mutwillige Blick wieder darin erschien, der sie stets herauszufordern und zu necken schien.

Er sah schludrig aus wie eh und je, trug eine saubere, aber zerknitterte moosgrüne Satinweste über einem ungebügelten weißen Hemd und eine schlampig umgebundene Schalkrawatte; sein festes Kinn war fast ganz unter dem zunehmenden Bart verschwunden.

Rasiert er sich denn nie? fragte sie sich zweifelnd. Aber der grobe Stoff seines schlichten grauen Wollrocks konnte die Breite seiner Schultern und seine gebieterische Haltung nicht verbergen. Als Kapitän war er es gewöhnt, jeden auf seinem Schiff herumzukommandieren.

Eine Schankmagd balancierte ein hölzernes Tablett an ihrer Schulter und servierte ihnen Brötchen, dunkles Brot und einen Teller mit frisch geschlagener gelber Butter.

Ein Mann in einem Anzug aus dunkelbraunem Fries und einem abgetragenen Dreispitz saß am Nebentisch und starrte auffällig zu ihnen herüber, während er eine langstielige Pfeife rauchte. Sein schmales Gesicht war durch eine häßliche rote Narbe entstellt, die sich von seiner linken Augenbraue bis zu seinem Kinn erstreckte. Seine Perücke war alt und fettig, und der steife Kragen, den er trug, vergilbt vom Alter. Sein prüfender Blick ließ Bryony frösteln, und sie klappte ihren Fächer auf, um ihn vor das Gesicht zu halten, und drehte sich so, daß sie dem aufdringlichen Mann den Rücken zukehrte. »Warum starrt er mich so an?« flüsterte sie.

»Wer?« fragte Captain Newcomer und warf einen Blick über ihre Schulter. »Ach, Sie meinen den alten Opa dort. Wie ich, ist er wahrscheinlich fasziniert von Ihrer Schönheit. Machen Sie sich keine Sorgen, er geht gerade.«

Bryony begann ruhiger zu atmen. Sie klappte ihren Fächer zu und legte ihn auf den Tisch.

»Kehren Sie heute nach Crawley zurück, meine Schöne?« fragte Captain Newcomer.

»Das hatte ich eigentlich vor, aber meine Angelegenheiten führen mich zuerst nach Haywards Heath. Ich denke, daß ich heute abend nach Crawley zurückkehren werde, falls es möglich ist.«

»Ah! Und wie wollen Sie nach Haywards Heath kommen?« fragte er, während er großzügig Butter auf ein Brötchen strich.

»Ich werde eine Kutsche mieten, hoffentlich etwas Besseres als den Wagen, den ich gestern abend hatte.« Bryony biß in eine dicke Scheibe Roggenbrot. Es schmeckte unerwartet gut, und die Butter war gesalzen und sehr frisch.

Nachdem er einen großen Schluck Bier getrunken hatte, sagte Jack Newcomer: »Es tut mir wirklich leid, aber Sie können hier keine Kutsche mieten. Cuckfield ist ein kleines Dorf und ›The Boar‹ ein viel zu kleiner Gasthof, um einen eigenen Mietstall zu unterhalten.«

Bryonys Mut sank. Täglich tauchten neue Hindernisse auf. Aber nichts würde sie von ihren Plänen abhalten.

»Dann werde ich den Wirt bitten, mir seinen Wagen zu vermieten und mir seinen Sohn als Fahrer mitzuschicken. Ich bin sicher, daß er dem Glanz des Golds nicht widerstehen wird.«

»Jemand anders könnte Ihnen bereits zuvorgekommen sein«, entgegnete der Captain rätselhaft.

Sie starrte ihn aus schmalen Augen an. »Wohin fahren *Sie* heute, Captain Newcomer?«

Er zuckte mit den Schultern und weigerte sich, sie anzusehen. »Ich müßte eigentlich nach Portsmouth zurückkehren, aber mein Schiff wird erst in einer Woche segelbereit sein. Und die Downs sind angenehmer zu erforschen als die Straßen von Portsmouth.«

»Aber *wohin* fahren Sie?« beharrte sie, seiner ständigen Ausflüchte allmählich müde.

»Entweder bleibe ich hier, oder ich mache eine Spritztour durch die Landschaft.«

»Sie klingen wie mein Bruder, immer voller Gegensätze.«

Er warf ihr einen überraschten Blick zu. »Sie haben noch einen Bruder? Wo? Und warum ist er nicht hier, um sich um Sie zu kümmern?«

»Sie fragen zuviel«, sagte Bryony mit einem erzwungenen Lächeln. »Ich rede von demselben Bruder wie gestern abend. Er starb vor zwei Wochen in einem Feuer, nicht weit entfernt von hier.« Sie seufzte. »Ich kann mich nicht daran gewöhnen.«

Er versteifte sich. »Es tut mir leid«, sagte er mit rauher Stimme.

Irgendwie weckte seine zerknirschte Miene den Wunsch in ihr, zu reden. Die Worte strömten ihr nur so über die Lippen, schneller und schneller, als müsse sie sich von allen Worten und Gedanken befreien, die sie seit Reggies Tod beinahe unablässig quälten. »Ich kann einfach nicht glauben, daß er Selbstmord begangen hat«, schloß sie. »Reggie liebte das Leben.« Die einzige

Information, die sie für sich behielt, war die Tatsache, daß Reggie etwas mit den Jakobitern zu tun gehabt hatte.

Newcomer lauschte aufmerksam und unterbrach sie nicht. Seine Hände umklammerten so fest den Bierkrug, daß seine Knöchel weiß hervortraten.

»Ich werde nicht eher ruhen, bis ich die Wahrheit über Reggie und diese verhängnisvolle Partie Karten herausgefunden habe, die in jener Nacht stattfand.«

Jack Newcomer nickte. »Das ist verständlich. Ich denke, daß Sie richtig handeln. Wen wollten Sie heute besuchen?«

»Das kann ich Ihnen nicht verraten. Das Kartenspiel war ein geheimes Treffen.«

Sich vorbeugend, flüsterte er: »Vielleicht war Ihr Bruder ja ein Jakobiter – ein Verräter.«

Seine Worte sandten einen kalten Schauder über ihren Rücken; Reggies Geheimnisse aufzudecken, machte vielleicht auch sie zu einer Verräterin an England.

5

Bryony schaute sich in dem geschäftigen Hof des Gasthauses um, in dem Fuhrwerke aller Arten sich die Plätze streitig machten. Gefüllt mit Passagieren, wurde die Brightoner Postkutsche gerade zur Abfahrt vorbereitet.

Der Wirt bestätigte Bryonys Verdacht. »In der Postkutsche sind keine Plätze mehr frei, und mein Wagen ist schon für den Tag vermietet – an den Gentleman dort drüben.« Er deutete auf Captain Newcomers breiten Rücken, als er gerade um die Stallecke verschwand.

Bryony kochte innerlich. Das hatte Newcomer absichtlich getan!

»Ich fürchte, es gibt keine Wagen mehr, Miss. Aber morgen …«

»Ist es zu spät«, sagte Bryony und versuchte, einen Ausweg aus dem Dilemma zu finden.

Der Wirt verbeugte sich bedauernd und floh in die Schänke.

Jules, der die Nacht im Dienstbotenquartier verbracht hatte, kam zu ihr herüber. Sein Gesicht trug einen zerknirschten Ausdruck, in dem Unschuld sich mit Sorge mischte. »Mademoiselle, was sollen wir jetzt tun?« fragte er und befingerte seinen weichen Filzhut.

»Es sieht so aus, als müßten wir hier warten, bis ein Wagen frei ist. Wer weiß, wie lange«, murmelte sie stirnrunzelnd. Nachdenklich schritt sie zwischen den Ställen und dem Gasthaus auf und ab. Jules' besorgter Blick folgte ihr. Sie blieb vor ihm stehen.

»Ich werde dich bitten müssen, meine Kutsche in Crawley abzuholen. Glaubst du, daß du das schaffst, Jules?« fragte sie. »Dann könnten wir uns heute nachmittag schon auf den Weg machen.«

»Natürlich werde ich alles tun, was Sie verlangen. Ich werde einen Bauern finden, der mich mitnimmt«, versicherte ihr Jules und schwenkte wild die Arme. »Ich werde mit Händen und Füßen reden, damit sie mich verstehen. Dies ist ein merkwürdiges Land«, fügte er hinzu und schüttelte den Kopf. »Barbaren.«

Bryony lächelte und drückte seinen Arm. »Ich weiß, daß du es schaffen wirst«, sagte sie, obwohl sie einige Bedenken hatte. Nachdem sie hineingegangen und eine Nachricht für den Schmied in Crawley geschrieben hatte, gab sie Jules die Botschaft und etwas Geld, um die Reparatur der Kutsche zu bezahlen.

»Viel Glück, *mon ami*. Ich werde heute abend auf Sie warten. Seien Sie vorsichtig. Es wimmelt hier nur so von Straßenräubern.«

Als Jules in Richtung Norden aufgebrochen war, wartete sie auf Captain Newcomer. Hoggie und der Wagen bogen gerade um die Ecke, das alte Pferd trottete direkt auf sie zu.

Hoggie tippte sich an die Hutkrempe und rief: »Einen schönen guten Morgen, Mylady. Sind Sie bereit zu fahren?«

Bryony starrte ihn verwundert an, sah dann aber den Captain hinter dem Wagen. »Ah! Da sind Sie ja, meine Schöne«, schrie er über den Lärm der abfahrenden Postkutsche.

In diesem Augenblick hätte sie ihn am liebsten in Stücke gerissen. »Was dachten Sie denn, wo ich wäre? Daß ich mich weinend in meinem Bett verkrochen hätte? Sie hinterhältiger, grinsender, *Wagen stehlender* – Ohhh!« zeterte sie. »Sie *wußten*, daß ich den Wagen heute brauchen würde. Sie haben ihn bloß gemietet, um mich zu ärgern.«

Mit einem Grinsen, das sie rasend machte, schaute er auf ihr wütendes Gesicht herab. »Aber ganz und gar nicht! Haben Sie so wenig Vertrauen zu mir? Ich würde nie die Notlage einer hilflosen jungen Dame ausnutzen.«

»Pah!« höhnte sie. »Das ist genau das, *was* Sie tun würden. Wieviel wollen Sie?« Nachdem sie die Goldkordel ihrer Tasche aufgerissen hatte, schüttelte sie die Münzen in ihrem Geldbeutel. »Wieviel?« Ihr eisiger Blick hätte sein Gesicht erstarren lassen können.

Gelassen lehnte er sich an den Wagen und rieb sich das stoppelige Kinn. »Eigentlich hatte ich mir für heute morgen einen Ausflug in die nähere Umgebung vorgenommen.« Nach einem Blick auf den blauen Himmel fügte er hinzu: »Es ist das ideale Wetter für eine kleine Landpartie. Oder vielleicht sogar für ein Picknick.«

Sie schüttelte den Geldbeutel. »Ich bin sicher, daß die Melodie des Goldes Sie umstimmt«, meinte sie.

Er lachte. »Behalten Sie Ihr Geld, meine Schöne. Ich bin gekommen, um Ihnen meine Begleitung nach Haywards Heath anzubieten, da ich weiß, wie wichtig Ihr Besuch dort ist.« Er reichte ihr den Arm. »Darf ich Ihnen beim Einsteigen behilflich sein? Ich muß gestehen, daß der Wagen wirklich ungemein geschmacklos ist, aber wir werden uns bemühen, es uns dennoch so bequem wie möglich zu machen.«

Sie kehrte ihm den Rücken zu. »Ich fahre nirgendwo mit Ihnen hin. Ihr bloßer Anblick macht mich rasend.«

»Vor Leidenschaft, hoffe ich«, bemerkte er mit einem Lachen.

Sie trat zurück und hob ihre Tasche, als ob sie ihn damit schlagen wolle. »Nie im Leben! Warum kümmern Sie sich nicht um Ihre eigenen Angelegenheiten und lassen mich in Ruhe?« Tränen der Hilflosigkeit standen in ihren Augen. »Bitte gehen Sie.«

»Beruhigen Sie sich. Ich biete Ihnen doch nur eine Mitfahrgelegenheit nach Haywards Heath an. Dort werde ich dann spazierengehen und Sie später zu einer vereinbarten Zeit abholen.«

Bryony warf einen sehnsüchtigen Blick auf den Wagen, dann auf Hoggie, der über das ganze Gesicht grinste. »Na gut«, sagte sie. »Aber ich hoffe, daß dies das Letzte ist, was ich von Ihnen sehe.«

Er hielt sich am Wagen fest, als habe er einen tödlichen Schlag erhalten. »Sie sind grausam«, klagte er, umfaßte blitzschnell ihre Taille und hob sie in den Wagen. Sie landete mit einem harten Aufprall auf dem strohgefüllten Sack. Dann warf er ihre Portemanteaux hinein.

Hoggie fuhr schon an, als Captain Newcomer sich seitlich auf den Wagen schwang.

Durch die Ahornblätter fiel das Sonnenlicht und tanzte in goldenen Flecken auf der Straße. Eine leichte Brise streichelte das ausgedörrte Gras am Rand der Fahrbahn. Zwei Eichhörnchen jagten sich um den Stamm einer alten Eiche.

Aber Bryony schenkte der friedlichen Umgebung kaum Beachtung. Sie war noch immer wütend und erfand und verwarf Möglichkeiten, Jack Newcomer für seinen letzten Streich zu bestrafen. Warum hatte er sie begleiten wollen? Es konnte kein Zufall sein, daß er Hoggie und den Wagen gemietet hatte. Sie konnte sich nicht vorstellen, daß er ihre Gesellschaft wirklich so genoß, daß er bereit war, einen ganzen Morgen mit ihr zu verschwenden.

»Wissen Sie, wohin Sie wollen?« fragte er und lehnte sich an den prallgefüllten Sack. Sein schäbiger Dreispitz rutschte ihm über die Augen, als er den Kopf an ihre Schulter lehnte. Sie versuchte, fortzurutschen, aber die

Wagenseite stieß bereits gegen ihre Hüfte. Sein lockiges dunkles Haar schimmerte im hellen Sonnenschein, und Bryony mußte das Bedürfnis unterdrücken, die widerspenstige Locke, die immer wieder aus dem Lederband an seinem Nacken rutschte, zu berühren.

Er hätte es verdient, daß sie ihm die Locke ausriß!

Indem sie vergebens gegen seine Schulter drückte, versuchte sie, ihm ihre Mißbilligung zu zeigen, aber er lehnte sich noch bequemer an sie. »Nun?« beharrte er.

»Sie können mich im Dorf herauslassen«, antwortete sie ausweichend. »Ich komme dann allein zurecht.«

Er zuckte mit den Schultern, und sein Arm streifte ihre Brust. »Wie Sie wünschen.«

Bryony war so hingerissen von dem Gefühl, das sie bei seiner Bewegung durchzuckte, daß sie an nichts anderes mehr denken konnte. Es war etwas an diesem vertrackten Mann, das etwas in ihr berührte, was noch kein anderer Mann berührt hatte. Aber warum ausgerechnet er? Warum nicht Nigel, oder ein Franzose aus Tante Hortenses Freundeskreis?

Nigel weckte zweifellos etwas in ihr, aber sie fand keine Worte, um es zu beschreiben. Ärger vielleicht, oder Enttäuschung.

Jack Newcomers Gesellschaft war beruhigend und aufregend zugleich. Aber wenn er den Mund aufmachte, war er arrogant, empörend und sich seiner selbst ... und *ihrer* derart sicher, daß ihr Ärger ständig neue Nahrung fand. Irgendwie mußte sie ihm seine unerträglichen Bemerkungen und unbekümmerten Liebkosungen heimzahlen.

»Sie sind so still, meine Schöne«, sinnierte er, während er sich ihr zuwandte und den Dreispitz zurechtrückte. »Einen Penny für Ihre Gedanken.«

Sie hatte Mühe, seinen warmherzigen Blick zu erwidern, und spürte, wie ihr das Blut in die Wangen stieg. »Meine Gedanken sind mehr wert als einen Penny.«

Er lachte, und Bryony konnte gar nicht anders, als sich ihm anzuschließen. »Das ist ja absurd«, rief sie lachend aus.

Seine Hand ruhte besitzergreifend auf ihrem Knie.

Sie konnte sich nicht dazu überwinden, sie fortzuschieben.

Plötzlich fuhr der Wagen langsamer, aber Bryony nahm nichts anderes mehr wahr als Jack Newcomers Hand auf ihrem Knie. Sie fuhr zusammen, als Hoggies rauhe Stimme dann den Zauber brach.

»O Mann, das darf nicht wahr sein! Das arme Pferd ist lahm. Ein Stein im Huf wahrscheinlich. Brr, Daisy, altes Mädchen, laß mich sehen.« Er sprang vom Bock, und der Captain folgte ihm. Sie hoben die Köte und bückten sich, um unter den Huf zu schauen.

»Ja, ein richtiger dicker Stein ist das. Sie wird bestimmt 'ne schlimme Prellung haben«, meinte Hoggie kopfschüttelnd. »So können wir nicht weiterfahren, nicht?«

Jack Newcomer fluchte und warf seinen Dreispitz auf den Boden. »Verdammter Mist! Warum muß andauernd alles schiefgehen?«

Bryony stieg vom Wagen. »Was sollen wir jetzt tun?« fragte sie und wunderte sich über Newcomers Wutausbruch.

»Laufen, was denn sonst?« knurrte er und schaute sie an, als sei der Unfall ihre Schuld gewesen. »Aber Sie werden wohl unbrauchbare Seidenschuhe tragen, wie es all die anderen dummen Frauen tun.«

Bryony stieß einen Finger an seine Brust, und mit einer Stimme, die vor Ärger bebte, sagte sie: »Sie gehen da entlang.« Sie deutete auf die Straße hinter ihnen. »Ich gehe in die andere Richtung.« Ihre Augen sprühten Feuer. »Und was dumme Frauenzimmer angeht, so haben Sie nicht die geringste Vorstellung von unserer Kraft. Was für Beleidigungen wir von arroganten Männern wie Ihnen stillschweigend erdulden! Aber ich sage es Ihnen jetzt zum allerletzten Mal: *Ich* werde mir keine weiteren Beleidigungen von Ihnen gefallen lassen!«

Sie zerknüllte den Dreispitz, den sie eigentlich aufgehoben hatte, um ihn über seine Enttäuschung hinwegzutrösten, und schleuderte ihn wieder zu Boden. Dann raffte sie ihre Röcke, damit er ihre Rehlederschuhe sehen konnte, und stieß den flachen Absatz gegen das runde Kopfteil.

»Da!« rief sie aus und begann in Richtung Haywards Heath zu marschieren.

»Warten Sie!«

Sie ging noch schneller.

Sie ging, bis ihre Seiten schmerzten und ihr Haar an Stirn und Nacken klebte. Wut trieb sie voran, bis sie zu keinem weiteren Schritt mehr fähig war. Keuchend lehnte sie sich an einen Baumstamm und preßte eine Hand an ihre Seite.

»Was ist denn in Sie gefahren?« schalt Captain Newcomer, als er sie erreichte. Er trug ihren Portemanteau und seinen.

»Ich bin nur eine dumme Frau in unbrauchbaren Seidenschuhen«, fuhr sie ihn an. »Von mir erwartet man, daß ich mich wie ein Idiot benehme.«

»Sie sind ein Pulverfaß, meine Schöne. Es ist ungeheuer schwierig, sich über Ihre Launen auf dem laufenden zu halten.«

»Dann lassen Sie es doch!« schrie sie. »Hatte ich Ihnen nicht verboten, mir zu folgen?« Sie trat auf die Straße zurück und ging weiter. Warum mußte er sie immer ärgern?

Das Geräusch von ächzenden Wagenrädern und Hufgetrappel kam ihr plötzlich zu Bewußtsein. Sie würde versuchen, sich nach Haywards Heath mitnehmen zu lassen – doch bevor sie etwas unternehmen konnte, stand Captain Newcomer bereits mitten auf der Straße und schwenkte seine Arme.

Eine schwarze Kutsche mit goldenen Verzierungen an den Ecken und einer Krone auf der Tür kam jetzt in Sicht. Vier kastanienbraune Pferde zogen den Wagen, und zwei Lakaien standen hinten auf dem Bock. Die Besitzer mußten wohlhabende Leute sein.

Der Kutscher zügelte die Pferde, und der Wagen hielt. Jack Newcomer eilte hin und sagte etwas durch das offene Fenster, aber Bryony konnte nicht hören, was gesprochen wurde. Trotzdem gehorchte sie widerstrebend, als der Captain winkte.

Es war dunkel in der Kutsche, die Vorhänge waren zugezogen, aber Bryony sah die Umrisse von zwei alten Herren und einer Frau.

»Treten Sie vor, Kind, damit ich Sie sehen kann«, forderte die alte Dame sie mit zitternder Stimme auf.

Bryony trat näher. »Ich wäre Ihnen unendlich dankbar, wenn Sie mich bis zum nächsten Dorf mitnehmen könnten«, sagte sie.

»Nur Sie, Kind? Ihr Gatte hat uns von dem unglücklichen Zwischenfall erzählt. Tatsächlich sind wir dem armen Pferd und Jungen sogar auf dem Weg begegnet, glaube ich.«

Bryony verschlug es die Sprache, und sie fuhr herum, um Jack Newcomer wütend anzusehen. Gatte? formte sie lautlos mit den Lippen. Was fiel ihm ein!

Er packte sie am Ellbogen und schob sie in den Wagen. »Wir sind Ihnen natürlich beide ausgesprochen dankbar für Ihre Gastfreundschaft, Lady Fitzbourne.«

Die alte Dame klopfte mit ihrem Spazierstock an das Wagendach, und unverzüglich setzte sich die Kutsche in Bewegung. »Junger Mann, wir nehmen für gewöhnlich keine Fremden mit, vor allem keine *bärtigen,* aber wir können diese feine junge Dame ja nicht den Elementen aussetzen.« Sie schwenkte ihren Fächer vor dem Gesicht. »Algernon! Sag Guten Tag zu diesem jungverheirateten Paar, Captain Newcomer und seine kleine Frau.«

Der alte Mann hielt ein Hörrohr in die Richtung ihrer Stimme. »Was hast du gesagt?« schrie er und blinzelte verständnislos.

Bryony sah zwei weißhaarige Köpfe und zwei Paar runde blaue, altersschwache Augen. Der andere alte Herr war größer und dunkelhaariger. Er schwieg während der Vorstellungen.

»Das ist mein Bruder Algie. Er ist stocktaub«, sagte Lady Fitzbourne kichernd und spähte sie im Dämmerlicht der Kutsche an. »Ah, noch einmal so jung und verliebt zu sein!« Sie seufzte und bewegte ihren Fächer. »Ich brauche Sie beide nur anzusehen, um zu wissen, daß Sie sehr verliebt sind.«

Bryony lächelte erzwungen, und ihr »Gatte« legte in einer besitzergreifenden Geste einen Arm um ihre Schultern und zog sie an sich. Sie bedachte ihn mit einem Blick, der besagte, daß er zwar dieses Mal gewonnen haben mochte, es aber nie wieder soweit kommen würde.

»Ich verstehe nicht, warum du solch gewöhnliche Bürgerliche in unserer Kutsche mitfahren läßt, Augusta«, sagte der Dunkelhaarige mit einem kalten Lächeln.

Jack Newcomer versteifte sich, und Bryony spürte seinen Ärger.

»Ach, das ist doch Humbug!« entgegnete Lady Fitzbourne tadelnd. »Es sind nur harmlose junge Leute, Malvin.«

Der hochnäsige Malvin Fitzbourne schnaubte. »Es ist trotzdem Gesindel. Ich sehe nicht ein, warum wir …«

»Sei nicht so sauertöpfisch, Malvin! Du solltest dankbar sein, daß du zu den wenigen Auserwählten gehörst, die sich einen maßgeschneiderten Rock auf ihrem mageren Rücken leisten können.« Lady Fitzbourne beugte sich neugierig vor und wandte sich an Bryony.

»So, und jetzt müssen Sie mir alles über Ihre Hochzeitsfeier erzählen, meine Liebe. Ich kann sehen, daß Sie einen sehr stattlichen Ehemann gefunden haben, aber ich kann Ihnen gleich sagen«, warnte sie sie augenzwinkernd, »daß sich auch noch andere Frauen um seine Gunst bewerben werden.«

Von mir aus können sie ihn haben, dachte Bryony geringschätzig. »Nun ja ...« begann sie.

»Ich würde ihm an Ihrer Stelle nicht vertrauen, junge Frau. Es war sehr leichtsinnig von Ihnen, ihn zu heiraten«, brummte Malvin, während Algernon sein Hörrohr auf seinen Bruder richtete und wiederholte: »Washastdugesagt?«

Jack Newcomer hatte sich vor Wut versteift. »Ich dulde nicht, daß Sie meine Frau beleidigen«, stieß er zwischen zusammengebissenen Zähnen hervor.

Bryony legte beruhigend die Hand auf seinen Arm. »Warum sollte ich ihm nicht vertrauen?« fragte sie und spürte, wie Captain Newcomers Zorn sich gegen sie wandte.

Malvin zog die Schultern hoch und grinste. »*Ich* würde nie einem Kapitän vertrauen. Viel zu unbeständig. Immer unterwegs.«

Bryony lehnte sich zurück, enttäuscht, weil er keinen anderen Grund angeben konnte. »Was das betrifft, habe ich auch meine Befürchtungen«, entgegnete sie trocken und hielt dem erbosten Blick des Captains ruhig stand.

»Und vor allem keinem, der es sich nicht leisten kann, seinen Rock waschen und plätten zu lassen«, fuhr Malvin fort. »Oder einen Barbier aufzusuchen. Das sind die Allerschlimmsten.«

Captain Newcomer erhob sich halb von seinem Platz. »Das reicht jetzt! Wenn Sie noch ein Wort sagen, wird mich nicht einmal Ihr fortgeschrittenes Alter daran hindern, Sie zum Duell zu fordern.«

»Beruhige dich«, bat Bryony und zog ihn auf den Sitz

zurück. Er war ganz blaß geworden, und an seinem Kinn zuckte ein Muskel. Warum konnte er den Humor der Situation nicht sehen? Was bedeutete das Gerede eines alten Mannes schon? Aber gefangen in seinem unangebrachten Ärger, starrte Captain Newcomer verbissen aus dem Fenster.

Lady Fitzbourne plapperte über alte Erinnerungen, und Bryony war froh, daß sie vergessen hatte, auf dem Thema Hochzeitsfeier zu beharren. Bryony hätte sich nie träumen lassen, daß sie den Tag in Gesellschaft von drei exzentrischen Siebzigjährigen und diesem unverfrorenen Fremden verbringen würde, der ihr Leben auf den Kopf gestellt hatte.

Die Straße wurde breiter, und einige wenige Bauernhäuser säumten jetzt den Weg.

»Haywards Heath hat nichts Empfehlenswertes«, sagte Lady Fitzbourne, »außer einem kleinen Gasthof, wo es exzellentes Essen gibt. Lindfield dagegen, das gleich daneben liegt, ist ein hübsches Dorf mit einem wunderschönen Teich und Schwänen. Die alljährliche Schafausstellung wird immer auf dem öffentlichen Platz gegenüber abgehalten. Die Kirche ist ziemlich alt, und das Tudorhaus daneben auch. Ich kann mir nicht vorstellen, was Sie in einem so kleinen Dorf wie Haywards Heath zu erledigen haben könnten.«

»Ich – ähm – wir wollten einen alten Freund besuchen«, erklärte Bryony. Sie würde in Haywards Heath jemanden nach dem Weg zu Mr. Forresters Haus fragen müssen.

»Wir werden dort zum Lunch anhalten«, sagte die alte Dame. »Und dann werden unsere Wege sich wohl trennen, falls Sie nicht bis Turnbridge Wells weiterfahren wollen. Wir sind auf dem Weg zu einer Kur dorthin.«

»Nein, aber ich danke Ihnen für das Angebot«, sagte Bryony und schaute aus dem Fenster. Der Gasthof, ein altes Steingebäude mit nur sehr wenigen Fenstern, war von Linden und ungestutzten Buchsbaumhecken umgeben. Der Stall hatte ein durchhängendes Schilfdach, und an den Mauern wucherte das Unkraut. Der Hof war leer bis auf einen Hahn, der in der Erde scharrte.

Die Pferde hielten. Captain Newcomer stieg als erster aus und bot den Damen seine Hilfe an, obwohl Bryony es vorzog, ihn zu ignorieren. Algernon brauchte jemanden, der ihn stützte, und Bryony nahm seinen Arm. Er wankte über den ungepflasterten Hof und die beiden Steinstufen hinauf, die in den Schankraum führten. Der Captain hatte bereits ein Zimmer für Lady Fitzbourne bestellt und geleitete sie in einen Salon hinter der Schänke.

Bryony ging wieder hinaus und überlegte, ob sie verschwinden sollte, bevor Captain Newcomer zurückkam, aber ihre Überlegungen wurden abrupt unterbrochen, als sie einen Schrei aus dem Inneren der Kutsche hörte. Rasch lief sie hin und sah, daß Malvin noch dort saß.

»Nun kommen Sie schon her, Kind!« befahl er ungeduldig.

Als Bryony hineinschaute, verlangte er, daß sie den Kutscher holte. »Ich kann meine verfluchten Beine nicht gebrauchen.«

Bryony, die erst jetzt die beiden Krücken sah, beeilte sich, seinen Wünschen nachzukommen. Aber der Kutscher war nirgendwo zu sehen, und die beiden Lakaien waren verschwunden. Der Captain stand auf den Eingangsstufen, und sie winkte ihm, herbeizukommen.

»Der alte Herr muß hineingetragen werden«, erklärte sie und sah, wie sich das Gesicht des Kapitäns verdüsterte.

»Von mir aus kann er kriechen«, knurrte er und wandte sich zur Straße. »Mein Tag ist ruiniert, und wenn es nötig ist, gehe ich zu Fuß zurück nach Cuckfield.«

Bryony lief ihm nach und packte seinen Arm, um ihn zurückzuhalten. »Wie können Sie so grausam und egoistisch sein!« hielt sie ihm vor.

»Ich habe genug von hochnäsigen alten Männern«, zischte er wütend und entriß ihr seinen Arm.

»Und jetzt verwandeln Sie sich selbst in einen! Sie brüsteten sich damit, Sie hätten Ihrem Stiefvater das Unrecht, das er Ihnen zugefügt hat, mit der Zeit vergeben, aber jetzt sehe ich, daß das gelogen war. Sie sind noch genauso voller Haß wie früher. Jeder Mensch mit einer scharfen Zunge kann diesen Haß so mühelos erwecken, wie der Wind ein trockenes Blatt vom Baum abreißt.« Sie hielt ihn an beiden Armen fest und zwang ihn, stehenzubleiben. Seine Augen waren unergründlich schwarze Seen, und sein Gesicht sah aus, als wäre es aus Stein gehauen. Er wich ihren Blicken aus.

»Sehen Sie mich an«, verlangte sie und schüttelte ihn. »Helfen Sie dem armen Mann und damit auch sich selbst. Der Haß wird Sie zerfressen, bis nichts mehr von Ihnen übrig ist. Begreifen Sie das nicht? Dann hätte Ihr Stiefvater am Ende doch gewonnen, obwohl er tot ist.«

Newcomer zitterte von der Anstrengung, die Beherrschung zu bewahren. Zischend kam sein Atem aus den Nasenlöchern, und er sah aus, als ob er jeden Augenblick in die Luft gehen würde. »Nein!«

Dann wandte er sich brüsk ab und stapfte über den Hof, ohne die Kutsche auch nur eines Blicks zu würdigen. Malvin verfolgte die Vorgänge mit großem Interesse. Aber da kam auch schon einer der Lakaien zurück und hob den alten Mann aus dem Wagen, um ihn hineinzutragen.

Jack Newcomer war ein Narr. Bryony wußte, daß es richtig gewesen war, ihm Vorwürfe zu machen, selbst wenn er jetzt den Rest des Tages wütend auf sie war.

Aber sie würde sowieso besser ohne ihn zurechtkommen. Sie würde allein mit Mr. Forrester reden, so wie sie es von Anfang an geplant hatte.

Als Bryony zum Gasthof zurückkehrte, um Lady Fitzbourne für ihre Gastfreundschaft zu danken, war Jack Newcomer nirgendwo zu sehen. Freundlich lehnte sie die Einladung der alten Dame zum Mittagessen ab. Dann sprach sie mit dem Wirt, der ihr den Weg zu Mr. Forresters Haus beschrieb: »Das ist Potter House in Lindfield, das alte Haus neben der Kirche. Sie können es nicht verfehlen, Mylady. Komisch nur, daß Mr. Forrester so überstürzt verreist ist. Seit vierzehn Tagen hat ihn keiner mehr gesehen. Ihr Besuch wird ganz vergebens sein.«

Bryonys Mut sank. So ein Pech! Es war wirklich alles schiefgegangen seit dem Augenblick, in dem sie in England eingetroffen war.

»Da ich schon einmal hier bin, könnte ich mir Potter House zumindest ansehen«, sagte sie mit einem Seufzer der Enttäuschung.

»Es ist nicht weit bis dahin, Miss. Haywards Heath endet, wo Lindfield beginnt«, erklärte er, und sein Bauch wackelte, als hätte er einen Witz gemacht.

Lady Fitzbourne, die das Gespräch gehört hatte, bot Bryony sofort ihre Kutsche an. »Wir werden erst weiterfahren, wenn Algernon seinen Mittagsschlaf gehabt hat, und für den Kutscher ist es besser, wenn er heute nachmittag arbeitet, anstatt hier Bierkrüge zu stemmen.«

Potter House war ein rechteckiges Backsteingebäude mit vergitterten Fenstern und Klematissträuchern rechts und links vom Eingang. Bryony stieg aus der Kutsche und schaute sich vergeblich nach einem Türklopfer um. Der Wirt hatte gesagt, Mr. Forrester sei verreist. Das hieß, daß er auf keinen Fall zu Hause war. Wo konnte er sein? Es war von größter Wichtigkeit, daß sie ihn fand und seine Schilderung von Reggies letzter Stunde hörte.

Sie sagte dem Kutscher, er solle im Wirtshaus etwas weiter unten an der Straße auf sie warten, während sie sich im Garten des Hauses umsah. Er ließ sich nicht lange bitten und hastete davon.

Kaum war er fort, schaute Bryony nach rechts und dann nach links. Sie wollte nicht, daß jemand »Diebe!« schrie, während sie auf dem Grundstück war. Niemand war jedoch zu sehen, obwohl natürlich nicht zu sagen war, ob jemand sie von einem Fenster der umliegenden Bauernhäuser aus beobachtete. Um die große Fliederhecke an der Hausecke herum ging sie auf den Hintereingang zu.

Im Garten herrschte absolute Stille, und die hohen Eichen warfen tiefe Schatten über das feuchte Gras und die vernachlässigten Blumenbeete. Bryony beschattete die Augen mit der Hand und schaute zu den Fenstern an der Rückwand auf. Hinter den dunklen Scheiben war keinerlei Bewegung zu erkennen. Furcht begann sich ihrer zu bemächtigen. Die Stille war belastend, ominös, und griff nach ihr wie unsichtbare Hände, die sie erwürgen wollten.

Bryony schüttelte das Gefühl ab und klopfte an die Hintertür. Sie wartete und befingerte nervös die Quasten an den Kordeln ihres Retiküls. Es war totenstill im Haus. Sie klopfte noch einmal, lauter diesmal, obwohl sie wußte, daß es nutzlos war. Mr. Forrester war nicht zu Hause, und sie hatte einen ganzen Tag verschwendet, um ihn ausfindig zu machen.

Nachdem sie sich entmutigt auf die Steinstufen gesetzt hatte, zog sie die Knie an und versuchte, sich über ihre weitere Vorgehensweise klarzuwerden. Auf ihn zu warten wäre sinnlos; sie wußte, daß er nicht zurückkehren würde. Während sie überlegte, hörte sie ein leises Rascheln irgendwo neben dem Haus.

Angespannt lauschte sie. Beobachtete sie jemand, oder war da nur ein Eichhörnchen oder eine Katze unter den verwilderten Buchsbaumhecken? Mit angehaltenem Atem lauschte sie angespannt.

Stille.

Dann hörte sie den Ruf eines Rotkehlchens. Der Vogel hüpfte über das Gras und suchte dort nach Würmern. Bryony atmete erleichtert auf.

Dann versteifte sie sich erschrocken, als ein verwahrloster, schmutziger Junge durch die Hecke brach und vor ihren Füßen hockenblieb.

»Wer …?«

»Pst«, wisperte der Gassenjunge und zog sie hinter einen Fliederbusch. »Sie sind entdeckt worden.«

Bryony schätzte, daß der Junge etwa zehn Jahre alt war, obwohl er den erfahrenen Gesichtsausdruck eines viel älteren Kindes hatte. Seine braunen Augen blickten schlau und gerissen, und sein blondes Haar war ein Wuschelkopf aus ungewaschenen Locken. »Was ist los hier?« fragte Bryony. »Ich suche Mr. Forrester. Kennst du ihn?«

»Klar kenn' ich ihn! Jeder hier kennt ihn. Verräter nennen sie ihn – die Rotröcke, die hergekommen sind und ihn verhaften wollten.« Der Junge schniefte und wischte über seine Nase. »Er ist einer von den Jakobitern. Deshalb versteckt er sich da draußen in den alten Ruinen.«

Bryony horchte auf. »Kannst du mir zeigen, wo?«

Der Junge betrachtete sie verächtlich. »Klar kann ich! Ich bin kein kleines Kind mehr.« Begierig streckte er die Hand aus.

Seufzend zog Bryony ihre Geldbörse heraus und gab ihm einen Schilling. Das Geld war gut angelegt, falls der Junge sie zu Mr. Forrester führte. Außerdem brauchte die Familie des Kleinen wahrscheinlich jeden Penny, den sie kriegen konnte.

»Wie hast du mich hier gefunden?« fragte Bryony.

»Ich hab nach Rotröcken geguckt. Es wimmelt hier nur so von ihnen.«

Bryony versuchte, die Straße hinter der Hecke zu erkennen. »Ich habe keine gesehen.«

»Sie sind trotzdem da. Beeilen Sie sich, Lady.« Er packte ihre Hand und zog sie durch ein Loch in der Hecke, ohne Rücksicht auf die weiten Röcke ihres Kleids zu nehmen. Als sie protestierte, drängte er: »Kommen Sie!«

Kaum verschwand sie zwischen den dichten Fliederbüschen, entstand Bewegung hinter ihr, und drei Musketenschüsse ertönten. Versengte Blätter regneten auf sie herab, und eine Kugel streifte ihren Umhang.

Furcht stieg in ihr auf, und sie glaubte ohnmächtig zu werden. Haltsuchend griff sie nach einem Fliederzweig. Der Junge zerrte aufgeregt an ihrem Ärmel. »Los, beeilen Sie sich doch!«

6

Bryony warf einen entsetzten Blick über die Schulter und sah einen grauen Rock zwischen den Bäumen und die Silhouette eines großen Mannes. Feuer flammte von derselben Stelle auf, und eine weitere Kugel zischte durch die Blätter direkt über ihrem Kopf.

Von Furcht getrieben, gelang es ihr, die Hecke zu durchbrechen. Es war ein Wunder, daß die Beine ihr noch gehorchten. Das einzige, woran sie denken konnte, war, ihren Verfolgern zu entfliehen. Den Blick auf den Rücken des Jungen gerichtet, rannte sie schneller, als sie je zuvor gelaufen war. Sie warf einen raschen Blick zurück, doch niemand folgte ihr.

Der Junge führte sie eine Anhöhe hinab, an einer Reihe von Schuppen und heruntergekommenen Stallungen vorbei, durch ein kleines Wäldchen und über einen glitzernden Bach. Bryony mußte einmal innehalten, um Atem zu schöpfen. Sie spähte durch die Bäume. Das Dorf war nicht mehr zu sehen.

»Schnell! Hierher!« rief der Junge und umkreiste einen großen Felsen. Bryony folgte ihm. Vor ihnen tauchte ein Gebäude auf, das zwischen der dichten Vegetation fast vollständig verborgen war.

Der Junge stürzte durch die Tür der baufälligen Hütte und winkte heftig. »Los, kommen Sie!«

Bryony folgte ihm hinein. Sie war inzwischen so erschöpft, daß sie sich am liebsten auf den Lehmboden hätte niedersinken lassen, aber der Junge winkte sie zu einer schmalen Öffnung in der hinteren Wand. Er schlüpfte mühelos hindurch, aber sie hatte Schwierigkeiten, den Reifrock ihres Kleids durch den schmalen Spalt zu zwängen. Der Junge zog von der anderen Seite und stülpte schließlich kurzerhand den steifen Rock nach oben um, bis er flacher wurde und sie hindurchkam.

»Was machst du?« fuhr Bryony ihn an und zog ihre Röcke, die bis an die Oberschenkel hinaufgerutscht waren, rasch herunter. Als sie sich umsah, merkte sie, daß sie in dem verwilderten Garten des kleinen Hauses standen.

Der Junge zuckte ungerührt die Schultern. »Wären Sie lieber in dem Spalt steckengeblieben wie eine Maus, die in der Falle sitzt?«

Bryony warf ihm einen ärgerlichen Blick zu.«Wo willst du eigentlich mit mir hin?«

Der Junge ging ein paar Meter an der Wand entlang und hob das schwere Efeu an. Ein Loch im Boden öffnete sich vor ihnen. Eine verrottete alte Leiter führte unter das Haus und in den Keller.

»Hier werden sie uns nicht finden«, sagte der Junge zuversichtlich und hastete die Sprossen hinunter. »Seien Sie vorsichtig, die sind nicht allzu sicher.«

Bryony stieg widerstrebend auf die erste Sprosse, weil sie beinahe sicher war, daß sie unter ihrem Gewicht nachgeben würde. Aber sie hielt, und sie konnte in den feuchten Keller hinabsteigen. Das höhlenähnliche Gewölbe roch nach Moder, Erde und verfaulendem Holz. Ein Grab würde so riechen, dachte sie erschauernd.

Sie hielt den Atem an, als leise, schwere Schritte über ihr ertönten.

Angespannt lauschte sie auf weitere Geräusche, aber es schien nur eine Person zu sein, deren schwere Schritte die Dielenbretter über ihnen zum Knarren brachte. Der Junge huschte an ihr vorbei zur Leiter, stieg sie rasch hinauf und zog das Efeu über das Loch zurück. Dabei berührte er einen losen Stein, der polternd auf den Boden fiel.

»Oh, verdammt!« fluchte der Junge unterdrückt.

Die Schritte über ihnen verstummten.

»Was jetzt?« wisperte Bryony erschrocken. »Er wird uns finden.« Rasch schaute sie sich in der düsteren Kammer nach einem Versteck um. Eine große umgekippte Kiste stand in einer Ecke, ein zerbrochener Holztrog in der Mitte.

In stillschweigender Übereinkunft schlichen sie hinter die Kiste, und beteten, während sie dort eng beeinander kauerten, daß der Mann mit der tödlichen Muskete nicht ihr Versteck entdeckte.

Während Bryony die Schritte näherkommen hörte, wurde ihr bewußt, daß sie sich mit ihren Nachforschungen über Reggies Tod in genau die Angelegenheit gemischt hatte, die ihn das Leben gekostet hatte – und die vielleicht auch ihres kosten würde.

Wenn der Verfolger ein britischer Soldat war, würde er nicht zögern, sie zu töten, falls er sie für eine Jakobiterin hielt. Die Möglichkeit erschien ihr sehr real und ungemein beängstigend. Wie konnten Engländer kaltblütig ihre eigenen Landsleute umbringen, nur weil sie einen anderen Herrscher wollten?

Es ist wirklich tragisch, dachte Bryony, als die Schritte über ihnen das Haus verließen und sich dem Efeuvorhang näherten.

Sie ergriff einen herumliegenden Stein und verbarg ihn hinter ihrem Rücken, und der Junge tat es ihr prompt nach. Sie wünschte, die Erde möge sich auftun und sie verschlingen. Lieber das, als eine Kugel in den Rücken zu bekommen.

Licht fiel in den Keller, als sich das Efeu bewegte. Bryony hörte draußen Zweige brechen, dann ein plötzliches Krachen und ein lautes Poltern, als ein schwerer Körper durch das Loch fiel. Ein Mann stöhnte. Mörtel und Steine regneten durch das Loch und auf den Mann, der ausgestreckt am Boden lag. Eine Staubwolke verdüsterte die Luft.

»Verdammt noch mal!« fluchte er, und Bryony fuhr hoch und ließ entnervt den Stein in ihrer Hand fallen.

»Captain Newcomer! Ich hätte es mir denken sollen, daß Sie es sind«, entrüstete sie sich und lief um die Kiste herum, um sich neben ihn zu knien. »Sind Sie verletzt?«

Wieder fluchte der Captain, setzte sich auf und schüttelte sich den Mörtel aus dem Haar.«Warum sind Sie so Hals über Kopf verschwunden? Ich mußte den ganzen Weg vom Gasthof hierher laufen«, beschwerte er sich, während er seinen Rock abklopfte.

Ihre Augen weiteten sich vor Überraschung und Entrüstung. »Wieso haben Sie eigentlich die Musketenschüsse nicht gehört? Aber vielleicht waren Sie es ja, der auf uns geschossen hat.Wenn ich es mir genau überlege, trug einer unserer Verfolger einen grauen Rock, genau wie Sie.« Ihr Blick glitt zu seinem Portemanteau. »Und ich weiß, was Sie da in Ihrer Tasche haben, die Sie niemals aus den Augen lassen.«

Er erblaßte, und seine dunklen Augen schienen ihr bis ins Herz zu schauen. Voller Unbehagen wandte sie den Blick ab. *Kann wirklich er es sein, der auf mich geschossen hat? Nein. Nein!*

»Was habe ich denn da drin?« fragte er.

»Pistolen«, erinnerte sie ihn. »Haben Sie die Straßenräuber schon vergessen, die uns in der Brightoner Postkutsche fast getötet haben?«

Er entspannte sich, stand auf und klopfte seine Beine ab. Die ausgeprägten Muskeln seiner Oberschenkel zeichneten sich unter seinen engen Kniebundhosen ab und weckten Bryonys Phantasie. Einen kurzen Moment lang vergaß sie die vergangenen Schrecken, als ein unwiderstehliches Bedürfnis sie erfaßte, seine Schenkel zu berühren, ihre Hände über diese faszinierenden Formen gleiten zu lassen und …

»Sie hätten nicht allein zu Mr. Forresters Haus gehen sollen«, fuhr er in strengem Tonfall fort.

Jäh in die Wirklichkeit zurückversetzt, errötete Bryony. »Sie haben sich in meine Angelegenheiten eingemischt. Ich hatte Sie nicht um Ihre Begleitung gebeten. Und im übrigen bin ich gar nicht allein«, sagte sie und rief den Jungen.

Er kam aus dem Versteck, ließ lässig seinen Stein fallen und schob die Hände in die Hosentaschen.

Der Captain hob die Hand, um die widerspenstige Haarsträhne, die sich aus dem Zopf des Kinds gelöst hatte, zurückzustreichen, und der Junge erschrak und schützte sein Gesicht wie in Erwartung eines Schlags.

»Was ist das denn?« fragte Captain Newcomer verblüfft und packte ihn hart an der dünnen Schulter. »Wie heißt du, Junge?«

»Cl-Clover, Herr«, antwortete der Junge furchtsam.

»Ein schmutziger, greinender kleiner Taschendieb, nicht wahr?« sagte der Captain knapp und schüttelte den Jungen. Bryony machte große Augen. »Wenn du Miss Shaws Geldbörse gestohlen hast, werde ich dir den Po versohlen.«

Clovers Gesicht war blaß und mißtrauisch, seine Stubsnase schon beinahe komisch, als er sie trotzig vorschob. Er holte zu einem Tritt gegen das Schienbein des Captains aus. »Hab' ich nicht! Ein dummes Ding ist sie, am hellen Tag zu diesem Forrester zu gehen! Jeder weiß doch, daß er ein Verräter ist.«

»Jetzt hör aber mal …« begann Bryony, doch Captain Newcomer ließ sie nicht ausreden.

Er hielt Clover so, daß er ihn nicht treten konnte, und fragte: »Wohnst du hier irgendwo?«

»Aber klar doch«, erwiderte Clover ausweichend.

»Wo?« beharrte Captain Newcomer.

»Ähm … nun ja … da unten … an dem Teich.«

Während Bryony mit wachsender Verblüffung zuhörte, schlich sie unauffällig näher an den Portemanteau des Captains, der neben der zerbrochenen Leiter lag. Seine Worte waren an sie gerichtet, obwohl sein Blick nicht von dem Jungen wich. »Was wir hier haben, ist ein Flüchtling. Ein halbverhungerter, schmutziger Flüchtling.«

Den Blick auf den Captain gerichtet, erwiderte sie zerstreut: »Ach so, verstehe.« Vorsichtig öffnete sie die Reisetasche und warf einen raschen Blick hinein. Die Pistolen waren da. Sie berührte sie. Ihre Läufe waren warm.

»Was sollen wir jetzt mit dir tun?« dröhnte Captain Newcomers Stimme, so laut, daß Bryony zusammenfuhr. Sie zog die Hand fort, als hätte sie sich verbrannt, und setzte eine unschuldige Miene auf. Als sie merkte, daß er mit Clover sprach, atmete sie erleichtert auf.

Mit einem weiteren verstohlenen Blick in die Tasche sah sie ein Bündel Papiere, irgendwelche Dokumente, ein zerknittertes Hemd, eine zusammengefaltete Weste und einige Schalkrawatten. Und einen dünnen Stapel Briefe, die von einem weißen Seidenband zusammengehalten wurden.

Liebesbriefe. Ihr wurde ganz elend bei dem Gedanken. Alles, was Captain Newcomer über Liebe zu ihr gesagt hatte, war nichts als Schwindel gewesen. Oh, wie blind sie doch bis jetzt gewesen war!

»Was tun Sie da?« fragte der Captain scharf und nahm ihr die Tasche aus der Hand. Nachdem er sie geschlossen hatte, stellte er sie auf die Kiste. »In meinen Sachen schnüffeln?«

Schuldbewußt errötete sie. »Ich … ich habe nur ein Taschentuch gesucht«, erwiderte sie leise.

Er warf ihr einen ärgerlichen Blick zu und lächelte dann spöttisch. »Und die Sonne ist blau.«

»Ach, was soll's«, erwiderte sie hitzig. »Ich wollte sehen, ob Ihre Pistolen noch warm sind, und das sind sie.« Herausfordernd schob sie das Kinn vor und schaute ihm trotzig in die Augen.

Er zog die Schultern hoch und spreizte in einer Geste der Unschuld seine Hände. »Ich habe auf Ihre Verfolger geschossen, meine Schöne. Aber sie entkamen.«

»Das waren Rotröcke, nicht wahr, Herr?« fragte Clover.

»Nein, Soldaten habe ich keine gesehen. Es waren drei Männer mit dunklen Umhängen und sporenbesetzten Stiefeln. Ich hörte die Sporen klirren und folgte dem Geräusch, aber sie ritten fort, bevor ich sie einholen konnte.«

Bryonys Blick verriet Mißtrauen. »Wir haben nur Ihr Wort darauf. Clover sagt, er habe Soldaten in Potter House gesehen.«

Captain Newcomer strich sich das Haar zurück. »Sie waren in der Bierschenke an der Dorfwiese.«

»In der Sie dann bestimmt auch haltgemacht haben«, mokierte Bryony sich.

»Natürlich! Hinter Ihrer Kutsche herzurennen, war ganz schön ermüdend. Meine Kehle war wie ausgedörrt, als ich hier ankam.«

»Eins habe ich gelernt«, sagte Bryony. »Sie sind nie um Worte verlegen.«

»Und eins habe ich gelernt: trau nie einer Frau«, versetzte er.

Bryony hielt stolz den Kopf erhoben, aber ihre Augen glitzerten von ungeweinten Tränen. Er besaß die Macht, ihr weh zu tun. »Was hat das mit dieser Angelegenheit zu tun? Obwohl Sie wagemutig sind und gerne flirten, sind Sie ziemlich unbeholfen in gewissen Dingen – was

Ihre Manieren angeht, beispielweise. Oder Takt. Oder Vertrauen.«

Sie wandte sich zu Clover. »Kannst du mich jetzt zu Mr. Forresters Versteck bringen? Bitte.«

Der Junge streckte seine flache Hand aus. »Das wird Sie noch 'nen Schilling kosten, Ma'am.«

»Von wegen! Du wirst mich jetzt auf der Stelle zu Mr. Forrester bringen, oder ich melde dich den Wachen.«

Clover krümmte sich vor Furcht und schlug die Hände vors Gesicht. Bryony gab nach. »Nun ja, das würde ich natürlich niemals tun. Aber du bist ein habgieriger kleiner Junge und stellst meine Geduld auf eine harte Probe.«

»Versprochen?« murmelte Clover.

»Versprochen.« Bryony klopfte ihm auf die Schulter. »Aber warum fürchtest du dich so?«

»Weil ich ein … ein Waisenkind bin. Sie würden mich ins Arbeitshaus zurückschicken. Ich *sterbe,* wenn ich dahin zurückmuß. Lieber würde ich verhungern.« Clover wischte sich mit einem zu langen, schmutzigen Ärmel über die Augen und zog die Nase hoch. Dann kletterte er die wenigen noch intakten Leitersprossen hoch. »Dann kommen Sie, aber ein bißchen flink, wenn's geht.«

Captain Newcomer zog sich aus dem Loch und griff mit einer Hand hinab, um ihr zu helfen. Obwohl sie es nur ungern tat, war sie gezwungen, seine Hilfe anzunehmen. Sie wußte, sobald ihre Finger sich berührten, würde sie im Nachteil sein und wie verzaubert von den Emotionen, die er in ihr weckte. Wenn es um Jack Newcomer ging, verriet ihr Herz sie immer wieder.

7

»Wo wollen *Sie* jetzt hin?« fragte sie den Captain, als er sie aus dem Keller zog.

Seine Hände noch auf ihren Schultern, glitt sein Blick sehr langsam über ihren schlanken Körper und verweilte auf dem aufgeregten Puls an ihrer Kehle. In atemloser Inbrunst starrte sie in seine unergründlich schwarzen Augen, als sein Daumen sanft über die zarte Haut an ihrer Kehle glitt.

»Nach den Vorfällen in Potter House werde ich Sie nicht mehr allein lassen«, sagte er und strich über den Umriß ihres Kinns. Dann berührte er ihre Lippen. »Oh, wie gern ich Sie jetzt küssen würde!«

Bryony dachte an die Briefe in seiner Tasche und schwor sich, seinem Charme nicht wieder zu erliegen. Sie wollte gerade seinen Eifer dämpfen, doch das tat Clover für sie, indem er um die Hausecke herumschaute und rief: »Jesses! Nun macht schon, ihr Trantüten!«

Er führte sie über einen schmalen Pfad durch das Gehölz hinter der Hütte. Sonnenlicht fiel durch die Zweige und wob ein Muster aus Licht und Schatten unter den hohen Bäumen. Vögel zirpten und hüpften von einem Ast zum anderen, während sie mit unverhohlener Neugierde die kleine Prozession betrachteten. Die Luft war lau, durchtränkt von dem Geruch nach Moos und warmer Borke. Es war ein selten schöner Nachmittag, der Bryony an den milden Sommer erinnerte, der vorangegangen war.

Sie überquerten eine Wiese und einige unbestellte Felder, bevor sie eine natürliche Hecke erreichten. Clover legte warnend einen Finger an die Lippen und verschwand dann durch die Hecke, aber erst, nachdem Bryony ihm eine ihrer Visitenkarten in die Hand gedrückt und erklärt hatte, sie müsse Mr. Forrester *unbedingt* sprechen.

Captain Newcomer sagte, er werde Wache halten, während sie mit Mr. Forrester sprechen würde. »Ich werde schreien wie eine Eule, falls irgend etwas nicht in Ordnung ist.« Er verschwand im Schatten einer mächtigen alten Eiche. Bryony blieb reglos stehen, von einer unerklärlichen Unruhe erfaßt.

Eine Biene summte an ihr vorbei zu einer Gruppe blauer Blumen, und eine Meise, die auf einem nahen Zweig saß, musterte sie neugierig.

»Pst ... Kommen Sie, Mylady«, flüsterte Clover rauh. Er stand jetzt wieder neben der Hecke, und Bryony war froh, daß sie sich nicht durch ein weiteres Gewirr aus scharfen Ästen zwängen mußte.

Silas Forrester hockte neben einem kleinen Feuer in der Ruine eines alten Bauernhauses. Er war ein großer, untersetzter Mann mittleren Alters. Sein knielanger Rock war stark zerknittert, seine Weste fleckig, sein Gesicht seit Tagen nicht rasiert und schmutzig.

Er erhob sich, als Bryony das Haus betrat. »Was wollen Sie?« erkundigte er sich mürrisch.

Unsicher blieb sie in der Tür stehen und schaute zu seinen feindseligen, gehetzt blickenden Augen auf. Bryony spürte instinktiv, daß er kein Mann war, den Reggie als Freund gewollt hätte.

»Sind Sie hergekommen, um sich an meinem Elend zu ergötzen, Miss Shaw?« fuhr er sie an. »Denn dann sind Sie noch gerade rechtzeitig gekommen. Ich verlasse heute nacht das Land.« Drohend trat er näher. »Was haben Sie mit mir zu schaffen?«

»Können Sie mir etwas über meinen Bruder sagen, über die letzte Nacht vor seinem Tod?« Ihre Stimme zitterte vor Emotion, und sie verschränkte fest die Hände. Seine Antwort schockierte sie.

»Ja. Reggie Shaw war ein Idiot. Er trägt die Schuld an allem. Es überrascht mich nicht, daß er gestorben ist. Tatsächlich finde ich sogar, daß er den Tod dafür verdient hat, unser aller Leben in Gefahr zu bringen.« Er lachte wild und zeigte anklagend auf sie. »Es ist seine Schuld, daß ich heute nacht in einem winzigen französischen Fischerboot, das die Fahrt bestimmt nicht überstehen wird, aus England fliehen muß.«

Bryony schluckte schuldbewußt. »Warum sagen Sie das? Es ist doch nicht Reggies Schuld. Sie ... Sie alle waren doch beteiligt.«

»Ich vertraute Dudley Bench nicht, hab' diesen Kerl noch nie gemocht. Er dachte immer zuerst an seine eigene Sicherheit. Er war ein Judas. Und Reggie hätte Lord Bentworth nie einweihen dürfen. Ich habe Bentworth nie über den Weg getraut. Er ist der Mann, der die Bürgerwehr informierte.«

»Bentworth.« Bryony runzelte die Stirn. Was hatte Nigel über ihn gesagt? Der Name stand auf seiner Liste.

»Ja, Lord Bentworth war ein neues Mitglied, obwohl Reggie behauptete, er arbeitete schon lange hinter den Kulissen. Er half Stuart letztes Jahr nach Schottland – oder zumindest sagte Reggie das. Aber wir anderen Mitglieder wußten nichts über diesen Bentworth, außer, daß er ein Mitglied der Aristokratie war und angeblich ein Jakobiter. Shaw war dumm und noch viel zu grün hinter den Ohren, um ein Mitglied unserer Gruppe Auserwählter zu sein.«

Forrester verkrampfte und lockerte die Hände, als könne er seinen Zorn kaum noch beherrschen. Wieder stieß er ein schrilles Lachen aus. »Sind Sie hier, um für die Sünden Ihres Bruders zu bezahlen? Wenn nicht, verschwenden Sie Ihre Zeit, Miss Shaw, und meine. Wenn Sie nicht aufpassen, könnten Sie für eine Jakobiterin gehalten und ermordet werden, ohne daß vorher groß gefragt wird.« Er tat, als zielte er mit einer Waffe auf ihren Kopf, und betätigte einen imaginären Abzug. »Bumm!«

Erschrocken wich Bryony einen Schritt zurück. Er kam näher und starrte sie mit wilden Blicken an. Am liebsten wäre sie hinausgestürzt, um der Düsternis und Verbitterung in dieser Hütte zu entgehen.

War Reggie unvorsichtig genug gewesen, um das Leben dieses Mannes zu gefährden? Nein, Silas Forrester hatte selbst entschieden, Charles Stuart zu unterstützen, und jetzt, wo Stuart verloren hatte, mußte er den Preis dafür bezahlen und aus seiner Heimat fliehen. Hatte Reggie auch an Flucht gedacht, als er ankündigte, er werde sie in Paris besuchen? Das würde sie jetzt nie erfahren.

»Ich habe mit den Jakobitern nichts zu tun«, entgegnete sie.

Er äffte ihre Stimme nach. »Sie dummes Kind, jetzt haben Sie es aber. Sie reden mit einem Verräter, und Sie sind die Schwester eines Verräters.« Er griff sich an den kahl werdenden Kopf und zog verzweifelt an den dünnen Strähnen. »O Gott, warum gibt es keine Gerechtigkeit auf dieser Welt? Die Hannoveraner sind Betrüger! Warum jagen sie den rechtmäßigen König von England wie ein Kaninchen durch das Hochland?«

Bryony versuchte, eine Erklärung zu finden, um den tobenden Mann ein wenig zu besänftigen. »Nicht viele Engländer teilen Ihre Meinung. Wenn es so wäre, säße Prince Charles Edward jetzt auf dem Thron. Es finden Veränderungen statt in England, und im restlichen Europa auch.« Bryony starrte in die Ferne. »Es entstanden in diesem Sommer Unruhen unter den Armen von Paris, wegen der enormen Kosten dieses Kriegs. Wir werden auf unvermeidliche Aufstände zugetrieben. Weder die Zeit noch die Veränderungen, die sie mitbringt, können aufgehalten werden.«

Während er wiederholt in ihre Richtung schaute, nahmen Silas Forresters Augen einen merkwürdigen Glanz an. Er begann auf und ab zu schreiten und murmelte unverständliche Worte vor sich hin.

»Bitte, Mr. Forrester – glauben Sie, daß Reggie Selbstmord begangen hat oder daß er … ermordet wurde?«

»Dieser Feigling hat sich das Leben genommen und uns alle hängenlassen!« schrie er aufgebracht. »Und bloß, weil er seine Schulden nicht bezahlen konnte. Als ob die jetzt wichtig wären! Stuart ist der einzige, der wichtig ist, aber Shaw hat vorgezogen, das zu ignorieren.«

»Reggie war kein Feigling«, verteidigte Bryony ihn unerschütterlich.

Silas Forrester sah aus, als ob er sie schlagen wolle. »Es gab auch keine verdammte Landkarte. Wenn wir sie gefunden hätten, würde der wahre König heute gen London marschieren. Laut Reggie war genug geschmuggeltes französisches Gold in Schottland vergraben, um eine Armee zu unterhalten, die groß genug gewesen wäre, um die Hannoveraner ein für allemal aus England zu verjagen.«

»Er hat nie etwas erwähnt von einer solchen Karte.«

Forrester lachte irre. »Warum sollte er? Sie gehörten nicht zu unserer Gruppe. Außerdem war es ein Geheimnis. Aber das hat Ihren Bruder nicht daran gehindert, es Lord Bentworth gegenüber auszuplaudern. Gott weiß, wo die Karte heute ist, falls sie überhaupt je existiert hat.«

Bryony wußte nicht, was sie darauf erwidern sollte. Und Mr. Forrester wurde von Minute zu Minute aufgeregter. Er stürzte plötzlich vor, packte sie an den Armen und schüttelte sie.

»Ich bin froh, daß Ihr Bruder seine Strafe bekommen

hat, und wenn Sie nicht verschwinden, werden Sie auf die gleiche Weise wie er enden!« herrschte er sie mit einem irren Glitzern in den Augen an.

Bryony wollte schreien, aber kein Laut kam über ihre Lippen. Er stieß sie aus der Hütte. »Gehen Sie! Sie erinnern mich zu sehr an Ihren Bruder, und ich kann für nichts mehr garantieren. Nicht, daß ich das Gesetz selbst in die Hände nehme.« Er verschwand hysterisch schluchzend hinter den Ruinen.

Bryony stürzte rücklings auf die moosbedeckten Steine vor dem Eingang und zerkratzte sich dabei die Hände. Heiße Tränen schossen ihr in die Augen.

Clover erschien plötzlich neben ihr, als sie aufstand. Um ihre Tränen zu verbergen, klopfte sie den Staub von ihren Röcken und rieb mit einem Grasbüschel den Schmutz von ihren Händen.

»Er war wohl nicht sehr freundlich, was? Der Kerl ist ein Grobian«, bemerkte Clover ungerührt, während er eine Handvoll Ahornblätter von einem Zweig abriß und sie in die Luft warf.

»Du hättest mich warnen können«, beschwerte sie sich.

Clover kicherte, als die Blätter auf Bryonys Kopf fielen und in ihren langen Haaren hängenblieben. »Sie sehen aus wie eine Hexe«, sagte er fröhlich.

»Und du siehst aus wie – wie ein Alptraum«, sagte Bryony und zog Clover am Ohrläppchen. »Ich werde dich Manieren lehren.«

Clover zappelte, als sie ihn den Pfad hinunterzog. »Ich wollte sagen, wie eine *gute* Hexe, Mylady«, heulte Clover. »Lassen Sie mich los.«

»Du *wußtest,* daß Mr. Forrester den Verstand verloren hat, und hast mir nichts davon gesagt.«

»Sie wollten ihn doch unbedingt sehen, Ma'am«, flennte Clover und zappelte, um ihrem schmerzhaften Griff zu entkommen.

»Das hat dir wohl einen Riesenspaß gemacht, du elender kleiner Straßenjunge?« Sie ließ ihn los, und er verbarg schluchzend sein Gesicht in seinem Ärmel.

Bryony begann sich Vorwürfe zu machen. Was war in sie gefahren? Am liebsten hätte sie jetzt auch geweint. Sie schluckte und merkte, daß ihre Kehle trocken war und schmerzte.

Nachdem sie tief durchgeatmet hatte, berührte sie sanft Clovers Schulter. »Es tut mir leid. Ich hätte dich nicht in meine Probleme hineinziehen dürfen.«

Er überraschte sie, indem er sich an sie warf und die Arme um ihre Taille schlang. Dann schluchzte er so wild, daß seine Schultern zuckten. »Schicken Sie mich nicht weg. Bitte schicken Sie mich nicht weg«, wiederholte er unablässig.

Bryony strich über seinen schmutzigen Kopf, und etwas Warmes, Weiches rührte sich in ihr. Sie streichelte seine knochige Schulter. »Hast du keine Verwandten oder Freunde, die sich um dich kümmern könnten?«

»Ich ... ich weiß nicht«, stammelte der Junge. »Der Küster sagte, ich wäre ein ... ein Bastard, ein Kind, das keiner will.«

Clovers aussichtslose Lage vergrößerte noch ihr eigenes Elend. »Und wie hast du dich ernährt, seit du aus dem Arbeitshaus geflohen bist?«

Er warf ihr einen düsteren Blick zu, und an seinen langen Wimpern klebten Tränen. »Ich hab' gestohlen, Miss, ab und zu gearbeitet und Botengänge übernommen.«

Bryony lächelte durch ihre Tränen. Der seelenvolle Blick des Kleinen ging ihr sehr zu Herzen. »Ich wette, daß du hungrig bist«, sagte sie.

Clover nickte, und sein schmales Gesicht hellte sich mit einem erwartungsvollen Lächeln auf.

»Dann wirst du dich heute mittag einmal richtig satt essen. Aber zuerst müssen wir Captain Newcomer finden.« Sie schaute zu der Eiche hinüber, wo er Wache gehalten hatte, aber er war nirgendwo zu sehen.

Der Junge machte große Augen. »Dann sind Sie wohl Mrs. Newcomer?«

Bryony errötete und wollte schon sagen, nein, Gott sei Dank nicht, beschränkte sich dann aber auf ein: »Nein, er ist ein … Freund.« *Glaube ich,* fügte sie bei sich hinzu. »Ein Reisegefährte«, erklärte sie dem neugierigen Jungen.

»Ein feiner Mann ist er.«

Bryony nickte und fragte sich, was der Junge in dem unausstehlichen Captain sah. Geschmäcker sind verschieden, dachte sie. Aber wo steckte Newcomer? Als ihr das tödliche Musketenfeuer einfiel, zögerte sie, bevor sie sich in den finsteren Teil des Walds hineinwagte.

Aber auch hier noch immer keine Spur von ihm. Eine Bewegung in den Büschen, ein Rascheln und ein Seufzer weckten neue Furcht in ihr. Sie versteifte sich und rief: »Captain Newcomer? Mr. Forrester?«

Nichts.

Ein Zweig knackte, Blätter knisterten und Äste schwankten.

Bryony wartete nicht, um herauszufinden, was dort in den Büschen war. Sie lief rasch zurück zu Clover, packte seine Hand und zog ihn mit sich. »Schnell! Laß uns ins Dorf zurückkehren. Wir müssen uns beeilen«, rief sie keuchend. Der Junge ließ sich von ihrer Angst anstecken und rannte, so schnell ihn seine kurzen Beine tragen wollten.

Erschöpft erreichten sie die alte Kirche, und dort, am Ende der Straße, stand Lady Fitzbournes Kutsche. Bryony stieß einen Seufzer der Erleichterung aus, als sie Captain Newcomer in ihre Richtung laufen sah. »Ist etwas nicht in Ordnung?« rief er.

»Warum sind Sie weggegangen?« fragte Bryony, als er sie erreichte.

»Ich sah den Kutscher die Straße hinauffahren und Sie suchen. Er dachte, Sie hätten sich verirrt. Jetzt können wir unverzüglich zum Gasthof zurückfahren.« Jack Newcomer berührte ihr erhitztes Gesicht. »Sie sehen aus, als ob Sie ein Gespenst gesehen hätten.«

»Vielleicht habe ich das ja auch. Und ein böses noch dazu.«

Er runzelte besorgt die Stirn. »Haben Sie gesehen, wer es war?«

»Nein, ich habe nicht gewartet, bis ich den Lauf einer Muskete sah«, erwiderte sie spöttisch und brachte ihre sich allmählich auflösende Frisur in Ordnung. Dann nahm sie Clover an der Hand und ging mit ihm zur Kutsche.

»Vielleicht war es ein Reh oder ein Fuchs«, meinte der Captain, der noch immer sehr beunruhigt wirkte. Er hielt Bryony die Tür auf und reichte ihr galant die Hand. Sie ignorierte ihn und hob Clover in die Kutsche.

»Der Junge?« fragte Captain Newcomer verwirrt.

»Er kommt mit.«

8

Clover aß einen ganzen Teller Schinken, dick mit Senf bestrichen, drei große Roggenbrötchen mit Butter und Honig, zwei Scheiben goldbraunen Yorkshirepudding und einen Apfel. Dann legte er den Kopf auf den Tisch, rülpste und schlief ein.

Amüsiert betrachtete Bryony ihn und schüttelte den Kopf. Sie hatte noch nie ein Kind dermaßen viel essen sehen. Er hatte zweimal soviel gegessen wie sie selbst. Sie stand auf und rieb sich die Arme, weil sie in der kühlen Luft fröstelte. Der Wirt des »Fox and Gander« in Haywards Heath war geizig mit seinem Feuerholz, wenn auch nicht mit seinem Essen. Zumindest hätte er für die alten Leute, die vor dem leeren Kamin dösten, ein Feuer anzünden können.

Bryony ging hinaus und holte eine Felldecke aus der Kutsche. Liebevoll breitete sie sie über Lady Fitzbournes Beinen aus. Was jetzt? Sie wollte nach Cuckfield zurückkehren, aber wie konnte sie Clover im Stich lassen? Er hatte sie anzusehen begonnen, als wäre sie ein Rettungsengel. Aber sie fühlte sich ganz und gar nicht so wie einer; sie kam sich selbst wie ein verwaistes, bedauernswertes Kind aus einem Arbeitshaus vor.

Die Begegnung mit Silas Forrester hatte sie noch mehr verwirrt, so sehr, daß sie ihn beinahe verdächtigte, für ihres Bruders Tod verantwortlich zu sein. Aber warum hätte er ihn ermorden sollen? Sie hatten doch beide auf dasselbe Ziel hingearbeitet.

Sie wünschte, sie wüßte mehr über die geheimnisvolle Landkarte, die Mr. Forrester erwähnt hatte. Und was war mit dem französischen Gold? Es klang absurd, aber irgendwie paßte es zu Reggie, irgendeinem versteckten Schatz in Schottland nachzujagen.

Captain Newcomer betrat den Salon, bedachte den schlafenden Malvin Fitzbourne mit einem sauren Blick und gesellte sich zu Bryony ans Fenster.

»Meine Schöne, Sie sehen müde und traurig aus.«

»Ich würde gern nach Cuckfield zurückkehren, aber was soll ich mit Clover tun? Ich kann ihn doch nicht ins Arbeitshaus zurückschicken.«

Jack Newcomers Lächeln verwandelte auf wundersame Weise seine harten Züge. Bryony las nun Respekt und Zärtlichkeit in seinen Augen.

»Ihre fortgesetzte Freundlichkeit und Güte verblüfft mich«, gab er ganz offen zu. »Ich muß sagen, daß ich noch nie einer Frau mit einem Herz begegnet bin, oder doch zumindest keiner, die ein Herz so groß wie Ihres hatte.«

Bryony lächelte, und eine angenehme Wärme begann sie zu erfüllen. Das war ein Kompliment, das von Herzen kam, und es erfreute sie mehr als irgendeine seiner üblichen glattzüngigen Bemerkungen.

Er strich sanft mit dem Finger über ihre Wange, was ein angenehmes Prickeln in ihr auslöste. »Ich habe mir die Freiheit genommen, mit dem Wirt über Clover zu sprechen. Er braucht einen Stallburschen und hat versprochen, für den Jungen zu sorgen, als wäre er sein eigener Sohn.«

Bryony starrte mit leeren Blicken aus dem Fenster. »Ich hoffe, daß Clover mit dieser Lösung einverstanden ist. Er ist ein rastloser kleiner Bursche und ziemlich unglücklich.«

»Hat er gesagt, woher er kommt?« fragte Newcomer.

»Nein, ich habe ihn nicht danach gefragt. Vielleicht weiß er es gar nicht. Er ist unehelich geboren.«

Newcomer war in Gedanken verloren, und Bryony streckte sich und sehnte sich nach einem Mittagsschlaf, aber sie hatte kein Zimmer für die Nacht genommen.

Dunkle Wolken brauten sich am Horizont zusammen. »Sieht ganz so aus, als hielte das schöne Wetter nicht mehr lange an«, bemerkte sie. »Regen, Regen und nochmals Regen. Alle meine Kleider sind noch feucht vom Wolkenbruch von gestern nacht.«

»Sie könnten sie ausziehen und trocknen lassen«, entgegnete der Captain.

»Ah, jetzt fangen Sie schon wieder an. Sie haben Ihre Zunge geölt. Wenn ich jetzt nicht sofort gehe, lassen Sie mir keine Ruhe mehr.« Aber bevor Bryony ihre Worte in die Tat umsetzen konnte, hielt Lady Fitzbournes zittrige Stimme sie auf, und ihr blieb nichts anderes übrig, als sich zu einer kurzen Plauderei zu ihr zu setzen.

Bryony spürte Captain Newcomers Blick auf sich. Als sie ihn erwiderte, raubte ihr sein Augenausdruck fast den Atem. Sie hatte das Gefühl, darin zu ertrinken. Die Anziehung zwischen ihnen war nicht mehr zu verleugnen, die schwelende Leidenschaft und die – Liebe? –, die wie ein unsichtbarer Fluß zwischen ihnen dahinströmte.

Sie merkte kaum, daß der Regen gegen die Fenster prasselte und der Wind das Haus erschütterte.

»Ach du liebe Güte!« rief Lady Fitzbourne aus. »Jetzt werden wir hierbleiben müssen, bis der Regen aufhört. Das ist kein erfreulicher Gedanke.«

Bryony erkannte, daß die Straßen, falls der Regen anhielt, unpassierbar sein würden, was eine Rückkehr nach Cuckfield unmöglich machte.

»Wie ärgerlich«, sagte sie mit zusammengebissenen Zähnen und ging zum Fenster, um hinauszuschauen. Die Wolken hingen tief, und der Regen klatschte auf das Kopfsteinpflaster vor der Tür.

»Ich muß zurück nach Cuckfield. Zu meiner Kutsche und zu Jules …« stöhnte sie. »Warum mußte das auch noch passieren?«

»Schreiben Sie einen Beschwerdebrief an Ihn da oben«, schlug Captain Newcomer lachend vor. »Sie sollten lieber darauf gefaßt sein, daß Sie die Nacht hier verbringen werden, meine Schöne.«

Bryony ließ ihren Blick zum Horizont hinüberwandern und hoffte, die helleren Wolken dort seien Vorboten für ein Nachlassen des Regens. Aber sie waren nichts als eine zähe graue Masse. »Oh, dieser ewige Regen! Manchmal wünschte ich, ich wäre wieder in Frankreich.«

»Aber dann wäre ich Ihnen nicht begegnet«, flüsterte der Captain dicht an ihrem Ohr. Er streifte sie auf dem Weg zum Tisch, wo er sich über Clover beugte. »Der Kleine braucht ein Bett, das jedenfalls ist klar. Er wird uns für den Rest des Abends – und der Nacht – ganz sicher nicht mehr stören.«

Bryony betrachtete Newcomer prüfend, als er das schlafende Kind aufhob. Er bewegte sich brüsk, als könne er sein Staunen nicht verbergen, als er das unschuldige Gesicht des Jungen ansah.

Jedesmal, wenn sie einen Blick in Jack Newcomers sorgfältig bewachtes Herz tat, stimmte es sie milder gegen ihn. Und dennoch wußte sie so wenig über ihn …

Er ging mit seiner kleinen Bürde, und Bryony stieß einen besorgten Seufzer aus. Es gab soviel, was sie ihn gerne fragen würde.

Lady Fitzbourne rief den Wirt, um die Unterbringung mit ihm zu besprechen. Da sie die einzigen Reisenden im Gasthof waren, dürfte ihre Anfrage eigentlich kein Problem darstellen.

»Aber wir haben nur zwei Zimmer, Mylady«, erklärte er.

»Das ist kein Problem«, entgegnete Lady Fitzbourne.

»Sie sind miteinander verbunden, und es gibt nur eine Tür.«

Die alte Dame überlegte einen Augenblick. »Nun, dann kann das junge Paar das innere Zimmer nehmen und meine Brüder und ich das äußere. Mein Bruder Algernon geht nämlich nachts immer spazieren, wissen Sie«, erklärte sie mit einem leisen Lachen.

»Aber ...« begann Bryony.

»Das ist uns sehr recht«, warf Captain Newcomer ein, als er in den Salon zurückkam. »Meine Frau und ich sind einverstanden.« Sein strenger Blick erstickte Bryonys Protest. »Ich habe den Jungen auf eine Küchenbank am Herd gelegt, wo er es warm und gemütlich haben wird.« Er trat neben Bryony und legte den Arm um ihre Schultern.

»Wir können nicht im selben Zimmer schlafen«, wisperte sie.

»Möchten Sie Mylady sagen, daß wir über unseren Familienstand gelogen haben?« erwiderte er genauso leise.

Sie funkelte ihn an. »*Sie* haben gelogen, und jetzt bin ich gezwungen, mitzumachen. Das ist nicht fair.«

»Widerstrebt es Ihnen denn so sehr, die Nacht mit mir zu verbringen?« fragte er leise und seine Augen glitzerten verführerisch.

Sie errötete. »Das kommt darauf an, was Sie mit mir zu tun vorhaben. Wenn Sie mich auch nur anfassen, schreie ich. Das schwöre ich.«

»Wehe mir«, erwiderte er scherzhaft und kniff sie in die Nase. Bryony wollte – ach, sie wußte gar nicht, *was* sie wollte. Er war so ein unberechenbarer Mann.

Sie mußte sich zu einem Lächeln zwingen, mitspielen und so tun, als sei sie seine liebende Ehefrau. Und er schien jede Minute der Scharade zu genießen, dieser Wüstling.

Es regnete noch immer, als sie sich in eins der beiden

Schlafzimmer im ersten Stock zurückzogen. Aus dem anderen Zimmer kam das Gebrumm von Lady Fitzbournes Stimme, als sie sich anschickte, ins Bett zu gehen. Ihre Brüder unterstrichen die Unterhaltung mit »Washastdugesagt« und nörgelnden Beschwerden. Newcomer lachte leise.

»Lachen Sie nicht über sie. Es wird der Tag kommen, an dem Sie genau wie Malvin Fitzbourne sein werden, alt und quengelig«, tadelte Bryony ihn, als er seinen Rock ablegte.

»Wohl kaum! Das Problem mit ihnen ist, daß sie von ihrer Schwester manipulierte Marionetten sind. Und schon immer waren, denke ich.« Er streckte die Arme über den Kopf und seufzte vor Zufriedenheit. Die kräftigen Muskeln seiner Schultern zeichneten sich unter dem dünnen Stoff des Hemds und seiner Weste ab. »Ich werde nie die Marionette irgendeiner Frau sein«, fuhr er fort und ließ unverblümt den Blick über sie gleiten.

»Eine Marionette Ihrer Begierden – was Sie bereits sind«, belehrte Bryony ihn. »Jede Frau kann das erkennen und es gegen Sie benutzen – genau wie gegen jeden anderen Mann. Männer sind doch alle gleich in dieser Hinsicht.«

Er knurrte etwas, und ein gefährlicher Glanz erschien in seinen Augen. »Schamlose Göre«, sagte er und kam vielsagend auf sie zu. Jeder seiner Schritte jagte einen wohligen Schauer über ihren Rücken, und irgend etwas drängte sie, ihn noch weiter anzustacheln.

»Am liebsten würde ich Ihnen diese freche Zunge herausschneiden«, drohte er.

»Wie du mir, so ich dir! Sie haben mich mit Beleidigungen überschüttet, und nur, weil ich zum schwächeren Geschlecht gehöre.« Sie zog sich hinter das durchgelegene schmale Bett zurück, ergriff ein Kissen und hielt es schützend vor sich. »Kommen Sie nicht näher«, warnte sie.

»Ich werde kommen, so weit ich will«, entgegnete er und ging weiter, bis er sie in eine Ecke gedrängt hatte.

Bryony schnappte nach Luft, als die grobe Holzwand ihrem Rückzug ein Ende machte. Wie ein Adler vor dem Angriff beugte Captain Newcomer den Kopf ein wenig vor, und sein mißtrauischer Blick war angespannt und wachsam. Er hob die Arme, und Bryony erinnerte sich an die Kraft, die in diesen ausgeprägten Muskeln steckte, die jetzt nur noch das Hemd verbarg. Nichts würde sie beschützen gegen seine Stärke, seinen Angriff.

Nur Zentimeter vor ihr blieb er stehen und nahm sie zwischen seinen Händen, die er an die Wand stützte, gefangen. Sie fürchtete sich vor ihm und sehnte sich zugleich nach ihm. Sie sehnte sich danach, das Verlangen, das in ihm schwelte, ausbrechen zu sehen, und sich von dieser heißen, alles verzehrenden Leidenschaft, die so dicht unter seiner Oberfläche tobte, mitreißen zu lassen.

Sie wollte herausfinden, ob dieses Feuer sie verbrennen, sie verletzen würde, oder ob sie mit ihm folgen und auch Feuer werden würde und verzehrt von seiner Liebe. O ja, sie wollte wissen …

Das einzige Problem war, daß es keine Liebe war.

Ihr Instinkt sagte ihr, daß es das nicht war. Obwohl Leidenschaft nie ein Bestandteil ihres Lebens gewesen war, erkannte sie den uralten Funken, der in seine Augen sprang und darin tanzte. Und dem sie nachgeben mußte, und wenn auch nur ein bißchen. Nur um zu sehen, wie es war. Hatte sie ihn nicht selbst dazu angestachelt?

»Wer von uns bekommt das Bett?« War diese heisere, belegte Stimme wirklich ihre?

»Ich bin bereit, es mit Ihnen zu teilen. Wir würden doch sicher sehr bequem zusammen darauf passen, oder nicht?« War das seine Stimme, so tief und rauh?

Seine Worte lösten eine süße Trägheit in ihr aus, die sich in ihrem Bauch niederzulassen schien. »Ich weiß es nicht«, erwiderte sie leise, weil ihr wild pochendes Herz ihr das Sprechen sehr erschwerte.

»Dann sollten wir es einfach mal versuchen«, drängte er, während er ihr unablässig in die Augen schaute.

Ihr ganzer Körper begann zu pochen, als ob alle ihre Nervenenden sich nach außen richten würden, auf ihn zu, und versuchten, ihm so nahe zu sein wie irgend möglich.

Sie strich mit der Zungenspitze über ihre Lippen, in der Hoffnung, mit der Geste ihre Sehnsucht nach seinem Kuß etwas zu lindern.

Und noch immer stillte er nicht ihr Verlangen. Seine Augen schimmerten wie geheimnisvolle Onyxe im Schein des Feuers, als er mit den Blicken den Bewegungen ihrer Zungenspitze folgte.

Seine Worte hörten sich wie ein rauhes Wispern an. »Wenn ich dich liebe, meine Schöne, möchte ich, daß die Sehnsucht nach meiner Umarmung dich verzehrt. Erst dann werden wir zusammenfinden, selbst wenn Gefahr besteht, daß ich bis dahin den Verstand verliere.«

Mit einem leisen Seufzen beugte er sich vor und nahm ihre Lippen in Besitz, eine sanfte, aber zugleich auch fordernde Berührung, die ihr alle Kraft aus ihren Knien raubte.

Bryony erschauerte, als ein Feuer in ihr aufflammte. Ihre Hände glitten wie von selbst zu seinem Nacken und strichen über seine harten Muskeln. Eine süße Schwäche erfaßte sie, als sie das seidige Haar an seinem Hals berührte, und sie stöhnte unterdrückt an seinen Lippen.

Er nahm ihre Arme und legte sie so um sich, daß sie an ihm lehnte. Ihre Hände glitten suchend über seinen Rücken, und sie machte die Entdeckung, daß sie das Gefühl seiner festen Muskeln unter ihren Händen liebte. Sie strich über seine Wirbelsäule, erforschte seine breiten Schultern.

Wie würde es sich anfühlen, wenn überhaupt nichts mehr sie trennte?

Ihre Brüste wurden schwer von dem Verlangen, seine Haut zu spüren und liebkost zu werden.

Er küßte sie mit Leidenschaft, aber seine Hände lagen still auf ihrem Rücken. Seine Zunge vereinte sich mit ihrer zu einem sinnlichen Duell, aber er hielt seine Hüften keusch von ihr entfernt und verweigerte ihr den Kontakt mit seinem Körper.

Und da begriff sie, daß sie nie zufrieden sein würde, bis sie all die Geheimnisse seiner Zauberei ergründete. Es war Magie, was er mit ihren Lippen tat, und magisch auch die Reaktion, die er in ihr erzeugte.

»Ich möchte, daß das erste Mal perfekt wird, meine Schöne, eine Nacht, die wir ein Leben lang in Erinnerung behalten werden«, sagte er an ihrer Stirn. Dann lachte er ein bißchen wehmütig und nahm ihr Gesicht zwischen seine großen Hände. »Und ich möchte auch nicht unsere reizbaren Nachbarn mit den Geräuschen unserer Liebe stören. Du?«

Ihr Herz pochte so wild, daß sie nichts erwidern konnte. Sie legte den Kopf an seine Brust und atmete tief ein, entzückt von dem angenehmen Duft, den seine warme Haut verströmte, und dem leisen Kratzen seines Barts auf ihrem Oberkopf.

»Ich weiß nicht, was du bist oder wer du bist, aber du hast mich verzaubert«, sagte er, und seine Worte lösten ein herrlich warmes Prickeln in ihr aus. »Ich wußte es schon beim ersten Mal, als ich dich sah. Keine Frau hat mich je so fasziniert wie du.«

Trotz ihres Verlangens entzog sie sich ihm, froh, daß er den Bann gebrochen hatte. Was, wenn sie sich ihm hingegeben hätte, wenn sie morgen früh mit diesem Fremden in einem Bett erwacht wäre …

Sie wollte es, aber wenigstens gelang es ihr, ihre aufgewühlten Emotionen zu beherrschen. Und sie war dankbar für die Zurückhaltung, die er bewies.

»Ich habe Angst«, erwiderte sie schlicht und entfernte sich von ihm. »Du hast einmal gesagt, Liebe sei vergänglich.« Sie schaute ihn mit leiser Sorge in den Augen an. »Ich kann damit nicht leben. Ich werde mich dir nur dann schenken, wenn ich sicher sein kann, daß der Mann, der mich begehrt, mich auch respektieren wird.«

»Und wie kannst du sicher sein, ob ein Mann dich respektiert?« fragte er mit erhobener Augenbraue und schlenderte zum Kamin hinüber. Mit dem Schürhaken bewegte er die Scheite.

Bryony dachte einen Moment nach und sah ein, daß es eine schwer zu beantwortende Frage war. »Vielleicht, wenn er bereit ist, über eine gemeinsame Zukunft mit mir nachzudenken«, erklärte sie und kam sich töricht vor.

»Du glaubst, ein Ring an deinem Finger würde dir immerwährende Liebe sichern?« entgegnete er spöttisch.

Sie faltete die Arme vor der Brust. »Es wäre immerhin ein guter Anfang«, sagte sie. »Und ich würde nicht wollen, daß ein Kind von mir wie Clover endet, namenlos, ungeliebt und von jedermann verachtet.«

Er schaute sich mißtrauisch nach ihr um. »Du bist sehr weise für dein junges Alter.«

»*Praktisch* ist das bessere Wort dafür. *Mich* würde man auch verachten, vergiß das nicht.« Sie warf ihm einen verstohlenen Blick zu. »Ein Mann kann seiner Wege gehen und sich nicht um die Zukunft sorgen.«

Er war sehr still geworden.

Unbehagen beschlich sie. Hatte sie wie ein Prediger geklungen? Sie seufzte und zeichnete das Muster der Regentropfen auf der Fensterscheibe nach. Er bewegte sich, aber sie drehte sich nicht um. Sie erschrak, als sie plötzlich seine warmen Hände auf den Schultern spürte.

»Du bist so eine couragierte, besonnene Frau, meine Schöne. Ich bin noch nie jemandem wie dir begegnet.« Seine Lippen streiften die zarte Haut an ihrem Nacken.

»Dann denkst du also nicht, daß ich zu prüde bin?« wisperte sie. Aus irgendeinem Grund war ihr seine Meinung sehr wichtig.

Sie spürte, wie er lautlos lachte. »Du erinnerst mich an meine schottische Großmutter, eine strenge Dame, die ich sehr geliebt habe. Ich respektiere deine Ansichten, meine Schöne, wie ich immer ihre respektiert habe.« Mit den Lippen zog er eine Locke über ihren Nacken. »Weißt du, warum?«

Bryony schüttelte den Kopf und starrte aus dem Fenster.

»Weil sie immer recht hatte.« Er lachte und drehte sie zu sich herum. »Hast du Angst, ich könnte dich verführen und dann zu den Westindischen Inseln davonsegeln und dich zurücklassen?«

»Ja.«

Er lächelte schief und errötete vor Schuldbewußtsein. »Und wahrscheinlich würde ich es sogar tun.«

Bryony machte sich nicht die Mühe, außer ihrem Reifrock noch irgend etwas anderes auszuziehen. Und ihn legte sie hinter dem hohen Kleiderschrank in einer Zimmerecke ab.

Sie legte sich auf das schmale Bett und zog die beiden groben Decken bis ans Kinn. Ihr Körper sehnte sich immer noch nach Jack Newcomer, aber sie war stolz darauf, seinen Annäherungsversuchen widerstanden zu haben. Und trotzdem behauptete er, er wolle nicht mit ihr schlafen, bis sie ihn selbst darum bat. So eine Frechheit!

Sie hörte, wie er sich in den Sessel am Kamin setzte. Sie würde ihn nie darum bitten, egal, wie sehr er sie verlockte. Doch dann begriff sie plötzlich und richtete sich mit großen Augen auf.

»Wenn sich morgen unsere Wege trennen, wie soll ich dann die Zeit finden, dich zu bitten, mich zu lieben?« fragte sie herausfordernd.

Er zwinkerte ihr unbekümmert zu. »Die Nacht ist noch nicht vorüber. Gute Nacht, meine Schöne.« Er zog seinen Rock über den Kopf und gähnte laut. »Weck mich, wenn die Zeit reif ist«, kam seine gedämpfte Stimme. Wütend legte sie sich wieder hin.

»Ach du!« erwiderte sie.

Sie drehte sich im Bett und wälzte sich, unfähig, Schlaf zu finden, während ihre Gedanken wie ein schmutzig-trüber Strom durch ihren Kopf mäanderten.

Jack Newcomer bewegte sich nicht, aber sein Körper strahlte eine Spannung aus, die verriet, daß er nicht schlief.

Gegen Morgen mußte sie für eine Weile eingeschlafen sein, und ein Kaleidoskop von Träumen plagte sie. Einer war ganz besonders lebhaft, und zwar der, in dem Jack Newcomer sie weckte. Sie schlug die Augen auf und sah sofort, daß das Feuer mit neugewonnener Energie brannte. Newcomers dunkle Gestalt hob sich als Silhouette vor dem Fenster ab. Er starrte hinaus. Das leise Rauschen sanften Regens war zu hören, und das erste graue Tageslicht kroch über den Horizont.

»Du kannst nicht schlafen«, sagte Bryony.

»Du auch nicht.«

»Es ist kalt«, log sie.

»In Sesseln habe ich noch nie besonders gut geschlafen.« Er klang so verbittert, daß Bryony lächeln mußte.

Er kam zum Bett hinüber und schaute kummervoll auf sie herab. »Ich wüßte nicht, was komisch an der Situation sein soll.«

Kichernd schlug Bryony die Decken zurück und rutschte zum Rand der Matratze. »Wenn du versprichst, dich zu benehmen, darfst du zu mir ins Bett kommen«, sagte sie.

»Ich bin so müde, daß ich dir alles versprechen würde«, sagte er, und der grimmige Ausdruck war wie weggewischt von seinen Zügen. Mit einem Seufzer der Zufriedenheit streckte er sich auf dem Laken aus und ergriff Besitz vom größten Teil der Decke.

Er warf ihr einen langen, fragenden Blick zu, dem sie ruhig standhielt, und kehrte ihr dann mit einem tiefempfundenen Seufzer seinen Rücken zu. Sie kuschelte sich an ihn, froh, daß endlich Frieden herrschte. Wärme durchdrang sie, und sie döste ein, den Arm um seine Brust gelegt.

Ein warmes Kitzeln weckte sie. Sie lag mit dem Gesicht nach außen und wandte Captain Newcomer den Rücken zu. Licht fiel durch die Fenster, aber sie hatte kein Verlangen, aufzustehen.

Sie versteifte sich, als ihr zu Bewußtsein kam, daß seine Hand sehr sanft und zärtlich über ihren Bauch glitt. Sie wollte schon protestieren, aber seine Berührung rief eine überwältigende Reaktion in ihr hervor. Ihre Haut brannte unter seinen Fingern. Stöhnend drehte sie sich um, um ihm zu sagen, er solle aufhören, aber seine Hand schloß sich um ihre Brust und streichelte sie durch das Mieder.

Bevor sie Einwände erheben konnte, hatte er ihre Brust aus dem engen Stoff befreit. Als seine Lippen sich um eine ihrer zarten Spitzen schlossen, bog sie sich ihm entgegen und empfand seine zärtlichen Liebkosungen als ungemein beglückend. Aber etwas in ihr wehrte sich, und sie versuchte, sich ihm zu entziehen.

»Du bist schön«, flüsterte er und streichelte ihre Brust, bis sie vor Wonne am liebsten aufgeschrien hätte. All ihre Nervenenden strebten seiner Hand entgegen, ihre Haut war plötzlich wie ausgedörrt und dürstete nach mehr.

Seine Zunge kreiste um ihre Brustspitze, und sie hielt den Atem an, aus Angst, daß der Zauber brechen würde, falls sie zu atmen wagte. Er ließ die Hand über ihren Leib gleiten, unter den losen Bund des Kleids und unter den Unterrock, der bis zu ihrer Taille hinauf gerutscht war. Seine Finger hinterließen eine feurige Spur auf ihrer zarten Haut. Mit der gleichen blinden Sicherheit, wie eine Biene Honig findet, näherten sich seine Finger ihrer empfindsamsten Körperstelle. Seine Berührung wurde süße Qual.

»Das ist der verführerische Ort, den ich so gern erkunden möchte«, murmelte er und streichelte sie sanft. Dann zog er die Hand zurück und legte sie auf ihren Bauch. »Deine seidenweiche Haut berauscht mich.«

Sie seufzte tief. Es lag keine Eile in seinen Zärtlichkeiten; es war wunderbar, von ihm berührt zu werden.

Er umfaßte ihr Kinn und küßte ihre Lippen. Sie schmiegte sich in einer stummen Einladung an ihn. Seine Augen funkelten. »Du bist herrlich weich und anschmiegsam. Fast hätte ich meinen Schwur gebrochen. Du hast mich verzaubert«, murmelte er rauh.

»Nein, du bist der Magier hier.« Sie suchte seine Lippen und stieß einen leisen Seufzer aus, als sein Mund sich über ihren schloß. Sie preßte sich noch fester an ihn, als er mit der Zunge in die warme Höhle ihres Mundes eindrang und tief in seiner Kehle stöhnte.

Doch dann entzog er sich ihr langsam und flüsterte: »Mich in dein Bett einzuladen, war ein Fehler.« Sanft gab er ihre Arme frei und erhob sich. »Es tut mir leid. Ich konnte nicht anders. Noch ein Kuß, und ich werde mein Versprechen brechen.«

Bryony wollte ihn auffordern, zurückzukommen, aber sie konnte sich nicht dazu überwinden. Sie war zutiefst schockiert über ihren wollüstigen Körper. Sie hatte sich benommen, als ob sie es nicht erwarten könne, sich ihm hinzugeben, und ja, so war es auch gewesen. Es war sinnlos, sich etwas vormachen zu wollen. Vor Scham errötend, verbarg sie ihr Gesicht unter den Decken.

Er zog seinen Rock und seine Stiefel an und verließ das Zimmer. Er hatte versprochen, sie nicht zu berühren, und hatte es doch getan. Aber er hatte keine Forderungen an sie gestellt. War es möglich, sich erfüllt und leer zugleich zu fühlen? Sie vermißte ihn schon jetzt. Sie wollte auch etwas für ihn tun, aber konnte sie ihm geben, was er sich am meisten wünschte?

Ein Kuß würde nicht ausreichen.

Und wie konnte sie sicher sein, daß er *sie* liebte und nicht nur ihren Körper? Sie hatte keine Antwort auf die Frage, aber wenigstens hatte sie jetzt entdeckt, daß sie nicht vollkommen reizlos war, wie Tante Hortense behauptet hatte.

Ein Wüstling begehrte sie, aber welcher Gentleman würde sie je lieben wollen?

9

Bryony wusch sich mit dem kalten Wasser aus dem Krug auf der Kommode. Die Porzellanschüssel war am Rand gesprungen und mit einem Netz von Rissen übersät. Als Bryony in den Spiegel blickte, verschlug es ihr den Atem. Ihr Haar sah aus wie ein Vogelnest mit aufgelösten Strähnen an den Seiten. Ihr Mieder wies Flecken von der Sauce von gestern abend auf, die Spitze war zum Teil zerrissen. Ihre Röcke sahen aus, als wäre sie durch *zehn* Hecken gekrochen, und ihr Gesicht war das eines schmutzigen alten Weibs, das sich vierzehn Tage nicht gewaschen hatte. Ihre Haut war fahl, ihre Augen hohl und rotgerändert vom Schlafmangel.

Trotzdem fühlte sie sich überaus lebendig; ihr Herz raste, und Schmetterlinge schienen in ihrem Magen zu flattern. Würde sie nach dem, was heute morgen vorgefallen war, je wieder wagen, Jack Newcomer ins Gesicht zu sehen? Scheu berührte sie ihre Unterlippe. Ihr Körper fühlte sich warm und träge an und sehnte sich nach mehr Liebe.

Verräter, schimpfte sie ihren Körper, der sich nach der Berührung eines Mannes sehnte.

Sie bürstete ihr Haar und flocht es, steckte es zu einem schlichten Knoten auf und bedeckte ihn mit ihrem schicken kleinen Musselinhäubchen. Dann bemühte sie sich, ihre Kleider in Ordnung zu bringen, was jedoch vollkommen vergeblich war. Was hätte sie jetzt für ein Bad und etwas Sauberes zum Anziehen gegeben!

Sie legte ihren Umhang um, um das fleckige, zerrissene Kleid und ihr Schuldbewußtsein zu verbergen.

Unten bereitete Lady Fitzbourne sich zum Aufbruch vor. Ihre Brüder saßen bereits in der Kutsche.

»Liebes Kind«, begrüßte sie Bryony. »Sie haben lange geschlafen.« Die alten Augen musterten sie prüfend, und Bryony errötete. »Ah, noch einmal jung zu sein«, seufzte Lady Fitzbourne und schüttelte erstaunt den Kopf. Lachend drückte sie Bryonys Hand. »Passen Sie gut auf Ihren Mann auf. Er hat so ein gewisses Funkeln in den Augen.«

Eine Welle der Zärtlichkeit durchzuckte Bryony, sie lächelte und umarmte die alte Dame. »Das weiß ich«, sagte sie. »Aber es verbirgt sich ein gutes Herz dahinter.«

»Ha! Alle Männer sind so, Kind. Oder jedenfalls die meisten. Es ist Ihre Aufgabe, ihn zu lehren, seine Gefühle zu zeigen, meine Liebe.« Sie schwenkte ihren Fächer, als einer der Lakaien in die Kutsche half, und lachte dann. »Er war nett zu Malvin. Hat ihn heute morgen zum Frühstückstisch und in die Kutsche getragen, obwohl sein Gesichtsausdruck nichts Gutes verhieß ... Viel Glück, mein liebes Kind«, rief sie. »Sie werden es gebrauchen können.«

Bryony nahm ihr Frühstück ein. Captain Newcomer war nirgendwo zu sehen, und sie fragte sich, wo er sein mochte. Ob er schon abgefahren war? Der Gedanke war ihr unerträglich.

Clover schlenderte in den Raum, rieb sich den Schlaf aus den Augen und gähnte völlig ungeniert. »Guten Morgen, Mylady«, begrüßte er sie fröhlich, setzte einen viel zu großen Dreispitz auf und ließ sich ihr gegenüber nieder. »Was gibt's zu essen?«

Bryony stöhnte und richtete den Blick gen Himmel.

»Du mußt Benehmen lernen, Clover. Als erstes möchte ich dir ein neues Wort beibringen. Es heißt ›bitte‹. Wiederhol es bitte.«

Er tat, wie sie ihn geheißen hatte, und setzte dann ein ›Bitte‹ hinter alles, was er sagte. Bryony mußte lachen. »Was für ein schöner Tag bitte. Die feine Dame sagt bitte.«

Als Clover sich bückte, um ein Stückchen Schinken aufzuheben, das ihm von der Gabel gefallen war, bemerkte sie das Loch im Kopfteil seines Dreispitzes. »Woher hast du diesen Hut?« fragte sie und nahm ihm die Kopfbedeckung ab.

»Der Herr hat ihn mir gegeben. Er sagte, Sie seien darauf getreten.« Er schnappte sich den Dreispitz wieder und drückte ihn auf seine schmutzigen Locken. »Ich hab' noch nie so einen schönen Hut gehabt.«

»Hm. Was du brauchst, ist ein heißes Bad mit sehr viel Seife.«

Der Junge duckte sich bei ihren Worten. »Nein, das brauch' ich nicht. Ich bin so sauber und so weiß wie Gottes Lilien auf den Feldern.«

Lächelnd rümpfte Bryony die Nase. »Diesen reinen Farbton muß ich erst noch an dir sehen.« Sie begann sich wieder mit ihren Eiern zu beschäftigen. »Wenn du gegessen hast, werden wir ein Stück Seife für dich kaufen.«

»Bah! Warum, Mylady?« Der Junge verzog angewidert das Gesicht und schmollte.

»Weil du ein Schlingel bist. Und dazu auch noch ein schmutziger.«

Bryony und Clover gingen die Straße hinunter zu dem einzigen Laden des kleinen Dorfes. »Higgins & Söhne, Gemischtwarenhändler« stand auf einem Schild über der Tür.

Drinnen war es düster, und es roch ein wenig muffig.

Stiefel, hölzerne Eimer und Zinnkrüge hingen an den Wänden, Schinken und Würste baumelten von Haken an der Decke. In einem Holzfaß lagen gebrauchte Damenhüte.

Der Verkäufer trat beflissen vor und verbeugte sich vor Bryony, bedachte Clover aber nur mit einem ärgerlichen Blick. »Dieser Dreikäsehoch hat mir vor ein paar Tagen eine Pastete aus dem Schaufenster gestohlen«, schimpfte er.

»Das können Sie nicht beweisen, Mr. Higgins«, sagte Clover ungerührt und befingerte eine Wurst, die auf der Theke lag. Sofort erhielt er einen Schlag auf seine Hand. Mit einem trotzigen Blick auf den Besitzer griff er in ein Faß und berührte so viele Äpfel, wie er konnte, bis Mr. Higgins vor Wut brüllte.

Bryony, die es für das beste hielt, sich nicht einzumischen, bestellte ein Stück von Higgins' bester Seife. Während er es einpackte, sah sie sich Haarbänder an und entschied sich dann für eins aus königsblauem Taft. Es würde zu ihrem dunklen Haar und ihren grünblauen Augen sehr gut passen. Sie entdeckte einen Stapel getragener schwarzer Filzdreispitze, deren breite Aufschläge mit Goldborte besetzt waren. Prüfend nahm sie einen in die Hand. Er war nicht gerade beste Qualität, würde aber den ersetzen, den sie Captain Newcomer verdorben hatte.

Nachdem sie die Größe mit der des Dreispitzes verglichen hatte, den Clover trug, bat sie den Verkäufer, ihn einzupacken. Sie war überrascht über den großen Qualitätsunterschied, den sie bemerkt hatte. Unter all dem Staub auf Jacks altem Hut verbarg sich ein kostspieliges Seidenfutter, und der Hut war ursprünglich mit Straußenfedern besetzt gewesen. Konnte der Captain sich ein derart teures Kleidungsstück leisten? Sie hatte keine Ahnung, wieviel ein Kapitän verdiente, aber wenn er ein eigenes Schiff besaß …

Bei den Hüten war ein Ständer mit gebrauchten Kinderröcken, die schon ein bißchen abgetragen, aber sauber waren. Auf jeden Fall waren sie besser als der Rock, den Clover trug. Bryony beschloß, ihm ein paar saubere Kleidungsstücke zu kaufen. Wer hätte sagen können, wann der Gasthofbesitzer seinem jungen Angestellten neue Sachen kaufen würde?

Sie hatte Clover bisher noch nicht gesagt, daß er in Zukunft im »Fox and Gander« leben würde. Sie hielt ein paar Röcke gegen seinen Rücken. Der Junge zappelte und schnitt Grimassen, aber sie gab nicht eher auf, bis sie einen gefunden hatte, der ihm paßte. Dann suchte sie Kniebundhosen, Hemden, Wollsocken und ein neues Paar Stiefel aus. Der Winter stand schon vor der Tür.

Das Bimmeln der Ladenglocke unterbrach ihre Gedanken. Ein weiterer Kunde trat ein, verbeugte sich und sagte leise etwas zu dem Händler.

Bryony beobachtete sie verstohlen. Irgend etwas an dem Mann kam ihr bekannt vor. Waren es der braune, wadenlange Rock, die dunklen Kniebundhosen und die weißen Strümpfe? Dann erinnerte sie sich wieder: sie hatte ihn in dem Gasthof in Cuckfield gesehen, er war der Mann, der sie auf solch unverschämte Weise angestarrt hatte. Er wandte sich ihr zu, und jetzt sah sie auch die lange rote Narbe an seiner Wange.

Ein kalter Schauder lief über ihren Rücken, und am liebsten hätte sie sich umgedreht und wäre fluchtartig hinausgelaufen. Sie zählte das Geld für ihren Einkauf ab, nahm die Päckchen und machte sich bereit, den Laden zu verlassen.

Aber der Mann verstellte ihr den Weg zur Tür und ließ sie eine kleine Ewigkeit lang nicht an sich vorbei. Als sie in sein hartes Gesicht aufschaute, spürte sie, wie ihr das Blut vor Angst gefror. Die Narbe schien zu glühen, und seine blauen Augen blickten kalt und mißtrauisch. Dann verbeugte er sich steif und trat beiseite.

Clover zog an ihrer Hand. »Nun kommen Sie schon, Sie Schnecke.«

Bryonys Beine waren schwer wie Blei, und die Tür erschien ihr endlos weit. Warum weckte dieser Mann bloß solche Furcht in ihr?

Der Gedanke ließ ihr keine Ruhe, und sie konnte ihre Angst nicht abschütteln, bis sie den Gasthof erreichten. Die Anwesenheit der anderen Leute in dem Schankraum brach den beängstigenden Bann.

Bryony lehnte sich schwer atmend an die Tür und bemühte sich, das ungestüme Pochen ihres Herzens zu beruhigen.

»Dieser gemein aussehende Kerl da in dem Laden«, keuchte Clover, dessen Wangen voller Bonbons steckten, die er nicht gehabt hatte, bevor sie das Geschäft betreten hatte, »den hab' ich gestern schon in Potter House gesehen.«

Die Worte des Jungen bestätigten ihren Verdacht. Der Mann war hinter *ihr* her. Hatte er auch eine der Musketen abgefeuert? Es war mehr als nur ein Schuß gewesen. Vielleicht steckten Captain Newcomer und der Fremde unter einer Decke ... Sie schluckte, als sie versuchte, diesen schrecklichen Gedanken abzuschütteln, und sich eine hysterische Person schalt, die sich wegen jeder Kleinigkeit aufregte. Wahrscheinlich war es reiner Zufall, daß der Mann den Laden betreten hatte, als sie darin gewesen war.

Sie sah sich nach dem Captain um, aber er war nicht in der Schenke. Als sie sich beruhigt hatte, rief sie den Wirt und bestellte ein Bad für Clover. Sie erklärte, sie könne den Jungen nicht verlassen, ohne ihm einen guten Start in seinem neuen Heim zu geben. Sie konnte dem freundlichen Wirt schließlich nicht sagen, daß sie gewisse Bedenken in bezug auf Clovers Zukunft hegte.

»Nein, Mylady, ich will nicht baden«, jammerte der Kleine und schaute mit zitternden Lippen und aus großen Augen flehend zu ihr auf. »Bitte.«

»Diesmal gebe ich nicht nach, Clover«, sagte Bryony und schob ihn auf die Wirtschaftsräume zu, wo der Wirt ein Sitzbad für den Jungen vorbereiten würde.

»Sie können mir aber nicht beim Baden zusehen, Mylady. Ich würde mich zu Tode schämen.«

Bryonys Lippen zuckten. »Ich verspreche dir, nicht zuzusehen, aber du mußt mir versprechen, dich richtig gründlich abzuschrubben. Wenn du fertig bist, möchte ich dich blitzblank und sauber und in diesen neuen Kleidern sehen.« Sie drückte ihm die Päckchen in den Arm. »Und vergiß nicht, dir die Ohren zu waschen. Und dein Haar wäschst du am besten dreimal! Mit der Seife.«

Sie sah ihm nach, als er, vor sich hin brummend und störrisch, weiterging. Vor ihrem Aufbruch würde sie ihn noch einmal sehr gründlich inspizieren. Aber als sie so allein in dem schmalen Gang zwischen der Küche und dem Schankraum stand, wäre sie am liebsten auf der Stelle aus Haywards Heath geflohen, um nie wieder an diesen Ort zurückzukehren.

10

Während Bryony geduldig darauf wartete, daß Clover mit dem Baden fertig war, behielt sie die Tür im Auge. Wo war Captain Newcomer? Sie konnte den Gedanken nicht ertragen, daß er seine Reise fortgesetzt haben könnte, ohne sich von ihr verabschiedet zu haben. So wie er geredet hatte, hatte es geklungen, als gedächte er die Freundschaft zu ihr fortzusetzen.

Oh, wie ihre Hoffnungen und ihre Sehnsüchte sie geblendet hatten!

Der korpulente Wirt überbrachte ihr eine Botschaft. Verwundert brach sie das Siegel auf. Der kurze Brief war unterschrieben mit »S. Forrester«.

Sie las: »Bitte treffen Sie sich mit mir in Potter House. Ich habe eine wichtige Information über Ihren Bruder. Fragen Sie nicht, woher ich sie habe, kommen Sie einfach her!«

Die Nachricht beunruhigte sie. Mr. Forrester hätte gestern abend schon nach Frankreich abreisen sollen. Er würde doch seine Reise sicher nicht verschieben, nur um ihr etwas mitzuteilen? Aber ihr blieb keine Wahl; sie mußte hören, was er wollte. *Bitte, lieber Gott, laß ihn nichts mit dem beängstigenden Mann aus Higgins' Laden zu tun haben,* betete sie im stillen, als sie erneut die Dorfstraße hinunterlief. Es gelang ihr nicht, die Erinnerung an sein angsteinflößendes Gesicht abzuschütteln, und laut Clover war er an dem Tag, als sie angegriffen worden waren, auch in Potter House gewesen.

Der Wind riß ihr die Kapuze und den Umhang ab. Ihr sorgfältig aufgestecktes Haar löste sich und fiel ihr auf die Schultern, als sie über die Landstraße hastete. Die Luft war kühl, und es sah aus, als ob es wieder Regen geben würde.

Es gelang ihr, einen mit Kohl beladenen Karren anzuhalten, der nach Lindfield fuhr, und der gutmütige Bauer nahm sie mit. Das gemächliche Tempo des Wagens zerrte an ihren Nerven, aber daran konnte sie nichts ändern. Der Bauer ließ sie in der Nähe des Teichs absteigen.

Nachdem sie die Hauptstraße entlanggegangen war, blieb sie abrupt vor dem offenen Tor von Potter House stehen. Das Backsteingebäude sah verschlossen und verlassen aus, und Bryony dachte wieder an die Ängste, die sie in dem verwilderten Garten ausgestanden hatte.

»Mr. Forrester?« Ihre Stimme war rauh, und ihre schnellen Atemzüge schmerzten.

Keine Antwort, kein einziges Geräusch. Eine beängstigende Stille hüllte Haus und Garten ein. Kalter Schweiß erschien auf ihrer Stirn, und ihre Finger zitterten, als sie das Tor noch etwas weiter öffnete.

Vorsichtig tat sie einen Schritt und dann noch einen. Ein paar Sekunden später klopfte sie an die Haustür, aber es blieb alles ruhig. Die Stille war ihr unerträglich. Sie hatte keine andere Wahl; sie mußte zur Hintertür gehen und versuchen, durch sie ins Haus zu kommen.

Falls sie das wagte.

Einen langen Augenblick erwog sie, zum Gasthaus zurückzukehren, wußte aber, daß sie jetzt nicht kneifen durfte. Sie hätte es sich nie verziehen, wenn Mr. Forrester ihretwegen etwas zugestoßen wäre. Niemand sollte ihr nachsagen können, sie sei feige oder gar verantwortungslos.

Ihre Lippen befeuchtend, ging sie um die Hausecke herum und an dem dichtem Strauchwerk vorbei. Wenn

Mr. Forrester in einem so großen Haus wie Potter House gelebt hatte, mußte er ein wohlhabender Mann gewesen sein. Aber er hatte den Besitz verkommen lassen. Einige Fensterläden waren zerbrochen und zerfielen, weil ihre Leisten fehlten, und ein loses Brett an der Ecke des Dachgesimses klapperte im Wind.

Bryony versuchte, ihren aufgeregten Herzschlag zu beruhigen, indem sie tief durchatmete. Dann zwang sie sich, um die letzte Hausecke zu biegen.

Die Hintertür war angelehnt, als hätte gerade jemand in aller Eile das Haus verlassen. Mit den Fingerspitzen stieß sie sie ein wenig weiter auf. Sie knarrte, und in jäher Panik griff sie sich ans Herz. Vielleicht wartete dort drinnen in der Finsternis jemand auf sie. Mr. Forrester könnte, während sie hier stand und zögerte, längst ... Sie wagte nicht, diesen Gedanken zu beenden.

Er war vielleicht gar nicht zu Hause.

Zögernd tat sie einen Schritt hinein. Die Dielen knarrten, und ihr Blick glitt zu jedem Gegenstand im Raum, von dem hohen Spiegel an der Wand zu den beiden Lehnstühlen und der Eichentruhe, auf der ein achtlos hingeworfener Stapel Kleidung lag. Sie stand in der düsteren und unaufgeräumten Diele. Drei geschlossene Türen führten in das Innere des Hauses. Als sie auf die erste zuging, schien die Tür mit einem Mal etwas Bedrohliches und Böses auszustrahlen, als wolle sie sie warnen, nicht hineinzugehen.

Ihre Hand war eisig, als sie den Türknauf drehte. Sie holte furchtsam Atem, sah dann aber, daß sie nur einen Schrank geöffnet hatte. Hier war nichts anderes zu sehen als Umhänge, Schals und Röcke, die an Haken an den Wänden hingen.

Ein Geräusch ertönte hinter ihr. Sie schlug die Tür zu und fuhr entsetzt herum.

Es war niemand da. Bevor sie ganz den Mut verlor, eilte sie zur nächsten Tür und riß sie auf. Fahles Licht fiel durch vergilbte Gardinen und beleuchtete eine Bibliothek oder ein Arbeitszimmer. Die Wände waren gesäumt mit Büchern, die wahllos angeordnet auf durchhängenden Regalen standen. Schwere dunkle Möbel warfen ihre Schatten auf den Boden.

Und auf dem schäbigen, abgetretenen Teppich lag Jack Newcomer.

Bryony schrie auf und lief zu ihm. Sein Gesicht war leichenblaß, und getrocknetes Blut klebte am Haaransatz an seinem Ohr.

»Captain ... Jack! Wach auf, bitte!« Sie berührte seine Schulter, dann sein Haar. Sie brauchte Wasser – oder Brandy.

Eine Wasserkaraffe und ein Tablett mit Gläsern standen auf dem Eichenschreibtisch. Aus ihrer Rocktasche zog sie ein Taschentuch und befeuchtete es mit Wasser. Ihre Finger zitterten so sehr, daß sie die Karaffe umstieß und Wasser über die Papiere floß, die wild verstreut auf der staubigen Schreibtischplatte lagen.

Schluchzend lief sie zurück, um sich neben Newcomer zu knien. Während sie das nasse Tuch auf seine Stirn legte, betete sie zu Gott, er möge zu sich kommen.

Seine Lider flatterten, und er machte eine abwehrende Bewegung mit der Hand, als wolle er das Taschentuch wegschieben. »Wa-was?« Stöhnend griff er sich an den Kopf. »Verdammt.« Als er sich ihr zuwandte, bemerkte Bryony die zunehmende Prellung hinter seinem Ohr.

»Was ist geschehen?« fragte sie und berührte vorsichtig die rote Stelle. Dann nahm sie das feuchte Tuch von seiner Stirn und hielt es an die Schwellung.

»Ah – au!« entfuhr es ihm zwischen zusammengebissenen Zähnen. »Gottverdammt ...«

»Bist du hingefallen?« fragte Bryony.

Er versuchte, sich aufzusetzen. Mit ihrer Hilfe lehnte er sich an den Schreibtisch. Schmerzerfüllt verzog er das Gesicht und barg den Kopf zwischen den Knien. Lange blieb er völlig regungslos so sitzen, bis er dann endlich wieder den Kopf hob, um sie anzusehen. Ein unnatürlicher Glanz erschien in seinen Augen, die starr vor Panik waren.

»Endlich bist du da, aber leider auch zu spät. Hast du mich niedergeschlagen?« fragte er.

Bryonys Augen wurden groß. »Natürlich nicht! Wie kannst du so eine dumme Frage stellen?«

»Du hast mich aufgefordert, unverzüglich herzukommen«, sagte er und hielt bei jedem Wort ein wenig inne, als verursachte es ihm große Qual, zu sprechen.

Bryony starrte ihn betroffen an. »*Ich?* Nein. Mr. Forrester hat mir eine Nachricht geschickt, ich solle ihn hier unverzüglich treffen.«

Newcomer wandte langsam den Kopf und starrte sie an. »Eine Nachricht? Er hat dir eine Nachricht geschickt?«

Bryonys Empörung überschattete vorübergehend ihre Furcht. »Und wer hat mir das dann geschickt?« fragte sie und zog das zerknitterte Blatt aus ihrer Umhangtasche. »Wer treibt hier Spielchen mit mir?«

Nachdenklich betrachtete er das Blatt und hielt es in den Fingern, während er sich bemühte, ihr Zittern zu unterdrücken. Mit quälend langsamen Bewegungen suchte er in seiner umfangreichen Westentasche. Als er die Hand wieder zurückzog, hielt er ein gefaltetes Blatt zwischen den Fingern.

Bryony nahm es ihm ab und betrachtete die ihr unbekannte Handschrift. »Kommen Sie nach Potter House. Unverzüglich. Bryony Shaw.« Es war die gleiche Handschrift wie auf der Botschaft, die sie selbst erhalten hatte.

Sie zerknüllte das Papier und schleuderte es quer durch den Raum. Unwillkürlich sah sie sich zur Tür um und erwartete schon, jemanden hereinkommen zu sehen. Irgendwo über ihren Köpfen war das Rascheln winziger Füße zu vernehmen, und sie hörten auch ein nagendes Geräusch.

Captain Newcomer spürte ihre Angst und legte den Arm um ihre Schultern. »Jemand hat uns einen bösen Streich gespielt. Ich bin heute morgen spazierengegangen, und als ich zum Gasthof zurückkam, warst du schon fort.«

»Ich war mit Clover im Gemischtwarenladen«, erklärte sie und runzelte die Stirn.

Er kämpfte tapfer gegen seine Schmerzen an und atmete flach und schnell. Er sah elend aus. »Dein Bruder muß etwas ungeheuer Wichtiges gewußt haben.« Seine Finger verkrampften sich um ihre Schultern. »Kannst du dir vorstellen, was es sein könnte?«

Bryony nickte. »Mr. Forrester sprach von einer Landkarte und einem verborgenen Schatz, aber die Karte verbrannte in dem Feuer, in dem auch Reggie umgekommen ist. Und ich fand es seltsam, daß Reggie zu mir nach Paris kommen wollte. Es war fast, als hätte er vor irgend etwas fliehen wollen. Er hat Frankreich nie gemocht.« Tränen des Kummers und der Erschöpfung kamen ihr. All diese beängstigenden Vorgänge begannen ihren Tribut von ihr zu fordern. Wer konnte ihr etwas antun wollen?

Das Rascheln in der Zimmerdecke verstärkte sich und schien sich nun zur Tür hin zu bewegen. Captain Newcomer richtete sich auf unsicheren Beinen auf. Er schloß die Augen, legte eine Hand an seinen Kopf und stützte sich mit der anderen auf den Schreibtisch. Bryony hätte ihm gern geholfen, aber er winkte ab. Langsam ging er um den Tisch und setzte sich auf den Stuhl dahinter. Mit einer brüsken Bewegung berührte er die nassen Papiere auf dem Tisch.

»Hast du Wasser darauf geschüttet?« fuhr er sie an, verzog dann das Gesicht und faßte sich an den Kopf.

»Na und? Es sind schließlich nicht deine«, belehrte sie ihn, obwohl sie sich eines gewissen Schuldbewußtseins nicht erwehren konnte. »Es ist ausgesprochen unhöflich, Mr. Forresters private Korrespondenz zu lesen.«

»Verstehst du nicht?« entgegnete Jack müde und mit einem Anflug von Verzweiflung in der Stimme. »Vielleicht hätten wir in den Papieren einen Hinweis auf das Gold gefunden. Aber dazu ist es jetzt zu spät.« Er hob ein durchweichtes Dokument auf, auf dem die Tinte vollständig verlaufen war.

Bryony musterte ihn mißtrauisch. »Wieso hast du ein solch reges Interesse an Mr. Forresters und meines Bruders Angelegenheiten?«

Newcomers Gesicht war zerfurcht von Sorge. »Es ist auf dich geschossen worden, und dein Bruder starb unter mysteriösen Umständen.« Er hielt inne, bevor er hinzufügte: »Außerdem stehe ich dir nahe und fühle mich verantwortlich für dich.«

Bryony errötete bei der Erinnerung an ihre Zurschaustellung leidenschaftlichen Eifers heute morgen. Aber diese wundervolle Erfahrung erschien ihr jetzt so weit entfernt, als hätte sie nie stattgefunden. Dieser Fremde übernahm ihr Leben, Stück für Stück, und sie konnte nur danebenstehen und sprachlos zusehen.

»Ich habe bezüglich der Nachforschungen über Reggies Tod ja wohl auch noch ein Wörtchen mitzureden«, erklärte sie unsicher. »Du kannst nicht einfach hingehen und alles übernehmen.«

»Ich behindere dich nicht, sondern unterstütze dich nur.« Er zog jede Schublade des Schreibtischs auf. »Sieh dir dieses Durcheinander an. Hast du …?«

Bryony wurde langsam ärgerlich. »Ich habe Mr. Forresters Schreibtisch nicht angerührt. Ich würde nicht einmal im Traum an so was denken.«

Der Captain zuckte mit den Schultern. »Dann muß es

wohl der Mann gewesen sein, der mich niedergeschlagen hat und danach abgehauen ist, als er nicht fand, wonach er suchte. Du hast niemanden gesehen, als du kamst?«

»Nein.« Bryony schritt unruhig auf und ab und warf dem Captain immer wieder argwöhnische Blicke zu. Sie akzeptierte, daß sie sich sehr stark zu ihm hingezogen fühlte, aber das durfte nicht ihr Urteilsvermögen trüben. Tatsache war, daß sie dem draufgängerischen Kapitän nicht traute.

»Wir sollten gehen«, sagte sie entschieden und ging zu ihm, um ihm beim Aufstehen zu helfen, aber er hinderte sie daran, indem er einen Finger an ihre Lippen legte. Er lauschte angespannt, und plötzlich hörte sie es auch. Eine Tür schlug zu, und etwas prallte an die Außenwand.

»Jemand kommt!« flüsterte sie und griff nach dem ersten Gegenstand, der ihr ins Auge fiel – den Wasserkrug.

Der Captain richtete sich mühsam auf. »Nein, jemand verschwindet«, erklärte er grimmig.«Riechst du etwas?« Schwankend ging er zu der Tür, die in die hintere Diele führte. Die Hand schon auf dem Türknauf, hielt er inne, atmete tief durch und deutete auf den Boden. Rauch stieg aus dem schmalen Schlitz zwischen Tür und Boden auf.

Er riß die Tür auf.

Bryony schnappte nach Luft, als eine Rauchwolke ins Zimmer drang. Aber das vermochte Newcomer nicht aufzuhalten. »Nein!« schrie sie, als er ein Taschentuch übers Gesicht legte und im Rauch verschwand. Sie hastete ihm nach, aber er kam sofort zurück. »Zurück«, krächzte er und hustete. »Die Hintertür ist abgeschlossen.«

Gleich darauf schon sahen sie nur noch Rauch. Flammen leckten über den Boden und griffen nach allem, was brennbar war. Die Gardinen gingen in Flammen auf, die Hitze nahm zu, und der Rauch verdichtete sich, bis er den ganzen Raum eingenommen hatte. Das Feuer hatte sie vollkommen überrumpelt. Bryony hielt sich an Captain Newcomers Rock fest, als er mit tastenden Schritten zu der Tür auf der anderen Seite des Raumes ging.

Sie war geblendet von dem Rauch, ihre Augen tränten und brannten. Ihre Kehle schmerzte, und ihre Lungen protestierten gegen jeden Atemzug. Ein Hustenanfall raubte ihr die letzte Kraft.

Die vordere Tür war auch verschlossen.

Der Captain fluchte und wurde ebenfalls von einem starken Hustenanfall geschüttelt. Bryony zog ihn mit sich zu einem der Fenster, die noch nicht in Flammen aufgegangen waren. Sie wußte, daß das Feuer sich in ein Inferno verwandeln würde, wenn sie Luft hereinließ, aber das Fenster war jetzt ihr einziger Fluchtweg.

Sie stolperten über eine Fußbank, und Captain Newcomer stürzte. Reglos blieb er liegen, und sie fürchtete schon, daß er wieder ohnmächtig geworden war. Sie rüttelte an seiner Schulter.

»Beeil dich! Wir dürfen keine Zeit verlieren«, rief sie. War dieses heisere Wispern ihre Stimme? Verwirrt versuchte sie, sich auf das blasse Rechteck des Fensters zu konzentrieren.

Sie hätte weinen mögen vor Erleichterung, als er sich bewegte und dann quälend langsam aufstand. Sie legte einen Arm um seine Taille und schob ihn vorwärts. Er zog sie an sich, und zusammen erreichten sie das Fenster.

Captain Newcomer schaffte es, den Riegel dort zu öffnen, und gemeinsam wollten sie das Glas nach oben schieben. Aber es ließ sich nicht bewegen.

Bryony schluchzte vor Verzweiflung. Die Hitze in ihrem Rücken war bereits unerträglich. Ihr war, als ob ihr Kleid schon rauchte. Mit letzter Kraft warf sie sich gegen das klemmende Fenster.

Wieder rührte es sich nicht.

»Zurück«, krächzte Captain Newcomer. Er hielt die Fußbank in der Hand, über die sie gestolpert waren, und zerschlug damit die Fensterscheibe. Die Scherben regneten auf die Blumenbeete draußen. Er entfernte die letzten Splitter aus dem Rahmen und wies Bryony an, hinauszuklettern.

Sie konnte nicht mehr denken, atmen oder mehr hören, als sie ihm gehorchte. Daß sie draußen mitten in einem Rosenstrauch aufkommen würde, beunruhigte sie nicht. Sie ließ sich einfach fallen.

Die Dornen zerkratzten ihr die Hände, Arme und auch das Gesicht. Gut, daß sie keinen Reifrock trug. Damit wäre sie nicht durch das Fenster gekommen. Ohne die Kratzer zu beachten, rappelte sie sich auf und schaute zu dem Haus auf. Die gesamte obere Etage stand in Flammen, genau wie die Räume unten neben dem Arbeitszimmer. Ein mächtiges Dröhnen wurde laut, als das Feuer durch das Dach brach, und ein furchtbares Krachen erreichte ihre gequälten Ohren, als ein Teil des Hauses einstürzte.

»Jack«, wisperte sie und streckte die Hand nach dem Fenster aus. Es war noch immer nichts von ihm zu sehen.

Schnelle Schritte und laute Stimmen erklangen vor dem Haus. Die Dorfbewohner hatten eine Löschkette zum Teich gebildet. Bryony wollte um Hilfe bitten, aber ihre Beine wollten sie nicht um die Ecke tragen.

»Bitte, lieber Gott, laß ihn nicht sterben. Laß ihn durch das Fenster kommen … lebend«, betete sie und starrte in hilfloser Verzweiflung auf das schwarze Loch, über dessen Rahmen schon die Flammen leckten.

Dann, als sie die Hoffnung schon aufgegeben hatte, sah sie seine Hand am Fenstersims. Sein Gesicht erschien, rußgeschwärzt und schmerzverzerrt, und dann sein Oberkörper, als er sich quälend langsam durch den Fensterrahmen zog. Er streckte die Arme nach ihr aus, als er sich fallenließ. Hilflos stürzte er in den Rosenbusch, der unter seinem Gewicht zusammenbrach. Dornen bohrten sich in sein Gesicht und seine Hände, genau wie vorher schon bei ihr. Er blieb dort endlos lange liegen, ohne sich zu rühren, und Bryony glaubte schon, er sei gestorben. Seine Augenbrauen waren versengt, und aus seinem Bart kam Rauch.

Sie zog an seinem Arm und versuchte, ihn aus der schmerzhaften Umarmung des Rosenbusches zu befreien. Er kam zu sich und schaute aus rotgeränderten Augen zu ihr auf.

»Meine … Schöne«, krächzte er und rappelte sich mühsam auf. Schwankend stützte er sich auf Bryony. Sie führte ihn durch die dichten Fliederbüsche.

Er versteifte sich, als er die aufgeregten Stimmen der Dorfbewohner hörte. »Wir sollten uns hier nicht sehen lassen«, flüsterte er ihr zu. »Sie würden uns die Schuld an diesem Feuer geben. Wenn die Bürgerwehr uns hier erwischt, sind wir verloren.«

Bryony nickte und erstickte mit ihrem Umhang das schwelende Feuer an den Schößen seines Rocks. Dann zeigte sie ihm das Loch in der Hecke, das Clover benutzt hatte, und so leise wie nur möglich zwängten sie sich durch. Als sie den Pfad erreichten, erschütterte eine Explosion die Erde. Der Rest des Dachs und der oberen Etage stürzten ein. Funken und Ruß sprühten nach allen Seiten.

Sie suchten Zuflucht in dem Gehölz hinter dem einst so stolzen Potter House. Einander an den Händen haltend, schauten sie sich in die Augen und erlebten einen Moment vollkommener Dankbarkeit. Sie waren mit dem Leben davongekommen.

»Das war eine Falle, weißt du«, sagte Captain Newcomer und sank auf einen Felsen.

»Jemand war im Haus, als wir dort waren. Wir wurden hingelockt, um in dem Feuer zu sterben.« Sie betrachtete ihn unbehaglich.

Er erwiderte nichts, streckte nur langsam seine langen Beine aus und ließ den Nacken rollen. »Ich brauche einen Brandy, um den Schmerz in meinem Kopf zu betäuben. Es ist ein Wunder, daß ich noch am Leben bin.«

Die Schwellung hinter seinem Ohr war schwarz vom Ruß, und Bryony begriff jetzt, daß er große Schmerzen haben mußte. »Wir sollten zum Gasthaus zurückkehren.«

Er lachte leise. »Du siehst aus wie ein Schornsteinfeger.«

»Dann können wir als Zwillinge durchgehen«, entgegnete sie. Plötzlich kam ihr der Gedanke, daß sie vielleicht das gleiche Schicksal erlitten hätte wie ihr Bruder, wenn dieser mysteriöse Fremde nicht gewesen wäre. Hatte jemand Willow Hills, ihren Familiensitz, absichtlich angesteckt? Sie erschauerte bei dem Gedanken und erkannte, daß sie immer stärker daran zweifelte, daß ihr Bruder Selbstmord begangen hatte. Die Worte des Mannes, der sie im Labyrinth so sehr erschreckt hatte, würden sich vielleicht doch noch als wahr erweisen. Vielleicht war Reggie ja ermordet worden.

»Wir müssen jetzt irgendwo Kleider stehlen und uns dann einen geschützten Platz am Fluß suchen, wo wir den Ruß abwaschen können«, sagte Captain Newcomer.

Bryony seufzte. »Ich weiß nicht, warum ich mich plötzlich wie eine Verbrecherin benehme. Ich habe nichts Ungesetzliches getan.«

»Allein schon mit einem Mann wie Mr. Forrester zu reden, macht dich zur Gesetzesbrecherin«, erklärte

Newcomer und wischte sich ein wenig Ruß von seinen Händen ab.

»Niemand außer Clover und dir hat mich in dem verfallenen Bauernhaus gesehen.«

»Da wäre ich mir an deiner Stelle nicht so sicher«, meinte er. »Irgend jemanden scheint es zu stören, daß du mit den Freunden deines Bruders – oder vielmehr seinen Mitverschworenen – sprichst. Vielleicht hatte dein Bruder Geheimnisse, von denen du nichts weißt.«

Bryony wischte ihre Hände an ihren rußverschmierten Röcken ab. »Ich weiß nicht, ob ich seine Geheimnisse überhaupt wissen will. Aber ich will auf jeden Fall herausfinden, wie er gestorben ist. Ob es ein Unfall war oder ...«

»Dann wirst du möglicherweise auch seine Geheimnisse aufdecken müssen.« Er reichte ihr die Hand. »Komm, laß uns ein paar neue Kleider suchen.«

»Ich will nicht stehlen«, erwiderte sie störrisch.

»Es ist keine Frage dessen, was du willst. Du wirst sie stehlen müssen, wenn du deine Nachforschungen weiterführen willst. Aber natürlich kannst du dich auch jederzeit für die Bürgerwehr entscheiden, das Gefängnis und danach den Henker.«

»Ich habe nichts Ungesetzliches getan«, beharrte sie, als sie durch das Wäldchen gingen.

»Versuch doch mal, das den Behörden klarzumachen.«

Sie nahmen einen anderen Pfad als den, den sie am Tag zuvor beschritten hatten. Hohe Linden und Ulmen warfen ihre Schatten auf den Weg und rauschten sanft im Wind.

»Hoffentlich trägt der Wind das Feuer nicht ins Dorf«, sagte Bryony. »Wir hätten dableiben und helfen sollen.« Als Captain Newcomer nichts erwiderte, stieß sie einen tiefen Seufzer aus. »Es ist alles schiefgegangen, seit ich in England angekommen bin«, murmelte sie.

»Da!« rief er und hielt sie am Arm zurück. »Unsere neuen Kleider.«

Sie standen hinter einem kleinen Bauernhaus mit einem gepflegten Garten, aus dem das meiste Gemüse schon geerntet war. Glänzend rote Früchte lagen auf dem Boden unter einem alten Apfelbaum. Zwischen zwei Buchen war eine Wäscheleine aufgespannt, an der Kniebundhosen, grobe Arbeitshemden, ein brauner Bauernrock mit passender kurzer Jacke, eine Bluse, gestopfte Unterröcke, Wollstrümpfe und eine große weiße Haube hingen.

»Alles, was wir brauchen«, sagte Captain Newcomer händereibend.

Ein Hund bellte im Haus.

»Sie werden uns erwischen«, warnte Bryony. »Und als Diebe hängen.«

»Wir haben keine andere Wahl; wir müssen nur den richtigen Moment abwarten.«

Bryony verzog das Gesicht, weil sie wußte, daß er recht hatte. Sie zog ihre Geldbörse aus der Tasche. Der Brokat war versengt und roch nach Rauch. »Laß uns die Kleider wenigstens bezahlen«, sagte sie und nahm eine Krone aus der Tasche. »Wir legen sie vor ihre Tür.«

Er lächelte. »Meine kleine Miss Justitia?«

Bryony runzelte die Stirn. »Es ist gut, daß sich wenigstens einer von uns an die Gesetze hält!« versetzte sie.

Sie warteten eine geschlagene Stunde unter einer Eibe, an deren breitem Stamm sie lehnten. Nichts rührte sich im Haus oder in der näheren Umgebung.

»Ich glaube nicht, daß jemand da ist«, sagte der Captain schließlich. »Wir sollten unseren Plan jetzt gleich ausführen.«

Bryony hätte ihm gern widersprochen, aber sie wußte, daß sie keine andere Wahl mehr hatten. Er hatte recht, sie konnten sich unmöglich in diesen rußverschmierten Kleidern sehen lassen. Nicht ohne eine Menge Fragen aufzuwerfen.

Durch die kurze Rast hatte Jack wieder etwas von seiner Kraft zurückgewonnen, aber er war noch immer blaß, und ihm war anzusehen, daß er litt. Es schmerzte Bryony, ihn so zu sehen, aber sie wußte, daß sie ihm nicht helfen konnte.

Er stieg über den niedrigen Zaun und schlich sich von Strauch zu Strauch, um vom Haus aus nicht gesehen zu werden. Bryonys Herz schlug zum Zerspringen, als sie seine Fortschritte verfolgte. Sie hatte noch nie etwas gestohlen, und es war ein unbehagliches Gefühl. Sie umklammerte so fest die Krone, daß ihr Metallrand sich in ihre Hand bohrte, und schwor sich, für die Kleider zu bezahlen. Als sie vorher vorgeschlagen hatte, an die Tür zu klopfen und die Sachen zu kaufen, hatte der Captain sich geweigert und ihr klargemacht, daß sie nicht gesehen werden durften. Der Klatsch würde der Bürgerwehr zu Ohren kommen, bevor sie eine Chance bekamen, zu verschwinden.

Als Newcomer die Kleider abhing, kam niemand aus dem Haus gelaufen, aber der Hund bellte wütend drinnen.

Die Arme voller frischgewaschener Kleider, kam Captain Newcomer zurück. Bryony betrachtete die liebevoll genähten Sachen und begann ein starkes Schuldbewußtsein zu verspüren. »Wir müssen sie bezahlen, bevor wir gehen.«

Er protestierte nicht, sondern lehnte sich in einem offenbaren Anfall neuen Schmerzes an den Baum. »Na schön, dann geh doch hin und bitte um Entschuldigung«, spottete er.

Bryony bedachte ihn mit einem bösen Blick. Sie nahm einen Bleistift und ein Stück Papier aus ihrer Tasche, schrieb eine kurze Entschuldigung und wickelte die Münze in den Zettel. Dann eilte sie zum Hintereingang und legte das kleine Päckchen auf die Eingangsstufen. Voller Furcht hörte sie die Vordertür zuschlagen. Der Hund kratzte wie verrückt an der Hintertür, und sein Gebell war jetzt so nahe, daß sie Angst bekam, er könne jeden Augenblick die Tür durchbrechen.

Sie warf einen Blick über die Schulter. Captain Newcomer winkte ihr aufgeregt, und sie fuhr herum, um ein Versteck zu suchen. Sie konnte jetzt deutlich Stimmen im Haus hören. »Warum bellt der Hund denn so? Geh mal lieber nachsehen. Eine Katze, wette ich.«

Bryony duckte sich hinter ein Gitter, das von Kletterrosen überwuchert war. Das Herz blieb ihr vor Angst fast stehen, als die Tür einen Spalt geöffnet wurde. Sie schaute sich nach dem Captain um, aber er war zwischen den Bäumen verschwunden. Sie würden jetzt bestimmt den Hund herauslassen, und er würde sie zuerst aufspüren und angreifen. Aber zu ihrem Erstaunen wurde der Hund zurückgehalten.

Ein Mann stieß einen überraschten Pfiff aus. »Na so was«, hörte sie ihn sagen. »Halt dein großes Maul, du Kläffer!«

Der Hund jaulte einmal schmerzerfüllt und war dann still. Ein langer, muskulöser Arm erschien und griff nach ihrer Nachricht. Der Mann hatte die leere Wäscheleine neben dem Haus noch nicht gesehen.

Die Tür fiel zu, und Bryony kroch sofort auf allen vieren hinter einer Reihe hoher Sonnenblumen auf den Zaun zu. Nachdem sie einmal tief durchgeatmet hatte und schon fest mit einem wütenden Schrei aus dem Haus rechnete, lief sie durch das Tor. Sie stolperte über eine Wurzel und stürzte mit dem Gesicht voran ins Gras. Mit geschlossenen Augen stellte sie sich den heißen Atem des Hundes in ihrem Nacken vor, aber nichts geschah. Es herrschte Stille; nur ein Vogel zirpte in den Bäumen über ihr.

Kriechend entfernte sie sich weiter von dem Tor.

Unbehagen durchzuckte sie, als sie sich endlich aufzurichten wagte und Schutz unter den Bäumen suchte.

Da stand Newcomer, an einen Baum gelehnt und die Kleider in den Armen.

»Hast du gesehen, wie riskant es ist, in jeder Lage für Gerechtigkeit zu sorgen?« bemerkte er mit leisem Vorwurf.

»Sie haben uns schließlich nicht erwischt, oder?« entgegnete Bryony verärgert, während sie den Schweiß von ihrer Stirn wischte und nach Atem rang.

Zu ihrer Überraschung ließ er die Kleider fallen und zog sie in die Arme. »Ach, meine Kleine, dein gutes Herz wird dir eines Tages noch Unglück bringen. Jemand wird dir alles nehmen, was du hast, und dich zerstören.«

Seine Worte stimmten sie sehr traurig. Ihr war, als ob sie für einen kurzen Augenblick die Welt mit seinen Augen sähe, eine Welt, in der Verbitterung und Verstellung herrschten.

11

Der Ouse floß mit zeitloser Ruhe durch die Wälder und unter der Brücke hindurch, über die die Landstraße nach Lindfield führte. Newcomer war der Meinung, daß sie sich in sicherer Entfernung von der Brücke halten sollten; er fand eine Stelle am Ufer zwischen hohen Trauerweiden, deren schützende Zweige bis auf den Boden reichten. Die stillen Wälder hinter ihnen und die Wiesen auf der anderen Seite standen in vollkommenem Gegensatz zu all dem Grauen, das sie eben erst im Dorf erfahren hatten.

Captain Newcomer gab Bryony die Kleider, die er für sie gestohlen hatte, und ein Flanellhandtuch, damit sie sich abtrocknen konnte. »Ich weiß, daß das Wasser kalt ist, aber sieh zu, daß du wenigstens dein Gesicht, den Hals und die Arme wäschst. Es darf auch nicht die kleinste Spur von Ruß daran zurückbleiben.«

»Wir haben keine Seife«, gab Bryony zu bedenken.

Er zog ein kleines gelbes Stück aus seiner Tasche. »Doch, die haben wir. Sie lag neben dem Brunnen.«

Sie lächelte wehmütig. »Du denkst an alles.«

Er betrachtete ihr Haar. »Ich fürchte, du wirst dir auch die Haare waschen müssen. Es ist am Hinterkopf ein bißchen angesengt.«

Bryony hatte gedacht, er sähe komisch aus mit seinen fast nicht mehr vorhandenen Augenbrauen und dem angesengten, rußverschmierten Haar an seiner Stirn, aber sie hatte ihr eigenes Erscheinungsbild vergessen.

Ihr Haar hing in einem losen Zopf auf ihrem Rücken, und als sie es nach vorne zog, stellte sie fest, daß gut fünf Zentimeter an der Spitze fehlten. Am liebsten hätte sie vor Verzweiflung aufgeschrien, aber sie biß die Zähne zusammen.

»Du brauchst bloß etwas, um das Ende abzuschneiden«, beruhigte er sie. »Ich kann das tun, sobald wir eine Schere finden.« Er stand im Sonnenlicht, das durch die Bäume fiel, und zog seine Weste und sein Hemd aus. Bryony konnte gar nicht anders, als ihn bewundernd anzustarren, als seine ausgeprägten Muskeln sichtbar wurden und sie das weiche dunkle Haar auf seiner Brust entdeckte.

»Brr, ist das kalt. Fast wie im Winter schon«, beklagte er sich, aber seine Augen lächelten. »Ich schätze, es ist ausgesprochen unschicklich von mir, mich in Gegenwart einer Dame zu entkleiden, aber andererseits kann ich auch sehen, daß der Anblick dir Freude macht.«

Rasch wandte sie den Blick ab und spürte, wie ihr das Blut in die Wangen stieg.

»Aber das ist leider nicht zu ändern«, fuhr er unverdrossen fort. »Willst du dich nicht umziehen? Wir haben nicht den ganzen Tag dafür, weißt du.«

Halbherzig öffnete sie die Bänder, die an der Taille ihren Rock zusammenhielten.

»Wenn es dir unangenehm ist, kannst du dich hinter dieser Weide dort ausziehen. Ich verspreche auch, nicht hinzusehen.«

Bryony zog sich hinter den mächtigen alten Baum zurück. Als sie ihren Umhang abnahm, stellte sie betroffen fest, daß herumfliegende Funken viele kleine Löcher in den Stoff gebrannt hatten. Trotzdem würde sie den Umhang weiterhin benutzen müssen.

Nachdem sie sich bis aufs Hemd ausgezogen hatte, kniete sie sich in das Gras am Ufer. Sofort bekam sie eine Gänsehaut und erschauerte vor Kälte. Tapfer wusch sie ihr Gesicht, ihren Hals und die Haare mit der groben Seife. Halb geblendet von dem Schaum und Wasser, die ihr über das Gesicht strömten, entdeckte sie zu ihrer Überraschung Captain Newcomers Gesicht nicht weit entfernt von sich. Er war geräuschlos in den Fluß gestiegen und schwamm jetzt unter den überhängenden Ästen der Trauerweide durch. »Das lindert meine Kopfschmerzen«, sagte er.

»Dir muß doch kalt sein«, war alles, was sie darauf zu erwidern wußte, als sie merkte, daß er durch ihre gebückte Stellung und den tiefen Ausschnitt ihres Hemds einen hervorragenden Blick auf ihre Brüste hatte. Sie ließ ihr nasses Haar über die Schultern fallen und verschränkte die Arme vor der Brust, um sich vor seinem amüsierten Blick zu schützen.

»Kalt ist es, aber der Anblick einer Waldfee mit Sternenlicht im Haar wärmt mir das Herz – und andere Stellen auch.« Er schwamm näher. »Weißt du eigentlich, wie schön du bist, Bryony?«

»Was tust du hier? Ich dachte …«

»Spielverderber!« schalt er. Sein Kopf verschwand im Wasser, dann tauchte er schnaubend wieder auf und schüttelte sein nasses Haar. Seine Stimme klang jetzt brüsk. »Ich brauche die Seife. Es ist verdammt kalt hier drinnen. Ich werde noch zu Eis erstarren, wenn du mir nicht bald etwas von dieser Seife gibst.« Mit seinem glatten nassen Haar sah er aus wie ein hilfloser Schuljunge. Unendlich attraktiv. »Oder soll ich kommen und sie holen?« fragte er.

Aus ihren süßen Träumereien gerissen, warf Bryony ihm die Seife zu. Sie tauchte beinahe im Wasser unter, aber es gelang ihm, sie im letzten Augenblick zu fangen. »Dieses Ablenkungsmanöver war nicht nötig«, sagte er und schwamm, das Stück Seife zwischen den Zähnen, auf seine Seite des Baums zurück.

Bryony trocknete sich mit dem Flanelltuch ab. Sehr

erfrischt zog sie die schlichten Unterröcke, den Rock, die Bluse und die Jacke an.

Es planschte laut, als Newcomer sich auf die Uferböschung zog, nackt wie am Tag seiner Geburt. Als Bryony durch eine Öffnung in den Zweigen spähte, stockte ihr der Atem. Ihr Herz begann wie wild zu schlagen. Unfähig, den Blick abzuwenden, beobachtete sie, wie er sich genüßlich streckte und vorsichtig die Schwellung hinter seinem Ohr betastete. Dann begann er sich ganz bewußt sehr langsam einzuseifen. Zuerst ließ er seine Hände über seinen Oberkörper kreisen, dann über seine Arme und den Nacken, bevor sie zu seinem flachen Bauch hinunterglitten, zu seinem festen Po und über seinen Rücken, so weit er reichen konnte. Er seifte einen muskulösen Schenkel und einen schön geformten Fuß ein und wiederholte dann das Ganze auf der anderen Seite. Endlich gelangte er zu den krausen dunklen Locken, die Bryonys Blick bisher gemieden hatte. Er legte den Kopf zurück, seufzte und rieb den Beweis seiner Männlichkeit großzügig mit Seife ein. Und plötzlich genügte der Schaum nicht mehr, um den verführerischen Anblick vor ihr zu verbergen.

Als er mit weniger verlockenden Stellen wie seinen Achselhöhlen weitermachte, konnte Bryony endlich wieder ausatmen. Obwohl seine Zähne klapperten, seifte er noch einmal seine Hände ein. Dann stürzte er sich kopfüber ins Wasser, ohne auch nur das leiseste Geräusch von sich zu geben – wie ein heidnischer Waldgott. Das einzige, was ihm fehlte, war ein Blätterkranz auf seinem Kopf.

Bryony lehnte sich an den Baum, um ihr wild pochendes Herz und ihre aufgewühlten Emotionen zu beruhigen. Ihre Sehnsucht nach ihm erstickte sie beinahe. Er war der unmöglichste, aber auch der aufregendste Mann, dem sie in ihrem Leben je begegnet war. Und sie mußte sich nun endlich eingestehen, daß sie ihn wahnsinnig begehrte. Die Erkenntnis ließ sie erneut erröten, und sie zog rasch die groben Strümpfe und ihre arg versengten Schuhe an.

Newcomers Kopf tauchte auf ihrer Seite des Baumes aus dem Wasser auf. »Ahhh, das hat gut getan, und wenn ich so auch das Verlangen nach dir lindern könnte, wäre alles wunderbar. Aber nicht einmal das eisige Wasser kann dieses Feuer in mir löschen.«

Da sie ihn nicht anzusehen wagte, verbarg sie ihre glühenden Wangen hinter ihrem nassen Haar. »Du wirst krank, wenn du noch länger in dem kalten Wasser bleibst«, antwortete sie und strich glättend mit den Fingern durch das Haar, bevor sie es zu einem Zopf flocht.

»Wie grausam du sein kannst«, warf er ihr vor, und sie konnte gar nicht anders, als ihn anzuschauen.

Seine Augen funkelten.

»Ach du! Du kannst bis ans Ende deiner Tage warten, wenn du glaubst, ich würde dich je darum bitten«, drohte sie und stopfte den Zopf unter die viel zu große weiße Haube.

»Schade«, sagte er, ohne jedoch sehr enttäuscht zu klingen. »Mit den Kleidern der Bäuerin hast du wohl auch ihre kleinbürgerliche Einstellung übernommen«, scherzte er und zog den Kopf ein, als sie Wasser nach ihm spritzen wollte.

»Ich hasse diese große Haube«, setzte er von der Sicherheit der anderen Seite der Trauerweide noch hinzu.

»Und ich hasse dich«, entfuhr es ihr, obwohl sie ihre zornige Erwiderung sofort bereute. Sie hörte, wie er sich anzog, während sie in ihren Umhang gehüllt wartete. Wenn sie an seinen prachtvollen nackten Körper dachte, erbebte sie vor Sehnsucht, ihn zu berühren, und konnte gar nicht anders, als ihn sich intim vereint mit ihrem vorzustellen. Vor Scham errötend, wappnete sie sich innerlich.

»Jetzt sehen wir wie richtige Bauern aus«, bemerkte er gutgelaunt, als er zu ihr zurückkam. »Wir können uns unters Volk mischen, ohne aufzufallen.«

Sie sah zu, wie er sein nasses Haar zurückstrich und es mit einem Lederriemen zusammenband.

»Bis auf die Prellung an deinem Kopf und … dein nacktes Gesicht«, bemerkte sie.

»Nacktes Gesicht?«

»Du siehst nackt aus ohne Augenbrauen, und deine Haut ist rot vom Feuer. Oder ist es gar Verlegenheit?«

Er rieb sich den Bart. »Sehe ich so schrecklich aus, daß es dir widerstrebt, mich anzusehen?« Vorsichtig betastete er sein mitgenommenes Gesicht.

Sie mußte lächeln. »Wer ist jetzt der Eitle?«

»Eitel? Ich hoffe, ein Gesicht ist nicht das einzige, was ich der Welt zu bieten habe. Außerdem war es sowieso noch nie besonders schön.«

Bryony war anderer Meinung. Er war der attraktivste Mann, dem sie bisher begegnet war. Nicht so gutaussehend wie Nigel vielleicht, aber unendlich viel lebendiger. Sie tätschelte seinen Arm und lächelte. »Laß uns nach Hayward Heath zurückkehren und dann nach Cuckfield. Jules denkt bestimmt schon, daß er mich verloren hat.«

Newcomer packte ihren Arm und drehte sie zu sich herum. »Ich mag es nicht, wenn du dich über mich lustig machst«, knurrte er.

Sie schaute ihn aus großen unschuldigen Augen an. »Das war kein Scherz.«

»Warum grinst du dann so unverschämt?« Er zog sie in die Arme. »Oh, meine süße kleine Waldnymphe, lehn dich nicht auf gegen unsere Leidenschaft. Ich fühle doch, wie deine Haut sich unter meiner Hand erhitzt.«

Sie versuchte, ihn zurückzuschieben. »Ach, wie dumm du bist! Meine Haut ist heiß, weil du sie mit deinen Händen wärmst.«

Ein räuberischer Ausdruck trat in sein Gesicht. »Ach! Dann werde ich auch deine schönen Lippen wärmen.«

Bevor sie protestieren konnte, hatte er ihre kühlen Lippen mit den seinen in Besitz genommen. Sie vergaß die kühle Luft und ihre kalten Füße. Das einzige, was sie jetzt noch spürte, war das süße Prickeln, das sie durchflutete, als er sie ganz fest in seine Arme schloß.

Als sie sich auf dem Karren eines Bauerns dem ›Fox and Gander‹ näherten, kam ihnen der Gedanke, daß sie sich in Bauernkleidung eigentlich nicht im Gasthof sehen lassen konnten, ohne Fragen auszulösen. Sie beschlossen daher, zuerst nach Cuckfield zurückzukehren, um Bryonys Kutsche abzuholen, doch Newcomer bestand darauf, vorher noch ihre Portemanteaux zu holen. Bryony wartete nervös an der Straße, während er sich in den Gasthof schlich. Als er mit ihren Sachen zurückkam, sagte er, er habe eine Nachricht und etwas Geld für Zimmer und Verpflegung hinterlassen.

»Schade, daß ich keine Zeit mehr hatte, mich von Clover zu verabschieden«, sagte Bryony, als sie in westlicher Richtung nach Cuckfield gingen. »Hast du ihn gesehen, Captain Newcomer?«

»Bryony, wäre es nicht langsam an der Zeit, daß du mich Jack nennst? Nein, ich habe Clover nicht gesehen. Wahrscheinlich ist er fortgelaufen. Ich glaube sowieso nicht, daß er es sehr lang in einer Stellung ausgehalten hätte. Stehlen ist einfacher.«

»Bis er erwischt wird und am Galgen endet«, versetzte Bryony grimmig.

Wagen aller Größen und Formen ratterten vorbei, aber keiner hielt an, um zu fragen, ob sie mitfahren wollten. Bryonys Arme schmerzten schon vom Tragen ihres Portemanteaus, als endlich ein einspänniger Kutschwagen anhielt. Während Jack mit dem Kutscher sprach, schaute Bryony sich nach dem Rascheln im Gebüsch am Straßenrand um, schon halb in der Erwartung, ein Reh herauskommen zu sehen, doch das Geräusch verstummte wieder.

Nachdem sie ihre Reisetaschen hinten auf den Wagen geworfen hatten, zwängten sie sich auf den Sitz neben den Fahrer, einen großen, geschwätzigen Mann mit einem dröhnenden Lachen. Er stellte sich umständlich als Dr. Cook vor und zählte ihnen eine lange Liste von Besorgungen auf, die er in Cuckfield zu erledigen hatte.

Als das Pferd sich endlich in Bewegung setzte, sagte er: »Ich lebe in der Nähe von Lindfield. Ein schreckliches Feuer hat einige unserer schönsten Gebäude im Dorf und einige angrenzenden Scheunen zerstört.«

Bryony dachte an die altersschwachen Jalousien und den verwilderten Garten in Potter House. »Ein Unfall?« erkundigte sie sich vorsichtig.

»Wir wissen es nicht. Das Haus gehörte einem bekannten Verräter, einem Jakobiter namens Forrester.« Er schnaubte. »Unvorstellbar, daß wir einen solchen Schuft in unserem friedlichen Dorf hatten, einen Mann, dem wir vertrauten und mit dem wir viele Jahre lang zusammengelebt hatten! Ich finde, sie sollten diese Jakobiter alle aufspüren und töten, jeden einzelnen von ihnen.«

Bryony warf einen Blick auf Jack, weil sie sich wunderte, daß er nichts zu der Unterhaltung beitrug. Er war blaß, preßte die Lippen zusammen und starrte geradeaus. Das Bad mußte zu anstrengend für ihn gewesen sein – oder war dies nur wieder ein Spielchen? Sie wagte kaum etwas zu sagen, weil ihr bewußt war, daß ihre kultivierte Stimme in starkem Gegensatz zu den einfachen Kleidern sein würde, wenn sie sie nicht verstellte.

»Diese Jackobitter sind ein jämmerlicher Haufen«, sagte sie und hoffte, daß Dr. Cook ihren Dialekt nicht eigenartig fand.

»Was wissen Sie über sie?« erwiderte er neugierig.

»Überhaupt nix, Sir. Ich weiß bloß, daß die den jungen Stuart auf dem Thron von England haben wollen.«

Der Doktor lachte. »Unbesonnene Heißsporne sind sie alle! Romantiker.« Er schaute sie an. »Sie wissen viel. Was ist Ihre Meinung zu der Frage, die unser ganzes Land bewegt?«

Sie warf ihm einen nichtssagenden Blick zu und schüttelte den Kopf. »Ich weiß gar nix, Sir.« Sie zog die Schultern hoch. »Mir ist es egal, wer König ist. Die sind doch alle gleich. Mich kümmert bloß, ob meine Kohlköpfe von Käfern aufgefressen werden.«

Dr. Cook lachte dröhnend. »Und Ihr Mann? Was meint der dazu?«

Bryony warf Jack einen Blick zu und sah, daß er sich nur mit Mühe aufrecht hielt. Warum? Es war offensichtlich, daß er nicht mit dem Doktor reden wollte.

»Meinem Mann geht's nicht gut. Er ist heut' morgen in der Scheune schlimm gefallen.« Sie lächelte den Arzt an. »Vielleicht könnten Sie sich mal die Prellung ansehen, die er am Kopf hat. Ich schicke Ihnen dann später als Bezahlung ein paar Kohlköpfe. Ich hab' mit meinem Kohl schon Preise gewonnen, wissen Sie.« Das Versteckspiel machte ihr enormen Spaß. Das war die Art von Spiel, die Reggie gefallen hätte, und die sie auch geliebt hatte, bevor man sie nach Frankreich geschickt hatte.

Jack kniff sie in den Oberschenkel und warf ihr einen scharfen Blick als Warnung zu.

Der Arzt schaute ihm stirnrunzelnd ins Gesicht. »Er sieht aus, als wäre er bei einem Brand gewesen, und diese Prellung da wird ihm noch Tage Ärger machen.«

Bryony dachte blitzschnell nach. »Er ist gegen den Amboß geprallt, als er gefallen ist, und ein Stückchen glühende Kohle hat ihm den Bart verbrannt.«

»Hm. Bei diesem Pech hätte er zu Hause bleiben sollen. Die Sterne haben sich wohl gegen ihn verschworen.« Der Doktor tätschelte ihr väterlich das Knie. »Wissen Sie, mein Hobby ist nämlich die Astrologie.« Er zügelte das Pferd und begann unter dem Sitz zu kramen. Nachdem er einen schwarzen Stoffsack hervorgezogen hatte, durchsuchte er seinen Inhalt und nahm eine flache Dose heraus. »Diese Salbe müßte helfen. Sie ist aus Pferdetalg und Kräutern, die ich selbst gesammelt habe. Reiben Sie zweimal am Tag die Prellung damit ein. Und er sollte mindestens zwei Tage im Bett bleiben.«

Jack schaute sie unter halbgesenkten Lidern an. Seine dunklen Augen waren unergründlich, aber sie glaubte, ein schwaches Lächeln über sein Gesicht huschen zu sehen.

Gerade rechtzeitig zum Mittagessen trafen sie im »The Boar« in Cuckfield ein. Bryony hoffte, daß der gute Doktor nicht zum Essen blieb; er würde es sicher ausgesprochen seltsam finden, wenn Jules sie mit »Madame« ansprach und sich vor ihr verbeugte. Sie beschwerte sich über die Preise des Gasthofs, aber damit weckte sie nur den Widerspruchsgeist des Arztes, der jetzt zugab, daß er gern und häufig in dem Gasthaus aß.

Bryony erkannte ihren Fehler. Fieberhaft zerbrach sie sich den Kopf darüber, wie sie der gutgemeinten Einladung des Doktors, den Tisch mit ihm zu teilen, entgehen konnte, als sie aus dem Wagen stieg. Da, zwischen all den anderen Wagen, stand ihre Kutsche, und Jules war ganz in ihrer Nähe. Sie zog die große weiße Haube noch ein wenig fester ums Gesicht.

Der Doktor stieg aus und ging zum hinteren Teil der Kutsche. Er griff in den Kofferraum, und seine Augen weiteten sich vor Überraschung, als er etwas herauszog, das wie ein Kleiderbündel aussah. Plötzlich erschallte der Hof von seinem schrecklichen Gebrüll, und als er vortrat, hielt er den wild zappelnden Clover in der starken Hand.

12

Bryony starrte von Dr. Cooks wütendem Gesicht zu Clovers ängstlichem. »Wo kommst du denn her, Clover?« Da ihr jedoch sofort bewußt wurde, daß er die ganze Situation gefährden konnte, packte sie ihn am Kragen und zog ihn zu sich herüber. »Du Rabauke! Hab' ich dir nicht gesagt, du sollst zu Hause bleiben?« Sie schenkte dem Arzt ein entschuldigendes Lächeln, während Clover sie mit offenem Mund anstarrte.

»Aber ...« begann er und machte Anstalten, sich loszureißen.

»Du hältst den Mund, du kleiner Tunichtgut.«

Der Doktor schüttelte den grauen Kopf und schlenderte zum Gasthaus.

»Es tut mir leid, Doktor«, rief sie ihm nach. »Ich schicke Ihnen einen riesengroßen Kohl.« Er nickte nur und winkte.

Bryony atmete erleichtert auf. Sie wandte sich nach Jack im Wagen um, aber er war nirgendwo zu sehen. Wie üblich war er auf mysteriöse Art verschwunden, wenn sie ihn am meisten brauchte.

»Das ist kein Doktor«, schnaubte Clover, als er sich endlich losgerissen hatte. »Der ist höchstens Medizinmann. Ich wette, er hat Sie mit einem Fluch belegt. Ihr Atem wird faul werden, und es werden Ihnen Hörner wachsen.«

Bryony runzelte die Stirn. »Red keinen Unsinn, Clover! Was hast du dir dabei gedacht, uns so zu folgen?«

Clovers Lippen zitterten. »Ich bin kein Stalljunge, Mylady. Die Pferde mögen mich nicht, sie beißen mich in den Kopf und bringen mich zum Niesen.« Die dicke Träne, die jetzt über seine Wange rollte, war Bryonys Verhängnis.

»Also gut, dann suchen wir eben etwas anderes für dich.« Sie hob sein Gesicht an und war entzückt, als sie sah, daß der Schmutz einem rosigen Teint gewichen war. Aber es gab nichts, um den Blick in diesen braunen Augen auszulöschen, der verriet, daß er in seinem jungen Leben schon zuviel gesehen hatte. Sein Haar glänzte wie gesponnenes Gold, und er trug die Kleider, die sie ihm gekauft hatte.

»Wie ich sehe, hast du meine Anweisungen befolgt«, sagte sie und lächelte. »Wenigstens bist du jetzt sauber, wenn auch immer noch ein Spitzbube. Das ist eine Charaktereigenschaft, die sich nicht abwaschen läßt.«

Clovers Stirnrunzeln verhieß, daß er nicht allzu erfreut über die Beurteilung war. »Mylady hat sich auch verändert ... sie keift jetzt wie die Fischweiber in Lindfield.«

»Das ist nur ein Spielchen«, versuchte sie zu erklären. »Aber sag doch, bist du schon einmal in einer richtigen Kutsche mitgefahren?«

Seine Augen wurden rund vor Staunen. »Nein, Ma'am, noch nie im Leben!«

»Ich werde dir eine zeigen, eine echte französische Reisekutsche.« Sie nahm Clover bei der Hand und ging mit ihm auf ihre Kutsche zu. Aber wo war Jack? Sie war sehr beunruhigt. Wenn sie noch länger blieb, bestand Gefahr, daß jemand sie erkannte und ihr Fragen stellte. Aber warum glaubte sie sich verbergen zu müssen? Sie hatte doch nichts Ungesetzliches getan. Jack hatte ihr nur geraten, vorsichtig zu sein, weil er glaubte, daß jemand ihr etwas antun wollte.

War das möglich? Es gab niemanden, der Grund besaß, ihr etwas anzutun. Sie hatte keine Feinde.

Sie machte Jules mit einem lauten »Pst!« auf sich aufmerksam.

Erstaunt fuhr er herum und nahm instinktiv den Hut ab. Seine Augen wurden groß, und seine Lippen zuckten, als er sie erkannte.

»Mademoiselle!« entfuhr es ihm. »Ich dachte schon, Sie wären tot.« Er sah so bekümmert aus, daß es Bryony einen Stich versetzte. »Ich habe Ihren Koffer geholt, wie Sie gebeten hatten.«

»Danke. Ich erkläre dir später alles.«

»Der Gastwirt sagte, Sie wären verschwunden. Ich wußte nicht, was ich tun sollte.«

»Danke, daß du gewartest hast«, sagte Bryony und öffnete die Kutschentür. Auf einem der Sitze lag Jack, lang ausgestreckt und einen Arm über dem Gesicht.

»Jack?« wisperte sie, aber er rührte sich nicht. Sein Schwächeanfall war nicht gespielt gewesen.

Bryony half Clover in die Kutsche und stieg hinter ihm ein. Der Junge berührte ehrfürchtig die Samtbezüge und strich über die Vergoldung an der Tür. »Mensch! Das ist ja pures Gold.« Er machte einen halbherzigen Versuch, es abzuziehen. »Dafür würde man sicher eine Menge Geld kriegen auf dem Pferdemarkt«, spekulierte er. »Soll ich es für Sie verkaufen? Dann wären Sie eine reiche Frau, Mylady.«

»Bist du verrückt? Was für ein absurder Einfall. Im übrigen ist es gar kein echtes Gold.« Nach einem besorgten Blick auf Jacks reglosen Körper steckte sie den Kopf durchs Fenster und rief Jules herbei. »Hol unsere Portemanteaux aus dem Wagen dort drüben und fahr dann in Richtung Süden, auf Seaford zu«, befahl sie ihm. »Und beeil dich, *s'il vous plaît*.«

Je eher sie Cuckfield verließen, desto besser. Sie

wußte nicht, warum, aber sie hatte das Gefühl, daß Schnelligkeit jetzt ungeheuer wichtig war. Und sie konnte es kaum erwarten, den nächsten Mann auf ihrer Liste aufzusuchen – Mr. Dudley Bench.

Im letzten Augenblick beschloß Clover, er wolle lieber auf dem Bock bei Jules sitzen. »Der dicke Franzmann spricht aber wirklich komisch«, war sein einziger Kommentar, nachdem er versucht hatte, Jules um Erlaubnis zu bitten.

Als er auf den hohen Bock gestiegen war und die Kutsche sich in Bewegung setzte, kniete Bryony neben Jacks reglosem Körper nieder. Sie hielt seine kalte Hand, drückte sie an ihre Wange und betete, daß er wieder gesund werden möge.

Ein paar Minuten später schlossen sich seine Finger um ihre. »Du betest für einen Schuft wie mich?«

Sie errötete und war froh, daß das schwache Licht in der Kutsche ihre Verlegenheit verbarg.

Er stöhnte, als er ihr das Gesicht zuwandte. »Wie ärgerlich. Mein Kopf ist doch schwerer angeschlagen, als ich dachte. Ich bin schwach wie ein neugeborenes Kätzchen.« Seine Augen glänzten, als er sie betrachtete. »Aber eins hat sich dadurch nicht geändert.«

»Was?«

»Ich weiß, daß ich kein Recht habe, es zu sagen, aber ich glaube, ich habe mich in dich verliebt.«

Die Worte hingen zwischen ihnen. Bryony kostete jedes einzelne seiner Worte aus und hoffte nur, daß er es ernst meinte.

»Ich … ich dachte, du glaubtest nicht an Liebe.«

Er lachte. »Das tue ich auch nicht, aber wie erkläre ich mir das, was mich jedesmal ergreift, wenn ich dich ansehe?«

»Bitte sag so etwas nicht, wenn es dir nicht wirklich ernst gemeint ist. Ich kann das nicht auf die leichte Schulter nehmen.«

»Wahrscheinlich läßt das Staunen sowieso nach, wenn ich niese«, entgegnete er trocken.

Bryony senkte den Blick auf ihre Hände, die auf ihrem Schoß lagen. »Ich weiß nicht«, murmelte sie.

Er schaute sie unsicher und fragend an. »Woran werden wir merken, daß es Liebe ist?«

»Die Zeit wird es uns zeigen. Wenn das Staunen in ein paar Tagen – sagen wir, übermorgen – noch vorhanden ist, dann ist es Liebe.«

Er zwickte sie in die Nase. »Sei nicht so leichtfertig. Es ist mir ernst gemeint.«

Bryony schluckte und wandte das Gesicht ab. Was wußte sie schon über diesen Mann, abgesehen davon, daß sie sich sehr stark zu ihm hingezogen fühlte?

»Ich glaube, wir sind verwandte Seelen«, sagte er leise. »Du hast zwei liebenswerte Seiten, eine, die verantwortungsbewußt und ernsthaft ist, und die andere, die wie ein spitzbübischer kleiner Junge ist.«

»Und worin sind wir uns ähnlich?« fragte Bryony, deren Neugier geweckt war.

»Wir sind beide einsam.«

»Vielleicht. Das mag in meinem Fall schon stimmen, aber dich kann ich mir nicht allein vorstellen.«

»Nun, du bist nicht verheiratet, und ich bin es auch nicht.«

Ihre Augen funkelten. »Es ist wahrscheinlich schwer, mit dir zu leben, und das haben einige Frauen sicher rechtzeitig gemerkt. Und nicht jede Frau wäre bereit, die Sieben Weltmeere mit dir bereisen zu wollen oder monatelang allein zu Hause zu sein.«

Sie fragte sich, ob er sie fragen würde, ob sie dazu bereit wäre, aber er schwieg und schaute sie nur lange prüfend an.

»Einmal hätte ich fast geheiratet, aber meine Verlobte zog die Liebe eines anderen Mannes vor.« Er schnitt eine Grimasse. »Und das, nachdem sie mir geschworen hatte, mich ein Leben lang zu lieben.«

Bryony konnte seinen inneren Aufruhr spüren. »Kanntest du den Mann?«

Er zögerte und ballte unbewußt die Fäuste. »Er war mein Stiefvater. Er konnte mit Frauen umgehen – er machte sie zu seinen Sklavinnen. Er machte sie zu seiner Mätresse und richtete ihr in London eine Wohnung ein, um sie dort regelmäßig zu besuchen. Meine Mutter sagte nichts, aber ich glaube, etwas in ihr starb, als sie davon erfuhr.«

Jack lächelte, konnte aber den Schmerz in seinen Augen nicht verbergen. »Das ist lange her. Sie sind jetzt alle tot, obwohl die bösen Erinnerungen in den Köpfen von Freunden und Nachbarn weiterleben.«

Sie streichelte seine bärtige Wange. »Und du kannst deinen Stiefvater nicht vergessen und ihm nicht verzeihen.«

Er ergriff ihre Hand und küßte ihre Finger. »Ich würde es ja gern, aber mein Haß ist sehr, sehr alt. Warum soll ich es nicht zugeben? Er ist wie ein Geschwür, das mich von innen heraus auffrißt.«

Bryony war froh über das Geständnis, sein Vertrauen. Sie liebte ihn dafür noch mehr. »Ich wünschte, ich könnte dich von diesem Haß erlösen«, wisperte sie.

Seine Augen schimmerten von ungeweinten Tränen. »Du meinst das wirklich ernst, nicht wahr? Das ist es, was ich so an dir liebe, Bryony.« Er atmete tief ein. »Gestern, als du versuchtest, mich dazu zu bringen, diesen quengeligen alten Fitzbourne aus der Kutsche hereinzutragen, sah ich mich gezwungen, mich mit diesem alten Groll auseinanderzusetzen.«

»Du wirst dich damit auseinandersetzen müssen. Nur wenn du dich und deinen Haß akzeptierst, wird dein Groll nachlassen.«

Er berührte zärtlich ihr Gesicht. »Wie kommt es, daß eine so junge Frau so weise ist?«

»Ganz einfach. Ich haßte meine Tante, weil sie immer das in mir berührte, was ich am dringendsten vergessen wollte, wie zum Beispiel meine Schüchternheit.« Bryony schaute in die Ferne. »Zuerst dachte ich, es sei meine Tante, die ich haßte, aber ich haßte in Wirklichkeit nur meine eigene Schwäche. Jetzt, wo ich allein bin, bleibt mir nichts anderes übrig, als meine Kraft zu erproben.«

Sie lächelte ein bißchen traurig. »Weißt du, früher haben immer andere die Entscheidungen für mich getroffen. Sogar wer oder was ich zu sein hatte, entschieden sie. Reggies Tod hat mich gezwungen, mein Leben selbst in die Hand zu nehmen, so daß er mir im Grunde genommen einen Dienst erwiesen hat – sogar noch aus dem Grab heraus.«

Sie nahm Jacks Hand. »Ich wünschte, du hättest ihn gekannt. Er hätte dir bestimmt gefallen.«

Er drückte ihre Hand. »Ja, ich bin sicher, daß ich ihn gemocht hätte, sehr sogar.« Einen Moment lang breitete sich ein emotionsgeladenes Schweigen zwischen ihnen aus. Da war es ganz natürlich, daß sie sich vorbeugte und einen sanften Kuß auf seine Lippen hauchte. Die Leidenschaft, die zwischen ihnen schwelte, war unverkennbar, und Bryony kostete jeden Augenblick der ganz besonderen Wärme aus, die seine Nähe in ihr weckte.

»Heute sind deine Augen grün wie ein schottischer See. Meine Großmutter mütterlicherseits hatte Augen wie deine, deren Farbe von grün nach blau hinüberwechselte.«

»Vermißt du sie?«

Er seufzte. »Ja. Ich habe sie sehr gern gemocht. Ich habe nur gute Erinnerungen an meine schottischen Verwandten. Mein bester Freund, Carey McLendon, ist auch mein Cousin. Ich hoffe, daß du ihn eines Tages kennenlernen wirst.« Jack lachte. »Carey ist das schwarze Schaf in unserer Familie und sehr, sehr leichtsinnig.«

»Dann seid ihr euch ja ähnlich«, sagte Bryony. »Kämpft er für die Stuarts, da er Schotte ist?«

Er zögerte einen Moment lang. »Ich denke schon. Ich habe schon länger nichts von ihm gehört.«

Sie konnte sehen, daß seine Gehirnerschütterung ihm sehr zu schaffen machte. Er zog eine Taschenflasche aus der Westentasche und nahm einen tiefen Schluck daraus. »Ah, genau das, was ich brauchte.«

»Ich habe etwas für dich.« Sie griff in ihre Rocktasche und nahm die Dose mit der Salbe heraus. »Dr. Cook hat sie mir für deinen armen Kopf gegeben.«

Sie betrachtete die Schrift auf dem Deckel, konnte die merkwürdigen Zeichen aber nicht entziffern. Vielleicht waren es Hieroglyphen oder irgendeine fremde Sprache, aber sie erinnerte sich an Clovers Warnung und erschauerte. Vorsichtig nahm sie den Deckel ab und rechnete schon fast damit, daß ihr etwas ähnlich Ekliges entgegenspringen würde, aber in der Dose war bloß eine glatte Salbe, die ein wenig nach Lavendel roch.

Jack protestierte, aber sie ließ sich durch sein Stöhnen nicht beirren und trug rasch eine dicke Schicht Salbe auf die Schwellung auf.

»Sie brennt. Was für Folterqualen ich mir von dir auferlegen lasse«, bemerkte er mit einem schwachen Lächeln. »Mein barmherziger Engel.«

»Der Doktor hat dir Bettruhe befohlen.«

»Ich ruhe mich doch aus. Dich anzusehen, ist die reinste Erholung für meine Augen.«

»Anscheinend ist dir etwas Salbe in den Mund gekommen.«

Er begann einzudösen, und sie setzte sich ihm gegenüber und schaute aus dem Fenster auf die ländliche Umgebung. Grüne, gelbe und braune Felder, die von Steinmauern getrennt waren, und hier und da ein Wäldchen, das in bunten Herbstfarben erstrahlte. Weiter südlich, wo die Downs begannen, wurde das Gelände langsam hügeliger. Sie würden durch Lewes, das mitten im Schoß der Downs lag, kommen. Auf der anderen Seite würde das Meer nur etwa zehn Meilen entfernt sein.

Aber um Seaford zu erreichen, das direkt an der Küste lag, mußten sie zuerst die Salzsümpfe durchqueren. Die Reise dorthin würde den Rest dieses Tages und einen Teil des morgigen in Anspruch nehmen.

Bryony hoffte, daß Mr. Dudley Bench ihr mehr über die Nacht vor Reggies Tod erzählen konnte.

Während sie verträumt zu Jack herübersah, dachte sie, daß sie, wenn er sie gefragt hätte, ob sie ihn heiraten und ihn auf seinen Reisen begleiten wolle, mit Freuden ja gesagt hätte. Aber dieser Schlingel wollte keine Ehefrau. Und würde sie es wagen, ihm zu geben, *was* er wollte?

13

Der Raum war dunkel, erhellt nur von zwei tropfenden Kerzen. Ein großer Mann, der einen schlichten schwarzen Satinrock und eine makellose Perücke trug, saß in einem durchgesessenen Lehnstuhl vor dem Feuer. Der karg möblierte Raum war alles andere als gemütlich, doch die Karaffe neben dem Mann war voll, und der Brandy war von bester Qualität.

Vor dem Kamin standen drei hart aussehende Männer. Einer hatte eine rote Narbe, die sich von der Augenbraue bis zum Kinn hinunterzog, und trug einen braunen Überrock. Sein großer stämmiger Begleiter hatte einen Wust aus wirrem weißen Haar, und der dritte Mann war dünn und humpelte auf einem Holzbein. Trotz seiner Behinderung konnte er sich jedoch mit erstaunlicher Geschwindigkeit bewegen.

Der Mann mit der Perücke stellte sein Glas so hart ab, daß der Stiel zerbrach und Brandy auf den Tisch verspritzte. Seine Augen glitzerten vor Wut, und sein Atem kam pfeifend durch seine Nasenlöcher. Den Ring an seinem kleinen Finger drehend, maß er die Rohlinge mit einem angsteinflößenden Blick.

»Sie ist noch immer in England?«

Sie nickten unglücklich. Der Krüppel war der erste, der etwas zu sagen wagte. »Sie wird von einem bärtigen, grimmig aussehenden Kerl beschützt, Sir. Wir waren sicher, daß sie Sussex nach all den Schrecken längst verlassen hätten.«

Der Mann mit der Perücke lachte böse. »Ich habe euch befohlen, Miss Shaw nicht zu töten, sondern sie nur zu erschrecken! Sie wäre bei dem Brand beinahe gestorben, und nur durch eure Dummheit! Ihr solltet das Haus nicht in Brand stecken.« Er begann wie ein eingesperrtes Tier das Zimmer zu durchschreiten.

»Wir ... ich hatte versehentlich eine Petroleumlampe umgestoßen«, sagte der Mann in dem braunen Rock verlegen. »Es war so dunkel im ersten Stock, daß ich stolperte und fiel, und dann fingen die Vorhänge des Betts zu brennen an.«

Der Mann mit der Perücke blieb vor ihm stehen und packte ihn wütend an den Rockaufschlägen. »Wir müssen sichergehen, daß sie nach Frankreich zurückfährt. Ist dir eigentlich klar, was alles geschehen könnte, wenn sie die Wahrheit herausfindet?«

»Ja, es würde Sie das Leben kosten, Herr«, sagte der Mann mit dem wirren weißen Haar.

Der Perückenträger lachte, es klang kalt und sehr verächtlich. »Und deins würdest du dann auch verlieren – und zwar noch vor mir. Noch ein solcher Patzer, und ich werde *persönlich* dafür sorgen, daß du unter die Erde kommst.« Er ließ sich wieder in den Sessel fallen und trommelte nervös auf die Lehnen. »Sie fällt den Leuten mit ihren Fragen und ihrer Herumspioniererei in Lindfield auf die Nerven. Das muß endlich aufhören, ist das klar?« Er zog die Augenbrauen hoch.

Die drei Halunken sahen ihn erschrocken an. Als sein diabolischer Blick über sie glitt, fürchteten sie um ihr Leben. Sie tippten sich an die Krempen ihrer Hüte und zogen sich zur Tür zurück. »Ja, Sir, wir verstehen, Sir«, sagte der Weißhaarige. »Wir werden die Furcht Gottes in der Lady wecken. Der Kerl, mit dem sie reist, der kriegt ein Messer in den Rücken.«

»Laßt ihn in Ruhe. Mir liegt nichts daran, Fremde zu

ermorden. Das kompliziert die Sache nur. Aber versucht, herauszufinden, wer er ist.«

Die Kerle wechselten unbehaglich Blicke. »Wie Sie meinen, Sir«, sagte der Gehbehinderte. »Wenn sie herausfindet, daß Sie ihren Bruder ermordet haben …«

»Genug!« Der Mann mit der Perücke lachte rauh. »Reggie Shaw war ein Narr, und Narren sterben eben jung. Geht jetzt! Macht euch an die Arbeit. Droht ihr, versprecht ihr den Tod, aber macht, daß sie aus dieser Gegend hier verschwindet.«

Mr. Dudley Bench war anders, als Bryony erwartet hatte. Obwohl er Partner in einer erfolgreichen Anwaltskanzlei war, war er kein stattlicher Mann wie Mr. Holland aus Crawley. Tatsächlich sah er sogar richtiggehend mager aus. Er trug schlechtsitzende Kleider, einen dunklen Rock von undefinierbarer Farbe, eine ähnlich unscheinbare Weste und Kniebundhosen. Seine alte Perücke war von Motten zerfressen und unordentlich. Er sah Bryony mißtrauisch an, und sie begann zu befürchten, daß er ihr von sich aus nichts verraten würde.

»Sie sollten wissen, Miss Shaw, daß ich Familienvater und ein recht angesehener Mann im Dorf bin – ja, sogar in Lewes, wo sich meine Kanzlei befindet. Wenn irgend etwas von diesem Skandal herauskäme, wäre ich ruiniert.«

Daran hätten Sie denken sollen, bevor Sie sich mit den Jakobitern einließen, dachte Bryony unbarmherzig.

»Ich bin nicht hier, um Sie in irgendeiner Weise zu bedrohen, Mr. Bench, und Ihr Geheimnis ist bei mir sicher. Ein Freund von Ihnen gab mir Ihren Namen und die Adresse.«

Er hatte sie im Arbeitszimmer seines Wohnhauses empfangen, während Jack mit Clover auf dem Fischmarkt war. Bryony hatte darauf bestanden, allein zu ihm zu gehen, und Jack hatte keine Einwände erhoben. Jules wartete mit der Kutsche am Hafen; wahrscheinlich starrte er auf den Kanal hinaus und sehnte sich nach Frankreich.

Dudley Bench bedachte sie mit einem kalten Blick. »Ich kannte Ihren Bruder nicht so gut. Er war ein liebenswerter junger Mann, wenn auch ein bißchen leichtsinnig. Charles Stuart müßte jetzt nicht um sein Leben fliehen, wenn wir imstande gewesen wären, ihm das Gold zu liefern. Ihr Bruder hat diese Möglichkeit verdorben und damit möglicherweise die gesamte Mission des wahren Königs ruiniert.«

Bryony schluckte, um einen scharfen Kommentar zu unterdrücken.

»Trinken Sie ein Glas Wein mit mir?« fragte er und erhob sich mit präzisen, sparsamen Bewegungen. Neben ihrem Stuhl blieb er stehen und starrte nachdenklich auf sie herab. »Wissen Sie, ich würde alles tun, um meine Familie zu beschützen. Sie sollen die Wahrheit nie erfahren – es sei denn, Charles Edward sitzt auf dem Thron von England.«

»Nein, vielen Dank, ich trinke keinen Wein«, log Bryony, die plötzlich bange daran dachte, was er *in* den Wein tun mochte, falls er sich bedroht fühlte. Ihre Nackenhaare sträubten sich in seiner Gegenwart. Überall, wohin sie ging mit ihren Fragen, schlug ihr Feindseligkeit entgegen.

»Können Sie mir etwas über die Nacht erzählen, in der Reggie starb?« fuhr sie fort, weil sie sich so schnell nicht geschlagen geben wollte.

Dudley Bench schenkte sich Wein in ein Glas ein, um dessen Stiel sich eine voll erblühte Rose rankte. Das erinnerte Bryony an einen Satz Gläser, den sie schon einmal gesehen hatte – und zwar bei Nigel. Die Karaffe hatte exakt das gleiche Muster.

»Sie starren mein Glas an«, bemerkte Bench. »Wenn Sie Jakobiterin sind, wissen Sie, daß dies die Gläser sind, mit denen wir auf die Gesundheit unseres wahren Königs trinken. In ganz England werden Gläser wie diese hier erhoben.«

Bryony hielt es für klüger, nicht zu erwähnen, daß sie keine Jakobiterin war. »Ich … ähm … ich bin gerade erst aus Frankreich zurückgekehrt und kenne die hiesigen Gewohnheiten noch nicht. Aber natürlich bin ich Seiner Königlichen Hoheit bei Hofe in Paris begegnet.«

»Er soll sehr beliebt sein bei den Frauen, heißt es.« Fragend zog er seine Augenbrauen hoch.

»Ja, er ist ein sehr liebenswerter junger Mann mit ausgezeichneten Manieren.« Bryony konnte ihm unmöglich sagen, daß sie den jungen Prinzen nur quer durch einen riesigen Ballsaal in Versailles gesehen hatte.

Bench schien über ihre Bemerkung nachzudenken. »Ah! Wie wahr.« Er nippte an dem Wein und wandte sich dann wieder ihrem eigentlichen Thema zu. »Ja, das verhängnisvolle Kartenspiel … Ich kam spät. Reginald war schon stark angetrunken, als das Spiel eröffnet wurde.« Er schob einen dünnen Finger unter die Perücke und kratzte sich. »Was ich nicht verstehe, ist, warum wir dieses unsinnige Versteckspiel über uns ergehen lassen mußten, wenn doch alle, die im Zimmer waren, Jakobiter waren.«

»Wegen der Dienerschaft vermutlich. Gott weiß, daß sie meinem Bruder immer treu ergeben waren, aber vielleicht wollte er kein Risiko eingehen«, gab Bryony zu bedenken.

Bench nickte. »Stimmt, aber warum das Spiel so ernst wurde, verstehe ich nicht. Es war falsch von Bentworth, seine Schuld so übergangslos einzufordern.«

»Bentworth?«

»Ja, gegen Ende des Abends schuldete Reginald ihm

eine große Summe. Ihr Bruder spielte überaus leichtsinnig an jenem Abend, und ich muß schon sagen, daß Bentworth ihn zudem noch ziemlich angestachelt hat.«

»Mr. Forrester erwähnte noch eine andere Wette. Wissen Sie etwas darüber?«

Bench schüttelte den Kopf. »Das ist absurd. Sie stritten nur um seine Spielschuld.«

»Dann werde ich Lord Bentworth wohl besuchen müssen«, entgegnete sie seufzend.

»Das könnte schwieriger sein, als es bei mir war. Er ist ein ausgesprochen arroganter Kerl. Mit jemandem wie Ihnen spricht er nicht.« Mit einer herablassenden Geste deutete er auf ihre schlichten Kleider.

Sie wollte ihm zuerst von ihren Abenteuern erzählen, dachte dann aber, daß sie ihm keine Erklärung schuldig war. »Bitte erzählen Sie mir doch etwas über ihn.«

Er zog die Schultern hoch. »Bentworth ist ein Graf, der wohlhabende Besitzer von Bentworth Court und einer Menge anderer Landsitze. Ein mürrischer und äußerst unsympathischer Mann, wenn Sie meine Meinung hören wollen.« Er lachte freudlos.

»Nun, kein Wunder, daß er ein Anhänger der Stuarts ist, wenn er den Ruf besitzt, ein arroganter Einzelgänger zu sein.«

Bench versteifte sich in selbstgerechter Empörung. »Nur die aufrechtesten Bürger, wie ich selbst zum Beispiel, unterstützen Stuart. Bentworth muß irgendwann einmal etwas Verdienstvolles getan haben, um Mitglied in unserem Kreis zu werden.«

Bryony wechselte das Thema. »Ist da noch irgend etwas anderes, was Sie mir von jener Nacht erzählen können?«

Er schürzte die Lippen. »Nun, da war die Sache mit der Karte. Die Franzosen hätten es besser wissen müssen, als die Karte Reginald zu schicken.« Er schnaubte.

»Es war unvermeidlich, daß er die Mission verpatzen würde.«

»Warum haben Sie nicht wie Mr. Forrester das Land verlassen?« fragte sie. »Ich hörte, daß die Bürgerwehr überall in England Sympathisanten auf der Spur sein soll.« Sie schaute sich mißtrauisch nach den Holzpanelen an den Wänden um, als ob sie Ohren hätten.

Bench lachte verächtlich. »Wie ich bereits sagte, bin ich ein angesehener Bürger. Ich habe bei der britischen Armee in Flandern gedient. Zum Glück bewahrte eine Verwundung mich davor, in Schottland gegen Stuart ins Feld ziehen zu müssen. Man könnte sagen, daß ich hinter den Kulissen arbeitete und den Schotten Informationen zuspielte, die es den Stuarts ermöglichten, die Schlacht von Prestonpans zu gewinnen.« Er machte eine ungeduldige Bewegung mit der Hand. »In den Augen der Öffentlichkeit bin ich ein britischer Kriegsheld. Aber nach der furchtbaren Schlacht von Cullodon hätte ich mit Stuart weinen können und hab' es auch getan.«

»Ich verstehe.« *Aber er hat bestimmt nur um sich selbst geweint,* dachte Bryony. Sie konnte kein Mitleid mit dem prahlerischen Mann empfinden. Sie bedauerte bloß, daß ihr Bruder und die Schotten mit einem so verabscheuungswürdigen Mann zusammengearbeitet hatten. Kein Wunder, daß Stuart seinen Thron verloren hatte!

Und kein Wunder, daß Reggie nicht mehr lebte.

Als nächstes würde sie Lord Bentworth aufsuchen. Was sie tun würde, falls er in irgendeiner Form für Reggies Tod verantwortlich sein sollte, war ihr noch nicht klar. Aber eins wußte sie: sie wollte auf jeden Fall jemandem die Schuld am Tode ihres Bruders geben. Sie wußte, daß Rache etwas Schlechtes war, aber sie konnte nichts dagegen tun. Sie hatte nie jemanden so sehr geliebt wie ihren Bruder. Sie hörte Mr. Benchs nächste

Worte kaum, aber ihre Bedeutung ging ihr dennoch langsam auf.

»Wir saßen um den Tisch im Eßzimmer von Willow Hills«, erklärte er.

Bryony konnte sich mühelos jedes Detail dieses einst so vertrauten Zimmers vorstellen, wo sie so viele Mahlzeiten eingenommen hatte; den großen Eichentisch, die geschnitzten Stühle mit den hohen Rückenlehnen, die Anrichte, die freundlichen gelben Wände mit den Brokatvorhängen.

»Ihr Bruder hatte eine große Bowle für uns angerührt – aus Wein, Rum, Genever – von der er vor unserer Ankunft offenbar schon ausgiebig gekostet hatte. Aber er war ein großartiger Gastgeber. Das muß ich ihm zugestehen.« Mr. Bench räusperte sich. »Dann erklärte er uns den Grund für dieses Kartenspiel. Wir alle spielen ab und zu ganz gern, und daher erhob auch niemand Einspruch.« Bench starrte einen Moment lang aus dem Fenster, die Ellbogen auf die Armlehnen gestützt und das Kinn auf seinen Händen.

»Dann, mitten im Spiel, stand Reginald auf unsicheren Beinen auf und behauptete, er habe aus Frankreich eine Landkarte erhalten. Er stritt im Flüsterton mit Bentworth, der neben ihm saß, und sagte dann, er wolle, daß wir von der Karte wüßten, falls ihm etwas zustieße, bevor er sie nach Schottland bringen konnte.«

Bryony tupfte sich mit dem Taschentuch über die Augen. Dudley Benchs Schilderung ließ die ganze Szene lebhaft vor ihr auferstehen. Reggie, der wie immer ungemein vertrauensvoll gewesen war, hatte einen Fehler in jener Nacht gemacht, aber sie konnte sich das Rätsel dennoch nicht erklären.

Bench fuhr fort: »Ich war einer der letzten, die das Haus verließen. Ihr Bruder war schon in sein Schlafzimmer gegangen, glaube ich. Er war nicht in der Verfassung, weiter mitzuspielen, schon gar nicht, nachdem Bentworth seine Spielschuld eingefordert hatte. Als ich ging, sah ich Bentworth in Reginalds Arbeitszimmer gehen, ohne sich auch nur von mir zu verabschieden. Er erschien mir irgendwie verstimmt.« Bench seufzte. »Ich habe mir damals nichts dabei gedacht, doch es ist durchaus möglich, daß Bentworth die Schuld an Reginalds Tod trägt. Es könnte sein, daß sie sich noch in der Bibliothek gestritten haben, nachdem wir anderen längst gegangen waren, und dabei einen Kerzenleuchter umgeworfen haben, der den Brand verursacht hat.«

Er beugte sich vor und richtete seinen kalten Blick auf Bryony. »Aber Sie werden Bentworth niemals einen Mord beweisen können. Er ist Aristokrat und hat mächtige Freunde. Keiner würde jemals glauben, daß er mit unserer Sache etwas zu tun hatte.« Wie zu sich selbst gesprochen, fügte er hinzu: »Kein Wunder, daß er eine so unersetzbare Hilfe für die Stuarts ist. Er hat überallhin Verbindungen – obwohl er so ein hochnäsiger alter Spießer ist.«

Abrupt erhob er sich. »Das mit Reginald bedaure ich, aber ich glaube wirklich nicht, daß er einem Mord zum Opfer fiel, wie Sie anscheinend annehmen. Ich glaube eher, daß Sie Ihre Zeit verschwenden.«

Bryony erhob sich und steckte ihr Taschentuch wieder ein. »Ich werde nicht eher ruhen, bis ich alles aufgeklärt habe. Danke für die Zeit, die Sie mir gewidmet haben. Sie können ganz beruhigt sein, ich werde niemanden etwas von unserem Gespräch erzählen.«

Bench schenkte ihr ein kühles Lächeln und begleitete sie zur Tür. »Sie würden nicht weit kommen, wenn Sie hinter meinem Rücken irgend etwas Unsinniges versuchen würden, Miss Shaw. Ich würde Sie aufspüren und Sie dafür bezahlen lassen.«

Eine tiefe Niedergeschlagenheit erfaßte Bryony, als sie das Haus verließ. Die Begegnung mit Mr. Bench hatte ihr nicht die Antworten verschafft, die sie benötigte.

14

Als Bryony den gepflasterten Weg zum Tor hinaufging, überlegte sie sich ihren nächsten Schritt. Sie würde Lord Bentworth besuchen müssen, egal, wie sehr die Vorstellung ihr widerstrebte.

Was, wenn er Reggie wirklich umgebracht hatte? Was sollte sie dann tun? Das Schwierigste überhaupt war, den Beweis zu finden; natürlich würde der Graf ein solch schändliches Verbrechen nie gestehen. Aber wer konnte sagen, was er ihr antun würde, wenn er entdeckte, wer sie war?

Die Benchs lebten am Ende einer schmalen, gewundenen Straße, die sich durch das ganze Dorf hinzog. Rustikale Bauernhäuser wechselten sich mit Gebäuden aus Granit ab, die mit Reet oder Schiefer gedeckt waren. Rosen wuchsen in Hülle und Fülle an den Steinzäunen entlang; ein paar späte Blüten versuchten der nahenden Kälte noch zu trotzen. Ein Fink tirilierte vom Pfeil einer Sonnenuhr, und Seemöwen stießen ihre heiseren Schreie aus und glitten in müheloser Anmut auf dem Wind dahin.

Hinter den Klippen glitzerte die See, wie eine schimmernde silberne Decke lag sie in der Sonne. Das Krachen der Brecher erfüllte Bryonys Ohren, und die salzhaltige Luft drang in ihre Lungen und klärte die Spinnweben in ihrem Kopf. Ihre Probleme schienen kleiner angesichts der Majestät der See, selbst wenn es bloß der Ärmelkanal war. Sie bildete sich ein, die dunstigen Konturen von Frankreich in der Ferne sehen zu können, aber das war eigentlich unmöglich.

Bereit, sich zu Jack und Clover auf den Fischmarkt zu gesellen, ging sie die Straße hinunter und genoß ihren einsamen Spaziergang in der Sonne. Sobald sie die Kutsche erreichte, würde sie Jules bitten, sie nach Alfriston zu fahren. Wenn sie die Antworten, die sie brauchte, von Lord Bentworth nicht bekam, würde sie andere Wege suchen müssen, die zur Wahrheit führten.

Scharen von Kindern und korpulenten Frauen scharten sich um die Stände auf dem Markt. Jacks hohe Gestalt und sein dunkles Haar hätten in der Menge leicht zu erkennen sein müssen, aber er war mal wieder nirgendwo zu sehen. Ärgerlich verzog sie das Gesicht. Wo mochte der schwer zu fassende Captain jetzt schon wieder stecken?

Eine hohe Kastanie warf ihren Schatten auf einen Teil der Straße, und die grünen Schalen mit den weichen Dornen zerbrachen unter ihren Füßen. In Gedanken versunken passierte sie die ehemalige Schmiede, ein heruntergekommener alter Schuppen, der fast vollkommen von Unkraut überwuchert war. Dann, aus dem Augenwinkel, nahm Bryony eine Bewegung wahr.

Der Angriff kam so jäh und unerwartet, daß sie keine Zeit zu schreien hatte. Die Sonne blendete sie, als ihr Kopf zurückgerissen wurde und eine große, verschwitzte Hand sich über ihren Mund legte. Ihre Arme wurden so brutal zurückgezogen, daß ihr die Tränen kamen. Sekunden später zerrte man sie in den Schuppen.

Ihre Augen gewöhnten sich an das Dämmerlicht und weiteten sich vor Entsetzen, als sie den Mann mit der Narbe erkannte, der ihr anscheinend den ganzen Weg von Crawley bis hierher gefolgt war. Ihre instinktive Furcht vor ihm war nicht grundlos gewesen.

»Ich nehme meine Hand von Ihrem Mund, wenn Sie versprechen, nicht zu schreien«, flüsterte er ihr zu.

Sie fuhr zusammen, als die Stimme eines weiteren Mannes hinter ihr ertönte. »Natürlich schreit sie, wenn du sie jetzt losläßt, Schafskopf! Kein Gequatsche! Laß uns lieber ein bißchen Spaß haben mit der kleinen Dame hier. Während ich ihr die Fingernägel abreiße, kannst du ihr die Ohren absäbeln. Ich kann es kaum erwarten, zu beginnen.«

Bryony stöhnte und versuchte, dem harten Griff ihres Angreifers zu entkommen. Als sie sich zur Seite drehte, sah sie flüchtig eine schmutzstarrende Kappe, einen ungepflegten Bart und ein Holzbein. Sie zitterte unkontrollierbar, und ihr Blick glitt fieberhaft durch den Schuppen, in der Hoffnung, Hilfe oder einen Fluchtweg zu entdecken. Auf der Straße draußen war es still. Nur die gedämpften Geräusche vom Markt und der See drangen in den Schuppen. Niemand würde sie hier finden.

»Aber bevor wir sie erledigen, muß sie uns noch sagen, wie ihr Reisebegleiter heißt«, sagte der Mann mit der Narbe. Er lockerte seinen Griff ein wenig, aber sie mußte immer noch um Atem kämpfen.

»Nein, wir tun lieber, was der Herr gesagt hat. Sie ist eine Bedrohung für uns alle.«

Der Mann mit der Narbe starrte sie an, als überlegte er. Seine blauen Augen standen ein wenig vor und glitzerten vor Gier. »Zum letzten Mal, Lady – werden Sie still sein, wenn ich die Hand wegnehme?«

Sie nickte; sie hatte keine andere Wahl, wenn sie weiteratmen wollte. Ihr schwindelte bereits, und ihre Augen tränten. Als er seine Hand von ihrem Mund nahm, taumelte sie vor, aber sofort verstärkte er den Griff um ihre Arme auf dem Rücken. Sie schnappte nach Luft und versuchte, die Qual zu vergessen. Aber sie konnte den zerreißenden Schmerz in ihren Schultern nicht verdrängen.

Der Narbige in dem braunen Rock beugte sich über sie. »Wer ist er?«

»Wer ist wer?« fragte sie, um Zeit zu gewinnen.

Der Arm wurde noch höher gezogen, und sie wimmerte vor Schmerz. »Ich weiß nicht, wer er ist.« Sie mußte nachdenken. *Hilfe! Jack!*

Der Mann in ihrem Rücken versetzte ihr einen Stoß, und sie stürzte auf die Knie. »Laß uns sie einfach fertigmachen. Sie wird sowieso nichts sagen. Wir haben nicht viel Zeit.«

Bryonys Beine zitterten so heftig, daß sie nicht mehr aufstehen konnte, und ihre Kehle war wie ausgedörrt vor Furcht. Sie legte eine Hand an ihren Hals und schluckte. »Wer ... in wessen Auftrag handeln Sie?« wisperte sie. »Warum tun Sie mir so weh?«

»Halt die Klappe!« rief der einbeinige Mann, der ihre Arme festhielt. »Es ist gleich vorbei.«

»Aber warum?«

Er antwortete nicht, sondern verdrehte ihr den Arm nur noch ein bißchen mehr. Es tat so weh, daß ihr die Tränen kamen.

»Sagen Sie mir, wie Ihr Begleiter heißt!«

Sie mußte einen Weg finden, so schnell wie möglich zu entkommen. »Ich weiß es nicht.« Zuerst mußte sie heraus aus diesem Schuppen; vielleicht suchte Jack sie draußen schon. Die Chance war nur gering, aber sie mußte weiter hoffen. Sie hätte wissen müssen, daß so etwas geschehen würde. Zuerst war auf sie geschossen worden. Dann hatte jemand versucht, sie bei lebendigem Leibe zu verbrennen. Es war, als ob bis zu diesem Augenblick, wo der Schmerz ihre größte Sorge war, nichts von all dem Wirklichkeit gewesen wäre.

»Lassen Sie mich bitte los«, bat sie, weil sie die Qual nicht mehr ertrug. »Ich habe nichts Böses getan.«

Der Einbeinige ließ sie los und zog sie lachend auf die Beine. Ein jäher Schwindel erfaßte sie, und die Szene nahm merkwürdige Farben an, als sei sie kurz davor, das Bewußtsein zu verlieren.

Irgendwie gelang es ihr, durch die schiefe Tür zu kommen, aber der Mann mit der Narbe packte sie wieder und hielt sie zurück. Sie atmete tief ein, um nicht ohnmächtig zu werden.

»Wenn du es mir jetzt nicht sofort sagst, du Hexe, dann kriegst du dieses Messer in den Bauch«, drohte der Mann mit der Narbe. Die tödliche Klinge eines breiten Messers blitzte vor ihren Augen auf, und sie verspürte ein leises Kitzeln an der Kehle. »Hast du das verstanden?«

Sie nickte und schluckte, um den bitteren Geschmack des Entsetzens zu vertreiben. »Ich werde es Ihnen sagen.« Dann, bevor sie blinzeln konnte, veränderte sich alles vor ihren Augen.

Mit einem gellenden Schrei sprang Clover vom Dach des Schuppens auf den Rücken des Einbeinigen. Der Angriff kam so plötzlich, daß der Mann mit dem Messer Bryony für einen Moment losließ. Sie krümmte sich vor Schmerz, als sie ihren Arm in seine natürliche Position zurückbewegte, biß aber die Zähne zusammen, trat nach dem Schienbein ihres Quälgeists und schaute sich fieberhaft nach einer Waffe um.

Er brüllte und warf sich auf sie. Sie schrie, als seine große Hand ihr Bein umfaßte und sie zu Boden riß. Als sie blindlings mit der Hand durch das hohe Gras an ihrer Seite fuhr, ertastete sie einen mittelgroßen Stein. Ohne Zögern hob sie ihn und ließ ihn auf den Kopf des Mannes krachen.

Er grunzte wie ein verletzter Bär, und seine Hände schlossen sich um ihre Kehle. Sie schluckte und warf den Kopf von einer Seite zur anderen, während sie haltsuchend nach seinen Haaren griff.

Mitten in dem Kampf spürte sie, wie der Boden unter ihr erbebte, als schnelle Schritte näherkamen.

»Hilfe!« krächzte sie und bemühte sich mit aller

Kraft, der Umklammerung des Schurken zu entkommen. Im Hintergrund hörte sie Clovers haarsträubende Gassenjungen-Schimpfnamen. Dann wurde ihr Angreifer plötzlich am Kragen von ihr fortgezogen. Nach Atem ringend, rappelte sie sich mühsam auf.

Vor ihren Augen erschienen zwei ungeheuer feine weiße Seidenstrümpfe, in denen stramme Waden steckten. Die rechteckigen goldenen Schnallen auf den hochhackigen Schuhen glitzerten im Sonnenlicht. Sie legte den Kopf in den Nacken und starrte in sprachloser Verwunderung in die Augen von Lord Lippett.

Dann wurden noch mehr schnelle Schritte und erregte Stimmen auf der Straße laut.

Die Schurken zögerten keine Sekunde lang. Mit einem Satz verschwanden sie im hohen Gras, rannten um den Schuppen und tauchten in dem Gewirr von Bauernhäusern in der näheren Umgebung unter.

Bryony konnte ihnen nur betroffen nachstarren. Clover brach das Schweigen. »Der Kerl hat einen verdammt harten rechten Haken«, beschwerte er sich und massierte seine Schulter. »Er hat mich fast umgehauen.«

Nigel half Bryony auf die Beine. Vier stämmige Fischer kamen knüppelschwingend auf sie zugerannt. Der erste, der sie erreichte, sagte: »Wir haben den Überfall gesehen. Sind Sie verletzt?«

Benommen schüttelte sie den Kopf und zeigte auf die Stelle, wo ihre Angreifer verschwunden waren. Brüllend machten sich die Dorfbewohner auf die Spur der Schurken. »Wir kriegen sie, Miss, keine Sorge«, rief der letzte, als sie um die Ecke bogen.

»Liebste Bryony, haben sie dir weh getan?« fragte Nigel, als er sie schützend an sich zog.

»Nein ... nein.« Sie war immer noch zu aufgeregt, um einen vernünftigen Satz herauszubringen.

»Ha, ich hätte schwören können, daß die Kerle schon

in Lindfield hinter uns waren«, sagte Clover und zog an ihren Röcken.

Sie löste sich aus Nigels Armen und zog Clovers Kopf an ihre Brust. »Wie tapfer du warst«, wisperte sie.

»Es ist ein wahres Wunder, daß ich ausgerechnet jetzt vorbeikam«, sagte Nigel. »Ich traute meinen Augen nicht, als ich dich erkannte. Ich war auf dem Weg zu Mr. Bench, einem Anwalt, mit dem ich geschäftlich zu tun habe, als ich aus dem Fenster meiner Kutsche schaute und dich sah.«

Erst jetzt bemerkte Bryony die Kutsche, die unter der Kastanie stand. Sie lächelte müde. »Wenn du nicht gewesen wärst, wäre ich jetzt tot.«

»Was wollten sie? Dich berauben?«

Bryony lachte bitter. »Nein. Sehe ich wie jemand aus, der etwas besitzt, was sich zu stehlen lohnt?« Sie strich Clover zärtlich übers Haar, als er sich an sie klammerte. Mit einem festen Blick in Nigels Augen sagte sie: »Sie wollten mich töten.«

Entsetzen dämmerte in seinem Blick. »Dich töten? Aber wieso denn?«

»Ich weiß es nicht. Aber vielleicht will jemand nicht, daß ich die Wahrheit über Reggies Tod oder den Mord an ihm herausfinde.«

Nigel seufzte schwer. »Du glaubst, er sei ermordet worden? Bryony! Das ist doch Unsinn.«

»Da wäre ich mir nicht so sicher.« Sie wischte ihr Gesicht mit einem Taschentuch ab. »Jemand will nicht, daß ich die Wahrheit über diese furchtbare Nacht ans Licht bringe.«

Nigel rieb sich das Kinn und betrachtete sie lange prüfend. »Sag mal, was machst du überhaupt hier, Bryony?«

Sie wandte das Gesicht ab, weil sie sich plötzlich schämte. Jetzt würde sie ihm ein Geständnis machen müssen. »Ich war bei Mr. Bench. Ich bin an jenem

Abend noch einmal in deine Bibliothek zurückgegangen und habe mir die Liste mit den Namen geholt. Hier ist sie.« Sie griff in ihre Tasche und zog die Namensliste heraus, die sie auf einem anderen Blatt Papier wieder zusammengeklebt hatte. Impulsiv griff sie nach seinem Arm. »Du mußt Verständnis dafür haben, daß ich nicht eher ruhen kann, bis ich jeden Stein umgedreht habe – vor allem, falls mein Bruder Opfer einer Schandtat war.«

»Ich verstehe. Wie töricht von dir«, sagte Nigel stirnrunzelnd. »Aber trotzdem auch sehr tapfer.« Er drückte lächelnd ihre Hände. »Ich bin froh, daß dir nichts passiert ist. Aber dieses Mal werde ich dich zu all den anderen Besuchen begleiten, die du dir noch vorgenommen hast. Man kann eine Dame nicht allein und schutzlos reisen lassen. Wo wohnst du? Ich werde mich bemühen, bis heute abend einiges für dich herauszufinden.« Er schaute ihr tief in die Augen. »Vielleicht könnten wir zusammen speisen, falls deine Tante nichts dagegen hat.«

Bryony runzelte die Stirn. Nigel würde sie umgehend nach Frankreich zurückschicken, wenn er herausfand, daß sie mit einem Fremden reiste. »Ich habe meine Kutsche hier; Tante Hortense und ich wollten heute noch nach Alfriston weiterfahren, um Lord Bentworth zu besuchen. Sie ist eine alte Freundin seiner Mutter«, erfand sie, ohne mit der Wimper zu zucken.

Nigel nickte. »Ich verstehe. Nun, das wird vielleicht nicht so einfach sein. Der Mann ist ein Exzentriker und kann sehr unangenehm werden.« Er wärmte ihre kalte Hand in den seinen. »Soll ich dich begleiten? Bentworth kann sich eigentlich nicht weigern, *mich* zu empfangen.«

Bryony schüttelte den Kopf. »Das ist sehr freundlich von dir, aber ich möchte dir nicht den Tag verderben. Außerdem hat sich noch nie jemand geweigert, Tante

Hortense zu empfangen, in keinem Palast und auch in keiner Bauernhütte.«

Wo bleibt Jack? fragte sie sich die ganze Zeit und schaute sich nach der verlassenen Straße um. Er war nirgendwo zu sehen. »Wo ist Jules?« fragte sie Clover.

»Jules?« fragte Nigel stirnrunzelnd.

»Mein französischer Kutscher.«

»Keine Ahnung«, sagte Clover. »Als ich ihn das letzte Mal gesehen habe, ging er auf den Hafen zu. Sagte, er wolle sich das Meer ansehen.«

»Ich fahre heute nachmittag nach Bentworth Court«, sagte sie.

»Wie kann ich dich erreichen?« In einem Anfall jähen Zorns schlug Nigel mit der geballten Faust auf seine Handfläche. »Ich werde nichts unversucht lassen, um die Kerle zu erwischen, die dich überfallen haben! Man sollte sie ohne großes Federlesen am nächstbesten Baum aufhängen.«

Bryony lächelte. »Danke. Du ahnst nicht, wieviel dein Beistand mir bedeutet. Wenn du mich brauchst, schick eine Nachricht an Mr. Hollands Kanzlei in Crawley. Ich werde ihn besuchen, wenn ich in Alfriston war.«

»Also gut.« Nigel seufzte. »Dann werde ich mich jetzt um meine eigenen Angelegenheiten kümmern.«

»Mr. Bench war nicht begeistert, mich zu sehen«, erklärte sie lahm und bereute sofort ihre Worte. Was zwischen ihr und Mr. Bench war, ging niemand anderen etwas an.

Ein Schimmer von Interesse leuchtete in Nigels Augen auf. »Hat er dir etwas gesagt, was dich zu der Annahme verleitete, Reggie sei … ermordet worden?«

Sie schüttelte den Kopf. »Nein, es waren die Angriffe auf mich selbst, die mich auf die Idee gebracht haben. Nochmals vielen Dank für alles, Nigel. Ich weiß, daß Reggie es auch zu schätzen gewußt hätte, was du für mich tust.«

Das furchtbare Erlebnis, das sie gerade überstanden hatte, begann seinen Tribut zu fordern, und sie entschuldigte sich, als Tränen sie zu übermannen drohten. Rasch wandte sie sich ab und hastete die Straße hinunter.

15

Als Bryony sich der Kutsche näherte, sah sie Jack, der an der Deichsel lehnte und mit Jules sprach. Der Franzose gestikulierte wild, wie es so typisch für die Gallier war. Bryony hätte schwören mögen, daß Jack Französisch sprach, was, wie sie annahm, nicht verwunderlich war, wenn er Kapitän war. Ein weiteres Geheimnis Jacks, das ich gelüftet habe, dachte sie.

»Wie kommt es, daß du rechtzeitig an dem Schuppen warst, um mir zu helfen?« fragte sie Clover, der ihre Hand umklammerte.

»Ich hatte Sie gesucht, Mylady, damit Sie mir nicht wieder wegliefen.«

Bryony verdrehte die Augen. »Und wer sagt, daß du ein Recht hast, mir überallhin zu folgen?« Sie bedauerte die strengen Worte schon, kaum daß sie über ihre Lippen waren. Sie machte sich Vorwürfe, als seine Unterlippe zitterte.

»Ich dachte bloß, ich würde Sie vielleicht irgendwo treffen.« Er schob eine schmutzige Hand in seine ausgebeulte Hosentasche. »Weil ich Ihnen das hier geben wollte.« Er hielt ihr einen glänzenden roten Apfel hin. »Den hab' ich nur für Sie gestohlen.«

Bryony kniete sich vor ihn hin, und ihre Augen füllten sich mit Tränen. »Das war sehr lieb von dir, aber von jetzt an brauchst du nichts mehr zu stehlen. Ich werde dir ein paar Münzen geben, damit du deine Geschenke in Zukunft kaufen kannst.«

Clover ließ den Kopf hängen, und ihr Herz tat weh. Wie konnte sie es ihm erklären? »Ich habe genug Geld in der Tasche, um ein paar Äpfel zu bezahlen«, sagte sie. »Versprichst du mir, daß du nie wieder stehlen wirst?«

Er drückte ihr den Apfel in die Hand und lief zur Kutsche, wo er Jack umklammerte und das Gesicht in seinen langen Rockschößen verbarg.

Bryony kam sich wie eine Erztyrannin vor, als sie sich der Kutsche näherte. Jules wandte sich strahlend zu ihr um.

»Mademoiselle! Das war aber ein ausführliches Gespräch mit Mr. Bench, nicht wahr?« bemerkte er und zog seinen Hut vor ihr.

Bryony lächelte schwach und wagte nicht, Jack anzusehen. »Allerdings.« Sie bat Jules, ihren Portemanteau aus dem Kofferraum ins Innere der Kutsche zu bringen, und stieg ein. Ihre Beine waren steif, und ihr ganzer Körper sehnte sich nach Ruhe. Als sie die Tür schloß, hörte sie Clover sagen:

»Sie wäre tot, wenn ich nicht gewesen wäre – und dieser andere Mann natürlich.«

»Was? Tot? Und welcher andere Mann?« rief Jack. Er hob Clover in den Wagen und stieg mit finsterer Miene nach ihm ein.

Jules steckte den Kopf durchs Fenster. »Wohin?« fragte er, und sein unschönes Gesicht war zerfurcht vor Sorge.

Plötzlich verspürte Bryony das Bedürfnis, sie alle wegzuschicken und die Kutsche selbst zu lenken – fort von ihren Problemen und von ihren Reisebegleitern. Wohin konnte sie sich wenden, um Aufklärung zu erhalten über Reggie – und über ihre verwirrenden Gefühle? Gewiß nicht bei diesen beiden Spitzbuben, dem großen und dem kleinen, ihren selbsternannten Wächtern. Sie war einfach zu müde, um dies alles auch nur eine Sekunde länger zu ertragen.

»Nehmen Sie die Straße westlich des Cuckmere Rivers und fahren Sie nach Alfriston, Jules. Al-fri-ston«, wiederholte sie noch einmal, als sie Jules' Verwirrung sah. Sie würde Lord Bentworth zur Rede stellen und dann nach Crawley zurückfahren, um mit Onkel Butterkloß zu sprechen. Er würde wissen, was zu tun war, falls sie die Entdeckung machte, daß Lord Bentworth schuld an Reggies Tod war.

Sie versuchte, Jacks durchdringenden Blicken auszuweichen, aber wie gewöhnlich war sie von seiner Gegenwart so überwältigt, daß sie keinen vernünftigen Gedanken fassen konnte. »Was ist geschehen?« fragte er, als sich die Kutsche in Bewegung setzte.

Clover war mehr als begierig, ihm die Geschichte zu erzählen, und schmückte sie sehr bildhaft aus. Jacks Gesicht verdüsterte sich mehr und mehr. »Wer war der Mann, der dir zu Hilfe kam?«

»Lord Lip Spit oder so. Ich weiß es nicht mehr so genau.«

»Lord Lippett«, sagte Bryony mit einem schweren Seufzer und einem ärgerlichen Blick auf Clover. »Der Freund, den ich in Cuckfield besucht hatte, als es so heftig regnete.«

Jack verzog die Lippen. »Der Mann, dem das Labyrinth gehört?«

Sie errötete und mußte ihre Verlegenheit verbergen, indem sie tat, als suchte sie etwas in ihrem Retikül. »Ja, er.«

»Aber was ist mit dem Angriff heute? Ich hätte dich nicht allein gehen lassen dürfen.«

Bryony zuckte mit den Schultern, um ihn über die Tatsache hinwegzutäuschen, daß sie heute beinahe entführt und vielleicht sogar ermordet worden wäre. »Es ist vorbei, Jack.«

»Und was hast du gemacht?« wandte er sich an Clover. »Du hättest mich sofort holen müssen.« Er packte den Kleinen an den Schultern, und Clover ließ den Kopf hängen. Bryony legte beruhigend eine Hand auf Jacks Arm und schüttelte warnend den Kopf.

Jack runzelte die Stirn und ließ den Jungen los. Ans Dach klopfend, befahl er Jules, die Kutsche anzuhalten. Der Franzose öffnete die Tür und spähte neugierig hinein.

»Clover, setz dich ein paar Minuten zu Jules auf den Bock«, verlangte Jack. Sein Blick forderte Bryony heraus, zu widersprechen, aber sie blieb still. »Du warst sehr ungezogen. Wir werden später deine Beteiligung an diesem Überfall besprechen«, fügte er bedrohlich hinzu. Zutiefst betrübt stieg Clover aus der Kutsche. Bryony hörte ihn düstere Worte zu Jules sagen, der in flinkzüngigem Französisch antwortete.

Sobald sie allein waren, sagte Bryony: »Du solltest nicht so streng sein zu dem Jungen. Er war überaus tapfer, und er bewundert dich sehr.«

Jacks Lachen ging ihr durch und durch. »Dann bin ich wohl sein Vorbild, was? Dieser kleine Spitzbube braucht eine ordentliche Tracht Prügel.«

»Ist das die Art und Weise, wie dein Stiefvater dich erzogen hat? Mit Prügeln?« fragte Bryony behutsam.

Jack erblaßte und starrte aus dem Fenster, um sie nicht ansehen zu müssen. Sie begann schon zu befürchten, ihn unwiderruflich gegen sich aufgebracht zu haben, aber es lag nicht die geringste Emotion in seiner Stimme, als er sie endlich wieder ansah.

»Jemand versucht, dich umzubringen, begreifst du das denn nicht? Du mußt aufhören, wie wild in Sussex herumzujagen, in einer Mission, die sowieso nur scheitern kann. Und warum denselben Weg zurückfahren, den wir gekommen sind? Frankreich ist leicht zu erreichen von hier aus. Wir werden ein Boot mieten …«

»Du hast kein Recht, mir zu sagen, was ich tun und

lassen soll«, erklärte Bryony und befingerte nervös ihr Retikül. »Ich werde dich irgendwo herauslassen, wo du die Postkutsche nach Westen nehmen kannst.« Sie schwenkte ärgerlich die Arme. »Ich bin todmüde. Müssen wir jetzt darüber reden? Und warum machst du mir Vorwürfe?«

»Weil ich mir Sorgen um dich mache, verdammt noch mal! Weil mich kümmert, was mit dir geschieht, du stures Frauenzimmer!«

Ein müdes Lächeln kroch über ihr Gesicht, und ihr wurde warm ums Herz. »Danke«, erwiderte sie schlicht. »Es überrascht mich, daß es dich interessiert, obwohl du mich doch kaum erst kennst.«

Er setzte sich neben sie und nahm ihre Hand. »Diese wenigen Tage haben mein Leben verändert. Ich kenne dich besser als mich selbst.« Seine Fingerspitzen glitten ihren Arm hinauf, unter den groben Stoff ihrer Bauernjacke.

»Ich muß gestehen, daß ich immer mit der Welt gehadert habe, aber jetzt wage ich zum ersten Mal, mich anderen zu öffnen und mein Herz sprechen zu lassen«, fuhr er fort. Seine Hand hatte inzwischen ihren Hals erreicht, und er nahm ihr Gesicht zwischen die Hände. »Und das hast du erreicht, Bryony, Liebste.« Seine Daumen strichen zärtlich über ihre Wangen.

»Du findest immer etwas Schmeichelhaftes, was du sagen kannst«, wisperte Bryony, wie verzaubert von seiner Berührung. Ihr Blut sang, wann immer er ihr in die Augen sah, wann immer er sie liebevoll berührte.

»Nur bei dir«, flüsterte er.

»Was ja wohl maßlos übertrieben ist.« Bryony beugte sich ein wenig vor, zu seinen festen, ungemein verführerischen Lippen. Es kam ihr so lange vor, seit er sie geküßt hatte. War es erst gestern gewesen? Wenn er sie nicht berührte, sehnte sie sich nach ihm. Wenn er nicht da war, vermißte sie ihn. Aber wenn er sie berührte, geriet sie in Panik und wollte fliehen. Vor sich selbst. Vernunft hatte keinen Platz in ihrer Beziehung.

Seine Lippen schmeckten nach Äpfeln und nach Zärtlichkeit. Als sein Mund sich langsam auf ihren senkte, spürte sie die Tiefe seiner Zuneigung. Sie legte ihm die Hände um den Nacken und fand sich in seinen warmen Armen wieder. All die Schrecken, die sie ausgestanden hatte, verblaßten, als sie seinen Kuß erwiderte. Dieser Kuß war nicht wie seine früheren Avancen. Er war weder zynisch noch besitzergreifend.

»Ich brauche dich«, flüsterte er an ihrem Haar. »Und ich begehre dich.«

Bryony war nicht in der Lage, etwas zu erwidern, als er ihr zeigte, wie sehr er sie begehrte. Seine Lippen entzogen ihr alle Willenskraft, sie war wie ein leeres Gefäß, das von ihm gefüllt werden mußte.

Als seine Hände tiefer über ihren Rücken glitten, fiel ihr kein einziger Grund ein, ihn daran zu hindern. Er zog ihr die Jacke aus, und sie wartete geduldig, bis er die Bändchen der schlichten Bluse gefunden hatte. Sie seufzte zufrieden, als er den rauhen Stoff von ihrer Haut entfernte.

Seine Hände waren warm, sanft und zugleich rauh, beruhigend und im selben Augenblick erregend.

»Laß dir zeigen, was ich immer wieder tun wollte, seit wir zusammen auf dem Bett gelegen haben. Das«, sagte er und schob die langen, schwarzen Locken fort, die sich aus dem Chignon auf ihrem Oberkopf gelöst hatten. Sie schob die Finger in sein Haar, als er sich vorbeugte und eine ihrer Brustspitzen zwischen die Lippen nahm. Sein Atem streichelte sie, er war wie eine warme Brise, die ihren ganzen Körper wärmte. Es durchzuckte sie heiß, und ihre Brustspitze richtete sich verlangend auf, als er sie mit seiner Zunge sanft liebkoste, bis sie sich ihm aufstöhnend entgegenbog.

»Deine Haut ist so zart und seidig wie der feinste

perlmuttfarbene Satin; sie zu berühren, ist, wie die Finger in weiches Quellwasser zu tauchen. Von deiner Haut zu trinken, stillt eines Mannes Durst«, sagte er, während er ihre Brust betrachtete. »Aber es kann ihn auch zur Verzweiflung treiben.« Er nahm ihre andere Brustspitze zwischen die Lippen und bedeckte sie mit Küssen.

»Bitte hör nicht auf«, sagte Bryony atemlos, entzückt über den Geschmack auf ihren Lippen, als sie seinen Hals küßte, wo sein Puls schlug. Irgendwie gelang es ihr, sein Bauernhemd zu öffnen, und irgendwie fanden ihre Hände einen Weg darunter und zu seiner harten, muskulösen Brust. Sie empfand nicht die geringste Scham, als ihre Finger über seine Wirbelsäule glitten, über seine Hüfte zu seinem starken Oberschenkel und zu dem Beweis seiner Begierde unter den schlichten Bauernhosen.

Ihr stockte der Atem. Er lachte, als sie die Hand fortzog und ihre Verlegenheit hinter einem Hüsteln verbarg.

»Das hat dich überrascht, nicht wahr?« neckte er sie zärtlich und grinste, als er ihre scharlachroten Wangen sah. »Keine Angst, es beißt schon nicht.« Er nahm besitzergreifend ihre Hand und zog sie schamlos zwischen seine Beine.

»Oh, wie ich darauf gewartet habe«, sagte er aufstöhnend. Seine Augen funkelten vor Leidenschaft, und Farbe stieg in seine Wangen. »Hör jetzt nicht auf, Bryony, Liebling. Bitte laß mich nicht in Agonie zurück«, bat er, während seine Hand an ihrem Bein hinaufglitt, unter ihre Unterröcke. Seine kühne Liebkosung löste ein lustvolles Prickeln in ihr aus, und sie hatte das Gefühl, dahinzuschmelzen. Als er sie dort berührte, wo die süße Qual am größten war, glaubte sie vor Lust zu sterben.

Nichts hätte natürlicher sein können, und dennoch

wehrte sich ein Teil von ihr noch. Ihr Zweifel war wie ein Dorn in ihrem Fleisch.

Jack seufzte, als sie versuchte, sich ihm zu entziehen. »Was hast du?« fragte er.

»Was ist mit Jules und Clover?« wisperte sie.

»Du kannst jetzt nicht mehr aufhören«, drängte er und preßte sich an sie. »Sie werden nichts davon bemerken.«

Sie schüttelte den Kopf. »Sie sind nicht der einzige Grund. Die Kutsche ist nicht der ideale Ort, und …«

Er legte einen Finger an ihre Lippen. »Pst. Du hast Angst, daß ich deine Liebe nehmen und dann gehen werde. Genau wie du es mir schon mal vorgeworfen hast.« Er zog seine Hand zurück und hielt einen Moment inne, bevor er ihr sanft übers Haar strich. »Ich liebe dich, Bryony. Ich kann dir keine Gewalt antun. Es gab eine Zeit – bis zu dem Moment unserer Begegnung, um genau zu sein –, wo ich genau das getan hätte. Aber jetzt sind deine Gefühle das einzig Wichtige. Wir müssen nicht weitermachen.«

Sie schmiegte sich an ihn und hielt ihn so fest in ihren Armen, daß er kaum noch atmen konnte. »Die Leidenschaft, die ich verspüre, ist verwirrend; ich weiß nicht, ob ich es wagen würde, bis zum Äußersten zu gehen«, wisperte sie. »Ich habe Angst davor.«

Er schaute ihr tief in die Augen. »Ich würde dir nie weh tun.«

»Du kannst mir nicht weh tun, wenn ich mich dir freiwillig hingebe. Aber das kann ich nicht.«

Er stöhnte und zog ihren Kopf an seine Brust. »Ich weiß, daß du mich sehr glücklich machen würdest, aber vielleicht ist der Moment noch nicht der richtige.« Er seufzte. »Ich hätte nie gedacht, daß ich das einmal sagen würde, aber … ich hab' auch Angst. Weißt du, ich weiß nicht, ob ich bereit bin, mir ein Leben mit dir vorzustellen. Ich kann nur ganz ehrlich zu dir sein. Und du hast einmal gesagt, du würdest dich nur dann hingeben, wenn …«

Sie brachte ihn zum Schweigen. »Ich weiß, daß du mir nie absichtlich weh tun würdest.« Sie atmete tief ein, um Mut zu sammeln. »Und ich möchte wissen, wie es ist, von einem Mann geliebt zu werden.«

»Oh, meine Schöne, mit dir würde es der Himmel sein«, sagte er mit einer Zärtlichkeit, die tief aus seinem Herzen kam. Und sie wußte, daß er die Wahrheit sagte.

»Es tut mir leid, daß ich damit angefangen habe. Wenn ich bei dir bin, Brye, vergesse ich mich. Wir sollten warten, bis der richtige Moment gekommen ist. Er wird kommen, und wir werden ihn erkennen und bereit sein.«

Jede Faser ihres Körpers glühte und protestierte heftig gegen seine Worte, aber in ihrem Herzen wußte sie, daß es stimmte, was er sagte. Und sie liebte ihn um so mehr dafür.

Aber er sprach noch immer nicht von Heirat. Und würde es wahrscheinlich auch nie tun. Die andere Seite der Medaille war: würde sie glücklich sein, wenn sie die Sieben Weltmeere mit ihm bereiste? Sie hatte keine Antwort darauf.

Seine Umarmung vermittelte ihr Sicherheit, seine Präsenz machte sie glücklich, sein Lächeln ließ ihr Herz dahinschmelzen.

»Ich habe ein Geschenk für dich«, sagte sie und löste sich aus seinen Armen. Aus ihrem Portemanteau unter dem Sitz nahm sie ein merkwürdig geformtes braunes Päckchen. »Hier, mach es auf.«

Neugierig packte er den Dreispitz aus, den sie in Haywards Heath erstanden hatte. »Ah! Genau das, was ich brauche«, sagte er mit einem schwachen Lächeln. Er setzte ihn auf seine schwarzen Locken, und mit dem breiten Aufschlag vorn sah er fast wie ein Edelmann aus. Beim Anblick seiner ausgeprägten Männlichkeit zog sich ihr in jäher Qual das Herz zusammen.

»Es tut mir leid, daß ich auf den anderen getreten bin«, sagte sie.

»Liebste Brye, Clover war überglücklich, ihn zu übernehmen. Er schleppt ihn herum wie einen Talisman, der dumme Junge!«

Sie nickte. »Aber ich bin froh, daß ich diesen hier für dich gekauft habe. Er steht dir genauso gut wie irgendeinem Prinz.« Sie strich mit der Hand über den breiten Aufschlag. »Er ist nur ein bißchen staubig.«

»Die Tatsache, daß du ihn gekauft hast, macht ihn zum Schönsten, was ich je besessen habe.«

Bryony kostete diesen wundervollen Moment aus und prägte ihn sich in ihrem Herzen ein, um ihn in schwachen Augenblicken wieder hervorzuholen und noch einmal zu durchleben.

16

Bentworth Court lag wie ein schimmerndes Juwel in einem Tal, das vor Millionen von Jahren von dem schnell dahinfließenden Fluß ausgewaschen worden war. Das Anwesen war hinten von den sanft ansteigenden Downs und vorn von hohen goldenen Buchen geschützt. Es war einer der beeindruckendsten Landsitze, die Bryony je gesehen hatte. Das weitläufige dreistöckige Herrenhaus hatte große Fenster, zwischen denen in Nischen Marmorstatuen in die Wände eingelassen waren. Zwei Seitenflügel gingen bogenförmig von dem Hauptgebäude ab. Die stattlichen weißen Säulen eines Portikus schmückten den Mittelteil des zentralen Gebäudes und rahmten die mächtige zweiflügelige Eingangstür ein. Eine Terrasse, gesäumt von einer eleganten weißen Marmorbalustrade, verlief über die gesamte Länge des Hauses. Es gab gepflasterte Wege und Lustgärten, und selbst ein Teich mit Schwänen war zu sehen.

Angesichts all dieser Pracht drohte Bryony der Mut zu verlassen, und sie wünschte, Jack sei bei ihr. Er hatte eine dringende Nachricht im Gasthof in Alfriston erhalten, die besagte, daß er in Portsmouth benötigt wurde. Nachdem er ein Boot gemietet hatte, das ihn den Cuckmere River hinunterbringen sollte, war er sofort aufgebrochen, um sein Schiff zu inspizieren. *Wahrscheinlich hat er irgendeinen Schmuggler angeheuert, der ihn zu einem unverhältnismäßig hohen Preis von Alfriston nach Ports-*

mouth bringen wird, dachte Bryony ärgerlich. Sie vermißte ihn und grollte ihm jeder Minute wegen, die er nicht mit ihr verbrachte, obwohl er versprochen hatte, sich in drei Tagen mit ihr in Alfriston zu treffen.

Alfriston, das drei Meilen nördlich von Seaford lag, besaß den Ruf, ein veritables Schmugglerparadies zu sein. Die kleine Stadt war ein wichtiger Umschlagplatz, ein Treffpunkt, an dem das halbe Land sich traf, um hier Geschäfte abzuwickeln, legale und auch illegale.

Jules trank in diesem Augenblick Bier mit französischen Schmugglern im »The Star«, einem alten Wirtshaus aus dem Mittelalter, das direkt an der Hauptstraße des Ortes lag. Um nicht durch Fragen unerwünschtes Interesse zu erwecken, hatte Bryony einen der ortsansässigen Stallknechte gebeten, sie nach Bentworth Court zu fahren.

Doch wie sich dann herausstellte, hätten Fragen ihr die Fahrt ersparen können.

Sie verließ die Kutsche in der weiten, kreisförmigen Einfahrt, stieg die breiten flachen Stufen zu der massiven zweiflügeligen Eichentür hinauf und hob den bronzenen Türklopfer. Nachdem eine, wie ihr schien, unendlich lange Zeit verstrichen war, öffnete sich ein Flügel, und sie stand einem eindrucksvollen Butler gegenüber. Er musterte sie blasiert und zog fragend eine Augenbraue hoch.

»Ja?«

»Ich würde gern Lord Bentworth sprechen – in einer sehr dringenden Angelegenheit.« Sie legte ihre Visitenkarte in seine weiß behandschuhte Hand. Er nahm sich reichlich Zeit, die Karte zu studieren, dann glitt sein Blick über ihr zerknittertes grünes Samtkleid, das durch ihren Umhang nur zum Teil verborgen war. Sie hatte das zweite, sauberere Kleid der beiden angezogen, die sie vor ihrer Abreise aus Crawley eingepackt hatte.

Er bedachte sie mit einem abweisenden Blick. »Lord

Bentworth ist nicht da. Und der Dienstboteneingang ist hinten«, sagte er und machte Anstalten, zu schließen.

Empört über seine Unverfrorenheit, straffte Bryony die Schultern. »Zeigen Sie Bentworth meine Karte. Wenn er meinen Namen sieht, wird er sehr verärgert sein, wenn Sie mich abweisen.«

»Miss – ähm – Shaw, wie ich bereits sagte, ist Lord Bentworth nicht zu Hause. Er ist geschäftlich in Paris und wird frühestens in einem Monat hier zurückerwartet. Sie könnten ihn im Palast von Versailles erreichen.« Er atmete tief ein. »Und Gott ist mein Zeuge, daß das die Wahrheit ist.«

Bryony blieb nichts anderes übrig, als dem Mann zu glauben. Es lag eine tiefe Stille über dem Besitz, als wären alle Aktivitäten auf ein Minimum beschränkt worden. Keine Dienstboten waren zu sehen. Keine Pferde klapperten über die Kopfsteinpflasterwege um das Herrenhaus. Selbst der Rauch aus den Schornsteinen stieg eher träge auf. Die frühe herbstliche Abenddämmerung fiel über die Bäume.

»Gibt es eine Lady Bentworth?« fragte Bryony.

Der Butler schüttelte den Kopf und schloß die Tür. Seufzend dachte Bryony, daß ihr nichts anderes übrigblieb, als nach Alfriston zurückzukehren, und fragte sich, ob sie nach Frankreich reisen und Lord Bentworth dort aufspüren sollte.

Entmutigt ging sie zu ihrer Kutsche. Clover hätte sie vielleicht aufgeheitert, doch er schlief auf dem Sitz. Sie breitete eine Decke über ihn und befahl dem Stallknecht, zum »The Star« zurückzufahren. Das einzige, was sie tun konnte, war, auf Jack zu warten.

Nach einem warmen Abendessen und einem Becher Wein vor dem Kamin würde sie sich sicher besser fühlen. Als sie das Gasthaus erreichte, war es bereits dunkel. Sie ließ Clover in der Kutsche schlafen und befahl dem Stallknecht, ihre Pferde zu versorgen. Als sie an den vergitterten Fenstern des Wirtshauses vorbeiging, warf sie durch puren Zufall einen Blick hinein.

Ihr Herz zog sich vor Furcht zusammen, als sie ihre Angreifer aus Seaford in der Nähe des Kaminfeuers stehen sah. Es war Nigel also nicht gelungen, sie zu fassen! Und sie waren ihr offenbar hierher gefolgt. Wenn sie sie entdeckten, würden sie sie diesmal gewiß nicht mehr entkommen lassen.

Tausend Gedanken schossen ihr auf einmal durch den Kopf, als sie versuchte, einen Plan zu fassen. Sie konnte hier nicht bleiben, aber wohin sollte sie sich wenden? Sie war wie gelähmt vor Entsetzen, und nur mit Mühe gelang es ihr, den Blick vom Fenster abzuwenden. Die Männer unterhielten sich gerade mit dem Wirt. Bryony war ziemlich sicher, daß sie das Thema ihrer Unterhaltung kannte.

Sich vorsichtig an der Wand entlangtastend, schlich sie den gleichen Weg zurück. Die Kutsche – sie mußte ihre Kutsche erreichen, um hier fortzukommen.

Irgendwie gelang es ihr, den Hof zu überqueren, obwohl ihre Beine so heftig zitterten, daß sie fast nicht laufen konnte. Zum Glück hatte der Stallbursche die Pferde noch nicht abgeschirrt, sondern füllte gerade Hafer in zwei Futterbeutel.

»Ich habe es mir anders überlegt«, sagte sie zu ihm und fragte sich, ob diese jämmerliche Stimme wirklich ihr gehörte. »Ich wäre Ihnen dankbar, wenn Sie meinem Kutscher eine Nachricht überbringen könnten.« Sie zog ihre Geldbörse heraus, die erschreckend dünn geworden war, seit sie in England eingetroffen war, und drückte ihm eine Münze in die Hand. »Bitte seien Sie diskret. Ich möchte nicht, daß der gesamte Schankraum meine Botschaft hört. Und wenn Captain Newcomer zurückkehrt, sagen Sie ihm bitte, daß er mich in Mr. Hollands Büro in Crawley treffen soll.«

Der Stallknecht verbeugte sich höflich und eilte

davon. Bryony wartete unruhig im Hof und warf immer wieder nervöse Blicke auf die Tür. Wo blieb Jules? Warum brauchte er so lange? Als sie schon gerade aufgeben wollte, kam er stolpernd durch die Tür. Einen kurzen Moment lang blieb er schwankend stehen und grölte einen französischen Gassenhauer.

Bryony mußte ihre ganze Kraft aufbieten, um ihren betrunkenen Kutscher durch den Hof zu schleppen. Er protestierte lautstark, versuchte aber nicht, sie aufzuhalten.

Plötzlich ging die Tür noch einmal auf, und zwei Gestalten erschienen auf der Schwelle. Es war unschwer zu erkennen, daß es die beiden Ganoven waren – der Stämmige mit der Narbe und der Dünne mit dem Holzbein. Sie eilten bereits zu ihr hinüber, als sie Jules in die Kutsche stieß und die Tür zuschlug. Ihre umfangreichen Röcke raffend, stieg sie auf den Bock und ergriff die Zügel.

In ihrer Verzweiflung ließ sie so hart die Peitsche auf die Pferderücken klatschen, daß sie erschrocken einen Satz nach vorn machten und Bryony fast die Arme ausrissen, als sie mit den Zügeln kämpfte, die ihr zu entgleiten drohten.

Es war ein böser Schock für sie, zu sehen, daß es dem Mann mit dem Holzbein gelungen war, sich am hinteren Teil der Kutsche festzuklammern. Sie hörte ihn fluchen und keuchen, als er sich langsam seitlich hochzog. Bryony wußte, wenn er sie erreichte, war sie tot.

Es war schon so dunkel, daß sie kaum noch sehen konnte, wohin sie ihre Pferde lenkte. Als spürten sie ihr Entsetzen, beschleunigten sie ihr Tempo, bis Bryony sie fast nicht mehr beherrschen konnte. Die Kutsche ratterte und holperte. Die Geschirre ächzten und klirrten. Mit aller Kraft hielt sie die Zügel fest und atmete erleichtert auf, als sie das Dorf hinter sich zurückließen und auf eine Landstraße einbogen, die an beiden Seiten von hohen Hecken gesäumt waren. Hier würden die Pferde wenigstens gezwungen sein, sich auf dem Weg zu halten. Sie betete nur darum, daß ihr bei der wilden Fahrt kein anderes Gefährt entgegenkam. Aber die Straße war verlassen, soweit sie sehen konnte.

Sie warf einen raschen Blick zur Seite. Ihr Verfolger war bereits an der Tür vorbei und hing wie ein Affe im Baum seitlich an der Kutsche. Könnte sie ihn doch nur abschütteln! Aber er hatte bereits die holprige Fahrt über das Kopfsteinpflaster überstanden und war scheinbar fest entschlossen, durchzuhalten, bis er sie überwältigen und die Zügel übernehmen konnte.

Instinktiv schlug sie mit der Peitsche nach ihm, merkte dann aber, daß sie unmöglich zugleich die Waffe nutzen und die Pferde lenken konnte.

»Sie ... Das wird Ihnen noch leid tun, Missy ... Warten Sie, bis ich Sie habe«, keuchte er,während er sich mit aller Kraft an der Tür der Kutsche festhielt.

Bryony hielt den Atem an und biß die Zähne zusammen, als die Pferde um eine enge Kurve galoppierten. Ihr zweijähriger Aufenthalt in Frankreich hatte ihre Geschicklichkeit im Umgang mit Kutschpferden nicht geschmälert. Reggie hatte sie als junges Mädchen stets dazu ermutigt, es zu lernen.

Sein geliebtes Gesicht erstand vor ihren Augen und bestärkte sie in ihrer Entschlossenheit, nicht aufzugeben. Sie würde nie ein Opfer sein! Sie würde kämpfen bis zum letzten Atemzug. Sie tat es für Reggie, aber vor allem auch für sich selbst. Dies würde ihre schwerste Prüfung werden; wenn sie dies hier überlebte, würde nichts sie jemals wieder schrecken können.

Jeder dieser Gedanken schoß ihr mit verblüffender Klarheit durch den Kopf, als die Pferde endlich ihre halsbrecherische Geschwindigkeit verringerten und einen langsameren Schritt anschlugen. Als sie in einen leichten Trab verfielen, machte der Ganove hinten einen letzten Sprung nach vorn. Seine Finger krümmten sich um die Kante des Kutschersitzes, und Bryony schrie auf. Mehrmals schlug sie mit dem harten Griff der Lederpeitsche auf seine Finger, aber sie krochen unaufhaltsam weiter. Seine Schultern befanden sich jetzt schon auf Sitzhöhe, und er brauchte sich nur noch hochzuziehen, um an sie heranzukommen.

Während er seine letzte Kraft zusammennahm, tastete Bryony mit einer Hand fieberhaft unter dem Sitz herum. Irgendwo mußte eine Waffe sein. Zu ihrer Erleichterung stießen ihre Finger an den kalten Lauf einer Muskete. Mit einer Hand die Zügel haltend, zog sie mit der anderen das Gewehr heraus. Sie hatte es gerade geschafft, es umzudrehen, und hielt den Lauf direkt auf das Gesicht ihres Verfolgers, als er sich hinaufhievte und nach ihrer Kehle griff.

In besinnungsloser Angst stieß sie ihm mit aller Kraft die Muskete in den Bauch. Aufschreiend prallte er zurück, fiel und landete in einer Hecke. Bryony verrenkte sich fast den Hals, um festzustellen, ob er noch am Leben war. Er lag reglos da, seine Beine baumelten leblos von der Hecke.

Vielleicht hatte sie ihn umgebracht.

Sie konnte nicht weiterfahren, ohne nachgesehen zu haben. Sie zügelte die Pferde und wartete vorsichtig ab, ob er sich bewegen würde. Aber er rührte sich nicht.

Unter dem Sitz fand sie ein Horn mit Schießpulver und einen Beutel Bleikugeln. Bevor sie nach dem Mann sah, würde sie die Muskete laden – und wenn auch nur zur Vorsicht.

Als sie vom Bock herunterstieg, öffnete sich die Tür, und Clover kam heraus. »Ich dachte, wir wären bei einem Pferderennen, Mylady«, sagte er mit einem neugierigen Blick auf die Muskete. »Was ist los?«

»Komm mit und bring einen Strick mit«, befahl sie,

während sie vorsichtig auf die reglose Gestalt zuging, die Muskete auf das Herz des Mannes gerichtet.

Als sie näherkam, hörte sie ihn stöhnen. Freude erfaßte sie; sie wollte seinen Tod nicht auf dem Gewissen haben.

Clover kam zu ihr, als sie mit dem Fuß gegen das Holzbein stieß. »O Mann, eine Leiche! Was haben Sie getan, Mylady?«

»Er lebt noch. Du wirst mir helfen, ihn umzudrehen und ihn zu fesseln. Dann bringen wir ihn ins Gefängnis.«

Der Ganove versuchte nicht, sich zu wehren, als sie ihn von der Hecke zerrten und ihn umdrehten. Er stöhnte und fluchte, aber keiner seiner Knochen schien gebrochen.

Silbern ging der Mond über den Wipfeln der Bäume auf und tauchte die Straße in ein fahles, unheimliches Licht. Schnaubend und keuchend von der Anstrengung, band Clover dem Mann die Hände zusammen. »Da! Jetzt ist er eingepackt wie eine Wurst«, erklärte er stolz. »Man wird eine Säge brauchen, um diese Stricke zu durchtrennen.«

Bryony ließ die Waffe sinken, und zusammen gelang es ihnen, den Mann aufzurichten. Fluchend stolperte er auf die Kutsche zu, und Bryony überprüfte noch einmal die Fesseln um seine Handgelenke, bevor sie ihm befahl, die Kutsche zu besteigen. Er spuckte ihr ins Gesicht und bedachte sie mit einer Flut von Schimpfwörtern, bevor es ihr und Clover durch Schieben und Stoßen schließlich gelang, ihn in den Wagen zu verfrachten.

Jules, dessen Kräfte jetzt von unschätzbarem Wert gewesen wären, schnarchte, ohne von all dem Aufruhr etwas zu bemerken. Als der Schurke endlich saß, drückte Bryony ihm die Mündung der Muskete an den Bauch.

»Ich schwöre, daß ich Sie erschießen werde, wenn Sie

mir nicht sagen, wer Sie angeheuert hat, um mich zu töten«, drohte sie und glaubte es für einen Augenblick lang sogar selbst.

Er lachte böse und spie ihr von neuem ins Gesicht. Sie trat beiseite und stieß noch härter zu. »Außer meinen loyalen Freunden hier wird niemand wissen, daß ich Sie getötet habe. Wenn Ihre Leiche am Straßenrand gefunden wird, wird man Sie für ein weiteres Opfer skrupelloser Straßenräuber halten.«

Der Mann murmelte etwas und funkelte sie unter buschigen Augenbrauen an. »Ich weiß nicht, wie er heißt. Er ist ein feiner Pinkel, aber seinen Namen kenn' ich nicht. Das ist alles, was ich weiß – und hören Sie auf, mit diesem Ding an mir herumzustochern!« Er versuchte den Lauf der Waffe wegzustoßen.

»Fessele ihm lieber auch die Beine«, sagte Bryony grimmig zu Clover, der sich beeilte, es zu tun. Er schlang ein dickes Seil von den Knien zu den Füßen des Mannes und zog das Ende des Stricks durch eine der Lederschlaufen in der Decke.

»Jetzt ist er bloß noch ein Bündel Feuerholz«, erklärte er befriedigt.

»Apropos Feuer«, sagte Bryony. »Haben Sie Mr. Forresters Haus angezündet?«

Der Mann lachte. »Sind Sie verrückt? Warum sollte ich ein Haus anzünden«?

»Sie wollten mich umbringen«, erinnerte sie ihn kalt. »Wenn Sie das Feuer nicht gelegt haben, wer dann? Der Mann mit der Narbe?«

»Sie leben doch noch, oder?« entgegnete er. »Ich weiß nichts von einem Feuer, und diesem Forrester bin ich auch noch nie begegnet.«

»Ich glaube Ihnen nicht. Sie waren einer der Männer in Potter House.«

Der Mann zuckte die Achseln. »Glauben Sie, was Sie wollen. Ich sag' die Wahrheit.«

Es war sinnlos, zu versuchen, etwas aus ihm herauszubekommen, und sie verlor allmählich auch den Mut. Die Wahrheit über Reggies Tod ans Licht zu bringen, wurde immer schwieriger und komplizierter. Ihr unsichtbarer Feind war mächtig. Und wer war der mächtigste Mann in Reggies Bund der Jakobiter? Lord Bentworth, zweifellos.

Sie hatte keine andere Wahl. Sie mußte ihn in Paris aufsuchen, selbst wenn es bedeutete, ihr Leben noch mehr zu gefährden. Aber zuerst würde sie ihren Gefangenen in Gewahrsam bringen.

Die Stille der Nacht beherrschte die Landschaft, und in der Ferne schrie eine Eule. Ein Nachttier raschelte im Unterholz, als sie die Pferde in Bewegung setzte. Sie gehorchten lustlos, und Bryony begriff, daß sie ein paar Stunden Rast und Futter brauchten, bevor sie ihre Reise fortsetzen konnte. Im hellen Mondschein entdeckte sie nicht weit entfernt vom Straßenrand ein kleines Wäldchen. Ein grasbewachsener Weg, gerade breit genug für eine Kutsche, führte hin, und es erforderte einige Geschicklichkeit, den Wagen dort so abzustellen, daß er von der Straße aus nicht gesehen werden konnte. Aber Bryony schaffte es und war besonders froh darüber, als sie sah, daß gleich hinter dem Gehölz ein kleiner Fluß vorüberfloß. Es gab Wasser für die Pferde, und auch Jules würde seinen Durst stillen können, wenn er morgen früh erwachte.

Müde stieg sie ab und ließ die Schultern hängen. Ihre Arme schmerzten. Dennoch überzeugte sie sich, daß die Kutsche vor der Straße und den habgierigen Banditen, die sich dort vielleicht herumtrieben, gut versteckt war. Es kostete sie ihre letzte Kraft, die Pferde abzuschirren. Tränen der Erschöpfung standen in ihren Augen, als es ihr endlich gelang, die Metallstifte herauszuziehen und die Deichselketten auszuklinken – und dann landete die Deichsel auch noch schmerzhaft hart auf ihrem Fuß.

Sie führte die Pferde an den Fluß und war überwältigt von der Schönheit des silbernen Mondlichts auf dem Wasser. Die Tiere soffen durstig, und sie wünschte, Jack sei bei ihr, um den Anblick mit ihr zu genießen. Aber wahrscheinlich saß er in diesem Augenblick schon in irgendeinem Boot mit geschmuggeltem französischem Brandy und chinesischem Tee und war nach Brighton unterwegs. Das wird dem Draufgänger gefallen, dachte sie, und trat verstimmt nach einem Stein.

»Autsch!« rief sie, und der Schmerz gab ihr endlich einen Grund, ihren Tränen freien Lauf zu lassen. All die Angst und Anspannung, die sich in ihr aufgestaut hatten, kamen jetzt heraus. Sie hatte sich nie einsamer und verzweifelter gefühlt als in diesen Augenblicken.

Trotz allem jedoch drängte sie etwas dazu, nicht aufzugeben. Wenn es anders herum und Reggie an ihrer Stelle gewesen wäre, hätte er ganz sicher nicht gezögert. Sie preßte die Porzellanminiatur mit seinem Bild an ihre tränenüberströmte Wange.

Nachdem sie sich auf den Boden gesetzt und den Rücken gegen einen Baum gelehnt hatte, döste sie ein wenig ein. Aber jedes Geräusch ließ sie ängstlich wieder hochfahren, und sie war froh, als es endlich Morgen wurde.

Als die Kutsche am Ende des nächsten Tages in Crawley einfuhr, waren alle müde und hungrig. Nach einer warmen Mahlzeit aus Rostbraten in würziger Sauce und gedünsteten Pastinaken, die sie in der Taverne neben Mr. Hollands Anwaltskanzlei einnahmen, ließ Bryony Clover bei den Pferden und bat Jules, den Gefangenen zu bewachen. Dann ging sie zu Mr. Holland. Er würde wissen, was mit dem Mann, den sie in der Kutsche gefangenhielt, zu tun war.

Sie wußte, daß sie übermüdet und zerzaust aussah, aber daran war leider nichts zu ändern. Sie betätigte den Türklopfer. Onkel Butterkloß würde über den

Stand der Dinge sehr bekümmert sein, aber sie würde ihn schon irgendwie beruhigen.

Es war alles still im Haus, und sie mußte noch ein zweites Mal anklopfen, bevor jemand öffnete. Es war Mr. Grimes, Mr. Hollands Sekretär.

»Guten Abend, Mr. Grimes. Ich muß in einer dringenden Angelegenheit mit Mr. Holland sprechen«, sagte sie.

Mr. Grimes war ein adretter kleiner Mann, der eine perfekt frisierte und gepuderte Zopfperücke trug. Die tiefliegenden braunen Augen in seinem rundlichen Gesicht spiegelten ein zuvorkommendes Wesen wider. »Miss Shaw! Bitte, kommen Sie herein.« Mit unübersehbarem Argwohn beäugte er ihre Kleidung. »Wir dachten, Sie seien nach Frankreich zurückgefahren. Leider muß ich Ihnen sagen, daß Mr. Holland geschäftlich unterwegs ist. Er mußte zu einer Testamentseröffnung irgendwo in Yorkshire.«

Bryonys Mut sank. Sie erzählte Mr. Grimes, sie habe einen Dieb gefangen, ohne allerdings auf nähere Einzelheiten einzugehen. Mr. Grimes versprach ihr, den Mann ins Gefängnis zu überstellen. »Der Richter wird Ihnen aber sicher Fragen stellen wollen, Miss Shaw.« Wieder warf er einen vielsagenden Blick auf ihre Kleider. »Ich … ähm … hoffe, es ist Ihnen nicht mehr Unheil zugestoßen. Wartet Ihre Tante in der Kutsche?«

Sie war gezwungen, eine weitere Lüge zu erfinden, was schwer auf ihrem Gewissen lastete. »Sie ist bei Freunden in East Grinstead.« Sie zögerte. »Da ich schon einmal hier bin, würde ich gern noch einmal die Rechnungsbücher und die Akten sehen, die Willow Hills betreffen. Als ich das erste Mal herkam, war ich zu erregt, um mir die Papiere genauer anzusehen.«

»Selbstverständlich!« Mr. Grimes beeilte sich, ihre Wünsche zu erfüllen, und bald saß sie mit einem Stapel Rechnungsbücher und juristischer Dokumente vor sich in Mr. Hollands Schreibtischsessel. »Mr. Holland hat sich viele Jahre um die geschäftlichen Angelegenheiten Ihres Vaters gekümmert. Ich bin sicher, daß die Konten in perfekter Ordnung sind, Miss Shaw«, sagte Mr. Grimes, bevor er die Tür schloß. »Rufen Sie mich, falls Sie Hilfe brauchen.«

Die Zeit verging schnell, als sie die Konten durchsah. Die Einnahmen waren mit den Jahren immer geringfügiger geworden, sah sie, und die Ausgaben beständig höher. Nach dem Tod ihres Vaters waren die Verluste zu einer wahren Lawine angewachsen. Reggie hatte Kunstwerke, Möbel und auch Land verkauft und anschließend auch noch das Wenige verschuldet, was von dem Besitz noch übrig war. Aber warum? Seiner politischen Überzeugung wegen oder um sein Spiel zu finanzieren? Bryony runzelte die Stirn. Er mußte den Jakobitern Geld gegeben haben. Er war nie ein ernsthafter Spieler gewesen – oder konnte er sich in den zwei Jahren, in denen sie ihn nicht gesehen hatte, derart verändert haben? Sie wünschte, sie wäre nie nach Frankreich gefahren.

Sie blätterte in einem Stapel privater Briefe, stark vergilbte Seiten mit der Handschrift ihres Vaters. Aber da war noch ein Stapel, der Reggies Unterschrift trug, und diese Briefe las sie. Mr. Holland mußte ziemlich beunruhigt gewesen sein über Reggies konstante Forderungen, mehr Geld flüssigzumachen. Ein Seufzer stieg aus ihrer Kehle auf, als sie den letzten Brief las, den Reggie erst kurz vor seinem Tod geschrieben hatte.

Ihr Blick flog über die wenigen Zeilen, in denen er von der Ernte, dem Wetter und den letzten Pferderennen berichtete. Es war das Postscriptum am Fuß der Seite, das ihr Interesse weckte. Ihr Herz zog sich vor Kummer und Sorge zusammen, als sie ihren eigenen Namen in seiner ungenauen Handschrift las: »Fragen Sie Bryony, ob sie sich an einhundert Schritte nach Norden erinnert, fünf nach Osten und zehn nach Westen. Sagen Sie ihr, es sei ungeheuer wichtig, daß sie sich erinnert!«

Nachdenklich starrte sie in das prasselnde Feuer im Kamin. Sie erinnerte sich noch vage an ein Spiel, das sie als Kinder gespielt hatten, aber was war es gewesen? Hatte er etwas versteckt, was sie finden sollte? Sie verstand die Botschaft nicht. Aber daß es eine versteckte Botschaft an sie war, war klar. Offenbar hatte Mr. Holland vergessen, ihr etwas davon zu sagen.

Mr. Grimes unterbrach ihre Überlegungen, als er den Raum betrat, um ihr den Richter, Mr. Willoughby, vorzustellen. Ohne den Verdacht zu äußern, jemand versuchte, sie zu töten, beantwortete sie eine gute halbe Stunde lang seine Fragen über den einbeinigen Ganoven. Mit der Aussage, der Mann habe nur versucht, ihr ihre Geldbörse zu entreißen, lenkte sie den Richter von der Frage ab, was sie hierhergeführt hatte. Sie wollte unter gar keinen Umständen über ihre Besuche bei den Jakobitern sprechen.

Als der Richter schließlich ging, wandte sie sich an Mr. Grimes. »Ich kann Ihnen gar nicht genug danken. Sie waren überaus zuvorkommend.«

Nachdem sie Reggies Brief eingesteckt hatte, verließ sie die Kanzlei. Auf dem Weg zu ihrer Kutsche dachte sie über Reggies Botschaft an sie nach. Was mochte sie zu bedeuten haben? Was konnte er versteckt haben? Die Karte zu dem Gold? Nein, die war bei dem Brand vernichtet worden.

Um ihr Gedächtnis aufzufrischen, würde sie zu ihrem Familiensitz zurückkehren müssen, der etwa fünf Meilen östlich von Crawley lag.

17

Der Mann schob ruckartig seinen Stuhl zurück und schrie: »Was? Ihr habt es schon wieder verpatzt?« Aufgebracht schritt er zum Fenster und schob die Vorhänge beiseite, um hinauszuschauen. Es war ein wundervoller Herbsttag, wie man ihn sich nicht schöner hätte wünschen können; warmer goldener Sonnenschein, ein klarer blauer Himmel und an den Bäumen farbenfrohes Laub, das in der leichten Brise schwankte. Er wandte sich zu dem Mann mit der Narbe im Gesicht und seinem Begleiter mit dem wirren weißen Haar um. »Und wo ist Woody?« fragte er in mißtrauischem Ton.

»Das wissen wir nicht, Herr. Er sprang auf Miss Shaws Kutsche, als sie floh, und seitdem haben wir nichts mehr von ihm gesehen.«

»Ihr hattet strikte Anweisung, die Sache mit ihr zu erledigen, bevor ihr hierher zurückkamt«, herrschte er sie an und deutete mit einem spitzen Brieföffner, der wie ein Dolch geformt war, auf die schwitzenden Gesichter der Ganoven. »Ihr habt es also wieder einmal nicht geschafft, einer einzigen hilflosen Frau ein bißchen Angst zu machen?«

»Wir waren nur zu zweit – Woody und ich«, erklärte der Mann mit der Narbe. Er zeigte mit dem Daumen auf seinen Komplizen. »Er hat vergeblich versucht, ihren Begleiter ausfindig zu machen.«

Vor sich hinmurmelnd und fluchend, schritt ihr Auftraggeber, dessen gestärkte Perücke langsam ihre Form verlor, durchs Zimmer. Vor dem Mann mit der Narbe blieb er stehen und drückte ihm die Spitze des Brieföffners an die Kehle. Ein dünnes Rinnsal Blut erschien auf der teigigen Haut des Mannes.

»Miss Shaw hat einen Freund, Sir.« Bekümmert rang er die Hände und wagte noch hinzuzufügen: »Sie hat einen geheimnisvollen Beschützer, Sir. Es wird vielleicht nötig sein, ihn auszuschalten, wenn Sie Miss Shaw loswerden wollen.«

Der Mann mit der Perücke fuhr prüfend mit dem Daumen über die Schneide seines Brieföffners. »Ich habe euch beauftragt, weil ihr wissen müßtet, wie man so etwas erledigt. Ich dachte, Ihr kennt euch aus in solchen Dingen.«

Der Mann mit der Narbe schüttelte den Kopf und wischte sich den Schweiß von den Brauen. »Eine entschlossenere Frau als sie hab' ich noch nie gekannt. Um sie zu kriegen, werden Sie zu anderen Mitteln greifen müssen, Sir.«

Kalte Augen sahen ihn so durchdringend an, daß er sich krümmte. »Du wagst es, mir zu raten?« fuhr der Perückenträger ihn scharf an.

»In diesem Fall ja, Sir. Miss Shaw wird vor nichts haltmachen, um die Wahrheit herauszufinden. Sie werden stärkere Geschütze auffahren müssen, um sie aufzuhalten«, sagte er mit einem vielsagenden Blick auf den dolchartigen Brieföffner in seines Auftraggebers Hand.

Nicht einmal die helle Sonne konnte die verheerenden Auswirkungen des Brandes auf Bryonys Familiensitz verbergen. Willow Hills war noch genauso deprimierend wie bei ihrem ersten Besuch nach dem Feuer. Durchnäßt vom Regen, sahen die verbrannten Balken noch viel schwärzer aus als vorher. Die eingestürzten Wände und das wild wuchernde Unkraut um die Fundamente waren wie eine traurige Ermahnung, daß ihr einst so geliebtes Elternhaus bald nicht mehr als eine Erinnerung sein würde. Und selbst die Erinnerungen würden im Lauf der Zeit verblassen.

»Bleibt bei der Kutsche, bis ich wiederkomme«, befahl sie Jules und Clover.

»Ich versteh' den Franzmann nicht«, murrte Clover.

»Wenn du dir die Zeit vertreiben willst, kannst du ja mit Jules Französisch lernen.«

»O Mann, das wäre ja noch schlimmer als der Tod!«

Tod. Reggie hatte hier den Tod gefunden. Bryony schluckte, um die Tränen zu verdrängen, und ihre Kehle war wie ausgedörrt von einem Schmerz, der nicht vergehen wollte.

»Keine weiteren Beschwerden bitte«, sagte sie, als sie auf die Ruine zuging.

Porzellanscherben knirschten unter ihren Füßen, und sie bückte sich, um den Fuß einer kleinen Statue aufzuheben, einer Dresdner Schäferin, die ihre Mutter stets in Ehren gehalten hatte. Diese Scherben, die überall verstreut herumlagen, waren das einzige, was Bryony von ihrem früheren Leben noch geblieben war. Falls Reggie ein Geheimnis gehabt hatte, war es mit allem anderen verbrannt.

Nach einem letzten Blick auf die vertrauten Gegenstände in den Trümmern eilte sie zur Kapelle weiter, unfähig, ihren Kummer zu bezwingen. Das Dach war eingestürzt, herabgefallene Balken versperrten den Zugang zu dem kleinen Gotteshaus. Hoch wucherte das Gras neben den Grabsteinen der Familie. Da war Vaters schlichtes Eisenkreuz, auf dem in noch frischen weißen Buchstaben sein Name stand, während der Name auf dem Kreuz ihrer Mutter mit den Jahren stark verblichen war.

Und dort war Reggies Grab ... Das letzte Mal, als sie hiergewesen war, hatte Bryony einen Marmorengel mit gespreizten Schwingen an seinem Grab errichten lassen. Tränen drohten sie zu blenden. Das Grab erinnerte sie zu sehr an ihren Verlust, und sie konnte ihren Kummer einfach nicht mehr unterdrücken. Schluchzend ließ sie sich vor dem frisch aufgeworfenen Grab ihres Bruders auf die Knie fallen.

War Reggie wirklich ermordet worden? Der Verdacht bedrängte sie, bis sie es nicht mehr auszuhalten glaubte. Wie eine Schlafwandlerin ging sie zu den moosbewachsenen Grabsteinen ihrer Großeltern und Urgroßeltern hinüber. Mit zitternden Fingern pflückte sie einige der Astern und der späten Rosen, die noch an der Kapellenmauer blühten.

Sie legte sie und die Dresdner Porzellanfigur auf Reggies Grab. »Ich schwöre dir, daß ich herausfinden werde, was in jener Nacht geschehen ist«, sagte sie mit unsicherer Stimme und starrte in die Ferne, als erwartete sie, Reggie zwischen den Bäumen auftauchen zu sehen. Dann faltete sie die Hände und begann zu beten: »Lieber Gott, wenn es auch nur ein bißchen Gerechtigkeit auf dieser Welt gibt, dann laß mich Reggies Mörder finden …«

Trotz der Gebete ließ der Schmerz in ihr nicht nach. Es war, als wenn sie selbst gestorben wäre. Ihre Hände waren eisig, ihr Atem kam in raschen, flachen Zügen, aber sie spürte nichts davon, weil eine eigenartige Benommenheit von ihr Besitz ergriff.

Die Sicht getrübt von ihren Tränen, starrte sie mit leeren Augen auf die angesengten Bäume hinter dem Friedhof. Irgend etwas bewegte sich zwischen diesen Bäumen.

Sie mußte sich erst die Augen reiben, um zu begreifen, daß es keine Erscheinung war, was sie dort sah. Ein Mann in einem grauen Rock und schwarzen Umhang schritt langsam auf sie zu. Unter dem großen Dreispitz war sein Gesicht nicht zu erkennen.

Furcht erfaßte sie, mit einem Aufschrei des Entsetzens wich sie vor dem Mann zurück.

»Bryony! Was hast du?« ertönte Jacks vertraute Stimme.

Die Beine versagten ihr den Dienst, und sie schwankte, doch bevor sie stürzen konnte, fühlte sie sich von Jacks Armen aufgefangen. Sein vertrauter Duft nach Männlichkeit und frischer Luft begann sie einzuhüllen, und es gelang ihr endlich, sich ein wenig zu entspannen. Schweigend lag sie mit geschlossenen Augen in seinen Armen und ließ seine Gegenwart in ihr Bewußtsein dringen. Allmählich wurde sie ruhiger, die sanfte Hand auf ihrem Haar beruhigte ihre angespannten Nerven.

»Liebste Brye, was ist dir zugestoßen? Du siehst ja nur noch wie ein Schatten deiner selbst aus«, flüsterte er. Als sie nichts erwidern konnte, fuhr er fort: »Ich habe deine Nachricht von dem Stallburschen in Alfriston erhalten, bin die ganze Nacht geritten und habe mich besorgt gefragt, warum du ohne mich losgefahren warst.« Zärtlich drückte er die Wange an ihr Haar und wisperte: »Eine solche Angst wie heute nacht hatte ich in meinem ganzen Leben noch nicht. Ich dachte schon, du hättest mich verlassen.« Stöhnend zog er sie noch fester in die Arme.

Sie wünschte, sie könnte die steile Falte von seiner geliebten Stirn wegwischen. Dunkle Schatten lagen unter seinen Augen, sein Bart war ungekämmt und hätte dringend einen Barbier benötigt. »Und ich hatte schon befürchtet, du würdest vielleicht zu den Westindischen Inseln abreisen, wenn du in Plymouth warst«, war alles, was sie sagen konnte.

»So wenig Vertrauen hast du zu mir? Ich war in Mr. Hollands Kanzlei in Crawley, und sein Sekretär hat mir gesagt, du wärst hierhergefahren, um das Grab deines Bruders ein letztes Mal zu sehen, bevor du nach Frankreich weiterfahren würdest.«

»Er hat die Wahrheit gesagt.« Sie hatte ihre Kraft zurückgewonnen, aber es widerstrebte ihr, die Geborgenheit seiner Arme zu verlassen. »Ich werde unverzüglich nach Frankreich weiterfahren, um Lord Bentworth aufzuspüren. Er muß für Reggies Tod verantwortlich sein. Es gibt noch einen anderen Mann, der mir vielleicht etwas sagen könnte – Reverend Augustus Cleaves –, aber ihn verdächtige ich nicht. Er ist ein alter Freund unserer Familie und hätte Reggie nie etwas angetan.« Dann erzählte sie Jack alles, was sich vom Moment an, als sie sich in Alfriston getrennt hatten, zugetragen hatte.

Als er von dem erneuten Anschlag auf ihr Leben hörte, kannte sein Zorn keine Grenzen mehr. »Ich hätte nicht gezögert, sie zu töten!« rief er grimmig aus.

»Ich glaube nicht, daß ich mit dem Tod eines Menschen auf dem Gewissen leben könnte«, sagte Bryony. »Wir haben einen der Ganoven unschädlich gemacht und ihn in Crawley den Behörden übergeben.«

Jack runzelte die Stirn. »Mich schaudert, wenn ich daran denke, was dir hätte passieren können. Ich hätte dich nicht alleinlassen dürfen.«

»Ich dachte, Nigel hätte die Schurken schon in Seaford erwischt, aber sie müssen ihm entkommen sein. Ich bin sicher, daß er es versucht hat.« Sie strich über Jacks ausgeprägte Adlernase. »Und dein Schiff? Ist es schon zum Auslaufen bereit?« Nervös wartete sie seine Antwort ab.

Er hatte einen abwesenden Ausdruck in den Augen und erwiderte mechanisch: »In ein paar Tagen. Einige der Segel müssen ausgetauscht werden. Und der Rumpf muß neu geteert werden.«

»Ein paar kostbare Tage«, wiederholte sie und löste sich aus seinen Armen. »Was wirst du tun? Wirst du dir für den Rest der Zeit die Landschaft ansehen?«

Er betrachtete sie nachdenklich. »Hättest du etwas

dagegen, wenn ich dich begleite? Dein Weg ist ein gefährlicher, und ich würde keine ruhige Minute haben, wenn ich nicht weiß, was mit dir ist. Ich werde dein inoffizieller Beschützer sein, falls es dir recht ist.«

Bryony errötete vor Freude. »Dann wirst du mich nach Frankreich begleiten? Wir könnten schon heute abend an der Küste sein, wenn wir unverzüglich aufbrechen.«

Er schien über ihre Worte nachzudenken. »Ist es wirklich notwendig, die Überfahrt zu machen? Die Antworten, die du suchst, müßten doch auch in England zu finden sein.«

»Ich muß Lord Bentworth sprechen. Er war der Letzte, der meinen Bruder lebend gesehen hat, und er hatte ein Motiv, Reggie zu töten. Da Willow Hills hoch verschuldet und damit praktisch wertlos war, hat er vielleicht erkannt, daß Reggie seine Spielschuld nie bezahlen würde.«

»Aber selbst wenn es so gewesen wäre, warum hätte er das Feuer legen sollen? Es waren doch bestimmt wertvolle Kunstwerke und Antiquitäten in dem Haus«, widersprach Jack.

»Reggie hat alle Wertsachen verkauft. Und das Feuer könnte auch ein Unfall gewesen sein.« Nachdenklich entfernte sie sich ein paar Schritte von ihm, brach einen Zweig von einem herabgefallenen Ast ab und ließ ihn unzufrieden auf das hohe Gras hinuntersausen. Sie fand keine Lösungen, aber dafür immer mehr Probleme.

»Ich wünschte, ich wüßte, was für ein Mensch Lord Bentworth ist«, sagte sie seufzend. »Ich werde mich wohl an die Beschreibung halten müssen, die mir der Wirt aus Alfriston gegeben hat. Sie stimmt überein mit dem, was Mr. Forrester und Mr. Bench gesagt haben. Lord Bentworth soll ein kalter, hochnäsiger Exzentriker sein, dem die Leute aus dem Weg gehen. Es ist fast so, als hätten die Einheimischen Angst, auch nur von ihm zu reden.«

»Du solltest auf den Klatsch nicht hören. Die Leute übertreiben gern«, sagte er und trat dicht hinter sie. »Meine Schöne, ich wünschte, ich könnte dich die ganze Angelegenheit vergessen machen. Siehst du denn nicht, daß deine Rachegelüste dich zerstören?«

Sie betrachtete ihn mit Augen, die dunkel waren vor Schmerz. »Versetz dich doch einmal in meine Lage. Wenn du einen Zwillingsbruder hättest, den du mehr lieben würdest als das Leben selbst, und er käme unter merkwürdigen Umständen ums Leben, würdest du dann nicht wissen wollen, was mit ihm geschehen ist?«

Er nickte und lächelte ein bißchen wehmütig. »Du hast natürlich recht. Aber es tut mir weh, dich anzusehen und solchen Kummer und – nun ja, *Vergeltungsdrang* in deinem Gesicht zu sehen. Du bist nur noch ein Schatten deiner selbst. Und mir mißfällt der Gedanke, daß du nach Frankreich fahren willst, um einen Aristokraten aufzusuchen, der vermutlich nicht einmal zugeben wird, deinen Bruder überhaupt gekannt zu haben.« Er streichelte ihre Wange. »Ich möchte dein Gesicht nicht noch kummervoller sehen.«

Sie warf sich in seine Arme, und er zog sie an sich. »Jack, ich bin so froh, daß du gekommen bist«, sagte sie. »Ich hatte solche Angst.« Sie legte den Kopf zurück, um ihm ins Gesicht zu schauen. Seine Augen blickten warm und fürsorglich, und zum ersten Mal, seit sie ihn kannte, konnte sie seinen Blick erwidern, ohne sich wie ein gefangenes Kaninchen zu fühlen, das nur fliehen will.

Sie umarmten sich, und ihre Liebe war so kostbar und beglückend, daß keiner zu atmen wagte, aus Angst, die Perfektion des Augenblicks zu stören.

Er umfaßte ihre Hand und drückte sie so fest, daß sie versucht war, Einspruch zu erheben. Zu dem glitzernden Sonnenschein in den Blättern über ihnen aufschauend, sagte er: »Mit der Seele deines Bruders als Zeuge gelobe ich dir hiermit, dich zu lieben und irgendwann einmal vielleicht …« Er hielt inne und schluckte. »Und mich vielleicht irgendwann einmal ein Leben lang an dich zu binden.«

Er sah so feierlich aus, daß Bryony beinahe gekichert hätte. Lachen stieg in ihr auf wie Quellwasser aus einem Brunnen, und eine Freude übermannte sie, die warm und strahlend wie ein Regenbogen war, bis ihr vor lauter Glück ganz schwindlig wurde.

»Komm, ich möchte dir meinen Lieblingsplatz im Garten zeigen. Zum Glück ist er vom Feuer unberührt geblieben«, sagte sie und nahm ihn an der Hand. »Als Kind habe ich nur meine allerbesten Freunde zu meinem geheimen Versteck mitgenommen.«

Er lächelte und folgte ihr. »Ich fühle mich geehrt«, sagte er und küßte ihre Hand.

Sie führte ihn durch den versengten Park auf der Südseite des Anwesens und durch das Wäldchen hinter den verbrannten Stallungen. Der Rasen auf der Westseite fiel zu einem Bach hin ab, der Hochwasser vom Regen führte. Die Sonnenstrahlen glitzerten wie Diamanten auf dem Wasser, und in einer Lagune, wo der Bach eine jähe Biegung machte, quakten Stockenten. Auf einer Lichtung im Wald stand ein runder, weißgetünchter Pavillon, der vollkommen von Hopfen überwuchert war, dessen Blätter rötlich in der Sonne schimmerten. Am oberen Teil der Wände schimmerten Glasscheiben durch die Blätter, und darüber war ein spitz zulaufendes Dach aus Schieferschindeln zu erkennen.

Bryony breitete die Arme aus. »Ist es nicht wie ein Haus aus einem Märchen, mit diesen wunderschönen Schnitzereien am Sims und der goldenen Kugel auf dem Dach?«

Jack lächelte und legte den Arm um ihre Schultern. »Das ist es allerdings. Können wir hineingehen?«

Von ihrem Glück beflügelt, lief sie über den gepflasterten Weg voran und durchlebte in ihrer Erinnerung noch einmal ihre Kindheit.

Es roch im Pavillon ein bißchen modrig, aber die abgenutzten Kissen auf den Bänken waren trocken. Eine alte Holztruhe enthielt noch immer zwei ihrer Puppen, und sie berührte sie beinahe ehrfürchtig. »Minnie und Mrs. Jones.« Sie lachte über ihre eigene Nostalgie. »Das war mein liebster Ort, und meine Puppen warten immer noch auf mich.«

»Nun, ich schätze, dann werden sie wohl froh sein, daß du endlich da bist.« Er breitete die Arme aus. »Komm her, meine Schöne. Du bist zu alt, um noch mit Puppen zu spielen.« Er zwickte sie in die Nase. »Inzwischen bist du alt genug, um mit einem ausgewachsenen Mann zu spielen.«

Es war das Natürlichste auf der Welt, ihn zu umarmen. »Ist es eigentlich möglich, gleichzeitig richtig glücklich und zutiefst betrübt zu sein?«

Er streichelte ihr Haar. »Ist es das, was du empfindest?«

Sie nickte. »Ich vermisse Reggie sehr, aber ich bin so überglücklich, daß ich dir begegnet bin. Wenn all diese furchtbaren Dinge nicht geschehen wären, hätten wir uns nie …«

»Pst, laß uns nicht versuchen, zu ergründen, was geschehen wäre. Du mußt lernen, nicht nur mit deiner Freude, sondern auch mit deinem Schmerz zu leben.«

»Bitte lieb mich«, wisperte sie und richtete sich auf die Zehenspitzen auf, um die Hände um sein Gesicht zu legen. »Hier.« Ihre Lippen zitterten von einem unsicheren Lächeln. »Siehst du, jetzt bitte ich dich doch. Du hast gesagt, du würdest mich nicht eher lieben, bis ich dich darum gebeten hätte.«

Er stöhnte. »Was für ein Idiot ich damals war.«

»Es ist noch gar nicht lange her«, erinnerte sie ihn, »aber es kommt mir vor wie eine Ewigkeit.«

»Es *ist* eine Ewigkeit. Ich war nur halb lebendig, bevor ich dir begegnete.«

»Komisch, aber ich wollte gerade das gleiche sagen«, sagte sie und errötete vor Freude.

Im nächsten Augenblick schon nahmen seine Lippen ihre in Besitz. Sie ließ ihn kühn die warme Höhle ihres Munds erforschen, dann ihr Gesicht und ihre Ohren und den Nacken. Sie spürte, wie seine Leidenschaft erwachte, und diesmal konnte sie sie hemmungslos erwidern. Entzückt über die erotischen Gefühle, die seine zärtlichen Liebkosungen in ihr wachriefen, bog sie sich weit zurück, damit er auch die empfindsame Haut am Ansatz ihrer Brüste küssen konnte.

Die Luft draußen war noch still und warm, aber ihre Liebe ließ in ihnen einen Sturm aufkommen, der so wild und ungebärdig war, daß Bryony dachte, die ganze Welt müsse in den Mahlstrom ihrer Empfindungen mitgerissen werden.

Jacks Hände glitten über den Spitzenbesatz ihres Mieders. Mit einer einzigen Bewegung, die nur wie eine weitere Liebkosung zu sein schien, öffnete er sie, und ihr Mieder klappte vorne auf. So zärtlich, wie er ein neugeborenes Kind halten würde, umfaßte er ihre Brüste und strich mit den Daumen über ihre Spitzen, bis sie glaubte, vor Entzücken zu vergehen.

»Dich zu berühren, ist besser als der berauschendste Champagner dieser Welt«, wisperte er, und sie sah, daß seine Augen sich vor Leidenschaft verdunkelten. »Mir ist, als flösse in diesem Augenblick dein Blut durch meine Adern.«

»Und deine magischen Hände verzaubern jeden Zentimeter meiner Haut«, hauchte sie, als sie endlich wagte, ihm das Kompliment zurückzugeben. Die Worte kamen ihr leicht über die Lippen, und ihr kamen auch noch viele andere Komplimente für ihn in den Sinn, die wie kostbare Perlen an einer soliden Kette aus zärtlichen Gefühlen waren. Aber nicht jetzt; jetzt mußte sie jede Nuance seiner Liebe auskosten, so viele Erinnerungen wie nur möglich sammeln und seine Liebkosungen erwidern.

Sie knöpfte seine Weste auf, öffnete das schlichte weiße Hemd und schob ihre Finger in das dunkle Haar auf seiner Brust. Ein warmes Prickeln begann sich in ihr auszubreiten, und ihr Herz schlug schneller, bis sie kaum noch atmen konnte.

Und dann drohten ihre Beine ihr den Dienst zu versagen, aus purer Freude über seine Nähe.

Es gelang ihm, die Verschlüsse ihres Reifrocks zu öffnen, und raschelnd glitt er an ihr hinunter, gefolgt von dem zerdrückten Samtrock, ihrer *Jupe* und den dreifachen Unterröcken, bis sie nur noch mit ihrem Hemd bekleidet vor ihm stand.

Während er ihr Ohrläppchen küßte, ließ er seine Hände von ihren Brüsten zu ihrer Taille hinuntergleiten, über ihre schmalen Hüften und zu ihrem festen Po.

»Ah, wie sehr ich mir gewünscht habe, dich dort zu berühren. Aber wenn ich mich erdreistet hätte, dich in deinen hübschen Po zu kneifen, hättest du mich bestimmt mit deinem Portemanteau erschlagen – oder schlimmer noch, mit dieser Netztasche.«

Seine Augen funkelten, als er die schwere Tasche von der Bank nahm und auf den Boden stellte. »Was schleppst du darin mit? Steine?«

»Du … Schlauberger!« tadelte sie ihn und griff nach seinen Rockaufschlägen. »Viel schlimmer noch – ein Horn mit Schießpulver!«

Er tat, als fürchtete er sich. »Schießpulver? Das brauchen wir nicht. Unsere Liebe wird uns auch so in tausend Stücke sprengen.« Er breitete seinen Umhang auf den Polstern einer der Bänke aus, und bevor sie wußte, wie ihr geschah, hob er sie auf und legte sie darauf. Ihr Hemd war bis über die Schenkel hinaufgerutscht, so daß ihre intimste Stelle schutzlos seinen Blicken preisgegeben war. Er schnappte nach Luft, als er sie sah, und schien den Anblick zu genießen. »Ah«, seufzte er, als er sein Schwert abschnallte und sich auszog. Dann streifte er ihr das Hemd über den Kopf und ließ sich zärtlich auf ihr nieder.

»Oh, Bryony, ich brauche dich. Du ahnst ja nicht, wie sehr«, murmelte er rauh an ihrem Nacken. »Ohne dich bin ich der einsamste Mann der Welt.«

Sie hatte ihn am Fluß bereits einmal nackt gesehen, aber das Gefühl seiner warmen Haut auf ihrer war wie ein süßer Schock für sie. Er war wie eine Decke voller Energie, die sich um ihren nachgiebigen Körper schlang und vollkommene Hingabe verlangte.

Von dem Moment an, als seine Beine sich um ihre schlangen und seine Arme sie umfaßten, war sie zu keinem vernünftigen Gedanken mehr imstande. Er strich mit den Fingern die Konturen ihres Gesichts nach und erforschte mit der Zunge ihren Nacken, was die süßesten, berauschendsten Gefühle in ihr weckte. Sie seufzte vor Entzücken, als seine Lippen eine ihrer Brustspitzen umschlossen und zärtlich daran zupften, bis sie vor Empfindsamkeit beinahe schmerzten. Ein überwältigendes Verlangen erfaßte sie, als er sanft daran zu saugen begann. Seine Hände ließen die geheimsten Sehnsüchte in ihr erstehen und machten sie bereit für das Feuer, das nur er in ihr zu wecken verstand. Behutsam strich er mit dem Finger über das weiche Haar zwischen ihren Schenkeln, als wolle er das Potential der Lust an dieser bisher unentdeckten Stelle prüfen. Als sie sich aufstöhnend an ihn preßte, lachte er leise und bereitete sie mit langsamen, kreisförmigen Liebkosungen für die intime Vereinigung mit ihm vor, bis sie nichts anderes mehr tun konnte, als ihn um Erfüllung anzuflehen. Seine Augen glühten vor Leidenschaft, als er ihre wachsende Ekstase sah.

Als er langsam in sie eindrang, standen Tränen in seinen Augenwinkeln. »Ich hätte nie gedacht, daß Liebe so süß, so heilsam sein kann«, sagte er zwischen zwei lustvollen Seufzern.

Sie streckte die Hände nach ihm aus und führte seinen Mund zu ihren Lippen, während sie hoffte und betete, daß dieser wundervolle Augenblick nie enden möge. Seine kraftvollen Bewegungen lösten eine Sturmflut der Gefühle in ihr aus, die im Zentrum ihrer Weiblichkeit begann und sich bei jedem Stoß noch steigerte, bis sie kaum noch atmen konnte. Jede Faser ihres Körpers erschauerte in seinen Armen, als seine letzten fieberhaften Stöße sie durch ein Meer der Ekstase an das andere Ufer brachten, wo Frieden und Erfüllung auf sie warteten.

Als sie die Augen öffnete, fand sie ihn an derselben stillen Küste wieder, und zusammen lachten sie.

18

Den Rest des Tags verbrachten sie damit, lustvoll ihre Körper zu erforschen und einander auf immer neue Gipfel der Ekstase zu versetzen. Als der Abend kam, beschlossen sie, über Nacht im Pavillon zu bleiben. Jack ging, um die Decken aus der Kutsche zu holen. Er weckte Jules und Clover, gab ihnen Geld für eine warme Mahlzeit und ein Bett und schickte sie nach East Grinstead.

Dann nahm er die Kissen von den Bänken im Pavillon und ordnete sie zu einem weichen Lager auf dem Boden an, über das er seinen Umhang und die Decken aus der Kutsche breitete. Ihr Liebesnest war warm und gemütlich.

Die Nacht ein Traum aus Sternenlicht und sanften Brisen.

Und Liebe.

Zum ersten Mal fühlte Bryony sich ganz und gar im Einklang mit sich selbst. Ihre Liebe war gut und richtig. Sie konnten einander ebenso mühelos in die Seele schauen, wie sie in den Armen des anderen Ekstase fanden. Jack wußte, wie er sie erfreuen konnte, und sie machte ihn offenbar sehr glücklich. Das zu wissen, stimmte sie sehr froh. Die kleine Bryony Shaw, Reggie Shaws Schatten, besaß die Macht, einen anderen Menschen glücklich zu machen und ihm Befriedigung zu schenken. Sie hätte nie gedacht, daß sie einmal einen Mann finden würde, der so perfekt zu ihr paßte, der jede ihrer Stimmungen erkannte und stets verstand, was sie gerade dachte. Egal, wo Jack herkam, wer er war oder wohin er ging, die Gewißheit, daß er richtig für sie war, war unwiderruflich in ihrem Bewußtsein eingeprägt.

Nach einer leidenschaftlichen Liebesnacht sanken sie im frühen Morgengrauen in einen erschöpften Schlaf.

Als Bryony am nächsten Morgen erwachte, streckte sie sich selig, und ihr war, als müsse sie vergehen vor Liebe. Schläfrig streckte sie die Hand nach Jack aus, aber ihre Finger berührten nichts als Luft. Entsetzt drehte sie sich um. Er war fort.

Sein Umhang lag noch unter ihr und war stark zerknittert, wo er geschlafen hatte. Wohin mochte er gegangen sein, ohne ihr Bescheid zu sagen? Quälende Ungewißheit erfaßte sie, und nachdem sie sich rasch in eine der Decken gehüllt hatte, öffnete sie die Tür des Pavillons und ging hinaus.

Über dem Park lag dichter Nebel, die Äste der Bäume sahen wie gespenstische Finger aus, die gierig nach ihr griffen. Sie erschauerte und versuchte, Jacks vertraute Gestalt in diesem trüben Licht zu sehen. »Jack?« rief sie, mit einer Stimme, die kaum mehr als ein Krächzen war.

Die Stille war bedrückend und schien sie zu umzingeln, als sie merkte, daß sie ganz allein war. Hastig ging sie in den Pavillon zurück und stellte fest, daß Jacks gesamte Kleidung weg war. Bis auf das wohlige Prickeln in ihrem Körper ließ nichts mehr darauf schließen, daß er je hiergewesen war.

Nagende Zweifel und schleichende Angst begannen ihre Freude zu zerstören. Warum hatte er sie verlassen? Sie zog rasch ihre Sachen an; mit jedem Kleidungsstück, das sie anlegte, war ihr, als entfernte sie sich noch etwas weiter von Jack und dem, was sie geteilt hatten. Sie bereute keine Sekunde der Nacht, die sie in seinen Armen verbracht hatte, doch nun kam es ihr so vor, als wäre das in einem anderen Leben gewesen.

Sie legte ihren Umhang um und verließ den Pavillon. Sie hatte keinen Grund, den Nebel zu fürchten, da sie jeden Pfad und Stein des Parks kannte, und dennoch zögerte sie, bevor sie sich von ihm verschlingen ließ.

Nasser kalter Dunst kroch über den Boden und hüllte ihre Knöchel ein. Sie rief Jacks Namen, als sie ging. Verbrannte Baumstümpfe, die sich brüsk aus dem Nebel rechts und links vom Pfad erhoben, waren eine schaurige Erinnerung an vergangene Schrecken.

Sie überquerte den verwilderten Friedhof und verweilte kurz, um den Grabstein ihres Bruders zu berühren. Die Astern, die sie am Tag zuvor davor gelegt hatte, verwelkten schon. Sie kniete sich auf den feuchten Boden und betete, ließ mit geschlossenen Augen und gesenktem Kopf all ihren Kummer aus ihrem Herzen strömen. Als ihre Konzentration auf das Gebet allmählich nachließ, bemerkte sie eine Bewegung hinter sich im Gras, ein plötzliches Scharren von Metall an Stein, ein Zischen …

Ein harter Schlag traf sie von hinten.

Ein Kaleidoskop aus Farben explodierte in ihrem Kopf, und Schmerz echote in ihren Ohren wie ein Gong, bis barmherzige Dunkelheit sie einhüllte.

Bryonys Kehle war wie ausgedörrt, ihr Kopf schmerzte wie eine offene Wunde, ihr Körper war bleischwer und eisig kalt. Sie wollte nicht die Augen öffnen, aber etwas zwang sie, es zu tun. Unruhe nagte an ihr wie ein unersättliches Nagetier.

Als sie haltsuchend die Hand ausstreckte, entdeckte sie nur nackte Erde. Sie krallte ihre Nägel hinein und zog sich mühsam hoch, um sich auf die Ellbogen zu stützen. Ihre Augen tränten, aber das dämmrige Licht in dem Gebäude schmerzte nicht.

Wo war sie? Ein greller Schmerz durchzuckte ihren Nacken, als sie den Kopf wandte. Fast sofort erkannte sie den Holzschuppen, eins der wenigen Gebäude, das durch das Feuer nicht komplett zerstört worden war. Dem schiefen Winkel der Balken nach zu schließen, würde das Dach allerdings bald einstürzen. Indem sie die Knie anzog, gelang es ihr, sich zu einer sitzenden Stellung aufzurichten. Die Stirn an die Knie gestützt, wartete sie, bis ihr Schwindel nachließ, bevor sie sich umschaute.

Sie hatte keine Ahnung, wie sie in den Holzschuppen auf Willow Hills gekommen war, aber sie wußte, daß etwas Schreckliches dort draußen lauerte. Sie fürchtete sogar die Luft, die faulig roch und schaurig still war.

Im gleichen Maße wie ihre Benommenheit nachließ, wuchs ihr Zorn: sie würde sich allem stellen, was sie hier erwarten mochte, und kämpfen bis zum letzten Atemzug.

Aber ihre Furcht war so groß, daß sie jeden Nerv in ihr zum Zittern brachte und ihre Glieder ihr den Dienst versagten.

Nach einer Weile gelang es ihr, ihre Ängste soweit zu beherrschen, daß sie es wagen konnte, sich in ihrer näheren Umgebung umzusehen. Etwas Furchtbares erwartete sie, dessen war sie sich ganz sicher, aber der Schock war größer, als sie dachte, als sie den Mann erblickte, der reglos neben ihr auf dem Boden lag.

Er war tot, seine Augen, die in grauenhafter Furcht weit aufgerissen waren, starrten blicklos zu ihr auf.

Sie erkannte Reverend Augustus Cleaves aus Battle, einen alten Mann, den sie als Kind sehr gemocht hatte. Als alter Freund ihres Vaters und Pate ihres älteren Bruders, August, der als Kind gestorben war, hatte Reverend Cleaves ihnen immer Süßigkeiten mitgebracht.

Der Reverend war der letzte Name auf ihrer Liste der Jakobiter-Sympathisanten gewesen. Hatten seine politischen Überzeugungen ihm den Tod gebracht?

Bryony konnte sich nicht dazu überwinden, den Toten anzufassen, der bekleidet war mit einem dunklen Rock, einem gestärkten Kragen und einer schlichten Pferdehaarperücke, die schief über einem seiner Ohren saß. Der schwarze Stoff seines Rocks wies an mehreren Stellen dunklere Flecken auf, und Bryony brauchte nicht erst genauer hinzusehen, um zu wissen, daß es Blut war.

Leise Tränen rannen über ihre Wangen, und sie begann langsam auf den Ausgang zuzukriechen. Sie mußte hier verschwinden. An der Tür streckte sie ihre zitternde Hand nach dem Türknauf aus. Aber als sie versuchte, ihn zu drehen, merkte sie, daß die Tür verschlossen war.

Stöhnend ließ sie sich gegen die Mauer sinken. Aus diesem Blickwinkel konnte sie nun sehen, daß eine gefaltete und versiegelte Botschaft zwischen den Händen des toten Pfarrers steckte.

Unschlüssig starrte sie das Blatt mehrere Minuten an, bevor sie den Mut faßte, zurückzukriechen und das Papier aus seinen steifen Händen zu entfernen. Es ging ziemlich leicht, als hätte man es erst dorthin gesteckt, nachdem der Reverend schon lange tot war. Mit zitternden Händen entfaltete sie das Blatt und las: »Wenn Sie am Leben bleiben wollen, brechen Sie unverzüglich Ihre Nachforschungen zum Tode Ihres Bruders ab, denn sonst wird es Zeugen geben, die beschwören, daß Sie diesen Mann getötet haben. Möchten Sie wie eine gemeine Mörderin am Galgen enden?«

Ein kalter Schauder glitt über ihren Rücken. Ihre Zähne klapperten vor Angst und Grauen, und es gelang ihr nicht, das Zittern in all ihren Gliedern zu beherrschen. Wie erstarrt vor Schock und Furcht, starrte sie mit leeren Blicken in die Finsternis des weitläufigen Schuppens. Sie hatte keine Ahnung, wieviel Zeit verstrich, aber das Licht, das durch die rechteckigen, fensterlosen Löcher in den Wänden drang, begann seinen Winkel zu verändern und wurde stärker.

Das Geräusch war anfangs nur sehr leise. Ein paar Minuten später kam es wieder, näher jetzt. Jemand schrie zwischen den Bäumen. »Bryony? Wo bist du?«

Ihr Name echote durch ihren Kopf und riß sie lange genug aus ihrer Benommenheit, um sie mit zitternden Fingern nach der Tür greifen zu lassen. »Hilfe«, rief sie mit schwacher Stimme.

»Bryony, antworte!« Das Geräusch war näher, stärker. Sie erkannte nun Jacks Stimme, und etwas in ihrem Herz bewegte sich und kämpfte darum, freizukommen. Es erlöste sie aus ihrer Starre, und sie begann zur Tür zu kriechen. »Hier!« schrie sie.

Die Tür flog auf, und da stand Jack und erfüllte die Finsternis mit Leben. Tränenüberströmt streckte Bryony die Hände nach ihm aus, und er hob sie auf die Arme und drückte sie ganz fest an seine Brust.

»Bryony, Liebste, ich hatte solche Angst um dich! Warum hast du den Pavillon verlassen?« Seine Stimme klang rauh vor Unruhe und Ärger.

»Du warst ohne ein Wort fortgegangen«, flüsterte sie und stieß ihn mit schwacher Hand gegen die Brust. »Warum? Weil ich nie verletzter war.«

Seine Augen waren dunkel und unergründlich. »Ich bin nach East Grinstead geritten, um etwas zu essen zu kaufen. Dort habe ich Jules und Clover getroffen. Ich wollte dir das Frühstück im Bett servieren. Ich hatte sogar eine Flasche Champagner gekauft, um unseren ersten gemeinsamen Morgen zu feiern.«

Ohne etwas zu erwidern, deutete sie auf die Leiche. Sie ertrug es nicht, den Toten noch einmal zu sehen, und barg das Gesicht deshalb in ihren Händen. Jack fluchte und ging rasch hinüber, um den Toten zu untersuchen.

»Er ist schon seit Tagen tot, vermute ich«, murmelte er. »Wie hast du ihn gefunden?«

Bryony erzählte es ihm, und er sah sich die Schwellung an ihrem Hinterkopf an und dann die Nachricht, die sie in den Händen hielt. »Das ist ja schrecklich! Ich wünschte, ich könnte diesem Erpresser den Hals umdrehen«, rief er aus, nachdem er die Notiz gelesen hatte.

Das Blut stieg ihm vor Empörung in die Wangen, und seine Augen blickten sehr beunruhigt, als er sagte: »Ich werde kein Auge mehr zutun, bis du deine Nachforschungen beendet hast. Dein Leben ist in Gefahr, und ich weiß nicht, was ich tun würde, wenn dir etwas passieren würde.«

Bryony atmete tief ein und fuhr sich mit dem Ärmel ihres Kleids über die nassen Augen. »Dieser Mann war ein alter Freund meiner Familie.«

»Wir müssen die Behörden informieren«, sagte Jack und rieb sich nachdenklich den Bart. Nach einem prüfenden Blick auf Bryony setzte er hinzu: »Ich schätze, nichts wird dich davon abbringen, deine Nachforschungen fortzusetzen?«

Sie schüttelte den Kopf. »Ich werde nicht eher Frieden finden, bis ich die Wahrheit weiß.«

»Dann werde ich dir helfen. Bei Gott, wenn es nötig wäre, würde ich mein Leben für dich geben. Aber wir müssen den Übeltäter schnappen, bevor er einen weiteren Anschlag unternimmt.« Stöhnend zog er sie an sich. »Ich ertrage es nicht, dich so bekümmert zu sehen.«

»Wir müssen uns um die Leiche kümmern.«

»Natürlich, aber wenn du persönlich die Behörden informierst, werden sie dich als Hauptverdächtige für diesen Mord verhaften.« Er seufzte. »Nein, ich erledige das schon irgendwie. Laß uns Clover holen.«

Sie hatte ihren jungen Freund bereits vergessen. »Ist er mit dir zurückgekommen?«

»Ja, ich habe ihn am Fluß gelassen, wo er die Enten fütterte. Wenn ich diesen Dreikäsehoch richtig kenne, wird er unseren ganzen Brotproviant an sie verfüttern«, fügte Jack hinzu, um sie ein wenig aufzuheitern.

»Laß uns zu ihm gehen.« Bryony taumelte hinaus und sog tief die frische Luft ein. Aber es gelang ihr nicht, die Erinnerung an den toten Mann im Schuppen auszulöschen. Sie zerknüllte die Nachricht, die sie in der Hand des Reverends gefunden hatte, und warf sie ins Gebüsch. »Wo ist Jules?«

»In der Schmiede in East Grinstead. Eins deiner Pferde braucht neue Hufeisen.«

»Ich hoffe, daß es bis zu meiner Reise nach Frankreich fertig ist.« Als sie sich zu Jack umwandte, stand ein entschlossener Blick in ihren Augen. »Wirst du mich nach Paris begleiten? Ich weiß, daß ich nicht eher Ruhe finde, bis ich mit Lord Bentworth gesprochen habe. Ich habe so ein Gefühl, als ob ich dort, wo ich Reggies Mörder finden werde, auch den finde, der den Reverend auf dem Gewissen hat.«

Jack hielt ihren Arm, als sie den Park durchquerten, und zwang sie, langsamer zu gehen. »Wie kannst du so sicher sein, daß Bentworth der Schuldige ist?«

»Es ist das Wahrscheinlichste.«

»Jeder andere, der bei dem Kartenspiel dabei war, hätte deinen Bruder töten können«, widersprach er und klang plötzlich müde.

»Sie hatten kein Motiv. Lord Bentworth forderte die Begleichung der Spielschuld meines Bruders, und als Reggie nicht zahlen konnte, hat er ihn getötet.«

Jack lachte. »Die Beweisführung ist dürftig, und das weißt du selbst.«

Bryony war so verstimmt, daß sie ihn schlagen wollte. »Warum mußt du mir andauernd widersprechen? Du kannst mich nicht davon abhalten, nach Paris zu fahren.«

Er bedachte sie mit einem langen Blick und schüttelte den Kopf. »Wie starrsinnig du bist!«

Sein Widerstand weckte neues Mißtrauen in ihr. Hatte *er* etwas damit zu tun? Leise Angst begann sie zu beschleichen, als sie sich alles ins Gedächtnis rief, was seit jenem ersten Tag, an dem sie sich begegnet waren, vorgefallen war.

Jack war bei jedem Anschlag auf ihr Leben in der Nähe gewesen. Und sie mußte zugeben, daß sie nichts über seine Vergangenheit wußte. Aber ihr Herz vertraute ihm, hatte ihm immer schon vertraut, selbst wenn er ihren Fragen ausgewichen war.

Dennoch vergifteten Zweifel ihr Blut und befleckten ihre Liebe. Vielleicht war ihre leidenschaftliche Nacht zu schön gewesen, um wahr zu sein. Sie hatte noch nie jemanden gekannt, der in einer stets perfekten Liebesbeziehung lebte. Warum sollte es da bei ihr anders sein?

Als sie Willow Hills verließen, erkannte Bryony, daß sie den eigentlichen Grund, warum sie hergekommen war, vergessen hatte: die Suche nach einem Schlüssel zu dem Rätsel in Reggies letztem Brief an Onkel Butterkloß.

19

Zumindest hatte Jack die Wahrheit über seinen Ritt nach East Grinstead gesagt. Am Fluß bei Clover wartete ein gut gefüllter Picknickkorb mit Schinken, Käse, einem halben Laib Brot und *Kedgeree,* einem Reisgericht mit Fisch und Eiern. Und er hatte tatsächlich auch Champagner mitgebracht.

Clover kaute an einem Stück Brot und warf den Enten Krumen zu. »Ihr habt euch aber Zeit gelassen! Ich dachte schon, ihr würdet mich verhungern lassen«, tadelte er sie.

»Ich dachte, es würde ein romantisches Frühstück *à deux*«, sagte Bryony leise zu Jack, aber irgendwie wollte der Scherz ihr nicht so recht gelingen.

»Es ist zwar nicht der richtige Moment zum Feiern«, sagte Jack, als er die Flasche aus dem Korb nahm, »aber du brauchst etwas, das dir das Frösteln nimmt.«

Schuldbewußtsein, ihn des Verrats verdächtigt zu haben, beschlich sie. Sein Gesicht war tief zerfurcht von Sorge, als stünde er unter großer Anspannung. Er begann den Champagner einzuschenken, aber vorher hatte er sie einen Moment lang prüfend angesehen und in ihren Augen zweifellos ihr Mißtrauen gelesen.

»Wie geht es deinem Kopf?« erkundigte er sich.

»Viel besser.« Sie verschränkte fest die Hände, um den Tumult in ihr zur Ruhe zu bringen. »Ich verstehe nicht, wie es möglich ist, innerhalb kürzester Zeit von einem Extrem ins andere zu verfallen – von überwältigendem Glück zu tiefster Niedergeschlagenheit.«

Er reichte ihr das Glas. »Trink es aus. Das wird den Schmerz lindern.« Lächelnd strich er mit den Fingerknöcheln über ihre Wange. »Du bist die tapferste Frau, der ich je begegnet bin, und auch die faszinierendste.«

»Red' keinen Unsinn! Mach mich nicht verlegen«, schalt Bryony, aber sie mußte trotzdem lächeln. Seine bloße Anwesenheit begann schon ihren Schmerz zu lindern.

»Ich könnte tagelang darüber reden, wie sehr du mir gefällst.«

Bryony trank den kühlen Champagner. »Dafür haben wir keine Zeit. Paris erwartet uns.«

»Ich verstehe immer noch nicht, warum du aus purem Starrsinn und in einer völlig sinnlosen Mission nach Frankreich reisen mußt.«

Sie stellte das Glas unnötig heftig in den Korb zurück. »Ich erwarte nicht, daß du meine Überzeugung teilst, aber nachdem ich mit allen Kartenspielern außer Reverend Cleaves gesprochen habe, bin ich zu dem Schluß gekommen, daß Lord Bentworth Reggie ermordet haben muß. Das ist das Wahrscheinlichste.«

Jack deutete auf den Schuppen hinter dem Gehölz. »Und wie erklärst du dir diesen Mord? Hat Bentworth den aus der Ferne begangen?«

»Du hast gut reden«, versetzte Bryony empört. »Du hast mit keinem der Kartenspieler gesprochen und weißt deshalb auch nicht, was sie gesagt haben.«

Er kniff die Lippen zusammen, und eine steile Falte bildete sich zwischen seinen Brauen.

Als spürte er die zunehmende Spannung, betrachtete Clover sie nachdenklich. »Wann fahren wir nach Frankreich?« fragte er.

Bryony wußte, daß sie keine andere Wahl hatte, als den Jungen mitzunehmen. »Heute. Aber zuerst müssen wir Jules und die Kutsche abholen.« Sie wandte sich an Jack. »Wie kommen wir nach East Grinstead, wenn die Kutsche in der Schmiede ist?«

»Ich habe zwei Pferde gemietet. Ich hoffe, du kannst reiten.«

»O Mann!« rief Clover. »Sie hätten sie sehen sollen, als sie die Kutsche lenkte. Sie kann mit Pferden umgehen.«

»Vom Scheitel bis zur Sohle eine echte Dame« bemerkte Jack, und Bryony wußte nicht, ob es ein Kompliment oder eine Beleidigung sein sollte. Sie war überempfindlich und überreizt. Aus Scham über ihre unfreundlichen Gedanken berührte sie Jacks Wange. Zärtlichkeit vermischte sich in ihr mit Zweifeln. Er sah blaß und müde aus, und alle Energie war plötzlich aus seinem Blick verschwunden.

Jack hob Clover hinter Bryony auf ihr Pferd, einen Schimmel, und schwang sich dann in seinen Sattel. »Auf geht's«, sagte er seufzend.

Als sie East Grinstead erreichten und die Hauptstraße hinunterritten, sah Bryony ihre große schwarze Kutsche vor der Schmiede. Sie glitt aus dem Sattel und bat Jack, zu warten, während sie hineinging, um sich nach ihrem Pferd zu erkundigen.

Jack bot ihr an, die Behörden über den Fund der Leiche zu informieren. »Du solltest dich nicht sehen lassen«, warnte er.

Nach einer längeren Diskussion gab er schließlich Clovers Bitte nach, zusammen zu dem Platz am Ende der Straße zu reiten, wo eine Gruppe Puppenspieler ihr Kasperletheater aufgebaut hatten.

Bryony blieb auf den Stufen der Schmiede und sah ihnen nach, als sie davon ritten – dem stolzen Mann und dem zerlumpten Gassenjungen. Es gab häufig Spannungen zwischen ihnen, und sie wünschte, Jack möge den Jungen endlich akzeptieren. Sie hatte den Verdacht, daß Clover Jack an seine eigene unglückliche Kindheit erinnerte. Bittersüße Zärtlichkeit zog ihr das Herz zusammen. Sie hatte angefangen, Jack und Clover als ihre neue Familie zu betrachten. Aber Jack hatte nie von einer gemeinsamen Zukunft gesprochen. Und wo gehörte Clover hin in dieser Welt?

Sie betrat die Schmiede. Die rußgeschwärzten Wände erinnerten an eine dunkle Höhle. Der Hammer des Schmieds schlug Funken, als er auf dem rotglühenden Eisen auf dem Amboß aufkam. Der Krach war ohrenbetäubend.

Bryony schaute sich in dem düsteren Raum um. Keine Spur von Jules. Zu ihrer Überraschung stand sie urplötzlich vor Dudley Bench.

»Oh, guten Morgen«, grüßte sie ihn verwirrt. Unter seinem durchdringenden Blick erwachte Angst in ihr, und sie versteifte sich. »Ich muß den Schmied sprechen.«

»Ja, ja, natürlich«, sagte Bench zerstreut. »Mein Pferd hat ein Hufeisen verloren. Ich bin geschäftlich hier, wie üblich.«

»Verstehe. Nun, ich wußte nicht, daß Sie Geschäfte in East Grinstead hatten.« Sie wünschte, sie hätte ihren Fächer mitgebracht, um sich vor seinen rüden Blicken zu verbergen.

»Ich bin bei einem Anwalt. Wir arbeiten am selben Fall.« Er trat einen Schritt näher und sah in seinem dunkelgrauen Umhang mit der schwarzen Borte wie eine riesige Krähe aus.

Bryony trat einen Schritt zurück.

»Keine Angst«, murmelte er. »Vielleicht habe ich Sie zu hart kasteit, als Sie bei mir waren, aber Sie müssen verstehen, daß ich mich um meine Familie sorge. In dieser Lage …«

»Bitte sagen Sie nichts mehr. Ihr Geheimnis ist bei mir sicher.« Bryony verspürte das Bedürfnis, fortzurennen.

Sie drehte sich um und raffte ihre Röcke, aber seine nächsten Worte hielten sie zurück.

»Ich bin vor zwei Tagen hergekommen und im ›The Swan‹ abgestiegen. Nettes Gasthaus übrigens. Jedenfalls überraschte es mich, dort Lord Bentworth zu begegnen. Er war einige Wochen in Frankreich, und als ich fragte, was ihn nach East Grinstead führte, schützte er dringende Geschäfte vor.« Bench rieb sich seine hohle Wange. »Wenn ich gewußt hätte, daß Sie heute kommen, hätte ich ihn gebeten, Sie zu empfangen. Vielleicht hätten Sie dann die Hinweise gefunden, die Sie suchen.« Vielsagend zog er eine Braue hoch. »Aber er sagte, er fahre heute schon wieder zurück nach Frankreich. Er sei als diplomatischer Berater dort und versuche, einen Frieden auszuhandeln.« Mr. Bench lachte böse. »Die Regierung müßte seine *wahren* Tendenzen kennen.«

Bryony nickte geistesabwesend. Wenn sie sich beeilte, würde sie Lord Bentworth vielleicht noch einholen, bevor er England verließ. »Wann ist er von East Grinstead abgereist?« fragte sie.

»Oh, vielleicht gestern? Er sagte, er müsse noch eine letzte Sache regeln, bevor er das Land verließ.«

Den Reverend zu töten! dachte Bryony. Oder vielleicht sogar noch jemand anderen, wie Nigel beispielsweise. Oder diesen Bench. Kalte Angst ließ sie schaudern. Sie mußte sie warnen. Jetzt war keiner mehr von ihnen sicher. Sie wollte Mr. Bench gerade von dem Tod des Reverends erzählen, als der Schmied seinen Hammer ruhen ließ und sie begrüßte.

»Sind Sie Miss Shaw? Dieser verflixte Franzmann sagte, Sie würden herkommen, falls ich sein Kauderwelsch richtig verstanden habe.«

»Ja. Haben Sie mein Pferd schon neu beschlagen?«

»Selbstverständlich.« Er führte sie in den angrenzenden Stall zu ihren Pferden. »Sie fressen mir all meinen Hafer und mein Heu weg, Missy.«

»Wo ist der Kutscher?«

»Der Franzmann? Keine Ahnung. Er verschwand sogleich, nachdem er die Pferde hier abgeliefert hatte. Er wird auf dem Jahrmarkt sein, vermute ich. Da sind alle hier.«

»Gut, dann werde ich ihn suchen, bevor ich mit Ihnen abrechne.«

»Bleiben Sie nicht zu lange, Missy«, erwiderte er grimmig. »Ihre Pferde fressen zuviel.«

Als sie die Schmiede verließ, begegnete sie draußen wieder Mr. Bench.

»Ich hatte keine Gelegenheit, mich zu verabschieden«, sagte er und zog seinen Hut.

Bryony zögerte und schaute sich auf der leeren Straße um. Mr. Benchs Präsenz verursachte ihr Unbehagen. »Ich … ich sollte Sie warnen«, sagte sie, »aber ich befürchte, daß Sie mir vielleicht nicht glauben werden.«

»Glauben? Was, Miss Shaw?«

»Heute morgen habe ich eine Leiche in den Ruinen von Willow Hills gefunden. Es waren die sterblichen Überreste von Reverend Cleaves.« Sie atmete tief ein. »Jemand hat ihn umgebracht und ihn dort hingelegt – mit einer Nachricht in der Hand, in der man drohte, mir die Schuld an Cleaves' Tod anzulasten, falls ich meine Nachforschungen nicht unverzüglich einstellte.«

Sie beobachtete Mr. Bench, um zu sehen, wie er reagierte, aber er zog nicht einmal die Brauen hoch. »Das ist die absurdeste Geschichte, die ich je gehört habe. Was wollen Sie damit unterstellen, Miss Shaw?«

»Begreifen Sie es denn nicht? Sie könnten das nächste Opfer sein. Der Reverend war ein Freund von Ihnen und ein« – sie senkte die Stimme – »Jakobiter.«

Er lachte humorlos. »Ihre Phantasie geht mit Ihnen durch, meine Liebe. Es ist traurig, daß Cleaves tot ist. Er muß von Straßenräubern überfallen worden sein.«

Bryony starrte ihn ungläubig an. »Straßenräuber

würden mir keine Warnung hinterlassen. Sie würden mich nicht kennen.«

Er erblaßte. »So ein Unsinn.« Er stieg in seine Kutsche und befahl dem Kutscher, abzufahren.

»Ich habe Sie gewarnt«, rief Bryony ihm nach und seufzte dann. Sie hatte getan, was sie konnte.

East Grinstead lag auf der Kuppe eines Hügels. Von hier aus konnte Bryony auf Ashdown Forest herabsehen, ein undurchdringliches Gehölz aus uralten Bäumen. Sie erinnerte sich, daß ihre Gouvernante ihr gesagt hatte, East Grinstead wäre in alten Zeiten als Lichtung bezeichnet worden, als einen sogenannten *grünen Fleck* im Wald.

Langsam wandte sie sich um, um die Gebäude ihrer Kindheit zu betrachten – die Kirche, die St. Swithin gewidmet war; Sackville College, ein prachtvolles Gebäude aus der Zeit Jakobs I., und die zahlreichen Fachwerkbauten mit Läden und Büros, die die gepflegten Straßen säumten.

Auf dem Marktplatz hielt sie nach Jack und Clover Ausschau, konnte sie in der Menschenmenge jedoch nicht entdecken. Sie ging an Bauern in dunklen Friesröcken vorbei und an Matronen, die frischgewaschene und gestärkte Schürzen trugen und farbenfrohe Tücher um den Hals geschlungen hatten. Kinder scharten sich um ein dressiertes Pony, das einen Affen auf dem Rücken trug. Ihre Gesichter strahlten vor Entzücken, und sie klatschten, als der Affe einen Salto schlug. Clover war nicht bei ihnen. Auch Jack oder Jules waren nirgendwo zu sehen. Sie ging an einer Reihe von Pferden, die zum Kauf angeboten wurden, und an den Ständen mit Obst und Süßigkeiten vorbei, aber auch hier fand sie die Männer nicht.

Die Sonne sank allmählich tiefer, als der Nachmittag fortschritt. Müde und verärgert überquerte sie den Platz noch einmal. Wo waren sie? Sie war den Lärm des

Jahrmarkts und die dreisten Zurufe der jungen Männer langsam leid. Sie wollte fort, aber wohin konnte sie gehen? Sie hatte kein Verlangen, nach Willow Hills zurückzukehren.

Sie schaute auf die Uhr, die sie aus ihrer Netztasche gezogen hatte. Zwei Uhr. Sie würde Lord Bentworth doch nicht einholen, bevor er England verließ, und das war nur Jacks Schuld! Wo steckte er? Um den frechen Blicken zu entgehen, konnte sie Nigel eigentlich noch einmal besuchen und ihn warnen. Er war vielleicht der Nächste auf der Liste des Mörders.

Entweder ritt sie allein nach Greymeadows, oder sie wartete, bis Jack zurückkam. Sie wußte, daß er dagegen sein würde, daß sie mit Nigel sprach, genau wie er gegen ihre Frankreichreise war, und sie hatte keine Lust, erneut mit ihm zu streiten.

Zu Pferd konnte sie eine Abkürzung über die Felder nehmen und Nigels Landsitz viel schneller erreichen als per Kutsche. Sie konnte vielleicht sogar zurücksein, bevor Jack überhaupt merkte, daß sie fortgeritten war.

Des Wartens müde, ging sie. Nachdem sie eins der Pferde in der Schmiede abgeholt hatte, ritt sie durch eine Gasse zu der Landstraße, die in südwestlicher Richtung nach Cuckfield führte. Als ein kleines Wäldchen vor ihr auftauchte, bereute sie ihren Entschluß, Jack in der Stadt zurückzulassen. Er würde wütend sein, wenn sie zurückkehrte, und wer wußte, was für Gefahren hier auf sie lauerten. Fast wäre sie umgekehrt, doch dann biß sie die Zähne zusammen und ritt weiter.

Die Landschaft lag in mattes, kummervolles Licht gebadet, als ob die Sonne um den Verlust des Sommers trauern würde. Laub raschelte über die Straße und ließ Bryonys Stute unruhig tänzeln. Am Horizont erhob sich eine undurchdringliche Bank aus bleigrauen Wolken.

Es würde Regen geben. Bryony stieß dem Pferd die Absätze in die Flanken, und mit einem weiten Sprung setzte es über die flache Mauer vor ihnen. Es hatte sich nicht viel verändert in den zwei Jahren, seit sie fortgegangen war. Sie war diese Straße schon so oft geritten, daß sie es auch im Dunkeln tun könnte. Trotzdem war es diesmal anders. Oder vielmehr sie war anders.

Sie war nicht mehr das unschuldige Mädchen, das gelernt hatte, beim Reiten auf Teufel komm heraus mit ihrem Bruder Schritt zu halten.

Sie war jetzt eine Frau. Mit Jack hatte sie die tiefsten Geheimnisse der Liebe erkundet und festgestellt, daß sie noch viel mehr zu entdecken hatte. Sie stand am Anfang ihres Lebens, und nun hatte sie Angst, daß sie es vielleicht nie richtig leben würde, wenn ihre und Jacks Wege sich jetzt trennten.

So wichtig es auch sein mochte, die Wahrheit über Reggies Tod herauszufinden, wichtiger noch war, daß sie entdecken wollte, wie weit Jack mit ihr zu gehen bereit war in ihrer aufkeimenden Liebe.

Während das Pferd durch Gehölze und über Felder galoppierte, atmete sie tief den würzigen Geruch nach feuchter Erde und verrottenden Blättern ein. Von der Kuppe eines Hügels, etwa drei Meilen südwestlich von East Grinstead, sah sie aus der Ferne schon die schmiedeeisernen Tore von Greymeadows, und hinter der Allee aus Pappeln die hohen Schornsteine des Hauses.

Der Anblick spornte sie an. Eine Meile weiter bog sie in die Einfahrt ein. War sie wirklich erst vor kurzer Zeit denselben Weg hinaufgefahren, besorgt um ihre äußere Erscheinung?

Nigel war zu Hause und wollte offenbar gerade ausreiten. Er sah phantastisch aus, wie er da so in seinem roten, vorn mit Goldborten besetzten Reitrock auf den Eingangsstufen stand. Weiße Kniebundhosen bedeckten seine stämmigen Oberschenkel, und seine Reitstiefel funkelten um die Wette mit dem Diamant in seiner Schalkrawatte. Der breite Aufschlag seines Dreispitzes war mit Straußenfedern besetzt, die in der leichten Brise wippten. Weißer Puder bedeckte seine Zopfperücke so fein wie Puderzucker einen Kuchen.

Bryony schaute auf ihr Samtkleid herab und bemerkte jetzt zum ersten Mal die Flecken, Risse und Knitterfalten in dem Stoff. Sie war so beschäftigt damit gewesen, das Rätsel um Reggies Tod zu lösen, daß sie ihr Äußeres vernachlässigt hatte. Die feine Wolle ihres Umhangs war verstaubt und voller kleiner Löcher, und ihr Haar sah aus wie ein Krähennest.

Sie verdrängte den Gedanken jedoch rasch und winkte Nigel zu, als sie das Pferd die Eingangsstufen hinauftrieb.

»Bryony, meine Liebe! Was in aller Welt tust du denn hier? Ich dachte, du wärst längst in Frankreich. Ist etwas dazwischengekommen?«

»Nein – nein.«

»Wie ich mich freue, dich zu sehen! Möchtest du mit mir ausreiten und mir erzählen, wieso du noch in England bist?«

Sie nickte. Es würde schwer sein, Nigel davon abzubringen, sie postwendend nach Dover zu begleiten und in ein Schiff zu setzen. Sie sah zu, wie er den prächtigen Rappen bestieg, den der Stallknecht am Fuß der Treppe an den Zügeln hielt. Die Aussicht, mit ihm auszureiten, erinnerte Bryony an alte Zeiten, als Reggie noch ein Bestandteil ihres Dreigespanns gewesen war.

»Wie geht es dir?« fuhr Nigel fort, als sie Seite an Seite in leichtem Galopp die Straße hinunterritten. »Du siehst blaß aus. Warum?«

»Weil ich wegen eines Schlages auf den Kopf schreckliche Kopfschmerzen habe. Aber die werden schon vergehen.« Vorsichtig berührte sie die bereits abklingende Schwellung an ihrem Hinterkopf. »Ich bin hier, um dich zu warnen«, fügte sie hinzu und erzählte ihm dann von ihren Mißgeschicken seit ihrer letzten Begegnung in

Seaford, obwohl sie dann im letzten Augenblick beschloß, Jack nicht zu erwähnen. Nigel wäre schockiert und entrüstet, wenn er wüßte, daß sie allein mit einem Fremden reiste, und sie hatte keine Lust, über das Unschickliche der Situation mit ihm zu diskutieren. »Ich habe natürlich die Behörden über den Fund der Leiche informiert.« Indem sie Jack verschwieg, mußte sie so tun, als hätte sie sich selbst darum gekümmert. Ungeduldig schwenkte sie die Hand. »Es macht mich so wütend, daß dieser Schurke die Dreistigkeit besaß, einen so gütigen alten Herrn wie unseren Reverend zu töten.«

Nigel nickte düster. »Was für ein schreckliches Erlebnis! Hätte ich gewußt, daß die Kerle meinen Leuten in Seaford entkommen waren, hätte ich kein Auge zugetan vor lauter Sorge um dich.«

»Deine Männer haben dir keinen Bericht erstattet?«

»Soviel ich weiß, suchen sie die Schurken noch.« Sein Pferd scheute vor einem Kaninchen auf der Wiese, und für einen Moment verlor Nigel die Kontrolle über das Tier. Der Rappe bäumte sich schrill wiehernd vorne auf und erschreckte ihre Stute.

Bryony mußte ihre ganze Geschicklichkeit aufbieten, um das Pferd am Durchgehen zu hindern, bis Nigel seinen Hengst beruhigt hatte.

Er tupfte sich mit einem Tuch über die Augenbrauen. »Das war unverzeihlich! Es tut mir leid, Bryony.«

»Es war nicht deine Schuld. Es scheint ein Fluch auf mir zu liegen. Überall, wohin ich gehe, ziehe ich Unfälle an wie ein Magnet Eisen. Übrigens habe ich einen der Ganoven erwischt und im Crawleyer Gefängnis abgeliefert.« Sie erzählte ihm von dieser Episode.

Sein Gesicht verdüsterte sich wie der Himmel über ihnen. »Ich sollte diesen Kerlen Stück für Stück die Glieder ausreißen!«

»Wie schrecklich! Die Gerichte werden sich um den,

den wir gefangen haben, kümmern.« Sie schaute Nigel kritisch an. »Du siehst übermüdet aus, Nigel. Geht es dir nicht gut?«

»Danke, daß du dich so um mich sorgst, Bryony.« Er seufzte. »Ich habe finanzielle Schwierigkeiten. Meine Eisenwerke produzieren nicht mehr soviel wie früher, und die Ernten sind kleiner als erwartet.«

»Es stimmt mich traurig, das zu hören. Reggie muß in der gleichen Zwangslage gewesen sein.«

»Ja, das war er, glaube ich. Die Verwaltung von Willow Hills war wohl zuviel für ihn, unglücklicherweise.« Seine Stimme nahm einen heitereren Tonfall an, als er das Thema wechselte. »Ich habe einen wundervollen Rubens gesehen.« Sein Gesicht veränderte sich auf wundersame Weise, als er sprach. »Die Farben sind so klar und transparent wie pures Licht.« Er warf ihr einen schlauen Blick zu. »Das Thema des Gemäldes ist ein bißchen gewagt für eine feine junge Dame wie du es bist, Bryony, aber das künstlerische Geschick ist überragend.«

»Klingt interessant«, murmelte Bryony. »Aber ich kann nicht behaupten, daß ich mich so leidenschaftlich für die Kunst begeistern kann wie du.«

»Ich werde nach London fahren und es kaufen. Ich brauche es für meine Sammlung.« Er lächelte nachsichtig. »Wenn du nicht nach Frankreich zurückkehren würdest, würde ich dich bitten, mitzukommen.«

»Danke, aber das ist unmöglich. Da ich noch immer nicht die Wahrheit über Reggies Tod herausgefunden habe, werde ich meine letzten Tage in England mit Nachforschungen verbringen.«

»Du bist eine ungemein entschlossene junge Dame.« Seine Stimme hatte einen mißbilligenden Beiklang.

Sie überlegte, ob sie Nigel Reggies Brief mit der rätselhaften Botschaft zeigen sollte, verzichtete aber darauf, weil der Hinweis ihm vielleicht nichts sagen würde. Statt dessen fragte sie: »Weißt du von irgendeinem geheimen Versteck, das Reggie hatte, als ihr Kinder wart?«

Er rieb sich nachdenklich das Kinn. »Wir haben früher oft in den Stallungen von Willow Hills gespielt, wo wir uns hinter einem der Futtertröge eine Art Schatzkammer eingerichtet hatten.« Er zog die Schultern hoch. »Aber die Stallungen sind bis auf die Grundmauern abgebrannt.« Er ritt näher an sie heran und drückte ihren Arm. »Ich finde, du solltest deine Suche aufgeben, Liebes. Sie wird dich nur noch depressiver stimmen. Reggie wird nicht von den Toten auferstehen. Ich weiß, daß es grausam von mir ist, deine Hoffnungen zu zerstören, aber manchmal ist die reine Wahrheit besser als in Watte eingepackte Lügen.«

Bryony lächelte. »Ich weiß, daß das richtig ist, aber gib mir bitte trotzdem einen Rat: Was soll ich tun, falls ich wider Erwarten doch herausfinde, daß Reggie ermordet worden ist?«

Er zuckte mit den Schultern. »Zu den Behörden gehen, denke ich. Aber du wirst ihnen solide Beweise liefern müssen, weil sie den Mörder sonst nicht fassen könnten. Und falls sie auf die Idee kämen, in Reggies Vergangenheit herumzustochern, würden sie vielleicht entdecken, daß er ein Jakobiter war, und du würdest obendrein noch als Verräterin am Galgen enden«, erklärte er grimmig. »Bryony, gib diese verrückte Hexenjagd doch bitte auf! Du wirst dir damit nichts als Ärger schaffen.«

Sie nickte seufzend. »Du hast recht, Nigel. Mir bleibt nichts anderes übrig, als nach Frankreich zurückzukehren. Aber eins will ich noch tun – Lord Bentworth suchen und herausfinden, wie tief er in die Angelegenheit verwickelt ist. Vielleicht schuldete Reggie ihm ja mehr als nur die Spielschuld.«

»Ich habe keine Ahnung, was für Absprachen sie miteinander hatten.«

Sie hatten die Pferde auf einem Hügel angehalten, der einen guten Blick auf die weiten Felder und die Downs erlaubte. Nigel nahm ihre Hand und drückte sie. »Ich verspreche, daß ich alles tun werde, was in meiner Macht steht, um die Männer zu fassen, die dich in Seaford überfallen haben. Und ich werde sogar noch einen Schritt weitergehen. Ich werde meine Männer nach Alfriston schicken, damit sie sich in Bentworth Court ein bißchen umhören. Sie haben Wege und Mittel, Geheimnisse herauszufinden, die einer wohlerzogenen jungen Dame wie dir nicht zur Verfügung stehen.«

Sanft entzog Bryony ihm die Hand. »Danke. Du ahnst ja nicht, wieviel es mir bedeutet, zu wissen, daß du hinter mir stehst und mich beschützt. Ich weiß, daß Reggie dir auch dankbar gewesen wäre.« Sie schenkte ihm ein schwaches Lächeln. »Komisch, eigentlich war ich ja hierhergekommen, um dich zu warnen. Da zwei der Kartenspieler tot sind, könntest du der nächste auf der Liste des Mörders sein. Doch statt dich zu warnen, lasse ich mich von dir trösten und verwöhnen.« Impulsiv berührte sie seine Arme. »Nochmals vielen Dank für alles, Nigel.«

Er lachte. »Ich schätze, ich bin so ungefähr der einzige Freund, der dir in England noch geblieben ist«, sagte er und schaute zu den grauen Wolken auf. »Laß uns lieber zurückreiten, bevor der Regen uns hier draußen überrascht.«

20

Der Regen zwang Bryony, in Greymeadows zu bleiben. Nigel sprach von alten Zeiten, während Bryony immer wieder nervös zu der Uhr auf der Anrichte hinübersah. Ob Jack inzwischen wieder da war? Er mußte furchtbar wütend auf sie sein.

Unter dem Vorwand, Tante Hortense erwarte sie bei ihren alten Freunden, den Billingslys in East Grinstead, verabschiedete Bryony sich schließlich. Obwohl sie Nigels Begleitung entschieden ablehnte, beharrte er darauf, sie mit seiner Kutsche heimzuschicken, mit Mrs. Dawson, der Haushälterin, als Anstandsdame, und Mr. Dawson, dem Verwalter, der neben der Kutsche herritt.

Als Bryony East Grinstead erreichte, war es bereits dunkel. Sie befahl dem Kutscher, einen Moment vor der Schmiede anzuhalten. Fahles Mondlicht spiegelte sich in den Pfützen.

Unter der überdachten Tür der Schmiede stand wartend Jack, den Hut tief in die Stirn gezogen und mit dem weiten Umhang sein Gesicht verdeckend.

Bryony stieg aus, als er aus den Schatten trat. »Wo warst du?« fragte er mit eisiger Stimme.

Bryony verschlug es den Atem, als sie die wutentbrannten Blicke sah, mit denen er sie musterte. »Jack, es tut mir leid ...« begann sie zaghaft.

Mr. Dawson ritt heran und stieg aus dem Sattel. »Wer ist der Mann? Belästigt er Sie?« fragte er in scharfem Ton. »Lassen Sie Miss Shaw in Ruhe.«

Bryony legte eine Hand auf Mr. Dawsons Arm. »Er ist ein Bekannter von mir. Ein Kapitän, der mir während meiner Schwierigkeiten sehr geholfen hat.«

»Verstehe«, sagte Mr. Dawson düster. »Aber wo ist Ihre Tante, Miss Shaw? Ich hatte Anweisungen, Sie zu den Billingslys zu begleiten, und ich nehme meine Aufträge nicht auf die leichte Schulter.«

Die beiden Männer musterten sich abschätzend in der Dunkelheit, wo sie kaum mehr als zwei Silhouetten vor dem blassen Mondlicht waren. »Sie kommt mit mir«, erklärte Jack verärgert.

»Ich mag es nicht, wenn Fremde schutzlose junge Damen belästigen«, sagte Mr. Dawson, während seine Hand zu seinem Schwertgriff glitt. »Ich habe versprochen, Miss Shaw mit meinem Leben zu beschützen.«

»Ich bin kein Fremder«, erwiderte Jack nach einem raschen Blick auf Bryony. Dann zog er sie besitzergreifend an sich, und Mr. Dawson trat noch näher.

»Falls Sie sich Freiheiten bei Miss Shaw herausgenommen haben, werde ich Sie im Namen meines Arbeitgebers zum Duell herausfordern müssen«, drohte Mr. Dawson.

»Ich habe mir nichts genommen, was sie nicht freiwillig gegeben hat«, war Jacks insolente Antwort. Sein Umhang dämpfte seine Stimme, aber der nur mühsam beherrschte Zorn in seiner Haltung war schwer zu übersehen. »Komm, Bryony, laß uns gehen.«

Mr. Dawson sprang zurück und zog sein Schwert. »Ich habe Befehl, Miss Shaw woanders hinzubegleiten. Verteidigen Sie sich, Sir.«

»Nein, bitte nicht«, bat Bryony und trat zwischen sie.

»Hören Sie nicht auf ihn, Miss Shaw«, befahl Mr. Dawson und schob sie aus dem Weg. »Ich werde Sie beschützen und Sie sicher nach Billingsly bringen.«

»Nein!« schrie Bryony, als sie das Klirren eines aus der Scheide gezogenen Schwertes hörte. Sie fuhr herum und wandte sich an Jack. »Tu es nicht! Ich kann es dir erklären.«

»En garde«, fuhr Jack Nigels Verwalter an, ohne Bryony zu beachten, und hob die Klinge.

Die beiden Schwerter prallten mit lautem Klirren aufeinander.

»Bitte nicht!« Entsetzt preßte Bryony die Fingerspitzen an die Lippen. »Nein!«

Sie fuhr zusammen, als die Schwerter erneut zusammenprallten. Die Hiebe waren jetzt schneller und zorniger geworden. Die beiden Männer in den flatternden Umhängen führten einen tödlichen Tanz auf dem Kopfsteinpflaster auf; die Klingen ihrer Schwerter funkelten im Mondlicht. Sie keuchten von der Anstrengung und stießen bei jedem Hieb erstickte Flüche aus. Jack ächzte, als Mr. Dawson einen jähen Satz nach vorne machte.

Jack stolperte und stürzte. Auf eine Hand gestützt, sprang er mit einer einzigen geschmeidigen Bewegung auf und fuhr zur Seite, um dem Hieb, der ihm das Herz durchbohrt hätte, auszuweichen.

Mr. Dawson fluchte, als Jack mit einer Serie schneller Hiebe konterte, die der Verwalter nur mühsam parieren konnte. Die Parade führte zu einem Klammergriff. Einen langen Moment standen sie Auge in Auge. Erst nach einer Reihe harter Rucke gelang es ihnen, sich aus der Umklammerung zu lösen.

Mr. Dawson sprang zurück, und sein Schwert durchschnitt in einem raschen Hieb die Luft. Jack trat geschickt beiseite, und anstatt den Rückzug anzutreten, avancierte er, während er einen weiteren Hieb von Mr. Dawsons Schwert parierte. Er führte einen überraschenden Scheinangriff aus und durchbohrte den Oberarm des Verwalters.

Mr. Dawson schrie auf und zielte auf Jacks Kehle.

»Hört auf!« jammerte Bryony. »Die Polizei kommt!«

Kerzenlicht brannte jetzt in den Fenstern der umliegenden Häuser, und weiter unten in der Straße ertönten aufgeregte Stimmen.

Jack riß sein Schwert hoch, die flache Seite traf Mr. Dawsons Schwert dicht am Griff und schlug es ihm aus der Hand. Das Schwert flog in die Luft und fiel dann klirrend auf den Boden.

Mr. Dawson stolperte darauf zu und umklammerte seinen verletzten Arm.

»Lassen Sie es liegen«, warnte Jack und trat von dem Verwalter zurück.

Mrs. Dawson wurde hysterisch in der Kutsche, und der ältere Kutscher versuchte, sie zu beruhigen.

Bryony hatte den Kampf in stiller Agonie verfolgt. Als Jack sie an der Schulter packte und sie vorschob, konnte sie sich kaum bewegen.

»Keine Zeit zu verlieren, Schönheit. Die Bluthunde sind uns bereits auf den Fersen.« Er steckte sein Schwert in die Scheide und führte Bryony um die Kutsche herum, um ihr Pferd zu holen, das hinten angebunden war. Er hob Bryony in den Sattel und führte ihr Pferd zu seinem Hengst, der am schlanken Stamm eines Baumes angebunden war. »Wir sollten uns ganz schnell irgendwo verstecken«, flüsterte er grimmig, während er sich in den Sattel schwang.

»Wie konntest du nur so dumm sein, dich allein mit einem Fremden zu treffen!« tadelte er sie, als er die Pferde in eine schmale Gasse gelenkt hatte, die in einem vom Regen aufgeweichten Feld auslief.

Bryonys Entsetzen ließ allmählich nach, und sie fand endlich ihre Stimme wieder. »Fremder? Das war Mr. Dawson, Nigels Verwalter. Warum mußtest du kämpfen, als du sahst, daß ich gesund und wohlbehalten war? Du hättest ihn umbringen können.«

»Dich einfach davonzuschleichen, um deinen Galan zu treffen, sobald ich dir den Rücken zukehre«, fauchte er. Er klang zutiefst gekränkt.

»Wie wenig Vertrauen du doch zu mir hast!« versetzte sie und errötete vor Ärger.

»Nach allem, was wir hatten ...«

Sie bedachte ihn mit einem aufgebrachten Blick. »Du ... *Idiot!* Nichts hat sich geändert. Ich habe Lord Lippett nur vor der Gefahr gewarnt, in der er sich vielleicht befindet.«

»Lippett ist also auch einer der Kohorten deines Bruders.«

»Das geht dich nichts an! Ich verstehe nicht, was du gegen Nigel hast. Er ist ein wahrer Gentleman.«

»Ich traue ihm nicht«, versetzte er.

»Du hast keinen Grund, ihm zu mißtrauen.«

Jack schnaubte. »Ich kenne seine Sorte. Immer ein Auge für die Damen, genau wie mein Stiefvater.«

»Unsinn! Ich werde diese Angelegenheit nicht weiter diskutieren, solange du nicht Vernunft annimmst.« Trotzig preßte Bryony die Lippen zusammen.

Jack war anzusehen, daß er sich bemühte, seinen Ärger zu beherrschen. Sie spürte seine Empörung. »Du bist genau wie alle anderen Frauen«, sagte er zähneknirschend. »Kaum seid ihr euch sicher, das Herz eines Mannes gewonnen zu haben, treibt es euch zum nächsten.« Er schnaubte verächtlich. »Ihr seid alle nichts als aufgeputzte bunte Pfauen und nicht mehr«, setzte er zur Bekräftigung noch hinzu, als suchte er geradezu nach Worten, die sie am meisten kränken würden.

Sie konnte ihren Zorn nicht mehr beherrschen. »Wie kannst du es wagen, mir solch grausame Beschuldigungen an den Kopf zu werfen!« sagte sie schluchzend vor Empörung. »Ich habe nichts getan, was deinen Zorn rechtfertigt.«

»Du hast dich davongestohlen, ohne mir etwas zu sagen.«

Sein Atem kam in schnellen, aufgebrachten Zügen, aber er sagte nichts mehr. Die Pferde stapften über die durchweichte Erde, und als sie vor einem Gatter anhielten, saß Jack ab, öffnete das Gatter und führte die Pferde weiter. Auf der anderen Seite des Zauns lag ein langgestrecktes Wäldchen.

»Du warst verschwunden«, verteidigte sie sich. »Ich hab' dich überall gesucht.«

Der Zorn hatte ihre Kraft geschwächt, und ihre Lider wurden von Minute zu Minute schwerer, als Jack die Pferde über einen schmalen dunklen Pfad in das Gehölz führte. Wie er im Dunkeln sehen konnte, war ihr schleierhaft. Sie war so müde.

»Der Richter hat mich den ganzen Nachmittag wegen Reverend Cleaves verhört«, sagte er. »Das war es, was mich aufgehalten hat.«

Bryony konnte sich nicht entsinnen, sich jemals schuldiger gefühlt zu haben.

»Ich bringe dich zu dem kleinen Gasthof, wo ich Clover und Jules zurückgelassen habe«, sagte er.

»Gut.«

»Und dann werde ich gehen.«

Panik erfaßte sie; er durfte sie jetzt nicht verlassen. Bryony suchte fieberhaft nach Worten, aber ihr fiel nichts ein. Das einzige, was sie denken konnte, war, daß er sich wie ein rachsüchtiger und eifersüchtiger Ehemann benahm. Unter anderen Umständen hätte sie es vielleicht amüsant gefunden.

»Natürlich. Heute hier und morgen da«, murmelte sie erbittert. »Du bist nicht besser als dein Stiefvater.«

Er fuhr herum und schaute sie an. Die Dunkelheit verbarg seinen Gesichtsausdruck, aber sie konnte seine Angespanntheit und den stummen Vorwurf spüren.

»Du sagst, Liebe sei flatterhaft«, fuhr sie unerbittlich fort. »Ich sage, *du* bist flatterhaft. Kein Wunder, daß du nie eine Frau zum Heiraten gefunden hast. Sie würde jede Woche eine neue Mätresse in deinem Bett vorfinden, die Arme.«

»Und das sagst ausgerechnet du?« warf er ihr vor. »Wo du doch die personifizierte Unbeständigkeit bist?«

Hysterisches Gelächter wallte in ihr auf. »Nun hör, was wir da reden! Sind wir denn nun vollkommen verrückt geworden?«

Er hielt an und starrte sie an. Die einzigen Geräusche waren das nervöse Scharren der Pferde und das Quaken eines Frosches.

Dann war Jack bei ihr und hob sie aus dem Sattel. Zärtlich drückte er sie an seine Brust. »Meine Schöne, sag mir, daß du diesem *Freund* nicht gestattet hast, dich zu berühren.« Er klang so verzweifelt, daß es ihr einen Stich versetzte.

»Er hat nichts anderes getan, als einmal meine Hand zu küssen.«

Jack bedeckte ihr Gesicht mit Küssen. »Du ahnst ja nicht, was ich ausgestanden habe, als ich vor der Schmiede auf dich gewartet habe. Ich dachte, du wärst entführt und ermordet worden.« Er küßte sie wild. »Wie konntest du mich einfach so verlassen? Wenn du wüßtest, was für furchtbare Unfälle ich mir vorgestellt habe …«

Sie legte einen Finger an seine Lippen. »Pst. Es war falsch, dir nicht von meinen Plänen zu erzählen, aber ich wollte nicht mit dir darüber streiten. Außerdem hättest du mir verboten, hinzureiten.« Sie strich mit den Fingern durch sein dichtes Haar. »Verstehst du nicht? Ich hätte es mit meinem Gewissen nicht vereinbaren können, Nigel nicht zu warnen. Er könnte der nächste auf der Liste dieses Mörders sein.«

Er stöhnte und erdrückte sie beinahe in seinen Armen. »Du weißt, daß ich dich begleitet hätte.«

»Aber nicht ohne Diskussionen.«

Er seufzte. »Bryony, manchmal treibst du mich zum Wahnsinn. Du denkst nie an die Gefahr. Du bist unbedacht und eigensinnig. Ich werde nicht eher Ruhe finden, bis die Geschichte mit deinem Bruder aufgeklärt ist.«

»Ich hoffe nur, daß du dich in Zukunft mehr unter Kontrolle hältst.«

Er küßte leidenschaftlich ihre Wangen.

»Oh, Brye, ich sehe rot, wenn andere Männer dich befummeln.«

»Aber Nigel hat mich nicht *befummelt*. Das hat er noch nie getan.«

Jack schwieg lange, während er sanft ihr Haar streichelte. Dann sagte er: »Verzeih mir bitte, daß ich solch ein Idiot war.«

»Ich möchte, daß du mir vertraust«, wisperte sie in seine Schalkrawatte.

»Wenn ich gewußt hätte, daß jemanden zu lieben derart qualvoll ist, hätte ich dir keine Chance gegeben, dich in mein Herz zu stehlen.« Das klang so gequält, daß Bryony lachen mußte.

»Das war das schönste Kompliment, das ich je erhalten habe«, sagte sie leise. »Ich liebe dich – und keinen anderen.«

Er zog sie so hart an sich, daß sie kaum noch atmen konnte. »Ich weiß nicht, was es ist, aber es muß Liebe sein, was mich überkommt, wann immer ich dich ansehe. Und wenn du nicht da bist, vergehe ich vor Sehnsucht.«

Sie erschauerte vor Glück, als seine Lippen sich zärtlich über ihre legten. Er brachte Aufregung in ihr Leben und bereicherte es. Sie weigerte sich, daran zu glauben, daß er sie eines Tages – in nicht allzu großer Ferne –

verlassen würde, um mit seinem Schiff davonzusegeln.

Als sie seinen Kuß mit zunehmender Leidenschaft erwiderte, fragte sie sich, ob sie mit ihm auf diesem Schiff sein würde.

21

Es war feucht und kalt und sehr, sehr finster, aber Jack gelang es, eine Scheune mit duftend trockenem Heu zu finden. Er band die Pferde an einen Baum, dessen dichtes Blattwerk die Tiere vor dem Regen schützen würde. Bryony nahm einen Ballen Heu und legte ihn vor den Pferden auf den Boden.

Ihre Sehnsucht wuchs ins Unermeßliche, als Bryony sich Jack zuwandte und er sie in die Arme nahm. Er preßte sie an sich, und sie seufzte vor Entzücken. Der Bund ihrer Liebe würde neu geschlossen werden.

Wie eine Flutwelle brach das Verlangen nach Jack über sie herein und brach alle Barrieren zwischen ihnen.

»Ich begehre dich, Bryony«, flüsterte er und hob sie auf die Arme, um sie hineinzutragen. Nachdem er seinen Umhang ausgebreitet hatte, legte er sie behutsam in das Heu.

Wenn das erste Mal, als sie sich geliebt hatten, wie ein Strom puren Entzückens gewesen war, war dieses zweite ein Vulkan der Leidenschaft, der explodierte. Ohne darauf zu achten, ob sie Knöpfe, Bänder oder Kleider ruinierten, zogen sie sich in fieberhafter Eile gegenseitig aus, bis nichts mehr zwischen ihnen war.

Bryony spürte die Hitze seiner Haut, das Feuer in seinem Blut, als er sie so fest an sich preßte, daß sie nichts anderes mehr fühlte als nur ihn.

Sie seufzte glücklich, als seine Hand zu den rosigen

Spitzen ihrer Brüste glitt und er sie streichelte, bis sie matt und willenlos in seinen Armen lag. Liebevoll strich er über ihre sanften Rundungen, und sie liebkoste seine ausgeprägten Schultermuskeln, die kräftigen Oberschenkel und das weiche dunkle Haar auf seiner Brust. Ihre Finger glitten über seinen Rücken und spielten mit dem langen, dichten Haar in seinem Nacken.

Das aufregende Gefühl von nackter Haut an Haut und seine magischen Liebkosungen ließen sie noch kühner werden, und sie umschloß den Beweis seiner Begierde und ließ ihre Hand so lange daran auf und nieder gleiten, bis Jack begehrlich stöhnte. Er spreizte ihre Beine und strich mit der flachen Hand über die gesamte Länge ihres Beins und bis zu ihrer intimsten Körperstelle. Während er mit ihrem anderen Bein das gleiche tat, flüsterte er: »Deine Haut berauscht mich. Ich könnte die ganze Nacht damit verbringen, jeden Zentimeter von dir zu erforschen, aber ich weiß nicht, wie lange ich es noch aushalte.« Er lachte leise. »Begehrst du mich genauso sehr, wie ich dich begehre?«

»Ich sterbe, wenn du mich nicht liebst«, stöhnte sie und zog seine Hand dorthin, wo die süße Qual am größten war. Sie erbebte vor Entzücken, als er seine erotischen Liebkosungen begann, und bog sich ihm in einer stummen Einladung entgegen.

»Willst du das?« murmelte er an ihrem Nacken und drang mit einem Finger in sie ein.

Sie spürte, daß sie auf den Höhepunkt der Lust zutrieb. »Ja … nicht aufhören … bitte.«

»Dann sollst du es auch haben«, flüsterte er und drang mit einer kraftvollen Bewegung in sie ein. Er erschauerte von der Anstrengung, sich noch zurückzuhalten, und begann sich entnervend langsam in ihr zu bewegen, bis sie ihm vor Lust und Qual die Fingernägel in den Rücken krallte. Und erst da wurden seine Bewegungen schneller, ungestümer, und er liebte sie mit hemmungsloser Leidenschaft, bis sie zusammen den Höhepunkt der Lust erreichten.

Eine süße Mattigkeit erfaßte sie, und sie schliefen ein, ohne sich aus ihrer innigen Vereinigung gelöst zu haben.

Es war noch immer dunkel, als Jack Bryony weckte. Sie hatte kalte Füße und fröstelte in der feuchten Luft.

»Wir sollten gehen, bevor der Bauer uns hier findet.«

»Sind wir so nahe an einem Bauernhof?« Bryony richtete sich auf und suchte ihre Kleider; ihre Zähne klapperten vor Kälte.

»Bedauerst du es?« fragte er leise, als er ihr ihr Hemd gab.

Sie schüttelte den Kopf. »Du bist ein Magier«, scherzte sie. »Du hast mich verhext.«

Er lachte, als er ihr mit ihren Unterröcken half. »Es ist umgekehrt. Du hast mein Leben ruiniert. Von jetzt an werde ich nur noch Unglück kennen, wenn du nicht in meiner Nähe bist.«

Bryony hielt gespannt den Atem an. Würde er ihr jetzt endlich einen Antrag machen? Wenn ja, würde sie ohne das geringste Zögern zustimmen. Aber er fragte nicht.

Er knöpfte seine Weste zu. »Was wirst du tun, wenn du deine Zweifel bezüglich Reggies Tod geklärt hast – sofern das je der Fall sein sollte?«

Sie dachte eine Weile nach und sagte dann: »Das ist schwer zu beantworten. Als ich nach England zurückkehrte, dachte ich nicht an meine Zukunft, sondern nur an das Unglück, das geschehen war.« Auf Händen und Knien suchte sie im Heu nach ihren Strumpfhaltern. »Ich weiß eigentlich gar nicht, was ich tun soll. Jules und ich, wir lieben beide Rosen. Tante Hortense hatte einen alten Gärtner, der mit neuen Sorten experimentierte. Ich fand es faszinierend. Die Natur ist so … nun ja, so großzügig. Sie gibt und gibt, ohne je etwas dafür zu fordern.«

Jack zog sie auf die Beine und umarmte sie. »Du bist genauso wie Mutter Natur, freigebig und warmherzig. Ich bin versucht, mich in deiner Süße zu verlieren und nie wieder daraus aufzutauchen.«

»Das klingt aber ziemlich unbequem«, scherzte sie und küßte seine Lippen. »Was die Rosen betrifft – ich hätte gar keinen Platz, um sie zu züchten.« Sie lachte. »Aber wahrscheinlich werde ich ja irgendwo ein großes Treibhaus bauen, mit einem kleinen Anbau, in dem ich leben könnte.«

»Ich dachte, du würdest nach Frankreich zurückkehren, um am Trubel des gesellschaftlichen Lebens teilzunehmen.«

»Tante Hortense würde mich bloß zwingen, irgendeinen alten, froschgesichtigen Gentleman zu heiraten. Nein, danke! Ich will nicht zurück nach Frankreich, damit sie mich wieder schikanieren kann. Und London reizt mich nicht. Wahrscheinlich werde ich in einer feinen kleinen Pension für junge Damen in irgendeinem Kurort enden.« Ihr schauderte bei dem Gedanken. »Und mir eine sauertöpfische Gesellschafterin engagieren.«

Er lachte, und sie wartete gespannt darauf, daß er ihr den Schutz seines Namens und seines Lebens anbot, aber er schwieg versonnen. Es wäre der ideale Augenblick gewesen, aber er blieb still. Ihr Mut sank, und neue Zweifel bestürmten sie. War es doch dumm von ihr gewesen, ihm zu vertrauen? Es beunruhigte sie plötzlich der Gedanke, daß sie ein Kind zur Welt bringen könnte, ein weiteres armes Ding, das unehelich geboren war. Sie versteifte sich vor Furcht, verdrängte diese Ängste dann aber entschieden. Sie hatte freiwillig beschlossen, ihrem Verlangen nachzugeben, und nichts würde jetzt noch etwas daran ändern.

Sie bereute nichts. So leicht würde ihre Liebe zu Jack nicht zu zerstören sein. Aber ihr war auch bewußt, daß gerade diese Liebe ihr Qual und Leid bereiten könnte – wenn er mit seinem Schiff auslief.

Sie ritten schweigend in die Morgendämmerung. Sobald sie Jules und Clover an einen sicheren Ort gebracht hatten, würden sie zur Küste weiterreiten. Bryony hoffte, daß dies die letzte Etappe ihrer Nachforschungen sein würde.

Jack erwähnte, er habe Freunde auf einem kleinen Gut nicht weit von Alfriston, wo Jules und Clover bleiben könnten. Sie würden auch die Kutsche und Bryonys großen Reisekoffer dort lassen.

Sie beschlossen, den ganzen Weg zu reiten, da sie zu Pferd schneller vorankamen und weniger Spuren hinterließen, falls Bryonys Feinde ihr noch immer folgten.

Bryony genoß das warme Frühstück in dem kleinen Gasthaus an der Straße. Während sie dick mit Butter und Erdbeerkonfitüre bestrichene, goldbraune Pfannkuchen aß, verfolgte sie, wie Jack mit Jules verhandelte. Aber sie war zu hungrig und zu müde, um darauf zu achten, was sie sagten. Tatsächlich empfand sie es sogar als eine Erleichterung, daß Jack bereit war, sich um alle praktischen Details zu kümmern.

Clover wechselte ein Wagenrad im Hof, und seine langen Hemdschöße flatterten im leichten Wind. Er wirkte erwartungsvoll und schaute Jack respektvoll an. Sie erkannte, daß der Junge den Captain sehr ins Herz geschlossen hatte. Jack fiel es schwerer, den undisziplinierten Jungen zu akzeptieren, aber er gab sich redlich Mühe. Sie wußte, daß Clover auf seinem Schiff ganz sicher eine Zukunft haben würde. Der Gedanke freute sie, aber sie wußte auch, daß sie den Jungen vermissen würde. Jack sprach mit ihm, und plötzlich verzog Clover das Gesicht und rannte auf die Ställe zu. Jack sah sehr verärgert aus.

Er gesellte sich zu Bryony an den Tisch und trank durstig einen Schluck von ihrem Bier. »Dieser Junge ist zu frech«, bemerkte er.

»Er ist doch noch ein Kind.«

»Ha! Ein Racker wohl eher. Wenn wir Jules zu dem Besitz meiner Freunde am Cuckmere River schicken, ein wenig außerhalb von Alfriston, sollte Clover ihn begleiten.«

»Und was hast du zu ihm gesagt?«

»Ich habe ihm von unseren Plänen erzählt und ihm klargemacht, daß er uns nicht begleiten kann.«

»Vielleicht sollte er das aber. Ich kann es nicht ertragen, ihn so kummervoll zu sehen. Er hat sein Leben lang nichts anderes gekannt als Unglück.«

Jack seufzte. »Er wäre uns nur im Weg.« Er nahm Bryonys Hand und küßte die zarte Haut an ihrem Handgelenk. »Deine Anteilnahme für ihn macht mich eifersüchtig.«

»Du hast keinen Grund dazu.« Sie lächelte verschmitzt. »Er ist keine Konkurrenz für dich. Mein Herz ist groß genug für euch beide.«

Jacks Blick hellte sich auf. »Wenn ich dich ansehe, kommst du mir manchmal vor wie eine Erscheinung, die vom kleinsten Windstoß weggetragen werden könnte.«

Sie berührte seine Wange. »Soll das heißen, du hast Angst, ich könnte dich verlassen?«

Seine Augen verdüsterten sich. »Ich wünschte, du würdest dir das mit Frankreich anders überlegen. Ich versichere dir, daß wir dort nichts erreichen werden. Aber du könntest beschließen, dort zu bleiben und mich zu verlassen.«

Sie seufzte. »Wir haben schon so oft davon gesprochen. Ich werde es mir nicht anders überlegen.« Ihre Blicke begegneten sich, als sie sich noch einen Pfannkuchen nahm.

Er zuckte mit den Schultern. »Na schön. Es wird mir ein Vergnügen sein, dir zu sagen, daß ich recht behalten habe, wenn wir zurückkehren, nachdem dein Vorhaben gescheitert ist.« Dann lächelte er. »Aber zumindest werde ich in deiner Nähe sein – das ist das Wichtigste.«

Bryony lächelte. »Du weißt, was du sagen mußt, um einer Frau zu schmeicheln«, wisperte sie und trank den Rest ihres Biers.

»Und ein Lächeln von dir raubt mir die Kraft aus meinen Knien.« Er streichelte sie mit seinen Blicken, und sie errötete. »Auf dieser Reise werde ich dir zeigen, wieviel du mir bedeutest – vorausgesetzt, wir können diesen Racker Clover daran hindern, uns nachzuspionieren.«

Sie erhob sich. »Dann sollten wir uns jetzt lieber fertigmachen.«

Als Jack hinausging, um nach den Pferden zu sehen, bestellte Bryony ein Bad, das sie in einer alten Holzwanne in der eiskalten Küche nehmen mußte. Aber zumindest hatte sie jetzt ihren großen Koffer und konnte die Kleider wegwerfen, die während dieser abenteuerlichen letzten Tage ruiniert worden waren.

Sie zog ein sauberes Seidenhemd an, zwei Unterröcke aus mit Rosenblüten besticktem Baumwollstoff, die mit breiter Spitze besetzt waren, weiße Seidenstrümpfe und ihr »Amazonenkleid«. Es bestand aus einem königsblauen Wollrock, der mit breiten schwarzen Samtbändern gepaspelt war. Dazu gehörte ein knappes Jäckchen, das an Aufschlägen und Ärmeln mit dem gleichen schwarzen Samt besetzt war. Mit einem farblich passenden Samtband nahm sie im Nacken ihr langes Haar zusammen und band den Samt zu einer Schleife. Als sie den kleinen Dreispitz mit den Goldborten in Frankreich erstanden hatte, hatte sie ihn für hochmodern gehalten, aber Tante Hortense hatte sie ausgelacht und behauptet, einzig Leinen- und Spitzenhäubchen seien eine angemessene Kopfbedeckung für die Dame. Aber der Hut, der den Dreispitzen der Herren nachempfunden war, stand ihr hervorragend. Der schwarze Filz betonte ihre helle Haut und ihre dunklen Augenbrauen.

Sauber vom Kopf bis an die Zehenspitzen, war sie in bester Laune und begierig, ihre Reise fortzusetzen. Zu ihrem Reitkostüm gehörte ein passender Umhang, der sie vor der Kälte schützen würde. In ihn eingehüllt, würde sie nie wieder frieren.

Jack pfiff anerkennend durch die Zähne, als sie auf dem Hof erschien. »Neben dir muß ich ja wie ein Vagabund aussehen«, bemerkte er und musterte betrübt seine schmutzige und zerrissene Kleidung. »Leider habe ich nichts außer einem sauberen Hemd zum Wechseln mit. Ich hätte nie gedacht, daß ich in solch haarsträubende, *schmutzige* Abenteuer verwickelt werden würde, als ich mich aufmachte, Sussex zu erforschen.«

Sie betrachtete ihn kritisch. »In diesen groben Bauernkleidern wird man dich für meinen Diener halten.«

In einer galanten Verbeugung zog er seinen Hut vor ihr. »Ich stehe zu Ihren Diensten, Madam. Tag und Nacht.« Er zwinkerte ihr zu, und das erinnerte sie an jene erste Nacht, in der sie ihm begegnet war.

»Wüstling«, wisperte sie mit einem vielsagenden Lächeln. »Du könntest dich wenigstens rasieren, finde ich.«

In gespielter Verzweiflung griff er sich an seinen Bart. »Und meine einzige Quelle des Stolzes opfern? Das kann doch nicht dein Ernst sein.«

»Ich habe bloß vergessen, wie du unter all dem Haar aussiehst, das ist alles.«

Er hob sie auf ihr Pferd. »Eines Tages werde ich's dir zeigen. Das ist ein Versprechen.«

Jules, der die Zügel hielt, schaute Bryony bekümmert an. »Ich werde Sie vermissen, Mademoiselle«, sagte er.

»Wir werden uns bald wiedersehen«, tröstete Bryony ihn und beugte sich vor, um ihm auf die stämmige Schulter zu klopfen. »Auf Wiedersehen, mein Guter, und lern' während meiner Abwesenheit ein bißchen Englisch.«

Er verbeugte sich tief vor ihr und zerdrückte fast den Hut in seinen Händen. *»Au revoir.«*

Clover kam aus den Stallungen gerannt, Tränen strömten über seine schmutzbefleckten Wangen. »B-bitte nehmen Sie m-mich mit«, stammelte er und fuhr sich mit dem schmutzigen Hemdsärmel über die Augen. Die sauberen Sachen, die Bryony ihm gekauft hatte, waren nur noch Erinnerung. Knöpfe fehlten, und eins der Hosenbeine war zerrissen. Jacks alter Hut reichte ihm bis weit über die Ohren und ließ nicht viel von seinem Gesicht erkennen. Wie immer zerriß der Anblick des armen kleinen Jungen Bryony das Herz. »Ich kann den Franzmann nicht verstehen. Er spricht, als ob er Porridge kauen würde. Lassen Sie mich mitfahren. Bitte.«

Bryony und Jack wechselten einen Blick. Sie sah die stumme Zustimmung in seinen Augen und lächelte.

»Na gut, dann nehmen wir dich mit. Aber von jetzt an wirst du jede unserer Anweisungen befolgen. Ist das klar?« fragte sie. Clovers Lächeln war wie Sonnenschein nach Regen.

Er ahmte Jacks affektierte Verbeugung nach und sagte: »Ja, Madam, ich stehe Ihnen ganz zu Diensten.«

Bryony verdrehte die Augen. Jack hob den Jungen hinter sie aufs Pferd. »Wir wechseln uns ab«, sagte er.

Clover schlang die Arme um ihre Taille und begann einen unanständigen Gassenhauer zu singen. Bryony brachte ihn zum Schweigen, indem sie ihm den Ellbogen in die Rippen stieß. »Ich werde dich anständige

Lieder und ein, zwei Psalme lehren.« Mit klarer Stimme sang sie, während sie die schattige Straße hinunterritten, und es dauerte nicht lange, und Jack und Clover stimmten ein.

22

Belebend wie das wirkungsvollste Tonikum drang die salzige feuchte Seeluft in Bryonys Lungen ein. Hinter ihr erhoben sich die Klippen einer geschützten Bucht bei Seaford, vor ihnen erstreckte sich das aufgewühlte dunkle Wasser des Kanals.

Bald würde sie Lord Bentworth sehen. Sie hoffte nur, daß diese Reise nicht vergeblich war.

Sichelförmig stand der Mond am Horizont. Einige der Reisenden, die darauf warteten, an Bord zu gehen, schritten ungeduldig an der Küste auf und ab und stemmten sich gegen die steife Brise, die von Süden kam. Bryony beobachtete, wie stämmige französische Seemänner in Strickmützen und Lederwämsen Säcke und Kisten in ein Boot verluden und dann zu dem französischen *chasse-marée,* einem dreimastigen Logger, der in der Bucht verankert war, hinausruderten. Das Schiff schmuggelte Brandy und Seide aus Frankreich und beförderte gegen eine hohe Gebühr auch Passagiere, wenn die kriegerischen Aktivitäten zwischen Frankreich und England einen normalen Verkehr unmöglich machten. Um die Operation geheimzuhalten, segelte der Logger nur bei Nacht.

Jack, der an der Küste stand, sprach mit dem Kapitän. Sie schauten auf und deuteten auf die dunkle Wolkenbank, die sich nach Süden hin zusammenbraute. Bryony erkannte, daß Regen und noch heftigere Winde drohten, fürchtete sich aber nicht. Sie war noch nie seekrank gewesen. Jules war es auf der Überfahrt von Frankreich furchtbar schlecht gegangen, und sie lächelte bei der Erinnerung daran. Er hatte alle Heiligen angerufen und gedacht, er müsse sterben.

Die Wolken schoben sich, während sie noch dastand und zum Himmel aufschaute, vor den armseligen Mond. Drei Steingebäude säumten die Küste – verlassene Fischerhütten. Im schwachen Licht einer Laterne neben einer der Türen glaubte sie den Mann mit der Narbe in dem braunen Rock zu sehen. Ihr Herz klopfte vor Angst schneller, und sie trat einen Schritt näher zu Jack.

Sie zeigte auf die Hütte. »Er ist …«

»Diesmal ist für drei Leute Platz im Ruderboot«, rief der Kapitän, als das Boot zurückkehrte. Die Passagiere wisperten auf französisch, und Bryony fragte sich, was sie sein mochten – Spione oder Flüchtlinge.

Mit einem angespannten Lächeln half Jack ihr in das Boot. Kälte hatte sich in seiner Kehle und in seinen Lungen festgesetzt. Er hustete und band den Wollschal, den er gekauft hatte, noch fester um den Nacken.

Als das Boot ablegte, schaute Bryony sich um, aber der Mann in dem braunen Rock, den sie vorher entdeckt zu haben glaubte, war nirgendwo zu sehen. Vielleicht hatte ihre Phantasie ihr einen Streich gespielt. Wenigstens war Jack diesmal bei ihr, um sie zu beschützen.

»Du siehst nicht gut aus«, bemerkte sie und musterte ihn kritisch.

»Ich bin todmüde, und wenn es dir nichts ausmacht, möchte ich mir, wenn wir das Schiff erreichen, einen Platz suchen, wo ich mich hinlegen kann. Clover kann dich unterhalten.«

»Wo ist er eigentlich?«

Jack lachte. »Er hat den Kapitän beschwatzt, ihn auf die Kommandobrücke einzuladen. Sie haben ihn schon bei einer der ersten Fahrten mitgenommen.«

»Ist dir auch schon aufgefallen, daß er alles erreicht, was er sich vornimmt, dieser kleine Racker?«

»Ja. Er sollte in den diplomatischen Dienst eintreten.« Jack ergriff ihre Schultern und schaute ihr in die Augen. »Du weißt doch sicher, daß es wegen des Kriegs möglicherweise Schwierigkeiten in Frankreich geben könnte?«

»Ich habe französische Papiere«, erklärte sie. »Und dich und Clover könnte ich als meine Dienstboten ausgeben.«

Jack machte einen vergeblichen Versuch, den Staub von seinem Rock zu klopfen. »Zumindest sehe ich so aus, und das ist wohl auch das beste.«

Sie betrachtete ihn aus schmalen Augen. »Außerdem glaube ich, daß du ganz gut Französisch sprichst. Ich meine, ein Kapitän, der muß doch viele Sprachen sprechen.«

Er erwiderte ihren Blick nicht, und Bryony beschlich ein leises Unbehagen. Sie hätte gern gewußt, was er verbarg, aber noch brachte sie nicht den Mut auf, ihn zu fragen.

An Bord der Logger fanden sie zwischen dicken Rollen übelriechender Taue einen Stapel Decken auf den groben Planken. Dickes Segeltuch war an vier Pfosten wie ein Sonnenschutz darüber aufgespannt. Jack legte sich auf die Decken und zog den Hut über die Augen. »Weck mich vor dem Dinner. Wir werden hier mit Clover Picknick machen, wenn wir in dem aufkommenden Sturm nicht vorher untergehen.«

Bryony genoß die frische Luft am Bug, während das Schiff den Anker lichtete. Der Wind wehte ihr das Haar ins Gesicht, und sie mußte ihren Hut festhalten. Clover, der den Kapitän am Steuer quälte, winkte ihr zu, und sie erwiderte die Geste. Der Mann in dem braunen Rock war nirgendwo zu sehen. Furcht und nervliche Belastung mußten es gewesen sein, was den

Anblick seiner bedrohlichen Gestalt in ihr heraufbeschworen hatte.

Die englische Küste war bald nur noch verschwommen wahrzunehmen, aber der Logger war noch nicht sehr weit gekommen, als der Seegang stärker wurde. Bryony hielt sich an der Reling fest, als ein besonders hoher Brecher das Schiff vorn anhob und dann wieder so heftig zurückfallen ließ, als ob er es verschlingen wolle. Sie war bis auf die Haut durchnäßt und sah ein, daß es besser war, sich in den Schutz des Segeltuches zu begeben.

Ängstlich und durchfroren kämpfte sie sich übers Deck. Die französischen Passagiere scharten sich um einen der Masten. Ströme von Wasser fanden den Weg unter das provisorische Dach und durchnäßten alles. Die Planken ächzten und die Segel flatterten, aber der Logger durchpflügte unermüdlich weiter die Gewässer.

Eine weitere große Welle forderte das Schiff heraus und zog es hoch hinauf auf ihren Kamm. Und das war der Augenblick, in dem Bryony befürchtete, daß sie die französische Küste nie erreichen würde. Würde ihr Leben enden, bevor sie eine Chance bekommen hatte, Reggies Tod zu rächen?

Indem sie sich an einem Tau festhielt, das zwischen zwei Masten aufgespannt war, gelang es ihr, die Stelle zu erreichen, wo Jack sich hingelegt hatte. Eine Sturmlaterne schwang wild im Wind und warf flackerndes Licht auf seine reglose Gestalt. Er hatte die Decken bis ans Kinn gezogen; sie waren vollkommen durchnäßt. Sie dachte, er schliefe, aber dann stieß er auf einmal ein herzzerreißendes Stöhnen aus.

»Was hast du?« fragte Bryony und kniete sich beunruhigt neben ihn.

Er bewegte sich krampfartig und wandte sein Gesicht von ihr ab. Keuchend preßte er die Hand an seinen Magen.

Sie erkannte die Symptome. Jack Newcomer war seekrank. Seekrank? Aber … Sie packte ihn an den Schultern und rief zutiefst erschüttert seinen Namen.

»Du hast mich belogen! Wenn du Kapitän wärst, würdest du jetzt nicht seekrank.«

Er faßte sich an den Kopf und stöhnte. Ohne etwas zu erwidern, richtete er sich auf und griff blindlings nach irgend etwas, um sich festzuhalten. Sie versuchte, ihn zurückzuhalten, aber er schüttelte ihre Hand ab und taumelte zur Reling.

Sie mußte mit ihm reden. Die Gefahr, die von den schweren Brechern ausging, die aufs Deck krachten, ignorierend, folgte sie ihm. Einer der Seemänner versuchte mit aufgeregten Gesten, sie zurückzuwinken, aber sie dachte nicht daran, die Warnung zu befolgen.

Zorn und Verwirrung mischten sich in ihr. Und Enttäuschung. Sie hatte ihre Liebe einem Mann geschenkt, der sie hintergangen hatte. Sie wußte nichts über ihn, absolut nichts. Die Erkenntnis erzürnte sie. Bittere Galle stieg in ihrer Kehle auf, und sie verspürte das Bedürfnis, ihn zu schlagen.

Was immer er sich jetzt auch ausdachte, sie würde ihm nie mehr glauben. Ihr Herz zog sich vor Schmerz zusammen, und sie schluckte, als sie warme Tränen über ihre kalten Wangen rinnen spürte.

Als sie nach seinem Arm griff, erfaßte ihn eine große Welle. Einen furchtbaren Moment lang dachte sie, er sei über Bord gefallen, doch als die Welle zurückwich, sah sie, daß er kraftlos an der Reling hing und sich verzweifelt an dem glatten Holz festklammerte.

Eine weitere, etwas kleinere Welle schwappte über Bryonys Füße und raubte ihr beinahe das Gleichgewicht. Ihre Hände berührten Jacks kalte Finger, und im ersten Augenblick schrak sie zurück. Etwas Dunkles, Finsteres in ihr wollte seine Finger von der Reling lösen und zusehen, wie die gierigen Wellen ihn verschlangen.

Sie schlug mit aller Kraft auf seinen Rücken. »Du Lügner! Du verdammter Lügner! Du hast alles ruiniert«, schrie sie und ließ die Tränen ungehindert über ihre Wangen strömen.

Sie unterdrückte den Impuls, der tosenden See dabei zu helfen, ihn hinabzureißen, und hielt ihn verzweifelt fest, als eine weitere Woge über sie hereinbrach. Die nächste würde ihn vielleicht schon verschlingen, und dann wäre er verloren. Mit beiden Händen umklammerte sie die Reling rechts und links von ihm, preßte sich an seinen Körper und drückte ihn gegen das Holzgeländer.

Jede Welle machte sie noch kälter und steifer, kalt und hoffnungslos, wie die Verzweiflung, die in ihrem Herzen wütete. Ihre Hände waren schon gefühllos, und bald würde sie nicht mehr in der Lage sein, sich festzuhalten.

Jack schien machtlos gegen seine Seekrankheit. Von krampfartigem Würgen geschüttelt, zitterte er am ganzen Körper. Ein bißchen Mitleid regte sich in ihr, aber vor allem wollte sie, daß er überlebte, damit sie ihrem Zorn Luft machen konnte.

Starr vor Entsetzen, hielten sie jeder Welle stand, die nach ihnen griff. Wenn die Brecher nur ein bißchen größer würden, würde es vielleicht ihre letzte Nacht in diesem Leben sein. Bryony wollte aber nicht sterben, ohne Antworten auf ihre Fragen gefunden zu haben. Und Jack sollte nicht so leicht davonkommen mit seinen Lügen!

Mit wiederhergestellter Kraft versuchte sie, ihn zur Mitte des Schiffs zu ziehen, aber er hielt sich verzweifelt an der Reling fest. Eine weitere Welle raubte ihr den Atem, und sie fühlte, wie Jacks Griff sich lockerte. Als das Wasser zurück schwappte, erdrückte es sie fast, als wolle es sie zwingen, sich seiner eisigen Umarmung zu ergeben.

Jack neigte sich mehr und mehr über die Reling, und Bryony stöhnte. »Nein! Nicht loslassen!« schrie sie über das Rauschen des Wassers. Einen Moment rutschten ihre Füße unter ihr weg, und sie klammerte sich an Jacks Armen fest.

Sie wären zusammen über Bord gegangen, wenn nicht zwei starke Arme sie von hinten gepackt hätten. Bryony fühlte sich schmerzhaft hart zurückgezerrt, aber sie dachte nicht daran, die Hände von Jack wegzunehmen. Jemand schlang ein Seil um ihre Taille und ein weiteres um Jacks Arm. Als ein gigantischer Brecher aufstieg, wurden sie von hinten unerbittlich zur Schiffsmitte hingezogen. Geblendet von dem Wasser und schon halb ertrunken, versuchte Bryony, sich zu befreien, doch der stämmige Matrose hatte Arme wie aus Stahl. Er zog sie von der Reling weg und trug sie zu der relativen Sicherheit der Taurollen unter dem Segeltuchdach.

»Ihr dummen Landratten!« schrie er ihr ins Ohr. Und das waren sie, mußte Bryony sich eingestehen. »Bleiben Sie hier, bis der Sturm vorbei ist«, warnte er.

Sie schaute sich nach Jack um und sah, daß zwei Männer ihn heranzogen. Er war nicht mehr in der Verfassung, sich zu wehren, und schlitterte wie ein toter Fisch über das Deck. Sie banden ihn in einer sitzenden Stellung am Mast an, damit er nicht hilflos der aufgewühlten See zum Opfer fiel.

Er ließ den Kopf hängen, sein langes nasses Haar klebte im Nacken. Ohne seine Umgebung wahrzunehmen, hustete und spuckte er. Sein bedauernswerter Anblick schmerzte Bryony, aber schnell errichtete sie eine Barriere gegen diese Schwäche.

Jack würde eine Menge zu erklären haben, wenn der Sturm nachließ.

Einigermaßen geschützt zwischen drei dicken Taurollen, wartete sie darauf, daß das Unwetter verging, und hoffte, daß es bald sein würde. Der pechschwarze Himmel und das dumpfe Dröhnen der Wellen ließ sie sich klein und einsam fühlen, aber das solide Schiff überwand die Wellen mühelos wie eine Seemöwe. Das einzige Licht an Bord war die flackernde Laterne, die am Mast befestigt war.

Sie sah, daß Jacks Portemanteau eingezwängt zwischen zwei Taurollen neben ihr stand. In der Hoffnung, etwas über ihren mysteriösen Geliebten herauszufinden, öffnete sie den Handkoffer.

Wasser rann hinein, als Bryony Jacks mageren Besitz durchsuchte. Da waren die Pistolen, verschiedene Hörner mit Schießpulver, Lederbeutel mit Bleikugeln, eine Streichholzschachtel, die zusammengefalteten Kleider, die sie kannte, und dann – endlich – das, was sie instinktiv gesucht hatte: die Briefe, die mit einem weißen Seidenband zusammengebunden waren.

Als sie sie herauszog, verspürte sie einen Stich der Eifersucht. Er hatte seine Liebesbriefe überallhin mitgenommen.

Mit steifen, kalten Fingern löste sie das Band. Ihre Hände zitterten, als sie den ersten Brief entfaltete. Ihre Augen wurden groß, als sie das Blatt anstarrte. Der Wind versuchte, es ihr aus der Hand zu reißen, aber sie drückte es krampfhaft an die Brust. Nachdem sie die anderen Briefe in die nasse Tasche ihres Capes gesteckt hatte, kroch sie auf die einsame Laterne zu. Den Rücken an den Mast gelehnt, versuchte sie, die unleserliche Schrift zu entziffern. Nachdem sie in dem schwachen Licht die Unterschrift gesehen hatte, wußte sie, daß ihr erster Eindruck richtig gewesen war. Der Brief war mit »Oakfolly« unterschrieben.

Sie kannte nur einen Menschen, der je dieses Wort benutzt hatte, und dieser Mensch war Reggie. Es war unmöglich, die Briefe zu lesen, aber die krakelige Schrift ihres Bruders war unverwechselbar. Er hatte sich

»Oakfolly« genannt, nach der alten Eiche hinter ihrem Pavillon in Willow Hills. Diese Eiche bewachte sicherlich noch viele Schätze ihrer Kindheit. Der Baum war schon viele Jahre tot, aber ihr Vater hatte sich geweigert, ihn abholzen zu lassen. Er hatte behauptet, er sei älter als die Geschichte selbst, und der Stamm war tatsächlich sehr viel dicker als jeder andere Baum auf dem Besitz.

Zwei Eulen hatten sich den hohlen Stamm mit Reggies Schätzen geteilt. Sie sind bestimmt schon lange fort, dachte Bryony, ohne zu bemerken, daß Tränen über ihre Wangen rannen. Wie hatte sie nur die alte Eiche vergessen können?

Wasser tropfte durch ein Loch im Segeltuch und befeuchtete das Papier in ihrer Hand, aber das bemerkte sie fast nicht. Die Botschaft, die ihr Bruder ihr durch ihren Onkel Butterkloß hatte zukommen lassen, war jetzt klar. Sie hatten einmal die Schritte vom Pavillon zur Eiche abgezählt, eine Karte gezeichnet und sie dann in einem Narzissenbeet vergraben.

Alles paßte jetzt zusammen. Reggie hatte die französische Karte, die zu dem Gold führte, in der alten Eiche in Willow Hills versteckt. Die Männer, die sie verfolgten, wollten sicherlich die Karte. Und vor allem *Jack* schien offenbar zu glauben, daß sie sie hatte.

Und wenn er hinter der Karte her war, mußte er ein Jakobiter sein, genau wie Reggie.

Sie hätte es sich denken sollen.

Die Ungeheuerlichkeit ihrer Entdeckung kam ihr langsam zu Bewußtsein, bis sie unfähig war, an etwas anderes als die Tatsache zu denken, daß Jack sie von Anfang an buchstäblich doppelt hintergangen hatte. Er hatte nie erwähnt, er kenne Reggie, und er hatte hinsichtlich seines Berufs gelogen.

Tiefe Trauer erfaßte sie. Wie hatte Jack das tun können? Aber vor allem, wie hatte sie so dumm sein können, sich in ihn zu verlieben? Sie hätte es besser wissen müssen, als er ihr nichts über sich hatte erzählen wollen. Er hatte sie mit seinem Charme geblendet.

Ihr erregter Blick fiel auf das Blatt in ihrer Hand, und sie sah, daß die Tinte zu einem unleserlichen Geschmier verschwommen war. Sie war bis auf die Haut durchnäßt und zitterte so heftig, daß sie sich kaum noch gerade halten konnte.

Sie schaute Jack an und sah, daß er zusammengesunken vor dem Mast lag und von der Welt um sich herum nichts wahrnahm. Er litt, jedoch bei weitem noch nicht so, wie er es eigentlich verdiente.

Sie hätte ihn am liebsten angeschrien und ihn geschüttelt, bis er die gleiche Verzweiflung und Verlassenheit erfuhr, die sie selber zu ersticken drohte.

23

Der Morgen dämmerte mit einem Himmel voller grauer Wolken. Die See hatte sich beruhigt, und der Logger war noch fahrtüchtig, obwohl zwei der Segel gerissen waren und alles an Bord so vollkommen durchnäßt war, daß das Gewicht das Schiff hinunterzog. Mit leichter Schlagseite nach Steuerbord schlingerte das Schiff auf die unebene graue Linie am Horizont zu, die die Küste war.

Aber es war nicht Frankreich. Nach Aussage ihres Kapitäns hatte der Sturm ihr Fortkommen so stark behindert, daß sie die englischen Gewässer nie verlassen hatten. Wegen des kaputten Segels mußten sie Schutz in einer stillen Bucht suchen und die Schäden reparieren. Der Kapitän überlegte sogar, den Ballast über Bord zu werfen, um die Belastung des verbliebenen Segels zu verringern.

In der Ferne erschienen die gezackten Umrisse steiler weißer Klippen. Soweit Bryony sehen konnte, waren nirgendwo menschliche Ansiedlungen auszumachen, was in Anbetracht der Tatsache, daß es sonst überall an der Küste und in allen kleinen Buchten Fischerdörfer gab, recht seltsam war.

»Wir sind südlich von Worthing«, sagte Clover wichtigtuerisch, als er zu Bryony an die Reling trat. »Ich könnte ein ganzes Schwein essen«, fügte er gleich darauf hinzu.

»Woher weißt du, daß wir südlich von Worthing sind?«

Clover schaute zum Kapitän hinüber. »Jeder weiß doch, daß dieser erhöhte Punkt der Downs Cissbury Ring ist, Mylady.« Vage deutete er auf die Küste.

Bryony lächelte. »Dann weißt du sicher auch, was Cissbury Ring ist?«

Er vermied es, ihren Blick zu erwidern. »Klar weiß ich das! Das weiß doch jeder.« Sein Blick glitt zu dem Stoffbeutel mit Lebensmitteln, die Jack am Tag zuvor gekauft hatte. »Wann gibt's Frühstück? Und wo ist der Herr?«

Newcomer war während des ganzen Sturms am Mast geblieben. Jetzt hatte er die Stirn auf seine hochgezogenen Knie gelegt. Seine Haut sah grünlich aus, und er zitterte und erschauerte, als ob er hohes Fieber hätte. Bryony mußte sich gegen dieses Bild des Jammers wappnen. Sie würde kein Erbarmen zeigen, egal, wie sehr er litt. Sie ertrug es nicht, ihn anzusehen.

»So ein Jammerlappen«, sagte Clover verächtlich und stolzierte übers Deck.

»Und du bist ein frecher Junge«, tadelte Bryony und nahm etwas Käse und durchweichtes Brot aus dem Beutel.

Clover schien seine Worte zu bereuen und ging mit einem Stück Käse und einer Scheibe Brot zu Jack hinüber. Bryony konnte gar nicht anders, als einen verstohlenen Blick auf Jack zu werfen, um seine Reaktion zu sehen.

Er hob nicht mal den Kopf, reagierte überhaupt nicht. Er war wirklich krank. Als Clover zurückkam, befahl sie ihm, trockene Decken zu suchen – falls es welche gab – und ihren Reisegefährten damit zuzudecken.

Clover tat es gern und erzählte ihr bei seiner Rückkehr, daß Jack im Schlaf gesprochen habe. »Er ist furchtbar heiß«, sagte der Junge und biß genußvoll in den Käse.

Bryony kämpfte lange gegen den Impuls, es Jack

bequem zu machen, aber zum Schluß gewann ihr Mitgefühl. Was immer er auch getan haben mochte, er besaß das Recht, gepflegt zu werden. Ihr Herz pochte schmerzhaft hart, als sie auf den Mann zuging, den sie bis gestern von Herzen geliebt hatte.

Clover hatte recht, Jack zitterte vor Fieber. Seine Augen waren dunkle Höhlen, die nur das kalte Grauen seiner Träume sahen. »Ich bringe ihn um«, murmelte er und ballte krampfartig die Hände.

»Jack?« wisperte Bryony mit steifen Lippen. Aber er erwachte nicht aus seinem Alptraum.

Sie sprach mit dem Captain, der ihr seine eigene Kabine anbot, die an Deck errichtet war wie eine Hütte. Als sie ihm erklärte, daß Jack bis auf die Haut durchnäßt war, bot er ihr sogar ein trockenes Hemd von sich und eine Kniebundhose an.

»Mademoiselle, wenn Küste erreichen, ich denke, Sie am besten gehen, *non?* Sie müssen finden anderes Schiff jetzt, ich Sie setzen ab vor einer Stadt. Mit *mon ami, le Monsieur anglais* und dem kleine *fils.*« Er verdrehte die Augen, als er Clover erwähnte, und Bryony lächelte.

»Danke, daß Sie sich gestern nacht um ihn gekümmert haben«, sagte sie.

»Ich ihn binden an meine Schreibtisch, Mademoiselle. Er mag Sturm.«

Mit Hilfe einiger Matrosen gelang es Bryony, Jack in die schmale Koje des Kapitäns zu legen. Sie ließen sie allein, als sie begann, ihm seine nasse Kleidung auszuziehen. Mit einem Flanelltuch trocknete sie seinen schlanken, muskulösen Oberkörper und die Beine ab und erinnerte sich an jeden Augenblick der Lust, die er ihr geschenkt hatte. Seine Haut und diesen Körper zu berühren, den sie inzwischen so gut kannte, war bittersüße Qual. Es war ihre eigene Schuld, daß sie nicht mehr über seine Geheimnisse, über sein Leben herausgefunden hatte. Warum war sie nur so leichtsinnig gewesen?

Aber ihr Herz hatte ihm vertraut, und das war ihr genug gewesen. Vorher.

Murmelnd warf er sich von einer Seite auf die andere und kämpfte mit den Decken. Es war ein zeitraubendes, mühsames Unterfangen, ihm die Kleidung des Kapitäns anzuziehen.

Bryony flößte ihm ein wenig Brandy ein. Seine fieberglühende Haut zu berühren, zerriß ihr fast das Herz. Wie sollte sie jemals von ihm loskommen? Sie liebte ihn so sehr, daß ihr das Herz weh tat und seine Qual auch ihre war.

Als der Brandy ihn wärmte, beruhigte er sich ein wenig. Er öffnete die Augen, hatte aber offensichtlich Schwierigkeiten, sie zu sehen. Fieber glühte in ihren dunklen Tiefen, und Bryony wandte rasch den Blick ab und spürte, wie ihr die Tränen kamen.

»Brye?« Seine Stimme war rauh, und seine Hände zitterten, als er sie nach ihr ausstreckte. »Warum … weinst … du?« stieß er mühsam hervor.

Wie konnte sie ihm jetzt Vorwürfe machen? Sie wappnete sich gegen ihre Schwäche. Wahrscheinlich war dieser hinterhältige Schuft bloß krank geworden, um ihr Mitleid zu erregen!

Aber als sie ihn ansah, wußte sie, daß das nicht stimmte. Er hatte sich verkühlt.

»Weißt du noch, worüber wir letzte Nacht gesprochen haben?« fragte sie mit erzwungener Ruhe.

Er schüttelte den Kopf und schloß die Augen. »Ich brenne innerlich, und mir ist kalt, so furchtbar kalt«, flüsterte er.

Sie gab ihm noch mehr Brandy zu trinken und deckte ihn noch wärmer zu.

»Wo sind wir?« fragte er und richtete wieder seinen verständnislosen Blick auf sie.

»Auf dem Kanal, in der Nähe von Worthing. Wir werden bald anlegen. Wir müssen das Schiff verlassen, bevor der Captain eine versteckte Bucht sucht, um das Schiff zu reparieren.«

»Ah! Mein alter Freund Michel, der Captain. Er versprach, uns sicher nach Frankreich hinüberzubringen.« Er umklammerte so fest den Rand der Decke, daß seine Knöchel weiß hervortraten. »Obwohl ich die See und Schiffe hasse.«

»Das habe ich schon gemerkt«, erklärte Bryony trocken. »Das ist nicht sehr praktisch für einen Schiffskapitän.«

Erschrocken setzte er sich auf, und zwei rote Flecken erschienen auf seinen eingefallenen Wangen. »Du weißt ... die Wahrheit!« Die Worte klangen wie ein Schrei der Qual.

Bryony nickte traurig. »Ich habe Reggies Briefe in deinem Portemanteau gefunden. Warum hast du mich belogen?«

Ohne eine Antwort drehte er sich mit dem Gesicht zur Wand.

Bryony vergaß seinen geschwächten Zustand, packte ihn an den Schultern und schüttelte ihn aufgebracht. »Wie konntest du! Ich habe dir vertraut.« Ihre Stimme brach, und sie barg das Gesicht in ihren Händen.

Er schwieg sehr lange. Schließlich sagte er: »Meine Gefühle für dich sind wahr, meine Schöne, aber meine Mission kommt vor allem anderen. Das Leben vieler Schotten hängt von ihrem Gelingen ab.«

Sie wappnete sich und schaute ihm in die Augen. Sie sah die Wahrheit und die Qual, und dennoch konnte sie ihm nicht verzeihen.

»Ich werde dir nie wieder vertrauen können.«

Er hatte die Augen geschlossen, und seine Stirn war schweißbedeckt. Seine wenigen klaren Momente waren vorüber, als das Fieber ihn von neuem packte. Ein Muskel zuckte an seiner Wange, und er griff blindlings nach ihr.

»Eines Tages werde ich es dir erklären«, wisperte er.

»Das wird nicht genug sein«, erwiderte sie und richtete sich müde auf. Sie wollte die Kabine verlassen und ihm und ihrer Vergangenheit entkommen. »Du hast mich benutzt, weil du dachtest, daß ich dich zu dieser Karte führen würde.«

Er erwiderte nichts, und sie sah, daß er eingeschlafen war. Sie bezog keinen Trost daraus, sein Gesicht zu betrachten, und es lenkte sie auch nicht von ihrer inneren Unruhe ab, die wenigen Besitztümer des Kapitäns zu betrachten. Sie fragte sich, ob sie je wieder Frieden finden würde.

Sie ertrug es nicht, im selben Raum wie Jack zu sein. Sie bat Clover, bei ihm zu wachen, trat an die Reling und starrte mit brennenden Augen auf die Küste.

Die Klippen am grauen Horizont waren jetzt schon deutlich zu erkennen. Bis auf ein paar Möwen, deren rauhe Schreie die Luft erfüllten, sah die Küste vollkommen verlassen aus.

Jack kam nicht zu sich, als die Seemänner ihn in ein Ruderboot trugen. Bryony und die anderen Passagiere sahen schweigend zu. Sie allein würde die Verantwortung für sein Wohlergehen tragen, sobald sie an der Küste waren.

Vielleicht hätte sie ihn in der kalten Brandung liegenlassen und sterben lassen sollen, aber sie wußte, daß sie das nicht übers Herz gebracht hätte. Ihr Problem war, daß sie Jack noch immer liebte. Diese Liebe war wie ein untilgbarer Fleck in ihrem Herzen, und egal, was er sich auch zuschulden hatte kommen lassen, ihr Herz gehörte ihm. Sie haßte und verachtete sich dafür.

Und sie würde ihm ihre Liebe niemals eingestehen.

Sobald er wieder genesen war, würden sie getrennte Wege gehen.

In England zu bleiben, war von vornherein falsch gewesen. Wäre sie sofort zurückgekehrt nach Frankreich, wäre nichts von alledem geschehen.

»Mademoiselle, ich kann nicht weiter helfen«, sagte der Kapitän zu ihr und zog bedauernd seine breiten Schultern hoch. »Ich bin nicht – wie sagt man – willkommen hier in diese Land.« Lachend spreizte er die Hände.

Bryony lächelte. »Ja, ich weiß. Danke, daß Sie versucht haben, uns zu helfen. Ich werde bald nach Frankreich zurückkehren, um jemanden zur Re … um jemanden zu suchen, den ich kenne. Vielleicht würden Sie mich dann auf einer Ihrer Fahrten mitnehmen?«

Der Kapitän versprach, eine Nachricht im »The Star« in Alfriston zu hinterlassen, wenn er das nächste Mal nach England zurückkommen würde. Er verbeugte sich vor ihr. »Viel Glück, Mademoiselle.«

Das Ruderboot brachte sie an Land. Niemand war zu sehen. Was sollte sie jetzt tun? Jack hatte das Bewußtsein wiedererlangt, aber er war noch sehr schwach. Er schaffte es, den Strand zu überqueren, mußte sich dabei aber schwer auf Bryonys Schultern stützen.

»Was jetzt?« fragte sie, als sie die Seemänner durch die Brandung rudern und in den Logger steigen sahen.

»Wir sollten einen Gasthof suchen«, meinte Clover. »Der Herr braucht Ruhe.«

Jack sank auf die Knie und atmete sehr schnell und flach.

»Er kann nicht weitergehen«, sagte Bryony, während sie in ihre Tasche griff, um ihre Geldbörse hervorzuziehen. Sie enthielt nur wenige Heller. »Außerdem haben wir kein Geld, um ein Zimmer zu bezahlen.« Sie seufzte. »Ich hätte mir nie träumen lassen, daß es soweit kommen würde.« Sie warf Jack einen Blick zu und wünschte, sie könne etwas tun, oder daß ein Wunder ihre Lage ändern möge. Im Augenblick mußte Jacks Genesung ihre erste Sorge sein. Und dann war da natürlich auch noch Clover. Er sah aus, als ob er ihre Abenteuer unbeschadet überstanden hätte, aber sie hegte den Verdacht, daß er, obwohl er den starken Mann markierte, im Grunde seines Herzens sehr verängstigt war. Ihr Schicksal war mit seinem untrennbar verbunden, solange er sie brauchte.

Clover winkte. »Da drüben ist eine Höhle, Mylady. Der Herr kann sich dort ausruhen, während wir etwas zu essen auftreiben. Ich werd' bald großen Hunger haben.«

Bryony zögerte, wußte aber, daß sie bald etwas zu essen finden mußte. Clover half ihr, es Jack so bequem wie möglich zu machen, und da der Franzose ihnen nichts gegeben hatte außer Brandy, breitete sie ihren eigenen Umhang über Jacks zitternden Körper. Er schien nicht zu wissen, was sie mit ihm machten. Clover formte ein Kissen aus trockenem Seetang und bettete dann Jacks Kopf darauf.

»Er wird schlafen wie ein Kind, bis wir zurückkommen.«

Bryony berührte Jacks glühende Stirn. »Er braucht ein warmes Bett mit heißen Backsteinen.« Ein Frösteln der Angst ging über ihren Rücken. Was, wenn er eine Lungenentzündung bekam und starb? Sie verdrängte den Gedanken rasch.

»Komm, wir müssen etwas zu essen und Medizin für Jack finden.«

Clover legte seine Hand in ihre, und seine warme, zärtliche Berührung tröstete sie ein wenig. »Lausbub«, sagte sie und lächelte.

Es war später Nachmittag, als sie zurückkehrten, mit schlichten Kleidern angetan und mit Äpfeln, Milch und Brot beladen, die eine freundliche Bäuerin ihnen im Tausch gegen Bryonys elegantes Reitkostüm gegeben hatte. Bryonys neue Garderobe bestand aus einem grauen Wollrock, einem warmen Mieder, weißem Schultertuch und einer großen weißen Leinenhaube. Die Bauersfrau hatte ihnen auch angeboten, in ihrer Scheune zu übernachten, und Bryony war jetzt etwas leichter ums Herz. Jack würde es schön warm im Heu haben, und aus der Küche der Bäuerin konnte sie heiße Milch für ihn bekommen.

Als sie den schmalen Pfad zum Strand hinuntergingen, hörten sie Stimmen. Warnend legte Bryony eine Hand auf Clovers Arm. Sie blieben stehen und lauschten. Von dem französischen Schiff war nichts mehr zu sehen. Bryony erkannte die Stimmen, die sie hörte, nicht. Vorsichtig näherte sie sich der Höhle. Die Stimmen kamen von drinnen.

Sie atmete tief durch, warf Clover einen warnenden Blick zu und trat ein. Drei Soldaten beugten sich über Jack und hielten ihre Schwertspitzen an seine Brust. Er war hellwach, blieb aber stumm, als die Soldaten ihn befragten.

»Da bist du ja endlich, Minnie!« rief er, als er Bryony erblickte. Seine Stimme zitterte von der Anstrengung, normal zu klingen.

Sie nickte den Soldaten kurz zu, als sie sich zu ihr umwandten. »Wer sind Sie?«

»Ich habe diesen braven Soldaten gerade gesagt, daß du etwas zu essen holen gegangen bist«, sagte Jack. »Du hast kein französisches Schiff gesehen, oder?«

Bryony schüttelte den Kopf. »Nein, ich hab' kein Boot gesehen. Wenn Sie'n Boot wollen, müssen Sie nach Worthing.«

»Wir wollen kein Boot«, sagte der Mann, der offenbar

der Anführer der kleinen Truppe war. »Ich bin Sergeant Comstock«, stellte er sich mit einer knappen Verbeugung vor. »Gerüchte sagten, ein französisches Schiff sei hier vor drei Stunden ausgelaufen.«

Bryony betrachtete die roten Uniformen unbehaglich. Die Soldaten würden nicht leicht zu täuschen sein. »Aber nicht von hier, Sir. Was haben wir mit Franzmännern zu tun?«

»Das würde ich auch gern wissen«, entgegnete der Sergeant finster. »Was tun Sie hier am Strand?«

Bryony warf Jack einen fragenden Blick zu und versuchte zu erraten, was er ihnen schon gesagt hatte. Er zwinkerte ihr aufmunternd zu. »Mein Mann ist krank geworden. Er ist Matrose. Das Fischerboot, die *Minnow* aus Littlehampton, hat ihn hier abgesetzt und mir den Jungen geschickt, damit er mir Bescheid sagt.«

Der Sergeant blickte mißtrauisch von einem zum anderen. »Ich glaub', da ist was faul.«

Bryony stieß ein, wie sie hoffte, ordinäres Lachen aus. »Sie haben mir das Wort aus dem Mund genommen, Mister! Dieser Junge hier stinkt immer so nach Fisch.«

Der Sergeant schnaubte. »Ich weiß nicht, was ich glauben soll.«

»Ich hab' keine Zeit, zu warten, bis Sie sich entschieden haben. Mein Mann stirbt, wenn ich ihn nicht heimbringe.« Sie hoffte nur, daß sie ihr keine Hilfe anbieten würden, denn sie hatte ja kein Zuhause, wohin sie Jack bringen konnte. Sie war jetzt dankbar für die groben Bauernsachen. Was wäre passiert, wenn sie in ihrem eleganten französischen »Amazonenkleid« erschienen wäre?

»Im Moment versuchen viele Jakobiter, aus dem Land zu fliehen, so daß wir also nicht vorsichtig genug sein können«, erklärte der Sergeant.

»Wir sind keine Jakkerbitter, was immer das auch

sein mag«, sagte Bryony naserümpfend. »Wir sind anständige Bürger, sag' ich Ihnen.« Sie kniff Clover, als er nervös zu kichern begann.

»Wenn Sie mich nicht in Ruhe lassen, beschwer' ich mich bei Ihren Vorgesetzten«, drohte sie und hoffte, während sie die Schultern straffte, wie eine aufgebrachte Matrone auszusehen.

Der Sergeant wirkte unbehaglich. Er wechselte einen Blick mit den anderen Soldaten, die die Schultern zuckten.

»Nun gut, dann wird es wohl so sein, wie Sie behaupten.«

Jack hatte sich inzwischen aufgerichtet und stand schwankend neben Bryony. »Laß uns heimgehen, Minnie. Ich sterbe, wenn ich nicht bald aus diesen Klamotten und ins Bett komme – mit dir, mein Schatz.« Er küßte ihren Nacken, und zwei der Soldaten grinsten.

Sie errötete empört und hätte Jack am liebsten einen Rippenstoß versetzt, aber die Soldaten nickten wissend, und ihr blieb nichts anderes übrig, als die liebende Ehefrau zu spielen.

Es war nicht das erste Mal, daß Jack die Situation ausnutzte. Aber sie konnte spüren, wie er zitterte, und wie er sich nur mühsam auf den Beinen hielt. Er konnte jeden Augenblick ohnmächtig werden, und dann würde sie ihn nicht die Klippen hinaufbekommen.

Die Soldaten zogen sich zurück und gingen schnellen Schritts am Strand entlang. Sie hatten offenbar nicht vor, ihre Suche nach dem französischen Schiff schon aufzugeben.

»Ich wußte nicht, was ich ihnen sagen sollte«, murmelte Bryony, die jetzt, als die Gefahr vorüber war, weiche Knie bekam. »Und woher wußtest du …?«

»Ich erinnerte mich an die Fahrt mit diesem netten Doktor und dachte mir, du würdest etwas Ähnliches erfinden. Und das hast du ja dann auch – und ungemein geschickt, muß ich gestehen.« Er stützte sich schwer auf ihre Schulter. »Wir sollten zusehen, daß wir fortkommen, falls sie noch einmal zurückkommen, weil ihnen doch noch etwas ›faul‹ erscheint.«

Clover prustete vor Lachen. »Sie haben die ganz schön zum Narren gehalten, Mylady, obwohl ich nicht versteh', warum.«

»Das brauchst du auch nicht zu wissen«, erwiderte Jack streng. »Und du wirst zu niemandem ein Wort darüber sagen, wenn du keine Prügel willst.«

Clover schmollte und zog einen Apfel aus der Tasche. »Den hab' ich nur für Sie gepflückt«, sagte er und gab ihn Jack. »Der wird Sie schnell gesund machen.«

Jack zögerte, bevor er die Frucht annahm, und seine Hand verweilte einen Moment über dem Haar des Jungen, bevor er rasch darüberstrich. »Danke. Das war lieb von dir.«

Clover strahlte wieder und legte stützend einen Arm um Jack. »Ich mag es nicht, wenn Sie krank sind, und ich mag's auch nicht, wenn Mylady so böse guckt.«

Jack warf ihr einen prüfenden, besorgten Blick zu. »Ja, sie sieht ärgerlich und traurig aus. Und sie hat auch allen Grund dazu.« Seufzend stützte er sich auf Clovers Schulter. »So, du Racker, du wirst jetzt mein Spazierstock sein.«

Jack den steilen Klippenpfad hinaufzubringen, war harte Arbeit. Das Brausen der Brandung und das Gekreisch der Möwen übertönten ihr Stöhnen und ihre Flüche. Sie waren alle müde und verschwitzt, als sie die Scheune erreichten, die etwas abseits von dem Gehöft lag und sie vor neugierigen Blicken schützte.

Bryony wußte, daß es gefährlich sein würde, mehr als einen Tag zu bleiben, jetzt, wo die Soldaten auf Patrouille waren, aber sie hatten keine andere Wahl.

Sie war jetzt wirklich und wahrhaftig auf der Flucht – und in den Augen des Gesetzes nun genauso sehr eine Verräterin wie der abtrünnige Jack.

24

Jack ließ sich ins Heu zurücksinken, nachdem er den Becher heißer Milch mit Honig getrunken hatte, den die gutmütige Bäuerin ihm gebracht hatte. Er hatte noch stärkeres Fieber als zuvor, aber kein Wort der Klage kam von seinen Lippen.

Nervös und außerstande, Schlaf zu finden, wachte Bryony die ganze Nacht. Clover kroch ins Heu und rollte sich in eine Decke, und Jack schlief zum ersten Mal seit dem Sturm einigermaßen ruhig, obwohl er sich gelegentlich herumwarf und murmelte, als plagte ihn ein Alptraum. Er hustete auch im Schlaf, ein rauhes, trockenes Geräusch, das Bryony alarmierte.

Sie hatte einen dicken Knüppel gefunden und hielt ihn die ganze Nacht an ihrer Seite. Beim ersten Tageslicht des neuen Morgens rief sie sich Reggies Brief mit der rätselhaften Botschaft in Erinnerung: »Fragen Sie Bryony, ob sie sich an einhundert Schritte nach Norden erinnert, fünf nach Osten, zehn nach Westen. Sagen Sie ihr, es sei äußerst wichtig, daß sie sich erinnert!«

Sie dachte an die alte Eiche hinter dem Pavillon. Sie mußte nach Willow Hills zurückkehren und die Karte suchen. Seufzend zog sie aus ihrer Umhangtasche die anderen Briefe, die Reggie an Jack geschrieben hatte, sie waren unleserlich, eine aufgeweichte Masse aus Salzwasser und Tinte. Sie würde nie erfahren, was Reggie ihm geschrieben hatte. Jack hatte eine Menge zu erklären, aber würde sie ihm je wieder glauben können?

Solange sie bei Jack blieb, würde sie sowohl von der Bürgerwehr wie auch ihrem unbekannten Feind, dem Mann im braunen Rock, gejagt werden. Er suchte jemanden, aber wen?

Der Mann im braunen Rock, Horace Watts, befand sich in jenem Augenblick in einem schäbigen Raum in Crawley. In seinem Ärmel hatte er einen Dolch verborgen, den er zu seiner Verteidigung wahrscheinlich brauchen würde, wie er wußte, da er seine Mission schon wieder nicht erfüllt hatte.

Er schaute seinem Auftraggeber in die kalten Augen und erschrak. Sein Leben war hier keinen Pfifferling mehr wert. Die Arme an den Seiten, um die Ausbuchtung des Dolchgriffs zu verbergen, verbeugte er sich steif.

»Nun, Horace, wo ist sie?«

»Weg, Sir. Ich habe ihre Spur verloren.«

Der Mann nickte kalt. »Du hast also versagt. Ich hätte es wissen müssen. Ich hatte noch keinen unfähigeren Handlanger.« Er seufzte. »Miss Shaw wird ihre Nachforschungen nicht einstellen. Ich werde sie jetzt töten müssen.« Er erhob sich aus seinem Lehnstuhl am Kamin und ging auf Horace zu.

Mit schicksalhaften, schweren Schritten.

»Du wußtest, was passieren würde, wenn du deinen Auftrag nicht erfüllst.«

Horace Watts erschauerte und starrte den dünnen Draht in den Händen seines Auftraggebers an. »Ich habe Ihnen gut gedient und werde Sie bestimmt nicht verraten ...«

»Ich habe dich für deinen Auftrag gut bezahlt, aber das Geld hast du bestimmt schon ausgegeben. Wie gedenkst du es mir zurückzuzahlen?« Er spannte den Draht zwischen seinen Händen, wickelte ihn um seine Knöchel und straffte ihn.

»I-ich hab' noch etwas übrig. Das können Sie gerne haben.« Horace wich einen Schritt zurück, dann noch einen, als er die Absicht in den Augen seines Gegenübers las.

»Das wird nicht genügen. Du wirst Reggie Shaw schon bald ins Grab folgen. Sprich dein letztes Gebet auf Erden.«

Mr. Watts wischte sich am Rock den Schweiß von seinen Händen und ließ langsam den Dolch aus seinem Ärmel gleiten. Seine Hand schloß sich um den kalten Griff. Würde er ihn rechtzeitig ziehen und schleudern können? In diesem Augenblick war er froh, daß er den Brief an Lord Bentworth geschrieben hatte, der ein mächtiger Mann und Angehöriger der Jakobiter war. Nur für den Fall ... er würde wissen, wie man diesen Wahnsinn stoppen konnte, bevor noch mehr Menschen zu Schaden kamen. »Sie haben Reginald Shaw getötet, nicht?« Watts versuchte, Zeit zu gewinnen.

»Shaw war ein Narr. Er hätte die Karte und das Gold in Schottland nutzen können, um seinen Besitz vor dem Zusammenbruch zu bewahren. Aber er mußte ja den Idealisten spielen!«

»Und Sie haben Reverend Cleaves umbringen lassen, weil er es herausgefunden hatte.«

Der Mann lachte. »Er hat zuviel herumgeschnüffelt. Natürlich hing auch eine Menge Geld an dieser Karte. Ich hoffe, daß Charles Stuart nie einen weiteren Louisdor sehen wird.« Er straffte sich und streckte die Arme aus. Der Draht schimmerte im Kerzenlicht. »Und was den guten Reverend angeht, so kannst du ihn ja selbst fragen, wenn ihr euch in der Hölle seht.« Die Zähne des mächtigen Mannes glitzerten in einem bösen Lächeln. »Wehr dich nicht. Dann würde es bloß länger dauern.«

Horace Watts' Hemd war naß vor Schweiß. Jetzt oder nie. Er wünschte, er würde nicht so zittern. Seine Hände wollten ihm nicht gehorchen, und sie waren feucht und glitschig.

In einem letzten verzweifelten Versuch, sein Leben zu retten, zog er den Dolch heraus und schleuderte ihn auf seinen Angreifer. Aber es war zu spät. Der Dolch flog weit über sein Ziel hinaus. Und schon fühlte er, wie sein Kopf zurückgerissen wurde, wie der Draht in seine Kehle schnitt und ihm die Luft abschnürte. Seine Haut brannte. Dann ein scharfer Schmerz, Resignation und Dunkelheit …

Der Mann ließ den Draht fallen, wischte sich die Hände an den Schenkeln ab und betrachtete die Leiche, die zu seinen Füßen lag. Dann öffnete er die Tür und winkte dem Mann mit dem wirren weißen Haar, der draußen wartete. »Das wird dir auch passieren, falls du Miss Shaw nicht finden solltest. Schaff ihn fort nach Willow Hills und leg ihn auf den Friedhof. Miss Shaw kehrt vielleicht dorthin zurück. Eine weitere Leiche vorzufinden, genügt vielleicht, um sie endgültig zu vertreiben.« Er schürzte die Lippen. »Und wenn du die Leiche fortgeschafft hast, wirst du dich in Willow Hills auf die Lauer legen. Laß es mich wissen, falls sie dort erscheint.«

Die Augen des Mannes spiegelten Entsetzen wider. Aber es war zu spät, um jetzt noch einen Rückzieher zu machen.

Am nächsten Morgen war Bryony ganz steif vom langen Sitzen in der Nacht. Als sie aufstand und sich streckte, sah sie, daß Jack wach war. Sein Gesicht war vom Fieber stark gerötet, aber seine Augen waren klar. Er sah unendlich traurig aus.

Sie erwiderte den Blick, den er ihr zuwarf, kalt. »Besser?«

Er nickte beinahe unmerklich.

»Du solltest weiterschlafen. Es ist noch früh.«

Er verzog das Gesicht und schüttelte den Kopf. »Ich habe dir einiges zu erklären.«

»Ich will deine Lügen nicht mehr hören.«

Er klopfte auf das Stroh an seiner Seite, aber sie dachte gar nicht daran, zu ihm zu gehen. Sie blieb in der Tür stehen und kehrte ihm den Rücken zu.

Ein grauer Nebel stieg vom Boden auf, und die Bäume glitzerten vom Tau.

»Wo ist Clover?« fragte er.

»Er ist vor ein paar Minuten zum Hof gelaufen. Er wollte sehen, wie die Kühe gemolken werden.«

Jack seufzte. »Ich liebe dich«, sagte er leise.

Bryony schwieg.

»Ich kannte deinen Bruder gut. Wir haben uns sechs Monate geschrieben. Reggie sollte mir die Karte übergeben. Meine Aufgabe ist, sie sicher nach Schottland zu bringen.«

Bryony breitete resigniert die Hände aus. »Aber warum hast du mir bloß nichts davon gesagt? Du mußt doch längst erkannt haben, daß ich diese Karte nicht habe. Du warst lange genug mit mir zusammen, um das zu erkennen.« Ihr Gesicht verzog sich vor Verzweiflung. »Du hast nie etwas anderes von mir gewollt als die verdammte Karte!«

Er versuchte, aufzustehen, sank dann aber stöhnend wieder in das Stroh. »Das ist nicht wahr. Zuerst wollte ich wirklich nur die Karte, aber als ich dich kennenlernte, habe ich mich in dich verliebt.«

»So sehr, daß du mir genug vertraut hast, um mir die ganze Wahrheit zu gestehen!« höhnte sie. »Ich kann dir nichts mehr glauben, Jack.«

»Laß mich versuchen, es zu erklären.« Er stützte sich auf die Ellbogen und sah sie flehend an. »In jener ersten Nacht habe ich deine Tasche durchsucht, weil ich dachte, daß ich dort die Karte finde. Und ich war auch in dem Pavillon in Greymeadows. Ich habe keine Entschuldigung für diese Vorkommnisse.«

Bryony machte große Augen. »Das ist doch …! Dann warst du also derjenige, der mich warnte, Reggie sei vielleicht ermordet worden. Das hätte ich mir denken müssen!«

»Ich glaube wirklich, daß Reggie ermordet wurde, aber ich weiß nicht, wer es war.«

»Ich schon! Lord Bentworth war es. Alle Spuren führen zu ihm. Er ist mächtig genug, um ungeschoren davonzukommen. Und was war mit den Überfällen?«

»Reggies Mörder ist jetzt offensichtlich hinter dir her, vermutlich, weil du Nachforschungen über Reggies Tod anstellst. Der Mörder hat Angst. Das ist die einzig mögliche Erklärung.«

»Wie bist du auf mich gekommen, Jack?«

»Ich sollte die Karte zu Charles Edward bringen. Reggie wollte mich begleiten. Er schrieb mir, falls ihm irgend etwas zustieße, wüßtest du, wo er die Landkarte versteckt hat. Eine Vorsichtsmaßnahme, weil die Mission sehr wichtig für ihn war.« Gespannt beugte Jack sich zu ihr vor. »Weißt du, wo sie ist?«

Sie warf ihm einen gequälten Blick zu. »Das ist das einzige, was dir wichtig ist, nicht wahr? Was wirst du mit mir tun, wenn ich es dir nicht sage? Mir den Kopf aufschneiden, um in meinem Hirn danach zu suchen?«

Er stieß einen Seufzer aus. »Ich weiß, daß du gekränkt bist. Ich kann nicht rückgängig machen, was ich dir angetan habe. Ich kann nur sagen, daß es mir leid tut, aus tiefstem Herzen. Aber du mußt verstehen, daß meine Mission wichtiger als mein Glück – und deins – ist. Ich denke nicht daran, untätig zuzusehen, wie noch mehr Schotten verhungern, weil sie nichts zu essen haben.«

Bryony wußte nichts darauf zu erwidern. Sie spürte, daß er die Wahrheit sagte, und der harte Zug, der um sein Kinn erschienen war, verriet ihr, daß er nicht eher ruhen würde, bis er sein Ziel erreicht hatte.

»Wenn du weißt, wo die Karte ist, solltest du es mir sagen«, fuhr er unerbittlich fort. »Täglich verhungern mehr schottische Soldaten.«

»Und was wäre, wenn sie genug zu essen hätten und gesund und stark wären? Würden sie dann nicht britische Soldaten töten?«

Er schüttelte ärgerlich den Kopf. »Ich weiß nicht, was sie tun würden. Ihre Zahl ist stark verringert. Du würdest mich verstehen, wenn du bei der Schlacht in Culloden Moor dabeigewesen wärst. Die englischen Rotröcke unter dem Kommando ›Metzger‹ Cumberlands haben Männer abgeschlachtet, die blutüberströmt und hilflos auf dem Schlachtfeld lagen. Sie haben unschuldige Frauen und Kinder umgebracht – und all das im Namen eines Königs, der nicht einmal Engländer ist!« Er barg das Gesicht in seinen Händen.

»Ich war dabei«, fuhr er fort, »als Kundschafter, mit meinem Cousin Carey. Ich war auf Seiten der Schotten, aber ich brachte es nicht über mich, an der Schlacht teilzunehmen. Ich konnte nicht gegen meine britischen Brüder kämpfen.« Aufstöhnend griff er sich an den Kopf. »Ich fühle mich so schrecklich schuldig – ich komme mir so feige vor. Ich glaube immer noch das dumpfe Dröhnen der Trommeln in Culloden Moor zu hören. Es war eisig kalt, es schneite und es regnete.«

Seine Worte griffen Bryony ans Herz, und sie konnte kaum noch atmen, so stark war die Spannung, die er ausstrahlte. Sie ließ sich neben ihm im Stroh nieder und war versucht, ihn zu umarmen.

Er fuhr fort. »Ich sah die karierten Röcke, die Schottenmützen, die breiten Schwerter – zu wenige Schwerter – und wußte, daß meine schottischen Brüder unterliegen würden. Sie waren ein Teil meiner Familie.« Er strich sich das Haar aus dem Gesicht. »Ich werde nie den kummervollen Klang der Dudelsäcke vergessen, oder all das viele Blut, als die englischen Kanonenkugeln in die schottischen Reihen einschlugen und die Körper der Soldaten in Stücke rissen.«

Er ergriff ihre Hand und hielt sie an seine Wange. Tränen glitzerten auf seinen Wimpern, und an seinem Kinn zuckte ein Muskel. »Die Engländer machten rücksichtslos alle nieder, die ihnen in den Weg kamen. Alle. Sie brandschatzten, und sie plünderten. Ich werde den Anblick all des Bluts und all der Leichen nie vergessen – oder den Geruch verbrannten Fleischs und dieses grauenhafte Stöhnen.«

»Und deine Verwandten?« fragte Bryony leise.

»Zwei meiner Onkel starben auf dem Schlachtfeld. Ich erkannte die Muster ihrer Röcke – später. Drei meiner Cousins wurden kaltblütig ermordet, als sie dort verwundet lagen.«

Er nahm ihre Hände zwischen seine zitternden. Als er sich mühsam vor ihr auf die Knie aufgerichtet hatte, sagte er: »Ich schwöre dir, ich habe noch nie ein solches Blutbad gesehen. Die Engländer führten sich wie blutdürstige Tiere auf. Und ich habe nicht teilgenommen an der Schlacht. Verstehst du? Ich kann das nur wiedergutmachen, indem ich das Gold liefere. Ich kann nicht mit noch mehr Menschenleben auf dem Gewissen leben.«

»Du kannst dir nicht die Schuld an diesen Dingen geben.« Bryony konnte nicht verhindern, daß ihr selbst die Tränen kamen. Sie rieb Jacks angespannten Nacken, als er sich an sie lehnte.

Er stöhnte auf und zog sie näher. Seine Haut war heiß und trocken, das Fieber setzte ihm noch immer stark zu. »Reggie und ich glaubten an die Sache der Stuarts«, sagte er. »Ich möchte bei meinen Verwandten, bei allen Schotten, etwas wiedergutmachen, indem ich ihnen das Gold bringe. Kannst du das verstehen?«

Bryony nickte. »Ja, das verstehe ich. Schuldgefühle können schrecklich sein.« Ihre Stimme brach, und sie erwiderte seine Umarmung. »Reggie war ein Idealist, und ich würde gern beenden, was er begonnen hat, um ihm einen letzten Gefallen zu erweisen.«

Schweigend saßen sie eine Zeitlang beeinander, jeder zu bewegt zum Sprechen. Dann sagte Bryony: »Glaubst du, mein Verdacht stimmt, daß Lord Bentworth meinen Bruder umgebracht hat?«

Jack rollte sich von ihr weg, schlug mit den Fäusten in das Heu und verzerrte qualvoll das Gesicht. »Warum beharrst du so darauf? Kannst du nicht damit aufhören? Ich weiß auch nicht mehr als du. Warum willst du dich quälen?«

»Du brauchst nicht gleich an die Decke zu gehen. Du warst derjenige, der den Verdacht geäußert hat, mein Bruder sei ermordet worden.«

Er seufzte gequält und betrachtete sie aus schmalen Augen. Seine Haut war feucht und grau. »Ich glaube, daß jeder aus dieser Kartenrunde Reggie umgebracht haben könnte.«

»Aber aus welchem Grund?«

»Habgier. Es gab eine Zeit, da war der französische König bereit, die Stuarts finanziell zu unterstützen. Er hat inzwischen das Interesse verloren, aber es sind noch immer französische Waffen und französisches Gold, was die schottische Armee erhält – oder das wenige, was noch von ihr übrig ist.« Reggies sogenannten Freunde wollten vielleicht ihre eigenen Schatullen mit französischen Goldstücken auffüllen.«

»Ich möchte dir helfen«, sagte Bryony entschieden.

Liebevoll berührte er ihre Wange. »Heißt das, daß du mir verziehen hast?«

Sie schüttelte den Kopf. »Verzeihung ist noch längst nicht alles. Wie soll ich vergessen, daß du mich hintergangen hast? Wenn du es einmal getan hast, wirst du es auch wieder tun.«

Er stöhnte. »Ich war durch meine Mission dazu gezwungen! Jeder, der sich für die Ziele der Jakobiter engagiert, muß extrem vorsichtig sein, um nicht geköpft zu werden.«

»Ich verstehe, was du sagen willst, aber meinst du nicht, du hättest mir vertrauen können? Ich habe keinen der Jakobiter verraten, die bei jenem Kartenspiel dabeiwaren.«

Er lächelte traurig. »Ja, das weiß ich. Ich hatte wirklich nicht sehr viel Vertrauen zu dir, was?« Er lehnte sich ans Heu und zog sie mit sich, so daß ihr Kopf auf seiner Brust zu liegen kam. »Ich kann dich nur bitten, mir zu verzeihen, Bryony. Es fällt mir sehr schwer, anderen zu vertrauen, aber ich werde versuchen, mich zu ändern. Mein Leben war leer, bevor ich dir begegnete.«

»Meins auch. Aber Lügen sind kein gutes Fundament für Liebe.«

Er schwieg, und sie spürte seine Qual und Unentschlossenheit. »Wahrscheinlich bin ich der größte Narr, der je gelebt hat«, sagte er traurig.

Bryony lachte. »Darüber sprechen wir lieber ein andermal.«

»Willst du mir wirklich helfen?«

»Ja, ich werde es für Reggie tun. Außerdem warst du auch mir eine große Hilfe.« Er atmete tief ein, und seine Stimme zitterte, als er dann fragte: »Wo ist die Karte?«

Bryony zögerte nur kurz. »In Willow Hills.« Sie hörte, wie er enttäuscht die Luft einsog. »Nein, sie ist nicht verbrannt«, erklärte sie. »Es gibt sie noch. Reggie pflegte früher, als wir Kinder waren, in einer bestimmten Eiche Sachen zu verstecken.« Sie hielt inne, um dann leise hinzuzufügen: »Es sieht ganz so aus, als ob wir an diesen traurigen Ort zurückkehren müßten.«

Er strich ihr übers Haar. »So traurig ist er nicht. Du

hast mir die schönsten Stunden meines Lebens in Willow Hills geschenkt. Nie werde ich unser Zusammensein in diesem Pavillon vergessen.«

»Ja, das war, *bevor* ich wußte, daß du mich belogen hattest«, sagte Bryony.

»Ich werde den Rest meines Lebens damit verbringen, dir zu beweisen, wieviel du mir bedeutest«, versprach er, und seine Stimme war heiser vor Gefühl.

Als Bryony gerade milder gestimmt wurde, stürzte Clover in die Scheune.

»Die Bürgerwehr!« schrie er. »Sie kommen! Schnell! Sie werden uns hier finden, und dann …« Er fuhr sich mit der Handkante über die Kehle. »Wir müssen hier verschwinden!«

25

Sie hatten keine Zeit zu verlieren. Bryony sammelte ihre wenigen Habseligkeiten ein und half Jack, aufzustehen. Er schwankte alarmierend.

»Wohin sollen wir gehen? Ich will nicht schon wieder verhört werden«, wisperte sie, während sie furchtsame Blicke zur Tür warf.

»Erstmal in die Wälder. Dort finden sie uns nicht.«

»Hier gibt es keine Wälder, nur Felder und Klippen«, sagte Bryony und spähte vorsichtig hinaus. Es war alles still in der Umgebung. Eine Kuh stand wiederkäuend auf dem Hof, und die Glocke am Hals einer Ziege bimmelte leise. Das gedämpfte Rauschen des Kanals hallte in der Ferne.

Kalter Schweiß erschien auf Jacks Stirn, als er sich mit unsicherer Hand an einen Balken stützte.

»Beeilt euch«, drängte Clover. »Sie können jeden Augenblick da sein. Ich hab' sie selbst gesehen. Es waren Rotröcke, die der Bäuerin 'ne Menge Fragen stellten.«

»Dieselben, denen wir am Strand begegnet sind?«

Clover nickte. »Ich kenne eine Straße hinter dem Hühnerstall. Ich hab' sie heute morgen schon benutzt.«

Bryony vertraute Clovers Überlebenskünsten. Er war schnell und immer wachsam. Sie sorgte sich um Jack, aber als er ihre Verzweiflung spürte, sagte er: »Ich schaffe es schon irgendwie. Mach dir keine Sorgen. Ich habe kein Verlangen, von den Rotröcken erwischt zu werden. Wenn sie uns erkennen, wissen sie, daß wir sie heute morgen am Strand belogen haben.«

»Lügen und noch mehr Lügen«, sagte Bryony erstickt, als sie Clover folgte, der einen Korb mit Essen und eine Decke trug, die die Bäuerin ihnen abends zuvor gegeben hatte.

»Wir sehen heute noch mehr wie Flüchtige aus, mit all dem Heu in unseren Haaren«, sagte Jack, der dicht hinter ihnen ging. »Aber daran läßt sich jetzt nichts ändern.«

Clover winkte ihnen aus dem Schutz einer Hütte aus Lehm und Ziegeln zu. Hühner scharrten im Dreck und flogen gackernd auf, als Bryony und Jack vorübereilten.

Hinter dem Stall war ein schmaler Streifen Bäume und karger Büsche. Bryony beachtete die stacheligen Zweige nicht. Die Dornen bohrten sich in ihren Rock und ihre Beine, aber sie ging tapfer weiter. Das Blattwerk würde alle drei verbergen, aber für wie lange?

Jack mußte immer wieder innehalten, um Atem zu schöpfen. Ab und zu erschütterte ihn ein Husten, und Bryony begann zu befürchten, daß die Soldaten es hören würden. Aber er konnte den hartnäckigen Husten kaum unterdrücken.

Er winkte ihnen, weiterzugehen, aber Bryony dachte nicht einmal im Traum daran, ihn hinter sich zurückzulassen.

Sie hörten einen Schuß und rennende Füße auf der anderen Seite der Bäume. War ihre Flucht bereits entdeckt worden? Bryony wartete nicht ab, um es herauszufinden. Sie drängte Jack weiter, und während er all seine Kraft aufbot, um weiterzurennen, mußte er immer wieder seinen Husten unterdrücken.

Sie konnte Clover nicht sehen, aber sie hörte ihn vor sich durch das Strauchwerk brechen und sah, daß er einen schmalen Pfad für sie geöffnet hatte.

So plötzlich, wie das Wäldchen aufgetaucht war, endete es wieder. Sie hatten weniger als drei Minuten gebraucht, um es zu durchqueren. Auf der anderen Seite befand sich eine schmale Straße, die nicht mehr war als zwei tiefe Wagenspuren im Lehm mit einem Streifen Gras in ihrer Mitte.

»Nicht gerade die Straße nach London«, keuchte Jack, »aber irgendwohin wird sie schon führen. Wir müssen sofort aus dieser Gegend hier verschwinden.«

Sie eilten Clovers kleiner werdenden Gestalt nach, als er um eine Biegung auf dem Weg verschwand.

»Du hättest England verlassen sollen, wie Mr. Forrester es getan hat, Jack«, sagte Bryony keuchend. Sie schwitzte und war müde. Durch Jack war sie in ein Netz aus Lügen gezogen worden, die sie aufrechterhalten mußte, wenn sie sich retten wollte. Indem sie ihm half, war sie zu einer Feindin ihres Lands geworden.

Aber in der kurzen Zeit, seit sie ihn kannte, hatte er ihr Leben verändert, und sie bereute nur die Lügen, die zwischen ihnen beiden standen.

Einige Bauernhöfe säumten die Straße, aber Bryony wagte nicht, um Schutz zu bitten. Niemand würde riskieren, von der Bürgerwehr gesuchte Flüchtige zu verstecken. Und die Soldaten waren schon dicht hinter ihnen und erkämpften sich den Weg durch das Gebüsch.

Keuchend schleppte Jack sich weiter und hielt sich seine Seiten. Der Schweiß lief ihm über das Gesicht, aber der Blick, mit dem er zu den Bäumen an der Straße aufsah, war klar und wachsam. Dennoch mußte er mit seiner Kraft am Ende sein.

Ganz plötzlich sprang er in den Straßengraben und sagte: »Du gehst weiter. Ich werde die Soldaten ablenken.«

Sie blieb mitten auf der Straße stehen und starrte ihn

erschrocken an. »Nein! Du bist nicht in der Verfassung, es allein zu tun. Wir müssen zusammenbleiben.«

»Tu, was ich dir sage!« befahl er. »Das ist das beste. Wir treffen uns im ›The Gilded Goose‹ in Worthing. Lauf!«

Schnelle Schritte ertönten hinter ihr, und ihr blieb keine Zeit mehr, ihm zu widersprechen. Sie beeilte sich, Clover einzuholen, den sie vor sich an einer alten Brücke sah, die über einen Wasserfall führte.

»Da unten, Mylady. Da werden sie nicht gucken«, drängte er und glitt bereits die Böschung hinab. »Sie werden denken, wir wären ins Dorf gerannt.«

Bryony wußte nicht, was sie denken sollte. Als sie gerade die Böschung hinunterrutschte und mit den Füßen im Wasser landete, erklangen plötzlich zwei Schüsse aus den Bäumen an der Straße. *Jack!*

In einem Moment schierer Verzweiflung preßte sie die Hand ans Herz und zwang sich, das Stöhnen zu unterdrücken, das ihr in die Kehle stieg. Während sie in das Schilfrohr kroch, das unter der Brücke wuchs, wartete sie, ob die Geräusche näherkamen. Aber keine Schritte waren zu vernehmen. Es mußte Jack also gelungen sein, ihre Verfolger abzulenken. Noch mehr Schüsse peitschten weiter in der Ferne auf.

»Sie haben ihn umgebracht«, wisperte sie und vergaß das Kind an ihrer Seite.

»Nein, so dumm ist der Herr nicht. Der weiß schon, was er tut.« Clover rückte näher und schob die Füße in den Schlamm am Ufer. »Warum fliehen wir?« fragte er verständnislos.

O Gott, wie soll ich ihm das erklären? fragte Bryony sich. »Weißt du, wer die Jakobiter sind?«

»Schufte und Verräter«, antwortete er wie aus der Pistole geschossen.

»Sie unterstützen eine verlorene Sache. Sie möchten Prinz Charles Edward Stuart auf dem Thron von England und Schottland haben. Aber der gegenwärtige König von England, George, hat Angst vor einem weiteren Aufstand und will die Jakobiter ausrotten.«

Clover schien über ihre Worte nachzudenken und runzelte die Stirn. »Dann ist der Herr ein Jakobiter?«

»Unglücklicherweise ja. Er unterstützt sie, obwohl er eigentlich nie ein Jakobiter werden wollte.« Wieder zog sich ihr Herz vor Furcht zusammen. »Er muß sich verstecken, bis keine Gefahr mehr besteht, daß er verhaftet werden könnte. Aber vielleicht wird er England sogar verlassen müssen.«

Clover machte große Augen. »Und bei den Franzmännern leben, die so komisch reden?«

»Genau.«

»Ne, das wär' ja schlimmer als der Tod! Wir retten ihn.«

Bryony zog ihn an sich und schloß gequält die Augen. »Dafür könnte es schon zu spät sein, aber laß uns hoffen, daß es nicht so ist.« Sie seufzte. »Ich glaube, wir können jetzt nach Worthing weitergehen. Die Soldaten müssen Jack gefolgt sein.«

Sie schüttelte sanft Clovers magere Schultern. »Du mußt mir versprechen, daß du keiner Menschenseele je verraten wirst, daß Jack etwas mit den Jakobitern zu tun hat. Verstehst du das?«

»Klar. Ich hab' ja auch nicht gesagt, daß Mr. Forrester einer war, oder? Ich hab' ihm sogar Essen ins Versteck gebracht.«

Sie umarmte ihn noch einmal, um ihre Tränen zu verbergen. »Ja, du bist ein guter Junge, Clover.«

Sie kletterten die steile Böschung hoch und gingen über die Brücke. Der kleine Wasserfall glitzerte und gurgelte im blassen Sonnenlicht. Er hüpfte über Steine und Balken, um unten einen trägen Strom zu formen.

Sich nach der Sonne orientierend, wandten sie sich nach Norden, weg von dem stillen kleinen Dorf. Die Straße säumten hohe Ulmen, eine Szene wie aus einem Märchen, aber Bryony hatte kein Auge für die Schönheit der Umgebung. Sie war voller Sorge um den Mann, den sie liebte, und wußte, daß sie nicht eher Ruhe finden würde, bis sie im ›The Gilded Goose‹ wieder zusammentreffen würden. Lieber Gott, laß ihn dasein, betete sie, als ein freundlicher Bauer hielt und ihnen anbot, sie auf seinem Wagen mitzunehmen.

Das ›Gilded Goose‹ war eine große, gutgehende Postkutschenstation. Clover zählte laut die Pferde, und Bryony erkannte, daß er nicht weiter zählen konnte als bis zehn. Es standen mindestens zwanzig Pferde, und fünf oder sechs Kutschen verschiedener Bauart im Hof. Ein ohrenbetäubender Lärm herrschte auf dem Hof, als die Reisenden sich auf die Abfahrt vorbereiteten.

»Wenn jemand fragt, wer wir sind, geben wir uns als Mutter und Sohn aus, als in Hover ansässige Bauern. Das müßte weit genug sein, damit sich niemand fragt, wieso sie uns noch nie gesehen haben.«

Clover lächelte drollig. »Ich hätte nichts dagegen, wenn Sie wirklich meine Mutter wären. Ich hatte noch nie eine.«

Bryony war verblüfft. Auf diese Idee war sie bisher noch nicht gekommen. Mutter zu sein, bedeutete Verantwortung, und sie wußte nicht, ob sie sich damit belasten wollte. »Wir werden sehen.«

»Meinen Sie, der Herr wäre schon da?«

»Nein, ich glaube nicht, daß er es vor uns hätte schaffen können. Komm, laß uns sehen.« Gebückt, als erwartete sie, daß sich jeden Augenblick eine schwere Hand auf ihre Schulter legen und eine Stimme sie als Verräterin denunzieren würde, betrat sie den Schankraum.

Prüfend glitt ihr Blick über die Gesichter, aber sie nahm keine anklagenden Blicke wahr. Niemand schien überhaupt Notiz von ihr zu nehmen. Einfache Kleider und ein schmutziges Gesicht wirkten Wunder, wenn man nicht erkannt werden wollte.

Jack, dessen Größe allein ihn schon von den anderen unterschieden hätte, war nirgendwo zu sehen. Da sie wußte, daß sie kein Geld mehr in der Börse hatte, wagte Bryony nicht, sich von einem der Kellner einen Tisch geben zu lassen. Der Duft nach gebratenem Fleisch und warmem Apfelwein war verlockend, aber sie würden sich mit den Äpfeln und dem restlichen Brot und Käse in dem Korb begnügen müssen.

Soldaten in prachtvollen roten und weißen Uniformen säumten den Tresen, und als sie grölend zu einem Trinkspruch ihre Krüge hoben, wußte Bryony, daß sie nicht hinter flüchtigen Jakobitern herwaren.

»Wir werden draußen warten müssen. Laß uns etwas essen.«

Clover stimmte bereitwillig zu und fand einen ruhigen Platz auf einem Hügel etwas abseits vom Getümmel, von dem aus sie das Kommen und Gehen auf dem Hof verfolgen konnten.

Sie aßen knackige, wohlschmeckende Äpfel und Käse. Bryony dachte, daß sie noch nie etwas Köstlicheres gegessen hatte. Hunger war ganz zweifellos der beste Koch.

Sie warteten, bis die Sonne schräg über den Dächern stand, und Bryony war langsam überzeugt, daß Jack nicht kommen würde. Ihre Sorge wuchs, als die Stunden verstrichen ohne eine Spur von ihm. Aus purer Erschöpfung schlief sie ein.

Schüsse echoten durch ihre Träume, und gesichtslose Verfolger streckten groteske weiße Finger nach ihr aus.

»Da ist er!« rief Clover.

Sie fuhr hoch und starrte mit verschlafenem Blick zur

Gasthaustür hinüber. Ein Mann betrat den Hof. Sie strengte die Augen an, um zu erkennen, ob es Jack war, und ließ enttäuscht die Schultern sinken.

»Das ist er nicht. Jack ist größer. Außerdem trägt er einen kurzen Bauernrock. Dieser Mann trägt einen schwarzen Mantel.«

Danach konnte sie nicht mehr schlafen. Als die Sonne am Horizont versank, kam ein kalter Wind auf. Die Nacht versprach sehr klar und kalt zu werden. Wenn sie hierblieben, würden sie erfrieren.

»Wir müssen einen Platz zum Schlafen suchen«, sagte Bryony.

»Die Ställe. Wir könnten uns hineinschleichen, wenn die Stallknechte gerade mal nicht hinsehen.«

»Nein, viel zu riskant. Wir dürfen keine Aufmerksamkeit erregen.« Sie stand auf und streckte ihre steifen Glieder. »Wir werden irgendwo eine Scheune finden.«

Lustlos führte sie Clover an der Hand über die Felder, bis sie eine Scheune auf einem abgelegenen Bauernhof fanden. Sie warteten, bis die Geräusche des Melkens und Fütterns der Kühe und Schweine verstummt waren, bevor sie es wagten, sich dem dunklen Haus zu nähern.

»Wir müssen auf jeden Fall vor Tagesanbruch fort sein. Ich will hier nicht gefunden werden«, sagte Bryony müde und sank in das weiche Heu. Clover streckte sich neben ihr aus, und fünf Minuten später schliefen beide fest.

Am nächsten Morgen setzten sie ihre Wache auf dem Hügel fort. Sobald das Gasthaus sich mit Leuten füllte, schickte Bryony Clover los, nach Jack zu suchen.

Er kehrte ohne Neuigkeiten wieder. Bryony versuchte, eine unbeschwerte Stimmung zu bewahren, aber sie war tief betrübt. Es gab nichts Deprimierenderes, als stundenlang auf jemanden zu warten, der vielleicht nicht einmal mehr am Leben war. Aber sie wollte sich mit diesem schrecklichen Gedanken nicht befassen. Jack war bestimmt in Sicherheit. Er mußte einfach noch am Leben sein.

Sie verbrachten die zweite Nacht in derselben Scheune, und als der dritte Tag zu Ende ging, noch immer ohne Nachrichten von Jack, begann Bryony sich damit abzufinden, daß er nicht mehr kommen würde.

»Wir werden ohne ihn nach Crawley zurückkehren müssen«, sagte sie zu Clover. Der Junge war gereizt und jammerte, er habe Hunger. Sie hatten morgens die letzten Äpfel und den Rest Brot gegessen. Bryony ertrug es nicht, Clover hungern zu sehen. Irgendwo würden sie ein paar Äpfel finden müssen, bis sie sich mit Onkel Butterkloß wegen zusätzlicher Mittel in Verbindung setzen konnte.

Sie fand sich mit der ungeheuerlichen Wahrheit ab, daß sie Jack vielleicht nie wiedersehen würde. Entweder hatten die Soldaten ihn erschossen, oder er hatte eine Lungenentzündung und war zu krank, sich zu bewegen. Schuldbewußtsein und Sorge nagten an ihr. Es war falsch gewesen, ihn alleinzulassen.

»Wir setzen morgen früh die Reise fort«, sagte sie. »Du könntest in die Küche gehen und um ein bißchen altes Brot bitten.« Sie zwickte ihn in die Nase. »Wenn du deinen Charme spielen läßt, geben sie dir vielleicht auch noch ein paar leckere Essensreste.«

Clovers Miene hellte sich bei dem Gedanken auf, und er versprach, mit einer Pastete zurückzukehren.

»Das ist ein bißchen zu optimistisch«, sagte Bryony mit einem wehmütigen Lächeln. »Und ich will nicht, daß du etwas stiehlst.« Sie bedachte ihn mit einem strengen Blick, und er trat aufsässig nach einem Büschel Gras.

»O Mann!«

»Sonst hungern wir bis morgen abend – und jetzt will ich nichts mehr davon hören!«

Clover ging und kehrte kurz darauf mit einigen alten Brotlaiben zurück. »Entenfutter«, sagte er mürrisch. »Sie hätten die Fleischpasteten sehen sollen, die die Köchin machte. Ich hab' große Augen gemacht und sie ganz doll angelächelt, aber diese miesepetrige alte Ziege hat sich durch nichts erweichen lassen.« Er drückte Bryony das Brot in die Hand.

»Das hast du gut gemacht«, lobte sie ihn. »Ich verspreche dir, daß du schon bald ein Abendessen zu dir nehmen wirst, das eines Königs würdig wäre.«

Sie hatten keine Probleme, nach Brighton mitgenommen zu werden. Von dort aus reisten sie nach Norden weiter, meist auf Bauernkarren, die von einem Dorf zum nächsten fuhren. Es wäre ein zu großer Umweg gewesen, Jules und die Kutsche in Alfriston abzuholen. Sie kamen durch Pyecombe, Hurstpierpoint, Twineham, Bolney, Slaugham und erreichten schließlich Crawley. Freundliche Bauern teilten ihr Essen mit ihnen, und Bryony sammelte Äpfel, die von den Bäumen an der Straße abgefallen waren.

Sie atmete erleichtert auf, als sie die vertraute Hauptstraße von Crawley und den verheißungsvollen Anblick der Anwaltskanzlei Mr. Hollands sah.

Aber ihre Niedergeschlagenheit kehrte zurück, als sie erfuhr, daß der gute Onkel Butterkloß auf Geschäftsreise in London war. Mr. Grimes sagte, sein Arbeitgeber sei in letzter Zeit schrecklich beschäftigt und reise viel.

Bryony war froh, als der freundliche Sekretär ihr ohne Fragen zu stellen einen kleinen Vorschuß gab. Sie machte Clover den Vorschlag, daß er im Crawleyer

Gasthof übernachten solle, während sie Willow Hills besuchte. Aber er weigerte sich. »Ich muß Sie beschützen«, sagte er.

»Mich? Wieso?«

»Der Herr hat mir gesagt, ich soll Sie nicht aus den Augen lassen, bis er wiederkommt.«

Bryony wußte, daß das pure Erfindung war. Jack hatte keine Gelegenheit gehabt, vor ihrer Flucht mit dem Jungen zu sprechen. Sie legte Clover die Hand auf den Kopf und sah ihm ruhig in die Augen. »Er wird vielleicht nie wiederkommen. Wir müssen allein zurechtkommen.«

Aber was sollte sie mit der Karte tun, falls sie tatsächlich in der Eiche versteckt war? Sie hatte keine Ahnung, wohin sie sie bringen sollte, außer … Natürlich! Warum hatte sie nicht vorher schon daran gedacht? Nigel würde wissen, was damit zu tun war. Er war ein Jakobiter. Wie überrascht er sein würde, wenn sie die Karte fand, von der er glaubte, sie sei mit dem Haus verbrannt!

Bryony seufzte resigniert. »Na gut, Clover, du kannst mitkommen. Ich hoffe, daß diese traurige Geschichte bald vorbei ist.«

Ihr grauste bei der Vorstellung, noch einmal nach Willow Hills zurückzukehren, wo sie bei ihrem letzten Besuch den toten Reverend gefunden hatte. Aber je eher sie es hinter sich brachte, desto besser.

Es wurde Nachmittag, bevor sie endlich in einer Kutsche aufbrachen, die Mr. Grimes für sie gemietet hatte. Sie erzählte ihm nichts von ihrer wahren Absicht und sagte nur, sie müsse Reggies Grab noch einmal sehen. Er stellte keine neugierigen Fragen, sondern wünschte ihr nur eine gute Fahrt.

Der Tag war kalt und grau, es würde sicher wieder Regen geben. Fröstelnd zog Bryony den Umhang fester um sich. Schwer lastete ihre Niedergeschlagenheit auf ihr. Wie sollte sie weiterleben ohne Jack? Ihre Trennung war so abrupt gekommen, daß sie keine Gelegenheit gehabt hatte, sich einen letzten Blick auf ihn einzuprägen.

Und sie hatten sich nicht einmal verabschiedet.

Nachdem sie East Grinstead hinter sich gelassen hatten, bog die Kutsche in südlicher Richtung nach Willow Hills ab und holperte über eine Straße, die mit Schlacke bedeckt war, die mit den Jahren verrostet und zu einem harten, rötlichen Belag verschmolzen war. Die Schlacke stammte aus den Eisenwerken in der Gegend.

»Das gefällt mir nicht«, sagte Clover, als sie sich den Toren des in Trümmern liegenden Besitzes näherten. »Mir läuft es kalt über den Rücken, und die Haare in meinem Nacken sträuben sich.«

Bryony wußte, was er meinte. Die verbrannten Überreste des Hauses erschienen ihr unheilverkündender als je zuvor. Als sie aus der Kutsche stieg, wünschte sie, sie sei nicht nur mit Clover als Beschützer hergekommen. Zu allem Überfluß fing es auch noch zu regnen an, ein feiner, eisigkalter Nieselregen, der im Nacken unter ihren Kragen kroch und sie vor Kälte erschauern ließ.

»Du solltest hier lieber warten«, sagte Bryony. »Du kannst ja solange mit dem Kutscher reden.«

»Wenigstens ist er kein Franzmann wie Jules«, sagte Clover und stieg auf den Bock.

Bryony straffte die Schultern und ging, um ihren Auftrag auszuführen. Plötzlich hoffte sie, daß keine Karte in der alten Eiche war. Es wäre für alle das beste – mit Ausnahme der schottischen Soldaten –, wenn die Karte für immer unauffindbar bliebe.

Als sie den schuttübersäten Weg hinaufschritt, war ihr, als würde sie von hinter jedem Baum und Stein beobachtet. Vielleicht hätte sie Clover doch bitten sollen, mitzukommen, aber dazu war es jetzt zu spät.

Wenn sie umkehrte, brachte sie vielleicht nie wieder die Courage auf, den Park noch einmal zu betreten. Am Pavillon würden ihre Erinnerungen angenehmer sein. Sie brauchte nur noch am Schuppen vorbeizugehen und den Friedhof zu überqueren …

26

Dichter Nebel tauchte die Bäume in ein unheimliches Licht. Bryony stolperte in der schuttübersäten Zufahrt und wäre fast gestürzt. Zu ihrer Überraschung sah sie frische Wagenspuren, die bei ihrem vorherigen Besuch nicht dagewesen waren. Drei schwarze Raben flatterten mit heiserem Gekreisch auf, als sie sich dem Schuppen näherte, wo sie die Leiche des Reverends gefunden hatte.

Ein kalter Schauer durchzuckte sie bei der Erinnerung, und es kostete sie große Überwindung, an dem Bau vorbeizugehen. Die Hände um die Falten ihres Capes gekrallt, um ihr Zittern zu beenden, ging sie weiter und hielt den Blick auf den Boden gerichtet, um den Friedhof nicht zu sehen.

Wo war Jack? Was war ihm zugestoßen? Sie hatte sich noch nie so allein und so völlig ohne Hoffnung auf ein zukünftiges Glück gefühlt. Genauso sinnlos wäre es, zu hoffen, daß der Regen aufhören würde. Tatsächlich steigerte er sich sogar noch zu einem wahren Platzregen, als sie auf den Pavillon zuging. Im Nebel waren die Umrisse des kegelförmigen Dachs fast nicht zu erkennen. Aber es war da, denn die goldene Kugel auf der Spitze schimmerte.

Bryony seufzte schwer. Soviel war geschehen seit jener Nacht mit Jack im Pavillon. Es war die glücklichste Nacht ihres Lebens gewesen, obwohl sie sie an einem Ort verbracht hatten, der für sie der traurigste auf Erden war.

»Oh, Jack, ich wünschte, du wärst bei mir«, wisperte sie, als sie den schmalen Pfad betrat, der zum Eingang führte. Das kleine, verwahrloste Gebäude sah trostlos und verschlossen aus.

Furcht ergriff sie, als sie die geschlossene Tür betrachtete. Nach einem tiefen Atemzug probierte sie die Klinke. Sie quietschte, und Wasser tropfte von der Dachrinne auf ihre Hand. Mit angehaltenem Atem schaute sie in den dunklen Raum. Blätter raschelten im Luftzug aus der offenen Tür über den Boden.

Alles war so, wie sie und Jack es verlassen hatten. Ihre alten Puppen waren noch in der Truhe. Die Kissen lagen ordentlich aufgereiht auf den Bänken an den Wänden. Aber selbst die stille Leere war beängstigend.

Sie unterdrückte einen Aufschrei, als ein Windstoß einen abgebrochenen Ast gegen die Mauer warf. Um ihren aufgeregten Herzschlag zu beruhigen, setzte sie sich auf die Bank und starrte aus dem Fenster. Sie mußte die alte Eiche untersuchen, bevor sie ganz den Mut verlor.

Der Nebel hatte sich verdichtet, Schwaden stiegen auf vom Boden und verwandelten das Tageslicht in eine zähe graue Masse. Sie ging um den Pavillon herum, und da war er, der abgestorbene alte Baum. Der Stamm war aufgequollen vom Wasser, und grünes Moos bedeckte seine rauhe Rinde. Wie in alten Zeiten zählte sie die Schritte durch das hohe, nasse Gras. Eins, zwei, drei …

Es waren die Schritte, die Reggie ihr beschrieben hatte. Wenn die Karte irgendwo war, war sie im Baum versteckt.

Da war das Loch, auf halber Höhe des dicken Stamms, wo es immer schon gewesen war.

Wenn sie sich auf die Zehenspitzen stellte, konnte sie es leicht erreichen. Die alten Holzplanken, die Reggie einst als Stufen an den Baum genagelt hatte, waren schon vor langer Zeit verrottet.

»Mal sehen«, sagte sie laut und wußte nicht genau, was sie erwarten sollte, als sie in das Loch griff.

Aber als sie es gerade gründlich untersuchen wollte, hörte sie auf der anderen Seite des Pavillons Schritte, schwere, unregelmäßige Schritte, die das hohe Gras durchbrachen und die Zweige auf dem Weg zertraten.

Bryony verbarg sich rasch hinter dem Baum. Fest preßte sie sich an den Stamm und wünschte, der Boden möge sich vor ihr auftun und sie verschlingen.

Aber obwohl sie vor Angst wie gelähmt war, spähte sie vorsichtig um den Baum, um zu sehen, wer da kam.

Eine männliche Gestalt in Dreispitz und Umhang tauchte wie eine Erscheinung aus dem Nebel auf. Der Mann ging gekrümmt, als ob er Schmerzen in der rechten Seite hätte. Mit ungelenken Schritten erreichte er den Pavillon, tastete nach der Wand und lehnte sich dann schwer dagegen.

Dann schüttelte ihn ein Husten, der für Bryony unverkennbar war.

»Jack!« Ihren Füßen wuchsen scheinbar Flügel, und sie eilte durch das Gras.

Schwerfällig blickte er sich um und ließ sich dann wieder an die Wand zurücksinken. »Brye«, krächzte er. »Meine Schöne.«

Bryony blieb vor ihm stehen, nicht sicher, wie sie sich verhalten sollte. Sie wollte ihn umarmen, aber ihr verletzter Stolz ließ es nicht zu. Er sah so bejammernswert aus, daß ihr das Herz weh tat. Gequält rang sie die Hände. »Wie bist du hierhergekommen?«

»Das ist … eine lange Geschichte«, erwiderte er stockend, weil er kaum in der Lage war, zu sprechen. Sein Gesicht war aschfahl, und er hatte dunkle Ringe um die eingefallenen Augen. In seinen dunklen Augen glühte Fieber. Er atmete nur mühsam und sah aus, als hätte er seine letzten Kraftreserven schon vor langer Zeit verbraucht.

»Hast du die Karte gefunden?« fragte er.

Zorn erfaßte sie. »Das ist das einzige, woran du denken kannst, was? Immer die Mission zuerst. Du bist nur noch ein Schatten deiner selbst, aber selbst das kann dich nicht aufhalten!« Sie war so verzweifelt, daß sie schrie.

»Wir dürfen keine Zeit verlieren«, wisperte er und schloß die Augen. »Bitte sag mir ...«

»Sind die Soldaten dir noch immer auf der Spur?«

Er ließ müde den Kopf hängen, und die Hand, mit der er sich an einer der Ziersäulen des Pavillons festhielt, war weiß und dünn. »Ich glaube nicht. Die Karte ...«

»Ich wollte gerade nachsehen, ob sie noch da ist«, erwiderte sie mit einem müden Seufzer. Sie konnte nicht mit ihm streiten, wenn seine Gesundheit so stark angegriffen war.

Schweiß rann über seine Wangen und verschwand in seinem Bart, als er wieder hustete. »Bitte.« Flehend streckte er die Hand aus, aber Bryony weigerte sich, sie zu ergreifen. Statt dessen drehte sie sich auf dem Absatz um und ging mit Tränen in den Augen zu der Eiche.

Wieder griff sie in das Loch. Ihre Finger berührten die Ecke einer Metallschatulle. Als sie sich streckte und ein wenig tiefer griff, gelang es ihr, den flachen Kasten zu ergreifen.

Er war grün gestrichen und trug die Initialen »R.S.« auf dem Deckel. Es war der Kasten, in dem Reggie als Junge Münzen und andere kleine Geschenke aufbewahrt hatte.

Die Schatulle war rostig an den Ecken, und der Deckel paßte nicht mehr richtig.

Bryony schaute sich nach Jack um und sah, daß seine Beine nachgegeben hatten. Zusammengesunken saß er an der Wand des Pavillons.

»Ich glaube, ich habe die Karte«, sagte sie, als sie zu ihm zurückging. Beunruhigung erfaßte sie, als sie seine zitternde Gestalt betrachtete. Wie hatte er es geschafft, in einem solchen Zustand Sussex zu durchqueren? Und wie war er seinen Verfolgern entkommen? Aber er war nicht in der Verfassung, irgendwelche Fragen zu beantworten.

Müde richtete er den Blick auf die Schatulle in ihren Händen. Sie hockte sich vor ihn hin, und ihre Hände zitterten vor Nervosität, als sie den Deckel hob.

In dem Kasten lagen zwei steife gefaltete Papiere, eins cremefarben, das andere weiß und mit offiziellen Wachssiegeln bedeckt.

Auf dem cremefarbenen stand ihr Name.

Ohne einen Gedanken an die Nässe zu verschwenden, setzte sie sich neben Jack, entfaltete das Blatt und las.

Liebste Bryony,
schweren Herzens schreibe ich Dir diesen wahrscheinlich schwersten Brief, den ich je schreiben werde, denn solltest Du ihn lesen, werde ich diese Welt bereits verlassen haben. Ich hoffe nur, es wird nicht soweit kommen. Zur Vorsicht werde ich diese Karte an einem Ort verstecken, wo nur Du sie finden kannst. Du bist der einzige Mensch, dem ich in diesen unsicheren Zeiten vertraue. Ich fürchte, es ist ein Verräter unter meinen »Freunden«. Die Sache, an die ich so fest glaube, hat sich von Anfang an als sehr schlecht durchdacht erwiesen und ist zum Scheitern verurteilt. Du sollst wissen, daß ich Dich, die zweite Hälfte von mir selbst, immer geliebt habe. Das Leben war sehr einsam ohne

Dich, und ich hätte Dich gebeten, heimzukehren, wenn meine Angelegenheiten in Ordnung gewesen wären. Aber vor allem wollte ich verhindern, daß Du in meine gefährlichen Verpflichtungen verwickelt wurdest. Bitte verzeih mir, falls ich Dir weh getan habe. Ich wünschte, es hätte anders enden können. Dein Dich liebender Bruder, Reggie.
P.S.: Falls Du die Karte dem Prinz nicht übergeben kannst, verbrenn' sie!

»Wie absolut idiotisch und größenwahnsinnig!« rief Bryony und zerknüllte den Brief, um ihn dann achtlos fortzuwerfen. Er verschwand im hohen Gras. »Wie kann er es wagen, mir solch einen Brief zu schreiben! Er muß doch gewußt haben, daß er mir das Herz brechen würde.«

Aufschluchzend preßte sie die Finger an die Lippen, um das Schluchzen zu ersticken. Als sie Jacks Hand auf ihrer Schulter spürte, schüttelte sie sie in einem unerklärlichen Bedürfnis, ihn zu kränken, ab. Sie wollte nur noch weg von ihm und ihren Schmerz vor seinem mitleidigen Blick verbergen.

»Dein Bruder war jung und unbesonnen, zu unüberlegt in seinen Handlungen und Idealen«, sagte Jack. »Aber er war bis zum letzten Augenblick aufrichtig.« Er seufzte. »Und er war loyal. Er könnte sogar der einzige in jener Kartenrunde gewesen sein, der wirklich treu zur Sache stand.«

Bryony warf ihm einen scharfen Blick zu. »Wie kommst du darauf?«

»Er hat die Karte versteckt. Die Mission war ihm wichtiger als sein eigenes Leben.«

»Du bist genau wie er! Zwei Idioten, aus demselben Holz geschnitzt.« Sie stand auf, um sich dann wütend vorzubeugen. »Sieh dich an! Du bist mehr tot als lebendig, aber läßt du dich davon aufhalten? Nein! Du würdest lieber sterben, als ein schlechtes Gewissen zu riskieren.« Sie schüttelte die Faust nach ihm, und ihre Augen blitzten. »Dein Leiden ist sehr nobel, was? Nun, ich pfeife auf dein Leiden! Ein selbstbesessener Märtyrer bist du, der sich um die Gefühle und Gedanken anderer nicht schert. Das einzige, was dich interessiert, ist die Mission.«

Sie hob die Schatulle auf und leerte sie in seinen Schoß. Die Karte flatterte zu Boden. »Hier! Da hast du, was du die ganze Zeit gesucht hast.« Sich abwendend, schleuderte sie den Kasten fort, soweit sie konnte. Er landete im Bach.

»Du wirst mich nie um meine Meinung fragen, und ich bin es leid, eine Schachfigur in euren politischen Spielen zu sein«, schrie sie. Unfähig, ihre Verzweiflung noch länger zu unterdrücken, rannte sie zwischen die Bäume. In ungestörter Einsamkeit, die Arme um einen Lindenbaum geschlungen, weinte sie, bis sie keine Tränen mehr zu vergießen hatte. Und schwor sich dann, nie wieder zu weinen. Vor allem nicht um einen Mann.

Als sie umkehrte, war Jack noch da, wo sie ihn zurückgelassen hatte. Er hatte sich nicht einmal die Karte angesehen. Vielleicht würde er nie wieder aufstehen.

Sie verhärtete ihr Herz und begann langsam fortzugehen.

»Warte«, krächzte er. »Verdammt, ich muß mit dir reden. Aber ich kann mich nicht bewegen.«

»Das hättest du vorher bedenken sollen«, rief sie wütend. »Ich habe die Nase gestrichen voll von deiner dämlichen Mission.«

Am Ende des Wegs wurden die verschwommenen Konturen der Grabsteine im milchig-weißen Nebel sichtbar. Als sie näherkam und der Kies unter ihren Füßen knirschte, flog ein Schwarm von großen schwarzen Vögeln auf.

Benommen hörte sie Jack hinter sich über den Weg stolpern. Sie erschrak, als er sie schneller einholte, als sie es für möglich gehalten hätte, und eine Hand um ihre Schulter legte. Sein fester Griff erlaubte keinen Widerstand. Er atmete sehr unregelmäßig, und seine Augen funkelten so aufgebracht, daß sie vor ihm zurückwich.

»Ich kann deinen Zorn verstehen«, sagte er, »aber es reicht jetzt, Bryony. Es fällt dir leicht, andere zu beurteilen, einschließlich mich.« Er rang nach Atem. »Ich weiß, daß ich kein Heiliger bin, aber ich habe alles in meiner Macht Stehende getan, um deine Schwierigkeiten zu erleichtern.« Er breitete die Arme aus und verlor beinahe das Gleichgewicht. »Du kennst nicht einmal die Hälfte des Leidens, das mit der Mission verbunden ist, und deshalb bitte ich dich, mir weitere Tiraden zu ersparen.«

»Sieh dich an! Du stehst mit einem Fuß bereits im Grab und wirfst noch immer mit deinen abgedroschenen Phrasen um dich!«

Er starrte in den Nebel, und sie sah, daß er um Beherrschung kämpfte. »Wenn ich nicht so verdammt schwach wäre, würde ich dir deinen hübschen Po versohlen«, keuchte er und verlor dann in einem Hustenanfall ganz die Stimme.

Hocherhobenen Kopfes sagte sie: »Ich schlage vor, daß wir unsere Liaison gleich jetzt und hier beenden. Ich denke nicht daran, dieses Versteckspiel fortzusetzen. Du hast deine Karte; du kannst allein nach Schottland weiterreisen – wenn du nicht schon vorher stirbst.«

Sie tat, als ob sie gehen wolle, aber er packte ihren Arm in einem Griff, der seine Schwäche Lügen strafte. »Ich lasse dich nicht gehen. Noch nicht.«

»Ah! Du willst wohl, daß ich die Mission für dich beende, damit du in Frieden ruhen kannst?«

»Schlauberger.« Schwankend zog er sie in seine Arme. »Mein süßer kleiner Schlauberger.« Mit fieberheißen Lippen küßte er ihre Stirn. »Ich ertrüge eine Trennung von dir nicht.«

Als sie so dastand, den Kopf an seine Brust gelehnt, sein großer Körper dicht an ihrem, seine starken Arme um sie, begannen ihre Zweifel und ihr Ärger zu verblassen. Ihr Herz flog ihm zu, und sie konnte ihre abweisende Haltung nicht mehr beibehalten.

Prüfend blickte sie in sein Gesicht. Als er den Mund auf ihren senkte und ihre Lippen in Besitz nahm, erkannte sie, was ihr gefehlt hatte. Obwohl er geschwächt vom Fieber war, war sein Kuß ungestüm und ungemein besitzergreifend. Sie schmiegte sich an ihn und setzte ihm nicht den kleinsten Widerstand entgegen. Es war ein berauschendes Gefühl, seinen Körper so dicht an ihrem eigenen zu spüren. Seine Haut, die nach frischer Luft roch, das weiche Haar unter ihren Fingerspitzen, die Konturen seines hageren Gesichts, all das mußte neu erforscht werden, bis sie wieder wußte, daß es stimmte, was er sagte.

Sie ertrügen eine Trennung nicht.

Als er den Kopf hob, stöhnte sie vor Enttäuschung. Er lachte leise. »Ich habe dir meine Liebe geschenkt und werde nicht erlauben, daß dein hübscher kleiner Fuß sie nun zu Staub zertrampelt.«

Sie konnte nur nicken und kostete das Gefühl seiner starken Arme um sie aus.

Ein Schwarm Raben hockte kreischend und mit den Schwingen schlagend in den Bäumen auf dem Friedhof, als ermunterten sie sie, fortzufahren. Jack schaute mit schmalen Augen zu den Vögeln auf.

»Ich glaube, wir haben ihr Abendessen unterbrochen«, sagte er nachdenklich und starrte in den Nebel. Dann versteifte er sich leicht und löste sich sanft aus Bryonys Armen. »Ich werde nachsehen.«

Als Bryony ihn begleiten wollte, hielt er sie zurück.

»Nein, du bleibst besser hier und wartest, bis ich nachgesehen habe.«

Der Atem rasselte in seiner Brust, als er sich aufrichtete und ein paar unsichere Schritte tat. Er ging hin und her zwischen den Grabsteinen, und der Nebel schluckte ihn und spuckte ihn wieder aus. Er blieb abrupt stehen und starrte auf irgend etwas herab.

»Was ist es?« rief sie.

»Bleib, wo du bist«, erwiderte er gedämpft. Mühsam kehrte er die wenigen Schritte bis zu ihr zurück, und sein Gesicht war grimmig und entschlossen. »Wir sollten einen anderen Weg nehmen.«

Bryony erschauerte. Die Spannung, die sie bei ihrer Ankunft in Willow Hills gespürt hatte, kehrte nun verstärkt zurück.

»Noch ein Toter?« fragte sie mit steifen Lippen.

Er nickte. »Dieser hat eine auffallende Narbe im Gesicht und trägt einen braunen Rock, aber ich glaube nicht, daß ich ihn schon einmal gesehen habe. Außer …«

»Der Mann in dem braunen Rock!« Bryonys Blick glitt von Baum zu Baum, als erwartete sie, ihren mysteriösen Peiniger plötzlich auftauchen zu sehen. »Er ist der Mann, der mich überallhin verfolgt hat.«

»Nun, diesmal hat er keine Visitenkarte hinterlassen. Sein Hals ist …«

Bryony ergriff seine Hand. »Komm, laß uns schnell von diesem grauenhaften Ort verschwinden. Ich will ihn nie mehr wiedersehen.«

Jack protestierte nicht, aber sie kamen nur quälend langsam voran, obwohl er sich die größte Mühe gab, sich zu beeilen. Sie erreichten die Zufahrt und gingen an den verfallenen Eingangsstufen und der einst so prachtvollen Fassade vorbei. Bryony konnte die Umrisse ihrer Kutsche sehen, und ein Pferd, das hinten an ihr angebunden war. Jack mußte also zu Pferd gekommen sein.

Gerade, als sie die letzten Meter bis zur Kutsche gingen, ertönten hinter ihnen Schüsse. Eine Kugel zischte an Bryonys Kopf vorbei. Jack taumelte und prallte fluchend gegen sie. Dann sank er zu Boden und war still.

27

»Jack!« Bryony kniete neben seiner reglosen Gestalt nieder und sah rechts unterhalb seiner Rippen Blut durch den Rock sickern. Sein Umhang lag wie ein Leichentuch auf seinem Kopf.

Zwei weitere Schüsse zerrissen die Stille und schlugen in die Büsche links von ihnen ein. Woher kamen ihre Feinde, und wer waren sie? Vielleicht hatte man sie die ganze Zeit beobachtet, als sie nach der Karte gesucht hatte. Jähe Furcht erfaßte sie und lähmte ihre Glieder.

Der Kutscher und Clover eilten ihr zu Hilfe. »Mensch, jetzt ist er tot«, sagte Clover nüchtern und starrte mit großen Augen auf Jacks leblose Gestalt.

»Nein!« wimmerte Bryony. »Helft mir, ihn in die Kutsche zu heben.« Der Kutscher packte Jack an den Schultern, und Bryony und Clover hoben je eins seiner Beine hoch. Mit vereinten Kräften gelang es ihnen, Jack auf einen der Sitze zu legen. »Beeilen Sie sich«, befahl Bryony, als sie das Tuch von ihren Schultern nahm, es faltete und auf Jacks Wunde drückte.

Die Peitsche knallte, und die Pferde zogen an. Die Kutsche neigte sich bedrohlich, als die Pferde in die Zufahrt einbogen. Ein weiterer Schuß krachte, und eine Kugel schlug seitlich in die Kutschenwand ein. Holzsplitter regneten am Fenster vorbei.

»Mensch, haben Sie das gesehen?« sagte Clover beeindruckt und kauerte sich noch tiefer in die Ecke.

»Ja, wir haben Glück, daß wir noch am Leben sind«, sagte Bryony.

»Diese Kerle sind wie wütende Hornissen. Ich wußte gar nicht, daß sie einfach so auf ganz normale Leute schießen dürfen.«

Jack stöhnte und warf sich auf dem Sitz herum. Bryony fürchtete wirklich um sein Leben. In seinem geschwächten Zustand würde er diesen letzten Schlag bestimmt nicht überleben. Sie preßte das Tuch noch fester auf die Wunde und strich ihm mit der anderen Hand das widerspenstige Haar aus dem Gesicht.

Hoffentlich waren sie schneller als ihre Verfolger. Sie hatte sie nicht gehört, was bedeutete, daß sie entweder gerade erst gekommen waren oder ihr – oder Jack – schon vorher aufgelauert hatten. Es gab nichts mehr, dessen sie sich jetzt noch sicher war.

Ihr Tuch war bald schon blutdurchtränkt. Um ihre Übelkeit zu unterdrücken, schluckte sie und schloß die Augen, während sie das Tuch noch fester auf die Wunde drückte. Sie lauschte nach Geräuschen hinter ihnen, aber es war nichts zu hören.

Als sie sich East Grinstead näherten, wagte sie, den Kopf durchs Fenster zu stecken und einen raschen Blick hinauszuwerfen. Sie sah niemanden. Während sie in Gedanken ihr Geld zusammenrechnete, durchsuchte sie Jacks Taschen und entdeckte einen Haufen Münzen in einem Lederbeutel, von denen einige sogar Goldguineen waren.

Rasch beugte sie sich aus dem Fenster und befahl dem Kutscher, irgendwo anzuhalten, wo sie Verbände kaufen konnte. Als sie ihm ein Goldstück zeigte, nickte er bereitwillig. Aber gerade als er in die Innenstadt einbiegen wollte, erschienen drei Reiter an einer Straßenkreuzung etwa eine Meile hinter ihnen. Sie ritten ohne Eile, Schulter an Schulter, und Bryony spürte instinktiv die Gefahr, die von ihnen ausging, und die Absicht.

»Fahren Sie weiter!« rief sie und umklammerte so hart den Fensterrahmen, daß er in ihre Finger schnitt. Die Straße machte eine Biegung, und als das Fenster ihr einen Blick auf die Straße hinter ihr erlaubte, zwang sie sich, die Männer anzusehen. Einer hatte wirres weißes Haar. Sie trugen schlichte Gehröcke und Westen. Sie konnten Gutsverwalter sein, die Land inspizierten, Sportkameraden, die auf dem Weg zu einem Pferderennen waren, oder Stallknechte, die die Pferde ihrer Herrn bewegten.

Aber sie wußte, daß all das nicht stimmte. Sie waren gedungene Mörder, die hinter *ihr* her waren.

»Clover, kennst du irgendeinen dieser Männer, die hinter uns reiten?« fragte sie erschüttert.

Clover zwängte sich neben sie und schaute aus dem Fenster. »Ja. Der Weißhaarige da in der Mitte war schon mal in Potter House. Ich erkenne ihn wieder, aber ich weiß nicht, wie er heißt.«

»Er … dann war er einer der Männer, die auf uns geschossen haben?« Bryony wartete bang auf Clovers Antwort.

»Möglich.« Clover kroch vom Fenster weg und hockte sich auf den Boden neben den Sitz, auf dem Jack lag. »Sehen Sie mal. Er kommt zu sich.«

Jack bewegte sich tatsächlich und versuchte, sich aufzurichten. Aber die Bewegung ließ ihn zusammenzucken und zurücksinken. »Verdammt!« fluchte er verhalten. »Sie haben mich getroffen.« Er griff sich an die Seite und starrte grimmig auf den blutdurchtränkten Rock.

»Verhalte dich still«, befahl Bryony. »Es wird nur stärker bluten, wenn du dich bewegst. Wir bringen dich zu einem Arzt.«

»Ich bin undicht wie ein Sieb, nicht wahr?« versuchte er zu scherzen. Sein Gesicht war leichenblaß und seine Stirn von Schmerz zerfurcht. »Ist nicht mehr viel von mir übrig«, sagte er, obwohl das Sprechen ihn Kraft zu kosten schien.

»Verschwende deine letzten Kräfte nicht mit Reden«, tadelte Bryony ihn. »Du wirst bald gute Pflege haben.« Sie wußte, daß das vielleicht übertrieben war, aber sie wollte ihn beruhigen. Er zitterte unkontrollierbar und konnte kaum noch die Augen offenhalten. Bryony hätte weinen können über seinen bejammernswerten Anblick, aber sie lächelte tapfer.

»Es tut mir leid«, wisperte er mit aufgesprungenen Lippen. »Ich bin dir keine große Hilfe, nicht?«

Sie sagte nichts, aber die Furcht in ihren Augen mußte sie verraten haben, denn er starrte sie sehr lange an. »Sie verfolgen uns, nicht wahr?« sagte er schließlich.

Sie nickte. »Wir werden ihnen schon irgendwie entkommen.« Sie beugte sich vor. »Ich habe mich gefragt, was wohl geschehen würde, wenn wir anhalten und sie zur Rede stellen würden.«

Er schüttelte den Kopf und lächelte verzerrt. »Sie haben auf mich gefeuert. Wenn du nicht aufpaßt, werden sie nicht zögern, auch auf dich zu schießen.«

»Sind sie dir von Worthing aus gefolgt?«

Er schloß die Augen. »Nein.« Seine Stimme war fast unhörbar, und sein Kopf glitt langsam seitlich auf den Rand des Sitzes zu.

»Er stirbt«, sagte Clover düster. »Ganz bestimmt.«

Bryony kniete sich auf den Kutschenboden und nahm Jacks heiße, trockene Hand in ihre. »Nein, aber wir müssen schnell Hilfe für ihn finden.« Wohin konnte sie Jack bringen?

Sie hatte keine engen Freunde mehr in East Grinstead, seit ihre alte Kinderschwester vor fünf Jahren gestorben war. Der Vikar? Nein. Der Doktor? Wenigstens hatten sie Geld, um die Unterkunft in irgendeinem Gasthof zu bezahlen.

»Was soll ich tun?« fragte sie sich laut, während sie

noch immer Jacks leblose Hand an ihre Wange drückte.

Er schlug die Augen auf, die glasig waren vom Fieber, atmete rasselnd ein und sagte: »Gib dem Kutscher Geld, damit er uns nach Norden fährt. Wir müssen die Verfolger irreführen.« Er hielt inne, um wieder Kraft zu sammeln. »Sag ihm, er soll uns irgendwo in den Wäldern absetzen. Die Bäume werden uns gute Deckung geben.« Sein Kopf rutschte über die Kante des Sitzes. Er hatte das Bewußtsein verloren. Clover schob ihn mit einer Geste der Verzweiflung wieder auf den Sitz.

»Ich hab' noch nie jemanden sterben sehen«, murmelte er, und seine Unterlippe zitterte.

»Er wird nicht sterben.« Aber Bryonys Worte klangen hohl. Sie dachte über Jacks Worte nach. Eine Nacht in den Wäldern würde er nicht überleben, vor allem keine kalte. Sein Plan konnte gar nicht funktionieren. Trotzdem war er der einzig mögliche. Sie mußte ihre Verfolger irgendwie loswerden. Was würde geschehen, wenn sie sie einholten und ihnen die Weiterfahrt unmöglich machten?

Sie schaute hinaus. Die Kutsche fuhr gerade an den letzten Höfen von East Grinstead vorbei. Die Männer folgten ihnen noch, ritten in einiger Entfernung hinter ihnen, kamen aber mit jeder Sekunde etwas näher.

Als eine weitere Reisekutsche erschien, sagte sich Bryony, daß extreme Situationen extreme Maßnahmen erforderten. Sie rief dem Kutscher zu, umzukehren. »Sofort! Blockieren Sie die Straße, damit die andere Kutsche halten muß.«

Der Kutscher fluchte und wollte widersprechen, doch als er die Verzweiflung in ihren Augen sah, gehorchte er. Als das andere Gespann schon ganz in ihrer Nähe war, zügelte er sein eigenes. Die Pferde wieherten und versuchten durchzugehen, was Verwirrung bei den anderen Tieren auslöste. Die Geschirre der beiden Gespanne verhakten sich, und Bryony sprang schreiend aus der Kutsche: »Banditen! Wir werden verfolgt von Straßenräubern – die da drüben!« Sie deutete auf die drei Männer, die etwas weiter unten an der Straße angehalten hatten.

»Sie haben versucht, meinen … meinen Mann zu erschießen«, stieß sie verzweifelt hervor. Sie gestikulierte wild, und eine korpulente Frau mit einer großen weißen Haube steckte ihren Kopf durchs Kutschenfenster.

»Was ist da los?« beschwerte sie sich. »McLendon, sieh mal nach, was all der Spektakel zu bedeuten hat.«

Ein großer, ungemein gutaussehender Mann in einem minzgrünen, mit Silberfäden durchwirkten Satinrock und einer Perücke, die ein wahres Meisterwerk aus exquisiten Locken und Puder war, stieg aus. Er starrte hochmütig über seine lange, dünne Nase und fragte: »Was hat das Geschrei hier zu bedeuten, Miss?«

Bryony machte große Augen, als sie die Erscheinung sah, nahm sich dann aber rasch zusammen. »Die Männer …«

»Die Männer?« Der Mann runzelte die Stirn und starrte die drei Reiter an, die etwas weiter unten auf der Straße standen. Dann zog er ein Taschentuch heraus und polierte seine Fingernägel. »Sie sehen nicht wie Banditen aus, meine Liebe.«

Als sie zu ihren Verfolgern hinübersah, hätte sie den exquisiten Gentleman umarmen können, denn sie sah jetzt, daß die Männer umkehrten. Ihr Trick hatte besser funktioniert, als sie erwartet hatte.

Der »Exquisite« winkte sie mit seinem Spitzentüchlein fort. »Sagen Sie Ihrer Herrin, daß sie ganz beruhigt sein kann. Ich sehe keinerlei Gefahren hier.«

Bryony erkannte, daß sie in ihren schlichten Kleidern wie ein Dienstmädchen erscheinen mußte, jemand, an den der Exquisite unter normalen Umständen nie ein Wort verschwendet hätte.

Sie knickste und eilte zu ihrer Kutsche zurück. »Vielen Dank, Sir.« Sie sah, daß die Kutsche des Exquisiten nach East Grinstead weiterfuhr. Da sie wußte, daß sie in die Stadt zurückkehren und Hilfe für Jack finden mußte, bat sie den Kutscher, am »The Swan« zu halten. Dort würde sie Dr. Littleton, ihren Hausarzt, holen lassen, falls er noch immer praktizierte. Und falls jemand sie erkannte, würde sie sich eben irgendeine Geschichte einfallen lassen müssen.

Sie lächelte traurig. Jack war ein guter Lehrer. Sie konnte jetzt lügen, soviel sie wollte, ohne auch nur zu erröten. Sie mochte zwar gezwungen sein, dem Arzt die Wahrheit zu erzählen, aber sie vertraute ihm.

Als die Kutsche vor dem Gasthof hielt, kam Jack zu sich. »Was ist passiert? Sind wir in einen Graben gefallen?«

»Nein. Wir sind nach East Grinstead zurückgekehrt. Ich werde den Doktor holen lassen.«

»Nein! Nein!« Er umklammerte ihre Hand und schüttelte sie. »Wir können nicht in East Grinstead bleiben. Wir müssen noch heute weiterfahren.«

»Warum? Sag mir, warum.«

»Weil wir unsere Verfolger so schnell wie möglich loswerden müssen.«

»Ich weiß, aber mir fällt schon etwas ein, um uns vor ihnen zu beschützen. Das Wichtigste ist jetzt, daß du gesund wirst. Ein paar Tage mehr oder weniger machen keinen Unterschied.«

»Aber sie werden uns finden.« Er stöhnte. »Verstehst du denn nicht? Wir müssen die Karte nach Schottland bringen.«

»Du stirbst, wenn du nicht deine Wunde pflegst. Und dann gerät die Karte in Vergessenheit. Reggie bat mich, sie zu verbrennen, falls ich sie dem Prinz nicht übergeben kann.«

Um sich über die Lage der Dinge Klarheit zu verschaffen, trat Bryony auf den stillen Hof hinaus und überließ es Clover, sich um Jack zu kümmern. Sie zog ihre große, weite Haube tief über die Ohren, bis der größte Teil ihres Gesichts verborgen war. In der Hoffnung, daß niemand sie erkennen würde, ging sie zu dem kleinen Gasthaus weiter. Drinnen war das Lokal dunkel und noch genauso, wie sie es aus ihrer Kindheit in Erinnerung hatte: dieselben blankgescheuerten Dielen, dieselbe Ansammlung von nicht zueinanderpassenden Stühlen und Tischen, und ein riesiger Kamin, der eine ganze Wand einnahm. Sogar die alten Lehnstühle vor dem Feuer waren noch dieselben, genauso durchgesessen, wie sie früher schon gewesen waren. Ein grober selbstgestickter Teppich zierte eine Wand. Die Wirtin, Mrs. Twiggs, war eine leidenschaftliche, wenn auch nicht besonders talentierte Stickerin.

Und da war auch Mr. Twiggs, der gerade Bier für einen Gast ausschenkte. Er wirkte noch genauso klein und rund und heiter, wie er immer schon gewesen war, doch sein Haar war spärlicher und grau geworden, und er hatte jetzt ein Doppelkinn.

Bryony machte ihn auf sich aufmerksam, indem sie knickste und sagte: »Bitte, Herr Wirt, mein Herr ist krank geworden. Er hat mich geschickt, ein Zimmer zu bestellen.« Sie ließ die Münzen in dem Beutel klimpern, während sie scheu den Blick gesenkt hielt. »Das beste Zimmer im Haus, und wir brauchen einen guten Doktor.«

»Selbstverständlich, junge Frau«, sagte der Wirt. »Ich lasse Dr. Littleton holen.« Er starrte sie prüfend an, und sie ließ den Kopf noch ein bißchen tiefer hängen. »Haben wir uns nicht schon mal gesehen?« fragte er. Bryony zählte fünf Gäste, die jetzt alle zu ihr herüberschauten. Sie schüttelte den Kopf, und alle lachten. »Ein scheues Ding, was?« bemerkte ein Fremder.

Eine intensivere Betrachtung wurde ihr erspart, als

der »Exquisite«, mit dem sie auf der Straße gesprochen hatte, eintrat, eine große fette Matrone in einem abscheulichen purpurroten Kleid an seinem Arm. Ein ungleicheres Paar hatte Bryony noch nie gesehen, und die anderen Gäste scheinbar auch nicht. Tiefes Schweigen legte sich über den Raum, und alle machten große Augen, als das Paar mit gemessenen Schritten das Lokal durchquerte.

»Ich hätte meinen Diener geschickt, um eine Suite für eine Nacht zu bestellen, aber ich kann ihn nicht finden, und der Kutscher ist taub«, erklärte der Exquisite gedehnt, während er die vergoldete Spitze seines Spazierstocks betrachtete. Er polierte sie an den Aufschlägen seiner ungewöhnlich großen Rocktaschen. Sein Kopf fuhr hoch, als keine Antwort kam. Der Wirt starrte ihn offenen Mundes an.

Der Exquisite deutete mit seinem Stock darauf. »Machen Sie ihn zu, bevor ein Vogel sich ein Nest darin baut. Ich nehme an, Sie haben eine freie Suite für uns?«

Der Wirt nickte so eifrig, daß sein Kinn wackelte. »Eine Suite kann ich Ihnen leider nicht anbieten, Mylord, ich habe nur ein großes schönes Zimmer. Aber das hat diese junge Frau hier bereits bestellt. Wir haben natürlich auch noch kleinere Zimmer.«

Bryony hatte Mühe, ihre Belustigung über das ungleiche Paar zu unterdrücken, aber sie preßte die Lippen zusammen und setzte eine unschuldige Miene auf, als der Exquisite sie mit einem hochnäsigen Blick bedachte. Die fette Frau ergriff das Wort. »McLendon! Worauf warten wir? Ich muß mich hinlegen. Finde mir ein Zimmer mit einem anständigen Bett.«

»Für die Marquise von Brambleberry wird die junge Dame es sich sicher gerne anders überlegen.«

»Oh«s und »Ah«s wurden laut, und Bryony kam sich sehr gedemütigt vor. »Selbstverständlich.« Sie hätte gern widersprochen, aber das stand ihr nicht zu. Außerdem wollte sie keine unnötige Neugierde erregen. Sie konnte sich jedoch nicht enthalten, wenigstens noch rasch hinzuzufügen: »Aber ich weiß nicht, ob mein Herr mit einem zweitklassigen Zimmer einverstanden ist.«

Der Wirt richtete sich zu seiner alles andere als bemerkenswerten vollen Größe auf. »Dann sagen Sie Ihrem Herrn, daß wir nur Zimmer erster Klasse haben.«

Clover stürzte durch die Tür. »Haben Sie den Mann mit dem Lockenkopf gesehen? Was würde ich nicht alles tun für so eine Perücke ...« Er brach ab und krümmte sich unter dem eisigen Blick des Exquisiten. »Er ist tot«, sagte Clover dann mit unsicherer Stimme. »Ausgegangen wie eine Kerze.«

»O nein!« Bryony lief hinaus.

28

Jack sah wirklich aus, als ob er tot wäre. Seine Haut war kalt und leichenblaß, aber Bryony ertastete einen schwachen Puls an seinem Nacken.

»Oh, ich könnte dich umbringen, Clover, für den Schreck, den du mir eingejagt hast!« Sie zog den Schal fester um Jacks Brust. »Geh und hol den Arzt, und sprich mit niemandem über unsere Angelegenheiten.«

Verschiedene Gäste waren ihr hinausgefolgt, um den Toten zu sehen, zogen sich jetzt aber enttäuscht wieder zurück. Bryony rief sie, bevor sie wieder das Lokal betreten konnten. »Bitte helfen Sie mir, meinen Herrn hineinzutragen.«

Sie stimmten widerstrebend zu. »Welche Tätigkeit verrichten Sie für ihn?« fragte einer dreist mit einem anzüglichen Grinsen.

»Das geht Sie überhaupt nichts an«, gab Bryony würdevoll zurück.

Die Männer brummten und trugen Jack nicht allzu sanft die Treppe hinauf, zu einem Zimmer, das sicher nicht das beste des Gasthauses war. Die laute Stimme der Marquise war aus dem guten Zimmer zu vernehmen, das zur Straße hinausging. Der Raum, den Jack erhalten hatte, war klein und dunkel, und das Fenster war mit Vogeldreck bespritzt. Das Bett war bloß eine Pritsche aus schweren Tauen, die einen matratzenlosen Boden formten.

Der schnaufende Wirt kam mit einigen Decken, die

Bryony auf dem schmalen Bett ausbreitete. Die Männer legten Jack darauf und gingen.

»Ich konnte ja schließlich keinen Adligen oder Angehörigen des Königshauses in dieses Zimmer stecken, nicht?« versuchte er sich zu verteidigen. »Ihr Herr wird es ruhig und bequem hier haben.«

»Könnten Sie uns bitte heißes Wasser bringen lassen, wenn der Doktor kommt? Und ein bißchen heiße Brühe?« fragte sie, weil sie es für klüger hielt, sich nicht über das Zimmer zu beschweren.

»Natürlich.« Der Wirt ging und ließ Bryony mit Jack allein. Er hatte noch nicht das Bewußtsein wiedererlangt, und ihr Herz zog sich vor Angst zusammen. Was, wenn er jetzt wirklich starb?

Sie bemühte sich, den Gedanken zu verdrängen. Während sie Jacks feuchte Stirn streichelte, betete sie.

Zehn Minuten später klopfte es an der Tür. Es war Clover mit dem Arzt im Schlepptau.

Er war von mittlerer Größe, schlank und drahtig. Sein weißes Haar – oder was davon geblieben war – war straff zurückgekämmt und mit einer Samtschleife zusammengebunden. Er trug einen schlichten grauen Wollrock, der schwarz gerändert war. Der alte Mann ging leicht gebückt, und sein Gesicht war faltig wie die Haut eines verdorrten Apfels. Seine grauen Augen blickten streng und zugleich gütig.

Bryony sah ein, daß es ihr nie gelingen würde, ihn zu täuschen. Sein freundliches Gesicht hatte sich so oft über sie gebeugt, wenn sie als Kind erkrankt war. Ihre Haube abnehmend, schüttelte sie ihr langes Haar aus, das ihr fast bis an die Taille reichte. Sie hatte keine Zeit gehabt, es zu frisieren.

»Guten Tag, Dr. Littleton«, begrüßte sie ihn und sah, wie sich seine Augen vor Überraschung weiteten.

»Miss Bryony! Was tun Sie denn hier?«

»Ich sitze in der Klemme und habe diesmal meinen

Bruder nicht, um mich herauszuholen.« Mit Tränen in den Augen deutete sie auf Jack. »Ich fürchte, daß er sterben wird.«

Der Doktor betrachtete sie lange, murmelte etwas und beugte sich dann über Jack. »Was ist mit ihm?«

Bryony zog das Tuch beiseite, bis die dunklen Blutflecken zu sehen waren. »Er hat eine Schußwunde und vermutlich auch noch eine Lungenentzündung. Außerdem hat er sich vollkommen überanstrengt.«

Der Doktor schnalzte mit der Zunge und schüttelte den Kopf. »Das ist ein schwerer Fall. Ich werde heißes Wasser und saubere Tücher brauchen.«

Als es klopfte, legte Bryony rasch wieder die weite Haube an und stopfte ihr Haar darunter. Der Wirt brachte einen Krug mit heißem Wasser, Mull und mehrere Flanelltücher. Als er die Blutflecken auf Jacks Rock sah, verdrehte er die Augen himmelwärts und brummte verärgert. Er stellte das Tablett auf einen Stuhl und ging zum Bett. »Also, ich kann nicht dulden, daß mein Bettzeug ...«

»Danke«, sagte Bryony, schob den neugierigen Mann hinaus und schloß die Tür. Da sie Clover das blutige Schauspiel ersparen wollte, das gleich stattfinden würde, befahl sie ihm, die Tür von draußen zu bewachen. »Laß niemanden herein, Clover.«

»Nicht mal den Mann mit der gepuderten Perücke, wenn er fragt?«

Bryony schüttelte den Kopf. »Geh jetzt.«

»Glauben Sie, Sie wären stark genug, um mir zu assistieren?« fragte der Arzt, als sie zum Bett zurückkehrte. Mit einem Messer hatte er bereits Jacks Rock und Hemd zerschnitten.

»Ich werde es versuchen«, sagte sie.

Er arbeitete schnell, und Jacks Brust, die sich in schweren Atemzügen hob und senkte, war schon bald entblößt. Blut tropfte aus einem Riß in seiner Seite.

Der Doktor betastete die Wunde vorsichtig, und Jack stöhnte und warf den Kopf von einer Seite auf die andere.

»Die Kugel ist am Rücken ausgetreten, und ich glaube nicht, daß ein Organ verletzt ist, aber er hat sehr viel Blut verloren.«

Bryony konnte kaum zusehen, als der Doktor Stofffasern aus der Wunde entfernte. Er befahl ihr, Flanelltücher unter die Austrittsstelle der Kugel zu legen. Dann goß er heißes Wasser auf die Wunde, um sicherzugehen, daß nicht die kleinste Faser darin zurückgeblieben war. Er nahm die beiden Wundränder zusammen und forderte Bryony auf, sie festzuhalten. Sie war fest entschlossen, ihm in allem zu gehorchen.

»Gut, daß er bewußtlos ist. Diese Wunde muß ja wie der Teufel schmerzen.« Der Doktor fluchte verhalten, weil er offenbar vergessen hatte, daß er eine wohlerzogene junge Dame bei sich hatte. Aus seiner Tasche nahm er etwas, das wie die schmalen Lederriemen aussah, mit denen Pferdegeschirre und Sättel geflickt wurden. Bryony erwähnte es, und der alte Doktor lachte. »Das ist es auch. Wir müssen den Jungen nähen, sonst wird er noch verbluten.« Er schob den Faden durch eine merkwürdig geformte krumme Nadel.

Als er sich an die Arbeit machte, schloß Bryony die Augen, schluckte und kämpfte gegen die Übelkeit an, die in ihr aufstieg. Der Doktor fluchte wiederholt und brauchte ziemlich lange, um seine Arbeit zu beenden. »Zäh wie Pferdefleisch«, bemerkte er.

Sie assistierte ihm bis zum allerletzten Stich, und er lächelte, als er die Nadel sinken ließ. »Braves Mädchen! Es verbarg sich schon immer eine Menge Unternehmungsgeist hinter diesem schüchternen Gesicht von Ihnen. Sie waren eine exzellente Reiterin, wenn ich mich recht entsinne.«

Bryony lächelte schwach. »Ich möchte nicht prahlen,

aber ich bin noch immer ziemlich gut. Reggie war natürlich zehnmal besser. Wie er es in allem war.«

Der Doktor runzelte die Stirn. »Ja – das war ein tragischer Unfall. Sie sind jetzt die einzige, die von Ihrer Familie noch am Leben ist.«

Bryony nickte. Als er Jack einen Verband anlegte, wollte sie ihn fragen, ob er irgend etwas Genaueres über das Feuer wußte, aber er war wieder ganz in seine Aufgabe vertieft. »Sie sollten ihm heiße Umschläge machen, bis der Husten nachläßt.« Der Doktor tauchte ein Flanelltuch in das dampfend heiße Wasser, faltete es und legte es auf Jacks entblößte Brust. »Sie sollten ein Feuer im Kamin anzünden und immer einen Kessel heißes Wasser haben, um die Umschläge zu wechseln. Können Sie das tun?«

»Ja, ich werde mich darum kümmern.«

»Ich kann Ihnen eins meiner Dienstmädchen schicken, um Ihnen heute nacht zu helfen.«

Bryony schüttelte den Kopf. »Nein – nein, vielen Dank, das wird nicht nötig sein.«

»Na schön, aber ich lasse Ihnen etwas Hustensaft für ihn da.«

In diesem Augenblick schlug Jack die Augen auf. »Was …?«

»Ah! Von den Toten wiederauferstanden, was?« fragte der Arzt aufmunternd. »Nun, dann werden wir Sie vor den Krallen des Teufels noch ein bißchen länger schützen, nicht?«

»Wasser«, krächzte Jack. »Ich bin wie ausgedörrt.« Blinzelnd starrte er den Doktor an. »Wer sind Sie?«

Bryony trat mit der Schale Brühe in den Händen vor. »Das ist Dr. Littleton, ein alter Freund unserer Familie.« Sie flößte Jack die Brühe ein und sah die Warnung in seinen fieberglänzenden Augen. »Sag ihm nichts«, wisperte er zwischen zwei Löffeln Brühe. »Wir müssen sofort von hier verschwinden.

»Was murmelt er da?« fragte der Doktor.

Bryony lächelte und überlegte schnell. »Er will aufstehen.«

Der alte Mann schüttelte den Kopf und packte seine Instrumente weg. »Wenn er aufsteht, wird er fallen –, um sich nie wieder zu erheben«, warnte er. »Er muß mindestens eine Woche lang das Bett hüten, bevor er auch nur einen Schritt versuchen kann.«

Jack war angespannt, sein Gesicht wirkte verschlossen, und er ließ die Lider sinken. Bryony vermutete, daß er dem Rat des Arztes keine Folge leisten würde. Sie mußte einen Weg finden, ihn im Bett zu halten.

»Außerdem wird er zu große Schmerzen haben, um sich zu bewegen«, fügte Littleton hinzu. »Ich lasse Ihnen morgen eine Flasche Brandy bringen. Für heute abend gebe ich ihm ein wenig Laudanum, damit er schlafen kann. Schlaf ist die beste Kur in solchen Fällen.«

Jack protestierte, aber der Arzt duldete keinen Widerstand. Stirnrunzelnd schluckte Jack die Tinktur und ließ sich gehorsam auch den Rest der Brühe einflößen. »Das tut mir leid«, sagte er leise zu Bryony und nahm ihre Hand. »Jetzt werden die Männer uns wieder auf den Fersen sein.« Er zog sie zu sich herab, um ihr ins Ohr flüstern zu können. »In meinen Satteltaschen sind die Pistolen und saubere Kleider. Vielleicht könntest du den Stallburschen die Sachen holen lassen.« Er atmete tief ein. »Geh nicht hinaus, und sei vor allem vorsichtig. Diese Kerle sind hinter *dir* her, und sie sind zu allem fähig.«

Bryony nickte, und Jack verringerte den Druck um ihre Hand. Seine Augen waren bereits vom Schlaf verschleiert. Kurz darauf sank seine Hand schlaff aufs Bett, und Bryony breitete zwei Decken über ihm aus.

Sie würde die Pistolen holen müssen.

Zitternd vor Anspannung und Erschöpfung folgte sie

dem Arzt zur Tür. Dort richtete er noch einmal seinen weisen Blick auf sie. »Es gefällt mir nicht – was immer es auch sein mag, worauf Sie sich da eingelassen haben.«

Flehentlich ergriff sie seinen Arm. »Ich kann Sie nur bitten, niemandem zu sagen, was hier heute vorgefallen ist. Reggie und mir selbst zuliebe.«

Nachdenklich rieb er sich übers Kinn. »Reggie führte etwas im Schilde, soviel ist jetzt klar, aber ich habe mich dieser ganzen unerfreulichen Geschichte gegenüber taub gestellt.«

»Was haben Sie gehört?« fragte Bryony atemlos.

Er zuckte mit den Schultern. »Ach, nicht viel, aber es herrschte ein merkwürdiges Kommen und Gehen hier in diesem Gasthaus. Vor allem, nachdem Reverend Cleaves in dem Schuppen in Willow Hills tot aufgefunden worden war.«

»Ich habe die Leiche gefunden.«

Er murmelte etwas Unverständliches. »Es ist mir lieber, wenn ich nicht mehr darüber weiß, aber falls Sie meine Hilfe brauchen sollten oder jemanden, dem Sie vertrauen können, bin ich für Sie da.«

»Danke.«

In väterlicher Sorge berührte er ihre Schulter. »Sie sind doch hoffentlich nicht in Gefahr? Es gehört sich nicht, daß eine unverheiratete junge Dame allein und zudem auch noch als Dienstbotin verkleidet durch die Gegend reist. Und das auch noch in Gesellschaft eines Mannes. Wenn das herauskommt, wird Ihr guter Ruf für immer ruiniert sein.«

Bryony schenkte ihm ein schwaches Lächeln. »Ich weiß, aber ich versuche etwas zu beenden, was Reggie begonnen hat.«

Er hob die Hand, um sie zum Schweigen zu bringen. »Ich will gar nicht wissen, was dieser Hitzkopf vorhatte.« Er schüttelte den Kopf. »Und falls mein Verdacht zutrifft, will ich auch nichts über den Mann dort in dem Bett wissen. Das wird am besten sein, da bin ich mir ganz sicher.«

Bryony nickte. »Nochmals vielen Dank. Das nächste Mal, wenn wir uns sehen, werde ich die wohlerzogene junge Dame sein, die Sie erwarten.«

»Falls es ein nächstes Mal gibt.« Er packte ihren Arm. »Vergessen Sie nicht, was ich Ihnen gesagt habe – Sie müssen sehr vorsichtig sein. Es gibt jemanden hier in dieser Gegend, der nichts Gutes im Schilde führt. Jemand hat den Reverend ermordet und könnte auch noch einen weiteren Mord begehen.«

Bryony errötete. »Ja, das weiß ich.«

Der Doktor warf einen letzten Blick auf seinen Patienten und dann noch einen auf Bryony. Er sah aus, als ob er noch etwas hinzufügen wolle, biß sich dann aber nur grimmig auf die Lippen. »Auf Wiedersehen«, sagte er mit einer Verbeugung und zog die Tür hinter sich zu.

»Hat er Jack gerettet?« fragte Clover, der in den Raum geschlüpft war, bevor die Tür vor seiner Nase zufiel.

»Ja, ich hoffe es, aber Jack ist immer noch sehr krank. Erst die Zeit wird zeigen, ob er wieder ganz gesund wird.«

»Ich bin hungrig«, sagte Clover.

»Ich auch«, stimmte Bryony ihm zu und merkte jetzt erst, daß sie schon lange nichts mehr gegessen hatte. Und sie mußte Jacks Pistolen finden. Sie dachte an Littletons Warnungen, aber dies war nicht der richtige Zeitpunkt, sich in einen Feigling zu verwandeln.

Begleitet von Clover ging sie zum Schankraum hinunter, wo alles still war. Nachdem sie Clover losgeschickt hatte, Essen auf ihr Zimmer zu bestellen, lief sie zu den Stallungen. Der Kutscher trank Bier und spielte ein Brettspiel mit den Stallknechten. Er stand auf, als sie hereinkam, zog aber nicht den Hut vor ihr.

»Ich wollte gerade heimfahren«, sagte er und wischte sich die Lippen mit dem Ärmel ab. Er war ein kleiner, o-beiniger Mann mit mürrischem Gesichtsausdruck. Wie weit konnte sie ihm vertrauen?

Sie nahm ihn beiseite. »Ich bin sehr zufrieden mit Ihren Diensten«, sagte sie und drückte ihm ein Goldstück in die Hand. »Ich hoffe, daß Sie dafür Schweigen bewahren werden über das, was Sie heute gesehen haben.«

Er starrte entzückt die Münze an. »Das werd' ich, Missy. Sie können sich darauf verlassen.«

Er zeigte ihr Jacks Pferd, das gut gefüttert worden war. Die Satteltaschen lagen auf einer der Boxenwände. »Die wollte ich holen«, erklärte sie und hob die schweren Taschen auf.

»Brauchen Sie Hilfe?«

Sie wollte schon verneinen, nahm sein Angebot dann aber dankbar an. Der Fahrer würde ihr als Schutz vor den anderen Männern dienen, falls sie hier erscheinen sollten. Sie hatte seit dem Durcheinander mit den Pferden und den Kutschen auf der Straße keinen von ihnen mehr gesehen und wußte, daß sie das Richtige getan hatte, als sie nach East Grinstead zurückgekehrt war, obwohl die Gefahr, die ihr durch ihre Verfolger drohte, noch lange nicht vorüber war.

Sie würde irgend etwas ihretwegen unternehmen müssen. Sie mußte stark für Jack und für sich selber sein – und für Clover, der dies alles für ein wunderbares Abenteuer hielt.

Sie hatte sich nie stärker gefühlt – oder schwächer.

Niemand beachtete sie und den Kutscher, als sie durch den Schankraum zur Treppe gingen. Bryony dankte dem Mann, als er die Satteltaschen auf den Stuhl im Zimmer legte und wieder hinausging, ohne auch nur einen Blick auf Jack zu werfen.

Clover aß bereits mit Appetit den Kohleintopf mit

Hammelfleisch. Bryony lief das Wasser im Mund zusammen, als sie ihm zusah.

»Jemand hat unten nach Ihnen gefragt, als Sie draußen waren«, sagte er zwischen zwei Bissen.

Erschrocken schnappte Bryony nach Luft. »Wer?«

»Keine Ahnung. So'n Kerl in 'nem Satinrock.«

Wer außer dem Doktor wußte hier im Gasthaus, wer sie war?

»War er allein oder mit den Männern zusammen, die uns heute gefolgt sind?«

»Nein, er kam allein herein und gab mir einen Schilling.« Er zeigte ihr die schimmernde Münze, die er in der Faust hielt. »Er erwähnte Ihren Namen, aber ich hab' gesagt, ich hätte ihn noch nie gehört, obwohl Sie gesagt haben, Lügen wäre eine Sünde.«

»Nun, manchmal muß man eben lügen. Es geht nicht anders. War der Mann groß oder klein?«

»Er war groß und sah gut aus.«

Bryony aß ein Stückchen Fleisch und dachte laut: »Das könnte Forrester oder Bench gewesen sein. Sie sind beide groß.«

»Ne, Forrester war's nicht. Den kenn' ich.«

Als ihr die Gefahr bewußt wurde, in der sie schwebten, verlor Bryony den Appetit. Wer war der Mann? Und woher wußte er, wo er sie finden konnte? »Bist du sicher, daß er nicht einer der drei Reiter war, die uns verfolgt haben?« fragte sie noch einmal.

Clover nickte mit vollem Mund. Als er wieder sprechen konnte, sagte er: »Ich hab' sie schon vor ein paar Stunden aus der Stadt reiten gesehen.«

»Warum hast du mir das nicht sofort gesagt?« fragte Bryony empört. »Es ist sehr wichtig für mich, das zu wissen.«

Clover zuckte mit den Schultern. »Ich hab's ja jetzt gesagt, nicht?«

Bryony fuhr ihm ärgerlich durchs Haar.

»Eine ordentliche Tracht Prügel brauchst du, Meister Clover.«

Sie begann unruhig durch den Raum zu gehen; ihr ganzer Körper prickelte vor innerer Erregung. Sie versuchte, sich eine logische Erklärung zurechtzulegen. Außer Nigel kannte sie drei Jakobiter – Mr. Forrester, Mr. Bench und den verstorbenen Reverend Cleaves. Dann war da noch der schwer zu fassende Lord Bentworth, dem sie noch nie begegnet war, der aber erst kürzlich nach England zurückgekehrt war – laut Mr. Bench.

»Hast du Lord Bentworth eigentlich schon mal gesehen?« fragte sie Clover. »In Potter House vielleicht?«

»Würde er wie dieser Lackaffe in dem grünen Rock aussehen?«

Bryony nickte. »Ja, vielleicht. Der ›Lackaffe‹, wie du ihn nennst, ist ein Marquis, und Lord Bentworth ist ein Graf. Sie könnten sich von der Kleidung her recht ähnlich sein.«

»Ne, einen wie den Marquis hab' ich noch nie gesehen. Der Mann war freundlich, aber ich mochte ihn trotzdem nicht, obwohl er mir 'nen ganzen Schilling gegeben hat.«

»Warum mochtest du ihn nicht?« Bryony wünschte, er könne ihr den Fremden so beschreiben, daß sie ihn erkannte.

»Seine Augen waren kalt wie die von einem Fisch.«

Bryony erschauerte. »Ist er noch unten?«

»Ne, er ist weggegangen, aber ich hab' ihn nicht gehört. Er geht wie auf Katzenpfoten.«

Das beängstigte sie noch mehr, als wenn Clover den Mann als aufgebrachten Riesen beschrieben hätte. Der Junge war trotz ihrer prekären Lage überraschend ruhig. Vielleicht war er es gewöhnt, am Rande des Untergangs zu leben.

Während Bryony aus dem Fenster in die zunehmende Abenddämmerung hinausstarrte, betrachtete Clover Jacks verhärmtes Gesicht und legte sich dann neben ihn auf die schmale Pritsche. Bryony lächelte, als sie sie zusammen sah. Clovers Wärme würde Jack zugutekommen, obwohl sie gehofft hatte, selbst neben ihm zu schlafen.

Sie würde Wache halten müssen. Aber wie sie sich die ganze Nacht wachhalten sollte, war ihr selbst noch nicht ganz klar. Sie war jetzt schon übermüdet. Nachdem sie behutsam die Decken von Jacks Brust gezogen hatte, wechselte sie den Umschlag und ersetzte ihn durch einen dampfend heißen. Er bewegte sich kaum, als der heiße Stoff seine nackte Haut berührte. Bildete sie es sich nur ein, oder atmete er schon etwas leichter?

Ruhelos schritt sie durch das Zimmer, bis es dunkel wurde. Dann zündete sie eine Kerze an und schob einen Stuhl vor die Tür. Falls jemand versuchen sollte, einzudringen, erwartete ihn ein Empfangskomitee aus zwei entsicherten Pistolen.

Es wurde stiller im Gasthaus, und Bryony döste auf dem Stuhl ein bißchen ein. Beim abrupten Zufallen einer Tür schreckte sie auf und merkte, daß ihr Nacken steif war und die Muskeln schmerzten. Aber sobald sich wieder Schweigen über das Gebäude legte, sank ihr Kopf langsam wieder auf die Brust.

Seltsame, beängstigende Träume störten ihren unruhigen Schlaf. Groteske Gesichter sahen sie begehrlich an, skelettartige Finger griffen nach ihr, rauhes Gelächter echote durch ihren Kopf. Gegen Mitternacht wurde sie von einem Geräusch draußen vor der Tür geweckt.

Zuerst wußte sie nicht, wo sie war oder warum sie auf dem Stuhl schlief. Ihre Hände waren gefühllos vom Halten der beiden schweren Pistolen. Sie hatte sie vorher geladen, und jetzt richtete sie sie auf die Tür. Die Kerze flackerte immer schwächer und würde bald erlöschen. Ihr Herz pochte von Sekunde zu Sekunde heftiger, als die Geräusche draußen nicht verstummten. Es klang, als schleifte jemand einen schweren Gegenstand über den Gang und hielte dann vor ihrer Tür. Oder hatte sie das nur geträumt? Sie hörte nichts mehr, und ihre Hände zitterten von der Anstrengung, die schweren Pistolen in ihren ausgestreckten Händen hochzuhalten.

Dann ertönte das Geräusch wieder, und diesmal scharrte etwas rauh über den Boden.

Bryony riß entsetzt die Augen auf und zielte mit beiden Waffen auf die Tür.

Hinter ihr stöhnte Jack im Schlaf und kämpfte mit den Decken und Clovers unnachgiebigem Körper, um sich umzudrehen. *Sei ruhig,* flehte Bryony im stillen und befeuchtete die Lippen.

Bewegte sich die Klinke, oder war das nur eine Illusion, erzeugt vom flackernden Kerzenlicht? Bryony starrte auf die Tür, bis ihre Augen brannten.

Dann hörte sie ein Krachen. Die Tür erzitterte in ihrem Rahmen. Zu ihrer immensen Erleichterung begann jemand einen Gassenhauer auf dem Gang zu singen. Ein betrunkener Gast, der sein Zimmer nicht findet, dachte sie und ließ die Pistolen auf den Schoß sinken. Mit hängenden Schultern atmete sie tief ein, um sich zu beruhigen. Sie war am Ende ihrer Kräfte angelangt und wußte nicht, wie sie den Rest der Nacht überstehen sollte.

Als der nächtliche Störenfried sich von ihrer Tür entfernt hatte, überprüfte sie das Schloß. Hin und hergehend, versuchte sie die Starre abzuschütteln, die ihre Glieder immer noch beherrschte. Sie zündete eine neue Kerze an und wünschte, sie hätte etwas zu lesen. Die Bilder, die ihre Angst ihr vorgaukelte, würden ihr keine Ruhe lassen, bis der Tag anbrach und die Geister vertrieb.

Ihr Magen knurrte, und sie aß ein Stückchen kaltes Hammelfleisch, das wie Stroh schmeckte. Sie wünschte, sie wäre weit, weit fort und schliefe friedlich irgendwo in einem weichen Federbett.

In Jacks Satteltaschen fand sie eine Taschenuhr. Sie klappte den reich verzierten Deckel auf und schaute auf die Zeiger. Drei Uhr. Mehrere Stunden des Wartens und des Grübelns lagen noch vor ihr.

Sie hielt die Uhr über die Kerze und konnte jetzt die Inschrift auf der Innenseite des Deckels lesen: »Für J.N. mit Liebe von Mutter, 15. Juli 1737.« Sie rechnete die Jahre nach. Vielleicht war die schwere silberne Uhr ein Geburtstagsgeschenk für Jack gewesen. Seine Mutter mußte ihn sehr geliebt haben und eine vermögende Dame gewesen sein, nach dem Gewicht der Uhr zu urteilen.

Das nächste, was sie wußte, war, daß Morgen war. Sie fuhr erschrocken aus dem Schlaf auf, als jemand an die Tür klopfte. Nachdem sie vorsichtig die Pistolen auf den Boden gelegt hatte, schaute sie zu Jack und Clover hinüber. Jack hatte seine Decken abgeworfen, und Clover schlief dicht an ihn geschmiegt an seiner Seite.

»Wer ist da?« rief sie mit ungewohnt schwacher Stimme. Noch immer müde, ging sie mit bleiernen Beinen zu der Tür.

»Frühstück«, antwortete der Wirt brüsk.

Bryony zögerte, bevor sie öffnete. »Einen Moment.« Rasch lief sie zum Bett und breitete eine Decke über Jack, um ihn vor neugierigen Blicken zu verbergen. Dann versteckte sie die Pistolen unter dem Bett und öffnete die Tür.

»Ich dachte, ein starkes Bier würde dem Patienten guttun«, sagte der Wirt fröhlich.

»Ja, das würde es wohl, glaube ich«, sagte Bryony, während sie ihn unter dem Rand der breiten Haube ansah, die sie so weit ins Gesicht gezogen hatte, wie der Anstand es erlaubte.

»Wie lang gedenkt Ihr Herr zu bleiben?«

»Ein paar Tage, schätze ich. Der Doktor sagte, eine Woche.«

Der Wirt zwinkerte ihr zu und stieß sie an. »Dann werden Sie viel Zeit für sich haben. Ich bin gern bereit, Ihnen Gesellschaft zu leisten, wenn Sie wissen, was ich meine.«

Bryony hätte ihn beinahe geschlagen, entsann sich aber im letzten Augenblick noch ihrer »Position«. Sie senkte ihren aufgebrachten Blick und sagte unterwürfig: »Das ist sehr freundlich von Ihnen, Sir, aber ich bin meinem Herrn treu.«

»Aha. Aber er könnte ja auch teilen, oder? Es ist ja nicht so, als ob er es erfahren würde.« Er kniff sie dreist in die Brust, und sie mußte sich sehr beherrschen, um ihm nicht den Bierkrug auf den Kopf zu schlagen.

»Das würde ihm nicht gefallen. Er würde mit dem Schwert auf Sie losgehen, so wahr ich Molly heiße!«

Der Wirt bedachte sie mit einem abschätzenden Blick. »Wenn Sie meinen. Sie sind ganz schön hochnäsig, nicht wahr? Bilden sich was ein, obwohl Sie nicht viel mehr als eine Hure sind.«

Bryony stürzte sich mit beiden Fäusten auf ihn. »Raus hier, sonst kratz' ich Ihnen die Augen aus!« Sie schlug nach seinem Gesicht, seinen Schultern, und er zog sich hastig auf den Gang zurück. »Das werde ich nicht vergessen«, drohte er finster und schlug die Tür hinter sich zu.

Bryony stützte beide Hände auf den Tisch und knirschte mit den Zähnen. Diese Bestie! Vor lauter Wut hätte sie am liebsten das Tablett an die Wand geschleudert und den gesamten Gasthof aufgeweckt, doch statt dessen trommelte sie mit den Fäusten auf den Tisch und stöhnte vor Erbitterung.

»Was gibt's?« fragte Clover verschlafen und rieb sich die Augen. Er stieg aus dem Bett und betrachtete entzückt das Frühstück. »Es ist ungesund, sich vor dem

Frühstück aufzuregen«, sagte er nüchtern und begann mit großem Appetit zu essen.

Bryony ging ein paar Schritte, um ihren Ärger abzukühlen. Sie warf einen Blick auf Jack und sah, daß auch er erwacht war und sie aus dunklen Augen musterte.

»Wie fühlst du dich?« fragte sie, und ihre Stimme bebte immer noch vor Zorn.

»Du hast recht. Ich würde wirklich mit dem Schwert auf diesen Kerl losgehen.« Er versuchte sich aufzurichten, sank aber stöhnend wieder auf das dünne Kissen. »Daß er dich eine ... du weißt schon, was ich meine, genannt hat, bringt mein Blut zum Kochen. Ich werde mich um ihn kümmern, wenn ich wieder etwas Kraft in den Beinen habe.« Er begann sich aufzusetzen. »Wir brechen nach dem Frühstück auf. Ich würde mich erheblich besser fühlen ohne diese heißen Zangen, die in meine Seiten kneifen.«

»Der Doktor hat die Wunde genäht, und ich sollte die Verbände wechseln.«

»Wir sollten hier verschwinden, bevor wir in einen Hinterhalt geraten. Je länger wir zögern, desto mehr müssen wir um unser Leben fürchten.« Mit enormem Kraftaufwand und schmerzverzerrten Zügen richtete er sich auf.

»Nein!« rief Bryony erschrocken. »Der Doktor hat gesagt, du müßtest mindestens eine Woche lang das Bett hüten.«

Ohne etwas zu erwidern, kam Jack auf sie zu. Sekunden später lag sie in seinen Armen. In aufmunterndem Ton wandte er sich über ihren Kopf hinweg an Clover. »Was du jetzt gleich siehst, wird dich vielleicht erröten lassen, aber vielleicht ist es ganz gut, wenn du diese Dinge von einem Experten der Materie lernst. So geht man mit widerspenstigen Frauen um«, sagte er und senkte den Mund auf Bryonys.

»Passen Sie lieber auf, daß Sie nicht in Ohnmacht fallen«, warnte Clover. »Außerdem hab' ich Männer Frauen schon betatschen sehen. Das ist mir sowieso zu blöd! Ich geh' lieber zu den Stallknechten.« Die Backen voller Brot und Schinken, ging Clover und ließ die Tür hinter sich zufallen.

»Hast du überhaupt keinen Anstand mehr, Jack?« tadelte ihn Bryony, aber in seinen Armen fühlte sie sich zum ersten Mal seit Tagen wieder sicher.

»Ein verzweifelter Mann zerbricht sich nicht den Kopf darüber, was unschicklich ist.« Verlangend schaute er sie an und nahm ihr Gesicht zwischen seine fieberheißen Hände. Schweiß glitzerte auf seiner Stirn, und Bryony erkannte, daß er noch immer Fieber hatte. »Ich kann nicht genug von dir bekommen«, flüsterte er. »Hast du mir verziehen, daß ich dich belogen habe?«

Sie nickte. »Aber ich habe es nicht vergessen.« Sie schloß die Augen, als er mit den Lippen über ihr Gesicht strich. Sein Bart kitzelte sie, und das Gefühl weckte andere, tiefere Sehnsüchte. Sie hatte schon beinahe vergessen …

»Wie ich dich begehre, meine Schöne! Letzte Nacht im Traum hast du einige sehr aufregende Dinge mit mir getan, die ich gern in wachem Zustand mit dir ausprobieren würde.«

Obwohl das Denken ihr zunehmend schwerer fiel, schob sie ihn fort. »Dazu wird es nie mehr kommen. Nicht nach allem, was geschehen ist. Der einzige Grund, warum ich jetzt noch hier bin, ist, daß ich die Mission erfüllen möchte, die Reggie begonnen hat.«

»Lügnerin«, sagte er mit einem spöttischen Lachen. Kraftlos ließ er sich auf einen Stuhl am Tisch sinken, und sein Gesicht verzerrte sich vor Schmerz. »Sobald ich wieder bei Kräften bin, werde ich dir zeigen, wie sehr du dich irrst.«

»Dein Husten hört sich bereits besser an«, bemerkte

sie und schenkte ihm ein wenig Bier ein. »Trink das. Der Wirt meinte, das würde dir ein bißchen Linderung verschaffen.«

Er bedachte sie mit einem eindringlichen Blick. »Das einzige, was mir Linderung verschaffen würde, wäre, wenn du mir versprechen würdest, mich ein Leben lang zu lieben.«

29

Jack aß sein Frühstück und blieb dickköpfig am Tisch sitzen, obwohl Bryony versuchte, ihn ins Bett zurückzuschicken. Sie konnte sehen, daß er große Schmerzen hatte, aber kein Wort der Klage kam über seine Lippen.

»Wo ist die Karte?« fragte er zwischen zwei Schlucken Bier.

»In meiner Tasche. Ich hatte noch keine Zeit, ein besseres Versteck zu finden.«

»Laß mich mal sehen.« Er aß etwas Brot mit Butter und spülte es mit noch mehr Bier herunter.

Bryony zog das steife Dokument aus der Tasche ihres Unterrocks. Sie breitete es auf dem Tisch aus, und sie beugten sich darüber. Fremdländische Namen fielen ihr ins Auge – Loch Morar, Loch nan Uamh, Glenfinnan, Sgurr na Ciche. Sie sagten ihr nichts, aber Jack erklärte ihr, daß Charles Edward seine Standarten in Glenfinnan gehißt hatte, als er im vergangenen Juli in Schottland gelandet war.

Winzige Punkte aus blauer Tinte bezeichneten einen Pfad, der in die Berge führte.

»Diese Gebiete hier – « Jack zeichnete mit dem Finger zwei blau schraffierte Stellen nach, die zwei Seen markierten, Loch Morar und Loch Nevis, » – sind wild und bergig. Sie sind außer mit einem Schiff kaum zu erreichen. Deshalb haben die Franzosen hier das Gold versteckt.« Er deutete auf zwei verschnörkelte Buchstaben, ein großes ›C‹ und ›S‹, die so miteinander verschlungen waren, daß sie einen Rosenzweig mit einer voll aufgeblühten Blume darstellten. Bryony hatte diese Rose schon auf Mr. Benchs Weingläsern gesehen.

Das Gold war in den Bergen zwischen den beiden Seen versteckt.

»Ich schätze, daß die französischen Seeleute, die das Gold dorthin brachten, wahrscheinlich annahmen, daß Charles Edwards Adjutanten irgendwann an die Küste zurückkehren würden, um Waffenladungen und Gold abzuholen«, sagte Jack. »Und Loch Nevis war für die Franzosen leicht erreichbar. Aber König Louis hat seine Meinung geändert und weigert sich, die Schotten weiterhin zu unterstützen. Aus politischen Gründen natürlich. Die Sache der Stuarts ist für Frankreich unrentabel, vor allem seit Culloden.« Er seufzte. »Was tun wir eigentlich noch hier? Wir dürfen keine Zeit verlieren.«

»Wie willst du mit einer Wunde wie deiner quer durch ganz England bis ins Schottische Hochland kommen?« fragte Bryony.

Jack umklammerte den Bierkrug grimmig. »Dies ist nicht der richtige Moment, sich zu beklagen. Ich schaffe es schon irgendwie, und es wird alles gut, sobald wir diesen Ort verlassen haben, an dem wir von Feinden umgeben sind.«

Er war kreideweiß und zitterte jetzt wieder, aber Bryony wußte, daß es sinnlos wäre, über seinen Gesundheitszustand zu diskutieren.

»Du solltest dich aber vorher etwas ausruhen. Schließlich warst du gestern noch dem Tode nahe.«

»Na schön, dann werde ich mich ein bißchen hinlegen. In der Zwischenzeit könntest du uns ein zweites Pferd besorgen, damit wir so schnell wie möglich aufbrechen können.« Er ging schwankend zum Bett hinüber und ließ sich vorsichtig darauf nieder. Die Wunde schien ihm große Schmerzen zu bereiten. Er biß die

Zähne zusammen, aber es gelang ihm nicht, ein Stöhnen zu unterdrücken. Bryony deckte ihn gut zu, nachdem sie mit ihm über die Erneuerung der Kompressen gestritten hatte. Schließlich gab er nach und starrte sie in stummem Leiden an, als sie das heiße Tuch auf seine Brust legte. Es kostete sie fast noch mehr Überredungskraft, ihn dazu zu bringen, etwas von dem Hustensaft zu nehmen.

»Und dabei müßte ich es sein, der für dich sorgt«, sagte er und schnaubte selbstverächtlich.

»Selbst die Stärksten werden manchmal krank«, versetzte Bryony. »Du kannst nichts anderes tun, als zu genesen.«

Bevor er die Augen schloß, sah Bryony die Zärtlichkeit in seinem Blick, und ihr Herz zog sich vor Schmerz zusammen. Wie die Windenblüte war ihre Liebe eine kurzlebige Blüte, deren Schicksal es war, nur einen Tag zu blühen. Sie war wie eine zerbrechliche Blume, die dem groben Stiefel politischen Aufruhrs zum Opfer fiel.

Froh, daß Jack nun ruhig schlief, wachte Bryony fast den ganzen Tag bei ihm. Um sich die Zeit zu vertreiben, packte sie ihre wenigen Habseligkeiten um und wünschte, die Franzosen hätten nie das Gold geschickt und die Karte wäre nie gezeichnet worden. Als Vorsichtsmaßnahme fertigte sie eine falsche Kopie der Karte an, die sie in ihre Umhangtasche steckte. Die echte Karte nähte sie in Clovers Rocksaum ein.

In einem anderen Teil der Stadt verbeugten sich drei Männer vor einem vierten, der in einem bequemen Lehnstuhl saß. Eine lockige weiße Perücke rahmte das blasse, erzürnte Gesicht des Mannes ein, und der schwarze Satin seines Rocks schimmerte, als er in einer drohenden Geste die Faust hob.

»Ihr habt euch zum Narren halten lassen«, sagte er. »Ich hatte euch befohlen, ihnen auf der Spur zu bleiben.«

Der Mann mit dem wirren weißen Haar sprach. »Sir, verzeihen Sie mir meine Kühnheit, aber wir werden keine Mühe haben, sie zu finden. Wir haben ihren Beschützer angeschossen, der in diesem Augenblick wahrscheinlich schon seinen letzten Atemzug tut.«

Seine beiden Kumpane, die nach dem Verlust des narbengesichtigen Mannes und des Einbeinigen angeheuert worden waren, wirkten unbehaglich. Joe, ein dunkelhäutiger, ungeschlachter Schmied und Liebhaber hochprozentiger Getränke, war leicht zu überreden gewesen angesichts der großzügigen Entlohnung, die ihm versprochen worden war, und Archie, ein hünenhafter verdrießlicher rothaariger Schotte, schuldete dem Mann mit der Perücke eine Gefälligkeit.

Ihr Auftraggeber lachte leise und boshaft. »Das tut er nicht. *Ich* habe Miss Shaw längst gefunden. Sie ist im ›The Swan‹, und ich habe den Doktor aus dem Zimmer des Verletzten kommen sehen. Er sagte dem Wirt, der Gast wird überleben.« Er schnaubte verächtlich. »Eure Treffsicherheit läßt wirklich sehr zu wünschen übrig.«

»Wir hatten nicht damit gerechnet, daß sie was aus dem Baum holen würde, einen Kasten oder so. Wir haben abgewartet, um zu sehen, was in den Dokumenten stand. Sie gab eins davon ihrem Begleiter und warf das andere in die Büsche.« Stolz zog der Weißhaarige ein zerknülltes Blatt aus seiner Tasche. »Das ist es.« Er gab es dem Mann mit der Perücke, der sich vorbeugte und es in den flackernden Schein der Kerze hielt.

»Das ist ein Brief von ihrem Bruder.« Er las ihn schweigend und zerknüllte dann das Blatt zwischen den Fingern. »Bei Gott! Die Karte! Das andere Dokument war die Karte.«

Er erhob sich und ging mit schweren Schritten durch den Raum. »Unfaßbar! Meine Probleme sind vorüber, wenn ich diese Karte in die Hände kriege.« Er warf den Männern vor ihm einen bösen Blick zu. »Ihr werdet mir helfen. Wenn ihr versagt, werdet ihr das gleiche Schicksal wie eure Vorgänger erleiden.« Er stieß die Faust gegen die Brust des Weißhaarigen, der vor Schreck zusammenzuckte. »Hätte ich mich selbst darum gekümmert, wäre es längst erledigt. Aber ich habe euch beauftragt, weil die Dame mich erkennen würde. Sie darf nicht wissen, daß ich der Nutznießer des Golds sein werde. Diesmal werden Drohungen nicht mehr ausreichen. Wir müssen uns den Mann schnappen und danach Miss Shaw töten.«

Nach dem Abendessen ging Bryony hinaus, um frische Luft zu schnappen und ein Pferd zu kaufen. Gut verborgen unter ihrer Haube und dem weiten Umhang, durchquerte sie die Schänke, blieb aber dann erschrokken stehen, als sie die drei Männer erkannte, die an einem Tisch neben dem Feuer saßen. Einer hatte wirres weißes Haar, der andere war dunkelhäutig, und der dritte hatte lange rote Locken. Sie wandten ihr den Rücken zu und sahen sie nicht, aber sie wußte, daß es nur eine Frage von Sekunden war, bevor sie sie entdecken würden. Ihre Hände zitterten, als sie die Pistolen unter ihrem Cape berührte.

Sie hatten ihr und Jacks Versteck entdeckt!

Bryony dachte nur noch an Flucht, als sie hinausstürzte. Sie hätte jetzt Jules' Kraft gebrauchen können, aber er war weit entfernt in Alfriston. Wo war Clover? Die Luft war frisch und klar, und es herrschte Stille. Am Himmel stand ein fahler Mond. Tief atmete sie die erfrischend kühle Luft ein, um ihr wild pochendes Herz zu beruhigen.

›The Swan‹ war eine Postkutschenstation, mit einem Stall voller robuster Pferde. Bryony sah Clover einen Sattel schleppen, der fast genauso groß war wie er selbst. Einer der Knechte pfiff ein Liedchen, als er einer hübschen kastanienbraunen Stute ein Halfter anlegte.

»Hast du sie gesehen?« wisperte Bryony, nachdem sie Clover auf sich aufmerksam gemacht hatte.

»Nein. Wen?«

»Die drei Männer, die uns gestern verfolgt haben. Sie sitzen in der Schänke.«

Der Blick des Jungen huschte in der zunehmenden Dunkelheit von Gebäude zu Gebäude. Schatten füllten den Hof, die von Sekunde zu Sekunde dichter wurden.

Sie wechselten einen besorgten Blick, und Bryony wurde bewußt, wie sehr sie den Jungen schon ins Herz geschlossen hatte. In seinem jugendlichen Optimismus glaubte er, sie könnten ihren Verfolgern mühelos entkommen.

»Warum haben sie uns noch nicht angegriffen?« fragte Bryony.

Clover grinste »Sie haben uns noch nicht gesehen. Und sie können Sie ja auch nicht vor allen Leuten angreifen. Mann, das ist ein Abenteuer, was?«

Sie hätte ihn am liebsten geschüttelt. »Ein Abenteuer ist es, aber auch ein sehr gefährliches. Ich wünschte, du hättest nichts damit zu tun.«

»Mir gefällt's aber«, sagte er. »Es ist ein Riesenspaß für mich.«

Bryony schüttelte den Kopf. »Komm jetzt lieber mit, damit ich dich im Auge behalten kann.«

Er beschwerte sich so lautstark, daß sie schließlich nachgab. »Zehn Minuten, aber keine Sekunde länger.«

Sie ging zum Gasthaus zurück. Im Schatten der Weinreben an der Eingangstür warf sie einen Blick durchs Fenster in den nur schwach erhellten Schankraum. Die Männer waren verschwunden, und kalte Angst erfaßte sie. Was, wenn sie beschlossen hatten, Jack, der hilflos oben im Bett lag, anzugreifen? Nachdem sie hastig um das Haus herumgelaufen war, beschloß sie, einen Blick durch das Fenster neben dem Kamin zu werfen, um sich zu überzeugen, daß die Männer wirklich nicht mehr da waren.

Weder sie noch irgendwelche anderen Gäste waren in dem Raum zu sehen. Er war völlig leer, da die Londoner Postkutsche vor etwa einer halben Stunde abgefahren war und die meisten Gäste mitgenommen hatte.

Jeder Nerv in ihr war angespannt, als sie auf die Tür zuging und unter ihrem Umhang die Pistolen zog. Aber ihre Arme waren bleischwer vor Angst, so daß sie die Waffen fast nicht halten konnte.

Als sie um die Ecke kam, wimmerte sie vor Entsetzen und Verblüffung, als sie zwei großen Gestalten begegnete, die finsterer waren als die Dunkelheit um sie. Als sie auf sie zukamen, hob sie automatisch die Pistolen. »Kommen Sie mir nicht zu nahe«, warnte sie und legte den Hahn zurück.

Sie schrie, als ein dritter Mann sie von hinten packte und harte Finger sich auf ihre Lippen preßten. Die beiden Waffen fielen polternd auf den Boden. Die Hand, die ihr den Mund zuhielt, war kalt und feucht. Ihre Arme wurden nach hinten gerissen, und sie krümmte sich vor Schmerz. Ein weiterer Mann hielt ihr die Nase zu, so daß sie nicht mehr atmen konnte. Ihre Augen weiteten sich vor Entsetzen, als die schattenhaften Gestalten sich um sie scharten.

»Wo ist die Karte?« fragte eine Stimme. »Wir erwürgen dich, wenn du uns nicht sagst, wo die verdammte Karte ist. Und dein Geliebter wird einen langsamen, qualvollen Tod sterben.«

Bryony nickte, und die groben Finger ließen ihre Nase los. Sie schnappte nach Luft und atmete tief durch, um ihre Nerven zu beruhigen.

»Nun?« Das Wort vibrierte in der Luft wie die herabfallende Klinge einer Guillotine. Einer der Männer bückte sich und hob eine Pistole auf. Bryony sah eine Flasche in seiner Hand, und er lachte, als er etwas von ihrem Inhalt in den Lauf goß und das Schießpulver durchnäßte. Der unverkennbare Geruch von Bier erfüllte die Atmosphäre. »Nun?« Die Frage durchdrang ihre Benommenheit, und sie fuhr zusammen.

»In meiner Tasche«, stieß sie hervor und zerrte an ihren Armen, um dem unerbittlichen Griff des Mannes zu entkommen. Ein scharfer Schmerz durchzuckte ihre Glieder, und sie sah rote Lichter vor den Augen tanzen. »Wenn Sie nicht aufhören, mir so weh zu tun, verliere ich noch das Bewußtsein.«

Sie lachten nur, und zwei Paar Hände rissen ihr den Umhang ab und glitten auf der Suche nach Taschen über ihren Körper. »Im Umhang«, sagte sie. »Bitte lassen Sie mich los.«

Einer der Männer pfiff durch die Zähne, als er die Karte fand. »Sie ist hier, wie sie gesagt hat.« Sie ließen ihre Arme los, und derselbe Mann tätschelte ihr den Kopf. »Braves Mädchen. Ich wußte ja, daß Sie vernünftig sein würden, genau wie unser Herr uns sagte.«

»Wer ist Ihr Herr?« wagte Bryony zu fragen und rieb ihre wunden Arme. Sie war sicher, daß die Frage zwecklos war, mußte es aber trotzdem versuchen. »Ich werde Sie gut bezahlen, wenn Sie es mir sagen.«

»Womit?« fragte ein anderer Mann und schüttelte böse lachend ihre und Jacks Geldbörse, die er beide in ihrem Cape gefunden hatte. Sie sah, daß er das Geld einsteckte.

Mit wachsendem Entsetzen sah sie die Klinge eines Messers im schwachen Licht der Fenster aufblitzen. Der Mann mit dem Messer stieß sie gegen die Brust, und sie verlor den Halt und stürzte rücklings in einen Haufen Laub. Ein Schmerzensschrei entrang sich ihr, als sie mit dem Ellbogen gegen einen Stein stieß. Der Mann lachte. »Da Sie so hilfreich waren, machen wir es schnell. Sie werden tot sein, bevor Sie wissen, was geschieht.«

»Nein«, flehte sie. »Nein!« War diese jämmerliche Stimme wirklich ihre? Er hob das Messer, und ihr war, als könne sie es schon in ihrem Körper spüren.

»Beeil dich. Wir haben nicht die ganze Nacht Zeit«, drängte einer der anderen.

Bevor das Messer herabkam, rollte sie sich zur Seite und trat gleichzeitig nach dem Mann. Er brüllte auf vor Wut und stürzte sich auf sie. Er landete auf ihrem Körper, und das Messer grub sich in die Erde neben ihrem Kopf. Sie holte aus, um ihn zu schlagen, aber ihre Finger stießen an Metall. Aus einer plötzlichen Eingebung heraus reagierte sie ganz instinktiv, ergriff die zweite Pistole, die sie übersehen hatten, und richtete sie auf den Kopf des Mannes.

»Ich schieße«, krächzte sie und starrte in seine wilden Augen, die nur Zentimeter von ihren entfernt waren. Sein alkoholgetränkter Atem begann sie einzuhüllen, und sein Gewicht erstickte sie.

Sie spannte die Waffe.

Aus dem Augenwinkel sah sie das metallische Glitzern in seiner Hand an ihrer Kehle. Das Messer. Aber es bewegte sich nicht. Lange starrten sie sich in die Augen. Schließlich rappelte er sich langsam auf.

»Worauf wartest du?« riefen die anderen aus einiger Entfernung. »Nun mach schon, Joe, und bring es hinter dich.«

Joe kauerte auf allen vieren vor ihr und bot ihr immer noch ein gutes Ziel. »Sie hat eine Pistole.«

»Die funktioniert doch nicht«, spotteten die anderen.

»Diese hier schon.« Joe kroch zurück, und sie sprang auf. Die anderen kamen zu ihnen herübergerannt.

»Hilfe!« schrie sie, so laut sie konnte. »Hilfe!«

Schritte donnerten über den Hof. Die drei Männer fluchten und verschwanden in der Finsternis. Plötzlich war Bryony umringt von Stallknechten. Schnelles Hufgetrappel verriet, daß die Schurken entkommen waren. Sie zeigte in die Dunkelheit und sagte schluchzend: »Es waren drei Männer. Sie haben mich beraubt und versucht, mich umzubringen.«

Ohne eine Sekunde zu verlieren, jagten die Stallknechte den fliehenden Ganoven nach, aber Bryony wußte, daß es zwecklos war.

Als die Jungen zurückkamen, hatte sie auch die zweite Pistole gefunden und steckte beide in ihre weiten Taschen. Dann setzte der Schock ein, und sie begann so stark zu zittern, daß sie sich kaum noch auf den Beinen halten konnte. Sie hielt es nicht für ausgeschlossen, daß die Männer zurückkehren würden, um sie, während sie schliefen, zu ermorden. Und das nächste Mal würde es ihnen sicherlich gelingen. Sie mußte Jack warnen.

Sie eilte hinein, lief die Treppe hinauf und über den Korridor zu ihrem Zimmer. Vorsichtig horchte sie an der Tür, aber es waren keine Geräusche zu hören, die auf einen Kampf hindeuteten. Alles war still, bis auf das Schnarchen aus dem Zimmer gegenüber.

Sehr langsam öffnete sie die Tür und schlüpfte hinein. Das Zimmer lag in absoluter Dunkelheit. Sie fuhr zusammen, als sie kaltes Metall an ihrem Nacken spürte.

»Keine Bewegung, sonst schneid' ich dir die Kehle durch«, keuchte eine Männerstimme.

»Jack, ich bin's!« sagte sie.

Er seufzte vernehmlich, und Stoff raschelte, als er den Arm zurückzog. »Großer Gott, das hättest du auch vorher sagen können!« rief er aus.

»Ich dachte, du schläfst.« Mit unsicherer Stimme schilderte sie ihm, was sich unten zugetragen hatte. Verzweifelt rang sie die Hände und suchte nach den Streichhölzern, um eine Kerze anzuzünden. In dem flackernden Licht sah sie, wie Jack mit hängenden Schultern zum Bett hinüberging und sich seufzend setzte.

»Ich hatte dir gesagt, du sollst das Zimmer nicht verlassen«, sagte er. »Die Mission ist gescheitert, und das Gold bekommen Stuarts Feinde.«

»Nein, das werden sie nicht!« Bryony kniete sich vor ihn. »Ich habe eine falsche Karte gezeichnet. Die echte ist im Saum von Clovers Rock versteckt. Flink, wie er ist, wird er in einem Notfall am leichtesten entkommen können. Aber wir sollten ihm lieber nicht sagen, wo die Karte ist.«

Jack nahm ihre Hände zwischen seine. »Wie schlau von dir. Darauf wäre ich selbst nie gekommen.« Seine Augen verdunkelten sich vor Sorge. »Aber sie werden merken, daß die Karte falsch ist, wenn sie es nicht längst gesehen haben. Du konntest doch nicht auch die Siegel fälschen.«

Bryony schüttelte den Kopf. »Nein, aber ich habe ein bißchen Kerzenwachs darauf tropfen lassen und eine Münze auf das Wachs gedrückt. Aber es ist natürlich nicht rot wie auf dem echten Dokument.«

Jack stand mit schmerzverzerrter Miene auf. »Ich habe den ganzen Tag geschlafen, obwohl ich längst unterwegs nach Schottland sein müßte. Wir haben keine Zeit mehr zu verlieren.«

Sie klammerte sich an seinen Arm. »Bist du wirklich stark genug?«

»Die Frage erübrigt sich. Wir müssen fort. Wo ist das Geld? Wir brauchen noch ein zweites Pferd.«

»Ich fürchte, sie haben mir das Geld gestohlen. Ich wollte gerade zum Stall, um ein Pferd zu mieten, als die Kerle mir den Weg verstellten.«

Er fluchte unterdrückt. »Na gut, dann müssen wir eben ein Pferd stehlen.« Als er ihre entsetzte Miene sah, lächelte er schwach. »Eines Tages kehren wir zurück, um zu bezahlen.«

»Das gefällt mir nicht.« Bryony begann rasch ihre Sachen einzupacken. »Wir benehmen uns wie flüchtige Verbrecher.«

»In den Augen des Gesetzes sind wir das.« Jack litt bei jedem Schritt, den er durchs Zimmer machte, und preßte eine Hand auf die noch frische Wunde an seiner Seite. Kalkweiß um die Lippen, öffnete er die Tür und warf einen Blick hinaus. Der Gang war leer.

Bryony half ihm, seine Weste, seinen Rock, Umhang und Dreispitz anzulegen. Er hatte den Umhang beim ersten Mal getragen, als sie sich begegnet waren. Jetzt waren Brandlöcher und Risse in dem Stoff.

Jack schob die Pistolen in die großen Taschen seines Rocks. »Ich will auf alles vorbereitet sein«, murmelte er, bevor er auf den Gang hinaustrat.

Bryony folgte ihm und hielt vor Furcht den Atem an. Jacks Rücken war steif wie ein Waschbrett, und er bewegte sich nur sehr beschwerlich. Sie befürchtete, daß er jeden Augenblick zusammenbrechen würde.

Das Geräusch von Stimmen, Gelächter und Gesang drang die Treppe hinauf. Die Stammgäste des Hauses füllten jetzt den Schankraum. Waren ihre Feinde zurückgekehrt? Bryony betete, daß Jack nicht die Pistolen zu benutzen brauchte.

Als er die letzte Stufe hinabkam, verstummten die Geräusche, und alle drehten sich nach ihnen um. Er sah beeindruckend aus in seinem dunklen Umhang und dem Dreispitz, den er tief in die Stirn gezogen hatte. Als er langsam den Raum durchquerte, schaute er von einem Gesicht zum nächsten, und die Männer wandten ihre Blicke ab. Ein Hauch von Spannung lag jetzt in der Luft.

Bryony hielt sich im Hintergrund und trug Jacks Satteltaschen und Clovers Rock über dem Arm. Sie hoffte, daß der Junge noch in den Ställen war.

»Wir verreisen, kommen aber morgen wieder«, belog Jack dreist den Wirt, da sie kein Geld für Unterkunft und Verpflegung hatten. »Bei unserer Rückkehr zahlen wir die Rechnung«, fügte er hinzu und richtete sich zu seiner vollen Größe auf, um einen Protest des Wirts zu unterbinden.

Er wirkte sehr verärgert, nickte aber knapp.

Jack wandte sich zur Tür. Zu Bryonys immenser Erleichterung sah sie nichts von den drei Männern, die die gefälschte Karte und das Geld gestohlen hatten. Aber sie wußte, daß sie bald schon rachsüchtig zurückkehren würden.

Sie ging hinaus und schaute rasch von einem dunklen Schatten zu dem nächsten.

Jack war dicht hinter ihr. »Beeil dich. Jede Sekunde zählt.«

Der Mann in der weißen Perücke beugte sich über die Karte auf dem Tisch vor ihm. Der kleine Raum im »Golden Egg«, dem Gasthaus am anderen Ende East Grinsteads, war nur vom Feuer im Kamin erhellt. Der Mann strich mit dem Finger über die plumpen Wachssiegel. Das helle Kerzenwachs schien ihn zu verspotten, und er packte die Karte und riß sie mit einer wütenden Bewegung in der Mitte durch.

»Das ist nicht die Karte!« brüllte er. »Wie konntet ihr so dämlich sein, nicht zu erkennen, daß es bloß eine miserable Kopie der echten ist. Wer wäre dumm genug, zu glauben, das Gold wäre in den ›Grampians‹ versteckt? Kein Franzose hat diese Berge je betreten, und erst recht keine Seemänner, die zwei schwere Kisten Gold zu schleppen haben.«

Er heulte vor Wut, und das Zimmermädchen erblaßte, als es ein Tablett mit einer Flasche Wein hereinbrachte. Sie fuhr zusammen, als er die Flasche nahm und sie mit aller Kraft gegen die Wand schleuderte.

»Da drei Männer offenbar nicht in der Lage sind, einer einzigen Frau eine Karte abzunehmen, werde ich es wohl selbst tun müssen.« Er zog seinen Rock über und verließ das Zimmer, gefolgt von seinen drei bedepperten Komplizen. »Laßt uns gehen, bevor sie uns schon wieder durch die Lappen gehen.«

Bryony beobachtete, wie Jack mit dem Stallburschen verhandelte. Welche Lügen mochte er dem armen Mann erzählen, der so bereitwillig ein zweites Pferd gesattelt hatte? Sie sah sich nach Clover um und fand ihn bei zwei Knechten, die Backgammon spielten.

Als sie ihm zuwinkte, kam er hergerannt. »Wo wollt ihr hin?« Bryony bedeutete ihm zu schweigen und befahl ihm, seinen Rock überzuziehen.

»Wir reisen ab. Willst du mitkommen oder hierbleiben?« fragte sie, obwohl sie genau wußte, daß er sich die Fortsetzung des Abenteuers nicht entgehen lassen würde.

»Was soll die Frage? Ich komm' natürlich«, brummte er und ging über den Hof zu dem Stallburschen hinüber, um ihm mit den Pferden zu helfen.

Sie wollte Jack beim Aufsitzen helfen, aber er winkte ab, führte das Tier zu einem Treppchen und schaffte es, sich allein in den Sattel zu schwingen. »Wir dürfen keine Zeit verlieren«, sagte er, als er das Pferd wendete. »Ich kann sie *riechen.* Sie sind uns auf der Spur.«

Bryony widersprach nicht, sondern legte die Satteltaschen über die breite Hinterhand des Pferdes. Jack sah aus, als hätte er Mühe, sich im Sattel zu halten. Er saß vornübergebeugt und ließ den Kopf hängen.

Der Stallknecht hob Bryony auf das andere Pferd, eine ruhige kleine Stute, und setzte Clover hinter sie. Der Junge hielt sich mit beiden Händen an ihrer Taille fest.

Jack ritt voran, als sie den Hof verließen. Kaum hatten sie den Eingang des Gasthauses passiert, trieb er die Pferde zu einem flotten Trab an und lenkte sie in westlicher Richtung aus East Grinstead heraus. Bryony hörte das schnelle Hufgetrappel von noch mehr Pferden etwas weiter oben an der Straße und war einen Augenblick fast wie gelähmt vor Angst. Ihre Verfolger waren schon dicht hinter ihnen. Aber da sie zuerst im Gasthof hielten, gaben sie Bryony und Jack einen kleinen Vorsprung.

Jack, der die sich nähernden Pferde ebenfalls gehört hatte, umklammerte das Sattelhorn und trieb seinen Hengst zum gestreckten Galopp an.

Als sie die Stadt weit hinter sich zurückließen, umgab sie Dunkelheit wie eine stille Wolke. Im blassen Mondschein warfen die Bäume lange dünne Schatten auf die Straße. Eine leichte Brise bewegte ihre Äste, und Nachttiere raschelten im hohen Gras am Straßenrand. Das Hufgetrappel ihrer Pferde hallte über die Straße.

Jack hielt mitten auf der Straße an und bedeutete Bryony, es auch zu tun. Dann lauschte er angestrengt.

»Was ist denn?« flüsterte Clover verschwörerisch.

»Pst«, zischte Jack gereizt und bemühte sich, einen Hustenanfall zu unterdrücken.

»Da is' nix auf der Straße«, beharrte Clover. »Ich hab' gute Ohren.«

»Die ich dir abschneiden werde, wenn du nicht die Klappe hältst«, drohte Jack. »Kommt, es geht weiter. Sie werden bald hinter uns sein, aber wir sollten die Kräfte unserer Pferde schonen, bis wir sie wirklich brauchen.«

Schweigend ritten sie Seite an Seite weiter. Bryony

wagte nicht zu sagen, daß sie durstig war. Sie hatten keine Zeit, Wasser zu suchen. Clover ging ihr auf die Nerven, weil er sich ständig umdrehte und nach Verfolgern Ausschau hielt.

»Wir haben nur eine Chance, wenn wir einen genügend großen Vorsprung halten können«, sagte Jack. »Das wird all unser Geschick und unsere ganze Kraft erfordern.«

30

Sie ritten ohne anzuhalten fast die ganze Nacht. Sie hielten auf Nordwesten zu, kamen durch Guildford und wandten sich nach Reading in Berkshire, das etwa zwanzig Meilen weit entfernt lag. Immer wieder hielt Jack an und lauschte angestrengt. Die Nacht schien mit ihnen zu lauschen, so unheimlich still und leer war sie. Die Konturen der Landschaft wechselten von buckligen Gebirgskämmen zu flachen Feldern, die in graues Mondlicht getaucht dalagen. Ein ferner Wasserfall gurgelte leise in der allgegenwärtigen Stille.

Die Schatten dehnten sich allmählich, als Jack sagte: »Ich höre etwas.«

Er hatte recht. Aus der Ferne war klar und deutlich Hufschlag zu vernehmen.

»Es könnte auch jemand anders sein.«

»Mitten in der Nacht? Nein. Außer Straßenräubern und anderem Gesindel, sind nur wir und unsere Feinde dumm genug, uns hier hinauszuwagen.« Er tätschelte Bryonys Arm. »Ich weiß, daß du versuchst, mich zu beruhigen.« Er hustete in seinen Rockärmel. Wieder mußte sie daran denken, daß er eigentlich Bettruhe und heiße Umschläge für seinen Husten brauchte.

»Wir werden jetzt schneller reiten«, entschied Jack. »Wir halten den Vorsprung, solange unsere Pferde dazu in der Lage sind. Es hängt jetzt alles davon ab, wie stark ihre Tiere sind. Vielleicht sind sie ja schon müde.«

Aber diese Hoffnung wurde nicht erfüllt. Ihre Verfolger holten rapide auf. Bryony trieb ihre Stute zu einem immer schnelleren Tempo an, um mit Jacks Hengst Schritt zu halten. Aber er ließ dem Pferd noch immer nicht die Zügel schießen. Entweder war das Geholper zu schmerzhaft für ihn, oder er nahm Rücksicht auf die Stute, die beträchtlich schwächer als sein Hengst war.

Bryony warf einen raschen Blick zurück. Die Straße war wie ein graues Band, das sich zwischen den Bäumen verlor. Sie ritten auf die Kuppe eines Hügels, um einen besseren Überblick zu haben, und unten, wo die Straße eine scharfe Biegung machte, sahen sie die Reiter.

Bryony zählte die schwarzen Schatten auf der Straße. Es waren vier.

Ihre Nackenhaare sträubten sich vor Furcht. Die Reiter verlangsamten ihr Tempo nicht und hielten auch nicht an. Sie warf einen Blick auf Jack und sah, daß er vornübergebeugt über dem Sattelhorn hing, als sei er ohnmächtig geworden. Er kam jedoch ruckartig wieder zu sich und richtete sich schwerfällig auf.

Er war erschöpft. Sie konnten nicht in diesem halsbrecherischen Tempo weiterreiten.

»Weiter«, sagte er. In einer müden Geste bewegte er die Zügel, und sein Pferd begann den Abstieg.

Bryony folgte und hielt seine schwankende Gestalt im Auge. Als sie die Talmulde erreichten, begann der Wald sich zu verdichten. Die Schatten unter den Bäumen waren pechschwarz, wo sie nicht vom fahlen Mondlicht erreicht wurden.

Jack begann wieder nach vorn zu taumeln. Als sei ihm ihre verzweifelte Lage jetzt endlich klargeworden, hielt er an. »Wir sollten … Deckung suchen … und das Beste … hoffen«, brachte er mühsam hervor. Ein weiterer Hustenanfall drohte, und er preßte ein Taschentuch an seine Lippen und stöhnte. Der Husten schien den Schmerz in seiner Wunde zu verschlimmern.

Bryonys Herz blutete für ihn, und sie glitt rasch aus dem Sattel. Clover hielt sich am Horn fest, und Bryony nahm die Zügel beider Pferde und beruhigte den Hengst, als Jack sich aus dem Sattel schwang.

Für einen Moment lehnte er sich an sein starkes Pferd und atmete tief durch. Dann nahm er die Zügel und sagte: »Laß uns hier heruntergehen.«

Der schmale Pfad war kaum zu erkennen unter all den hohen Bäumen. Zu Pferd hätten sie ihn sicher nicht bemerkt. Bryony erschauerte, als sie die näherkommenden Pferde klar und deutlich hörte. Ihre Verfolger hatten jetzt den Hügelkamm erreicht. Ein Scharren und Wiehern durchbrach die Stille, als die vier Männer offensichtlich absaßen, um die Gegend zu erkunden.

Die Bäume standen dicht an dicht, und das Laub auf dem Weg dämpfte die Schritte ihrer Pferde. Bryony hielt den Atem an, als befürchtete sie, die Männer könnten ihn hören. Jack war vor ihr stehengeblieben. Sie konnte ihn in der Finsternis fast nicht erkennen. Er strahlte eine enorme Spannung aus, und Bryony erging es nicht viel anders.

Selbst Clover schien nervös zu lauschen. Aufgrund seiner Jugend mußte er ein ausgezeichnetes Gehör besitzen. Jetzt herrschte wieder Stille. Clover packte ihren Arm und wisperte: »Sie schnüffeln – wie die Köter, die sie sind. Wir könnten jetzt Jules gebrauchen, aber der ist ja in Sussex.«

Jacks Pferd begann nervös zu scharren, und Bryony sah, wie er eine Hand über seine Nüstern legte. Auch die Tiere spürten offenbar die bedrohliche Atmosphäre. Kein Blatt bewegte sich in der kalten Luft.

Hufschlag ertönte wieder, als die Reiter den steilen Hang hinunterritten. Das Geräusch wurde lauter, je näher sie herankamen, aber der Pfad würde von der Straße aus nicht einzusehen sein, wenn sie nicht anhielten. Nur wenige Meter trennten sie jetzt noch. Bryony packte die Zügel fester.

Die Pferde der Männer gingen jetzt nur noch im Schritt. *Warum galoppieren sie nicht, wie sie es vorher auch getan haben?* dachte Bryony.

Jack schlüpfte neben sie, und sie spürte, wie er ihr den kalten Stahl einer Pistole in die Hand drückte. Dann stopfte er Beutel mit Pulver und Kugeln in ihre Tasche. »Zögere nicht, sie zu benutzen«, flüsterte er und verschwand dann hinter einem Busch.

Ein Zweig knackte, und Blätter raschelten unter seinen Stiefeln. Er blieb stehen.

Absolute Stille.

Die Pferde auf der Straße waren auch stehengeblieben, und es war, als lauschten alle. Bryony stellte sich vor, die Welt habe sich in ein einziges riesiges Ohr verwandelt. Grauen beschlich sie, strich ihr wie eine kalte Hand über den Rücken.

Ein Vogel stieg mit einem schrillen Kreischen aus einem der Bäume auf und erschreckte Bryony. Eins der Pferde auf der Straße wieherte.

Bryony wartete … und wartete.

Nach einer kleinen Ewigkeit, wie es ihr schien, setzten sich die Pferde auf der Straße wieder in Bewegung.

Jack wartete noch etwa fünf Minuten ab, bevor er vorsichtig zu ihr hinüberschlich und flüsterte: »Warte hier. Ich werde mich zuerst ein wenig umsehen, bevor wir auf die Straße zurückkehren. Jemand könnte uns erwarten.«

»Laß mich gehen«, bat sie, aber er verneinte.

Er sah aus, als ob er jeden Moment zusammenbrechen müsse, aber er ging langsam weiter. In Augenblicken der Gefahr schien er seine letzten Kraftreserven aufzubieten, als weigere er sich, jede Schwäche in sich selbst zu akzeptieren. Nervös wartete sie, bis sie seine dunkle Silhouette zurückkehren sah.

»Sie sind fort, aber wir sollten trotzdem noch ein bißchen warten.«

Sie gingen etwas weiter den Pfad hinunter und erreichten bald schon eine Lichtung. Mondschein erhellte den kleinen Flecken Gras, und Jack band sein Pferd an einen Baum.

»Wir können hier rasten. Es ist genug Gras für die Pferde da.« Seufzend setzte er sich auf einen Baumstumpf und ließ den Kopf sinken. Seine Hände hingen schlaff zwischen den Knien.

Clover sprach leise zu den Pferden, die zu weiden begonnen hatten, aber sie ließen sich nicht von ihm die Nüstern streicheln.

Bryony breitete ihren Umhang für Jack auf dem Boden aus. »Bitte leg dich hierhin, bis wir weiter müssen.«

Protestierend öffnete er den Mund, war aber dann zu müde, um etwas zu sagen. Er brachte kaum noch die Kraft auf, sich auf dem Umhang auszustrecken. »Ich werd' nie wieder auf die Beine kommen«, sagte er mit zusammengebissenen Zähnen.

»Unsinn.«

Er betrachtete sie im Dämmerlicht. »Du wirst frieren ohne deinen Umhang.«

Sie zuckte die Schultern. »Ich habe schon oft gefroren.«

Er griff nach ihr, aber sie ignorierte seine ausgestreckte Hand. »Ich wünschte, wir könnten die Nähe wiederfinden, die uns einst verband. Du hast mir soviel gegeben.«

Bryony seufzte und wünschte auch, sie könnten die einstige Vertrautheit wiederfinden, doch sie war nach den neuesten Ereignissen sogar noch weiter fortgerückt. Die Karte hatte sie noch mehr auseinandergerissen.

»Es ist vielleicht zu spät dazu«, sagte sie leise, damit Clover sie nicht hören konnte. »Ich wünschte, es wäre vorbei, damit ich meine Nachforschungen fortsetzen und Reggies Mörder vor Gericht bringen kann. Diesmal werde ich ohne dich nach Frankreich fahren, falls Bentworth dort noch ist.«

Jack bewegte sich unruhig, als ob er wieder starke Schmerzen hätte. »Du solltest nicht ...«

»Sei still«, befahl sie. »Ich hol' dir deinen Brandy.«

Er schüttelte den Kopf. »Ich will jetzt keinen Brandy. Ich muß jetzt einen klaren Kopf bewahren.« Seine Stimme klang verbittert.

»Da ist noch etwas anderes, was dir Sorgen macht, nicht wahr?« fragte sie, während sie sich auf einen moosbedeckten Stein setzte und die Knie anzog.

Zuerst antwortete er nicht, dann sagte er in abweisendem Ton: »Nichts, worüber ich gern reden würde. Ich hoffe nur, daß wir dieses Abenteuer lebend überstehen, und wünschte, du könntest deinen Rachedurst vergessen. Er wird uns beide ruinieren.« Versonnen starrte er vor sich hin, und Bryony war, als ob er die wieder schwach aufkeimende Nähe zwischen ihnen mit einem Schlag durchtrennt habe.

»Du weißt, daß ich das nicht kann«, sagte sie. »Aber ich bitte dich auch nicht mehr, mir zu helfen.« Sie lehnte den Kopf an den Baumstamm hinter ihr und starrte mit trockenen, brennenden Augen in die Finsternis.

Einige Stunden später erwachte sie und begriff, wie erschöpft sie gewesen sein mußte, um im Sitzen einzuschlafen. Steif vor Kälte, sah sie das erste schwache Licht der Morgendämmerung über den Himmel kriechen. Der blasse Mond führte einen aussichtslosen Kampf gegen das heraufziehende Tageslicht. Die Luft war feucht und still und kalt.

Als Bryony aufstand und ihre müden Glieder streckte, die noch immer steif waren von dem langen Ritt, sah sie, daß die ganze Lichtung in dichten Nebel eingehüllt war.

Durch die graue Nebelwand sah sie die Umrisse von Jack und Clover, die dicht nebeneinander auf dem Umhang lagen. Auch sie waren in dieser bedrückend grauen Welt gefangen.

Bryony kniete sich neben Jack und rüttelte an seiner Schulter. So dicht über dem Boden war der Nebel noch kälter und noch feuchter. Jacks Kleidung war naß.

»Was?« stieß er hervor und sprang auf. Fluchend griff er dann nach seiner Seite.

Auch Clover richtete sich auf und rieb sich die Augen. »O Mann, guckt euch diese Suppe an!« sagte er.

Jacks Haar klebte feucht an seiner Stirn, und sein Gesicht war leichenblaß und schmerzverzerrt.

»Wir müssen den Verband wechseln«, sagte Bryony.

Gehorsam setzte er sich auf einen Stein, während Bryony die nötigen Sachen aus der Satteltasche holte.

»Ich hab' Hunger«, verkündete Clover und machte große Augen, als er sah, wie Bryony mit einem Messer die Verbände durchschnitt. Er stieß einen überraschten Ausruf aus, als er die vernähte Wunde sah. »Jesses! Das sieht ja furchtbar aus.«

Jack lächelte grimmig und betrachtete die häßliche Wunde, aus der noch immer Blut sickerte. Die Haut um sie herum war rot und gelb verfärbt. Bryony tauchte einen Wattebausch in Brandy und legte ihn darauf.

»Auuuuh!« schrie Jack schmerzgepeinigt.

»Du willst doch nicht, daß die Wunde sich entzündet. Halt still.« Sie ließ ihn das Stück Watte halten, während sie einen festen Verband darum anlegte.

»Ich wünschte, ich hätte auch so eine Narbe«, sagte Clover neidisch.

Bryony bedachte ihn mit einem ärgerlichen Blick.

»Nein, das wünschst du dir nicht, du dummer Junge! Sie ist sehr, sehr schmerzhaft, und Jack ist stark geschwächt vom Blutverlust.«

Clover trat gegen einen Klumpen Erde und murmelte: »Ach Mann!«

Bryony holte ein frisches Hemd aus den Satteltaschen und zog es Jack über den Kopf. Sein Gesicht war blaß, und seine Augen glänzten noch sehr unnatürlich, aber er hatte wenigstens kein Fieber mehr. Die wenigen Stunden Ruhe hatten trotz der Kälte ihren Zweck erfüllt. Aber es lag eine Verbissenheit in seinen Zügen, die vorher noch nicht dagewesen war. Sein Bart milderte ein wenig die grimmigen Konturen seines Munds.

Bryony versuchte, die Zärtlichkeit, die er in ihr weckte, zu ignorieren, als sie sein langes Haar auskämmte und es im Nacken zu einem Zopf zusammenband. Sie liebte das Gefühl seines dichten, weichen Haars in ihren Fingern.

Er sah nicht mehr ganz so grimmig aus, als sie fertig war, und ihr fiel plötzlich wieder auf, wie attraktiv er war, selbst mit dem ungepflegten Bart. Sie konnte sich nicht entsinnen, wie er ohne ausgesehen hatte.

»Und jetzt laßt sehen, ob wir noch etwas zu essen haben.« Bryony griff in die Taschen und reichte jedem ein Stück trockenes Brot und Käse. »Das ist alles, was wir haben, fürchte ich.«

»Und wir haben keinen Penny mehr«, ließ Clover sich vernehmen. »Ich werd' uns irgendwo 'ne Fleischpastete holen.«

Bryony erschauerte bei dem Gedanken, daß ihnen vielleicht nichts anderes übrigbleiben würde, als zu stehlen.

Jack stieß den Jungen in die Rippen. »Wenn du auch nur eine Rübe stiehlst, versohle ich dir den Hintern, bis du nicht mehr sitzen kannst.«

Clovers Augen wurden groß, und seine Lippen zitterten. Um sein Entsetzen zu verbergen, verschwand er zwischen den Bäumen und starrte Jack aus dem Schutz eines Gebüschs an.

»Wag nicht, den Jungen anzufassen!« sagte Bryony empört. »Er ist doch noch ein Kind, genau wie du es auch mal warst.« Sie packte Jack an den Schultern und schüttelte ihn. »Oder hast du schon vergessen, wie das war?«

Er erblaßte und stand auf, um wutentbrannt auf sie herabzustarren. »Schreib mir nicht vor, was ich zu tun habe.«

»Du … Teufel!« zischte sie. »Du warst wohl nie jung – warst wohl immer schon ein alter Sauertopf, den der Haß von innen aufgefressen hat!«

Seine Augen funkelten. »Du hast ja keine Ahnung, wie es war.«

»Das gibt dir nicht das Recht, ein unschuldiges Kind zu schlagen.« Ärgerlich verschränkte sie die Arme vor der Brust. »Ich will das nicht noch einmal hören – sonst spreche ich nie mehr mit dir.«

»Schön wär's«, murmelte er und kehrte ihr den Rücken zu. Schmerz gebeugt ging er dann zu der Stelle, wo die Pferde angebunden waren.

Bryony stapfte wütend über die Lichtung, sammelte ihre Sachen ein und stopfte sie in die Satteltaschen. Blaß ging die Sonne über den Bäumen auf und löste langsam den dichten Nebel auf der Lichtung auf. Aber sie war zu schwach, um die morgendliche Kälte zu vertreiben.

Jack stieg auf einen Baumstumpf und schaffte es, sich auf sein Pferd zu ziehen. Sein Blick drückte Verachtung aus. »Laßt uns weiterreiten«, sagte er.

Bryony nahm ihm seine selbstherrliche Vorgehensweise übel. Nachdem sie den unglücklichen Clover in den Sattel gehoben hatte, lenkte sie ihr Pferd auf die Straße. Von Wut getrieben, ritt sie schneller und ließ Jack in einiger Entfernung hinter sich zurück.

31

Ein unbehagliches Schweigen herrschte zwischen ihnen, als sie sich weiter quälten. Während der gesamten darauffolgenden Woche klammerte sich Jack an seinen immensen Eigensinn und seine allerletzten Kraftreserven. Beharrlich weigerte er sich, sich seiner zunehmenden Erschöpfung zu beugen. Bryony befürchtete, daß er jeden Augenblick vom Pferd fallen und bewußtlos werden würde.

Sie näherten sich Staffordshire, ohne ihre Verfolger noch einmal gesehen zu haben. Sie hatten sorgfältig darauf geachtet, ihre Spuren zu verwischen, waren im Zickzack über Wiesen, offene Felder und Hügel geritten, und hatten Städte und Dörfer stets gemieden. Doch Bryony warf immer noch besorgte Blicke über ihre Schulter. Sie unterschätzte ihre Gegner nicht. Eins verwirrte sie jedoch: Warum hatten sie sie und Jack nicht vorher schon geschnappt? Sie hatten oft genug Gelegenheit dazu gehabt.

Sie aßen abgefallenes Obst und Beeren. Manchmal erbarmte eine Bäuerin sich ihrer und gab ihnen Brot und Käse mit. Eine schenkte ihnen sogar einen frischgebackenen Apfelkuchen mit Zimt und Zucker.

Das war ein wahres Festessen gewesen – das sie, einander den Rücken zukehrend, zu sich genommen hatten. War das wirklich erst vor vier oder fünf Tagen gewesen? Die Tage verschwammen zu einer Kette endloser Geduldsproben.

Ihre Glieder waren wund vom Reiten, ihre Pferde müde.

Es war später Nachmittag, als sie die Grenze nach Staffordshire überschritten. Die orangefarbene Sonne hing schon tief über den Bäumen, und die Schatten dehnten sich.

Clover saß vor Bryony im Sattel und schlief, den Kopf an ihre Brust gelehnt. Er hatte vor Hunger und Erschöpfung fast den ganzen Tag geschlafen.

Eines Tages hatte er ihnen eine gestohlene Fleischpastete gebracht und dafür einen Schlag auf seinen Po erhalten. »Weißt du nicht, daß du dafür aufgehängt werden kannst?« hatte Jack ihn wütend angefahren.

Seitdem ignorierte Clover Jack. Bryony hatte versucht, dem Jungen zu erklären, daß Jack sich um ihn sorgte, daß er ihn gern hatte und ihn nicht am Galgen baumeln sehen wollte. Der Junge hatte sie nur mißtrauisch angesehen und den Rest des Tages verstockt geschwiegen. Sein Vertrauen war zerbrechlich, und Bryony war an den Tagen nach dem Vorfall ganz besonders liebevoll zu ihm gewesen, aber die Kluft zwischen ihren Begleitern war noch immer da.

Am frühen Abend ritten sie durch ein Dorf namens Tutbury und hielten vor dem »Ye Old Dog«, wo Jack ein Zimmer für die Nacht bestellen wollte. Er hatte sich eine Krone verdient, als er einem alten Herrn aus seiner umgestürzten Kutsche geholfen hatte, und wollte mit dem Geld nun Proviant besorgen.

Die Anstrengung, den alten Mann aus dem Gefährt zu ziehen, mußte seine letzte Kraft erfordert haben, denn seitdem war er nicht einmal mehr in der Lage, die Zügel seines Pferdes zu halten. Bryony hatte sie genommen und das Tier geführt, während Jack, entweder bewußtlos oder schlafend vornübergebeugt über seinem Sattelhorn gehangen hatte. Doch allen Widrigkeiten zum Trotz war er im Sattel geblieben.

»Ich kann die Einkäufe erledigen«, bot sie an, als er sich müde an das Pferd lehnte. »Ihr zwei könnt in die Schenke gehen und etwas essen und ein Bier trinken.«

Der Junge und der Mann starrten sich lange schweigend an. Widerstrebend reichte Jack dem Kleinen dann die Hand. »Was meinst du, alter Junge? Möchtest du was essen?« Clover nickte, glitt vom Pferd und schlang aufschluchzend die Arme um Jacks Taille. Die Szene war so herzergreifend, daß Bryony fast auch in Tränen ausgebrochen wäre. Verstohlen strich sie sich über die Augen.

Doch bevor Jack und Clover ihren Plan ausführen konnten, brach Jack zusammen. Bryony rang entsetzt nach Atem und beugte sich über ihn.

»Hol lieber schnell den Arzt, Clover. Frag im Gasthaus nach der Adresse«, sagte sie mit einer Stimme, die ganz schrill vor Angst war.

Bevor Clover jedoch hineingehen konnte, öffnete sich die Tür des Wirthauses, und ein stämmiger Mann erschien. »Was ist da los?« rief er. Als er sich über Jacks reglose Gestalt beugte, sah Bryony, daß er einen Priesterkragen trug. Der alte Herr hatte ein rundes, freundliches Gesicht.

»Mein Verlobter ist krank geworden«, sagte Bryony und vergaß, Dialekt zu sprechen und die Stimme zu verstellen.

»Hm. Das ist höchst bedauerlich. Wo wollten Sie denn hin?«

»Nach … nach Norden.«

Er warf ihr einen langen, scharfen Blick zu, während er über ihre Worte nachdachte. Es war, als ob er jede Lüge sehen könne, die sie jemals ausgesprochen hatte.

»Wirklich sehr bedauerlich.« Er richtete sich auf. »Aber wie es der Zufall will, ist meine Frau Krankenschwester. Sie kennt sich mit jeder Art von Krankheit aus und hat sie oft erfolgreich auskuriert. Ein gottgegebenes

Geschenk.« Er lächelte, und sein rundes Gesicht legte sich in tausend kleine Fältchen. »Ich leide selbst oft unter Magenverstimmungen, aber sie kuriert mich immer. Wissen Sie, worunter dieser junge Mann hier leidet?«

Bryony nickte. »Erschöpfung und ... Er ist vor ein paar Tagen angeschossen worden. Die Wunde verheilt gut, aber er hatte noch keine Gelegenheit, wieder zu Kräften zu kommen.«

Irgendwie brachte sie es nicht über sich, diesen freundlichen alten Herrn zu belügen. Es war etwas an ihm, was Wahrheit forderte, und sie war froh, sie endlich aussprechen zu können.

»Machen Sie sich keine Sorgen, meine Liebe, wir werden ihn in die Pfarrei bringen. Mrs. Partridge wird ihn schon wieder auf die Beine bringen.«

Eine schwere Bürde fiel von ihren Schultern.

»Ich weiß nicht, wie ich Ihnen danken soll«, begann sie, während er einen Pferdeknecht rief und befahl, seine Kutsche vorzufahren.

Geistesabwesend klopfte er Bryony auf die Schulter. »Keine Ursache. Eines Tages werde ich vor Ihrer Tür stehen und um Hilfe bitten.«

Bryony nahm Clovers Hand und flüsterte ihm zu, sich zu benehmen, da sie zu einem Pfarrhaus fuhren. In unverhohlener Faszination starrte er das ausgeprägte Doppelkinn des Pfarrers und seinen umfangreichen Bauch an, der immer, wenn er lachte, wackelte. Der Mann war einer der gutgelauntesten Menschen, denen Bryony je begegnet war.

»Und wer ist dieser kleine Mann hier?« fragte Reverend Partridge, nachdem er seinem Knecht und einem der Stallburschen befohlen hatte, Jack in die Kutsche zu tragen. Lachend beugte er sich vor und schaute in Clovers schmutziges Gesicht.

»Clover, Reverend, Sir«, sagte der Junge und verbarg sich in den Falten von Bryonys Cape.

»›Klee‹? Das ist aber ein seltsamer Name. Ich glaube, Kühe haben eine Vorliebe für diese Pflanze, obwohl sie ihnen häufig Bauchweh gibt.« Er lachte herzhaft.

»Kühe mögen mich nicht, und Pferde auch nicht«, erklärte Clover aus den Umhangfalten.

»Verstehe. Das ist sehr bedauerlich.« Der Pfarrer lachte lauter. »Und du? Magst du sie?« fragte er augenzwinkernd.

Clover scharrte mit den Füßen, bevor er antwortete. »Mehr als sie mich.«

»Nun gut! Ich verspreche dir, daß du nicht in den Ställen schlafen mußt.« Er befahl, ihre Pferde hinten an der Kutsche anzubinden. Nachdem er Bryony und Clover in das Gefährt geholfen hatte, zog er sich selbst ächzend und schnaufend die zwei Stufen hoch.

»Schade, daß Ihr … ähm … Verlobter keine Gelegenheit hat, das Bier im ›Ye Old Dog‹ zu kosten. Es ist das beste in den Shires.« Er rieb sich seinen ausladenden Bauch. »Das allerbeste.«

»Bevor wir weiterreisen …« sagte Bryony.

»Ja, natürlich. Außerdem habe ich ein Faß davon zu Hause, und ich hab' auch Pflaumenschnaps und Gin.«

Die Kutsche ratterte durch das Dorf, am Marktplatz und dann am Friedhof vorbei, bevor sie in die Zufahrt zum Pfarrhaus einbog, das direkt neben der Kirche lag.

Im Dunkeln konnte Bryony die Umrisse hoher Bäume und eines zweistöckigen Backsteingebäudes mit einem spitzen Dach sehen. Hinter allen Fenstern brannte Licht. Die Kutsche hielt vor den Eingangsstufen und verschwand hinter der Hausecke, sobald die Passagiere ausgestiegen waren. Zwei Knechte, Harry und Arnold, trugen Jack ins Haus.

Er war inzwischen wieder bei Bewußtsein und wehrte sich gegen ihre Bemühungen, ihn in ein Schlafzimmer im ersten Stock zu tragen.

»Beruhige dich«, riet Bryony und drückte warnend

seine Hand. »Wir sind in einem Pfarrhaus in Tutbury.«

Seine Augen blickten mißtrauisch, und er zappelte und wand sich, aber Harry und Arnold waren stämmige junge Burschen. Sie trugen ihn die Treppe hinauf und legten ihn ohne großes Federlesen auf das Bett.

Als Bryony es Jack bequem machte, erschien Reverend Partridge mit einer Frau an seiner Seite. Klein und fast genauso rundlich wie ihr Mann, trug sie eine große weiße Spitzenhaube und ein weites Kleid aus feiner moosgrüner Wolle im französischen Watteau-Stil. Mit ausgestreckten Händen hieß sie Bryony in ihrem Heim willkommen.

Bryony schaute auf ihren eigenen schlichten Rock, die zerknitterte Jacke und den mottenzerfressenen Schal herab. »Ich weiß gar nicht, wie ich Ihnen danken soll, Mrs. Partridge«, sagte sie.

»Sie kommen von weither«, sagte die kleine alte Dame und schaute Bryony tief in die Augen.

»Ja, aus Sussex.« Bryony spürte, daß es falsch war, diese gütigen, unschuldigen Menschen in ihr und Jacks Netz aus Lügen zu verstricken. Was, wenn sie entdeckten, daß Jack Jakobiter war? Dieses nette Paar konnte am Galgen enden, wenn sie ihn versteckten. Bryonys Augen flackerten vor Angst, und sie richtete den Blick zu Boden.

»M-mein Verlobter ist sehr müde.« Bryony bereute jetzt, gesagt zu haben, Jack sei ihr Verlobter, aber ihr blieb nichts anderes übrig, als die Scharade fortzusetzen. »Und er hat eine schlimme Schußwunde. Ich glaube, die Fäden müßten gezogen werden.«

»Verstehe«, sagte die alte Dame und betrachtete Jacks bleiche Züge. »Ein gutaussehender junger Mann«, erklärte sie und schnalzte anerkennend mit der Zunge.

Der Pfarrer lachte. »Meine Frau hat schon immer eine Schwäche für gutaussehende junge Burschen gehabt«, sagte er ohne eine Spur von Eifersucht.

»Das sehe ich«, sagte Bryony. »Sie kann sich sehr glücklich schätzen, Sie gefunden zu haben.«

Beide lachten, und der Pfarrer sagte: »Keckes kleines Ding! Wie heißen Sie eigentlich?«

»Bryony Shaw, und das ist Jack Newcomer, ein Schiffskapitän.« Sie senkte den Blick, als sie die Unwahrheit sagte.

Der Pfarrer beugte sich über Jack, der wieder ohnmächtig geworden war, und betrachtete seine langen schlanken Finger. »Ein ziemlich zarthäutiger Schiffskapitän. Nicht wie die alten Seebären aus Southport.«

Bryony wußte, daß er ihre Lüge durchschaut hatte, aber er klopfte ihr nur auf die Schulter und sagte: »Sie müssen hungrig sein.«

Sie nickte, bestand aber darauf, zuerst Jack zu versorgen.

»Mrs. Partridge wird sich um ihn kümmern. Ich bin überzeugt davon, daß er ein neuer Mensch sein wird, wenn Sie ihn das nächste Mal sehen.« Der Pfarrer reichte ihr einladend den Arm, und sie konnte sich nicht weigern, obwohl sie Jack nicht gern allein zurückließ.

Sie bezweifelte nicht, daß Jack durch die liebevolle Fürsorge der Pfarrersfrau seine Kraft zurückgewinnen würde. Er konnte ihre Gastfreundschaft nicht ablehnen, selbst wenn er sich über die unerwartete Verzögerung ihrer Reise ärgerte. Im Augenblick zumindest waren sie in Sicherheit.

Die kalte Mahlzeit, die im Wohnzimmer serviert wurde, war besser als alles, was Bryony gegessen hatte, seit sie vor zwei Jahren ihr Elternhaus verlassen hatte. Es gab Roastbeef, Pilze und Erbsen in einer herzhaften Pastete, frischgebackene Weißmehlbrötchen, eingekochtes Obst und Säfte, Plumpudding und Törtchen. Bryony hätte fast geweint beim Anblick all des Essens. Noch nie in ihrem Leben hatte sie eine aufrichtigere Dankbarkeit verspürt.

»Wo ist Clover?« fragte sie aufgeregt.

»Ich habe ihn sofort in die Küche gebracht«, erwiderte der Pfarrer. »Er brauchte ein Bad und ein gutes Abendessen. Ein netter Junge, der Kleine.« Er schürte das Feuer im Kamin.

Bryony nickte. »Ja, er ist ein guter Junge.«

»Ihr Bediensteter?« fragte der Pfarrer, während er sich ein Stück Käse nahm.

Bryony hatte Clover nie als Bediensteten betrachtet und wußte nicht, was sie erwidern sollte. Dann fiel ihr Clovers loses Mundwerk ein, und sie begriff, daß sie ihn als ihren Angestellten ausgeben mußte. »Er ist ein Waise aus einem Arbeitshaus in Sussex«, sagte sie. »Ich habe ihn als Pagen eingestellt.« Zu spät wurde ihr bewußt, wie unwahrscheinlich dies alles klang, wo sie doch selbst wie eine Dienstbotin gekleidet war. In einem verzweifelten Versuch, sich aus ihrem Morast von Lügen zu befreien, wollte sie etwas hinzufügen, doch der Pfarrer ließ sie nicht zu Wort kommen.

»Sie sind weit fort von zu Hause.« Er spülte den Käse mit Bier herunter.

»Ja.« Schüchtern biß Bryony in das Brötchen. Es zerschmolz ihr auf der Zunge, genau wie der frische weiche Käse.

»Ich werde meine Predigt für morgen noch einmal durchlesen, falls es Ihnen nichts ausmacht, allein zu speisen«, sagte der Pfarrer und steckte eine eingemachte Pflaume in den Mund. »Wir reden morgen weiter, wenn Sie sich ein wenig ausgeruht haben.« Er bot ihr einen Teller Bratheringe an. »Unsere Köchin, Hattie Quinn, ist hervorragend, wie Sie feststellen werden – zu gut beinahe schon.« Er rieb sich seinen umfangreichen Bauch. »Sie müssen essen, was sie auf den Tisch bringt, sonst ist sie beleidigt.«

Bryony lächelte dankbar. »Sie sind sehr gütig. Sie müssen bemerkt haben, wie hungrig ich bin.«

Er nickte heftig, und sein Doppelkinn wackelte. »Ja, ich würde lügen, wenn ich behaupten würde, Ihre Notlage nicht bemerkt zu haben.«

Bryony senkte den Blick auf ihren Teller. »Eines Tages werde ich Ihnen vielleicht von unseren Abenteuern erzählen.« War es wirklich erst vor einigen Wochen gewesen, daß sie sich Tante Hortenses Warnungen hatte anhören müssen? Alles hatte sich seither verändert. Sie, Bryony, hatte sich verändert, war eine erwachsene Frau geworden. Mit Jack versuchte sie, Reggies Traum zu erfüllen. Aber sie tat es auch für sich selbst, um ihre eigene Kraft zu testen und zu sehen, ob sie eine derart anstrengende Mission erfüllen konnte.

»Essen Sie nach Herzenslust, mein Kind«, sagte der Pfarrer und klopfte ihr noch einmal auf die Schulter, bevor er sie allein ließ.

Bryony tat, wie er sie geheißen hatte, und probierte jedes der Gerichte auf dem Tisch. Danach wurde sie müde und fragte sich, wie es Jack in Mrs. Partridges Obhut gehen mochte.

Die alte Dame kam ein paar Minuten später, als Bryonys Kopf bereits auf ihre Brust gesunken war. Der Feuerschein warf tanzende Schatten an die Wände und hüllte den Raum in angenehme Wärme. Bryony konnte an nichts anderes mehr denken, als an ein weiches Bett mit warmen Decken.

»Mr. Newcomer schläft jetzt friedlich«, sagte die gute Frau. »Ich habe die Fäden gezogen, und er hat kein einziges Wort der Klage geäußert, obwohl er vor Schmerz ins Kissen biß. Ein tapferer junger Mann.« Sie seufzte. »Ich kann es fast nicht glauben, daß er mit dieser Wunde durch halb England geritten ist.«

»Das ist er wirklich. Vielen Dank für Ihre Hilfe«, sagte Bryony. »Jack ist tapfer, aber auch sehr leichtsinnig.«

»Es ist eine üble Wunde, aber Sie haben eine Infektion

verhindert, und das ist das Wichtigste.« Mrs. Parridge nahm sich eine Pflaume aus der Schüssel. »Er wird wieder ganz der alte sein, wenn er sich ein paar Tage ausgeruht hat.«

Bryony nickte nur. Jack schlief friedlich. Das war das einzige, was wichtig war. Dann erinnerte sie sich wieder. »Was ist mit seinem Husten?«

»Er ist fast ausgeheilt. Er muß wirklich schlimm gewesen sein, aber heute abend atmet er schon leichter.«

Bryony lächelte verträumt und dachte an Jacks zärtliche Hände auf ihrem Körper – vor all den Lügen, bevor er krank geworden war. Das war der Mann, den sie in Erinnerung behalten wollte – nicht diesen grimmigen Rebell.

»Sie werden genauso krank, wenn Sie sich nicht bald zur Ruhe begeben«, sagte Mrs. Partridge und nahm sich eine weitere eingemachte Pflaume. »Kommen Sie, ich zeige Ihnen das Gästezimmer.«

Bryony hakte sich bei der alten Dame unter. »Warum sind Sie so gut zu uns? Wir verdienen nicht …«

»Unsinn! Wir helfen jedem gern in diesen schwierigen Zeiten.«

Bryony dachte über die Worte der alten Dame nach. Bezogen sie sich auf den Jakobiter-Aufstand? Bryony warf der Frau neben ihr einen prüfenden Blick zu, aber nichts als Wohlwollen war auf ihren sanften Zügen zu erkennen. Vielleicht hatte Bryony es sich nur eingebildet.

Die Pfarrersfrau führte sie in ein Zimmer, in dem ein anheimelndes Feuer brannte. »Wenn Sie etwas brauchen, finden Sie mich im Zimmer gegenüber.«

Bryony konnte sich nichts Himmlischeres vorstellen als ein weiches Federbett und Mauern, die Kälte und Wind abhielten. »Ich weiß nicht, wie ich mich für Ihre Güte revanchieren kann.«

Die kleine Frau drückte verschwörerisch Bryonys Hand und lachte. »Mein Mann hat gerne Menschen um sich, vor allem Fremde. In einem kleinen Dorf wie Tutbury erfährt man nicht viel Neues, und wir sehen immer nur dieselben Gesichter.« Als sie die Tür schloß, fügte sie hinzu: »Schlafen Sie gut, meine Liebe.«

»Danke.« Bryony tänzelte vor lauter Entzücken durch das Zimmer. Sie entdeckte einen Krug mit heißem Wasser, und die bereitliegenden Handtücher waren weich und dufteten nach Lavendel. Es war lange her, seit sie Gelegenheit gehabt hatte, sich gründlich zu waschen. Sie zog ihre Kleider aus und goß Wasser in die Schüssel. Es bereitete ihr ein sinnliches Vergnügen, sich mit der wohlriechenden Seife einzuseifen und sie mit warmem Wasser abzuspülen. Sie begann ein Gefühl des Friedens zu verspüren, zusammen mit der Überzeugung, daß sie genügend Kraft besaß, die Belastungen, die in Schottland auf sie warteten, zu überstehen.

32

Am nächsten Morgen erwachte Bryony spät. Sie streckte sich genüßlich und gähnte. Sie konnte sich nicht entsinnen, wann sie das letzte Mal so gut geschlafen hatte. Als sie die Vorhänge des großen Himmelbetts aufzog, sah sie, daß ihre Kleider verschwunden waren. An ihrer Stelle lag ein blaues Wollkleid im gleichen Schnitt wie jenes andere, das Mrs. Partridge am Tag zuvor getragen hatte.

Dieses Kleid war königblau mit hellen blauen Schleifen, die das bequeme weite Mieder zusammenhielten. Auf einem Stuhl lagen saubere Strümpfe, ein Hemd, zwei gestärkte Unterröcke und ein gestärktes Häubchen. Die Haube, ein rechteckiges Stückchen Musselin mit Spitze, bot nicht viel Schutz vor neugierigen Blicken, überlegte Bryony und vermißte ihre weite alte Haube. Aber sie konnte Mrs. Partridge nicht kränken, indem sie nicht die Sachen trug.

Sie zog sich eilig an und stellte fest, daß Mrs. Partridges Kleid sehr weit und etwas zu kurz für sie war. Sie mußte lächerlich darin aussehen, aber wahrscheinlich auch nicht schlimmer als in ihren alten Sachen.

Sie bürstete ihr Haar, bis es glänzte und steckte es dann auf dem Oberkopf zu einem Chignon zusammen. Nachdem sie rechts und links von ihrem Gesicht ein paar Locken herausgezogen hatte, befestigte sie das Spitzenhäubchen auf dem Knoten. Als sie dann vor den Spiegel trat, bemerkte sie, daß ihre Augen klar waren und alle Spuren der Müdigkeit aus ihrem Gesicht verschwunden waren. Sie würde ihren Gastgebern ihre Großzügigkeit niemals vergelten können.

Verlockende Frühstücksdüfte stiegen zu ihr auf, doch bevor sie hinunterging, wollte sie sich nach ihrem »Verlobten« erkundigen. Sie vermutete, daß Mrs. Partridge sie der Unschicklichkeit der Situation wegen nicht in Jacks Schlafzimmer lassen würde. Außerdem wollte er sie wahrscheinlich sowieso nicht sehen. Ihre Beziehung war in letzter Zeit so schrecklich angespannt gewesen.

Als sie unsicher vor seiner Tür den Schritt verhielt, öffnete sie sich, und Mrs. Partridge kam heraus. Sie war heute mit einem geblümten Baumwollkleid bekleidet, das vorne so geteilt war, daß das andersfarbige Rockfutter zur Geltung kam. In den Händen trug sie ein Tablett mit Verbandsmaterial und einer Wasserschüssel.

»Einen schönen guten Morgen«, begrüßte sie Bryony heiter.

»Wie geht es ihm?«

»Oh, er ist noch immer müde, aber er hat gut geschlafen. Er ist sehr zäh und wird schon bald versuchen, aufzustehen, vermute ich.«

»I-ich würde ihn gern sehen, falls das möglich ist. Ich weiß, daß das nicht üblich ist …«

»Der Kammerdiener meines Mannes wäscht ihn gerade. Vielleicht später, wenn er etwas ausgeruhter ist. Kommen Sie mit nach unten. Das Frühstück ruft. Ich hoffe, Sie mögen Tee.«

Zusammen gingen sie die Treppe hinunter und ins Eßzimmer. Der Hausherr kostete bereits den knusprigen Speck und ein Stück Fleischpastete. Er kaute heftig, als er aufstand, um sich zu verbeugen. Als er sein Essen geschluckt hatte, entschuldigte er sich für sein schlechtes Benehmen und schob einen Stuhl für Bryony zurecht.

»Ich kann sehen, daß Sie gut geschlafen haben. Sie

haben heute wieder etwas Farbe auf den Wangen, Miss Shaw.«

Mrs. Partridge servierte Bryony das Essen und nahm sich dann selbst etwas. Bryony fürchtete die Fragen, die zweifellos der Mahlzeit folgen würden, beschloß aber, sie so aufrichtig zu beantworten, wie sie konnte, ohne ihre Gastgeber noch mehr in Gefahr zu bringen.

Zu ihrer Überraschung fragten die beiden alten Leute sie aber nur nach ihrer Familie, Fragen, die sie ohne schlechtes Gewissen beantworten konnte. Sie erzählte ihnen von Reggies Tod und merkte, daß es nicht mehr so sehr weh tat, darüber zu reden. Eigentlich war sie sogar froh, über Reggie sprechen zu können, und erzählte ihnen kleine Episoden aus der Kindheit. Sie waren gute Zuhörer, und sie konnte gar nicht anders, als ihren Verdacht zu erwähnen, daß er vielleicht ermordet worden war.

»Oh, wie schrecklich!« rief Mrs. Partridge und legte eine Hand ans Herz. »Warum?«

»Nun ... er hatte etwas Wertvolles, das jemand haben wollte. Aber ich bin mir ziemlich sicher, daß ich den Mörder kenne. Er ist auf einer diplomatischen Mission in Frankreich, um über einen möglichen Frieden zu verhandeln, heißt es.«

»Und so ein wichtiger Mann soll ein Mörder sein?« Mrs. Partridge schüttelte fassungslos den Kopf.

»Ich habe keine Beweise, werde aber meine Nachforschungen fortsetzen, bis ich welche finde. Der Mörder sollte die gerechte Strafe für sein Verbrechen kriegen.«

Die zierliche alte Dame schwenkte eine Hand vor dem Gesicht. »Eine solche Vehemenz bei einer so jungen Person!«

Bryony schaute auf ihren Teller. »Ich werde nicht eher ruhen, bis ich die Wahrheit herausgefunden habe. Verschiedene Fakten und Zeugenaussagen lassen auf die Schuld des Mannes schließen.« Trotzig straffte sie die

Schultern. »Und ich werde auch Beweise dafür finden.«

An der Tür entstand Bewegung, und Bryony drehte sich um. »Du machst diesen guten Leuten Angst mit deinen Racheplänen, meine Liebe«, bemerkte Jack gedehnt, als er den Raum betrat.

»Jack!« Bryony sprang auf. »Was machst du hier unten?«

»Ich habe Frühstück gerochen.« Mit seinem alten draufgängerischen Grinsen schlenderte er zum Tisch. Sein Gang war steif, weil er seine rechte Seite schonte, aber das änderte nichts an seiner respekteinflößenden Präsenz, die mit seiner zunehmenden Genesung rasch zurückkehrte.

Bryonys Puls raste, und sie fand auf einmal keine Worte mehr. Eins war ihr jedoch klar: sie liebte Jack noch mehr als je zuvor. Die erbarmungslose Verfolgung, ihr Streit und ihre konstante Sorge um Jacks Gesundheitszustand hatten ihre Gefühle überschattet und betäubt. An diesem vorübergehenden Zufluchtsort kehrten ihre Emotionen mit voller Kraft zurück. Der Boden unter ihr begann zu schwanken.

»Was hast du?« Jacks Hand schloß sich um ihren Ellbogen und stützte sie, aber das einzige, dessen sie sich bewußt war, war seine Berührung, die wie Feuer durch den Ärmel ihres Kleides drang. Erst nachdem Jack sie sanft zu ihrem Stuhl zurückgeschoben hatte, brach der Bann.

Als eine Küchenmagd hereinkam und Mrs. Partridge fragte, ob sie noch mehr Tee wollten, setzte Jack sich neben Bryony. »Ist dir schwindlig?« fragte er sie leise.

Sie schüttelte den Kopf und nahm sich zusammen. »Du solltest dich ausruhen.«

»Und verrückt werden vor Sorge um dich? Nein, meine Schöne.« Er schien das Bier in seinem Glas zu betrachten, als er im Flüsterton fortfuhr: »Vergiß nicht, daß unsere Feinde noch nicht aufgegeben, sondern nur vorübergehend unsere Spur verloren haben. Aber sie werden sie wiederfinden.« Laut sagte er: »Das Bier ist köstlich.«

Der Pfarrer stand sofort auf und holte noch eine weitere Flasche. »Das ist die beste Medizin für alle möglichen Krankheiten. Nach meinem eigenen Rezept gebraut. Trinken Sie, soviel Sie wollen, bevor Sie weiterreisen.«

Bryony faßte es nicht, daß Jack am Tisch saß und eine vollkommen normale Unterhaltung führte. Es war, als ob er von den Toten wiederauferstanden wäre. Er sah blaß und hager aus, ließ aber keine Anzeichen von Schmerz erkennen. Er trug eine Hose des Pfarrers und einen seiner Röcke, die ihm beide viel zu weit waren. Die Ärmel waren zu kurz, die Spitzenmanschetten reichten kaum bis an die Handgelenke. Er hätte eine komische Figur abgegeben, wenn nicht seine überwältigende Maskulinität gewesen wäre.

Rasche Schritte hallten über den Korridor, und Clover steckte den Kopf durch die Tür und kicherte. Jacks Stirnrunzeln vertrieb ihn wieder.

»Einen sehr jungen Diener haben Sie da«, sagte Mrs. Partridge.

»Und einen sehr kecken«, stimmte Jack trocken zu. »Ich fürchte, daß dieser Lausebengel ohne eine Rute nicht zur Räson zu bringen ist. Clover hat unsere ganze Welt auf den Kopf gestellt mit seinen Tricks. Ein frühreiferes Kind als ihn hab' ich noch nie gekannt.«

Der Pfarrer machte große Augen. »Dann wird er unserem Laufburschen wohl alle seine Tricks beibringen. Heute abend werden die zwei nicht mehr zu bändigen sein.«

Alle lachten, außer Jack.

»Ich bin so froh, daß Sie wohlauf genug sind, um mit uns zu essen, Mr. Newcomer«, sagte Mrs. Partridge. »Ihre Verlobte hat uns von ihrem Kummer erzählt.«

Jack schaute Bryony mit einer stummen Frage in seinen Augen an. Dann wurde seine Miene weicher. »Ich hoffe, daß ich immer wie ein Schutzschild zwischen ihr und ihrem Kummer stehen werde.«

Ein Erschauern durchzuckte Bryony bei seinen Worten. Sie errötete, sagte aber nichts. Es hatte eine Zeit gegeben, wo sie alles gegeben hätte, um ihn das sagen zu hören, aber jetzt war der Zweifel schon zu tief in ihr verwurzelt. Würde sie ihm je wieder ganz vertrauen können?

»Wenn Sie sich in der Lage dazu fühlen, würde Ihnen ein Spaziergang durch den Garten sicher guttun«, schlug der Pfarrer Jack vor. »Wenn Sie gefrühstückt haben, meine ich. Ihr jungen Leute braucht ein bißchen Ungestörtheit, damit ihr in Ruhe über eure Pläne sprechen könnt.« Er schaute mit vielsagendem Blick von einem zum anderen, und Bryonys Verwirrung wuchs.

Mrs. Partridge lachte. »Was er meint, ist, daß zwei junge Menschen, die verlobt sind, ihre Beziehung festigen sollten, bevor sie zusammen und ohne Anstandsdame weiterreisen. Vor allem, da die junge Dame ganz allein auf dieser Welt ist.« Sie schaute ihren Gatten an und schürzte die Lippen. »Da Alastair Priester ist, wäre es doch praktisch ...«

Jack warf Bryony einen amüsierten Blick zu. »Da bliebe nur noch das Problem mit der Heiratserlaubnis.«

»Pah. Bis zu Ihrer vollständigen Genesung haben wir die Lizenz besorgt«, erklärte Partridge.

Wie sollen wir da wieder herauskommen? fragte Bryony sich, während sie auf den Speck auf ihrem Teller starrte, als erwartete sie von ihm eine Antwort. Es war ein schwindelerregender Gedanke, Jack zu heiraten.

Er stand ein wenig mühsam auf und reichte ihr die Hand. »Sollen wir diesen Spaziergang machen, meine

Schöne, und den Vorschlag dieses guten Mannes besprechen?«

Bryony konnte nicht gut nein sagen. Außerdem hatte sie sich selbst in diese vertrackte Situation gebracht. Sie trank einen letzten Schluck von ihrem Tee und tupfte sich mit der Serviette ihre Lippen ab.

Arm in Arm gingen sie durch die Eingangshalle und die hohen Terrassentüren auf der anderen Seite des Hauses. Die Bäume leuchteten gelb, rot und orange, und das Kopfsteinpflaster auf dem Hof war laubbedeckt. Der Himmel war strahlend blau und klar und wolkenlos.

Jack schaute Bryony einen langen Moment an. »Deine Augen sind blau wie der Himmel heute, so kühl, so strahlend und so reserviert.«

Ohne etwas zu erwidern, richtete sie den Blick auf das Laub zu ihren Füßen.

»Du hast uns in diese verzwickte Situation gebracht. Wie bist du nur auf die Idee gekommen, uns als Verlobte auszugeben?« fragte er.

Bryony schüttelte den Arm ab, den er um ihre Schultern legte. »Ich weiß, das war sehr dumm von mir, aber es war das erste, was mir einfiel. Wir werden ihnen einfach sagen, daß wir noch ein bißchen warten wollen. Dagegen können sie nichts tun.«

Er lachte. »Sie können dir nur den Aufenthalt hier unbequemer machen.«

»Und du? Würdest du dich nicht unbehaglich fühlen?« Sie schaute in sein unergründliches Gesicht. »Nein, wahrscheinlich nicht!« versetzte sie aufgebracht. »Dich kann wohl gar nichts aus der Ruhe bringen!« Aber sofort bereute sie ihren Ärger.

Seine dunklen Augen ließen Schmerz erkennen. »Leg mir keine Worte in den Mund. Ich habe auch ein Gewissen.«

»Das verstehst du gut zu verbergen – genau wie du dein Gesicht hinter diesem Bart verbirgst!«

Er lachte. »Ich dachte, dir gefällt mein Bart.« Als sie nichts erwiderte, setzte er hinzu: »Zumindest dient er mir vorübergehend als Verkleidung.«

Sie blieb mitten auf dem Weg stehen und trat zurück, als fühlte sie sich in einiger Entfernung von ihm sicherer. »Ich weiß nichts von dir, außer, daß du mich hinsichtlich deiner Identität belogen hast.«

Er wirkte schuldbewußt und wurde noch ein bißchen blasser. »Wenn du willst, erzähle ich dir etwas über mein langweiliges Leben«, sagte er. »Vielleicht ist es ja genau der richtige Moment dafür.« Er verbeugte sich und bot ihr wieder seinen Arm. Bryony nahm ihn aus purer Neugierde. Sie konnte es kaum erwarten, mehr über ihn zu hören. Vorausgesetzt, er sagte ihr die Wahrheit …

»Ich bin vor dreißig Jahren in East Sussex geboren, Sohn eines Vaters und einer Mutter …«

»Ich glaube, wir alle waren Kinder eines Vaters und einer Mutter«, warf Bryony spöttisch ein.

Unbeirrt fuhr er fort: »Wir lebten auf einem kleinen Gut namens Thornhollow, in einem Haus, das heute mir gehört. Ich hatte keine Geschwister und erhielt die übliche Ausbildung – Hauslehrer, dann Eton und Oxford.« Er schaute in die Ferne und seufzte. »Thornhollow ist das schönste Haus der Welt, und ich hoffe, es dir eines Tages zeigen zu können.« Seine Stimme klang verträumt. »Es ist ziemlich klein und schlicht, ein Backsteinbau, der beinahe vollkommen mit Efeu überwachsen ist, mit großen Gitterfenstern. Meine Mutter war dort glücklich, bis mein Vater starb. Sie war sanftmütig und ziemlich hilflos. Deshalb hat sie noch einmal geheiratet; sie war nicht in der Lage, allein für uns zu sorgen. Was dann geschah, weißt du ja schon. Sie heiratete meinen Stiefvater, und er zerstörte nach und nach ihr Leben.«

»Und deins?«

Er zuckte mit den Schultern. »Ich hätte ihn umbringen können für das Leid, das er meiner Mutter zufügte, aber ich habe es natürlich nicht getan. Es waren die schlimmsten Jahre meines Lebens. Ich war schüchtern und naiv in jenen Tagen, und Haß schwärte in mir.« Er lachte humorlos. »Mit diesem Haß in meinem Herzen mußte ich mich eines Tages auseinandersetzen, und du hast mich gezwungen, es zu tun. Seit ich dich und Clover kenne, beginne ich einen Ausweg aus der Vergangenheit zu sehen. Clover berührt einen wunden Punkt in mir. Er ist stark und tapfer, wie ich es in seinem Alter gern gewesen wäre, und er hatte eine viel schlimmere Kindheit als ich.« Jack streichelte Bryonys Haar. »Du hast mir wieder neuen Lebensmut gegeben.«

Er legte ihr die Hände auf die Schultern. »Endlich habe ich die Frau gefunden, mit der ich den Rest meines Lebens verbringen möchte.«

Ihre Augen waren groß und verwundbar. »Soll das heißen, daß du mich heiraten willst … hier?«

Er ließ die Hände sinken, und sein Blick verschloß sich. »Ich wünschte, es wäre so simpel.«

»Wenn du Zweifel hast, sollten wir nicht heiraten. Warum sollten wir, wenn du nicht weißt, was du willst?« Bryony entfernte sich von ihm, um die Tränen in ihren Augen zu verbergen. Er liebte sie nicht genug, um sie zu heiraten. Ihr Verstand war so getrübt von Leidenschaft gewesen, daß sie ihm ihr Kostbarstes geschenkt hatte – ihre Unschuld. Aber er weigerte sich, ihr im Gegenzug dazu die Ehe anzubieten.

»Wir sollten ein andermal darüber reden, meine Schöne.« Er umfaßte von hinten ihre Schultern und zog sie an sich. »Weine nicht. Ich weiß, daß ich dich kompromittiert habe, und werde das Versprechen, das ich dir an Reggies Grab gegeben habe, auch erfüllen. Ich habe dir ewige Liebe versprochen. Eines Tages werde ich dir auch meinen Namen geben.« Seine Stimme zitterte vor Emotion. »Es ist bloß so, daß jetzt nicht der richtige Zeitpunkt dafür ist.«

Wann? schrie ihr Herz im stillen, aber davon ließ sie sich nichts anmerken und wischte sich nur resolut die Tränen ab. »Das Ganze ist ja lächerlich. Sobald wir die Pfarrei verlassen haben, wird niemand mehr die Wahrheit kennen.«

Er sagte nichts.

Sie wäre lieber gestorben, als ihm ihre Verzweiflung zu zeigen. »Wir sollten wieder hineingehen. Es ist kalt, und du wirst doch sicher müde sein.« Bryony zwang sich zu einem Lächeln. »Komm.«

Er widersprach nicht, und zusammen kehrten sie ins Haus zurück. Als sie gerade das Foyer durchquerten, klopfte es an der Vordertür.

Ein Dienstmädchen erschien, als Jack und Bryony das Eßzimmer betraten und die Tür schlossen. Sie hörten Stimmen, eine laute männliche und die der weiblichen Bediensteten. Die laute Stimme wurde immer schriller, und dann flog die Eßzimmertür auf. Das erschrockene Gesicht des Dienstmädchens erschien.

»Da ist ein Offizier, der Sie sehen will, Herr Pfarrer. Er sagte, er habe was mit Ihnen zu besprechen.«

Der Reverend stand auf und warf die Serviette auf den Tisch. »Nun gut, dann führ ihn in den Salon. Ich komme gleich zu ihm.« Die Tür schloß sich, und der Pfarrer bedachte Jack mit einem vielsagenden Blick. »Ich hoffe nur, Sie haben mir nichts verschwiegen. Sie werden doch nicht wegen irgendeines Verbrechens gesucht, das Sie begangen haben?«

»Nein. Ganz und gar nicht.«

Der Pfarrer schien Jacks Antwort zu bedenken. »Wahrscheinlich suchen sie noch immer nach Anhängern der Jakobiter. Die Bürgerwehr war schon in jedem Haus im Dorf und hat Keller und Dachböden nach Flüchtigen durchsucht.«

Jack nickte, sagte aber nichts. Als sei alles in bester Ordnung, setzte er sich an den Tisch und trank sein Bier. »Ich bin kein schottischer Aristokrat, falls es das ist, was Sie beunruhigt, Reverend«, fügte er noch hinzu, bevor der Pfarrer ging. Eine gespannte Atmosphäre breitete sich im Zimmer aus. Mrs. Partridge befingerte den Tafelschmuck, ein Arrangement aus Herbstblättern in einer Meißener Vase. Jacks Rücken war steif wie ein Brett. Bryony, die kaum zu atmen wagte, sank auf einen Stuhl.

Die Unterhaltung wurde in der Halle wieder aufgenommen, und die Stimme des Pfarrers dröhnte lauter als die anderen. Die Tür öffnete sich wieder, und Bryony hielt entsetzt den Atem an.

Zwei Männer in scharlachroten Uniformen traten ein. Sie verbeugten sich höflich vor den Damen und musterten Jack prüfend. Gelassen hielt er ihren Blicken stand. Sie stellten sich als Sergeant Hornsby und Corporal Simms vor. Hornsby war groß und drahtig, und sein buschiges dunkelblondes Haar war mit einem schwarzen Band zusammengebunden. Sein Gesicht beherrschte eine große Hakennase, die beständig zuckte. Simms war klein und stämmig, mit blassen blauen Augen und weichen, pummeligen Händen, die ständig die zu engsitzende Schalkrawatte an seinem Hals befingerten.

»Wir suchen Flüchtlinge, gefährliche Jakobiter, die in dieser Richtung unterwegs sein sollen.« Er hielt kurz inne. »Haben Sie Papiere, um sich auszuweisen? Der Pfarrer sagt, sie seien zu Besuch.«

»Das sind wir«, sagte Jack und stand gelassen auf. »Ich hole die Papiere gleich, aber sagen Sie mir doch zuerst, wieso Sie die Flüchtlinge ausgerechnet hier in Tutbury suchen?«

»Wir suchen in allen Dörfern.«

»Ach so.« Jack wandte sich an Bryony. »Komm, Liebling, hilf mir, die Papiere zu suchen.«

Bryonys Beine zitterten so heftig, daß sie fast nicht laufen konnte. Sie nahm Jacks ausgestreckte Hand und bezog ein wenig Kraft aus seiner Stärke, als sie den Korridor hinuntergingen. Sie konnten die Stimmen der Soldaten bis in den ersten Stock hören.

»Was jetzt?« wisperte Bryony. »Wie haben sie uns gefunden? Müssen wir jetzt durchs Fenster fliehen?«

Jack sah grimmig und entschlossen aus. »Nein, das schaffen wir schon. Keine Sorge. Wie sollen sie beweisen, daß wir nicht die sind, die wir zu sein behaupten?« Er blieb stehen und starrte sie an. »Großer Gott! Wie ist der Name auf deinen Papieren?«

»Brienne Descroix. Das ist der Familienname meiner Tante, und Brienne steht für Bryony. Ich bin in Frankreich unter einem französischen Namen gereist und hier unter meinem wahren.« Ihre Augen weiteten sich bang. »Und was steht auf deinen?«

Er lächelte verschmitzt. »Glaubst du etwa, ich würde unter meinem wahren Namen reisen?«

»Das alles ist ein Riesenspaß für dich, nicht wahr? Du bist nichts als ein großer Junge!« schalt sie und schob seine Hand fort. »Gibt es eigentlich gar nichts, was dir Angst einjagen kann?«

»Das Meer. Meine Knie verwandeln sich in Gelee, wenn ich auf einem Schiff bin, und meine inneren Organe auch, und ich hoffe bloß, daß ich unsere Reise über den Kanal nie wiederholen muß. Warte hier.« Er wandte sich ab und eilte zu seinem Zimmer am Korridorende.

Wenige Minuten später kehrte er zurück. »Wenn Sie dich für eine Französin halten, könnten sie dich als Kriegsgefangene betrachten. Sag nichts. Ich werde ihnen sagen, du wärst meine Schwester. Es war ein Fehler, die Partridges hineinzuziehen.«

»Was hätte ich denn tun sollen – dich vor dem Gasthaus sterben lassen? Kaum hatte der Pfarrer dich gesehen, war er nicht mehr davon abzubringen, sich um dich zu kümmern.« Sie warf Jack einen vernichtenden Blick zu. »Und ich bin froh, daß es so war.«

Sie betraten das Eßzimmer, und Bryony atmete tief ein, um ihre Nerven zu beruhigen.

»Meine Schwester hat ihre Papiere zu Hause liegenlassen«, erklärte Jack und reichte dem Sergeant seine. »Aber ich kann für sie bürgen.« Bryony sah, daß der Pfarrer begonnen hatte, Jack mißtrauische Blicke zuzuwerfen. Sie bekam fast keine Luft vor Spannung, als der Offizier das Dokument studierte. Es trug verschiedene offizielle Siegel, und sie fragte sich, wie Jack an sie gekommen war.

Die Stille war erdrückend.

Zu Bryonys Erstaunen verbeugte der Offizier sich ehrerbietig und sagte: »Ich verstehe. Ihre Papiere sind in exzellenter Ordnung, Sir. Es ist mir eine Ehre, Sie kennenzulernen. Sie müssen uns verzeihen, daß wir Sie verdächtigt haben.«

Sergeant Hornsby wirkte beinahe enttäuscht, als er die Papiere zurückgab. Hat er gedacht, er würde heute Jakobiter in Pfarrer Partridges Haus vorfinden? fragte Bryony sich. Ihr Herz pochte wie verrückt, und ihre Beine zitterten, während sie betete, die Soldaten mögen endlich gehen. Jede Sekunde, die sie länger blieben, war eine Zerreißprobe für ihre Nerven, und mit jedem Augenblick wuchs die Gefahr, daß jemand etwas sagen könnte, was sie entlarven würde.

Aber die Frau des Pfarrers trank ruhig ihren Tee, und der Pfarrer, dessen Gesicht hochrot vor Entrüstung war, marschierte ärgerlich im Zimmer auf und ab. »Wenn Sie hier fertig sind, dann lassen Sie uns vielleicht endlich unser Frühstück fortsetzen.« Er begleitete die Rotröcke zur Tür und schlug sie hinter ihnen zu.

»Freche junge Bengel«, brummte er, als er zurückkam. »Unsere Mahlzeit derart dreist zu stören.«

Er setzte sich wieder an den Tisch und richtete den Blick auf Jack. »So, mein Freund, und jetzt werden Sie uns die ganze Wahrheit sagen. Wir verstecken Jakobiter unter unserem Dach, nicht wahr?«

Bryony und Jack wechselten einen Blick. Es gab keinen Ausweg. Sie mußten ihm die Wahrheit sagen.

»Ja … ähm … es war nicht unsere Absicht, hierzubleiben«, erklärte Jack, doch bevor er fortfahren konnte, unterbrach der Pfarrer ihn.

»Das genügt! Die Einzelheiten wollen wir gar nicht wissen.« Er wirkte ruhiger jetzt, als er aufstand und zu einem reichgeschnitzten Schrank in einer Ecke ging und ihn mit einem Schlüssel öffnete, den er an einer Kette um den Hals trug. Bryony sah Gläser und Karaffen. Feierlich trug er das Tablett zum Tisch.

Bryonys Augen wurden groß, als sie das Rosenmuster erkannte. Die Jakobitergläser! Ohne ein weiteres Wort zu äußern, brachten sie einen stummen Toast auf den jungen Prinzen aus.

»Nun bin ich wirklich froh, daß Sie uns aufgenommen haben«, sagte Jack erleichtert. »Aber Sie gehören doch nicht der römisch-katholischen Glaubensgemeinschaft an. Wieso …?«

»Für mich«, sagte der Pfarrer, »hat Religion nichts mit meinen Sympathien in diesem Fall zu tun. Charles Edward mag zwar Katholik sein, aber er scheint vernünftig genug zu sein, die Dinge so zu belassen, wie sie sind, falls er den Thron erlangen sollte. Bei seinem Vater ist es etwas anderes. Der ist ein fanatischer Katholik.« Er füllte ihre Gläser auf. »Die Stuarts sind die wahren Könige von England und sind es immer schon gewesen. Daran besteht nicht der geringste Zweifel. Dieser deutsche Holzkopf, der sich König nennt, sollte nach Hannover zurückkehren. So einfach ist das.« Er schüttelte betrübt den Kopf. »Aber vielleicht ist es schon zu spät. Stuart hat in Culloden einen schweren Schlag erlitten, und es ist sehr unwahrscheinlich, daß seine Truppen sich je wieder davon erholen werden.«

»Man kann nicht in die Zukunft sehen«, erwiderte Jack. »Stuart ist noch immer da, und seine Freunde sind ihm treu geblieben.«

Die Tatsache, daß Jack den Wunsch verspürte, das Massaker an den Schotten wiedergutzumachen, machte ihn zu einem Jakobiter, obwohl er nie direkt am Aufstand teilgenommen hatte. Bryony erkannte, daß es viele unerwartete Wendungen im Bild seines Charakters gab. Offenbar hatte er an seiner Familie mütterlicherseits sehr stark gehangen.

Der Versuch, seine Handlungsweise zu verstehen, ermüdete und bedrückte sie, und sie wollte nichts mehr von den Jakobitern hören. Aus dem Wunsch heraus, allein zu sein, um in Ruhe nachdenken zu können, entschuldigte sie sich und schützte eine Migräne vor.

»Reverend Partridge, es tut mir leid, daß ich Sie vor dem Gasthof belogen habe«, sagte sie, bevor sie ging. »Aber unsere Lage war verzweifelt. Und sie ist es immer noch.«

Bevor sie die Tür schließen konnte, kam der Laufjunge des Pfarrers über den Korridor gerannt. »Schnell!« schrie er. »Clover ist in den Teich gefallen!«

Bryony schnappte entsetzt nach Luft, und Jack stieß heftig seinen Stuhl zurück. Ohne Zögern folgte er dem Jungen und riß die Eingangstür auf. Bryony lief ihm nach, so schnell sie konnte.

»Was ist passiert?« schrie Jack, als er durch den Garten rannte.

»Clover hat versucht, Ihr Pferd zu reiten, aber es hat ihn in den Teich geschmissen. Er sank wie ein Stein, als ich fortlief.«

Jack fluchte und lief noch schneller, ohne seine eigene Schwäche zu beachten.

Sie rannten den Hügel zum Teich hinunter, der direkt hinter den Ställen lag.

Bryony stöhnte, als sie Clover wild die Arme schwenken und dann wieder untertauchen sah. Jack zog noch im Laufen Rock und Weste aus und stürzte sich ins Wasser. Es sah nicht tief aus, war für einen kleinen Jungen aber tief genug, um zu ertrinken.

Jack schwamm zu der Stelle, wo Clover verschwunden war, und tauchte unter. Bryony watete selbst hinein, aber ihre schweren Röcke behinderten sie sehr.

Jack erschien ohne den Jungen an der Oberfläche und tauchte noch einmal.

Die Partridges hatten den grasbewachsenen Rand des Teichs erreicht, und Mrs. Partridge begann laut zu beten. Bryony stimmte ein und hätte weinen können vor Erleichterung, als Jack, diesmal mit Clover in den Armen, auftauchte. Der Junge lag schlaff an seiner Brust, eine kleine, magere Gestalt.

Jack war leichenblaß, als er aus dem Wasser watete. Sein Gesicht war schmerzverzerrt, und er schüttelte den Jungen sanft. »Wir sind vielleicht zu spät gekommen«, sagte er, während er den Jungen mit dem Kopf nach unten hielt.

Bryony wimmerte und schlug Clover auf den Rücken. Zuerst passierte nichts, dann krümmte sich der Junge in einem Hustenanfall. Als seine Lungen frei von Wasser waren, begann er jämmerlich zu weinen. Jack hielt ihn fest an seine Brust gepreßt und strich ihm übers Haar, während er darauf wartetete, daß der Kleine sich beruhigte.

Clover wischte sich mit dem nassen Ärmel die Augen und die Nase ab. Dann holte er einen tiefen Atemzug. »Werden Sie mir jetzt den Po versohlen?« fragte er beunruhigt.

Jack antwortete nicht sofort. Seine Schultern zitterten. Bryony kniete sich neben die beiden, strich über

Clovers nasse Locken und hätte am liebsten mit ihnen geweint. Jacks Gesicht war zutiefst bekümmert, und es verging eine ganze Weile, bis er seine Gefühle wieder unter Kontrolle hatte.

»Nein, du Lümmel, ich werde dich nicht schlagen. Nie wieder, Clover.«

Dann hob er den Kopf und schaute Bryony in die Augen. »Ich verspreche es.«

Bryony war von Freude und Verwunderung erfüllt, als hätte sie ein Wunder miterlebt. Tränen schimmerten in Jacks Augen, und er kämpfte mit sich, um sich zu beherrschen.

»Du warst sehr ungezogen, Clover. Du hättest dieses große Pferd nicht reiten dürfen«, tadelte sie den Jungen sanft, während sie ihm das Wasser vom Gesicht abwischte.

»Diese dummen Pferde mögen mich einfach nicht«, erwiderte der Junge traurig.

»Wenn du lieb zu ihnen bist, werden sie dich mögen«, sagte Jack, dessen Stimme noch immer heiser war vor Emotion. »Du mußt sie sanft ansprechen, statt auf sie zuzustürzen und sie zu erschrecken, wie du es so gern tust.« Er lächelte, und Clover erwiderte das Lächeln zaghaft. »Sie verstehen deine Scherze nicht, weißt du.«

Clover schlang die Arme um Jacks Nacken und murmelte an seiner Schulter: »Ich mag Sie, Herr.«

Jack drückte den Jungen an sich. »Und ich mag dich.«

Bryony blinzelte in der Sonne. Die Partridges standen in einiger Entfernung. Sie war allein mit den beiden Menschen, die die wichtigsten in ihrem Leben waren. Als sie geglaubt hatte, Clover sei ertrunken, hatte sie erst gemerkt, wie sehr der Kleine ihr ans Herz gewachsen war. Und Jack hatte seine prekäre Gesundheit in Gefahr gebracht, um das Kind zu retten. Indem er das getan hatte, hatte er etwas noch viel Kostbareres gewonnen, und zwar die Heilung einer sehr, sehr alten Wunde.

Nachdem sie Clover abgetrocknet und ihm etwas zum Anziehen gegeben hatte, schickte Bryony ihn ins Bett. Jack war in sein Zimmer zurückgekehrt, mit der Erklärung, daß auch er sich umziehen müsse, aber Bryony wußte, daß er allein sein wollte, um sich über seine Gefühle klarzuwerden. Und nicht nur er, sondern auch sie hatte über vieles nachzudenken.

33

Um sich ein wenig auszuruhen, hatte Bryony sich hingelegt und versuchte, Jack aus ihren Gedanken zu verbannen. Aber es sollte sich als aussichtsloser Kampf erweisen.

Vor allem wollte sie die Papiere sehen, mit denen er sich ausgewiesen hatte. Was konnte darin stehen, was den Sergeant zu all diesen Verbeugungen und Getue veranlaßt hatte? Sie mußte es herausfinden. Sie spürte, daß diese Papiere ihr die Wahrheit über Jack verraten und ihr viel mehr über ihn sagen würden als irgendeine seiner glattzüngigen Ausflüchte. Sobald sich eine Gelegenheit ergab, würde sie unbemerkt in sein Zimmer schlüpfen und die Papiere suchen. Während sie ihren hinterhältigen Plan mit dem zwingenden Bedürfnis, die Wahrheit zu erfahren, rechtfertigte, schlief sie endlich ein.

Als sie erwachte, war es später Nachmittag. Noch immer müde, wollte sie nicht hinuntergehen und ihren Gastgebern begegnen. Je früher sie ihre Aufgabe in Schottland erledigten, desto eher konnte sie sich wieder ihren eigenen Ermittlungen widmen. Im Augenblick machte der bloße Gedanke daran sie schon müde. Ihre wilde Flucht durch England hatte sehr viel von ihrer Kraft erfordert, und der Zorn, der sie in ihrem Streben nach Vergeltung angetrieben hatte, war durch andere Emotionen abgeschwächt worden.

Sie stand auf und glättete die Steppdecke des Betts.

Alles in diesem Haus war mit viel Liebe und Sorgfalt eingerichtet worden. Sie fragte sich, ob sie je ein solch solides Glück erfahren würde, wie es der Pfarrer und seine Frau zu teilen schienen. Zwischen ihnen gab es ganz gewiß keine Geheimnisse.

Sie brachte ihre Frisur in Ordnung und strich ihr Kleid glatt, bevor sie hinunterging. Das Haus war still. Ob die anderen noch ihren Mittagsschlaf hielten?

Sie fand die Dame des Hauses in der Küche, wo sie Obst einkochte. Gläser mit orangefarbenen, blauen und grünen Vogelbeeren, Pflaumen und Stachelbeeren standen auf dem großen Tisch. Die Luft war warm und erfüllt von dem süßen Aroma von Sommer und Sonnenschein, das die Früchte während der Blüte in sich aufgenommen hatten. Rotglänzende Äpfel standen in zwei Körben auf dem Boden.

»Da sind Sie ja, meine Liebe. Fühlen Sie sich besser?« fragte Mrs. Partridge, deren Arme bis zum Ellbogen in Seifenlauge steckten. Sie spülte Gläser, und eine der Dienstmägde trocknete sie ab.

»Kann ich helfen?« fragte Bryony. »Die Zeit würde schneller vergehen, wenn ich etwas zu tun hätte.«

Mrs. Partridge schickte die Magd in einen anderen Teil des Hauses und sagte zu Bryony: »Sie können die Gläser abtrocknen, wenn Sie möchten, und es sind noch viele Körbe Beeren da, die gelesen werden müssen.«

Bryony lächelte und band sich eine große Schürze um, die an einem Haken an der Tür hing. »Mit Vergnügen. Sie erinnern mich an meine Mutter, die auch tagelang in der Küche das Einkochen der Sommerernte überwachte. Der Duft ist genau der gleiche. Ich werde ihn nie vergessen.«

Mrs. Partridge schüttelte betrübt den Kopf. »Es ist schade, daß ihre Mutter nicht mehr lebt.«

»Ich erinnere mich kaum noch an sie.« Versonnen schaute Bryony aus dem Fenster. Der Himmel bewölkte sich, und starke Windböen wirbelten das Laub im Garten auf

»Die einzigen Erinnerungen an meine Kindheit, die nicht undeutlich und vage sind, sind die an meinen Bruder. Er wurde zum Mittelpunkt meines Lebens, als Mutter starb. Mit Vater zu leben, war nicht leicht; er war ein Mann, der entweder zu heftigen Wutausbrüchen neigte oder tagelang verbissen schwieg.« Sie seufzte. »Erst in den letzten Wochen habe ich wirklich zu leben begonnen.«

Mrs. Partridge lächelte. »Das macht die Liebe. Und ich kann Ihnen nicht verdenken, daß Sie sich zu Mr. Newcomer hingezogen fühlen. Er ist ein feiner Mensch, wenn auch manchmal nicht leicht zu durchschauen. Er ist die Art von Mann, der alles oder nichts gibt.«

Bryony wußte, daß Mrs. Partridge recht hatte. »Er hat mir geholfen, eine innere Kraft zu entdecken, von der ich nie geahnt hätte, daß ich sie besitze.« Kaum hatten die Worte ihren Mund verlassen, erkannte Bryony, wie wahr sie waren. In diesem Herbst hatte sie erfahren, daß sie ihr Schicksal selbst bestimmen konnte, indem sie sich mit den Problemen, die ihr auf dem Weg begegneten, auseinandersetzte und eine Lösung für sie fand. Sie hatte die Stärke gefunden, zu tun, was sie tun mußte.

Indem sie sich ihrer eigenen Schwäche gestellt hatte, hatte sie ihre Kraft gefunden.

Die Erkenntnis stimmte sie so froh, daß sie am liebsten durch den Raum getanzt wäre, doch sie unterdrückte den Impuls natürlich. Trotzdem konnte sie nicht anders, als zu lachen.

»Na, Sie scheinen sich sich ja wirklich sehr gut ausgeruht zu haben«, sagte Mrs. Partridge lächelnd. »Wir wollen nur hoffen, daß Ihr Verlobter sich ähnlich gut fühlt, wenn er kommt. Er war schrecklich müde, als er nach oben ging, um seinen Mittagsschlaf zu halten.

Wenn es nach mir gegangen wäre, wäre er erst gar nicht aufgestanden.«

»Jack läßt sich nichts sagen«, erwiderte Bryony traurig. »Er lebt nach seinen eigenen Gesetzen.«

»Deshalb ist er ja so stark«, meinte Mrs. Partridge, während sie sich die Hände trocknete. »Nun kommt der unangenehmere Teil, die Beeren lesen und die Stengel abschneiden. Das tue ich nämlich überhaupt nicht gern.« Sie beugte sich verschwörerisch zu Bryony vor. »Und deshalb überlasse ich es manchmal lieber meinem Mann«, fügte sie augenzwinkernd hinzu.

Die Tür wurde einen Spalt geöffnet. »Ich hab's gehört«, sagte der Pfarrer, als er eintrat. »Aber sie hat recht. Es ist gut für die Verständigung zwischen Eheleuten, in der Küche mitzuhelfen. Außerdem backt sie die besten Stachelbeertorten in ganz Staffordshire.«

»Ihr Glück macht mich fast neidisch«, sagte Bryony wehmütig.

Die Pfarrersfrau tätschelte ihren Arm, als sie die Karaffe holte, um ihrem Mann ein Glas Wein einzuschenken. »Sie werden das gleiche Glück finden, mein Kind.«

»Vielleicht habe ich es ja bereits, aber es ist leider ziemlich unbeständig«, gab sie seufzend zu und riß unnötig heftig den Stengel aus einer Pflaume.

Sie hatte es gerade ausgesprochen, da kam Jack zur Tür herein.

»Ich wünschte, Sie würden meinen Rat annehmen und heiraten«, bemerkte Reverend Partridge.

Bryony warf Jack einen herausfordernden Blick zu, dem er ruhig standhielt. »Dies ist nicht der richtige Moment dazu, aber ich hoffe, daß er schon sehr bald kommen wird«, sagte er und bemühte sich vergeblich, den Zweifel und die Sorge in seinen Augen zu verbergen. Wenn es etwas gab, dessen er sich ganz und gar nicht sicher war, dann war es ihre

Zukunft. Trotzdem klang er irgendwie doch ziemlich sicher …

Bryony spürte seine Furcht und ließ sich davon anstecken. Sie hatte keine Ahnung, was eine Zukunft mit Jack ihr bringen würde.

»Nun, dann ist das erledigt. Ich werde Sie nicht weiter drängen«, sagte der gute Reverend und zündete eine langstielige Pfeife an. »Es war dumm von mir, mich überhaupt einzumischen, aber Elvira hätte Ihnen so gern eine Hochzeitsfeier ausgerichtet.« Er zwinkerte seiner Gattin zu.

»Sie haben auch so schon genug für uns getan«, sagte Bryony und reichte Jack eine Schüssel Stachelbeeren.

Er setzte sich zu ihnen an den Tisch, und seine flinken Finger flogen nur so über die Beeren, während er sich mit dem Pfarrer unterhielt.

Vielleicht ist dies der richtige Moment, mich in Jacks Zimmer umzusehen, dachte Bryony. Unter dem Vorwand, ihr Taschentuch holen zu wollen, verließ sie die Küche und hastete die Treppe hinauf.

Sie hoffte, daß keiner der Dienstboten in der Nähe war und sie bei ihrer Schnüffelei entdeckte. Auf dem Gang war alles ruhig. Leises Kichern und Gesprächsfetzen kamen aus dem Schlafzimmer der Partridges, was bedeutete, daß dort zwei der Mägde saubermachten.

Es waren keine anderen Dienstboten zu sehen. Bryony blieb einen Moment vor der geschlossenen Tür zu Jacks Zimmer stehen, bevor sie vorsichtig die Klinke herunterdrückte. Sie gab nicht das leiseste Geräusch von sich, und zu ihrer Erleichterung knarrte auch die Tür beim Öffnen nicht.

Da die Vorhänge noch halb geschlossen waren, war es düster in dem Raum. Das Zimmer strahlte Jacks unverwechselbaren Duft nach Manneskraft und frischer Waldluft aus. Seine alten Sachen hingen über einem Stuhl. Eine jähe Sehnsucht, ihr Gesicht in seinen

Kleidern zu verbergen und sich die wenigen Momente, in denen sie in seinen Armen gelegen hatte, in Erinnerung zu rufen, erfaßte sie. Aber der Stachel des Zweifels vergiftete immer noch ihr Herz. Sie war fest entschlossen, seinem Charme zu widerstehen.

Sie durchsuchte seine Taschen, fand aber nichts anderes als einen Lederriemen und ein Taschentuch. Seine Satteltaschen hingen über einer Stuhllehne. Sie enthielten ein Hemd, eine Schalkrawatte, eine Weste und Beutel mit Schießpulver und Kugeln. Die Pistolen lagen auf dem Nachttisch.

Ihr Blick flog von einem Gegenstand zum anderen im Raum. Wo versteckte er die Dokumente? Sie mußten irgendwo sein. Sie schob die Hand unter die Matratze, fand aber nichts. Sie zog die Schubladen des Waschtischs auf, aber sie waren leer bis auf einige Tischdecken, die Mrs. Partridge darin aufbewahrte.

Jacks Garderobe war nur dürftig. Sie schaute in Vasen und unter Porzellanfiguren, die auf Tischen und auf Truhen standen. Nichts. Auch unter dem Kopfkissen waren die Papiere nicht. Schließlich ließ sie sich auf alle viere nieder, um unter dem Teppich nachzusehen.

Sie war so vertieft in ihre Suche, daß sie die Tür nicht hinter sich aufgehen hörte.

»Wenn du mir sagst, was du suchst, helfe ich dir gern«, sagte Jack gedehnt.

Sie sprang auf und errötete vor Schuldbewußtsein. Dann, die Hände vor ihr hochrotes Gesicht geschlagen, versuchte sie eine plausible Ausrede zu erfinden.

Aber es gab keine.

»Ich nehme an, du bist gekommen, um ein bißchen mit mir *allein* zu sein«, erklärte er in anzüglichem Ton. Langsam ging er auf sie zu, wie ein Raubtier, das sich an sein Opfer anschleicht.

»Ich habe hier im Bett gelegen und davon geträumt, was ich alles mit dir tun würde, wenn du bei mir wärst.«

Er stieß einen übertriebenen Seufzer aus. »Aber solch frivole Träume führten ja zu nichts in diesem Hort der Nächstenliebe und der Redlichkeit – bis jetzt.« Er nahm ihr Gesicht zwischen die Hände und schob die Finger in ihr Haar, bis sich die Nadeln daraus lösten und ihre mitternachtsschwarzen Locken offen über ihren Rücken fielen.

Sie war wie verzaubert und zu keinem vernünftigen Gedanken mehr imstande. Sie trat zurück, aber er folgte ihr. Die Kante des Sekretärs stieß gegen ihren Rücken, und sie wußte, daß sie in der Falle saß. Unerbittlich drängte er sie dagegen.

Er legte eine Hand um ihren Nacken und zog ihr Gesicht noch näher. »Du mußt dich ja ganz schrecklich nach mir gesehnt haben, wenn du es gewagt hast, am hellichten Tag mein Zimmer zu betreten. Aber ich finde es schön, daß du so mutig bist. Laß uns die Zeit nutzen.«

Sein Atem streifte ihr Gesicht, als er sich vorbeugte, um sie zu küssen. Zuerst war die Berührung seiner Lippen nur ganz leicht und sachte und weckte ihre Sehnsucht, bis ihre Lippen vor Verlangen bebten. Begierig öffnete sie sie und ließ ihn in die warme Höhle ihres Mundes eindringen. Seine Zunge vereinte sich zu einem aufregenden Tanz mit ihrer, bis sie sich an ihn klammerte und stöhnte vor Begehren. Es war so lange her. Sie hatte es schon fast vergessen.

Sie grub die Fingerspitzen in seine Schultern, zog sie streichelnd über seine ausgeprägten Muskeln und erforschte die sanfte Biegung seines Halses. Je länger sie in seinen Armen war, desto mehr wuchs ihre Qual der Kleider wegen, die sie noch immer voneinander trennten. Aber wie könnten sie sie ablegen, ohne wollüstig zu sein und schamlos und das Vertrauen ihrer Gastgeber zu mißbrauchen?

Jack stöhnte tief in seiner Kehle und löste den Mund von ihren Lippen, um mit heißen Küssen ihre Kehle zu bedecken. Er hielt mit beiden Händen ihren Po umfaßt und preßte sie an sich, um sie den Beweis seiner Begierde spüren zu lassen.

»Dazu bist du hergekommen, nicht?« murmelte er. Sanft hob er eine ihrer Brüste aus dem losen Stoff des Mieders und küßte ihre zarte Spitze. »Oh, meine süße kleine Kokotte. Ich möchte alles von dir sehen und berühren. Deine Haut macht mich verrückt.« Er ließ seine Zunge um die erigierte kleine Spitze kreisen, und das Gefühl war so ungemein erregend, daß Bryony sich ihm in einer stummen Einladung entgegenbog. Und da küßte er auch ihre andere Brust, ihren Hals und ihren Magen, bis das Mieder an den Schultern einzureißen drohte. Sie hätte sich nicht mehr auf den Beinen halten können, wenn er sie nicht mit einer Hand gestützt hätte.

Er hob ihre Röcke und strich mit einer Hand über ihr Bein. Seine Zärtlichkeiten lösten ein süßes Prickeln in ihr aus, das sie bis ins Innerste erschauern ließ. Sie wimmerte an seinen Lippen, als er sie dort berührte, wo die süße Qual am größten war.

»O ja«, flüsterte er und nahm wieder ihre Lippen in Besitz. Sein Kuß war beinahe grob, aber sie genoß die hemmungslose Leidenschaft, die er verriet, und wollte mehr. Er berührte sie noch intimer und schaute ihr in die Augen. Die unverhohlene Begierde, die sein Blick verriet, steigerte ihre Erregung ins fast Unerträgliche. Als er seine sinnlichen Liebkosungen fortsetzte, schloß sie verzückt die Augen und erschauerte vor Lust.

»Wir sind in einem Pfarrhaus«, wisperte sie an seinen Lippen.

Er versteifte sich. »Ich bin ziemlich sicher, daß der Pfarrer ein sinnesfroher Mann gewesen ist – und es noch heute ist.«

Sie versuchte, sich von ihm zu lösen, obwohl ihr ganzer Körper nach ihm schrie. »Das heißt nicht, daß wir ihr Vertrauen mißbrauchen können. Sie lassen uns zusammensein, weil sie glauben, wir würden uns anständig benehmen.«

Jack bedeckte ihr Gesicht mit Küssen. »Ich habe mich noch nie anständig benommen. Es ist ganz simpel – ich liebe dich und möchte mit dir schlafen.« Er drang mit einem Finger in sie ein, und das wurde ihr beinahe zum Verhängnis. Er seufzte. »Ich würde mein Leben geben für die Chance, noch einmal in dir sein zu können. Ich träume von nichts anderem mehr seit jener Nacht in der Scheune.«

Sie schob ihn fort, was sie sofort bedauerte. Aber sie wußte, daß sie das Richtige getan hatte. »Unsinn! Du denkst nur an die Karte und das Gold in Schottland.«

Grob packte er sie an den Schultern. »Das ist nicht wahr, und das weißt du selbst! Wie ungerecht von dir.«

Sie ordnete ihre Kleider. Noch immer schwach vor Sehnsucht, fiel es ihr schwer, im selben Raum mit ihm zu sein, ohne ihn zu berühren.

Aber sie wollte keinen weiteren Streit mit Jack riskieren. Sie hatte zu viele unbeantwortete Fragen, und er würde ihr nie die Wahrheit sagen, wenn sie ihn geradeheraus fragte. Außerdem hatte ihre Suche keine weiteren Antworten ergeben. Sie war froh, daß sie ihrem Verlangen nicht erlegen war. Seine Hände abschüttelnd, wandte sie sich zur Tür.

»Ich gehe nach unten und helfe Mrs. Partridge mit den Früchten.«

Er lächelte. »Deine Wangen glühen. Vielleicht solltest du warten …«

»Ach du!« sagte sie und stürmte aus dem Schlafzimmer.

Sie ärgerte sich jetzt, daß sie sich überhaupt von ihm hatte berühren lassen.

Als sie in ihrem Zimmer eine Weile hin und her geschritten war, wurden ihre Wangen kühler, aber ihre

Sehnsucht lauerte wie eine dumpfe Qual in ihrem Magen.

Wieder unten, stellte sie erleichtert fest, daß Jack in seinem Zimmer geblieben war, um sich für den Rest des Tages auszuruhen. Mrs. Partridge lobte Bryony für ihren Fleiß, und sie war nun doppelt froh, Jacks verführerischen Zärtlichkeiten nicht nachgegeben zu haben. Denn wenn sie es getan hätte, hätte sie der braven Pfarrersfrau nie wieder in die Augen sehen können.

Die Zeit verging im Schneckentempo. Und Bryony, die innerlich noch immer bebte vor Verlangen, hielt die Stille und den Frieden der Pfarrei allmählich nicht mehr aus.

Endlich kam der Abend, und Jack bekam sein Abendessen auf einem Tablett in seinem Zimmer. Bryony aß schweigend, es gab Schleie in Kapernsauce und zum Dessert ein Stück von Mrs. Partridges berühmter Stachelbeertorte. Erschrocken fuhr Bryony auf, als ein dumpfer Aufprall draußen unter dem Fenster zu vernehmen war, auf den ein leiser Pfiff folgte.

»Wer ist das?« fragte sie mit großen Augen.

»Keine Angst, mein Kind«, sagte der Pfarrer, der einen Blick hinausgeworfen hatte. »Wenn ich mich nicht irre, habe ich gerade ein Faß Rum bekommen.« Er ging in die Diele und öffnete die Tür.

Und tatsächlich stand ein tropfend nasses Faß dort auf den Eingangsstufen. »Das ist die übliche Lieferungsweise der Schwarzbrenner.«

Bryony riß verblüfft die Augen auf, und der Pfarrer lachte. »Schnapsfässer sind ein gewohnter Anblick hier im Dorf. Mit ihnen überbringt mir mein Verbindungsmann wichtige Botschaften in unserer Sache.« Er zählte einige Goldstücke ab und legte sie unter die Fußmatte vor der Tür. Dann rief er Harry und Arnold, seine Diener, die das Faß wegrollten.

Der Pfarrer schloß die Tür, und ein paar Minuten

später ertönte ein schlurfendes Geräusch, auf das ein dreimaliges leises Klopfen folgte. Dann war es wieder still.

»Keine Botschaft heute nacht.« Der Pfarrer streckte sich und gähnte. »Zeit, ins Bett zu gehen. Laßt uns diesen schönen Tag mit einem Glas des guten Holunderbeerenweins der Hausherrin beenden.«

Als er den Wein in den Jakobitergläsern servierte, betrachtete Bryony das Muster. Auf einer Seite war die Rose und auf der anderen ein Porträt von einem jungen Mann, der der Prinz sein mußte. Er sah nicht wie der Mann aus, den sie einmal in Versailles gesehen hatte, aber das war ja auch schon lange her. Außerdem hatte sie während dieses einen Balls, an den Tante Hortense ihr teilzunehmen erlaubt hatte, zu weit von ihm entfernt gestanden.

»Dies verspricht eine weitere ruhige Nacht zu werden«, sagte der Pfarrer gähnend.

Geplagt von Gedanken an Jack und ihre leidenschaftliche Umarmung, schlief Bryony erst ein, nachdem die Standuhr in der Diele Mitternacht geschlagen hatte. Dann schlief sie etwa eine Stunde, bis jemand sanft an ihrer Schulter rüttelte.

»Bryony! Wach auf, mein Liebling.«

Obwohl sie vom Schlaf noch sehr benommen war, erkannte sie Jacks aufgeregte Stimme.

»Bryony!«

Sie richtete sich auf und zog die Decke unters Kinn. »Was tust du hier?«

»Du mußt dich anziehen. Wir müssen sofort weg. Ich war auf ein Bier im Wirtshaus und habe unsere vier Freunde dort gesehen. Sie ritten gerade auf das ›Ye Old Dog‹ zu, als ich ging. Ich habe mich zwischen den Bäumen versteckt und sie beobachtet, und sie sahen ziemlich müde aus.« Er streichelte ihre nackte Schulter. »Fünf Minuten. Beeil dich.«

»Clover? Und die Karte?« fragte sie.

»Mit Clover habe ich schon gesprochen und die Karte aus seinem Rock geholt. Er ist gern hier, wo er mit dem Laufjungen der Partridges spielen kann. Der Reverend hat versprochen, sich um ihn zu kümmern, bis wir wiederkommen.«

Bryony kleidete sich bereits an im schwachen Mondlicht, das durchs Fenster fiel. Diesmal zog sie ihre alten Bauernkleider an. »Er wird mir fehlen.«

»Er ist hier sicherer. Ich wünschte, du könntest auch hierbleiben, bis der Auftrag erfüllt ist. Aber das wirst du wohl nicht wollen, schätze ich.«

»Nein«, sagte sie. »Ich werde es für Reggie tun. Das war der Grund, warum ich mitgekommen bin.«

Sie war fertig angezogen und legte rasch noch einen Schal um ihre Schultern und zog den Umhang an. »Hast du die Karte?« fragte sie.

»Ja, in meinem Hemd.« Er führte sie aus dem Zimmer und die dunkle Treppe hinunter. Eine kleine Kerze brannte in der Diele unten. Hier standen ihre Gastgeber, beide in weiten Nachthemden und einer Haube für die Nacht. Mrs. Partridge reichte Jack die Satteltaschen. »Sie sind gefüllt mit Proviant, der mindestens zwei Tage reichen müßte«, sagte sie.

Der Pfarrer gab Jack eine dicke Geldbörse. »Das ist nicht viel, aber wenn Sie den Prinzen sehen, sagen Sie ihm, daß er hier loyale Anhänger hat.«

»Für die Sache«, sagte Jack, als er das Geld einsteckte. »Ich werde ihm geben, was wir auf der Reise nicht benötigen.«

Sie schlüpften durch die Tür und warteten in der Dunkelheit, bis der Pfarrer die Tür von innen verriegelt hatte. Der Wind war heftiger geworden und jagte Wolkenfetzen über den Himmel.

Bryony hielt sich dicht neben Jack, als sie zu den Ställen hinübereilten. Ihre Pferde waren bereits gesattelt, die Sättel gereinigt und das Zaumzeug geflickt.

Bryonys Augen brannten vor Müdigkeit, aber sie biß die Zähne zusammen. Sie würde sich nicht schon in der ersten Nacht beklagen. Diesmal brauchte sie sich nicht um Jack zu sorgen, der schon viel stärker wirkte. Einer der Stallknechte hob sie in den Sattel und half dann Jack, da seine Wunde noch immer keine brüsken Bewegungen zuließ.

Der Wind heulte durch die Baumkronen, und Laub flog raschelnd durch den Hof, als sie ihren vorübergehenden Zufluchtsort verließen. Wieder einmal waren sie allein. Die Straße zog sich durch den Ort, an Bauernhäusern vorbei, die still und dunkel waren. Alles war in ein fahles Licht getaucht. Obwohl Bryony wußte, daß ihre Verfolger im Wirtshaus saßen und ihnen noch nicht auf der Spur sein konnten, warf sie trotzdem immer wieder einen Blick über die Schulter. Die Straße war leer bis auf eine Katze, die darüberschlenderte. Auf dem Hügel über dem Dove Valley erhoben sich die verfallenen Mauern und Türme von Tutbury Castle.

Das Gefühl einer unmittelbar bevorstehenden Gefahr begann Bryony zu beschleichen. Hinter ihnen lauerten ihre anonymen Feinde; am anderen Ende ihrer Reise mochte vielleicht sogar der Tod warten.

Aber Bryony bereute ihre Entscheidung, Jack zu begleiten, nicht. Das hatte sie nie getan. Dieses Abenteuer war ihre letzte Huldigung an Reggie. Es würde seiner Seele Frieden schenken – mehr noch sogar, glaubte sie allmählich, als seinen Mörder vor Gericht zu bringen.

Der Wind war kalt, und sie fröstelte. Jack trieb seinen Hengst zum Galopp an, und sie tat es ihm nach. Er wirkte jetzt noch viel entschlossener als während seiner

Krankheit. Je weiter sie sich vom Dorf entfernten, desto näher kam er seinem Ziel.

»Jetzt, wo wir wieder Mittel haben, können wir schneller reiten und häufiger die Pferde wechseln«, sagte er. »Wir werden in einem Dorf bei Carlisle haltmachen und eine Nachricht von einem meiner Kontaktmänner in Empfang nehmen oder aber eine für ihn hinterlassen. Wir hätten ihn in East Grinstead treffen sollen, aber er ist nie erschienen. Außerdem war ich zu müde und zu krank, um herauszufinden, was aus ihm geworden war.«

»Soviel ich weiß, hat im Gasthof niemand nach einem Mr. Newcomer gefragt oder eine Nachricht für ihn hinterlassen.«

Er lachte. »So auffällig würde mein Kontakt sich nie verhalten. Er kommt direkt von Stuart, und ich kann es kaum erwarten, den neuesten Stand der Dinge zu erfahren.«

»Reverend Partridge sagte, Charles Edward sei noch immer auf der Flucht.«

»Der Pfarrer hatte nicht die neuesten Nachrichten«, sagte Jack. »Es ist möglich, daß Stuart weitere Truppen aufgestellt hat, und falls dies der Fall sein sollte, braucht er dringend finanzielle Mittel.« Er schaute sie an und fragte: »Glaubst du, daß du stark genug bist, Tag und Nacht zu reiten?«

Bryony schob das Kinn vor. »Selbstverständlich. Je schneller wir die Sache hinter uns bringen, desto besser.«

Sie starrten sich an, obwohl die Dunkelheit ihre Mienen teilweise verbarg. »Und was kommt danach?« fragte Jack.

»Ich weiß es nicht«, antwortete Bryony leise.

»Wenn unsere Mission erfolgreich abgeschlossen ist, feiern wir. Und werden vielleicht das fortsetzen, was wir heute nachmittag begonnen haben.«

Sie war froh, daß er nicht ihr Erröten sehen konnte.

Für den Rest der Nacht schwiegen sie, während sie weiterritten. Als das erste schwache Licht des neuen Tags im Osten dämmerte, fanden sie eine Höhle, deren Eingang hinter dichtem Gestrüpp verborgen war. Ein munterer Bach floß daran vorbei, und dort rasteten sie, um etwas zu essen. Jack holte einen Becher Wasser, und es rann wie Ambrosia durch Bryonys wie ausgedörrte Kehle. Die Stachelbeertörtchen waren herrlich saftig, da das Gebäck den Geschmack und die Feuchtigkeit der Beeren angenommen hatte.

»Das ist das Beste, was du kriegen wirst, bis wir unsere Mission zu Ende bringen«, sagte Jack, der an einem Baumstamm vor der Höhle lehnte. »Der Schinken ist einfach köstlich – und das Brot das beste, das ich je gegessen habe.«

Bryony lachte. »Deine Wangen sind recht unschön angeschwollen.«

»Etwas anderes schwillt an, wann immer ich dich ansehe«, erwiderte er mit einem mutwilligen Grinsen. »Komm her.« Er streckte die Hand nach ihr aus, und als sie sie ergriff, zog er sie näher. »Ich glaube nicht, daß dieser Ort entweiht würde, was meinst du? Ich weiß, daß das Pfarrhaus zu fromm für meine frivolen Wünsche war.« Er seufzte. »Wünsche, die mich Tag und Nacht gequält haben.«

Er legte den Rest des Essens weg und zog Bryony in die Arme, so daß sie zum endlos weiten Himmel und den verblassenden Sternen aufschaute. »Du begehrst mich doch genauso wie ich dich, nicht wahr?« fragte er und wirkte plötzlich besorgt.

Da er sie mit seinem Manöver überrumpelt hatte, konnte sie nur zustimmend nicken. Er hatte den richtigen Moment gewählt, und ihre Sehnsucht verdrängte jeden anderen Gedanken in den Hintergrund. Bryony *wollte* seine Leidenschaft und seine Liebe erfahren, und wenn auch nur ein letztes Mal, als eine Erinnerung, von der sie immer zehren konnte. Denn ihr war auch bewußt, daß es nichts zwischen ihnen ändern würde, wenn sie sich noch einmal liebten.

Während sie zusah, wie er die Decke vom Sattel nahm und sie auf dem moosbedeckten Boden in der Höhle ausbreitete, begann sie ihre Kleider abzulegen. Der Wind war kalt, aber sie bemerkte nicht einmal die Gänsehaut, die ihren Körper überzog. Sie wollte nur Jack nahe sein.

Er schaute sie an, als ihr Rock über ihre Hüften glitt und sich um ihre Füße bauschte. Er stöhnte, als sie ihre schlichte Jacke aufknöpfte und die Bauernbluse über den Kopf zog. Ihre Brüste drängten sich gegen den dünnen Stoff des Hemds, und sie erschauerte vor Erwartung.

Jack hatte seinen Rock, seine Weste, Strümpfe und Hose ausgezogen. Bryonys Blick glitt über seine muskulösen Schenkel zu dem festen Po, und der Atem stockte ihr, als er das Hemd auszog. In dem schwachen Licht, das in die Höhle fiel, konnte sie deutlich seinen flachen Bauch, seine schlanken Hüften und seinen kräftigen Oberkörper sehen.

Sie liebte jeden Zentimeter von ihm.

Mit angehaltenem Atem rückte sie näher zu ihm, legte den Kopf an seine Brust und schlang die Arme um seine Taille. Sie konnte seine starke körperliche Erregung spüren, als er sich an sie preßte, und bog sich ihm in einer stummen Einladung entgegen.

Sie bot ihm ihre Lippen und überließ sich ganz der Lust, die seine Berührungen in ihr weckten. Sie klammerte sich an ihn, als seine Hände streichelnd über ihren Körper glitten. Als könne sie nicht genug von ihm bekommen, strich sie wie im Fieber mit den Händen über seinen Körper und schloß sie um den Beweis seiner Begierde.

»Meine Schönste«, murmelte er stöhnend, als sie ihn sanft liebkoste. »Ich bin ganz wild nach dir.«

Er zeigte ihr, *wie* wild, als er sie auf die Decke legte und mit Lippen und Zunge ihren Körper zu erforschen begann. Sie schrie auf vor Entzücken, wieder und wieder, und schließlich erfüllte er ihre heisere Bitte und drang mit einer kraftvollen Bewegung in sie ein. Sie stöhnte, als eine Sturmwelle des Entzückens sie durchflutete und von einem Gipfel der Ekstase auf den nächsten riß. Sie war eins mit ihm, als er meisterhaft das Instrument bediente, das ihr Körper war. Und als er ihr endlich auf den Höhepunkt sinnlichen Empfindens folgte, klammerten sie sich aneinander, und ihre Augen wurden feucht vor Glück.

34

Sie schliefen bis in den späten Morgen. Ein starker Wind wehte draußen vor der Höhle, aber Jack und Bryony waren vor seiner Kälte geschützt. Unter ihren warmen Umhängen entdeckten sie die Freuden ihrer Leidenschaft von neuem.

Später stand Jack auf und streckte seinen kräftigen Körper. »Höchste Zeit, daß wir weiterkommen, meine Schöne. Unsere Verfolger können nicht weit hinter uns sein, obwohl sie ab und zu anhalten werden müssen.«

»Wir könnten für den Rest unseres Lebens hier in dieser Höhle bleiben«, schlug Bryony mit einem sonnigen Lächeln vor. Sie war glücklich wie noch nie zuvor in ihrem Leben. Jack hatte ihr alles von sich gegeben und keinen Augenblick gezögert, ihr seine geheimsten Empfindungen zu demonstrieren. Und sie hatte sich ihm näher gefühlt als je zuvor.

Und dennoch blieb er ihr ein Rätsel.

Sie richtete sich auf und führte einen kleinen Freudentanz auf, weil sie so glücklich war. Er zog sie an sich, und sie sah ein eigenartiges Licht in seinen dunklen Augen funkeln. »Meine süße Märchenprinzessin, meine süße Elfe«, flüsterte er an ihrem Haar.

»Ich bin aus Fleisch und Blut«, erinnerte sie ihn und kniff sich in den Oberarm. »Siehst du? Eine Märchenprinzessin sitzt auf einem hohen Sockel und ist unantastbar.«

»Anfangs dachte ich, das wärst du auch. Ich dachte, ich könnte dich nur aus der Ferne bewundern.«

Sie stieß ihn an die Brust. »Das ist nicht wahr! Ich erinnere mich noch sehr gut, wie du gesagt hast, ich müsse um deine Gunst *bitten.* Wer war da hochnäsig und selbstherrlich? Und wer hat gesagt, er glaubte nicht an Liebe?«

»Du hast ja auch darum gebeten, oder?« entgegnete er grinsend.

Sie errötete. »Ja, das hab' ich, aber erst, nachdem du mir ewige Liebe versprochen hattest, oder?«

Er nickte und bückte sich, um seine Hose aufzuheben. Als er aufschaute, war er ernst, und seine Augen hatten sich verdüstert. »Ja, ich erinnere mich, und es ist auch immer noch das, was ich denke, aber …«

Sie legte ihm einen Finger an die Lippen. »Bitte, sag jetzt nichts mehr. Es würde nur mein Glück zerstören.«

Er zögerte und zog dann den Rest seiner Sachen an. Es war, als ob jedes Kleidungsstück, das er anlegte, eine weitere Barriere zwischen ihnen errichten würde. Sogar das Sonnenlicht erschien jetzt schwächer, und Bryony wünschte, sie hätte nie das Thema seiner einstigen Versprechen angerührt. Ihre Euphorie war ausgelöscht worden wie eine Rose unter einem groben Stiefel. Für ein paar Stunden hatte sie versucht, sich einzureden, daß die andere Seite von ihm, die Lügen und Geheimnisse, nicht existierten.

Jack legte die Satteltaschen auf sein Pferd. Dann bürstete er sein Haar und band es zu einem Zopf. Bryony sah ihm nach, als er zum Fluß hinunterging, während sie ihr eigenes Haar bürstete und es auf dem Oberkopf zusammensteckte. Nachdem sie die alte weite Bauernhaube aufgesetzt hatte, war sie bereit zum Aufbruch.

Sie tranken Wasser aus dem Fluß, wuschen sich die Gesichter und verließen ihren Zufluchtsort mit der

Gewißheit, daß irgendwo in der Nähe ihre Feinde lauerten und daß sie ein entbehrungsreicher Weg erwartete.

Während der nächsten Tage entwickelten sie eine Routine. Wenn ihr Proviant zu Ende ging, ritt Jack zur nächsten Farm und kaufte mehr. Sie mieden Dörfer und Städte, so gut es möglich war, und schliefen, wenn überhaupt, nur zwei, drei Stunden. Bryonys Erschöpfung nahm im Lauf der Tage zu, aber kein Wort der Klage kam von ihren Lippen.

Da ein Tag in den nächsten überging, erinnerte sie sich nicht, wie viele schon verstrichen waren, seit sie die Pfarrei verlassen hatten. Die Landschaft hatte sich verändert, war bergiger und karger geworden, aber dennoch majestätisch. Der Boden war bedeckt mit Geröll, mit derbem Gras und Heidekraut. Auch die Bäume waren anders, sie sahen windgepeitschter und schroffer als im sanfteren Süden aus. Im Westen ragten schon die Cumbrian Mountains auf.

Als Bryonys Pferd ein Hufeisen verlor, wurde ihr Zeitplan unterbrochen. Da sie weit entfernt waren von der Straße, mußten sie das Pferd zu einem stundenlang entfernten Dorf führen. In dem Weiler gab es keine Postkutschenstation, aber einen Schmied, der sich bereitwillig an die Arbeit machte, nachdem Jack ihm ein Goldstück versprochen hatte. Aber der Mann war langsam, und das Eisen mußte mehrmals neu angepaßt werden. Und selbst dann saß es nicht richtig.

Jack schritt ungeduldig vor der Schmiede auf und ab und starrte auf die Straße, auf der sie gekommen waren. Rechnet er wirklich damit, unsere Verfolger hier zu sehen? fragte Bryony sich. Seine Nervosität war ansteckend, aber obwohl Bryony am liebsten mit ihm auf und ab gelaufen wäre, blieb sie auf der umgekippten

Kiste sitzen, die der Schmied ihr als einzigen Sitzplatz angeboten hatte.

Erschöpfung übermannte sie, und bevor sie wußte, was geschah, nickte sie ein. Was hätte sie dafür gegeben, sich hinzulegen und den ganzen Tag zu schlafen!

Sie schrak auf, als Jack sie schüttelte. »Sie kommen«, sagte er rauh.

Sie blinzelte, als ihr die Bedeutung seiner Worte zu Bewußtsein kam. »W-wo?« Als sie zur Straße hinunterschaute, sah sie nichts.

»Eine große Staubwolke etwa eine halbe Meile von hier.« Er inspizierte den neuebeschlagenen Huf der Stute und fluchte. »Das wird für den Moment genügen müssen.« Ohne ein weiteres Wort darüber zu verlieren, half er Bryony in den Sattel.

»Es könnte eine Jagdgesellschaft sein«, protestierte sie.

»Nein, sie sind es. Jagdgesellschaften reiten nicht über die Straße, sondern querfeldein. Sie müssen mindestens zwei Tage pausenlos geritten sein.« Er fluchte, als er sich in den Sattel schwang, und hielt sich einen Moment die Seite. »Laß uns aus dem Dorf verschwinden.« Er warf dem Schmied noch eine Münze zu, nachdem er sich kurz leise mit ihm unterhalten hatte.

»Was hast du ihm gesagt?« fragte Bryony, als sie nebeneinander losgaloppierten.

»Daß er den Mund halten soll.« Die grimmige Entschlossenheit, die Bryony von ihrer letzten Flucht noch in Erinnerung hatte, war nun auf Jacks Gesicht zurückgekehrt.

»Wir müssen unbedingt vor ihnen Wetheral erreichen«, sagte er und trieb sein Pferd bergaufwärts. »Ich denke, das müßte bis heute nachmittag zu schaffen sein.«

Die Straße wand sich einen Hügel hinauf, und Jack blieb auf der Kuppe stehen, um einen Blick zurückzuwerfen. »Da sind sie! Sie reiten gerade in das Dorf.« Beim Klang seiner erbosten Stimme begann sein Pferd nervös zu tänzeln. »Wir werden heute ganz besonders schlau sein müssen«, fügte er hinzu und begann den Abstieg auf der anderen Hügelseite. »Gott sei Dank ist die Straße trocken. So können wir schneller reiten.«

Bryony schaute über die Schulter, sah aber nichts als Bäume, die die Kurve in der Straße verbargen. Die nächsten Stunden waren grauenhaft. Sie befürchtete, daß ihre Verfolger sie jeden Augenblick einholen könnten. Die Spannung zerrte an ihren Nerven, und die Erschöpfung machte sie leichtsinnig. Sie wurde plötzlich von dem jähen Wunsch erfaßt, die wilde Jagd zu beenden und sich mit ihren Verfolgern auseinanderzusetzen, und wenn auch nur, um festzustellen, mit wem sie es zu tun hatten. Sie schlug es Jack vor. »Wir könnten ihnen eine Falle stellen«, sagte sie.

Er schüttelte den Kopf. »Nein, das nützt uns nichts. Wir können sie keines Verbrechens beschuldigen, und wenn wir es täten, würden wir nur Aufmerksamkeit auf uns lenken.«

Das schnelle Tempo ermüdete die Pferde, und bald blieb ihnen nichts anderes übrig, als zu rasten. Sie ritten in den Wald am Straßenrand hinein und einen Hügel hinunter, der zu einem ausgetrockneten Flußbett führte. Dorthin führten sie die erschöpften Tiere und rieben ihr schweißbedecktes Fell mit Büscheln trockenen Grases ab.

Bryony horchte angespannt auf das Geräusch von Pferdehufen auf der Straße. Die Gefahr war sehr real. Jemand wollte so dringend diese Karte, daß er ihnen quer durch ganz England gefolgt war!

»Wir bleiben von jetzt an hinter ihnen«, sagte Jack mit nachdenklichem Blick. »Damit rechnen sie bestimmt nicht.«

Nach einer Rast von ein paar Stunden setzten sie den

Ritt fort. Bryony war angespannt und überreizt vor Angst, daß sie in einen Hinterhalt geraten könnten. Jeder Schatten, der kein Baum oder Felsen war, wurde zum Lauf einer Muskete oder zur Bewegung eines dunklen Umhangs.

Sie fragten in Gasthöfen an der Straße nach und erfuhren, daß ihre Verfolger nur wenige Stunden vor ihnen vorbeigekommen waren. Im letzten Gasthaus aber, wo Jack fragte, sagte der Besitzer, er habe niemanden, auf den ihre Beschreibung paßte, vorbeireiten oder einkehren sehen.

»Sie haben gemerkt, daß wir hinter ihnen sind«, sagte Jack. »Wir werden bei Nacht das Moor durchqueren müssen. Das wird länger dauern, aber wir können uns an den Sternen orientieren.« Geistesabwesend griff er sich an die Brust, wo er die Karte versteckt hatte, und Bryony spürte seine zunehmende Anspannung.

Wenn sie gefaßt wurden, würde alles verloren und ihr tollkühner Ritt quer durch das Land umsonst gewesen sein.

»Laß uns gehen.« Jack verzog das Gesicht, als er Bryony in den Sattel hob. Seine Wunde schmerzte noch immer, und dunkle Schatten lagen unter seinen Augen. Er beklagte sich nie und verlangte auch keine zusätzliche Rast. Bryony vermutete, daß sie nicht in der Lage gewesen wäre, mit ihm Schritt zu halten, wenn er in besserer Form gewesen wäre.

Eine Eule schrie in der Ferne, als die Nacht über das Land hereinfiel. Fledermäuse zogen ihre Kreise und tanzten lautlos am sich verdunkelnden Himmel. Der Wind war scharf und kalt und wirbelte große Staubwolken vom Boden auf. Schwacher Mondschein erhellte nur unvollständig ihren Weg, und Bryonys Pferd stolperte mehrmals über Steine in dem Heidekraut.

Jack ritt querfeldein voran, versuchte aber, offene

Flächen so oft wie möglich zu vermeiden. Sie kamen nur sehr langsam voran, und Bryony hätte gern gerastet, als sie an ein dichtes Gehölz gelangten, das sie und ihre Pferde vor neugierigen Blicken schützen würde.

Jack hielt an und wartete, bis sie ihn eingeholt hatte. Er legte eine Hand auf den Hals der Stute und deutete schweigend auf das Wäldchen. Das einzige Geräusch war der Wind im Heidekraut. Bryony bemühte sich, etwas zu sehen.

Und dann hörte sie das unverkennbare Rasseln von Geschirr. Ein Pferd wieherte leise zwischen den Bäumen. Sie erstarrte vor Angst und glaubte den kalten Blick ihrer Verfolger in der Finsternis zu spüren.

»Was sollen wir tun?« wisperte sie mit steifen Lippen.

»Wir sind ihnen nicht gewachsen. Sie sind zu viert und vermutlich schwer bewaffnet.« Er zog seine Pistolen aus den Satteltaschen und lud sie, während er sein Pferd schon wendete. »Laß uns zurückreiten. Wir müssen die Straße finden – und bete, daß die Pferde nicht stolpern oder stürzen.«

Bryony ritt voran, Jack folgte ihr. Sofort hörten sie das Geräusch von Reitern, die unter den Bäumen hervorgaloppiert kamen und die Verfolgungsjagd begannen. Bryony wimmerte vor Angst, als sie einen Blick über die Schulter warf. Eine Kugel zischte durch die Finsternis und schoß an ihrem Kopf vorbei. Noch einige andere Schüsse zerrissen die Stille, und Bryony beugte sich weit über den Hals der Stute, die in halsbrecherischem Tempo weiterjagte.

Jack war dicht hinter Bryony, und seine antwortenden Schüsse schallten dumpf in ihren Ohren. Sie hörte in der Ferne einen Schrei. Eine von Jacks Kugeln hatte offenbar getroffen.

Jack schrie ihr zu, im nächsten Wäldchen Schutz zu suchen. Ihr Pferd schien instinktiv darauf zuzuhalten, und sie ließ ihm die Zügel schießen. Mit geschlossenen

Augen klammerte sie sich an der Mähne fest und betete, daß sie rechtzeitig den Schutz der Bäume erreichen würden.

»Miss Shaw!« Ihr Name hallte durch die Nacht. Die Tatsache, daß einer der Männer ihren Namen kannte, ließ sie erschauern. Aber natürlich mußte er ihren Namen kennen! Waren sie nicht immer in ihrer Nähe gewesen, in den Schatten von Willow Hills und auf den Straßen durch Britannien?

»Wenn Sie Ihrem Bruder helfen wollen, geben Sie diese wahnsinnige Flucht auf und hören Sie mir zu. Ich kann Ihnen helfen.«

Sie versteifte sich im Sattel und konnte in ihrer Verwirrung einen Moment nicht mehr klar denken. Sie hatte diese Stimme schon einmal gehört ... Jetzt war sie gedämpft, entfernt.

»Tun Sie, was ich sage!« rief der Reiter, der jetzt schon sehr viel näher war. Furcht schnürte Bryony die Kehle zu, und sie zwang ihr Pferd, noch schneller zu laufen.

Jack war neben ihr, so dicht, daß sie sein Knie an ihrem spürte. »Hör nicht auf sie«, warnte er sie keuchend. »Sie wollen dich bloß verwirren, das ist alles.«

Bryony biß grimmig entschlossen die Zähne zusammen, als die ersten Bäume auftauchten. Zweige schlugen ihr ins Gesicht, und sie kauerte sich noch tiefer in den Sattel. Die Stute stolperte, und Bryony schrie erschrocken auf. Als das Pferd sich wieder fing, versuchte Bryony, ihr wild pochendes Herz zu beruhigen, aber es gelang ihr nicht.

Beide Pferde liefen automatisch langsamer, als der Boden noch viel trügerischer wurde. Jack ergriff die Zügel ihrer Stute und zog daran. Bryony konnte ihr Pferd erschauern spüren, als es mit einer scharfen Wendung Jacks Befehl gehorchte.

Die Männer waren immer noch dicht hinter ihnen, aber ihre Pferde hatten die gleichen Schwierigkeiten mit dem Gelände. Die Männer fluchten und hieben mit ihren Schwertern auf die Büsche ein. Jacks Hengst, der dicht vor Bryony ging, hatte eine Wendung von neunzig Grad beschrieben, mit der er die Verfolger irregeführt und einen kleinen Vorsprung gewonnen hatte. Nun wendete Jack das Pferd von neuem und lenkte es dann direkt auf die Verfolger zu.

Einmal blieb er stehen, und Bryonys Pferd begann hinter ihm nervös zu tänzeln. Sanft strich er der Stute über die Nüstern, und das Tier beruhigte sich.

Die Männer kamen nahe an ihnen vorbei. Bryony konnte sie hören, sie waren höchstens zehn Meter entfernt. Sie war so verängstigt, daß sie wie erstarrt im Sattel saß und das Sattelhorn so fest umklammerte, daß ihre Hände schmerzten.

Durch die Vegetation konnte sie die dunklen Umrisse der Reiter sehen, die sich durch die Sträucher kämpften. Aber da sie nicht erwarteten, daß sie so dicht in ihrer Nähe waren, bemühten sie sich, flott voranzukommen.

Die Gefahr war noch nicht vorbei, nur vorübergehend gemildert, als die Männer aus ihrer Sicht verschwanden und ihre Stimmen leiser wurden.

»Weiter«, flüsterte Jack. Er führte beide Pferde aus dem Wald und zurück zu einer Straße, die sie früher an diesem Abend überquert hatten. Die Sterne waren hinter einer Wolkenbank verborgen. Trotzdem schien Jack den Weg zu kennen. Als sie die Bäume in sicherer Distanz zurückgelassen hatten, begannen sie im Trab zu reiten, froh, daß das Heidekraut den Hufschlag dämpfte.

An der Straße hielten sie an und schauten sich auf dem ausgedehnten Moorgelände um, aus dem vereinzelte Granitfelsen und einige wenige Bäume ragten. Von ihren Verfolgern war nichts mehr zu sehen.

Der erschöpften Pferde wegen mußten sie sehr langsam reiten und hielten schließlich an einer Lichtung neben der Straße an. Bryony war so erschöpft, daß sie das Gefühl hatte, im Sattel einzuschlafen.

Jack hob sie aus dem Sattel, aber seine Arme zitterten vor Müdigkeit. Rücken an Rücken ließen sie sich an einen Baumstamm sinken und die Pferde grasen.

»Was meinte dieser Mann, als er sagte, daß er mir helfen könne? Was weiß er, was ich nicht weiß?« fragte Bryony mißtrauisch.

Jack lachte müde. »Er versuchte nur, dich zu verwirren, um irgendwie an dich heranzukommen.« Er rieb sich nachdenklich den Bart. »Ich würde alles tun, um dich zurückzukriegen, falls es ihnen je gelänge, dich zu fassen.«

Bryonys Gesicht hellte sich auf. »Würdest du das wirklich tun? Und ihnen sogar die Karte geben?« Sie beobachtete ihn in der Dunkelheit und fürchtete die Antwort.

»Sogar die Karte.«

Sie seufzte vor Erleichterung. Ihre müden Arme um seinen Nacken schlingend, wisperte sie: »Danke. Das war das schönste Kompliment, das du mir je gemacht hast. Bisher war dein Auftrag stets das Wichtigste für dich.«

Dennoch hegte sie noch immer Zweifel. Es war leicht zu *sagen*, aber das hieß nicht, daß er es wirklich auch so meinte. Aber sie verdrängte ihre Zweifel, weil sie es vorzog, ihm zu glauben.

An den Baum gelehnt, dösten sie ein wenig, und Bryonys Körper war steif vom Sitzen, als Jack sie eine halbe Stunde später weckte. »Wir sollten weiterreiten. Die Sonne wird bald aufgehen, dann können wir uns nicht mehr auf den Schutz der Dunkelheit verlassen.« Er pfiff nach ihren Pferden.

Sie saßen auf und schauten in beide Richtungen der Straße, sahen aber nichts als Finsternis.

»Ich möchte noch vor Tagesanbruch in Wetheral sein.

Hoffentlich ist mein Kontaktmann schon gekommen. Er wird uns auf sicherem Weg nach Schottland bringen«, erklärte Jack und trieb sein Pferd zum leichten Galopp an.

»Soll das heißen, daß noch immer Krieg ist?«

»Nicht wirklich, aber die Rotröcke sind überall und verfolgen schottische Soldaten. Sie versuchen, jede Spur des Aufstands auszumerzen, indem sie die letzten verbliebenen Getreuen Stuarts hetzen und zur Strecke bringen. Jeder, der kein Mitglied der Britischen Armee ist, ist verdächtig.«

»Verstehe. Dein Freund muß sehr geschickt darin sein, den britischen Truppen zu entkommen, wenn er uns durch halb Schottland führen will, ohne gefaßt zu werden.«

»Das ist er. Wie du bald schon selber merken wirst.«

Sie ritten schweigend weiter. Als sich der Himmel allmählich rosa färbte, ritten sie in das schlafende Wetheral vier Meilen östlich von Carlisle ein.

»Wir sollten die Pferde hierlassen und zu Fuß weitergehen. Das wird weniger Aufmerksamkeit erregen.«

Sie banden die Pferde auf einer Wiese an dem kleinen Fluß an, der am Dorf vorüberfloß. Jack erklärte, dies sei der River Eden, und zeigte auf einen Wachtturm auf der anderen Seite. »Das ist Corby Castle. Sie benutzten es vor zweihundert Jahren als Bollwerk gegen die Schotten.«

»Du weißt sehr viel.« Bryony folgte ihm, froh, die Beine nach dem langen Ritt bewegen zu können.

»Türme wie diese findet man hier häufig.«

Große Steinhäuser säumten den dreieckigen Dorfplatz. Die vorherrschende Farbe hier war Grau – graue Schieferdächer, graue Mauern und graues Kopfsteinpflaster. Die kleinen Gärten waren gepflegt und von Mauern aus aufgetürmten Steinen umgeben, aber es fehlte ihnen die Opulenz der Gärten weiter südlich. Sogar die Obstbäume waren kleiner.

Dennoch wucherten die Weinreben an den Mauern hier ebenso üppig wie im Süden, und die spröde Majestät des Dorfes war weiter südlich nicht zu finden. Die Dörfer hier besaßen Würde wie die Berge, unter denen sie errichtet worden waren.

Niemand war so früh schon auf, und die Hauptstraße war verlassen.

»Trout Inn« stand auf einem abblätternden Schild an einem der größeren Gebäude bei der Kirche.

»Das ist unser Treffpunkt«, sagte Jack. »Aber jetzt verstecken wir uns lieber, bis wir wissen, ob mein Kontaktmann bereits eingetroffen ist.«

»Und wie willst du das herausfinden?«

»Er nimmt stets dasselbe Zimmer – das mit dem Fenster an der Hausecke. Er wird die ganze Nacht eine brennende Kerze am Fenster stehenlassen, wenn er da ist. Bis jetzt sehe ich aber noch keine.«

Jack führte sie hinter den Gasthof zu den Stallungen. Sie waren recht bescheiden, da dem Gasthaus keine Postkutschenstation angeschlossen war. »Es ist der ideale Augenblick zum Schlafen. Wer weiß, wann wir das nächste Mal Gelegenheit dazu bekommen.«

Nachdem er sich noch einmal nach dem Gasthaus umgesehen hatte, öffnete Jack vorsichtig die Stalltür und trat ein. Das Stroh auf dem Heuboden war weich und wohlriechend, und auf der anderen Seite des Raumes war sogar ein glasloses Fenster, das nach vorne auf den Hof hinausging. Wenn gegenüber eine Kerze angezündet wurde, würden sie es sofort merken.

Sie legten sich ins weiche Heu und waren wenige Minuten später schon fest eingeschlafen.

35

Bryony hatte keine Ahnung, wie lange sie geschlafen hatte, aber es war schon wieder dunkel, als sie die Augen aufschlug. Jack schlief noch immer friedlich neben ihr.

Sie schlich zum Fenster, spähte vorsichtig hinaus und atmete tief die frische Nachtluft ein.

Es brannte Licht im Fenster gegenüber.

Aufgeregt lief sie zu Jack zurück und weckte ihn mit einem Kuß. »Er ist da«, wisperte sie.

»Wa … Wer?« Jack rieb sich die Augen.

»Dein Kontaktmann.«

Jack kam nur langsam zu sich und legte einen Moment den Kopf auf seine Knie. Seine Schultern hingen schlaff herab, und Bryony erkannte, wie sehr die lange Reise seine bereits angegriffene Gesundheit noch geschwächt hatte.

»Ich habe Hunger«, sagte er und hob den Kopf. »Wie lange ist es her, seit wir zum letzten Mal gegessen haben?«

Bryony erinnerte sich nicht, aber ihr Magen zog sich zusammen.

»Das Wichtigste zuerst«, erklärte Jack. »Wir müssen uns bei unserem Kontaktmann melden.«

Sie klopften ihre Kleider ab, aber die Knitterfalten ließen sich nicht glätten. Bryony hätte eine Goldguinee für ein Bad gegeben.

Ein Stallbursche schnarchte auf einem Stuhl unter

dem Heuboden, erwachte aber nicht, als sie vorbeigingen. Die Tür stand weit offen, und Jack warf einen Blick hinaus, bevor er Bryony zu verstehen gab, daß der Hof verlassen war.

Wie Diebe schlichen sie an den Wänden entlang zum eigentlichen Gasthaus. Jack kauerte sich neben ein Fenster und warf einen Blick hinein. Nach dem Gelächter und Gesang zu urteilen, mußte dies der Schankraum sein.

Sie hörte, wie Jack nach Luft schnappte, und packte ihn am Arm. »Was ist? Was siehst du?«

»Unsere *Freunde* von der Straße.«

»Woran erkennst du, daß es diese Männer sind?«

»Weil sie aussehen, als wären sie durch halb England geritten.« Jack gestattete ihr nicht, einen Blick hineinzuwerfen. »Nein! Sie könnten uns sehen«, warnte er und zog sie wieder um die Hausecke. »Meinen Kontaktmann habe ich noch nicht entdeckt. Laß sehen, ob er in seinem Zimmer ist.«

Er hob kleine Kieselsteine auf und warf sie an das Fenster. Bryonys Blick glitt nervös zu der Schankraumtür, als die Steine gegen die Scheibe klirrten, aber keiner kam, um nachzusehen.

Ein Schatten erhob sich in dem Zimmer, schwankte und verschwand, als eine Gestalt im Fenster auftauchte. Er öffnete einen Flügel, um hinauszusehen. »Wer ist da?« fragte eine tiefe Stimme barsch.

Bryony sah eine elegant gepuderte Perücke, aber das Gesicht darunter war im Dunkeln nur verschwommen zu erkennen.

»Pst, ich bin's!« zischte Jack.

Der Kopf mit der Perücke beugte sich weit vor. »Jack, du Schnecke! Bist du's wirklich endlich? Seit zwei Tagen warte ich nun schon in diesem gottverlassenen Nest. Ich sterbe fast vor Langeweile.«

»Pst, du Idiot! Willst du die ganze Welt auf dich aufmerksam machen? Unsere Feinde sitzen unten in der Schenke.«

Fingerspitzen klopften auf das Fensterbrett, und ein leiser Pfiff zerriß die Stille. »Doch nicht die vier Männer unten? Einer von ihnen wurde von einem Schotten angeschossen – oder behauptet es zumindest. Ich habe bei der Quadrille zwanzig Guineen gewonnen.«

»Genau die Männer sind es, und ich bin nur ein halber Schotte. Komm herunter, du Witzbold.«

Bryony schaute staunend zu, wie ein elegant bekleidetes Bein sich über den Fenstersims schwang und dann zwei Stiefel Halt unter den Steinen zwischen dem dichten Efeubewuchs suchten. Der Abstieg des Mannes ging so rasch vonstatten, daß sie nicht verstehen konnte, wie er es geschafft hatte. Im nächsten Augenblick schon stand er vor ihr, eine prächtige Erscheinung in einem roten goldbetressten Satinrock und einer makellos gepuderten Perücke. Er klopfte sich gewissenhaft den Rock ab.

»Sie!« war alles, was Bryony hervorbringen konnte.

»Wer? Was?« fragte Jack erschrocken.

»Das ist der Mann, mit dessen Kutsche wir in East Grinstead zusammenstießen. Als du bewußtlos in der Kutsche lagst, Jack.«

Der ›Exquisite‹ starrte sie hochnäsig an. »Das ist doch ...! Sind Sie nicht die Dienstmagd ...«

Er verstummte, als Jacks Faust ihn an der Wange traf. »Hüte deine Zunge! Miss Bryony Shaw ist eine Dame von Stand.«

Der Exquisite pfiff durch die Zähne. »Donnerwetter! Dann muß sie Reggies Schwester sein.« Er streifte ein unsichtbares Stäubchen von seinen Manschetten ab, die aus feinster Spitze waren. »Ich hätte nie gedacht, daß der alte Junge eine so schöne Schwester hat.« Er machte einen übertriebenen Hofknicks vor ihr, und Bryony konnte nur mit Mühe ein hysterisches Gelächter unterdrücken. »Marquis von Brambleberry – zu Ihren Diensten, Madame.«

»Brambleberry? Na, das ist ja köstlich!« sagte Jack und lachte. »Was als nächstes? Der Herzog von der Schweinepfote? Carey, du Narr, nimmst du eigentlich niemals etwas ernst? Es überrascht mich, daß du noch am Leben bist, so wie du dem Kanonenfeuer in Culloden Trotz geboten hast.«

»All dieser Schlamm auf dem Schlachtfeld hat meine Stiefel ruiniert«, beschwerte sich der mysteriöse Carey. »Zwei meiner Männer haben zwei Stunden lang wie wild poliert, um die letzten Spuren zu entfernen. Aber ich denke, es ist hoffnungslos. Das Leder wird nie wieder so wie früher sein.«

Bryony starrte von einem Mann zum anderen. Verlor *sie* allmählich den Verstand, oder waren diese beiden hier verrückt geworden?

Plötzlich umarmten sich die beiden Männer. »Ich bin froh, daß du gekommen bist«, sagte Carey.

Jack flüsterte ihm etwas zu und sagte dann zu Bryony: »Das ist mein Cousin Carey McLendon. Er war bis vor kurzem noch in Frankreich, um König Louis' Hilfe und Unterstützung für den Prinzen zu erbitten.«

Bryony konnte fast nicht glauben, daß dieser Dandy jemand war, den Prinz Charles Edward Stuart mit einer derart wichtigen diplomatischen Mission betrauen würde. »Ich … es ist mir ein Vergnügen«, sagte sie mit einem kleinen Knicks.

Der Exquisite warf den Kopf zurück und lachte.

»Pst, du Idiot! Willst du, daß sie uns entdecken?«

Mr. Carey McLendon wischte sich mit einem Spitzentuch über die Augen, ohne auch nur die kleinste Beunruhigung erkennen zu lassen. »Also gut, von mir aus können wir gleich aufbrechen. Aber nicht ohne meinen Spazierstock. Allein die goldene Spitze ist schon ein Vermögen wert.«

Jack verdrehte die Augen, als der Exquisite wieder die Mauer hinaufstieg und im Zimmer verschwand.

»Ist er ... äh ... immer so?« fragte Bryony.

Jack nickte. »Ja, er nervt mich wie kein anderer. Aber er verfügt auch über einen glänzenden Verstand und hat einige der gefährlichsten Aufträge übernommen, die je existierten.«

»Für den Prinzen?«

Jack zuckte mit den Schultern. »Für ihn und andere.«

»Ich verstehe nicht.«

»Nun, er ist eine Art Söldner, wenn du es schon wissen willst. Das schwarze Schaf unserer Familie.«

Bryony dachte noch über seine Worte nach, als McLendon wieder herunterkam, diesmal mit einem Spazierstock unter einem Arm, den er vor Jack herumwirbeln ließ. »Hübsch, nicht wahr? Er hat mich in Paris ein kleines Vermögen gekostet.«

Nach einer weiteren Verbeugung vor Bryony reichte er ihr den Arm. »Gehen wir?«

»Wo ist unsere Kutsche?« fragte Jack.

»Draußen vor dem Dorf.«

»Und Ihre Gattin?« fragte Bryony.

»Ah! Sie meinen meine korpulente Reisegefährtin in East Grinstead. Unsere Wege trennten sich, nachdem ich eines Abends beim Kartenspiel fünfhundert Pfund von ihr gewann.«

Bryony schaute Jack an und sah ihn lachen. »Das muß ein Schauspiel gewesen sein. Ich wünschte, ich wäre dabeigewesen«, bemerkte er bedauernd.

Als sie weitergingen, erzählte Bryony ihm von ihrer ersten Begegnung mit McLendon.

Jack stöhnte. »Du warst also doch da!« sagte er zu Carey.

»Und er nahm das beste Zimmer in dem Gasthaus«, fügte Bryony wehmütig hinzu und bedachte ihren Begleiter mit einem ärgerlichen Blick.

»Tja! Wenn ich das gewußt hätte ...« verteidigte sich der Spitzbube grinsend.

Jack stieß ihn so hart in den Rücken, daß er stolperte. »Du hättest mich lieber an meiner Verwundung sterben lassen, als dein Zimmer abzugeben, was?«

McLendon schnaubte und wechselte das Thema. »Wo ist denn die verdammte Kutsche?«

Sie kam schon bald auf einem Bauernhof in Sicht. Die Pferde grasten auf der Koppel, der Kutscher schlief in der Kutsche, lang ausgestreckt auf dem Sitz und zugedeckt mit dem Umhang seines Herrn. Sein Schnarchen fand ein abruptes Ende, als McLendon ihn am Jabot packte und wachrüttelte.

Zehn Minuten später waren die Pferde angeschirrt. Jack hatte inzwischen sein und Bryonys Tier geholt, und als sie hinten an der Kutsche angebunden waren, verließ die kleine Reisegruppe das verschlafene Nest Wetheral.

Sie überquerten die Grenze nach Schottland am darauffolgenden Morgen. Statt der normalen Landstraße wollten sie nun die Wege nutzen, über die Schaf- und Rinderherden getrieben wurden, mit der Kutsche bis nach Glasgow fahren und von dort zu Pferd dann in die Berge weiterreisen.

Carey schien nicht zu ermüden, obwohl sie Tag und Nacht unablässig unterwegs waren. Bryony war dankbar für die gut gefederte Kutsche und schlief soviel wie möglich. Jack fühlte sich offenbar sehr wohl in der Gesellschaft seines schottischen Cousins, obwohl Bryony gewisse Zweifel an der angeblichen Verwandtschaft dieser beiden Männer hegte.

Gewöhnt daran, daß Jack nur ungern etwas von sich preisgab, stellte Bryony ihm keine Fragen nach Careys Vergangenheit. Und dennoch hätte sie sich keine aufmerksameren Gefährten wünschen können, was eine angenehme Veränderung nach den gefahrvollen letzten

Tagen war. Beschützt von diesen beiden Männern, fühlte sie sich sicher.

Eines Morgens, südlich von Glasgow, wurde die Kutsche von einem Trupp britischer Soldaten angehalten. Jack gab Bryony ein Zeichen, still zu sein. Sie überreichte ihm ihre Papiere und tat, als schliefe sie.

Carey nahm einen hochnäsigen Tonfall an und spielte geradezu perfekt die Rolle des Marquis von Brambleberry. Nachdem der befehlshabende Offizier ihre Papiere geprüft hatte, ließ er sie nach einer zackigen Verbeugung und einer Entschuldigung weiterfahren.

Bryony hätte für ihr Leben gern Jacks Papiere gesehen, aber irgendwie hatte sie auch Angst davor. Sie wußte nicht, ob sie es ertragen hätte, zu entdecken, daß der Name, unter dem er reiste, auch nur wieder eine Täuschung war.

Carey McLendon war ein gutaussehender Mann mit breiten Schultern, schmalen Hüften und langen Beinen. Aber seinen Augen, die grün waren wie die See bei Regen, fehlte das Feuer, das in Jacks dunklen Augen brannte. Trotzdem hatte Bryony den Verdacht, daß sich hinter Careys glatter Fassade ein explosives Temperament verbarg. Sie hatte einen flüchtigen Blick darauf getan, als er mit den Soldaten gesprochen hatte.

Die zweite irritierende, wenn auch komische Seite von Carey war seine beständige Besorgnis um seine Garderobe. Er erschien jeden Morgen mit frisch frisierter Perücke. Was für eine Haarfarbe er wohl wirklich hat, überlegte Bryony und versuchte, einen Weg zu finden, ihm wie durch Zufall die Perücke abzureißen. Carey schlief fast nie, seine Kleidung wies nie auch nur die kleinste Falte auf, und seine Strümpfe waren immer makellos.

In Bryonys Augen war Jack mit seinem dichten Bart und der schlichten Kleidung viel attraktiver. Sie wußte, daß sie ihn nie vergessen würde, wenn er sie verließ. Er hatte sie für die Liebe jedes anderen Mannes verdorben.

Aber leider gab es keine Garantie dafür, daß er sie noch an seiner Seite wollen würde, wenn ihre Aufgabe erledigt war.

36

Die vier Ganoven stritten im Hof des ›Trout Inn‹ in Wetheral. Ihr Anführer, der als einziger eine Perücke trug, war mit einem blauen Satinrock mit kostbaren Stickereien bekleidet. Um die Schultern trug er einen dunklen Umhang, unter dem die goldenen Verzierungen an der Scheide seines Schwertes schimmerten. Seine Augen funkelten erzürnt.

»Sie waren gestern nacht hier! Der Stalljunge hat sie gesehen, als sie mit dem Dandy weggingen. Er muß ein Kontaktmann der Jakobiter sein. Er hatte eine Kutsche auf einem Bauernhof am Rand des Dorfes abgestellt.« Wütend befingerte er den Griff des Schwerts. »Wir hätten sie uns schnappen können! Sie sind zusammen weggefahren. Der Junge sah zwei Pferde, die hinten an der Kutsche angebunden waren, als sie nach Norden aufbrachen.«

Er fluchte aufgebracht. »Ich kann euch eure Dummheit nicht verzeihen – und mir meine eigene genausowenig. Aber dieser Dandy wird leicht zu verfolgen sein, und sie sind bei ihm.« Er wandte sich an Archie, den Schotten mit dem roten Haar. »Du hast immer geprahlt, du wärst ein guter Späher. Jetzt kannst du es beweisen.«

Archie schnaubte. »Dies ist meine Heimat. Ich kenne sie so gut wie meine Westentasche.«

»Was tun wir, wenn wir sie finden?« fragte Joe, der dunkelhäutige Schmied.

Der Mann mit der Perücke starrte ihn verächtlich an. »Wir nehmen ihnen das Gold ab, was denn sonst? Dann werden sie sterben, alle drei. Wir werden doch keine Zeugen am Leben lassen, und außerdem bin ich es leid, daß Miss Shaw ihre Nase in Dinge steckt, die sie nichts angehen.«

Ohne den Verwundeten – den Mann mit dem wirren weißen Haar – machten die drei sich auf den Weg nach Norden. Die Radspuren der Kutsche waren noch frisch. Eines der Pferde hatte ein schlechtsitzendes Hufeisen, das gut erkennbare Abdrücke im Staub der Straße hinterließ.

Einen Tag später hatten Jack, Bryony und ihr geckenhafter Freund die Kutsche und das schottische Flachland hinter sich zurückgelassen und ritten am Ufer des Gare Loch entlang in Richtung Arrochar. Die Wellen glitzerten im Sonnenschein, der klare Himmel verlieh dem Wasser seine strahlend blaue Farbe. Im Norden ragte der Ben Vorlich mit seinen schneebedeckten Gipfeln auf, deren Spitzen in den Wolken lagen. Nach Osten hin erhob sich ein Gebirgszug, dessen höchste Erhebung der Ben Lomond war. In den Buchten um das Loch schmiegten sich ärmliche kleine Lehmhütten an die Felsenküste. Windgepeitschte Birken klammerten sich mit ihren Wurzeln in der dünnen Erdschicht fest, und ihre goldenen Blätter bewegten sich im gleichen Rhythmus wie das Wasser, das um ihre Wurzeln schwappte.

»Es überrascht mich sehr, mein Freund, daß du die Voraussicht hattest, gute Pferde zu besorgen«, sagte Carey zu Jack und zupfte wieder an einer seiner Spitzenmanschetten.

Jack, der zwischen Carey und Bryony ritt, lachte und schüttelte im Scherz die Faust. »Wenn du mich ärgern willst, wirst du dich schon ein bißchen mehr bemühen müssen.«

»Dich ärgern, ich?« entgegnete der andere Mann mit unschuldsvoller Miene. »Ich sprach nur von den Pferden, was dachtest du denn?«

Um Jacks Lippen zuckte es. »Gar nichts. Wir brauchen starke Pferde – sie sind unsere einzige Chance, den Männern, die uns folgen, einen Schritt vorauszubleiben. Sie werden nicht an der Grenze aufgeben, sondern uns auch weiterhin verfolgen.« Er wurde ernst und rieb sich nachdenklich den Bart. »Ich hoffe nur, daß sie die Berge nicht so gut kennen wie du.«

»Das tun sie ganz bestimmt. Wenn nicht, würden sie sich gar nicht erst nach Schottland wagen, sondern jemand schicken, der die Schmutzarbeit für sie erledigt.« Carey polierte das Gold an seinem Spazierstock mit einem makellosen Taschentuch. »Du hättest sie schon längst beseitigen sollen.«

Jack warf Bryony einen Blick zu, und ihr war, als striche ihr eine kalte Hand über den Rücken. »Ja, das hätte ich«, erwiderte er. »Aber da ich mehrere Tage außer Gefecht war, war ich leider nicht dazu in der Lage.«

Carey wandte sich zu Bryony. »Sind Sie die einzige, die glaubt, Ihr Bruder sei ermordet worden?« fragte er.

»Nein, ich glaube es auch«, warf Jack ein. »Und ich werde es eines Tages auch beweisen – hoffentlich schon bald.«

Bryony dachte über seine Worte nach, und eine süße Wärme stahl sich in ihr Herz. Jack mochte zwar ein Flegel sein, aber er hatte sie in ihren Bemühungen, Reggies Mörder zu finden, immer unterstützt. Tatsächlich hatte er sogar sehr viel Zeit damit verschwendet, ihr zu helfen.

In den folgenden drei Nächten schliefen sie in geröllbedeckten Buchten und in Höhlen, die die Kälte von hundert Wintern bewahrt zu haben schienen. Bryony fror ständig, aber den Männern schien es nicht viel auszumachen. Jack hüllte sie in eine zusätzliche Decke und strich ihr tröstend über den Rücken, als er ihr Unbehagen spürte. Ihre Feinde waren nirgendwo zu sehen, aber Bryony fühlte die Bedrohung, die von ihnen ausging.

Als sie tiefer in die Highlands eindrangen und die verbotenen Täler am Fuß des mächtigen Ben Nevis durchquerten, war Bryony zutiefst beeindruckt von der majestätischen Schönheit dieser Berge, die von steilen silberblauen Fjorden durchzogen waren. Sie dachte, daß die Aussicht ihrem Kutscher Jules sehr gefallen hätte, wenn er dabeigewesen wäre, erkannte aber auch, daß es unmöglich wäre, diese Berge mit der Kutsche zu durchqueren.

Sie lächelte, als sie an Clover dachte und sich vorstellte, was er zu all der Pracht gesagt hätte: »Jesses, Mylady, so was hab' ich ja noch nie gesehen!«

Es war schwer zu glauben, daß das Heidekraut der Highlands rot vom Blut der Briten *und* der Schotten war.

Je weiter nördlich sie kamen, desto mehr Spuren vergangener Schlachten sahen sie. Lehmhütten, die verkohlt vom Feuer waren, und Bauern, die die Reiter mißtrauisch und finster anstarrten.

Bryony versuchte, ein Gespräch mit den Bewohnern der Highlands zu beginnen, aber sie ignorierten sie. Hier und da trafen sie auf britische Armeelager, in denen die roten Uniformen nur unbedeutende Farbtupfer in einem Meer aus grauen, braunen und dunkelgrünen Tönen war.

Sie überquerten einen Paß in den Bergen, der zu Loch Linnhe auf der anderen Seite herunterführte. Eine Fähre setzte sie und ihre Pferde über. Der Wind roch frisch und kühl wie Quellwasser und versetzte Bryony in ein Gefühl der Euphorie. Der Himmel war klar wie ein polierter Globus, aber im Nordwesten zogen dichte graue Wolken auf. Das Wasser des Lochs kräuselte sich und schwappte gegen die flachen Seitenwände der Fähre.

Jack legte den Arm um Bryonys Schultern und fragte, ob sie je einen grandioseren Anblick gesehen hatte.

»Nein«, erwiderte sie aufrichtig, »das ist wirklich herrlich.«

»Wo wir hinreiten, wirst du eine Stille vorfinden, die dich beruhigen und heilen wird.« Er bückte sich und küßte sie auf die Wange. »Ich werde nie vergessen, wie deine Augen heute waren – klar und ungetrübt wie dieser wundervolle Himmel über uns und blau wie das Wasser des Lochs, das sich in ihnen widerspiegelt.«

Sie lächelte und strich mit dem Finger über seine Wange. »Das klingt ja beinahe traurig.«

Carey räusperte sich. »Schaut euch nur nicht zu tief in die Augen, sonst fallt ihr noch ins Wasser.«

»Unsinn!« sagte Jack. »Du bist bloß neidisch.«

Bryony warf Carey einen Blick zu. Kein Härchen war verrutscht an seiner Perücke, obwohl der Wind an ihren eigenen Haaren zerrte.

Careys Blick glitt bewußt langsam über sie. »Hm, vielleicht bin ich in der Tat ein bißchen eifersüchtig«, gab er augenzwinkernd zu.

Jack legte die Hand an seinen Schwertgriff. »Denk diesen Gedanken nicht einmal zu Ende«, warnte er, und seine Augen funkelten.

Carey lachte. »Du warst schon immer leicht erregbar«, sagte er. »Ich habe es nicht auf deine Dame abgesehen.«

Bryony errötete bei seinen Worten und wandte sich ab. Jack legte beschützend einen Arm um sie. »Er ist bloß ein schrulliger alter Junggeselle. Er hat noch nie eine Frau geliebt, zumindest nicht mehr, seit eine gewisse Lady D ihn sitzenließ.«

Wut blitzte in Careys Augen auf, und er wurde leichenblaß. Abrupt wandte er sich ab und starrte zur Küste hinüber, die sie schon beinahe erreicht hatten.

Abends war Bryony schwach vor Hunger und Erschöpfung. Sie sehnte sich nach einem Bett und einer warmen Mahlzeit, doch das einzige, was sie bekam, waren ein Ballen Torf für das Lager, zwei Scheiben Brot mit Schinken und eine Flasche Starkbier.

Nachdem sie das Bier getrunken hatte, wurden ihre Lider schwer, und sie schlief ein.

Am nächsten Nachmittag, nach einem anstrengenden Ritt durch steile Berge, wo die Luft dünn war und Nebel um die Beine der Pferde waberte, erreichten sie ihr Ziel, ein schmales Tal zwischen zwei zerklüfteten Bergkämmen. Ihr wolkenverhangener Gipfel, Sgurr na Chiche, ragte hinter ihnen auf, als wolle er sie mit seiner Steinmasse erdrücken.

Es waren die unwirtlichsten Berge, die Bryony bisher gesehen hatte. Der trügerische Boden war mit Geröll bedeckt, auf dem nichts anderes als Moos und hier und da ein bißchen Heidekraut wuchs.

Genau in der Mitte des Tals, wo die Erdschicht etwas dicker war, erhob sich eine Reihe karger Bäume. Die Reiter ritten darauf zu.

Bryony erinnerte sich, daß ein solches Wäldchen auf der Karte eingetragen war. Aber sie sah schon bald, daß die Bäume keinen Schutz boten und der vom Moos schlüpfrige Boden mit Felsbrocken übersät war.

Am Ende ihrer Kräfte angelangt, suchte Bryony sich den bequemsten Felsen aus und setzte sich. Sie sah zu, wie Jack und Carey die Karte ausbreiteten und sie studierten. Sie stritten offenbar und drehten die Karte mal in diese Richtung, mal in jene. Sie gestikulierten wild und schrien sich an, bis Bryony beschloß, daß sie genug hatte.

Mit einer Stimme, die schwach war vor Erschöpfung, verlangte sie die Karte. Sie runzelten die Stirn und reichten sie ihr widerstrebend. »Was meinst du?« fragte Jack.

Die Zeichen waren verwirrend; die verschlungenen Buchstaben »C« und »S« befanden sich etwas höher seitlich am Berg, aber ein Pfeil deutete auf die Talmitte, wo die Bäume standen. »Nun, es muß entweder hier sein – «, sie berührte den Punkt, auf den der Pfeil hinwies, » – oder dort oben an dem Berg.«

»Ich werde mich ein bißchen umsehen.« Carey ging in die Richtung, die der Pfeil bezeichnete, und bückte sich – aber nur, um ein Klümpchen Erde von seinem Stiefel abzuwischen.

Bryony verdrehte die Augen, als sie ihm folgte. Die Sonne, die das Tal erhellte, konnte jeden Augenblick hinter den Bergen untergehen. Lange purpurrote Schatten erstreckten sich bereits über das Land.

Bryony kniete sich auf den Boden, um das Moos zu untersuchen. Als sie einen Finger in den weichen Teppich bohrte, merkte sie, daß nur Granit darunter war. »Es ist ausgeschlossen, daß sie hier etwas vergraben haben«, erklärte sie und wischte sich den Schmutz von ihren Händen.

Jack beschattete mit der Hand die Augen vor der Sonne und schaute aufmerksam zum Kamm des Berges auf. »Hört ihr etwas?« fragte er gespannt.

»Nein«, erwiderte Bryony. »Was glaubst du denn zu hören?«

»Pferde.«

Sie alle lauschten angestrengt, aber nichts bewegte sich. Bryony hatte noch nie eine tiefere Stille als in diesen Bergen hier erlebt. Jedes Geräusch, das ihre Füße verursachten, echote mehrfach von den Felsen wider.

Ein unheimliches Gefühl beschlich sie, als sie zu dem Paß aufschaute, über den sie in das Tal gekommen waren. Aber sie sah keine Bewegung, und kein Geräusch erreichte ihre Ohren.

»Das hast du dir nur eingebildet. Beruhige dich, alter Junge«, sagte Carey, aber seine Hand glitt zu seinem vergoldeten Schwertgriff an der Hüfte.

Mit grimmigen Gesichtern studierten die beiden Männer noch einmal die Karte. »Wir müssen das Gold finden. Seine Königliche Hoheit Charles Edward wird um Mitternacht in Glenfinnan erwartet«, murmelte Carey.

Bryony fuhr verwundert auf. Der Prinz! Sie würden das Gold direkt dem Prinzen übergeben!

»Die Botschaft, die ich gestern erhielt, besagte, daß das französische Schiff *L'Heureaux* an der Küste ankert, um ihn nach Frankreich überzusetzen.«

Jack seufzte. »Ich wünschte, es wären bessere Nachrichten gewesen. Glaubst du, all die Mühe wäre jetzt umsonst gewesen?«

»Nein, keineswegs. Tatsächlich wird gerade jetzt das Gold gebraucht. Die Männer hungern. Wenn der Prinz heute nacht in See sticht, wird er bald mit Verstärkung wiederkommen. Seine Soldaten müssen jetzt etwas zu essen haben, um für die nächste Schlacht bereit zu sein.«

»Aber die Sache ist zunächst verloren, nicht?«

Ein gespanntes Schweigen hing für einen Moment lang in der Luft.

Dann nickte Carey. »Der Kampf ist vorbei. Der Prinz wird unter diesen Umständen nicht weiterkämpfen. Es ist eine Belohnung von dreißigtausend Pfund auf seine Ergreifung ausgesetzt. Außer den Rotröcken suchen ihn jetzt auch noch die Kopfgeldjäger.«

»Die Highlander würden ihn nie verraten«, meinte Jack.

»Vielleicht nicht, aber Charles Edward erträgt es nicht mehr, ständig auf der Flucht zu sein. Früher oder später würden sie ihn fassen.«

Sie starrten sich unglücklich an, und in diesem Moment konnte Bryony sogar ihre Gefühle teilen. Sie hatte nie viel über die politischen Gründe für diese aufreibende Reise nachgedacht, aber es war etwas unendlich Deprimierendes an Careys Worten. Die Highlander würden ihren Traum niemals verwirklicht sehen.

Um die Enttäuschung ein wenig zu mildern, mußten sie das Gold finden und es abliefern. Erst dann würde Jack vergessen können. Bryony nahm ihm die Karte aus den steifen Fingern. Sie trat an die Stelle, die der Pfeil bezeichnete, und starrte zu den Bergen auf. Als die Sonne tiefer sank, bemerkte sie einen dunkleren Fleck im Felsen.

»Was ist das?« fragte sie und deutete darauf. »Es sieht wie eine Felsspalte oder Höhle aus.«

Sie starrten zu dem Fleck hinauf, und Jack pfiff durch die Zähne. »Du könntest recht haben, Brye«, sagte er. »Laß uns hinaufsteigen und nachsehen.«

Bryony wollte die Einladung zuerst ablehnen, doch die Aufregung ergriff auch sie, und sie hastete ihnen durch das Heidekraut am Fuß des Berges nach. Der Weg war mühsam, aber sobald sie die erste ausgezackte Plattform erreicht hatte, war das Klettern nicht mehr ganz so schwierig. Indem sie sich von einem Plateau zum nächsten fortbewegte, erreichten sie das dunkle Loch. Jack war bereits dort und Carey nicht weit hinter ihm. Wie ein bunter Pfau hob er sich von der Felswand ab und schwang seinen Spazierstock, als schlenderte er durch Hyde Park.

Bryony drehte sich nach den Pferden unten um. Es wurde sehr schnell dunkel.

Jack stieß einen Schrei aus, als sie zu ihm ging. Er stand über zwei kleine Holztruhen in einer flachen

Berghöhle gebeugt und klopfte das trockene Moos von ihren Deckeln ab. »Ich habe sie gefunden! Seht mal!« Eiserne Bänder hielten die Holzlatten zusammen, und die Scharniere sahen sehr solide aus.

Als Carey kam, versuchten sie, die Truhen zu öffnen. Zu Bryonys Erstaunen zog Carey zwei Schlüssel aus der Tasche, die perfekt in die groben Eisenschlösser paßten. Er konnte die Schlüssel nur direkt aus Frankreich mitgebracht haben …

»Wer sind Sie?« fragte sie, als sie ihre Neugierde nicht länger unterdrücken konnte.

Jack antwortete an seiner Stelle. »Einer von Charles Edwards Adjutanten. Nach Culloden ist er nach Frankreich gesegelt, um über Nachschub an Waffen und Soldaten zu verhandeln.« Er zeigte auf die Kisten. »Das ist, was er bekommen hat – nicht mehr und nicht weniger.«

Bryony riß verblüfft die Augen auf und starrte den geckenhaften Mann vor ihr an. Dann konnte sie ein Kichern nicht mehr unterdrücken. »Sagen Sie, haben Sie wirklich in allen Schlachten mitgekämpft?«

Carey schnaubte. »Selbstverständlich!«

»Aber hatten Sie denn keine Angst um Ihre schönen Sachen?« sah Bryony sich genötigt, ihn zu fragen.

Carey betrachtete einen perfekt manikürten Fingernagel. »Mein Kammerdiener hat die Flecken nie herausgekriegt. Ich mußte mir eine komplette neue Garderobe kaufen, als ich in Frankreich war.«

Bryony mußte lachen, aber sie biß sich auf die Lippen, um den Impuls zu unterdrücken, weil sie ihn nicht kränken wollte. Indem sie sich dem Schatz zuwandte, gelang es ihr, sich zu beruhigen.

In jeder Truhe befanden sich zehn schwere Lederbeutel. Jack nahm einen heraus und zog den Riemen auf. Er schüttete die Münzen in die Truhe und ließ sie durch die Finger gleiten. Die Louisdors schimmerten im nachlassenden Tageslicht. Sie öffneten noch zwei Beutel und schütteten noch mehr Gold auf den Haufen.

»Es ist alles da. Laßt es uns den Berg hinunterbringen«, schlug Jack vor. Mit extremem Kraftaufwand hob er eine der Truhen auf, schrie aber auf vor Schmerz. Nachdem er sie wieder abgesetzt hatte, hielt er sich die Seite. »Verdammt, man sollte meinen, die Beutel wären mit Blei gefüllt. Du wirst mir helfen müssen«, sagte er mit zusammengebissenen Zähnen. »Sonst könnt ihr nämlich meine Leiche mit zurücknehmen.«

Carey ergriff bereitwillig einen der Ledergriffe, und zusammen trugen sie die erste Truhe den Berg hinab. Bryony folgte ihnen und blieb unten, als sie wieder zurückgingen, um die andere zu holen.

Der Abendhimmel war in Rot und Violett getaucht, mit einem Ring von Gold über den Berggipfeln. Das Tal lag bereits im Dunkeln, und Bryony begann in der kühlen Abendluft zu frösteln.

Einen Moment lang glaubte sie, ein schwaches Licht hoch oben auf dem Paß zu sehen. Dann dachte sie, sie könne es sich nur eingebildet haben. Der schmale Schlitz zwischen den Bergen war jetzt dunkler als die Nacht, und nichts bewegte sich.

Ungeduldig erwartete sie ihre Begleiter, und ein ungutes Gefühl begann sie zu beschleichen.

Jack und Carey waren zwei dunkle Punkte an der Bergwand, als sie mit der zweiten Kiste kamen. Doch dann verloren sie plötzlich den Halt im Heidekraut, und fluchend rutschten sie den Rest des Bergs hinunter. Die Truhe blieb weit hinter ihnen liegen.

Bryony kletterte den Hang hinauf und half ihnen, die Truhe in der Dunkelheit zu finden. Sie war so vertieft in ihre Suche, daß sie den langsamen Fackelzug über den Paß nicht sah. Erst als sie sich aufrichtete, bemerkte sie die Lichter. Es waren drei.

»Seht mal!« wisperte sie und deutete auf die näherkommenden Reiter.

»Das könnten Charles Edwards Männer sein«, meinte Carey.

»Nein! Das sind sie nicht!« sagte Bryony mit erstickter Stimme. »Was sollen wir jetzt tun?«

Jack berührte ihren Arm. »Hab keine Angst. Versteck dich hinter einem großen Felsen und komm nicht eher wieder hervor, bis wir hier fertig sind.« Er hatte sein Schwert schon aus der Scheide gezogen.

Carey tat es auch, und beide legten ihre Umhänge und Röcke ab. Jacks Pistolen waren in seinen Rocktaschen, und Bryony nahm sie und die Lederbeutel mit dem Pulver und den Kugeln an sich. Hinter einem großen Felsen kauernd, lud sie die Waffen. Sie würden bereit sein, wenn Jack sie brauchte, schwor sie sich und preßte grimmig die Lippen zusammen. Ihre Hände zitterten, ihre Finger wurden klamm. Sie verschüttete mehr Pulver, als sie in den Lauf gab, und versehentlich leerte sie auch den Beutel mit den Kugeln aus, die im Moos jedoch nicht sehr weit rollten.

Dann hob sie die schweren Waffen, zielte und starrte auf die nahende Gefahr. Sie erschauerte, als sie an das entsetzte Gesicht des Straßenräubers dachte, den sie auf dem Weg nach Cuckfield angeschossen hatte, und war ziemlich sicher, daß sie es nie wieder wagen würde, einen Schuß auf einen Menschen abzugeben. Die drei Reiter hatten sie schon fast erreicht. Im Schein der Fackeln sahen sie geradezu unheimlich aus. Sie waren schlicht gekleidet, soweit Bryony sehen konnte, bis auf einen Mann, der eine Perücke und einen eleganten Überrock trug.

Sie sagten nichts, bis sie die Stelle erreichten, an der Jack und Carey warteten, deren gezogene Schwerter im Schein der Fackeln glitzerten.

»Halt!« schrie Jack. »Wer seid ihr und was wollt ihr?«

Der Mann mit der Perücke lachte böse und ritt weiter, bis der Lichtschein Jacks Gesicht erhellte. Schockiert starrte er ihn an, und die Fackel in seiner Hand begann zu zittern. »Du! Das hätte ich mir denken können! Wer sonst hätte all meine Bemühungen vereitelt haben können?« Seine Stimme zitterte. »Jetzt werde ich endlich dein verräterisches Herz durchbohren!«

Bryony verschlug es den Atem, sie konnte fast nicht glauben, was sie hörte. Es war eine Stimme, die ihr nur zu gut bekannt war.

»Steig vom Pferd und kämpfe, Lippett. Du wirst uns vieles zu erklären haben«, sagte Jack.

Nigel Farnham, Lord Lippett!

Er war ihr quer durch England gefolgt und hatte sie von jenem Augenblick an töten wollen, seit sie über seine Schwelle getreten war und seine Hilfe erbeten hatte.

Blinder Zorn erfaßte Bryony und steigerte sich, bis sie nicht mehr an sich halten konnte. Beide Pistolen schwenkend, trat sie vor. Tränen der Empörung rannen über ihr Gesicht.

»Du ... *Hundesohn!* Ich erschieße dich, das schwöre ich.«

Nigel versteifte sich, als sie in Erscheinung trat, und hob die Hand, wie um sie zu beruhigen. »Bryony! Hör mich an.«

»Ich will nie wieder ein Wort von dir hören. Ich kann dir gar nicht sagen, wie ich dich verachte.« Sie schwenkte bedrohlich die Pistolen und schrie vor Zorn. »Du verdienst zu sterben. Du hast mir das Leben zur Hölle gemacht, seit ich nach England zurückgekommen bin. Ich hatte Angst wie noch nie zuvor in meinem Leben, und das war alles deine Schuld! Eine derartige Gemeinheit hätte ich dir niemals zugetraut!«

Jacks Hand schloß sich um ihren Ellbogen. Sanft

nahm er ihr eine der Pistolen aus den starren Händen und legte sie auf den Boden.

Nigels Augen funkelten triumphierend im flackernden Schein der Fackeln, und Bryony verspürte das überwältigende Bedürfnis, den Abzug der anderen Pistole zu betätigen. Ihre Finger bewegten sich wie von selbst, aber im letzten Augenblick hielt irgend etwas sie zurück.

Sie konnte es nicht tun.

Sie gab Jack die Pistole und lehnte sich in Tränen aufgelöst an seine Schulter.

»Weißt du eigentlich, an wessen Schulter du da weinst, teuerste Bryony?« fragte Nigel spöttisch.

Durch den Schleier ihrer Tränen schaute sie ihn böse an. »Halt den Mund, du Schlange«, zischte sie.

Nigel fuhr jedoch unerbittlich fort. »Der Mann an deiner Seite ist Lord Bentworth, Reggies Mörder.«

Die Welt schwankte, kippte und begann sich um sie zu drehen. Bryony tauchte in einen Strudel des Entsetzens ein, der kein Ende nehmen wollte. Arme packten sie und versuchten sie zu erwürgen, und sie wehrte sich. Sie war in einem Nichts gefangen.

»Nein, nein, nein! Nicht!« War diese hysterische Stimme ihre?

Careys Befehl drang durch ihre Pein. »Nehmen Sie sich zusammen.« Er versuchte, sie auf die Beine zu ziehen, aber sie klammerte sich verzweifelt an das Heidekraut.

Dann kam ihr das Klirren von Schwertern zu Bewußtsein. Bestürzt schaute sie auf. Die Kampfgeräusche wurden von Stöhnen und von lauten Schreien unterbrochen.

Bestiefelte Füße zertraten das Moos an ihrem Kopf, aber sie rührte sich nicht vom Fleck. Starr vor Entsetzen über den Verrat, interessierte es Bryony nicht, ob sie lebte oder starb. Sie wünschte nur, sie würden sich gegenseitig ihre finsteren Herzen durchbohren.

»Gebt mir das Gold, und ich lasse euch alle gehen«, schrie Nigel über das Klirren der Schwerter.

»Nur über meine Leiche«, antwortete Jack.

»Früher oder später wirst du geköpft werden wie alle anderen Jakobiter«, drohte Nigel keuchend.

»Dann wirst du dasselbe Schicksal teilen.« Jacks heftige Attacke zwang Nigel zurück und weg von Bryony. Jack warf sich vor und hieb nach Nigel, dem es gelang, das auf seine Brust zielende Schwert noch abzuwehren. Die Schwerter klirrten in einer Serie von Finten und Paraden. Jack sprang wieder vor, und diesmal prallte sein Schwert an Nigels Schulter ab. Sein linker Fuß verfing sich im Heidekraut, und er stürzte auf ein Knie. Sofort war Nigel bei ihm und stellte einen schweren Stiefel auf Jacks Schwert.

Mit beiden Händen hob Nigel sein Schwert, als wäre es ein Dolch, um Jacks Körper mit der scharfen Klinge zu durchbohren. Erbost warf Jack sich zurück, bekam seine Waffe frei und rollte sich zur Seite. Nigels Klinge brach, als sie mit dem harten Boden in Berührung kam. Im selben Augenblick sprang Jack auf, stürzte vor und streifte mit der Klinge Nigels Schulter.

»Du … Mistkerl!« fluchte Nigel und griff mit schmerzverzerrtem Gesicht nach seiner Schulter. Taumelnd wich er dann zurück, fort aus dem Schein der Fackeln.

Hinter ihm brach ein Kampf zwischen Carey und den anderen Schurken aus, und erboste Stimmen wurden laut. Jack warf sich ins Getümmel, als Nigel stöhnend auf die Knie sank.

Das Geräusch von Dutzenden von schweren Schritten hallte von den Felsen wider, und benommen drehte Bryony sich um. Im flackernden Schein der Fackeln sah sie behaarte Waden und flatternde Schottenröcke.

Ohrenbetäubendes Geschrei zerriß die Luft. Schottische Kriegsrufe! Hilfe war gekommen. Als sähe sie einer griechischen Tragödie zu, sah Bryony einen der drei Schurken, einen dunkelhäutigen Mann, von einem breiten Schwert durchbohrt zu Boden stürzen. Die Beine des rothaarigen Giganten gaben nach, als ein hünenhafter Highlander sich auf ihn stürzte und ihm einen Pallasch in die Brust trieb. Er heulte auf vor Schmerz und blieb dann still im Heidekraut liegen.

Der Kampf endete abrupt. Schweigen breitete sich aus. Schnelles Hufgetrappel, das sich rasch entfernte, hallte durch die Finsternis.

»Wo ist Lippett? Er ist entkommen!« brüllte Carey.

Fluchend und nach Atem ringend ließ Jack sich auf einem Felsen nieder.

Bryony erhob sich langsam und verschränkte die Arme vor dem Bauch. Jack rappelte sich mühsam wieder auf und lehnte sich an Careys Schulter. Beide hielten schlaff die Schwerter in der Hand. Carey hatte seine Perücke bei dem Kampf verloren, und Bryony sah nun, daß sein Haar so schwarz wie Jacks war.

Ihr Herz zog sich vor Schmerz zusammen, als sie an Nigels Offenbarung dachte. Jack hatte sie schon wieder hintergangen. Nein, nicht schon wieder! Immer schon. Seit dem Augenblick, als sie ihn zum ersten Mal gesehen hatte, hatte er ihr etwas vorgemacht. Lord Bentworth. Kein Wunder, daß er nie über sich gesprochen hatte und nicht nach Paris hatte fahren wollen!

Unfähig, ihr Erschaudern zu unterdrücken, wischte sie mit dem Handrücken die Tränen ab. Von Nigel war nichts mehr zu sehen. Sein Pferd war fort, und die Fackeln auf dem Boden drohten langsam zu erlöschen. Rauch stieg geisterhaft zwischen den Männern auf.

Die Highlander palaverten erregt und beugten sich über die Truhen mit dem Gold. Ein Wasserfall aus Münzen floß durch ihre Finger. Bryony sah eine imponierende Gestalt in den Kreis der Schotten treten. Sie verstummten abrupt. Ehrerbietig nahmen sie die Mützen ab und nahmen Haltung an.

Carey eilte vor und fiel vor dem blonden Fremden auf die Knie.

»Eure Majestät!« sagte er.

37

Der große blonde Mann, der im Kreis der Highlander stand, war mit einem Kilt, einem ledernen Sporran, – der beschlagenen Felltasche der Schottentracht – einer Schottenmütze und Kokarde bekleidet und trug einen Pallasch und einen Dolch an seiner Seite. Er hatte ein rundes, heiteres Gesicht und strahlte Energie und Optimismus aus.

»Eure Majestät«, fuhr Carey fort, »ich habe schlimme Nachrichten gehört. Sagt, daß es nicht wahr ist!«

»Das ist es leider, fürchte ich«, erwiderte Charles Edward Stuart. »Zeit für mich zu gehen. Ich werde heute nacht mit dem französischen Schiff in See stechen, das in Loch nan Uamh vor Anker liegt.« Sanft berührte er Careys Schulter. »Aber ich werde zurückkehren, und dieses Gold gibt mir neue Hoffnung auf eine erfolgreichere Landung in der nahen Zukunft. Sie waren ein kluger und loyaler Diener.«

»Ich hätte ohne die Hilfe meines Cousins und seiner tapferen Freundin nichts erreichen können.« Carey winkte Jack und Bryony, die vortraten. Bryony errötete und machte einen ungeschickten Knicks. Stuart legte eine Hand auf ihre Schulter. »Sie haben mir einen großen Dienst erwiesen«, sagte er leise.

Bryony schaute in blaue Augen, die schimmerten vor Dankbarkeit, und sie konnte gar nicht anders, als den jungen Prinz zu mögen. »Mein Bruder wollte Euch dienen«, sagte sie und atmete tief ein. »Aber er ist jetzt tot.«

Sie bereute sogleich, es gesagt zu haben, da sie Charles Edward nicht mit ihren Sorgen belasten wollte, aber es war schon zu spät.

»Ich werde ihm immer dankbar für seine Unterstützung sein. Sie müssen mir alles über ihn erzählen. Ich bin sicher, daß er genauso tapfer war wie all meine anderen Soldaten.« Seine Güte stimmte sie noch unglücklicher. Sie konnte nur noch nicken.

Charles Edward wandte sich an Jack, der neben Bryony kniete. »Und Sie, mein Freund – ohne Sie gäbe es keine Hoffnung für die Stuarts mehr. Ihre Handlungsweise war bewundernswert.«

Jack ließ den Kopf hängen. »Ich konnte nicht zusehen, wie meine Verwandten niedergemetzelt wurden, ohne zu versuchen, etwas wiedergutzumachen.«

»Sie haben Ihren stolzen Titel und Ihren gesamten Besitz für unsere Sache in Gefahr gebracht, und dafür werde ich Ihnen ewig dankbar sein. Wenn ich nach Schottland zurückkehre, wäre es mir eine Ehre, Sie an meinen Hof zu berufen.«

»Ich werde kommen«, erwiderte Jack schlicht. »Es fließt genausoviel schottisches Blut in meinen Adern wie britisches.«

Stuart lachte und ging. Ein munteres Liedchen pfeifend, warf er seine Mütze in die Luft. »Werden Sie mich nach Frankreich begleiten, McLendon, alter Junge?« schrie er über seine Schulter.

Careys Schwert fiel klirrend auf den Boden, als er aufsprang. »Es wird mir eine Ehre sein.« Strahlend wandte er sich an Jack. »Begleitest du mich bis zum Schiff?«

Jack zuckte mit den Schultern, und seine Bewegungen waren schleppend, als er zu den Pferden ging. Die Schotten halfen ihm, die toten Verbrecher auf eines der Pferde zu legen, und verließen dann in einer langsam dahinziehenden Prozession das Tal.

Jack sah aus, als wenn er alles verloren hätte.

Bryony weigerte sich, seine bittenden Blicke zu erwidern oder gar mit ihm zu reden. Sie hielt sich fern von ihm, als sie über einen Paß nach Morar und von dort nach Arisaig ritten. Die Stunden vergingen, die Pferde trabten weiter und hielten mit den schnell marschierenden Schotten Schritt. Schließlich erreichten sie das Ufer eines großen Sees, des Loch nan Uamh, das zu beiden Seiten von hohen Bergen umgeben war und vorn in einem Felsenstrand auslief.

Hier war der stolze Prinz vor über einem Jahr gelandet, und hier würden seine Abenteuer enden. Bryony schaute über Wasser, in dem sich der silberne Mondschein spiegelte. Das Loch erweiterte sich zur Bucht von Arisaig, wo ein französisches Kanonenboot vor Anker lag.

Bryony glitt aus dem Sattel und ging auf Carey McLendon zu. Jack folgte ihr und versuchte, sie zurückzuhalten, aber sie schüttelte seine Hände ab.

»Darf ich mitfahren nach Frankreich?« bat sie.

Carey runzelte die Stirn und blickte von Jack zu Bryony. Er wandte sich an Jack. »Hast du ihr wirklich nie die Wahrheit über dich erzählt?« fragte er ungläubig.

Jack schüttelte unglücklich den Kopf. »Wie konnte ich? Sie glaubte doch, ich hätte ihren Bruder umgebracht. Ich wollte mich von jeglichem Verdacht befreien, bevor ich es ihr sagte.«

»Du hast ihn ermordet!« beschuldigte ihn Bryony. »Und ich werde einen Weg finden, es zu beweisen.«

»Pst«, mahnte Carey in gequältem Ton. »Sie beunruhigen den König.« Er bedachte Jack mit einem langen, harten Blick. »Du hast den jungen Shaw nicht umgebracht, nicht wahr?«

»Natürlich nicht«, entgegnete Jack verärgert. »Aber mach *ihr* das mal begreiflich.« Seine Augen blickten tief gekränkt. »Ich habe ihr mein Herz geschenkt, aber sie glaubt mir trotzdem nicht.«

Am liebsten hätte sie ihn geschüttelt, bis er den gleichen Schmerz empfand wie sie. »Das war das zweite Mal, daß du mich skrupellos belogen hast«, rief sie. »Du hattest Wochen Zeit, um dein Gewissen zu erleichtern, aber du hast es nicht einmal versucht. Das werde ich dir nie verzeihen.«

Sein Gesicht war gespenstisch blaß im Mondlicht. »Hättest du mir denn geglaubt, wenn ich die Wahrheit gesagt hätte?«

»Du hättest wenigstens genug Vertrauen haben können, es zu sagen. Das ist der beste Beweis dafür, wie oberflächlich deine Liebe war. Du hast mir nie genug vertraut, um mir die Wahrheit zu erzählen.«

»Ich konnte meinen Auftrag nicht gefährden. Das habe ich dir schon mal gesagt.«

Erbost stieß Bryony ihn an die Brust. »Du hättest es mir sagen können, *nachdem* wir die Karte gefunden hatten. Da hätte ich im Zweifelsfall vielleicht zu deinen Gunsten entschieden, aber jetzt kann ich dir nie wieder Glauben schenken. Du hast mich die ganze Zeit benutzt, und ich habe Not und Entbehrungen erlitten für eine Sache, mit der ich nie etwas zu tun hatte.«

Carey legte eine Hand auf ihren Mund und warf einen verstohlenen Blick über die Schulter. »Hüten Sie Ihre Zunge, Sie Unruhestifterin!«

Bryony ließ sich an seine Schulter sinken. »Verzeihung. Ich *wollte* Reggie zuliebe die Mission erfüllen. Er wäre heute nacht sehr stolz gewesen.«

Jack trat näher zu Bryony. Er war ihr jetzt so nahe, daß sie seinen erregten Atem in ihrem Nacken spüren konnte. »Ich werde dir sagen, wer deinen Bruder ermordet hat«, stieß er hervor. »Dein guter Freund, Lord Lippett.«

Sie holte aus, um ihn zu schlagen, aber er hielt ihre

Hand fest. »Lippett war ein habgieriger Schuft«, gestand sie ein. »Er wollte das Gold für sich, aber meinen Bruder töten? Nie im Leben«, sagte sie. »Sie waren alte Freunde.«

Jack zuckte mit den Schultern und ließ die Hand sinken. »Wie du meinst, meine Schöne. Aber Tatsache ist, daß Lord Lippett sich zu irgendeinem Zeitpunkt gegen Reggie wandte.« Er dachte einen Moment nach. »Und er richtete es so ein, daß *er* Reggie begraben konnte – wahrscheinlich, um jeden Hinweis auf die Ermordung deines Bruders zu vernichten.«

Sie funkelte Jack an, und er ließ die Schultern hängen. »Ich will nicht mehr darüber streiten. Du willst einfach nicht die Wahrheit sehen, Bryony.«

»Deine Theorie ist nichts als Wunschdenken, Jack.«

Sie starrten sich noch einen Augenblick lang wütend an, dann wandte Jack sich ab.

»Kommst du mit uns?« rief Carey seinem Cousin nach.

Jack schüttelte den Kopf. »Ich bin müde. Zu lange habe ich meinen Besitz vernachlässigt. Ich kehre umgehend nach Bentworth Court zurück. Harte Arbeit wird mir vielleicht helfen, mein gebrochenes Herz zu flicken.«

Bryonys Herz zog sich zusammen. Sie tat einen zaghaften Schritt in seine Richtung. »Ich fahre jetzt nach Frankreich mit, aber ich werde zurückkommen, um Jules und Clover abzuholen.«

Mit brennenden Augen schaute Jack sie an. »Wenn du mir nur meine Niederlage unter die Nase reiben willst, brauchst du gar nicht erst zu kommen. Dann schicke ich dir Jules und Clover.«

»Das kannst du nicht! Es ist noch immer Krieg!«

»Als ob dich außer dir und deinem Bruder irgend jemand kümmern würde«, warf er ihr vor.

Bryony rang die Hände. »Das ist nicht fair, Jack.«

Ein Seufzer entrang sich seinen Lippen, aber er näherte sich ihr nicht. Der Abgrund zwischen ihnen war nicht mehr zu überbrücken. »Ich wünsche dir eine gute Reise, Bryony.«

Tränen schossen ihr in die Augen, und schweren Herzens stieg sie in das Ruderboot, das sie bereits erwartete. Als es von der Küste ablegte, wäre sie am liebsten ins Wasser gesprungen und zurückgelaufen, blieb aber wie erstarrt zwischen den Männern sitzen. Jacks weißes Hemd war nur noch ein heller Fleck am Seeufer, als er Carey noch einmal zuwinkte.

»Er wird mir fehlen«, sagte Carey seufzend.

Bryonys Lippen zitterten. Eine Welt war für sie zusammengebrochen, aber sie liebte Jack noch immer. Das war etwas, was sie nicht verleugnen konnte.

Benommen ließ sie sich von Carey auf das Kriegsschiff helfen. Sie empfand nicht die geringste Aufregung darüber, auf einem Schiff mit Charles Edward Stuart zu sein und sich auf dem Weg nach Frankreich zu befinden.

»Sie sollten nicht so traurig sein«, sagte Carey, als er sie zu ihrer Kabine führte.

»Ich dachte, er würde mich heiraten«, wisperte sie und drückte Careys Taschentuch an ihre Wange. »Er sagte, er habe mir sein Herz geschenkt. Aber das war bloß eine weitere seiner Lügen.« Um vor ihrem Begleiter nicht in Tränen auszubrechen, wandte sie das Gesicht ab und nahm sich mühsam zusammen.

»Heiraten?« fragte Carey überrascht. »Er wollte Sie heiraten?«

Bryony warf ihm einen Blick zu und sah, daß er sein Erstaunen nicht verbergen konnte. »Ja, ich weiß, daß Sie gedacht haben müssen, ich wäre seine … nun ja … Geliebte, und in Anbetracht dessen, was geschehen ist, war ich das wohl auch.« Sie seufzte schwer. »Eine Geliebte kann ein Mann verlassen, aber keine Ehefrau.«

»Nun ... *Sie* haben ihn verlassen, und da Sie allein mit ihm unterwegs waren, dachte ich ...«

»Ja, ja, ich weiß!« versetzte Bryony heftiger als beabsichtigt. »Es war unverzeihlich dumm von mir, bei ihm zu bleiben. Ich habe ihm blind vertraut.« Sie seufzte. »Aber ich möchte trotzdem nicht zu meiner Tante Hortense nach Paris zurückkehren.«

»Sie sind ganz allein aus Frankreich hergekommen, und das auch noch im Krieg?«

Sie lächelte ein wenig. »Mein Kutscher, Jules LeBijou, hat viele Kontakte. Er hat uns falsche Papiere besorgt, und mit denen sind wir dann gereist.« Sie ließ die Schultern hängen, als sie in die Kabine ging. Carey blieb in der Tür stehen und hielt ihren Umhang über seinem Arm.

»Ich wünschte, ich hätte mich nie in den Mann verliebt, der meinen Bruder umgebracht hat.«

Carey schnaubte. »Ich bin überzeugt davon, daß mein Cousin Reggie Shaw nicht getötet hat. Es muß so sein, wie er sagte, daß Lord Lippett hinter diesem Mord und all den anderen Anschlägen steckt, die Ihnen seit Ihrer Rückkehr widerfahren sind.«

Sie lächelte wieder, aber ihre Augen blickten traurig. »Ja, ich bewundere Ihre Loyalität und bete, daß Sie recht haben, aber das ändert nichts an der Tatsache, daß Jack mich rücksichtslos belogen hat.«

Carey sah sie lange an, dann sagte er: »Ich glaube, Sie wären gut für ihn. Geben Sie ihm eine Chance, Ihnen alles zu erklären, Miss Shaw. Ich bitte Sie. Immerhin hat Jack Ihnen das Leben gerettet. Er hat mir von Ihren Abenteuern in Sussex erzählt.« Er legte den Umhang auf eine Koje an der Wand, wandte sich ab und zog sanft die Tür hinter sich zu.

Das Schiff schwankte, als es Segel setzte, und die Bewegung intensivierte sich, als der Wind es aus der Bucht hinaustrug. Mit jeder Sekunde entfernte es

Bryony noch weiter von dem Mann, den sie liebte. Auf der Koje liegend, starrte sie zu den Planken auf, die Dach und zugleich Deck darstellten. Die schlechte Luft in der winzigen Kabine war stickig, und Bryony dachte, daß sie froh wäre zu sterben. Alles wäre ihr jetzt recht gewesen, um ihrem Kummer und ihren Qualen zu entkommen.

In den nächsten zwei Tagen rührte sie sich kaum und weigerte sich, zu essen, was Carey ihr auf einem Tablett in die Kabine brachte. Er war zutiefst beunruhigt und umsorgte sie wie eine Glucke. Seine Kleidung war wieder makellos; er hatte seinen Stil zu imponierendem Prunk erhoben, ohne in Geschmacklosigkeit zu verfallen. Irgendwie lenkte all diese Eleganz jedoch nicht von seiner Männlichkeit ab, sondern unterstrich sie höchstens noch. Sie hatte aber auch einen komischen Effekt und war das einzige, was Bryony ein wenig aufheiterte.

Sie neckte ihn deswegen, und er antwortete mit einem gleichgültigen Schulterzucken.

Nachts fand sie keinen Schlaf und beschloß daher, hinauszugehen, um ein bißchen frische Luft zu schnappen. Die stolzen Segel der *L'Heureaux* blähten sich im Wind. Bryony wünschte sich einen Sturm herbei, der das Schiff verschlingen würde, aber ihre Gebete wurden nicht erhört. Jeder neue Morgen brachte Sonne und einen klaren Himmel mit.

Sie beugte sich über die Reling und dachte, wie einfach es doch wäre, hinüberzusteigen und sich ins Wasser fallen zu lassen.

Aber etwas hielt sie davon ab.

Reggies Tod war noch nicht aufgeklärt, und das hieß, daß sie noch weitere Nachforschungen betreiben mußte.

Sie versuchte gerade, eine Entscheidung über ihren nächsten Schritt zu fällen, als sie Careys Gegenwart an ihrer Seite spürte. Er sprach langsam und bedächtig.

»Ich hätte nie gedacht, daß Jack einmal einen Menschen finden würde, den er lieben könnte. Er war mürrisch und verbittert seit den Gerüchten, er habe etwas mit dem Tod seines Stiefvaters zu tun, und hat seither wie ein Einsiedler gelebt.«

Bryony warf ihm einen fragenden Blick zu und öffnete den Mund, um etwas zu sagen, aber er fuhr fort: »Als wir Kinder waren, war Jack der gutmütigste und rücksichtsvollste Junge, den man sich nur vorstellen kann. Sein Stiefvater hat ihn schlecht behandelt, und das Leid, das er seiner Mutter zufügte, als er sich eine Mätresse nahm, war ein harter Schlag für Jack. Ich kann ihm nicht verdenken, daß er den Mann gehaßt hat, aber dieser Haß zerstörte ihn allmählich.« Carey legte in brüderlicher Besorgnis eine Hand auf Bryonys Hand, die auf der Reling lag. »Sie haben Wunder bei ihm bewirkt, meine Liebe. Jack ist vollkommen verändert. Ich weiß nicht, wie Sie das geschafft haben, aber als ich aus jenem Fenster dort im Gasthaus kletterte, war es das erste Mal seit zehn Jahren, daß ich ihn wirklich glücklich sah.«

»Er hat sich mit seinem Haß auseinandergesetzt, und da begann er nachzulassen«, sagte Bryony versonnen. »Aber er hat noch einen weiten Weg zu gehen. Und nun hat er mein Vertrauen verloren. Nicht einmal die besten Beziehungen halten solchen Lügen stand.«

Carey beugte sich eindringlich zu ihr vor. »Können Sie denn nicht sehen, daß er Ihre Hilfe braucht? Sie sind die einzige, die ihn vor sich selber retten kann.« Er drückte ihre Hand. »Ich flehe Sie an, fahren Sie zurück nach England. Ich werde Sie persönlich auf meinem Segelschiff über den Kanal begleiten. In Seaford werden wir ein Boot suchen, das Sie nach Alfriston bringt.«

Bryony lächelte und spürte eine schwache Hoffnung aus der Asche ihres Herzens wachsen. »Sie sind ein wirklich hartnäckiger Mann. Es überrascht mich nicht, daß Charles Edward Sie zu seinem Adjutanten ernannt hat. Sie könnten wahrscheinlich selbst aus einem Stein noch Geld herausquetschen.«

»Wechseln Sie jetzt nicht das Thema. Fahren Sie zu meinem Cousin zurück. Jack braucht Sie, und ich bin ganz sicher, daß er Ihnen helfen wird, die Wahrheit über Reggies Tod herauszufinden.«

Hoffnung wuchs in ihrer Brust. »Nun gut. Ich werde ihm noch eine Chance geben, alles aufzuklären. Außerdem muß ich Jules und Clover abholen.«

38

Eine Woche nach ihrer Ankunft in Frankreich kehrten Bryony und Carey McLendon nach Sussex zurück. Mit einem Gefühl der Beklommenheit betrat Bryony britischen Boden. Falls die Behörden je herausfanden, daß sie mehrere Tage auf einem französischen Schiff mit Charles Stuart gewesen war, würden sie sie ohne großes Federlesen in Ketten legen und zum nächsten Galgen führen.

Dennoch war die unmittelbare Gefahr vorbei. Da sie inzwischen längst daran gewöhnt war, ihr Leben in beständiger Gefahr zu sehen, war ihre neugewonnene Freiheit ihr noch ziemlich ungewohnt. Sie warf noch immer Blicke über ihre Schulter, atmete aber stets erleichtert auf, wenn sie sich daran erinnerte, daß der Alptraum ja vorüber war.

Eine Feuerprobe blieb ihr noch. Sie würde Jack gegenübertreten müssen. Ihre Sehnsucht nach ihm war beinahe qualvoll, aber ihr Ärger überschattete jedes andere Gefühl. Sie hoffte inständig, daß er ihr seine Handlungsweise ohne weitere Ausflüchte und Lügen erklären würde. Denn wenn er sie auch nur noch ein einziges Mal belog, würde sie fortgehen, um nie wieder zurückzukehren.

Alfriston sah unverändert aus. Die Stadt lag im blassen Abendsonnenschein des kühlen Oktobertages. Die Straße, die am »Star« vorbeiführte, war staubig und verlassen. Tatsächlich schien das ganze Dorf zu schlafen, als die beiden Reiter es durchquerten. Nördlich von Alfriston bogen sie auf die Straße ein, die an den Toren von Bentworth Court endete.

»Sussex ist hübsch, nicht wahr?« bemerkte Bryony zu ihrem galanten Begleiter. Carey hatte beschlossen, sie auf ihrer gesamten Reise zu begleiten, um sicherzustellen, daß sie sich mit Jack versöhnte.

»Ja, das ist es«, stimmte er ihr augenzwinkernd zu. »Sie werden sehr glücklich sein auf Bentworth und in Thornhollow, dem kleinen Haus, das Jack so liebt. Es ist nicht weit entfernt von Bentworth.«

Bryony runzelte die Stirn. »Ja, er hat mir von Thornhollow erzählt. Ich wünschte nur, er hätte mir auch gesagt, daß er der Herr von Bentworth Court ist.«

»Jack hat Sie getäuscht, weil er Angst hatte, Sie zu verlieren. Ich hätte es vielleicht auch getan«, gab Carey zu. »Aber indem er Ihnen die Wahrheit vorenthalten hat, hat er Sie verloren. Sie müssen ihm noch eine Chance geben.«

Sie lächelte wehmütig. »Jack kann sich glücklich schätzen, einen Freund wie Sie zu haben.«

Sie ritten schweigend weiter, und bald ragten die hohen schmiedeeisernen Tore vor ihnen auf. Da war er, der prachtvolle Besitz, dessen Eigentümer nun nicht mehr gesichtslos war. Der Mörder ihres Bruders hatte einen Namen. *O Gott, laß es nicht wahr sein.* Jack konnte Reggie nicht ermordet haben …

Zu ihrer Überraschung parkten viele Kutschen in der breiten Einfahrt, und jähe Angst erfaßte Bryony. *War Jack etwas zugestoßen?*

Sofort als ihr Pferd am Eingang stehengeblieben war, glitt sie aus dem Sattel und hastete zur Tür. Sie war nur angelehnt, und Bryony stieß sie noch ein wenig weiter auf. Die Halle war leer, aber sie konnte das Geräusch von Stimmen aus dem hinteren Teil des Hauses hören.

»Kann ich Ihnen helfen, Madam?« fragte jemand

neben ihr. Es war der hochnäsige Butler, mit dem sie schon einmal gesprochen hatte. Er musterte ihr elegantes, spitzenbesetztes Reitkostüm aus blauem Samt, das Carey ihr in Frankreich gekauft hatte.

»Ja, ich würde gern Lord Bentworth sprechen«, sagte sie.

»Wen darf ich melden?« Der Butler wandte sich zu Carey um, der eben eingetreten war. »Ah! Mr. McLendon.« Nach einer Verbeugung begann er in die Richtung vorauszugehen, aus der die Stimmen kamen. Etwas bewegte sich am Türbogen hinter der geschwungenen breiten Treppe. Ein Mann betrat die Halle, und seine energischen Schritte hallten über den schwarz und weiß gefliesten Marmorboden.

Es war Jack. Bryony hätte ihn beinahe nicht erkannt. In dem perlgrauen Satinrock mit den breiten bestickten Manschetten und der passenden Weste war er der Inbegriff der Eleganz.

Aber was sie am meisten erstaunte, war die Verwandlung, die mit seinem Gesicht vorgegangen war. Ohne den Bart sah sein Kinn noch markanter aus, als sie es in Erinnerung bewahrte, und zum ersten Mal bemerkte sie die liebenswerte kleine Kerbe darauf. Seine Wangen waren noch hagerer als früher, und dunkle Schatten lagen unter seinen Augen. Sein Haar glänzte und war zu einem Zopf zurückgebunden.

Ihr Herz machte einen Sprung, und das Blut schoß ihr noch schneller durch die Adern. Gott, sie liebte diesen Mann! Obwohl ihre Liebe mit Zweifeln und mit Ärger kämpfte, wünschte sie nichts mehr, als sich in seine Arme zu werfen.

Ihre Blicke trafen sich, und Bryony sah, wie er nach Atem rang. Die Müdigkeit in seinem Gesicht verschwand bei ihrem Anblick, seine Augen wurden weich vor Zärtlichkeit.

»Hallo, meine Liebe, ich danke dir, daß du gekommen bist«, begrüßte er sie schlicht. »Unter Qualen habe ich auf diesen Augenblick gewartet – und hatte schon fast die Hoffnung aufgegeben.« Er wandte sich an Carey, und die beiden Männer klopften sich auf den Rücken. »Ich wußte, daß du sie mir zurückbringen würdest«, sagte Jack mit einem dankbaren Lächeln.

»Was ist hier los?« fragte Carey.

»Die Nachbarn, Lord und Lady Dalrymple, ihre zahlreiche Nachkommenschaft, der Gutsherr und der Vikar sind gekommen, um mich daheim willkommen zu heißen. Sie wollen alles über Frankreich hören«, fügte er augenzwinkernd hinzu.

»Du mußt Tag und Nacht gereist sein«, sagte Carey, während er prüfend Jacks Gesicht betrachtete.

Jack nickte. »In Saltcoats hat mich dann eine nach Süden fahrende Schaluppe mitgenommen. Aber es war eine einsame und anstrengende Reise.«

Er legte den Arm um Bryonys Schultern, und sie brachte es nicht über sich, sich ihm zu entziehen. Er führte sie zu dem Stimmengewirr im hinteren Teil des Hauses, über einen mit kostbaren Teppichen ausgelegten Gang, der in einem Wintergarten endete, der sich über die gesamte Länge des Haupthauses erstreckte. Der einfallende Sonnenschein machte den Raum warm und gemütlich. Die großen Fenster erlaubten einen wundervollen Ausblick auf den Park hinter dem Haus, und Grünpflanzen aller Größen und Sorten ließen den Eindruck eines Parks entstehen.

Jack stellte Bryony und Carey seinen Gästen vor. Bryony lächelte der molligen Lady Dalrymple zu und wich ihren neugierigen Fragen aus. Lord Dalrymple sah wie ein daherstolzierender Pfau aus in seinem scharlachroten Rock und der engen Weste, die seinen umfangreichen Bauch umspannte. Die Söhne ähnelten ihrem grotesken Vater.

Bryony war so verwirrt von Jacks Präsenz und all den

neuen Eindrücken, daß sie der Unterhaltung nicht mehr folgen konnte. Sie entfernte sich ein wenig von den anderen und schaute in den Park hinaus, um nachzudenken. Als sie zu dem Birkenwäldchen hinüberstarrte, glaubte sie unter den Bäumen einen Schatten wahrzunehmen. Das weckte ihre Neugier, und sie hielt den Blick auf diesen Fleck gerichtet. Der Schatten bewegte sich vorwärts, und sie sah ein schwarzes Cape und das helle Glitzern einer Schwertscheide. Es war ein Mann, der den Hut tief in die Stirn gezogen hatte.

Sie suchte Jacks Blick und winkte ihm.

»Ich muß unbedingt mit dir sprechen, liebste Brye«, flüsterte er ihr zu, als er an ihre Seite trat. »Ich habe dir viel zu erklären.«

Sie deutete auf den Mann zwischen den Bäumen. »Wer ist das?«

Jack starrte lange schweigend in die Richtung, und als der Mann auf den Rasen hinaustrat, ließ Jack zischend den angehaltenen Atem aus. »Ein unerledigtes Problem. Bitte geh jetzt in mein Arbeitszimmer und warte dort auf mich. Carey wird dich begleiten.« Er ging zu seinem Cousin hinüber und sagte ihm etwas, bevor er eine der Glastüren öffnete und auf die Terrasse hinaustrat. Als Carey Bryonys Arm nahm, sah sie Jack durch den Park zu dem Mann hinübergehen.

Während sie Jacks Rückkehr erwartete, schritt sie nervös in seinem Arbeitszimmer auf und ab. Der Parkettboden war mit einem weichen Orientteppich bedeckt. Die Wandverkleidungen aus hellem Kirschbaumholz waren glänzend aufpoliert, und die Bücher in den Regalen an den Wänden standen in militärischer Präzision hinter verglasten Türen. Das Zimmer war warm und gemütlich. Ein Feuer brannte in dem Marmorkamin, den ein reich geschnitzter Holzsims schmückte.

Die Tür flog auf, und Jack führte einen Mann in

einem dunklen Umhang in den Raum. Im Licht des Feuers blieb er stehen und nahm seinen Dreispitz ab.

Bryony riß verblüfft die Augen auf. Es war Lord Lippett. »Nigel!« rief sie. »Wie kannst du es wagen …«

»Ich bin froh, daß du gekommen bist, Lippett«, sagte Jack, »damit wir die Sache endlich regeln können. Diesmal werden wir es vielleicht zuwege bringen, uns wie zivilisierte Menschen zu unterhalten.« Jack durchquerte rasch das Zimmer und trat zu Bryony, die neben dem Schreibtisch stehengeblieben war. Beschützend legte er den Arm um ihre Schultern. »Ich bin froh, daß Miss Shaw rechtzeitig erschienen ist, um deine Aussage zu hören.«

Nigel lächelte verächtlich.

»Aussage? Ich bin gekommen, um dich zum Duell zu fordern.«

»Aber deine Schulter muß doch schmerzen«, entgegnete Jack leichthin und blätterte in den Papieren auf dem Schreibtisch.

»Ich werde nicht eher Ruhe finden, bis ich dein finsteres Herz durchbohrt habe, Bentworth.«

»Aber warum? Was habe ich denn getan? Und du hättest mir ja auch deine Sekundanten schicken können«, erklärte er geduldig, als spräche er mit einem aufsässigen Kind.

»Es bestand kein Grund zu warten. Du warst mir immer schon ein Dorn im Auge, seit Reggie dich in unsere Gruppe aufgenommen hat.«

»Es war für eine gute Sache, vergiß das nicht«, bemerkte Jack. Dann schwenkte er ein steifes Blatt in seiner Hand. »Die Witwe eines gewissen Horace Watts hat mir einen Brief von ihrem Mann gegeben. Ihrer Aussage nach stand Mr. Watts in deinen Diensten. Als Wildhüter, falls ich mich nicht irre.«

Ein schweres, düsteres Schweigen breitete sich aus.

»Wo ist er eigentlich?« fuhr Jack unerbittlich fort.

»Weg«, erwiderte Nigel mürrisch. Stirnrunzelnd schaute er von einem Mann zum anderen. »Aber was hat das mit unserem Streit zu tun?«

Carey McLendon lachte. »Geduld, mein Freund. Ich bin sicher, daß Jack gleich alles erklären wird.« Er setzte sich in einen Sessel und schlug ein Bein über das andere.

Jack schlenderte zu Nigel hinüber. Er kam Bryony noch größer vor als sonst, und seine Schritte waren irgendwie schwungvoller. »Dieser Brief beweist, daß du Reggie Shaw und Mr. Watts getötet hast. Mr. Watts hat auf dein Geheiß hin Reverend Cleaves ermordet.«

Bryony schnappte nach Luft und preßte eine Hand an ihre Lippen. Sie mußte sich an den Schreibtisch lehnen, um sich zu stützen. Die Spannung, die im Zimmer herrschte, machte ihr das Atmen fast unmöglich.

»Das ist absurd!« Nigel erblaßte und versuchte, Jack den Brief zu entreißen, aber Jack hielt ihn so hoch, daß er nicht daran herankam.

»Ich werde ihn laut vorlesen.« Jack räusperte sich, und Nigel leckte sich nervös die Lippen, ohne den Blick von dem Papier zu wenden. »Es wäre sinnlos, ihn mir abzunehmen. Ich kenne ihn inzwischen auswendig.« Jack rezitierte:

> Ich habe lange mit meinem Gewissen gerungen und auch mit meiner Treue meinem Arbeitgeber gegenüber, Lord Lippett von Greymeadows. Aber da er mich aus dem Haus geworfen hat, das ich mit meiner Frau so viele Jahre lang bewohnt hatte, muß ich mein Gewissen jetzt erleichtern. Ich war ein ergebener Diener meines Herrn, und es beschämt mich, eingestehen zu müssen, daß ich alles für ihn getan und sogar für ihn gemordet habe. Ich habe einen gewissen Reverend Cleaves aus Battle getötet, als er eines Nachts kam, um Lord Lippett wegen einer Auseinandersetzung mit

Mr. Reginald Shaw zur Rede zu stellen. Mr. Shaw war nach diesem Streit nie mehr gesehen worden. Ich fürchte um mein Leben, da es mir nicht gelungen ist, Miss Bryony Shaw zu finden und sie zu zwingen, umgehend nach Frankreich zurückzukehren. Lord Lippett könnte versuchen, mich zu töten, weil ich zuviel weiß. Er hat Angst, Miss Shaw könne die Wahrheit über den Tod ihres Bruders herausfinden ... Dieser Brief soll meine Rache an meinem undankbaren Arbeitgeber sein.

»Nein!« Nigel versuchte von neuem, an das Schreiben heranzukommen, aber Jack entfernte es aus seiner Reichweite.

»Ich denke, Miss Shaw hat ein Recht darauf, den Rest zu hören, meinst du nicht?« wandte er sich an Carey.

»Selbstverständlich«, sagte Carey und klopfte sich ein Stäubchen von der Hose.

Nigel zog seinen Rock aus, und das Scharren von Metall gegen Metall ertönte.

»Vorsicht, Jack!« schrie Bryony, als Nigel das Schwert hob.

Jack sprang zurück und zog sein eigenes. Die Klingen trafen sich mit einem ohrenbetäubenden Klirren. Jack befreite seine Waffe und ging in Angriffsstellung. Carey McLendon war aufgesprungen und hatte ebenfalls sein Schwert gezogen, aber Jack winkte ihn zurück.

»Das geht nur Lippett und mich etwas an.« Er funkelte Nigel an und forderte ihn mit seinem Schwert heraus. »Du verdienst zu sterben für das Leid, das du Bryony zugefügt hast. Wir werden das in Schottland begonnene Duell beenden. Ich hätte dir damals schon das Herz durchbohren sollen.«

Er sandte eine Reihe schneller Hiebe in Nigels Richtung, der Mühe hatte, ihnen auszuweichen. Er war schwerer als Jack, und langsamer.

Bryony stöhnte, als Nigel Jacks Attacke abwehrte und in Stellung ging. Er stürzte vor und hielt die Spitze seines Schwertes auf Jacks Herz gerichtet. Aber Jack war flinker und parierte Nigels Angriff mühelos.

»Gib auf, dann schenke ich dir das Leben«, keuchte er, als ihre Schwerter erneut am Griff zusammenknallten. Auge in Auge standen sie sich gegenüber.

»Niemals! Ich werde mir keine weiteren Beleidigungen bieten lassen«, stieß Nigel hervor, während er sich losriß und zurücksprang.

»Du hast nichts als einen Haufen Asche auf dem Friedhof von Willow Hills begraben! So ist es doch, nicht wahr, Lippett? Ich weiß jetzt, daß Reggie in Wirklichkeit auf Greymeadows beerdigt wurde. Ich habe seine Leiche exhumieren lassen. Sie ist jetzt hier in der Bentworther Familiengruft.«

Nigel fauchte und warf sich mit dem Schwert nach vorn. »Lügner!«

Bryony befürchtete, das Bewußtsein zu verlieren. Am Rand ihres Blickfelds war schon alles finster.

Jack stand mit dem Rücken zu der Tür. Er griff hinter sich und drehte den Türknauf um. Die Tür schwang auf, und er wich auf den Korridor zurück. Dort parierte er eine Reihe weiterer Hiebe Nigels.

Jacks Gäste mußten den Lärm gehört haben, denn sie strömten von der anderen Seite her in den Gang. Die Damen stießen erschrockene kleine Schreie aus, während die Herren ihre Schwerter zogen.

»Zurück!« rief Carey ihnen zu, als er Jack und Nigel auf den Korridor hinausfolgte.

Bryonys Beine trugen sie kaum durch den Raum. Sie betete, daß Jack unversehrt aus diesem Kampf hervorgehen möge.

Jack schwenkte den Brief in seiner Hand. »Der Beweis ist hier«, rief er. »Mr. Watts schreibt, du hättest Reggie Shaw getötet.«

Nigel knurrte wie ein Tier und holte zu immer heftigeren Hieben aus. Aber Jack parierte alle. Mit einer scharfen Drehung seines Handgelenks beendete er Nigels Vorstoß und zwang ihn zurück ins Arbeitszimmer. Der tödliche Tanz ging weiter, hin und her über den Teppich. Haß funkelte in Nigels Augen, und sein Gesicht war verzerrt von grimmiger Entschlossenheit. »Du bist ein verlogener Narr, Bentworth, und versuchst nur, deine Schuld auf andere abzuschieben«, zischte er. Mit einem jähen Ausfall gelang es ihm, den Brief in Jacks Hand mit der Schwertspitze zu durchbohren, und bevor Jack reagieren konnte, warf er den Brief ins Feuer. Das Papier ging in Flammen auf.

Erschrockene Ausrufe wurden laut, und Jack schwang sein Schwert herum und ließ es auf Nigels Arm hinuntersausen. Der verwundete Mann heulte auf und ließ die Waffe fallen. Er rannte durch das Zimmer, stieß Bryony aus dem Weg und stürzte auf die Glastüren auf der anderen Seite zu.

Carey wollte ihn verfolgen, aber Jack hielt ihn zurück. »Laß ihn gehen«, befahl er kurz und keuchte von der Anstrengung des Kampfes. Er wischte mit einem Taschentuch das Blut von der Klinge seines Schwerts, bevor er es wieder in die Scheide steckte.

»Ihn gehenlassen?« Carey starrte ihn ungläubig an. Auch die Gäste machten ihrer Empörung mit schrillen, aufgeregten Stimmen Luft.

»Dieser Brief war der Beweis, daß er Shaw getötet hat!« rief Carey. »Wie willst du jetzt seine Schuld beweisen?«

Jack lächelte. »Den echten Brief habe ich längst Richter Hopkins in Cuckfield übergeben. Bald werden wir ihm auch Lord Lippett bringen, aber erst, wenn wir hieb- und stichfeste Beweise haben.« Er seufzte. »Lippett ist ein zu mächtiger Mann, um aufgrund des Briefs eines unzufriedenen Angestellten arrestiert zu werden.«

Bryony begab sich eilig an Jacks Seite. »Ist es wahr, daß Reggies Leiche hier in der Familiengruft ist?«

Jack zog sie an sich, und ein mißbilligendes »Na, na« kam von Lady Dalrymple im Hintergrund.

»Nein. Ich weiß nicht genau, wo Reggie begraben ist, aber es muß irgendwo auf Greymeadows sein. Richter Hopkins hat zwei Polizisten abgestellt, damit sie Lippett auf Schritt und Tritt bewachen.«

»Dieses ganze Theater heute diente also nur dazu, Lippett soweit zu bringen, daß er in Reggies Grab nachsieht?« fragte Carey nachdenklich und klopfte Jack dann auf den Rücken. »Du schlauer Teufel! Woher wußtest du, daß Lippett heute kommen würde?«

»Weil ich ihn eingeladen hatte. Ich sagte ihm, ich wüßte etwas über Reggies Tod, das ich mit ihm besprechen wolle.«

»Und die Gäste?« murmelte Bryony und legte den Kopf an seine breite Schulter.

»Sie werden gute Zeugen sein, wenn der richtige Moment gekommen ist. Sie haben Nigel den Brief ins Feuer werfen sehen und den Kampf beobachtet.«

»Was tun wir jetzt?« fragte Carey leise.

»Unsere Gäste loswerden und nach Greymeadows reiten. Ich habe das Gefühl, daß Lippett dem Druck nicht sehr viel länger standhält. Er wird nicht anders können, als im Grab nachzusehen. Wenn wir dort Reggies Leiche finden, haben wir den Beweis, daß Lippett ihn ermordet hat.«

39

Bryony bestand darauf, mit Jack und Carey nach Greymeadows zu reiten, obwohl sie sie warnten, daß es kein schöner Anblick sein würde.

»Es könnte auch länger dauern, bevor er etwas unternimmt«, wandte Jack ein.

»Ich muß die Wahrheit wissen«, beharrte sie, als sie durch die mondbeschienene Landschaft ritten. Es war dunkel geworden, bevor es ihnen gelungen war, sich von Jacks neugierigen Gästen zu befreien.

»Wie kannst du so sicher sein, daß Reggie nicht mit dem Haus verbrannt ist?« fragte sie.

»Ich werde dir erzählen, wie es war, meine Schöne.« Er atmete tief durch. »Nach dem Kartenspiel folgte ich Reggie in sein Arbeitszimmer, um diese lächerliche Spielschuld mit ihm zu besprechen. Ich wollte ihm nur klarmachen, daß er sich darum nicht zu sorgen brauchte. Außerdem wollte ich ihn fragen, wieso er überhaupt so leichtsinnig gewesen war. Wie du weißt, war Reggie knapp bei Kasse, und ich war nicht mit der Absicht zu dieser Versammlung hingegangen, ihn noch mehr auszunehmen.

Er erzählte mir von Lippetts finanziellen Schwierigkeiten. Reggie – großzügig, wie er war – versuchte, viel Geld beim Spiel an jenem Abend zu gewinnen, um Lippett unter die Arme zu greifen.« Er seufzte schwer. »Aber das Glück war nicht auf Reggies Seite. Der einzige Grund, den ich mir denken kann, warum Lippett später mit Reggie eine Auseinandersetzung hatte, wäre, daß Lippett die Karte wollte ... für ihn selbst natürlich. Reggie muß wütend geworden sein und ihn herausgefordert haben. Es würde passen, weißt du. Lippett kam uns nach Schottland nach, als er begriff, daß wir die Karte hatten.«

»Es ist schrecklich«, sagte Bryony. »Aber man kann nicht wissen, ob es Nigel war, mit dem Reggie sich gestritten hat.« Bryony durchlebte wieder den Alptraum, den sie gehabt hatte, als sie von Reggies Tod erfahren hatte. Eine schwarze Wolke senkte sich auf sie hernieder. Sie tastete nach Jacks Hand.

»Es muß Lippett gewesen sein, der später die Bibliothek in Willow Hills betrat, um Reggie zu sprechen, obwohl niemand ihn gesehen hat. Ich hatte gerade den Besitz verlassen und war auf dem Weg nach East Grinstead. Als ich mich im Sattel umdrehte, sah ich Flammen aus dem Fenster seines Arbeitszimmers schlagen.« Jack legte Bryony die Hand aufs Knie, weil er ihren Kummer spürte. »Ich versuchte, hineinzugelangen, um Reggie herauszuholen, aber das Feuer hatte schon auf die anderen Räume übergegriffen. Ich war dabei, als es das ganze Anwesen verschlang.«

»Aber Reggie ...«

Jack brachte sie mit einer Geste zum Schweigen. Sein Gesicht sah im Mondschein ziemlich grimmmig aus. »Es waren etwa zwanzig Leute da, die gegen das Feuer kämpften und eine Löschkette zwischen Haus und Teich gebildet hatten. Da Reggie nirgendwo zu sehen war, nahmen wir an, er sei im Feuer umgekommen. Der Butler sagte, er habe Geräusche eines Kampfs gehört. Während des Kampfs muß ein Kerzenleuchter umgefallen sein und das Haus in Brand gesteckt haben.«

»Wieso bist du so sicher, daß Reggie nicht in dem Feuer umgekommen ist?« fragte Carey.

»In Mr. Watts' Brief stand, später habe er gesehen, wie

Lord Lippett Reggie kaltblütig ermordete – wie er ihn hinterrücks erstach, als Reggie ihm nicht die Karte geben wollte. Er sah Lippett Reggie auch in Greymeadows begraben. Daraus schloß ich, daß Reggie wahrscheinlich wieder zu sich gekommen und aus dem Fenster gestiegen war. Das Feuer hatte sich im ganzen Haus verbreitet. Ich weiß nicht, warum er nicht geblieben ist, um mitzuhelfen, es zu löschen, aber vielleicht war er einfach zu benommen, um zu begreifen, was geschah.«

»Du meinst, er ist danach zu Lippett gegangen?« fragte Carey ungläubig.

»Ja. Ich glaube, daß Reggie nach Greymeadows geritten ist, um Lippett eine Lektion zu erteilen, weil er die Karte für sich selbst beanspruchte.«

»Das macht Sinn – falls Reggie in Greymeadows begraben ist, wie Mr. Watts in seinem Brief behauptet«, sagte Bryony.

Jeder in seine eigenen Gedanken versunken, ritten die drei Freunde schweigend die fünfzehn Meilen bis Greymeadows. An der Grenze des Besitzes saßen sie ab. Da Bryony früher sehr oft hiergewesen war, kannte sie sich in den Wäldern aus. Sie betraten den weitläufigen Park hinter dem Herrenhaus und schlichen sich im Schutz der Dunkelheit über die Wiesen, wichen den Springbrunnen aus und wählten einen Pfad, der, von hohen Bäumen beschattet, zur Terrasse führte. Das Haus war dunkel, es herrschte Grabesstille.

Jack pfiff leise, und ein antwortender Pfiff ertönte kurz darauf hinter einer Hecke.

Jack nahm Bryonys Hand und führte sie von einem Busch zum anderen, bis sie an der Hecke waren.

Dort kauerten zwei Männer auf dem Boden. »Lord Bentworth«, sagte der erste, ein untersetzter Mann mit tiefer Stimme. »Lord Lippett ist gerade heimgekommen und sofort ins Schlafzimmer gegangen, soweit wir sehen konnten.«

»Diese beiden Herren sind Wachtmeister Hines und Perkins«, sagte Jack zu Bryony. »Sie beobachten Lord Lippett, seit ich den Richter informiert habe.«

Die beiden Männer zogen ihre Hüte. »Guten Abend, Miss Shaw. Nicht zu fassen, daß Lord Lippett ein Mörder sein soll«, sagten sie und schüttelten die Köpfe.

»Ich wünschte nur, er würde endlich reagieren«, erwiderte Jack und strich sich übers Haar.

»Was in dem Brief steht, könnte auch gelogen sein«, meinte der korpulente Perkins. »Dieser Mr. Watts war ein merkwürdiger Vogel.« Er kratzte sich am Kopf. »Und kalt wie ein Fisch. Es würde mich nicht wundern, wenn er einen Mann getötet hätte.«

»Das hat er«, entgegnete Jack kurz. »In dem Brief hat er es gestanden. Ich fand die Leiche in Willow Hills.«

»Hat Mr. Watts in seinem Brief genau beschrieben, wo Reggie begraben ist?« fragte Bryony. Es waren so viele Dinge ans Licht gekommen, daß ihr schon ganz schwindlig davon war.

»Nein.«

»Wir werden schon sehen, wo«, murmelte Wachtmeister Perkins. »Ich hoffe, bald.«

Aber die Stunden zogen sich dahin, bis das erste Grau der Morgendämmerung am Horizont erschien.

»Er kommt heute nacht nicht mehr«, wisperte Bryony und streckte ihre steifen Glieder. »Vielleicht schmerzt ihn die Wunde an seinem Arm.«

»Ich habe nur die Haut geritzt«, erklärte Jack. »Ich bezweifle, daß er heute nacht geschlafen hat. Nicht, wenn er glaubt, ich hätte Reggies Leiche fortgebracht. Er wird nicht eher Ruhe finden, bis er sich Klarheit verschafft hat.«

Bryony wußte, daß er recht hatte, aber das Warten zerrte an ihren Nerven.

Jack nahm ihre Hände zwischen seine. »Du bist zu mir zurückgekommen und hast mir noch eine Chance gegeben. Dafür werde ich dir immer dankbar sein«, flüsterte er. »Und wenn ich dir beweisen könnte ...«

»Pst.« Bryony legte einen Finger an seine Lippen. »Ich glaube dir ja, daß du die Wahrheit sagst.«

»Ich habe dich getäuscht, und dafür hasse ich mich. Aber ich hatte Angst, du würdest mich verlassen, wenn du wüßtest, wer ich bin. Du warst so versessen darauf, Lord Bentworth zu entlarven.« Er ließ den Kopf hängen. »Ich konnte nicht riskieren, die einzige Frau zu verlieren, die ich jemals liebte. Und ich hatte Angst, was dir geschehen könnte, wenn du allein und schutzlos sein würdest.«

Tränen strömten über ihre Wangen, und sie wischte sie rasch ab. »Ich hoffe, dein Verdacht bestätigt sich, daß Nigel schuldig ist.« Er sah so beunruhigt aus, daß sie die Hand ausstreckte, um die Falten auf seiner Stirn zu glätten.

»Was ist, wenn wir die Leiche nicht finden? Wirst du mir dann trotzdem glauben?«

Sie seufzte und lächelte. »Eines wissen wir – du hast das französische Gold nicht für dich selbst gewollt. Deine Motive waren ehrbar, und obwohl ich wirklich nur sehr ungern zugebe, daß meine Anschuldigungen ungerecht waren, bist du wahrscheinlich unschuldig.« Sie dachte einen Moment nach. »Reggie hätte sich mit jedem angelegt, der versucht hätte, die Karte zu stehlen. Nur wer das gewollt hat, hatte einen Grund, ihn umzubringen.«

Jack lächelte. »Du bist ungeheuer scharfsinnig, meine Schöne.« Nach einem verstohlenen Blick zwischen die Büsche, um zu sehen, ob die Polizisten sie beobachteten, beugte er sich zu ihr vor, um sie zu küssen. Doch bevor ihre Lippen sich berührten, ließ ein scharfes »Pst!« sie auseinanderfahren.

Carey kroch in ihre Richtung. Er hatte auf der anderen Seite des Hauses Wache gehalten. »Lippett ist gerade aus dem Haus geschlichen. Die Diener schlafen alle, und ich denke, jetzt ist der Moment gekommen, auf den wir die ganze Nacht gewartet haben.«

Als sie Carey folgten, fragte Jack: »Wo ist er hingegangen?«

»Zu dem Schuppen bei den Ställen. Um eine Schaufel zu holen, vermute ich.«

Sie spähten vorsichtig um die Hausecke, und da war er, und sie sahen auch die Schaufel, die unter seinem Cape hervorschaute. Er warf einen wachsamen Blick über die Schulter, bevor er auf das Gehölz am Ende des Parks zuging.

Bryony drückte aufgeregt Jacks Hand. Sie lächelten sich an, und Bryony erkannte, wie nahe sie daran war, Reggies Seele zur ewigen Ruhe zu verhelfen. Frieden durchströmte sie, und eine schwere Last fiel von ihr ab.

Einer der Polizisten war fort, und der andere erklärte, daß er nach Cuckfield geritten sei, um den Richter abzuholen. Um nicht von Nigel gesehen zu werden, hielten sie sich hinter ihm, ohne ihn jedoch aus den Augen zu verlieren.

Obwohl der Morgen graute, war es noch dunkel in dem Wäldchen. Das Moos auf dem Boden dämpfte ihre Schritte. Nigel war auf einer Lichtung stehengeblieben. Nachdem er einen Flachmann aus der Tasche gezogen hatte, nahm er schwankend einen tiefen Schluck daraus. Bryony sah, daß er betrunken war. Sein Blick glitt über die Bäume um die Lichtung, dann ließ er sich auf die Knie nieder. Den Kopf dicht über dem Boden, strich er mit der Hand über die Erde. Das erste graue Licht fiel durch die Bäume. Bryony hielt den Atem an. Die Sekunden dehnten sich. Dann spürte sie eine leichte Bewegung hinter sich und wandte sich um. Der Wachtmeister kam mit einem großen, verschlafen aussehenden schlanken Mann zurück, der Richter Hopkins sein mußte. Er blieb lautlos stehen, und seine Augen weiteten sich vor Überraschung, als er Nigel auf der Lichtung sah.

Plötzlich fluchte Nigel und sprang auf. Ratlos starrte er auf den Boden, hob den Kopf und heulte wütend. »Bentworth hat mich hereingelegt!« schrie er und schleuderte die Schaufel weg. Fluchend stampfte er über die Lichtung. »Dieser verdammte Schuft hat mich hereingelegt!«

»Reggies Leiche muß hier sein«, flüsterte Bryony. »Du hattest recht, Jack.«

Mit tauben Beinen stand sie auf. Jack versuchte, sie zurückzuhalten, aber sie stieß ihn fort. Niemand hielt sie auf, als sie zur Lichtung lief. »Du hast Reggie umgebracht, Nigel«, sagte sie mit brechender Stimme. »Du hast ihn hier verscharrt.«

Er fuhr herum. »Was … Bryony!« Sein Blick huschte an ihr vorbei, und er sackte in sich zusammen. »Die Polizei, was?« sagte er verächtlich, als die Männer näherkamen. Seine Züge wurden hart und kalt. »Ja, in Gottes Namen, ich habe Reggie umgebracht!« Er zeigte auf die Stelle, wo er gekniet hatte. »Da werdet ihr ihn finden.«

Bryony wandte den Blick ab, weil sie es nicht ertrug, das Grab ihres Bruders anzusehen. Sie merkte es kaum, als Nigel zu ihr kam und wisperte: »Möchtest du ihm nicht Gesellschaft leisten, kleine Bryony?«

Sie hob abrupt den Kopf und starrte in seine blutunterlaufenen Augen. »Wie konntest du nur! Warum hast du das getan?«

»Ich habe dir von meinen finanziellen Schwierigkeiten erzählt. Sie hatten sich im letzten Jahr noch sehr verschlimmert. Ich brauchte das Gold, begreifst du das denn nicht? Aber Reggie wollte es mir nicht geben. Mein herrlicher Besitz stand kurz vor dem Ruin, und er wollte mir nicht helfen.«

»Du hättest deine Kunstsammlung verkaufen können.«

Er starrte sie an als sei sie eine Geisteskranke und lachte häßlich. »Meine Kunstwerke? Unmöglich! Verstehst du denn überhaupt nichts? Sie gehören mir. Ihr Platz ist hier in Greymeadows. Verstehst du das nicht? Die anderen würden mich verachten, wenn ich sie aufgäbe.« Er verzog hochnäsig das Gesicht. »Außerdem, wer bist du schon, um mir zu sagen, was ich mit meiner Kunst tun soll? Sie ist meine wahre Leidenschaft, mein einziges Vergnügen.« Böse starrte er die Polizisten an, die jetzt das Grab aushoben. Carey trat dicht hinter ihn, um einen Fluchtversuch zu vereiteln.

Nigels Arroganz verließ ihn plötzlich, und er jammerte: »Reggie hätte einen Teil des Golds dazu benutzen können, Willow Hills vor dem Ruin zu bewahren. Aber er sah nichts anderes als die Sache – diese verdammte Sache! Er hat alles verkauft, was er besaß, und Stuart das Geld gegeben.«

Bryony begann einen Hauch von Mitgefühl mit Nigel zu verspüren. Aber nur einen Hauch. »Dann ist also alles wahr, was Mr. Watts in seinem Brief geschrieben hat?«

Nigel wirkte leichenblaß im zunehmenden Tageslicht. »Was nützt es mir, es abzustreiten.« Abrupt schlug seine Stimmung wieder um. »Willst du wirklich nicht deinen Bruder sehen?« fragte er mit einer letzten Anwandlung von Trotz.

Bryony schüttelte den Kopf. Sie fror und war zutiefst erschüttert. »Ihr wart doch einmal Freunde, du und Reggie.«

Nigels Augen glitzerten, und er schien zu schrumpfen, als wiche alles Leben aus seinen Gliedern. »Ich erinnere mich noch an die Zeiten, als wir Kinder waren. Aber dann veränderte er sich. Er wurde mein Feind, als er sich weigerte, mir beizustehen.«

»*Du* hast dich verändert, Nigel«, schluchzte Bryony. »Du wurdest böse und berechnend. Reggie versuchte, dir zu helfen, indem er alles, was er noch besaß, bei diesem Kartenspiel einsetzte. Zählt das denn überhaupt nicht?«

»Pennys«, höhnte Nigel. »Ein paar Pfund. Die hätten mich nicht retten können.«

»Das stimmt nicht«, warf Jack ein. »Es wurde in jener Nacht um Hunderte von Pfund gespielt.«

»Ich brauchte mehr, viel mehr!«

Bryony schlug ihn ins Gesicht. »Du hast Reggie umgebracht, weil er seine Prinzipien nicht verraten hat, um deine Haut zu retten.«

Die Polizisten legten ihre Spaten weg und gingen durch das hohe Gras zu Nigel. Jack zog Bryony an sich und hielt sie umschlungen, als ob er sie nie wieder gehenlassen wolle. Tränen schimmerten in ihren Augen, als sie zu ihm aufsah. »Wir werden Reggie anständig begraben lassen«, wisperte sie.

Er nickte. Sie hielten sich noch immer fest umfangen, als die Polizisten Nigel Handschellen anlegten und ihn abführten. Nigel hob den Kopf noch einmal und sah Bryony aus blutunterlaufenen Augen an. »Ich wollte nicht, daß es so endet.«

Bryony weinte, bis sie sich innerlich ganz leer fühlte.

Nach der Konfrontation mit Nigel kehrte Bryony mit Jack und Carey nach Bentworth Court zurück. Sie war so erschöpft, daß sie den Rest des Tags und auch die ganze Nacht durchschlief.

Am Morgen darauf zog sie ein schlichtes Kleid an und ging hinunter. Niemand schien an diesem herrlichen Oktobermorgen auf zu sein. Sie war noch immer müde und traurig, aber sie fühlte sich auch wie von einer schweren Last befreit. Hoffnung wuchs in ihrem

Herzen. Der Alptraum war endlich vorüber, und Reggie würde seinen Frieden finden. Sie lächelte und lief in den Sonnenschein hinaus.

Bentworth Court war sogar im Herbst noch wunderschön. Sorgfältig gestutzte Hecken und Springbrunnen schmückten den weitläufigen Park. Die Beete würden im Sommer ein Meer von Blumen sein, aber jetzt waren sie mit Torf bedeckt. Die Kieswege waren ordentlich geharkt, und kein Unkraut zerstörte ihre Perfektion. Jeder Zentimeter dieses Gartens war so angelegt, daß er Harmonie und Schönheit ausstrahlte.

Als Bryony zum hinteren Teil des Gartens ging, kam sie an einem Gewächshaus vorbei, das teilweise von einer hohen Hecke verdeckt wurde. Der Garten hinter dem Gewächshaus war wild und ungepflegt, die unebenen Pfade mit dornigen Rosenbüschen überwuchert.

Es bewegte sich etwas in dem Gewächshaus, und Bryony warf einen Blick durch die beschlagenen Fenster. Sofort erkannte sie Jules' hohe Gestalt, und neben ihm war Clover. Als sie eintrat, warf der Junge sich in ihre Arme. »Mylady, endlich sind Sie da! Ich hab' jeden Tag am Tor gewartet.«

Freude erfaßte sie, und sie mußte ihr Gesicht an seiner Schulter verbergen, damit er nicht ihre Tränen sah. »Ich habe dich auch vermißt«, sagte sie. Lächelnd sah sie Jules an. Der Franzose lachte so heftig, daß sein umfangreicher Bauch wackelte.

»Mademoiselle, ich freue mich, daß Sie gekommen sind«, sagte er und faltete ehrerbietig seine großen Hände.

Clover an der Hand, betrat sie das Gewächshaus und ließ Jules ihre Fingerspitzen küssen. »Was tut ihr zwei hier drinnen?« fragte sie.

Jules zeigte ihr seine schmutzigen Hände. »Ich bin jetzt Gärtner hier. Thornhollow, wohin Lord Bentworth mich geschickt hatte, als Sie nach Frankreich fuhren, ist ganz in der Nähe. *Le Comte* ist hier der Herr und dort. Er läßt mich so viele Rosen pflücken, wie ich will. Le Comte ist ein leidenschaftlicher Rosenzüchter, und ich darf ihm bei seinen Experimenten helfen.«

Bryonys Herz schlug schneller. Jack teilte also ihre Leidenschaft für Rosen, und er hatte ihr nie etwas davon erzählt. Während sie von einem Beet zum nächsten ging, betrachtete sie die Pflanzen. Jede trug ein Schildchen, auf dem ihr jeweiliger Name stand.

Jules führte sie zu einer, die nichts weiter als ein Stamm mit zwei dünnen Ästchen war. »Das ist meine Lieblingsrose«, sagte Jules. »Er hat sie gezüchtet und kann es kaum erwarten, sie im Garten anzupflanzen.«

Bryony las das Etikett, und ihr Herz zog sich zusammen. »Bryony, meine Schöne«, stand darauf.

»Es ist eine sehr helle gelbe, beinahe weiße Rose. Aber sie – wie sagt man? – sie strahlt ein Licht von innen aus, genau wie Sie, Mademoiselle«, sagte Jules mit einem warmen Lächeln.

Bryony legte eine Hand auf seinen Arm. »Es gefällt dir hier, nicht wahr?«

Jules nickte heftig. »Es ist ein Paradies.«

»Und du? Wie bist du hierhergekommen?« wandte sie sich an Clover.

»Der Herr hat mich im Pfarrhaus in Tutbury abgeholt. Er sagt, er will mich zu seinem eigenen Sohn machen. Ich weiß nicht mehr, wie das Wort heißt.«

»Adoption«, erklärte Bryony. »Er will dich adoptieren.« Sie strich ihm liebevoll über den blonden Kopf. »Und wie gefällt dir die Idee?«

»Ich find's ganz toll! Er läßt mich schon sein Pferd reiten, obwohl es mich schon wieder abgeworfen hat. Und er sagt, ich muß jetzt schreiben und lesen lernen.« Er schob die Unterlippe vor. »Das gefällt mir nicht so gut.«

»Das wird es aber, sobald du merkst, wie schön es ist, wenn du es kannst«, versprach Bryony.

»Der Franzmann bringt mir Französisch bei. Er ist ein komischer Kauz, aber ich mag ihn. Er war immer nett zu mir.«

»Dann solltest du auch nett zu ihm sein.«

»Miss Shaw hat recht, du Schlingel«, sagte Jack. Er lehnte am Türrahmen und betrachtete sie liebevoll. Er war noch attraktiver, als sie ihn in Erinnerung hatte, und kam nun lächelnd auf sie zu und legte einen Arm um ihre Schultern. »Miss Shaw hat mir zwei sehr nette Freunde hergebracht, und jetzt muß ich sie nur noch überreden, auch bei uns zu bleiben.«

»Soll das heißen, Sie haben sie noch immer nicht gefragt, ob sie Sie heiraten will?« fragte Clover.

»Nein, aber das werde ich sehr bald.« Er schaute ihr tief in die Augen. »Würdest du einen Spaziergang mit mir machen?«

Sie nickte und glaubte, in seinem Lächeln zu ertrinken. Als sie Arm in Arm hinausgingen, schaute Jack sich rasch noch einmal um. »Und wag ja nicht, uns zu folgen, Clover!« mahnte er.

»Versprochen«, rief der Kleine, aber Jack und Bryony wechselten einen vielsagenden Blick.

Jack führte sie zu einem schmalen Pfad, den hohe Ulmen säumten. »Das ist das Wäldchen, das zu Thornhollow gehört«, erklärte er.

Bryony seufzte. »Ich wünschte, du wärst vom ersten Tag an aufrichtig zu mir gewesen. Wie leicht hättest du mir sagen können, daß Thornhollow an Bentworth Court angrenzt, einen der größten Landsitze im Süden Englands. Du hättest mir alles erzählen können. Ich hatte ein Recht, es zu erfahren.«

Er legte die Hände auf ihre Schultern und schaute ihr in die Augen. »Ich weiß. Aber Mr.Watts' Brief erhielt ich erst, als ich aus Schottland wiederkam.« Er zwickte sie in die Nasenspitze. »Ich wollte mich zuerst von jedem Verdacht befreien, und wenn du nicht von selbst gekommen wärst, wäre ich dir nachgefahren. Ich wäre dir bis ans Ende dieser Welt gefolgt.« Er strich ihr eine Locke aus der Stirn. »Du bist mein Leben, Bryony.«

Ihre Lippen zitterten vor Freude. »Glaubst du, wir könnten Reggie hier begraben?«

»Natürlich. Ich betrachte es als eine große Ehre für Bentworth, daß du Reggie hier seine letzte Ruhestätte geben willst.«

»Er wäre froh darüber gewesen.« Ihr war, als liefe sie nach einer stürmischen Überfahrt in einen sicheren Hafen ein. »Oh, Jack, da ist noch etwas, was ich dich fragen wollte«, sagte sie. »Aber vielleicht hältst du mich für neugierig.«

»Frag ruhig.«

»Was stand eigentlich in diesem Dokument, das dir alle Barrieren öffnete, als wir nach Schottland ritten?«

Er lächelte geheimnisvoll und griff in die Tasche. »Ich habe es zufällig noch bei mir. Man kann nie wissen, ob ich es noch einmal brauchen werde.« Er reichte ihr das Dokument. Es war mit dicken Siegeln bedeckt, und Bryony machte große Augen, als sie die Unterschrift erkannte: George II.

»Woher hast du das? Bist du etwa ein Berater Georges des Zweiten?«

Er zog die Schultern hoch und lächelte geheimnisvoll.

Bryony riß die Augen auf, als sie verstand. »Nein!«

»Nein … Sagen wir einfach, daß die Schmuggler in Alfriston gute Kontakte zur Unterwelt besitzen.«

Bryony begann zu lächeln. »Du … du *Schlingel*! Es war also gefälscht, das Dokument!«

Er lachte, und sie setzten Arm in Arm ihren Spaziergang fort. Am Ende des Pfads erblickte Bryony ein weißes Spalier, das geformt war wie ein Bogen. Rote Weinblätter rankten sich darum.

»Es war furchtbar für mich, das Leid mitanzusehen, das Lippett dir zufügte«, murmelte Jack.

»Ich war noch nie eine gute Menschenkennerin«, gab Bryony seufzend zu. »Er wirkte so aufrichtig.«

Jack lächelte. »Nun, dein Herz hat offenbar keine Schwierigkeiten, Menschen zu beurteilen. Das einzige, was mich beunruhigt, ist, daß du meinen Heiratsantrag meiner Lügen wegen ablehnen könntest. Aber vergiß nicht, daß ich sehr verzweifelt war.« Er hob ihr Gesicht zu sich empor, und sie sah die Liebe in seinen Augen. »Kannst du mit mir leben und alles mit mir teilen, selbst wenn ich alles andere als perfekt bin?«

»Wenn du mit einer Frau leben willst, die auch nicht perfekt ist«, entgegnete Bryony lächelnd. »Ich liebe dich.«

Er jubelte vor Freude und wirbelte sie herum, bevor er beinahe andächtig ein Papier aus seiner Tasche zog. Nachdem er es entfaltet hatte, bat er sie, es zu lesen.

»Eine spezielle Heiratserlaubnis?« fragte sie.

»Wozu sollten wir noch warten? Reverend Partridge hat mir geholfen, sie zu beschaffen, und er und seine Frau kämen gern hierher, um uns in der Familienkapelle in Thornhollow zu trauen. Was meinst du? Willst du meine über alles geliebte Gattin werden?«

Sie schaute das zweistöckige Backsteinhaus vor ihnen an. Thornhollow. Es war ein zauberhafter Ort – oder war es ihre Liebe, die auf alles ihren Zauber warf? Etwas zurückversetzt vom Haus stand die Kapelle, die von Rosensträuchern umgeben war. Die Kapelle erschien ihr wie der ideale Ort, um ihre Liebe zu besiegeln. Bryony schaute Jack lange in die Augen, und er wurde fast ein wenig unruhig, als er auf ihre Antwort wartete.

»Ja, das will ich«, erwiderte sie schließlich. »Und laß uns nicht länger warten.«

»Hurra!« ertönten Careys und Jules' Baritone und Clovers hellere Stimme hinter der Hecke, als Lord Bentworth seine Dame in die Arme nahm und ihr einen Kuß gab, der ihr den Atem raubte und wilde Sehnsucht nach dem nächsten in ihr weckte.

ENDE

Und fänden nicht das Paradies

Das Leben ist für Tabitha zur Hölle geworden, seit das verwaiste Mädchen unter der Vormundschaft seines grausamen Cousins Richard steht. Noch schlimmer wird es, als sie zu einer schönen jungen Frau heranwächst: Richard begehrt sie, und als sie ihn abweist, versucht er seinen Willen mit Gewalt durchzusetzen.
Es gibt jedoch einen Mann, der sie liebt: Dominic Reed. Er rettet sie vor den Nachstellungen ihres Cousins und entführt sie nach London. Es könnte das Paradies für Tabitha sein - aber weil sie nicht erneut von einem Mann abhängig sein will, verläßt sie Dominic. Und Richard setzt alles daran, um sie zu sich zurückzuholen ...

3-404-18262-6

BASTEI LÜBBE

Wilder Zauber des Verlangens

Lilibet Springer will mehr, als nur die Tochter eines Bergarbeiters in West Virginia sein. Sie ist entschlossen, Jura zu studieren. Bei diesem Vorhaben sind Männer eigentlich nur hinderlich. Zum Beispiel Black Brady, so unbezähmbar wie die Berge, die er über alles liebt; Sam Adkins, der Lilibet um jeden Preis beschützen will; oder Cledith Hutton, Sohn des reichsten Mannes der Stadt, dem man eine glänzende Zukunft prophezeit. Trotz ihres Ehrgeizes muß Lilibet eines Tages einsehen, daß sie die Liebe nicht aus ihrem Leben verbannen kannn, denn aus der einstigen Mädchenschwärmerei für Black Brady entwickelt sich eine gefährliche Leidenschaft ...

3–404–18267–7

Wenn Zauberhände mich berühren

Kady Long freut sich auf ihre bevorstehende Hochzeit. Doch beim Betrachten eines alten Fotos, das vier Fremde zeigt, verfällt sie in einen eigenartigen Trancezustand. Plötzlich findet sie sich in einer rauhen, sonnendurchfluteten Landschaft wieder. Die Ereignisse überstürzen sich, und die mutige Kady rettet einen fremden, attraktiven Mann vor einem Lynchkommando. Da sie in ihre Zeit zurückkehren will, fleht sie ihn um Hilfe an. Doch Cole Jordan aus Colorado läßt sie nicht gehen und macht sie zu seiner Frau. Allmählich verliebt sich Kady in den rätselhaften Fremden. Aber dann gibt Cole sein Geheimnis preis, und das Colorado-Märchen scheint zu Ende zu gehen ...

3-404-18264-2

BASTEI LÜBBE